TOR

J. R. DAWSON

# SPARKS

Die Magie der
Funken

Aus dem amerikanischen Englisch
von Gesine Schröder

TOR

Der S. Fischer Verlag hat sich zu einer nachhaltigen Buchproduktion verpflichtet. Gemeinsam mit unseren Partnern und Lieferanten setzen wir uns für eine klimaneutrale Buchproduktion ein, die den Erwerb von Klimazertifikaten zur Kompensation des $CO_2$-Ausstoßes einschließt. Weitere Informationen finden Sie unter *www.klimaneutralerverlag.de*

FSC
www.fsc.org
MIX
Papier | Fördert gute Waldnutzung
FSC® C083411

Erschienen bei FISCHER Tor

Die amerikanische Originalausgabe erschien 2023
unter dem Titel »The First Bright Thing« bei Tor Books, New York


Lektorat: Claudia Jürgens, Berlin
Satz: Dörlemann Satz, Lemförde
Druck und Bindung: CPI books GmbH, Leck
Printed in Germany
ISBN 978-3-596-70995-3

*Dieses Buch ist für die als Erwachsene kostümierten Kinder,*
*die die Namen dieser Orte kennen,*
*die Wärme dieser Familie*
*und die Schatten dieser Widersacher.*

* * *

*Und für J.*
*Dies ist eine Liebesgeschichte.*

*»Ihr Sonderlinge, ihr Rebellen, ihr Träumer, ihr heiteren Gemüter …*
*kommt geradewegs in den Zirkus.«*

★ ★ ★

WERBEPLAKAT FÜR
WINDY VAN HOOTENS PHANTASTISCHEN ZIRKUS
VOM APRIL 1926

# 1

## RINGMASTER, 1926

An einem Dienstag am frühen Morgen rollte der Zirkus in die Stadt ein. Knapp vor der Ortsgrenze schlich sich der angeschrammte Zug auf die Schienen, als die Vögel erwachten und erste Sonnenstrahlen durch die schläfrigen Schatten der in Morgennebel gehüllten Bäume drangen.

Passanten bemerkten seine Ankunft erst, als der Zug schon beinahe an ihnen vorüberrauschte. Auf seinen rot, golden und blau angemalten Waggons stand der Name: *Windy van Hootens Phantastischer Zirkus.* Die letzten beiden Wagen waren goldviolett gestrichen, ihre dicken Holzbohlen mit Blumenmustern verziert, und rote Gardinen hingen in den Fenstern.

Hier in Des Moines gab es Schienen, auf denen der Zug in den Ort einfahren konnte. An anderen Tagen, in anderen Städten kam der Zug mitten auf einem Feld zu stehen, meilenweit von jedem Bahnhof entfernt. Wie durch Magie.

Aber es war keine, es waren Sparks.

Der Phantastische Zirkus wurde wie andere Zirkusse auch von mageren Anzahlungen, einer sorgfältigen, aber flexiblen Planung und geschickt platzierter Werbung in Gang gehalten, aber diesen besonderen Zug trieb nicht nur sein Spielplan von einem Ort zum nächsten. Er erschien immer zur richtigen Zeit in der richtigen Stadt, und sei es nur für einen einzigen Menschen, der es nötig hatte, eine Aufführung zu sehen.

Zwischen dem Albtraum der Vergangenheit und dem Traum von der Zukunft lag die Gegenwart wie eine Durchgangsstation, in der alle die Orientierung verloren zu haben schienen. Manche erinnerten sich später lebhaft daran, wie ein Besuch im Spark-Zirkus ihr Leben umgekrempelt hatte; andere hätten nicht sagen können, was sie dazu inspirierte, umzudenken und ihr Verhalten zu ändern, aber begonnen hatte es vermutlich an einem Abend im rot-weiß gestreiften Zelt.

Heute, am 8. Juni 1926, war Des Moines, Iowa, an der Reihe.

Als die Stadt erwachte, stand der Zug bereits auf einem Flecken Pachtland unweit der Schienen. Manche Bewohnerinnen und Bewohner ließen die Arbeit liegen und viele Kinder ihre Haushaltspflichten. Sie schauten vom Rand des Geländes zu, wie die Sparks aus den Waggons kamen, um das Chapiteau und die Budengasse zu errichten. Eine von ihnen verwandelte sich in ein Lasttier, ein anderer vervielfältigte sich, um die Arbeit voranzubringen, und eine Dritte stemmte Jahrmarktsbuden über ihren Kopf. Die Stadtbewohner waren ein wenig verängstigt, aber im Lauf des Tages, als überall an den Hauswänden Plakate erschienen und sie mit wachsender Faszination auf das bunte Treiben blickten, wurde ihnen klar, dass ihnen eine seltene Chance auf etwas Außergewöhnliches geboten wurde, also gingen sie allesamt in den Zirkus.

Die Budengasse verströmte die Atmosphäre rauchiger Sommernächte und das Gefühl eines jungen Körpers, der einen steilen Hang hinabrennt. Kreuz und quer über den Köpfen hängende Lichterketten, das melodische Klingeln der Jahrmarktspiele und Zuckerwarenstände erinnerten an ein sicheres Zuhause, nach dem sich alle zurücksehnten, obwohl sie es nie hatten finden können – bis heute.

Ein Kreischen ertönte, und eine Horde Kinder schleifte die dazugehörigen Mütter zu einer hölzernen Rampe. Die Rampe führte in ein Sperrholzgebäude für die Sideshow, die Attraktionen für alle bot, nicht nur für die Männer. Und es wurde kein billiger Flitter geboten. Zwar war der Innenraum aus Brettern und Leuchtfarbe gezimmert, aber er lud Besucher zu aufregenden Erkundungsgängen ein. Mittendrin hüpften lachende Kinder auf einer elastischen Gummibrücke, und ihre Eltern wandelten staunend durch einen Tunnel, der die Illusion erzeugte, sie schwebten im Weltall. Es war alles hölzerne, zahnradgetriebene Mechanik wie aus George Méliès' kühnsten Träumen.

Das Chapiteau dagegen – das große Zirkuszelt und die eigentliche Attraktion des Abends – war zugegebenermaßen schlicht. Es sah ärmlicher aus als bei manchem anderen Wanderzirkus, den die Stadtbewohner gesehen hatten. In der Hülle waren rotweißes Segeltuch und Nesselstoff sparsam und doch kunstvoll miteinander vernäht. Als Sitze dienten Bänke auf niedrigen Tribünen rund um die von einer lackierten hölzernen Umrandung abgegrenzte Manege sowie ebenerdige Logenplätze für jeden, der nicht die wackeligen Stufen hochkam. Der Boden war trocken und eben, überzog aber die Stiefel, Reifen oder Sonntagsschuhe mit einer zähen Staubschicht, und die zu spärlichen, zu grellen Lampen betonten nur noch mehr, wie schmutzig und abgenutzt das Innere des Hauptzelts wirkte. Es erinnerte eher an eine Scheune als an ein Theater, von Zwirn und Spucke zusammengehalten statt von Nägeln.

Aber das war vorher.

Wenn dann die Lichter erloschen, das Publikum verstummte und ein Scheinwerfer ansprang, erschien Ringmaster hell angestrahlt in der Manege.

In einem imposanten rotsamtenen Mantel stand die Zirkusdirektorin da und blickte in die Tribünen. Mit der goldbraunen Mähne, die bei Hitze strohig wurde, bei Kälte nicht trocknen wollte und Ringmaster stets ins weiße Gesicht fiel – im Sommer verbrannt oder sommersprossig, im Winter leichenblass –, sah sie aus wie eine mittelalte Löwin. Sie hatte erstaunlich schwarze Augen, die mal vor Verheißung strahlten und mal undurchdringlich wurden wie ein schwarzes Loch. Mancher hielt sie für schön, mancher für aufgetakelt, aber allen war klar, dass sie sie auf ein Abenteuer mitnehmen würde.

Wenn sie lächelte, sah es aus, als erblickte sie alles zum ersten Mal. Als hätte sie ihr Publikum gerade erst entdeckt, wäre hingerissen von dem, was sie sah, und wüsste genau, was für großartige Taten sie alle vollbracht hatten und noch vollbringen würden. Das Lächeln war eine Umarmung, der erste Lichtblick in diesem dunklen, staubigen Zelt.

»Willkommen«, sagte sie zu jedem einzelnen Menschen auf den Tribünen. »Willkommen zu Hause.«

Seit sechs Jahren führte Ringmaster durch diese Show, Saison für Saison, von Frühling bis Herbst. Von einem Jahr zum nächsten änderte sich ihr Rhythmus, weil neue Sparks ins Programm aufgenommen wurden, weil die Zirkusfamilie größer und das Zelt immer fadenscheiniger wurde und Ringmaster immer besser verstand, was sie tat. Das durfte sie nämlich nicht vergessen: dass sie wusste, was sie hier tat.

Sie zupfte ihre Manschetten zurecht und verneigte sich, wobei ihr Zylinder in ihrer Hand auftauchte. Ein Raunen ging durch die Menge, und Ringmaster lächelte noch breiter. »Es ist uns eine Ehre, diese kostbaren Stunden mit Ihnen verbringen zu dürfen.« Aus dem Augenwinkel sah Ringmaster die Dolmetscherin ihre Worte in Gebärden übersetzen. Es sah aus wie ein selbstbewusster Tanz. »Bisher mögen wir einander fremd sein. Künftig mögen wir einander nie wieder begegnen. Aber was heute Abend geschieht, daran werden wir uns gemeinsam erinnern. Das verbindet uns. Die Kunststücke, die Sie heute zu sehen bekommen werden, mögen außerweltlich wirken. Aber seien Sie versichert, dass dieser Zirkus nicht weniger real ist als Sie und ich. Wenn wir erträumen, dass etwas schön sein soll, dann ist es schön. Wenn wir das Unmögliche ersehnen, wird es seinen Weg zu uns finden. Wir müssen es nur laut genug wollen.«

Das war das Stichwort für Mr. Calliope. Er war ein Mann ganz aus Röhren und Saiten, und jetzt schlug er sich auf die blechernen Knochen und ließ Akkorde und Kadenzen erklingen. Seine Musik hüllte das Publikum in ein wohldosiertes Crescendo, während die Artistinnen und Artisten für die Eröffnungsparade hintereinanderweg auf die Reitbahn traten und tanzten.

Über ihren Köpfen schlug Kell mit den Flügeln.

Tina, eine Menagerie für sich, verwandelte sich von einem Tier in das nächste.

Die feuerspeiende Bogenschützin, die schwebenden Akrobaten, die wachsenden und schrumpfenden Clowns – all das war wie ein Traum.

Ein wogender, fliegender, singender Traum, vom Jubel des Publikums getrieben. Ringmaster konnte jenseits des Scheinwerferlichts keine Gesichter erkennen, aber sie spürte die Energie, die aus den Tribünen in die Manege strömte.

Es war wie ein Wunder.

Ringmaster breitete die Arme aus, als wollte sie das gesamte Publikum umarmen. »Heute Abend feiern wir! Wir feiern uns und euch und was wir gemeinsam erreichen können!«

Auf dieses Stichwort schwang sich Odette in die Luft über der Manege, die Trapezkünstlerin mit dem blonden Bob, die wie eine Porzellanpuppe aussah. Neben ihr trat Mauve auf eine Plattform, violette Seide um die umbrabraunen Schultern geschlungen, und ließ ihre Stimme so virtuos erklingen wie eine Meisterviolinistin. Sie traf jeden Ton und schwang sich von einem zum nächsten, während Odette am Vertikaltuch tanzte.

Ringmaster liebte es, Odette so freudig zu sehen. Sie trug ihr Glück zur Schau wie ihre Paillettenkleider – funkelnd, strahlend, mit jeder Bewegung das Licht widerspiegelnd, als wäre sie ein Stern, der darauf brennt, sich mit der dunklen Welt zu verbinden. Odette hatte eine gütige, hoffnungsvolle Seele. Und Ringmaster hatte das Glück, ihr Herz in der Hand zu halten.

Ringmaster lief zu der Stelle, an der Odette sich herabsenken würde. Sie nahm das untere Ende des Tuchs und versetzte es in eine Drehbewegung, während Odette hoch oben tanzte. Der Scheinwerferstrahl huschte durch den Staub und richtete sich auf die beiden; ihre losen Haarsträhnen glommen wie goldene Kronen.

Jetzt hielt Ringmaster das Tuch fest, und Odette wirbelte im Kreis. Die Eröffnungsparade verschwand nach und nach aus der Manege, nur Mauve sang hoch oben weiter. Ringmaster wusste, dass die anderen sich für ihre Einzelauftritte bereit machen mussten. So lange gehörte die Bühne Odette.

Hier und jetzt, im Schatten von Odettes Liebe, fand Ringmaster das Leben, auf das sie nie hatte hoffen dürfen. Mit dem Tuch in den Händen stellte sie sich vor, wie sie auf einem Berghang zu Tal blickte, um zu sehen, wie weit sie gekommen war. Zu Beginn ihres Aufstiegs hätte sie sich die herrliche Aussicht nie träumen lassen. Und sie wusste kaum, wie sie es hierhergeschafft hatte, wann sie erwachsen geworden war und sich mit einer wachsenden Schicht stetiger Güte umgeben hatte. Sie schrie nicht mehr herum. Wachte morgens nicht mit dem Gefühl auf, dass nur ein Stück Pappe sie vom Asphalt ihres Lebens trennte.

In Städten des Mittleren Westens gab es immer eine Straße voller Schlaglöcher, Risse und Unkraut. Eine schattenlose Straße, auf der sich die Hitze staute wie ein öder Sonntag vor einem anstrengenden Montag. Wo man Durst bekam und wusste, dass man kein Wasser finden würde. Genau so hatte sich Ringmasters Leben angefühlt – wie eine kratzige Wollweste aus Sonntagnachmittagen.

Doch jetzt begann sie, sich an das Glück zu gewöhnen.

Odette glitt an dem Tuch herab, senkte sich langsam, beinahe sinnlich in Ringmasters hochgereckte Arme.

»Du machst das großartig, Rin«, flüsterte Odette.

Rin wurde sie von denen genannt, die sie am besten kannten, und ihre Frau kannte sie besser als G'tt.

Rin umfasste Odettes feste Hüften und spürte die rauen Paillettenreihen unter ihren Fingern. Odette lächelte, ihre rosigen Wangen mit Schweißperlen bedeckt, und lachte leise auf, als im Publikum der Applaus losbrach. Rin hatte beinahe vergessen, dass sie nicht allein im Zelt waren.

»Gute Arbeit«, flüsterte Rin.

»Lieb dich«, sagte Odette, drückte ihr die Hand, lief in elastischen Sprüngen zum Manegenrand und winkte enthusiastisch. Sie verbeugte sich. Rin spürte einen Stich in der Magengrube. Wäre sie ein Mann oder wäre Odette ein Mann, dann könnten sie sich vor allen Leuten küssen. Das hätte die Leute sogar begeistert. Sie hätten gejohlt und gepfiffen, während sich die beiden noch enger aneinanderpressten.

Aber so fest die Liebe sie auch verband, musste Rin doch darauf achten, dass sie sich im Scheinwerferlicht nie zu nahe kamen.

Das Publikum liebte sie beide, die Magie zwischen ihnen, wie besonders sie waren. Aber ein Kuss hätte den Zauber gebrochen, und die Leute hätten begriffen, dass diese Magie nicht Teil der Show war. Sie war echt, und nichts gegen Andersartige, aber ihre Toleranz hatte Grenzen.

Dieselben Menschen, die den Sparks im rot-weißen Zirkuszelt applaudierten, konnten sie auch in die Sanatorien schicken, in die jene leuchtend gelben Wagen fuhren. Denselben Menschen, die sich hier am Licht der Scheinwerfer wärmten, fiel zu Hause vielleicht wieder ein, was man ihnen gepredigt hatte: Die Sparks seien nicht besonders, sondern Freaks. Und wenn die Freaks nicht bis zum nächsten Morgen die Stadt verließen, formierte sich eine wütende Meute.

Rin wusste, dass ihre Aufführungen eine Gratwanderung waren.

Aber das Lächeln ließ sie sich deshalb nicht nehmen. Und Rin strahlte. Sie hatten sich mit diesem Zirkus ein Zuhause geschaffen, in einer Welt, die ihnen kein Zuhause gönnte.

Aber es würde ihr alles wieder entrissen werden.

Während Rin lächelnd in die Runde schaute, spürte sie von jenseits des Scheinwerferlichts einen kalten, harten Blick. Es lief ihr eiskalt den Rücken hinunter. Erstaunlich, wie schnell die Angst wieder da war. Wie mühelos sich die Vergangenheit in die Gegenwart drängte.

Rin konnte nur einen Moment lang einzelne Gesichter erkennen, als der Scheinwerfer zu Mauve hinüberschwenkte, die soeben auftrat. Rin sah die üblichen Gäste – Familien mit Kindern, junge Paare. Staunende alte Frauen und alte Männer, die mit den Tränen kämpften. Doch mitten dazwischen war noch jemand. Stand hoch aufgerichtet da und starrte sie an.

Vertraute dunkle Brauen. Scharfe, wütende Blicke. Ein gefährlicher Mann. Der Circus King.

In ihr verkrampfte sich alles. Rin wartete ab, während das Scheinwerferlicht weiterhuschte. Doch als es ein zweites Mal dieselben Plätze erhellte, war er verschwunden.

Er war nicht da. Sie ließ ihn Orte in Beschlag nehmen, die er nie erreichen würde. Es war ein Phantom gewesen, eine Sinnestäuschung. Es war nicht real.

*Ich werde dich finden. Ich werde dich finden, und dann werde ich dich zerstören.*

Die Show ging weiter.

Sie durfte sich nicht von ihren Erinnerungen verunsichern lassen. Sie durfte sich das hier nicht nehmen lassen. Er gehörte nicht hierher. Sie hatte ein neues Leben begonnen, weit weg von ihm und von allem, was er je gesehen hatte. Das hier war ihre Geschichte. Es war ihr Zirkus, voller regenbogenbunter Lichter, voller glitzernder Pailletten und anmutiger Pferde, die sich in anmutige Frauen verwandeln konnten, die wie Tauben durch die Lüfte flogen.

Es war ihr Zuhause.

★

Am Ende der Show, zu Mr. Calliopes triumphalem Schlussakkord, erstarrten die Sparks in ihren letzten Posen zum Standbild. Im nächsten Moment schalteten drei Kopien von Maynard die Lichter aus – die Spots, das Lichtpult und den einen aufsässigen Profilscheinwerfer, der dem Pult nicht gehorchte. Die Artistinnen hatten fünfzehn Sekunden Zeit, unter Applaus in der Dunkelheit zu verschwinden, also huschten sie so schnell hinter die Bühne, wie sie am Anfang hervorgestürmt waren.

Als die Lichter wieder angingen, schaute Rin den Zirkusgästen zu, wie sie auf dem Weg aus dem Zelt noch die Requisiten und Aufbauten untersuchten, ob es nicht Hinweise auf irgendwelche Tricks gab. Manche Zirkusse erlaubten es ihren Gästen nicht, nach der Aufführung die Manege zu betreten, aber für Rin war es ein allabendliches Ritual: Wie nach einem Baseballspiel ergossen sich die Menschen auf die Bühne, berauscht und belebt von dem, was sie gesehen hatten. Echte Magie war nun mal starker Tobak.

Aber heute war eine junge Frau darunter, die sich nicht für die Bühnenaufbauten interessierte. Sie schaute über die Manege und die Reitbahn hinweg direkt zur abseits stehenden Rin.

Das Mädchen trug ein schlecht sitzendes rotes Kittelkleid. Ihre Augen wirkten so leer wie die einer Puppe. Und das Kleid war nicht ihres; es war Rins. Rin hatte es vor langer Zeit abgelegt und zurückgelassen, und jetzt war es hier, wiederauferstanden, ein wandelndes Omen. Eine Drohung.

Etwas in ihr drängte Rin, sich von dem Mädchen abzuwenden,

zu fliehen. Wenn sie Kontakt aufnahm, würden ihre säuberlich getrennten Welten kollidieren. Die Fassade würde in sich zusammenbrechen. Und ebendeshalb musste sie vortreten.

»Hallo?«, fragte Rin. »Ist alles in Ordnung?«

Das Mädchen lächelte. Wie eine Marionette mit zu vielen Fäden, die an ihren Mundwinkeln zogen, an den Augenwinkeln, bis ihr Gesicht aussah wie … seins.

»Hier bist du also«, flüsterte das Mädchen.

Es war doch keine Täuschung.

Ringmaster rechnete damit, dass das Mädchen ein Messer ziehen würde. Auf sie losgehen würde. Sich selbst verletzen würde. Dass sie irgendetwas Gewalttätiges, Unvorhersehbares tun oder vor Wut toben würde.

Aber das tat die junge Frau nicht. Sie wandte sich ab und ging.

Bevor Rin reagieren konnte, nach ihr rufen oder ihr folgen konnte, war sie in der Menge verschwunden.

»Warte!« Rin hörte ihre eigene Stimme wie aus der Ferne. »Warte … «

Es wäre alles einfacher gewesen, hätte das Mädchen sie niedergestochen, sie geschlagen oder irgendetwas. Rin erinnerte sich an die vertraute Situation, dass er nur schweigend auf sie herabblickte. Er hatte dann gelächelt, sich an ihrer Angst geweidet, während sie darauf wartete, dass er etwas tat, etwas sagte. Aber er hatte es nicht nötig gehabt, irgendetwas zu tun; er hatte gewusst, dass sie ihm gehörte. Und hatte sie zappeln lassen.

Rin bekam keine Luft. Sie stolperte rückwärts, und als sie die Balance verlor, fing Odette sie auf.

»Rin, Liebste, was hast du? Was ist?«

Rin schüttelte den Kopf und blickte sich ängstlich um. Er war hier. Er war hierhergekommen, in ihr Zuhause. Er war in ihrem Zirkus gewesen.

»Er weiß, dass ich noch lebe«, sagte sie.

# 2

## EDWARD, 1916

Niemand weiß, woher der Spark kam. Aber er kam während des Krieges.

Edward erlebte mit, wie alles anfing, weil er mit seinen siebzehn Jahren an der Westfront in einem Schützengraben festsaß. Er wusste nicht, was er da erlebte, denn er verstand nichts von Sparks. Vom Krieg hatte er eine ganze Menge zu verstehen geglaubt, als er aus London an die Front aufbrach. Es war ein Irrtum gewesen.

Er hatte geglaubt, ihn würde der Ruhm erwarten. Er würde zum Helden werden. Er hatte im Haus seines Stiefvaters zum Fenster hinausgeschaut, überall unter der Kleidung mit blauen Flecken übersät, hatte die stolzen, kampfbereiten Jungs auf den Straßen marschieren sehen und geglaubt, das sei der Anblick der Freiheit. Das sei der Anblick der Macht.

Sie hatten ihm gesagt, er solle einen Graben ausheben und sich hineinsetzen, dann erwarte ihn Ruhm.

Aber sie hatten gelogen.

Edward hatte begriffen, dass wahrhaft mächtige Männer Schrecken verbreiteten, statt darin zu ertrinken. Es war nicht richtig, die Böden aufzureißen. Es war nicht richtig, junge Männer in die Löcher zu werfen und sie dort warten zu lassen, bis sie verschüttet wurden. Er fand sich in einem tiefen, tiefen Graben wieder – nicht tot und doch von allem abgeschnitten, was er als Leben kannte. Die Felder ringsum waren still und dann nicht mehr. Irgendwo jenseits des Sichtfelds näherte sich das Pfeifen und Donnern von Maschinengewehren und Granaten.

Er bekam keine Luft. Die Gerüche in der schlammigen Luft brachten ihn zum Würgen: das Blut und der Schweiß der Männer, die aufgerissene, zerbombte Erde, das verflüssigte Fleisch toter Ratten. Schießpulver, Tabak und Pisse. Oben Flugzeuge. Unten Scheiße.

Ein Stück entfernt hörte er zwei Kameraden im Graben Karten spielen und lachen. Über ihn lachen, genauer gesagt.

Er passte offenbar nicht dazu. Wie immer. Am ersten Tag, auf dem Bahnsteig der King's Cross Station, waren alle von Freunden und Familie verabschiedet worden. Außer Edward. Und nach dem Einsteigen, auf dem Weg in ein verlogenes Abenteuer, wurde Edward auch von niemandem begrüßt. Alle hatten sich zusammengefunden, als alte Freunde oder neue Bekannte, die anscheinend aus demselben Buch gelernt hatten, wie man sich verhält. Edward hatte sich fremd gefühlt, meterweit abseits und unsichtbar.

Unsichtbar wäre er jetzt sogar gern gewesen. Inzwischen wussten die anderen, dass er schwach war, leicht zu reizen und noch leichter zum Weinen zu bringen.

Da ist es verständlich, dass er kaum registrierte, was als Nächstes folgte … als einer der vielen Jungen in Atemschutzmasken den Graben erweiterte und unter dem Spaten ein Funken aufstob wie von einem Feuerstein. Etwas Kleines, Weiches (oder war es klein und hart?) leuchtete auf wie ein Blitzstrahl. Dann erhob es sich wie ein Geist aus dem geöffneten Grab in die Luft dieses Krieges.

Es war der Spark. Was Edward allerdings nicht wusste. Und auch sonst niemand.

»Oi! Eddy!«, rief einer der anderen Jungen. »Wallace hat dich ganz schön rangenommen gestern, was?«

Edward atmete tief ein und wandte sich um. »Nenn mich nicht Eddy.«

»Oh-hoooh!«, höhnten die Jungen.

Die würden sich noch umsehen, wenn sie wieder zu Hause waren, dann würde …

Alles um ihn herum explodierte.

Ein Pfeifen vor dem Einschlag. Dann Donner. Schreie. Das Ende der Welt.

Es knackte in Edwards Ohren. Etwas spülte in ihm hoch, vom Boden durch seine Zehen zum Herzen und bis in die Fingerspitzen. Die Erde warf sich gen Himmel, und Dinge zerbrachen, die nie wieder heil werden würden.

»Gas!«, brüllte jemand.

Edward landete im Schlamm. Er fühlte nichts mehr. Regte seine Glieder. Was war passiert? Er war unverletzt, konnte sich bewegen. Nicht an die Gefahr denken, nur an die nächsten Schritte.

Doch dann war da die Granate. Wie eine riesige Babyrassel landete sie dumpf auf dem Boden des Schützengrabens. Rollte in eine Pfütze, und Gas zischte heraus. Ein gelber Spuk, der ihre Seelen holen wollte. Die Jungen sprangen aus dem Graben in die Schlacht, stürzten schreiend und heulend in den Schlamm zurück, und das Gas umschloss sie, drang in sie ein. Sie zuckten. Sie starben. Das Gas zerriss sie von innen, eine grauenerregende chemische Vernichtung.

Mit einem Aufschrei kam Edward auf die tauben Füße. Blutiges Wasser spritzte ihm ins Gesicht. Er musste die Maske aufsetzen. Er griff danach, sah die Gaswolke näher gleiten wie eine apokalyptische Lawine. Aber als er die Maske überstülpte, fehlte das stickige Gefühl, die beschlagenen Augengläser … der Schlauch.

Er betastete ihn.

Der Schlauch war gerissen.

»Meine Maske!«, schrie er, schleuderte sie von sich und sah die Welt wieder klar. Er rannte. »Meine verdammte Maske! Gebt mir eine Maske!«

Und in einem Akt der Selbstlosigkeit, den Edward so schnell nicht erfassen konnte, gab ihm Nathan seine eigene Maske.

Edward packte sie und zog sie im Laufen über. Gas wallte. Geschosse und Körper barsten.

Auch andere flohen, rannten in die Schlacht, statt hier unten ihre Lungen von der Säure zersetzen zu lassen. Aber dann zersplitterten sie. Wie ein Bombenanschlag beim Metzger.

Die Panzer rückten näher. Dichter Rauch mischte sich mit deutschen Befehlen, britischen Bitten um Gnade, mit schönen, deplatzierten französischen Worten, mit dem Keuchen und Sterben und dem Mädchen in dem blauen Kleid mit den großen Augen, das …

Halt.

Edward blinzelte. Das musste eine Halluzination sein.

Nein, da war wirklich ein blau gekleidetes Mädchen mit zwei geflochtenen Zöpfen und weißen Wangen, das ihn aus weit aufgerissenen Augen ansah. Sie stand knöcheltief im Schlamm, und sie schien benommen zu sein, unter Schock.

»Aide-moi!«, schrie er durch die Maske. Aber sie antwortete nicht. Keine Französin? »Wie bist du hergekommen?« Er sank auf die Knie, von Schweiß und Angst durchtränkt. »So tu doch was! Hol mich raus hier! Steh nicht nur so da!«

Als sie das hörte, wichen alles Zögern, alle Angst aus ihrem Blick. Das Mädchen lief auf ihn zu wie eine geschulte Lazarettärztin. Sie hob die Hand und legte sie ihm auf die Schulter.

Alles verschwand.

Ein Platzen, ein Leuchten.

★

Edward stand im weißen Sand, und vor ihm und dem Mädchen sank die Sonne dem Horizont entgegen. Wellen umspülten in einem beruhigenden Rhythmus seine schmutzverkrusteten Stiefel. Über ihm schwankten Palmen. Hinter ihr überwucherte Urwald steil aufragende Berge. An ihren Hängen sah Edward Wasserfälle sich hinunterstürzen und in Nebel auflösen. Wie eine Stadt aus Wolken.

Edward wurden die Knie weich, und er brach zusammen.

»Ich bin tot«, murmelte er in seine Maske.

Das Mädchen kniete sich neben ihn und nahm ihm die Maske ab. Er hielt die Luft an, begriff dann aber, dass das Unsinn war. Sie lebte schließlich auch noch, und das hier war nicht Frankreich. Es konnte nicht Frankreich sein.

»Was zum Teufel passiert hier?« Er wollte vor ihr fliehen, aber seine Beine ließen ihn im Stich. Zitternd und schluchzend hockte er im Sand. »Wo sind wir?«

Das Mädchen musterte ihn. Sie zitterte auch, aber ihre Stimme klang ruhig. »Wo *waren* wir?«, fragte sie. Dieser Akzent. Das klang nicht britisch. Klang nicht französisch.

»Du bist Amerikanerin«, sagte er schwach. »Wie bist …«

»War das der Krieg?«, fragte sie.

»Äh, ja?«

Sie riss die Augen weit auf. »Ich … habe mich plötzlich so anders gefühlt, so als wäre ich ganz schnell auf dem Fahrrad den Hang runtergefahren, dabei saß ich zu Hause. Und dann … war ich nicht mehr zu Hause. Was ist passiert?«

»Du fragst *mich*, was passiert ist?«, rief Edward aufgebracht. »Was hast du verdammt nochmal getan?«

Sie schüttelte heftig den Kopf, und er erkannte, dass sie genauso verängstigt war wie er. »Ich weiß es nicht. Ich habe bloß an einen ruhigeren Ort gedacht als da, wo wir eben gerade waren. Hier wollte ich schon immer mal hin.«

»Also ist das hier echt?«

»Es ist eine Insel in Polynesien«, sagte sie.

»Wir sind – was hast du gesagt – in Polynesien?«, krächzte er heiser. »Bist du jetzt auch noch ein Passagierschiff?«

»Nein, nein, ich … ich weiß auch nicht, wie das … passiert ist. Das habe ich noch nie … Ich wusste nicht mal, dass man so was … « Ihre Augen wandten sich von der friedlichen Szenerie ab, und sie senkte besorgt den Blick. »Ich weiß gar nicht, was ich jetzt tun soll. Meine Mutter … Ich muss zu meiner Mutter zurück.«

»Wo ist deine Mutter?«

Sie blickte in den Wipfel einer Palme. Ihre Unterlippe zitterte. »In New York«, sagte sie.

Eine Weile blieben sie im hellen Strandsand sitzen. Das ergab alles keinen Sinn. Vielleicht war er doch tot. Vielleicht sie auch. Aber es schien nicht sehr wahrscheinlich. Er trug immer noch seine schlammigen Stiefel. Im Jenseits müssten doch die Stiefel zumindest blank sein.

»Ich heiße Edward«, sagte er.

»Ich heiße Ruth«, sagte sie leise.

»Wie alt bist du?«

»Fast sechzehn.«

»Ich bin siebzehn«, sagte er. »Du siehst jung aus für fünfzehn.«

»Und du alt für siebzehn.«

Dann schwiegen sie wieder zum Geräusch der Wellen. Das Wasser schien allmählich zu steigen. Niemand kam sie holen. Sie waren allein. Er betrachtete den Sonnenuntergang, und nach einer Weile bemerkte er, dass sie dasselbe tat.

»Du hast mich ausgewählt«, sagte er schließlich, als auf ihren Zügen die Orange- und Violetttöne eines Abschieds tanzten. »Warum hast du mich mitgenommen?«

Sie schüttelte den Kopf, als könnte sie es selbst nicht glauben. Doch dann sagte sie mit erschütterndem Ernst: »Ich hatte das Gefühl, du bräuchtest meine Hilfe.« Sie biss sich auf die Lippe. »Bestimmt gehört dieser Strand irgendjemandem. Wir sollten gehen. Wir sollten nach Frankreich zurück und versuchen, die anderen zu retten.«

Das wäre denkbar. Aber in Edward verkrampfte sich alles. Er wusste genau, dass er keinen Finger würde rühren können, wenn er dort wäre. Dass er nicht mehr er selbst sein würde. Und wenn ihn das Gas oder ein Panzer erwischten, würde er sterben.

Er nahm Ruths Hand. »Nein, bitte«, sagte er. »Nein, vergiss die anderen. Wir können da nicht hin. Es ist zu gefährlich. Bring uns nach New York.«

Ruth schaute ihn an. Sie hatte so ein liebes Gesicht. Sie konnte seine Angst verstehen. Ohne ein Wort drückte sie seine Hand. Sie schloss die Augen, und er auch. Er schnappte nach Luft, als er spürte, wie die Sonne verschwand. Wind fuhr in sein Haar.

Dann war da nur noch der menschenleere Strand.

# 3

## Ringmaster, 1926

Der Krieg war seit vielen Jahren vorüber. Die Trauer war Alltag geworden. Also waren die Zirkusse wiedergekommen.

Und mit diesen Zirkussen hatte Ringmasters Existenz begonnen.

Daran musste sie sich jetzt erinnern, als sie ohne Odette und Mauve im Dunkel des Begleitwagens saß. Sie musste sich daran erinnern, dass alles anders war als bei ihrer letzten Begegnung mit ihm. Es waren Jahre vergangen. Sie hatte mehr dazugelernt als die meisten.

Ihr Blick fiel auf die Lücke zwischen dem Bett und der Wand. Es wäre falsch, nach dem zu greifen, was darin versteckt lag. Sie brauchte es nicht; sie war auch so stark genug. Aber musste sie immer stark sein?

Sie zog den Flachmann aus seinem Versteck. Schraubte den Deckel ab. Aber irgendetwas hielt sie davor zurück zu trinken. Sie hatte Odette versprochen, sich zu bemühen.

Es wäre eine Erleichterung, wenn der Alkohol ihr den Kopf vernebelte und ihre sirrenden Sorgen dämpfte. Rin stand mit einem Fuß in schmerzhaften Erinnerungen und mit dem anderen in ihrer Angst vor der Zukunft und versuchte den Spagat, in der Gegenwart geistig gesund zu bleiben.

Wenn sie nur einen kleinen Schluck nahm, nur ein bisschen, könnte sie atmen. Es war nicht der Alkohol, der sie verlockte, sondern das, was er ihr versprach: Seelenfrieden und dann den Schmerz, den sie verdiente.

Aber sie schraubte den Deckel wieder fest. Nüchtern starrte sie auf die Flickendecke, auf der sie saß, den Rücken an die Wand gelehnt. Vor dem Fenster zog die Landschaft vorbei – weit von Des Moines entfernt, fuhren sie jetzt aus Richtung Westen nach Omaha. Sie hatte den Zirkus nach Kearney geflogen, von wo er auf den Schienen dahinrollte wie ein ganz normaler Zug, ein echter Zug, nichts dabei.

Es würde alles gut werden, sagte sie sich.

Sie war nicht mehr die Frau, die er kannte. Sie hatte ihm sogar vorzugaukeln versucht, dass sie tot sei. Für immer unerreichbar.

Die Vergangenheit gehörte dem Krieg und dem Mann, der eine Zeitlang ihre Lebensgeschichte geschrieben hatte. Aber sie hatte sie sich zurückgeholt, hatte sich mit schützender Liebe und Schönheit umgeben, bis sie zwar nicht wie neu war, aber wiederhergestellt. Wie ein restauriertes altes Möbelstück: ungebrochen und für eine neue Aufgabe bereit.

Aber zurückgeholt und wiederhergestellt oder nicht, Rin musste trotzdem mitsamt ihrem Zirkus flüchten. Sie hatten einen John Robinson hingelegt und das Spätprogramm in der Budengasse abrupt beendet. Es war alles glattgegangen, wie bei den Übungen, mit denen Rin ihre Crew auf etwas vorbereitet hatte, von dem sie selbst nicht hatte glauben wollen, dass es je eintreten würde. Rasch hatten sie die letzten Zirkusgäste vom Gelände komplimentiert. Maynard vervielfältigte sich, packte die Zelte, die Sideshow, die Jahrmarktsbuden, das Kassenhäuschen zusammen und verstaute alles in den vierzehn Waggons hinter der robusten Mountain-Dampflok. Mr. Weathers, der Lokomotivführer, brachte mit dem Feuerwerker Francis und Yvanna den Kohlekessel zum Glühen. Sobald alle an Bord waren, schoss der Zug in die Nacht hinaus. Als er seine Reisegeschwindigkeit erreichte, hatte Rin ihren Spark benutzt und mit äußerster Konzentration den ganzen Zug von Des Moines auf die Schienen westlich von Lincoln versetzt, von wo er ostwärts in Richtung Omaha rauschte.

Jetzt blieb ihnen nur noch das Warten. Die Ungewissheit der dunklen Weite da draußen. Über ihnen der Himmel Nebraskas, um sie herum kahle schwarze Felder, die unsichtbar jenseits der Zugbeleuchtung lagen.

*Du hältst dich für clever. Aber ich bin immer der Clevere von uns beiden gewesen. Ich weiß, dass du Angst hast.*

Rin schob mühsam ihre alten Knochen vom Bett herunter, biss die Zähne zusammen, als sie Gewicht auf ihr schlimmes Bein brachte, und hielt noch immer den Flachmann umklammert. Mit steifen Fingern fuhr sie über das glatte schwarze Metall.

Sie hatte Odette versprochen, es nicht zu tun, vor mittlerweile sechs Jahren.

Odette und Mauve mussten auf dem Weg zum Begleitwagen sein. Sie fragten herum, ob alle schon im Speisewagen gewesen waren, denn der Zirkus hatte vor dem gemeinsamen Abendessen die Zelte abbrechen müssen. Die beiden konnten jede Minute eintreffen, um die Aufführung in Omaha vorzubereiten. Aber Rin fühlte sich, als wären sie tausend Jahre und abertausend Meilen entfernt.

Mauve und Odette kannten den Circus King nicht. Sie hatten nur seinen Namen gehört, seine Plakate gesehen. Sie kannten die Geschichten. Aber sie hatten ihm nie Auge in Auge gegenübergestanden. Rin hatte ihn nicht nur gekannt, sie hatte ihn geliebt.

Sie spürte das Gewicht der schmalen schwarzen Flasche in ihrer Hand. Manchmal hielt Ringmaster sich für stark, und manchmal würde sie sich am liebsten in nichts auflösen.

*Du* bist *ein Nichts.*

Rin hörte noch immer die monotone Stimme des Mädchens flüstern. *Hier bist du also.*

Der Circus King hatte sie für tot gehalten; sie hatte ihren Namen auf einem Grabstein zurückgelassen, um ihn zu täuschen. Vor Jahren hatte sie auf einem Friedhof in Chicago ihre Wunden ausgebrannt und versiegelt. In den Augen der Welt war sie damals gestorben. Sie hatte losgelassen, neu begonnen, es noch einmal versucht. Und auch wenn ihr klar war, dass dieser Trick sie vielleicht nicht für immer beschützen würde, hatte sie nachts wieder schlafen können.

Eine Zeitlang hatte es funktioniert, aber jetzt wusste er Bescheid: Er hatte sich geirrt, und sie war quicklebendig.

»Rin?«

Odette und Mauve erschienen auf der Schwelle, hinter ihnen die Einstiegsplattform und die dunkle Nacht. Die Metalltür schloss sich mit einem lauten Klacken.

Odette bemerkte den Flachmann. Rin atmete scharf ein und gab ihn ihr. Odette kniff die Lider zusammen.

»Ich hab's nicht getan«, sagte Rin.

Rin wusste, dass Odette ihr glaubte. Trotzdem ging Odette mit der Flasche vor die Tür, und, ohne es zu sehen, wusste Rin, dass sie den Inhalt auf das vorüberhuschende Gleisbett leerte.

»Rin«, sagte Mauve noch einmal. »Bist du bereit?«

Sie musste bereit sein. Eine Show war vorbei, und morgen Abend wurde es Zeit für die nächste. Es war kurz nach Mitternacht, also würden sie Omaha schon bald erreichen. Sie konnten planen und noch ein wenig schlafen, dann mussten sie aufstehen und die Jahrmarktsbuden von den Flachwagen abladen. Das versetzte sie normalerweise alle in freudige Erwartung wie der Sonnenaufgang an einem wolkenlosen Morgen.

Rin blickte aus dem hinteren Waggonfenster, über das Geländer am Zugende hinaus, als erwartete sie, dass er ihnen folgte.

»Wir haben gewusst, dass das irgendwann passieren würde«, sagte Odette leise.

»Und jetzt ist es passiert«, sagte Rin.

»Wir lassen uns von ihm nicht den Spaß verderben«, sagte Odette. »Das hier ist nicht sein Zirkus. Er kann uns nicht einschüchtern.«

»Er ist mächtiger geworden«, sagte Rin.

»Warum denkst du das?«, fragte Odette.

»Weil *ich* mächtiger geworden bin«, sagte Rin und schaute Odette in die Augen. Sie hoffte, dass sie im Halbdunkel standhaft aussah, stabil und unerschrocken. »Ich bin stark, wenn auch nur stark genug, um ihm zu entwischen.«

Odette griff mit einer behandschuhten Hand nach Rins. Selbst nach all den Jahren durfte sie Rin nicht mit bloßen Händen berühren, außer wenn sie sie heilte. Denn der einzige Unterschied zwischen Odettes Spark und dem des Circus King lag in ihrer Güte.

»Wir schaffen das gemeinsam«, sagte Odette. »Du bist nicht allein.«

Das machte alles nur schlimmer. Denn Rin hätte niemanden in diese Sache mit hineinziehen dürfen.

»Wenn er kommt«, sagte Rin, »dann kümmere ich mich um ihn. Ihr beiden müsst mit dem Zirkus verschwinden.«

Mauve strich Rin über das Haar. »Wenn du für unsere Sitzung nicht fit bist, lassen wir es für heute gut sein. Odette und ich können uns um alles kümmern.«

»Nein«, sagte Rin. »Lass uns anfangen.«

*Wie du wieder lügst, mein Spätzchen. Du zitterst vor Angst, das weiß ich. Und ich komme.*

»Also los«, sagte Rin.

Sie setzten sich zu dritt nebeneinander aufs Bett: Odette, die sie am Leben hielt und zusammenschweißte. Mauve, die Zahlenjongleurin und Navigatorin. Und Ringmaster, die ihr Bestes gab, um den Laden zu leiten.

Die letzten beiden Waggons dienten als Wohnquartier und Büro der Zirkusleitung, und hier im Begleitwagen war ihr Rückzugsort. Der Zug war lang – Gestänge, Jahrmarktsbuden und Leinwand wurden auf Flachwagen verzurrt, für die Artisten gab es Schlafwagen, und im Frühjahr hatten sie sich von etwas Erspartem sogar einen Speisewagen dazugekauft. Es war recht komfortabel, ihr vierzehnteiliges Zuhause auf Rädern.

Auf Odettes und Rins Bett, das mit seinen bunten Flickendecken die Geschichte ihrer gemeinsamen Jahre erzählte, setzten sie sich jetzt in den Schneidersitz und atmeten tief ein und aus. Mauve schniefte, um die Nase freizubekommen, dann blickte sie starr geradeaus, als wäre vor ihrem inneren Auge ein Filmprojektor angesprungen. Sie kniff die Lider zusammen, als blätterte sie in einer Enzyklopädie auf der Suche nach einem Eintrag, den sie brauchte und nicht finden konnte.

Die Zeitreisende war Mauve deutlich anzusehen; ihre Frisur lag irgendwo zwischen der aktuellen Mode und dem »Pagenschnitt«, den sie aus der Zukunft kannte. Fingerlocken rahmten ihr zartes braunes Gesicht. Im Augenblick lächelte Mauve nicht, aber wenn sie es tat, dann strahlte sie, mit perfekten Zähnen und einem ansteckenden Lachen. Sie hatte volle, runde Wangen und tiefbraune, warme Augen, mit denen sie in die Welt sah, als wäre sie gerade erst frisch dort eingetroffen und von allem begeistert. Dabei war sie nicht naiv; sie kannte die Welt schon eine Weile und auch von ihrer hässlichen Seite. Und trotzdem betrachtete sie das Leben wie etwas, das sich zu betrachten lohnte.

Mauves Spark bestand darin, dass sie die Vergangenheit und die Zukunft wie in einem offenen Buch vor sich ausgebreitet sehen konnte. Das war viel für einen einzelnen Menschen. Manchmal befürchtete Rin, Mauve könnte sich in der Zeit verlieren, wenn sie alles auf einmal vor Augen hatte. Aber vielleicht laufen gerade die am meisten Gefahr davonzutreiben, die sich am meisten festzuzurren versuchen.

Odette wiederum wirkte wie ein ätherisches Wesen, dabei war sie körperlich stark und seelisch belastbar. Rin hatte mit den Jahren herausgefunden, dass Odette nicht nur um ihrer selbst willen durchhielt, sondern auch um ihretwillen, auch für Rin.

Etwas regte sich in Rin; eine Wärme breitete sich aus wie an einem sommerlichen Lagerfeuer. Odette war schön. Selbst in dieser bedrohlichen Nacht voller Dunkelheit und Gefahren umgab sie ein Leuchten. Sie war eine, die nie aufgab, die keine Angst hatte, die wusste, wie man liebt. Sie war Rins schönste Geschichte.

*Sie wird dich verlassen. Und ich werde dich finden.*

Die Eiseskälte der Liebe, die er sie gelehrt hatte, verdrängte das Versprechen ihrer Ehefrau. Rins Gehirn versuchte ihr einzureden, Odette sei nicht real. Odette war einfach zu gut, um wahr zu sein. Der Circus King war zu schrecklich, als dass man ihn hätte erfinden können.

»Oh«, sagte Mauve in diesem Ton, in dem sich New Orleans und der Mittlere Westen mischten. Ihre Kindheit mit ihrem Erwachsenenleben. Sie tastete neben sich und griff in eine Tüte Cracker Jacks. Immer noch starr geradeaus blickend, stopfte sie sich die Knabberei in den Mund. »Okay, ich sehe sie.«

Am Vortag jeder Aufführung entdeckte Mauve einen Menschen – ihren »Ehrengast«, wie sie es nannten –, dessen Leben sich ändern konnte, wenn er oder sie nur den entscheidenden Funken Hoffnung spürte, die nötige Magie erlebte. Nach Mauves Angaben reimten sie sich zusammen, was der Ehrengast zu sehen bekommen musste, und bauten es in den Ablauf der Show ein. Eine Woche zuvor war es ein Veteran namens Henry Dodds gewesen, am gerade vergangenen Abend ein Mann, der hoffentlich trotzdem bekommen hatte, was er brauchte, obwohl der Circus King sich in Rins Bewusstsein gedrängt hatte.

So nannte er sich: Circus King, der König des Zirkus. Seine Zelte waren mitternachtsschwarz, seine Plakate blutrot, und seine Mannschaft bestand aus Sparks, die er unter seiner Kontrolle hatte. Wenn die schwarzen Zelte in einer Stadt aufgeschlagen wurden, geschahen schlimme Dinge. Dem Windy van Hootens stand noch Schlimmeres bevor.

Mauves Augen ruckelten, wie wenn das lose Ende einer Filmrolle flattert. Sie schüttelte den Kopf und starrte Rin an. Rin starrte zurück. Mauve saß direkt neben ihr und war doch Welten entfernt. Rin griff mit schweißnassen Händen in die Flickendecke. Egal, was Mauve sagte, sie würden damit fertigwerden. Sie waren immer mit allem fertiggeworden. Gemeinsam.

»Es ist dunkel«, sagte Mauve heiser. »Es sieht übel aus. Etwas bedeckt sie komplett, unseren Ehrengast. Etwas Dunkles liegt auf ihr und auf ihrem Bruder, und es reicht bis zu uns und noch weiter.« Ihre Augen richteten sich wieder auf die Filmprojektion, die nur sie sehen konnte, und Rin fröstelte trotz der Hitze, die in Nebraska herrschte. Diese Sitzungen folgten einem Muster. Mauve hielt nach jemandem Ausschau, der aus der Menge der Stadtbewohner herausstach, zählte Fakten zu deren oder dessen Leben auf und erklärte, was dieser Jemand brauchte. Rin schlug Zirkusnummern vor, die dem Lebensfaden dieses Menschen eine neue Richtung geben würden, Mauve schaute nach, ob sie helfen würden, und Odette erinnerte sie daran, dass es schon spät sei. Sie einigten sich auf eine Nummer, wünschten einander Gute Nacht und fielen in ihre Betten.

In der vorigen Woche hatte Mauve ihnen berichtet, dass ihr Ehrengast Henry Dodds einsam und verängstigt war und sein Verstand nicht zuverlässig zwischen Realität und Einbildung unterscheiden konnte. Sie hatten einen Plan erarbeitet und ausgeführt. Henry musste daran erinnert werden, wie sehr er vor dem Krieg und den Schützengräben das Leben geliebt hatte, also hatte Mauve ein Lied über eine Mutter und ihr Kind in ihr Programm einfließen lassen, und die Clowns waren fünf Minuten länger aufgetreten. Als Henry nach der Aufführung an Ringmaster herantrat, hatten sie ihm medizinische Hilfe aus dem künftigen Jahrhundert angeboten. Aber heute verlief alles anders.

»Da ist irgendetwas in der Zukunft«, sagte Mauve jetzt. »Etwas Großes. Es betrifft nicht nur einen Menschen, sondern alle, die ich sehen kann.«

Mauve konnte nicht alles sehen, aber sie sah den Staub an ihrem eigenen Lebensfaden, und im Lauf der Zeit erweiterte sich diese Gabe auf die Lebensfäden derer, die sie liebte. Inzwischen hatte sie ihren Spark so verfeinert, dass sie die Fäden der Zirkuszuschauer sehen konnte, all derer, die ihr je begegnet waren oder begegnen würden. Für den Sinn und Zweck ihres Zirkus war das von entscheidender Bedeutung.

Aber jetzt blickte Mauve sich um, als wäre sie von all den Toten der Weltgeschichte umzingelt, mit offenem Mund und aufgerissenen Augen. Sie hatte Angst. Noch nie hatte Rin Mauve dermaßen verängstigt gesehen.

Rin vergaß einen Moment lang den Circus King, aber nur, um an etwas Schwerwiegenderes zu denken. Rin hatte den Krieg erlebt. Sie hatte die Pandemie erlebt. Sie erinnerte sich an das Gefühl, dass die Welt stehen geblieben war, die unheimliche Stille, und selbst jetzt, etliche Jahre später, trug jeder Fremde, mit dem sie sonst nichts gemeinsam haben mochte, genau wie sie die Last von Krieg und Krankheit auf den Schultern.

Odette griff nach Rins Hand. Rin schaute zu ihr hinüber. Odettes Blick war an die Muster der Flickendecke geheftet, ihr Mund fest zugepresst. Sie ahnte es auch. Irgendetwas stimmte nicht, etwas war anders, etwas kam auf sie zu.

»Und wenn ich weiter vorausschauen will«, fuhr Mauve mit fester Stimme fort, »wenn ich nach anderen Ehrengästen suche, nur eine vorläufige Auswahl für den Rest der Saison, ist es überall dasselbe, immer wieder, aus jeder Perspektive.« Mauve zögerte, betrachtete die leere Luft, als würde sie zu ihr sprechen. Rin wünschte, sie hätte dieselbe Gabe. »Dann schaue ich uns an. Unseren Zug, die Leute, die in den Abteilen schlafen, und wohin ihre Fäden führen. Sie führen alle in dieselbe Richtung. An einen schrecklichen, dunklen Ort.«

»Zum Circus King?«, fragte Rin, aber Mauve schüttelte den Kopf.

»Ich weiß es nicht.«

»Wir müssen dahin und es uns anschauen«, sagte Rin. »Wir müssen es wissen.«

»Aber warum?«, fragte Odette. »Es bringt gar nichts, heute noch irgendwohin zu springen. Die düstere Zukunft kann mindestens noch bis morgen warten.«

»Ich kann es nur andeutungsweise sehen«, sagte Mauve. »Ich denke auch, dass wir springen sollten, um uns ein Bild davon zu machen, was da los ist.«

»Nein«, sagte Odette und erhob sich aus dem Schneidersitz, um die Sitzung aufzulösen und die lastende Bedrohung abzuschütteln. »Was auch immer da los ist – dieser Zirkus ist schon tausendmal mit der Außenwelt klargekommen. Solange wir aufeinander aufpassen, sind wir sicher.«

»Sind wir nicht«, sagte Mauve. »Ich finde, wir sollten nachschauen, was es ist, weil es nämlich gerade danach aussieht, als wäre überhaupt niemand davor sicher.«

Odette sah aus, als raste sie in Zeitlupe auf einen Zusammenprall zu, dem sie nicht ausweichen konnte. Sie schaute Rin an, als wäre es das letzte Mal, dass sie einander diesseits des Gemetzels zu Gesicht bekämen. Ihr ganzer Körper war angespannt. Es war ihr anzumerken, dass sich alles in ihr gegen Mauves Vorschlag sträubte.

Und Rin beschlich das ungute Gefühl, die Angst vor dem Circus King, die sie eben noch so sehr beschäftigt hatte, sei nichts gegen das, was sie in den kommenden Minuten erwarten könnte.

Rin ließ ihren Blick von Odette zu Mauve wandern. Manche Menschen wurden müde, wenn sie ihren Spark einsetzten. Andere dagegen, zum Beispiel Mauve, wurden davon munter. Ihr war anzusehen, wie energiegeladen sie sich fühlte, dass sie die ganze Nacht hätte aufbleiben können, sogar mehr als eine Nacht, wenn das nötig wäre. Mauve würde nicht lockerlassen. Und deshalb verstanden sie sich so gut, weil auch Rin sich oft weigerte lockerzulassen.

»Also gut«, sagte Rin, das Zünglein an der Waage. Es stand zwei zu eins.

Also würden sie es tun. Die Heilerin Odette, die Seherin Mauve und die Springerin Rin. Immer gemeinsam, nie allein.

Zu dritt waren sie immer allem gewachsen.

Es war bei weitem nicht die erste solche Unternehmung. Im Lauf der Jahre waren sie immer wieder durch Zeit und Raum gesprungen, um den Zirkus zu schützen oder um Menschen zu helfen, die als Gäste zu ihnen kamen.

Jedes Mal, wenn jemand sich dem Wanderzirkus Windy van Hooten anschließen wollte, stellte Rin ihnen nämlich eine Frage: Wenn sie eine Sache in ihrem Leben ändern könnten, ob sie dann immer noch zum Zirkus wollten. Und wenn sich herausstellte, dass die drei Frauen diese Änderung herbeiführen konnten, dann taten sie es.

Es gab eine feste Regel beim Springen: nie weiter zurück als bis in das Jahr 1918. Dort fand sich der Friedhof in Chicago, auf dem Rin für den Circus King ihren Namen zurückgelassen hatte. Und kurz davor lag der Anfang des Spark, von dem sie nicht viel verstanden, aber den sie auf keinen Fall gefährden wollten, da waren sie sich einig.

Schweigend zog Rin ein Armband aus der Tasche, eine Hanfschnur, die sie sich um das Handgelenk knoten konnte. Auf einem handgeschnitzten Scheibchen aus Treibholz standen die Worte: *Nicht heute.* Rin atmete tief durch.

Die Realität, in die sie eintauchen würden, war nur ein grober Entwurf; es war nicht ihr Zuhause. Es war nicht die Realität, jedenfalls noch nicht. Und alles, was ihnen begegnete, konnte sich ändern.

Einen Moment standen sie so beisammen, und Rin sah sie wie von außen – eine Menagerie der Kuriositäten. Ringmaster mit den Sommersprossen und dem roten Mantel, Odette im paillettenbesetzten Kostüm, mit viel Glitzer und kurzen blonden Haaren, und Mauve in ihrem liebsten Schultertuch. Sie suchte schon auf einer unsichtbaren Karte nach ihrem Zielort.

Die drei waren wie die Fibonacci-Folge in einem Renaissancegemälde. Wie die drei Hexen im ersten Aufzug von *Macbeth*. Nur drei Frauen, und um sie herum die ganze Welt.

*Und tun so, als wären sie sonst wer.*

Odette streichelte Rin sanft die Hand. »Wir schaffen das schon«, sagte sie leise.

»Vertrau auf uns«, hatte Odette vor Jahren schon zu Rin gesagt, und vor Monaten wieder, vor Wochen. »Vertrau dir selbst.«

Aber jetzt erwartete sie erst einmal die Zukunft. Und die Zukunft war so viel größer als sie, als Odette, als Mauve, als alle drei zusammen.

Rin musste sich konzentrieren. Sie musste den Worten folgen, die Mauve ihr zuflüsterte, eine Hand auf Rins Schulter gelegt: »Zu einem Strand, tief in den Folgejahren einer Nacht der Scherben.«

Rins Blick durchdrang die Schatten und die Wände, das Licht und den Teppich. Sie sah die Zeit wie einen Tunnel voller Fäden vor sich und versuchte, diesen Fäden zu folgen.

Es hieß, Zeit und Schicksal sähen für jede Schauende anders aus und zeigten sich auch ein und demselben Menschen zu verschiedenen Zeiten in unterschiedlichen Gestalten. Mauve sah ein transparentes Buch zwischen den Luftschichten schweben, dessen Seiten sie nach Momenten und Bildern durchsuchen konnte. Manchmal war es aber auch mehr so, als würden in einem Kinosaal Tausende Filme zugleich abgespielt und die einzelnen Spuren sich bis zur Unkenntlichkeit überlagern. Für Rin fühlte es sich oft an wie Musik, als wäre sie von einem ganzen Orchester aus Lichtern und Farben umgeben.

Und heute blickte sie durch den Zeittunnel, den der Spark ihr eröffnete, auf den Strand, von dem Mauve gesprochen hatte. Etwa zwanzig Jahre entfernt leuchtete er am Ende eines langen Weges.

Zwanzig Jahre! Normalerweise erlaubten sie sich nur kleine Sprünge und nur flüchtige Blicke in die Zukunft. Das hier fühlte sich anders an als alles, was sie sich bisher vorgenommen hatten. Sie durfte nicht zögern. Sie musste sich voll konzentrieren. Und je länger sie das tat, desto deutlicher sah sie in dem Tunnel mit dem Licht an seinem Ende ein festes Band. Wie ein Halteseil schuf es einen Weg in die Zukunft, durch die Sprünge und Risse der Augenblicke, die noch niemand kannte. Rin griff innerlich danach, hielt sich daran fest. Und sie machte sich bereit für den Sprung.

»Ich hab's«, sagte Rin.

Mauve und Odette legten ihr die Hände auf die Schultern. Rin atmete durch. Ihr Körper war jetzt voller Spannung, voller Leben. Sie ließ die Schwerkraft hinter sich und sprang.

Sie stieß den Kopf nach vorn und sah den Zug verschwinden. Sie sah einen Feuerwerkstunnel, sah Augenblicke, Fragmente, schaute hinter die Kulissen der Realität. Rin stieß einen Ruf aus, einen Kampfschrei, aber der Wind riss ihn ihr von den Lippen. Sie flogen.

Ringmaster, Odette und Mauve segelten durch die Zeiten.

# 4

## RINGMASTER, 1944

Rin wand sich durch enge Gassen, durch Ozeantiefen, durch feste Versprechen und gebrochene Herzen, durch die Morgenröte von fast siebentausend ungelebten Tagen.

Sie würden ankommen, wo sie ankommen mussten. Odette und Mauve ließen nicht los.

Jetzt sah Rin das Ende des Seils in den fernen Strand münden, den sie angesteuert hatten. Er stürzte auf sie zu, als wären sie aus einem Flugzeug gesprungen. Mit einem Brüllen richtete sie die Hände nach unten, ihr Herz nach vorn und zwang ihre Körper, auf den Füßen zu landen.

Der Tunnel schloss sich. Die Magie verflog.

Rin triumphierte. »Kinderspiel!«, krähte sie und schaute voller Tatendrang in die Runde. Odette tätschelte ihr den Rücken. Mauve lachte, trat einen Schritt vor und stolperte.

»Blöder Sand«, grummelte sie und zog ihre Schuhe aus.

Der Himmel war bedeckt, und neben ihnen rauschten die Wellen. Aber Rin bemerkte etwas auf der Anhöhe über dem Strand: Dort oben stand ein Bunker. Im Sand lagen überall riesige metallene Kreuze und Stacheldrahtrollen ...

Dann riss die Welt in Stücke.

Odette warf sich schützend über Mauve und Rin.

Gewehrschüsse von oben, sirrende Projektile, die den Sand aufpeitschten.

Rin spähte unter Odette hervor, die sie fest umklammert hielt. Männer stürmten den Strand, stiegen aus dem Meer wie schiffbrüchige Seelen aus Charons gekenterter Fähre, ergossen sich über die Küste und fielen, starben, knickten ein, stürmten weiter. Das Wasser trank sich an ihren Körpern blutig. Und über allem das unablässige Rat-tat-tat-tat-Tattern der Maschinengewehre.

Wieder eine Explosion. Sengende Hitze. Hitze, die bis ins Mark drang und die Knochen zum Bersten zu bringen drohte. Ein Pfeifen in den Ohren, ein Schock. Rin konnte sich nicht rühren. Männer fielen wie die Fliegen, kauerten sich hinter die Kreuze, wurden durchlöchert und zerfetzt wie Hasen bei der Jagd.

Keine Schützengräben, die Schutz geboten hätten. Nichts als ungebremster Krieg überall.

War die ganze Welt ein Schlachtfeld?

Dann traf sie etwas ins Bein, und sie schrie. Mauve packte ihre Hand. Rin schaute sie an, ihre Gesichter mit feuchtem Sand verklebt. Odette beschützte sie noch immer. Unter Schmerzen riss Rin die beiden mit sich hinunter. Sie fielen durch den Sand, durch leeren Raum, tiefer und tiefer …

Rin entdeckte einen Faden, der vom Schlachtfeld heimwärts führte, zu jemandem, der im Zug auf einer Pritsche schlief. Rin sah den Zug unter ihnen und den Strand hoch oben, dazwischen schwarzen Raum und die miteinander verbundenen Fäden, die golden glommen. Es war wie in einem Traum. Aber sie wusste seit langem, dass es real war.

Sie griff nach dem Faden, der zum Zug führte. Er war dick und golden, mit ihrem Herzen verbunden und verschwand in der Ferne. Sie packte ihn. Sie hielt ihn fest, schwang sich durch Raum und Zeit und erreichte …

★ ★ ★ ★ ★ ★ ★

einen Ort, den sie nicht erkannte.

Aber Rin war dem Zug gefolgt. Sie hätten im Zug landen sollen. Wo zur Hölle waren sie also?

Sie landeten unsanft auf dem Rücken, im Dunkeln, auf einer Fläche aus zerborstenem und zerklüftetem Beton. Rin hörte in Odette einen Knochen brechen. Odette sog scharf die Luft ein, schloss die Augen und konzentrierte sich. Mit einem Knirschen renkte sich der Bruch wieder ein. Odette setzte sich auf. Rin fragte nicht, was sie sich gebrochen hatte. Es war wieder heil.

»Notfall. Ich ziehe die Handschuhe aus.« Odette legte die bloße rechte Hand auf Rins Bein. Rin konnte nicht einmal einen Blick auf die Schusswunde werfen, da war sie schon verschwunden.

Odette atmete den Schmerz weg, den sie Rin abnahm. An Rins Unterschenkel klebte noch feuchtes, warmes Blut. Rin streckte eine tröstende Hand nach Odette aus. Die streifte ihren Handschuh wieder über und zog Mauve und Rin an sich. »Wo zur Hölle sind wir?«

Sie waren in einer Wohnung. Oder vielmehr in ihren Überresten. Es sah aus, als wäre ein Puppenhaus auf einen Schutthaufen geworfen worden, und gewaltige Zähne hätten es zernagt. Draußen brannte etwas. Das Unheimlichste aber waren zwei Schüsseln und eine Packung Cornflakes auf dem Küchentresen, als hätten die Bewohner zum Sterben kurz ihr Frühstück unterbrochen.

Das war kein Ort, den je ein Geschoss hätte erreichen dürfen. Es war kein Schützengraben, sondern ein Zuhause.

Draußen pfiff es und krachte. Wieder bebte die Welt.

Odette half Rin und Mauve auf die Füße, und sie kauerten sich in eine Ecke. Rin musste sich daran erinnern zu atmen.

»Was tun wir hier?«, fragte Mauve.

Rin schüttelte den Kopf. »Ich weiß es nicht«, sagte sie. »Ich … ich bin einem Faden gefolgt, der mit mir verknüpft war und zum Zirkus führte …« In den menschenleeren Straßen hallte fernes Geschrei wider, dann Schüsse, vom Knacken des Feuers untermalt. Es roch nach verbrannten Haaren, und Rin wurde übel.

»Wer ist da?«, rief jemand aus einem Nachbarzimmer.

Rin erkannte die Stimme.

»Maynard«, flüsterte Mauve. »Das ist Maynard.«

»Du hast recht«, sagte Rin und stellte sich mit Mühe auf die zittrigen Beine.

»Rin …«, mahnte Odette.

Aber Rin lief zur Tür, stolperte über die tückischen Sprünge im Boden, würgte an der Asche, die ihr wie umherfliegende Spinnweben in Mund und Nase drang. Auf der Schwelle hielt sie sich mit zerschundenen Händen am Holz fest, um nicht vor Erschöpfung umzufallen. Sie spähte ins Schlafzimmer: Auf dem intakten Bettgestell lagen Kissen und Decke ordentlich ausgebreitet, aber das Blumenmuster der Bezüge verschwand unter Holzdielen und Trümmern. Hier war nichts mehr sicher.

»Nein.« Maynards heisere Stimme drang aus der hintersten dunklen Zimmerecke.

Rin fühlte ein Ziehen in der Brust, als verbände der Faden, der sie heimführen sollte, sie jetzt mit dieser Ecke.

Ein ganzer Trupp Soldaten kauerte dort, ineinandergekrümmt, und zitterte unter den Uniformen. Und der Soldat, der Rin angesprochen hatte, war tatsächlich Maynard.

Er sah älter aus, mit Falten um die Augen und einer Glatze. An seinen Armen leuchteten rote Narben, sein Kiefer war bandagiert, seine weiße Haut von dunklen Blutergüssen übersät. Und dennoch war es Maynard, der sie ernst und skeptisch musterte, als wäre sie ein Geist.

»Du bist es«, hauchte Maynard nun, als wäre er um Jahre jünger und gerade erst dem magischen Zirkus beigetreten, der jetzt länger geschlossen hatte, als er in Betrieb gewesen war.

Bei seinen Worten hoben die Gestalten in der Ecke die Köpfe, und Rin konnte ihre Gesichter sehen. Ihr schlug das Herz bis zum Hals, und sie schluchzte auf vor Schreck. Da war Mr. Weathers – uralt sah er aus. Er hatte einen seiner Flügel eng angelegt, und der andere fehlte. Tinas runde weiße Wangen waren eingefallen, ihre Augen nicht strahlend wie sonst, sondern leer. Und dann waren da Wally, Ford, Jess, Ming-Huá und Esther. Rin konnte kaum fassen, was sie da sah: Es war ihr Zirkus.

Aber sie waren kein Zirkus mehr. Sie waren ein Trupp Soldaten, mit Helmen, Gewehren und Uniformen gerüstet, mit tellergroßen Augen und reglosen Gesichtern.

Der an ihrem Herzen befestigte Faden war nicht mit dem Zug verbunden gewesen, sondern mit den Menschen darin. Er hatte Rin nicht in die Vergangenheit zurückgeführt, sondern an einen anderen Ort in der Zukunft. Vielleicht war es das, was ihr Herz hatte sehen wollen – was mit diesen Menschen passieren würde.

»Nein«, flüsterte Rin.

Erst dann fiel ihr auf, dass Maynard sein Gewehr auf die Tür gerichtet hielt und somit auf sie. Sie wartete darauf, dass er die Waffe senken würde, damit sie näher kommen konnte, aber das tat er nicht. Es war klug von ihm, damit zu rechnen, dass die Begegnung ein Trick war – mit Illusionen und Magie kannten sie sich schließlich aus –, aber Rin sah ihm an, wie gern er glauben wollte, dass er sich nicht täuschte. »Was?«, krächzte er. »Wie …? Ringmaster, bist du es wirklich?«

»Rin?« Hinter Maynard richtete sich eine Frau auf, die Rin erst jetzt bemerkte. Sie hatte schwarzes Haar, ein blasses weißes Gesicht und große blaue Augen, in die bei Rins Anblick die Tränen traten.

Rin kannte sie nicht, aber die Frau kannte eindeutig Rin.

»Rin?«, rief sie. Sie stürzte auf Ringmaster zu, ohne die Skepsis, die bei den anderen herrschte. Sie ließ die Tränen fließen wie einen viel zu lange zurückgehaltenen Atemzug. »Wie bist du …?«

Da traf etwas die Frau in die Brust. Sie erstrahlte in einem beißenden blauen Licht. Dann wieder ein Treffer, der den ganzen Trupp erwischte. Etwas erstickte sie alle, etwas tötete sie. Etwas ganz und gar Unvertrautes.

Rin taumelte. »Nein!«, schrie sie.

Sie sah die Frau, ihre großen Augen flehend auf Rin gerichtet. Ihr Gesicht löste sich von innen her auf, als ob das blaue Licht sie in tausend brennende Fetzen riss.

Rin musste sie retten.

Aber Odette packte sie am Arm und zog sie von dem blauen Gemetzel fort.

»Wir müssen hier weg!«, rief Mauve und hielt sich an ihnen beiden fest. »Bring uns nach Hause!«

»Sie sterben alle!«, schrie Rin.

Mauve nahm Rins Gesicht in beide Hände. »Konzentrier dich!«, sagte sie. »Bring uns hier weg, sofort! Sonst können wir nichts daran ändern!«

Rin fiel ihr Armband wieder ein. Sie spürte es am Handgelenk. *Nicht heute.*

Rin legte die Arme um ihre Freundinnen und riss sie mit sich zurück, über die Abbruchkante des Betons hinaus ins Leere, immer weiter zurück, zurück …

bis in ihr Bett im Zug. Als hätte die Welt sämtliche physikalischen Gesetze aufgehoben und dann wieder in Kraft gesetzt. Die Magie verflog.

Das laute Klackern der Schienen. Unter ihren gerade gelandeten Körpern, unter Rins und Odettes Bett ratterte der Zirkuszug durch die Nacht, pfiff und sirrte durch das stürmische Nebraska. Rin spürte, wie ihre steifen Glieder in die Gänsedaunen sanken.

Der Strand war verschwunden, der zerklüftete Beton ebenso, aber als Rin behutsam ihre Stiefel auf den Waggonboden senkte, fühlte sie zwischen den Zehen noch Sand.

Sie riss sich das Armband vom Handgelenk, als wäre es verflucht.

Rin hörte, wie sie ein Geräusch ausstieß, etwas zwischen einem Würgen und einem Brüllen. Sie fing sich wieder. Der versengte Geruch wehte ihr noch durch die Nase, in die Kehle, den Magen.

Mauve musste sich in den Mülleimer übergeben. Dann herrschte erst einmal Stille. Jede wartete, dass die anderen etwas sagten.

Rin schaute zu, wie draußen die Sonne aufging. Im ersten Tageslicht tauchte das Bahngelände auf.

Sie waren in Omaha.

»Rin ...«, sagte Mauve und zeigte auf Rins Schienbein. Es blutete wieder; Splitter hatten es aufgerissen, wo vorher die Schusswunde gewesen war.

»Schon wieder?«, schimpfte Rin an ihr Bein gerichtet. »Du machst mir nur Ärger heute!«

»Das haben wir gleich, ihr Lieben«, sagte Odette. Rin konnte sehen, wie sie sich zusammennehmen musste. Odette zitterte immer noch. »Handschuhe ausgezogen«, gab sie bekannt. »Darf ich euch beide berühren?«

Odette würde ihnen die Angst und die Verletzungen nehmen, sie in sich aufsaugen und irgendwo sicher verwahren.

Das war ihr Spark. Das tat sie für ihre Freunde: Sie hielt sie fest, wenn der Schmerz unerträglich wurde. Die Trapezkünstlerin trug die Last und ließ sie innerlich zu Asche verbrennen. So würden die drei immer wieder überleben. Dank Odette.

»Nimm mir nicht die Angst«, sagte Rin. »Kümmere dich nur um das Bein. Die Angst brauche ich.«

»Rin ...«

»Keine Widerrede!«, blaffte sie. »Du hast genau verstanden, was ich möchte. Wenn das nicht geht, will ich gar keine Hilfe.«

So schroff hatte Rin es nicht sagen wollen. Oder doch? Sie hatte ein Ziel vor Augen. Sie wusste jetzt, was zu tun war. Und sie wollte verdammt sein, wenn sie sich davon abbringen ließ. Rin wollte sich jedes kleinste Detail der zertrümmerten Wohnung merken, den Geruch, das Wissen darum, was sie zu verlieren hatten.

*Willst du deshalb nicht, dass sie dir die Angst nimmt?*, zischelte die Erinnerung an einen böswilligen Mann in ihrem Schädel. *Oder liegt es daran, dass du insgeheim befürchtest, sie könnte sein wie ich? Wie viel von dir gehört dir überhaupt noch? Wie viel habe ich dir genommen? Was habe ich übrig gelassen? Vielleicht bestehst du nur noch aus dem, was niemand hat haben wollen. Vielleicht ist nicht genug von dir übrig, um irgendwen zu retten, Spätzchen.*

Rin grub sich die Fingernägel in die Handflächen, um sich abzulenken. Aber als Odette die Hände nach Mauve und ihr ausstreckte, um sie zu heilen, ließ Rin locker. Sich selbst zu verletzen war das eine, das andere wäre gewesen, Odette mehr weh zu tun als ohnehin schon.

Rins Bein verheilte; es stieß die Metallsplitter aus, und die Splitter verschwanden. Dann erschienen sie in Odettes Schienbein, und Odette verzog das Gesicht. Ihre Haut konnte jedes Geschoss, jede Scherbe, jede Verletzung schlucken.

Aber die Erinnerung an das blaue Licht konnte sie nicht schlucken, an den Tod, der ihre Freunde hinweggefegt hatte.

»Es war so viel«, sagte Odette zitternd. Dann atmete sie noch einmal tief durch und heilte sich selbst. »Es war so viel und so groß. Es kam von überallher. Was war das?«

Rin wusste es genau.

Es war der Krieg.

# 5

## RINGMASTER, 1926

Ringmaster wusste, wie es auf der Welt aussah, wenn das Licht ausging.

Sie hatte es schon nach dem letzten Krieg erlebt. Eiserne Masken auf den Gesichtern von Jungen, die noch grün hinter den Ohren waren. Gräber für Leichen, die von der Welt nie etwas anderes kennengelernt hatten als ihr Elternhaus und dann einen Schützengraben.

Sie hatte es im zähnefletschenden, selbstgefälligen Gesicht des Circus King gesehen, wenn er seine Beute in die Ecke trieb und alles bekam, was er wollte, wie brutale Männer es immer taten.

Und sie hatte es letzte Nacht gesehen, bei ihrem Zeitsprung.

Die Vergangenheit und die Zukunft drohten, sie in der Gegenwart zu erdrücken. Es war, als kämen sie aus beiden Richtungen auf sie zugerollt und würden jeden Moment aufeinanderprallen und sie zermalmen.

Es war alles zu viel. Das blaue Licht, die junge Frau, die sie nicht kannte und die vor ihren Augen gestorben war, die zerstörte Wohnung, der Strand, der Circus King, das rote Kittelkleid …

Nicht heute.

So schwer es ihr fiel, sie durfte sich nicht mit dem Gedanken aufhalten, dass alle ihre Freunde sterben würden. Das half niemandem weiter. Also lief sie den Zug entlang und versuchte, in der Gegenwart Halt zu finden. Sie ballte die Fäuste, spürte ihre Zehen in den klobigen Stiefeln, atmete den Duft des Frühlings in Omaha ein: blühendes Geißblatt und Flieder, rauchende Schlote, ein Grillfeuer irgendwo in der Ferne. Im Winter wurde es schlimm in dieser Stadt. Jetzt war Zeit zu feiern. Der Zirkus hatte seine Zelte aufgeschlagen.

Über dem Bahngelände zwischen der Burlington und der Union Station ging die Sonne auf. Die beiden Bahnhöfe waren wie marmorne Grenzpfosten, mit einem breiten Streifen aus brauner Erde und ölverschmierten Waggons dazwischen. Das Zirkusgelände lag direkt östlich der Union Station, zwischen den Schienen, dem großen, dschungelartigen Fabrikviertel und dem Fluss. Sie waren nicht zum ersten Mal hier. Sie kannten den Besitzer des Grundstücks, und aufgrund seiner Lage kam immer ein interessantes Publikum in den Zirkus. Die Leute reisten von weit her mit dem Zug an, und im Fabrikviertel arbeiteten sehr verschiedene Menschen. Eine bunte Mischung, wie ihre kleine Familie.

Rin schaute Maynards Vielfachen zu, wie sie die Waggons entkoppelten. Cherry und der Clown Mrs. Davidson machten sich auf, um im Backstagebereich hinter dem Chapiteau Cherrys Kantine aufzubauen. Ihr Zuhause sah immer gleich aus, egal auf welchem Grundstück, welchem Bahngelände, welchem Festplatz der Phantastische Zirkus gastierte.

Kein Krieg, kein Circus King konnte das zerstören. Sie würde es schaffen. Sie würde sie alle beschützen. Als Rin vor Jahren Odette traf, hatte sie in einer Rüstung gesteckt. Sie hatte so darum gekämpft, ihre Panzerung abzulegen, die anderen in ihr Herz zu lassen, daran zu glauben, dass die Schatten ihr nicht folgen würden. Die Welt hatte sich weitergedreht, und mittlerweile, im Jahr 1926, blickten die Menschen in eine rosige Zukunft. Warum auch nicht? So schlimm wie die Vergangenheit konnte die Zukunft nicht werden.

Waren sie alle naiv?

»Morgen, Maynard!«, hörte Rin eine Stimme hinter sich rufen.

Ihr Tuch eng um die Schultern geschlungen, trat Mauve in Rins Blickfeld. Sie und Rin trafen sich jeden Morgen, verließen gemeinsam das Gelände und sorgten dafür, dass ihr Ehrengast von der Zirkusaufführung erfuhr.

Am Tor hielten sie inne und schauten nach Nebraska hinaus, das sich hier zu einem Raster aus Backsteingebäuden verknotet hatte, zu einer Talsenke voller Fabrikhallen, Hotels und Märkte. So betrachtet wirkte der Stadtkern wie ein industrielles Niemandsland – mit einem Fuß im Fortschritt und dem anderen in der Prärie.

»Du siehst so kampfbereit aus«, sagte Mauve. Rin schaute sie an – ihre liebe Freundin, die vor nichts Angst hatte und allen anderen zwei Schritte voraus war. Aber heute Morgen zitterten Mauve die Hände. »Es gibt gute Nachrichten: Ich habe den Fäden nachgespürt, ob wir heute Abend mit dem Circus King Ärger bekommen werden, und da blieb alles ruhig.«

Das war eine Erleichterung. Eine vorübergehende zwar, aber zumindest mussten sie nicht Hals über Kopf verschwinden.

»Ich verstehe das nicht«, sagte Rin. Ihr dröhnte der Schädel. »Wir waren nicht zum ersten Mal in der Zukunft. Wir haben sie gesehen, aber doch nicht *das*!«

»Wir haben Ausschnitte gesehen«, sagte Mauve. »Eine Stunde hier und da. Einen Friseursalon, in dem ein Song im Radio spielt, einen futuristischen Zirkus – kleine, aus dem Kontext gerissene Momente. Und auch die können sich ändern, Rin, das weißt du. Die Welt schreibt ihre Geschichte immer wieder neu.«

»Es *kann* sich also ändern«, sagte Rin. Sie wusste selbst nicht, ob das eine Frage oder eine Feststellung war. Mauve schien es auch nicht zu wissen, also fügte Rin hinzu: »Wir tun es doch auch, wenn wir mit unserem Zirkus Menschen helfen. Es *kann* sich ändern.«

»Ich will mal vorausschicken, dass ich nicht allwissend bin«, sagte Mauve. »Du weißt ja, dass es eine Menge Dinge gibt, die wir nicht verstehen. Aber ... ja, der Lauf der Dinge kann sich ändern.

Ich war lange wach und habe in der Zukunft herumgeblättert, ob wir sie irgendwie in Ordnung bringen können. Ein paar Ideen hätte ich. Schlaf habe ich keinen gekriegt, aber Ideen. Das ist doch schon mal was.«

»Odette ist irgendwann eingedöst«, sagte Rin leise und blickte zu dem Torbogen über ihren Köpfen auf. Die Glühlampen auf dem Sperrholz schlummerten noch und leuchteten nicht in den Farben, die sie am Abend haben würden.

Rin sehnte sich auch nach ein bisschen Ruhe. Die drei waren sogar die fünf Stunden bis zum frühen Abend zurückgesprungen, um Schlaf nachzuholen. Aber es hatte nichts genützt. Rin hatte die ganze Nacht vor sich hingestarrt und Odette über das weiche Haar gestrichen. Ihre Locken hatten sich aus dem Bob gelöst, und sie hatte so müde ausgesehen. Als Odette endlich in ihrem Schoß eingenickt war, hatte Rin sie behutsam zugedeckt.

Und dann mussten sie, obwohl das Ende der Welt bevorstand, bei Tagesanbruch an die Arbeit.

Zumindest übertönte das Adrenalin in Rins Adern im Augenblick ihre Ängste. Etwas in ihr schrie, sie müsse etwas tun, müsse alles ändern. So wie Mauve die Zähne zusammenbiss, ging es ihr offenbar genauso.

»Sie waren Soldaten«, sagte Mauve, den Blick in die Ferne gerichtet. Sie räusperte sich. Schüttelte den Kopf, als hätte sie Wasser im Ohr. »Die Sparks werden als Soldaten rekrutiert. Alle unsere Fäden sind blutdurchtränkt.«

Rin nickte. »Das macht Sinn«, sagte sie.

»Wie das denn?«, fragte Mauve.

»Es gibt doch den Prince Act«, sagte Rin. »Erinnerst du dich an den Mann, für den Odette während der Pandemie gearbeitet hat? Dr. Prince? Der hat im Kongress einen Kompromiss ausgehandelt.«

»Und das war der Prince Act?«, fragte Mauve. »Das, was du gewissen Leuten entgegenbrüllst, wenn sie unser Gelände betreten?«

»Wenn sie uns in Ruhe lassen, kriegen sie keinen Denkzettel verpasst«, sagte Rin. »Und wenn wir *sie* in Ruhe lassen, schicken uns die Nicht-Sparks in der Regierung nicht ihre mysteriösen Sparksöldner auf den Hals, um uns zu töten. Ein Waffenstillstand, von dem alle etwas haben.« Ein politischer Eiertanz, von dem Rin und der Zirkus sich fernhielten. Für sie gab es einerseits den Zirkus und andererseits die Welt da draußen. Drinnen waren sie sicher, aber selbst das schien sich jetzt zu ändern.

»Was hat das mit dem Krieg zu tun?«

»Du bist doch die Hellseherin«, sagte Rin und schob sich einen Zahnstocher zwischen die Zähne – eine Angewohnheit, die sie sich zugelegt hatte, als sie mit dem Trinken aufhörte und klug genug war, nicht stattdessen zu rauchen. Eine Beschäftigung, die sie *nicht* umbringen würde. »Kannst du nicht einfach in der Zukunft blättern und das herausfinden?«

Mauve verdrehte die Augen. »Klar, weil mein Spark mir die Gabe verleiht, die weiße Rechtsprechung zu durchschauen.«

»Wir Sparks dürfen in Freiheit leben, solange wir die Welt nicht zu unserem Spielball machen, aber unter der Bedingung, dass wir im Notfall ...« Rin kaute auf dem Zahnstocher. »Also, im Notfall sind wir verpflichtet, der Regierung zu Hilfe zu kommen.«

»Und darunter fällt, dass wir für sie in den Krieg ziehen sollen?« Mauve blies Luft durch die Lippen. »Das ist der Preis dafür, nicht im Pappa Pete's zu enden? Na, vielen Dank.«

»Es wundert mich, dass mich das wundert.« Rin verschränkte die Arme und lehnte sich an den Pfosten am Eingang der Budengasse. Von dort schweifte ihr Blick zum Chapiteau zurück. Es war fertig aufgebaut. Rot und weiß, größtenteils beschichtet. Nicht perfekt, aber es hielt den Regen ab.

»Mich wundert es nicht, dass es mich nicht wundert«, sagte Mauve, pflückte Fussel aus ihrem Schultertuch und ließ sie zu Boden schweben. »Kein bisschen.«

»Du hast dir nie mehr angeschaut, als wir für den Zirkus brauchten. Mit solchen Dimensionen hatten wir es noch nie zu tun. Ich mache mir Sorgen um dich und deinen Kopf.«

Mauve lachte. »Tja. Ich auch. Zieh eine Wartenummer. Und um dich mache ich mir auch Sorgen.«

»Du verstehst bestimmt, dass ich nicht einfach vergessen kann, was wir gesehen haben.«

Mauve nickte. »Das würde ich von dir auch niemals erwarten. Ich wette, dir schwebt schon irgendein Rin-mäßiger Plan vor.«

»Meinst du, Odette wird ihn mögen?«

»Nein«, sagte Mauve. »Aber sie wird ihn unterstützen, aus denselben Gründen wie ich.«

»Und zwar welchen?«, fragte Rin.

Mauve schaute ihr direkt in die Augen. Sie war kleiner als Rin, aber wenn sie sie so ansah, schien sie ein gutes Stück zu wachsen. »Weil wir beide wissen«, sagte sie, »dass du deinen Plan sonst ohne uns durchziehst. Und dann wärst du allein.«

»So, Leute, da bin ich!« Hinter ihnen ließ Bernard seine gut gelaunte Stimme ertönen und stellte sich dazu. »Seid ihr so weit?«

»Morgen, Dad«, sagte Mauve und schmiegte sich seitlich an ihn. Bernard sah ihr überhaupt nicht ähnlich; er war ein großer, breit gebauter, glatzköpfiger weißer Mann. Mauve war mit zwei Vätern aufgewachsen. Einer war wohlhabend (Mr. DesChamps), der andere sein Butler (Bernard). Einer ihr Blutsverwandter, der andere nach außen hin nur ein Angestellter. Nach dem Tod des einen war der andere mit ihr in den Zirkus geflohen.

Rin hatte ihren eigenen Vater nie richtig kennengelernt; sie war noch so jung gewesen, als er starb. Aber wäre sie mit einem Vater aufgewachsen, dann hätte sie sich einen wie Bernard gewünscht.

Bernard nahm Rin in beide Arme und hob sie von den Füßen, als wäre sie die dürre Neunzehnjährige von damals. »Unsere Frau Zirkusdirektorin! Wo geht's heute hin?«

Mauve und Rin waren sich stillschweigend einig, dass sie Bernard nichts von der apokalyptischen Zukunft erzählen wollten, also sagte Mauve: »Am Hotel vorbei, in eine Gasse mitten im Fabrikviertel.«

Sie machten sich auf den Weg in die Stadt. In die Außenwelt, wie die Zirkusleute es nannten. Es war, als wäre ihr Gelände von einem Schutzschild umgeben, aber wenn Rin durch das Tor trat, fühlte sie sich wie ein Reh auf dem freien Feld.

Im Fabrikviertel verstellten lauter gleichförmige Gebäude den Sonnenaufgang. In einem gewagten Balanceakt waren die verwitterten Ziegel aufeinandergestapelt. Rissige Mauern mit schmutzigen Fenstern wucherten aus dem Straßenpflaster.

Bernard ließ sich zurückfallen und schaute sich wachsam um. Omahas Innenstadt war nicht der gefährlichste Ort, den diese beiden Außenseiterinnen erkundet hatten. Aber es gab Städte, da waren Rin und Mauve nicht willkommen. In Harlemer Nachtclubs oder Tanzschuppen in Greenwich Village mochten Menschen wie sie en vogue sein, doch das hier war nicht New York.

Und dennoch – dieselben Leute, die ihnen auf der Straße schiefe Blicke zuwarfen, zwängten sich abends im Zirkuszelt auf die Bänke. Kauften Popcorn, sogen den Sägemehlduft ein und hielten den Atem an, wenn bei Vorstellungsbeginn die Lichter ausgingen. Zirkusleute wurden geduldet, solange sie für Unterhaltung sorgten.

Hier im Fabrikviertel zumindest ging eine bunte Mischung von Menschen durch die gemauerten Torbögen zur Arbeit. Rin und Mauve fielen in dieser Pseudo-Stadt gar nicht weiter auf. Wenn man die Augen zukniff, konnte man sich wie in Chicago fühlen. Omaha war eine vorlaute kleine Schwester, vierhundert Meilen und eine ganze Welt entfernt. Doch Rin wusste, dass der Rest der Stadt rund um diesen Schmelztiegel streng segregiert war. Auch wenn noch so viele Menschen in ihren Zirkus kamen, war das hier noch immer Nebraska. Deshalb ließen sie sich von Bernard begleiten.

Nachdem sie eine Weile schweigend nebeneinanderher gelaufen waren, kamen sie am Hotel vorbei, wo Reisende an Tischen vor dem Haus zum Frühstück einen Kaffee tranken. Es roch belebend und bitter. Köstlich.

Mauve sprach wie in Gedanken. »Kann man etwas vermissen, das man nie gehabt hat?«

Rin zog die Nase kraus. »Ich … denke schon. Was vermisst du?«

»In fünf Jahren ungefähr«, sagte Mauve, »ich meine, dass es fünf sind, da entdecke ich diesen großartigen Haselnusskaffee. Ich weiß, dass das fragwürdig klingt, aber Mannomann, ich *liebe* ihn. Hier gibt es ihn noch nicht. Vielleicht existiert er überhaupt noch gar nicht. Und ich vermisse ihn. Welcher Tag ist heute?«

»Mittwoch«, sagte Rin. »Glaube ich zumindest.«

»Mittwoche mag ich nicht«, sagte Mauve. »Lass ihn uns überspringen.«

Rin wusste, dass das nicht ernst gemeint war. Sie hatten sich geschworen, auf dem Boden zu bleiben, jeden Tag zu durchleben, auch wenn sie manchmal sprangen. Deshalb versetzte Rin auch den Zug zwar geographisch, aber nicht in andere Zeiten.

Die gelebte Zeit machte einen erst zum Menschen.

Rin schaute auf ihr Handgelenk. Kein Armband. Also war das hier ihre Realität.

»Juni 1926«, sagte Rin etwas benommen. »Unser Lieblingssong ist noch nicht mal geschrieben worden.«

»Ja«, sagte Mauve. »Wenn wir nicht auffallen wollen, müssen wir sagen, unser Lieblingssong wäre *Always*. Irving Berlins großer Gassenhauer. Dabei ist das nicht der beste Song meines Lebens. Oder meines nächsten Lebens oder des Lebens davor …«

Rin nahm Mauves Hand. »Unser Lieblingssong ist *Always*.«

Mauve schüttelte sich, als hätte sie gerade ein Buch zugeklappt und wollte daraus erwachen. »Ja.« Sie seufzte und legte ihre Hand um Rins Handgelenk. »Ich freue mich so sehr auf Judy Garlands

*Rainbow.* Wie viele Jahre noch? Ich kann den Song nicht immer nur alleine singen.« Dann sagte sie: »Odette macht sich Sorgen um uns. Um dich.« Sie redete weiter, als hätte sie vergessen, dass Rin auch antworten konnte. »Ich frage mich, wer von uns beiden das größere Chaos im Kopf hat. Du reist körperlich und ich geistig. Du kannst dort die Füße auf den Boden setzen, aber mit dem Kopf sind wir immer in den Wolken.«

»Aber Odette erdet uns wieder«, sagte Rin.

Mauve blickte auf, als wollte sie etwas vom Morgenhimmel ablesen. »Es gibt da einen möglichen Tag, viele Jahre entfernt, den ich ziemlich oft vor mir sehe. Ich sitze auf einer Veranda, allein. Mein Mann ist gestorben. Alle anderen tot oder verschwunden. Nur ich bin noch da. Sitze allein auf dieser weißen Veranda mit Blick aufs Meer oder auf einen der Großen Seen. Ich schaue hinaus und erinnere mich an den Zirkus, und ... ich bin als Einzige übrig.«

Rin hakte sich bei ihr unter. »Das ist lange hin. Und es kann sich noch ändern. Alles kann sich ändern. Das hast du selbst gesagt. Den Krieg hast du noch nie gesehen, oder? Also. Vielleicht wirst du überhaupt nicht allein sein.«

»Es wäre echt schön«, sagte Mauve, »mal einen Tag vom Anfang bis zum Ende zu erleben. Anderen Menschen schwirrt ja auch nicht immer ihre gesamte Lebensgeschichte auf einmal im Kopf rum.«

Eine Weile schwiegen sie beide.

»Wann kommt eigentlich dieser Ehemann ins Spiel?«, fragte Rin. »Ist er dir inzwischen begegnet?«

»Nope«, sagte Mauve.

»Mehr willst du nicht dazu sagen?«

»Nope«, sagte Mauve.

»Und wenn diese Zukunft nicht eintritt?«

»Dann hätte es auch nichts gebracht, davon zu erzählen.« Plötzlich zuckte sie zusammen. »Heute ist ein wichtiger Tag. Das ist doch immerhin etwas. Komm jetzt, unser Ehrengast wurde von ihrem Vater rausgeworfen, und jetzt rennt sie drei Blocks entfernt eine Gasse runter. Wir sollten uns beeilen, wenn wir ihren Spark in Aktion sehen wollen, und glaub mir, die Show willst du nicht verpassen.«

Die Straßen hallten von Hufgeklapper auf Pflastersteinen wider. An den Hauswänden klebten Werbeplakate und Poster, die Maynard vor Tagesanbruch dort hingehangen hatte, mit der Aufschrift: *Windy van Hootens Phantastischer Zirkus.*

Rin ignorierte die Aushänge. Sie hasste es, Abbildungen von sich selbst zu begegnen. Sie wusste, was auf den Plakaten stand, schließlich hatte sie sie mit entworfen. Rin brauchte sich nicht selbst anzuschauen, um festzustellen, in wie vieler Hinsicht das Poster hübscher war, jünger als sie, oder ob es genau darstellte, wie alt und langweilig sie tatsächlich aussah.

Sie kamen an Omahas örtlichem Petersen's Spark Sanatorium vorüber, Pappa Pete's genannt, einem auffälligen Gebäude, das mit seinen bunt gestrichenen Wänden aussah wie ein Museum für Kinder, vor dem Eiswagen standen, bloß dass die Eiscreme fehlte. Es waren die Wagen der Sparkfänger, die bei Eltern vorfuhren, wenn diese ihre Kinder ins Sanatorium geben wollten.

Um sie in Ordnung zu bringen.

Rin schluckte. »Hat Meredith dir mal erzählt, wie diese Sanatorien von innen aussehen?«, fragte sie Mauve.

Meredith war ein junges Mädchen, das von Odette gerade Luftakrobatik lernte. Sie war schweigsam, aber Mauve hatte sich dann und wann mit ihr unterhalten.

»Ja«, sagte Mauve und ließ es dabei bewenden.

»Ist es alles wahr, was man so hört?«, fragte Rin. Mauve schwieg. »Okay, also, da drin wird niemand getötet, oder?«

»Man muss jemandem nicht das Leben nehmen, um ihn zu töten«, sagte Mauve. »Was Meredith mir erzählt hat, bleibt unter uns, aber ich kann dir sagen, dass sie da drinnen versuchen, einem den Spark zu nehmen.«

Wie? Wie sollte das gehen, Menschen von ihrem Spark zu trennen? Es war ja kein Zeh oder Fingernagel, sondern saß ganz tief drinnen. Niemand wusste, wie er dort hinkam; wie sollte dann jemand wissen, wie man ihn entfernte?

Sie gingen weiter. Rin spürte, wie sich ihr Körper unwillkürlich streckte. Sie wollte größer sein, stärker. Sie wollte dieses Sanatorium nicht mehr länger sehen.

Es gab den Prince Act, aber eben auch Pappa Pete's. Man konnte sich freiwillig in eins dieser Häuser begeben. Aber was bedeutete Freiwilligkeit bei Kindern? Es gab Menschen, vor denen sie niemand beschützen konnte: ihre Eltern.

»Das Mädchen, wegen dem wir hier sind«, sagte Mauve, »hinter der sind die Pappa-Pete-Sparkfänger her. Sie heißt Josephine Reed, genannt Jo.«

»Und was braucht sie?«, fragte Rin.

»Dich.«

Rin wartete, aber Mauve hatte dem nichts hinzuzufügen. Sie schaute Rin mit gerecktem Kinn herausfordernd an. »Wenn ich dir alles haarklein erzähle, wie sollst du dann noch selbst entscheiden? Komm jetzt, die Show beginnt jeden Moment.«

Wie aufs Stichwort ertönte zwischen den Gebäuden vor ihnen Geschrei.

»Wir müssen uns beeilen, Bernard!«, rief Rin über die Schulter.

Und mit Bernard als Rückendeckung tauchten Rin und Mauve in das Labyrinth der Gassen, bogen um eine Ecke und fanden sich Auge in Auge mit dem Sturm.

Rin sah drei Sparkfänger in farbenfroh gestreiften Anzügen, die offenbar Mühe hatten, in Formation zu bleiben, auf eine Jugendliche zumarschieren.

Sie war ein dürres Ding mit blasser weißer Haut, ihr strähniges schwarzes Haar straff zu schiefen Zöpfen geflochten. Ihre Vogelscheuchengestalt versank fast in einer schlackernden Latzhose und einem schmutzigen weißen Hemd, das offensichtlich einem erwachsenen Mann gehörte. Hinter ihr kauerte ein Junge. Das Mädchen hatte sich zwischen ihn und die Sparkfänger gestellt.

Irgendetwas an ihrer Haltung kam Rin bekannt vor, und es war herzerwärmend. Wie dieses Mädchen die Knie gebeugt hielt, als wäre sie sprungbereit, kampfbereit. Als hätte sie ihre Verkleidung als Teenager abgeworfen und entpuppte sich nun als der schlimmste Albtraum ihrer Verfolger.

Das Mädchen kniff die Augen zu und schnipste mit den Fingern. Rote und orangefarbene Flammen drangen aus ihren dreckverschmierten Fingerspitzen, schossen mit einem Kreischen daraus hervor. Ein Feuervogel? Wie machte sie das nur? Sie war bloß ein Kind, so mächtig konnte ihr Spark noch gar nicht sein. Andererseits hatten sie ihre Gaben alle gleichzeitig bekommen. Vielleicht hatte sie geübt?

Nein, geübt wirkte dieser Wutausbruch gar nicht. Das war pure Kraft, nackte Wut. Sie war stark. Talentiert. Aber völlig unbeherrscht. Der Feuervogel schoss wie ein kreischender Derwisch auf die Männer zu. Und dann wirbelte das Mädchen unter den Schwingen des Vogels einen Tornado aus Pflastersteinen auf. Sie ließ die Arme kreisen, als rührte sie in einem Kessel. Ein Sturm kochte hoch, Blitze peitschten, Regen prasselte wie Teer.

Rin duckte sich; ihr sprang fast das verdammte Herz aus der Brust.

»Das ist alles nicht real«, sagte Mauve. »Das sind Illusionen.«

Aber das Mädchen schien sie nicht unter Kontrolle zu haben, kaum zu wissen, wie sie sie zustande brachte. Egal, was es war und wo es herkam, den Männern, die es gewagt hatten, Hand an sie zu legen, jagte es eine Heidenangst ein.

»Verpisst euch!«, schrie das Mädchen. Den Sparkfängern wurden die Knie weich, und sie landeten mit den Hintern geradewegs auf dem harten Pflaster.

Tja. So weit, so gut.

Dieser Teenager mit den harten Worten und den krummen Zöpfen forderte in der Gasse ihren Raum ein. Rin gefiel es, wenn ein Wildfang sich in der Außenwelt nicht einschüchtern ließ. Die Außenwelt hatte Angst vor jedem, der sie daran erinnerte, dass sich nicht alles kontrollieren ließ, dass alles noch genauso kippelig war wie zur Zeit des großen Krieges.

Aber das Unkontrollierte konnte auch befreiend sein.

Das ungezähmte Mädchen sammelte die Schatten der hohen Gebäude vom Straßenpflaster, hob sie in die Luft und schlang sie wie Stricke um die hilflosen Männer. Die schrien auf, und Rin spürte ein heftiges Unbehagen. Das Mädchen musste aufhören; die Männer hatten Angst. Das würde kein gutes Ende nehmen.

Aber Rin rührte sich nicht. Jetzt hatten die Männer Angst, aber sie hatten das Mädchen in die Ecke getrieben. Hatten ihr weh getan. Deshalb hatte sie auch Angst, und manchmal brachte Angst die Schatten hervor.

Das Mädchen spuckte vor den Männern aus.

»Na los, werft doch noch ein paar Steine!«, heulte sie. »Versucht's doch, ihr Deppen!«

Sie freute sich zu früh. Ein vierter Sparkfänger näherte sich ihr von hinten. Er stieß sie zu Boden. Ihre Schatten verschwanden. Er packte sie am Kragen und schleppte sie auf einen wartenden Pappa-Pete-Wagen zu.

Da stürzte sich der Junge auf den Mann und stieß ihn beiseite. Auch er war dürr, genauso groß wie das Mädchen, aber mit strohblonden, abstehenden Haaren, einer markanten Nase und dem trübseligen Blick eines treuen Bassets. »Lass meine Schwester in Ruhe!«

Der Mann schlug ihn mit voller Wucht. Der Junge reagierte gar nicht. Er schob seine Schwester vor sich her, beschirmte sie, während der Mann von hinten versuchte, sie wieder einzufangen oder gleich beide zu packen.

Da setzte sich Rin in Bewegung.

Aber Mauve hielt sie zurück. »Schau einfach nur zu«, sagte sie.

Das Mädchen schrie, nein, brüllte, und eine dunkelgrüne Schockwelle ging von ihrem Körper aus. Rin blieb die Luft weg, als sie sah, wie dieses Grün sich in die Sparkfänger bohrte. Sie schrien auf und ließen von ihr ab. Die beiden Teenager flohen.

Dann wurde es still.

Rin schmerzte der Nacken, ihre Augen brannten. Teufel nochmal. Das war kein Spark, das war Dynamit.

»Der Junge wird sich wahrscheinlich auch dem Zirkus anschließen wollen«, sagte Mauve. »Es gibt da auch für ihn jemanden, den er braucht. Nicht dich. Aber das Mädchen – die wird *dich* brauchen.«

»Was ist denn ihr Spark?«, fragte Rin leise.

»Illusionen«, sagte Mauve. »Schon interessant, dass ich dir das alles erklären muss. Du weißt wirklich noch gar nichts.«

»Ja, superinteressant«, sagte Rin. »Hast du nicht gesagt, dass sie mich braucht?«

»Genau«, sagte Mauve.

»Es sieht aus, als käme sie ganz gut allein klar, aber okay.« Rin wollte dem Mädchen nachlaufen, und Mauve hielt sie wieder zurück.

»Sie muss selbst ihren Weg in den Zirkus finden«, sagte Mauve. »Und auch ihr Bruder. So wie wir alle. Es muss ihre freie Entscheidung sein.« Sie zog ein paar Handzettel aus einer Tasche und verstreute sie auf dem Boden.

Rin schaute zu, wie die Zettel auf den schlammigen Boden schwebten. Das entlockte Mauve ein Kichern. »Die werden schon zu uns finden«, sagte sie. »Hab Vertrauen.«

Bernard hatte sie eingeholt und wischte sich über den verschwitzten Schädel. »Können wir Nicht-Sparks uns wieder raustrauen? Sind alle unverletzt? Ah, Rin will wieder jemanden in die richtige Richtung stupsen, oder?«

»Yep«, sagte Mauve.

»Tu's nicht, Mädchen.« Bernard wuschelte Rin durch die Haare. Eine alberne Geste, denn ihr Haar wurde schon grau, und sie war körperlich vielleicht ein Jahr jünger als er. Normalerweise hielt sie wenig davon, wenn jemand sie »Mädchen« nannte, aber von Bernard ließ sie es sich gern gefallen.

»Ich schaue auf dem Rückweg noch auf dem Markt vorbei«, sagte Bernard. »Kommt ihr mit, oder nehmt ihr die Abkürzung über einen Sprung?«

»Ich muss auf mein Knie aufpassen«, sagte Rin. »Jetzt gerade benimmt es sich, aber ich sollte nicht riskieren, dass sich das bis heute Abend ändert. Ich springe zurück.«

»Ich auch«, sagte Mauve.

Sie fühlten sich in der Außenwelt nicht heimisch. Oder besser gesagt: Die Außenwelt wollte nicht, dass sie sich darin heimisch fühlten.

Das Mädchen und der Junge streckten zaghaft die Köpfe aus einer schattigen Ecke und schauten, ob die Luft rein war. Sie sahen so einsam aus, so verloren. Beide waren barfuß, als wären sie bei Nacht und Nebel davongelaufen.

Rin war auch barfuß gewesen, als sie vor all den Jahren floh. Nicht vor den Sparkfängern, sondern vor dem Mann, der jetzt Jagd auf sie machte, ihr rot gekleidete Botinnen schickte. Vielleicht war sie noch immer auf der Flucht, genau wie diese beiden.

»Hab Vertrauen«, sagte Mauve.

Vertrauen, dass alles gut werden würde. Dass dem Zirkus nichts passieren würde. Vertrauen, dass sie und Mauve und Odette stark genug waren, ihn zu beschützen.

Das Mädchen schaute zu ihnen herüber. Einen Moment lang trafen sich ihre Blicke. Da war etwas Vertrautes. Die Jugendliche war einer dieser Menschen, die Rin schon bei der ersten Begegnung ihr Leben lang gekannt zu haben glaubte. So war es ihr auch mit Mauve gegangen. Und mit Odette. Und … ihm.

Er hatte sie ausgetrickst, nichts weiter.

Aber das Aufblitzen der Macht im Blick dieses Mädchens … das erinnerte sie an ihn. Ein dermaßen starker Spark konnte Gutes oder Schlimmes bewirken.

Die Jugendliche schaute weg, und Rin hakte sich bei ihrer Freundin unter, die gerade die letzten Handzettel ausstreute. Die beiden verschwanden. Nur die Handzettel flatterten noch im Wind.

# 6

## EDWARD, 1916

Edward warf die Zeitung auf den Restauranttisch zwischen ihm und den beiden Frauen.

»Da, lest selbst«, sagte er. »Hier in New York nennen sie es den Spark, andere sprechen von Absonderlichkeiten. Bei den Zulu im Süden Afrikas haben sie einen Namen dafür, der ›die Gabe‹ bedeutet. Und die japanische Bezeichnung heißt Fluch. Aber es ist überall dasselbe, auf der ganzen Welt. Angefangen hat es letzten Sommer, auch in Ländern, die nicht an der Westfront gekämpft haben, und es geht nicht wieder weg.«

Ruth und Mrs. Dover blickten in die Zeitung auf der marmornen Tischplatte. Ihre Augen huschten über die Zeilen und weiteten sich.

»Das ist absolut grotesk«, sagte Mrs. Dover. Sie war eine ehrfurchtgebietende Frau, die schon Medea und König Lears Tochter Goneril verkörpert hatte. Die Kritiker schrieben, sie verwandle sich in ihre Rollen, verschmelze quasi mit ihnen.

Und das tat sie, buchstäblich. Sie war eine Gestaltwandlerin. Selbst jetzt verfärbte sich Mrs. Dovers Gesicht unangenehm grau. Sie schien ihre Fähigkeiten nicht immer unter Kontrolle zu haben, und das machte Edward nervös. Was, wenn jemand bemerkte, dass sie ein Spark war? Im Augenblick schien es niemandem aufzufallen … noch nicht. »Ich weiß nicht, ob mir wohl damit ist, wenn Menschen plötzlich Sparks haben«, sagte sie. »Mit mächtigen Männern habe ich so meine Erfahrungen gesammelt.«

»Es gibt auch gute Männer, Mrs. Dover«, erwiderte Edward. »Viele von uns bemühen sich zumindest.« Doch es kam ihm unpassend vor, das im Präsens zu sagen. Er selbst bemühte sich nicht mehr. Er war hier untergetaucht. Zu Hause hielt man ihn für tot. »Fehlt Ihnen vielleicht etwas? Sie sehen so grau aus.«

Mrs. Dover wurde weiß wie Papier, dann schaltete sie auf ihren normalen Teint um.

Ruth schaute zwischen Mrs. Dover und Edward hin und her. »Mutter und ich haben also beide den Spark. Aber warum? Wir hatten doch mit dem Krieg nichts zu tun.«

»Jeder hat in irgendeiner Weise mit dem Krieg zu tun«, sagte Edward. »Und ich habe keinen Spark, dabei war ich an der Front.« *War* an der Front.

Aber er *war* ihr entkommen. Er war nicht gefallen. Also war er ein Feigling. Er war eines Sparks nicht würdig.

»Nichtsdestotrotz muss da etwas passiert sein«, sagte Mrs. Dover. »Es fühlt sich an, als habe sich alles verschoben, als habe sich ein Riss aufgetan. Ich frage mich, wo ich war, als mein Gesicht sich zum ersten Mal veränderte … Bei einer Probe am Theater. Was hast du gemacht, Ruth?«

Ruth schaute zu Edward und senkte den Blick auf den Tisch. »Ich habe mich gefragt, warum sich alles so seltsam anfühlte, was mit der Welt los war, dass ich … Dann sah ich, dass sich etwas verändert hatte, und folgte einem Faden …«

»Aber warum ist es überhaupt erst passiert?«, fragte Mrs. Dover. »Wenn die Magie so plötzlich hervorgebrochen ist …«

»Es ist keine Magie«, sagte Ruth. Sie schaute Edward an. »Oder?«

Edward zuckte die Schultern. »Vielleicht hat der Krieg die Welt so aus den Angeln gehoben, dass irgendetwas beschlossen hat, wir bräuchten ein wenig Hoffnung?«

Die beiden Frauen hatten ihn auf seine Bitte sofort bei sich aufgenommen. In den Monaten darauf waren sie wie eine Familie geworden.

Mrs. Dover entschuldigte sich und ging Tee holen. Edward betrachtete Ruth. Sie trug die Haare noch immer zu Zöpfen geflochten. Ruth betrachtete ihn auch.

»Woran denkst du?«, fragte sie.

»Kann ich dich etwas fragen?«

»Natürlich.«

Er lehnte sich vor und warf einen Blick zur strengen Mrs. Dover hinüber. »Warum haben deine Mutter und du mich bei euch aufgenommen? Es ist bald ein halbes Jahr her, und ihr habt nie etwas dafür gefordert.«

Ruth senkte den Blick auf ihre Hände. »Na ja«, sagte sie. »Wir hatten ein Zimmer frei, und ... das zusätzliche Geld können wir auch gebrauchen. Ich ... befürchte, du könntest uns bald satthaben und nach England zurückkehren.«

Am Abend nach seiner Ankunft in New York hatte er festgestellt, dass er nur einen einzigen persönlichen Gegenstand mitgenommen hatte, als Ruth ihn von der Front fortschaffte. Während sie ihn Mrs. Dover vorstellte, trug er noch die Uniform. Er roch noch nach giftigen Dämpfen und Tod. Er hatte sie gebeten, sich irgendwo umziehen zu dürfen, und Mrs. Dover hatte ihm das Gästezimmer angeboten, in dem ein prasselndes Kaminfeuer brannte.

Dort hatte er sich die Uniform vom Leib gerissen; es war wie eine Häutung oder wie das Erwachen aus einem Albtraum. Wäre es doch nur ein Albtraum gewesen. Aber vielleicht war es ja einer. Er hatte eine neue Chance bekommen, ein neues Leben. Noch nie hatte Edward so ein schönes, gut beheiztes Zimmer betreten, voller Eichenholzmöbel, mit schweren Vorhängen und Tapeten. Er fuhr mit einer verwundeten Hand über die Schnitzereien am Bettpfosten und hielt mit der anderen die grässliche Uniform umklammert.

Er könnte seinen Namen ändern; es würde niemand merken.

Nein, den Namen hatte er von seinem Vater. Den würde er behalten.

Edward griff in die Tasche seiner neuen Hose. Er hatte das alte Taschenmesser seines Vaters aus der Uniform geborgen, bevor er sie verbrannte. Da waren seine Initialen auf dem abgewetzten Holzgriff. Sein Vater war früh gestorben, und ein anderer hatte seinen Platz eingenommen, aber das Taschenmesser blieb sein Trost. Ein Stückchen Wärme aus einem kalten, unwirtlichen Zuhause. Etwas, das er hätte haben können.

Etwas, das er jetzt haben konnte.

Die Uniform hatte er an jenem Abend in den Kamin geworfen. Er hatte zugeschaut, wie der schmutzige, schlammverkrustete braune Stoff sich wellte und zu nichts verbrannte. Niemand würde mehr ahnen, wo er herkam, und er müsste nie mehr das Blut auf jenen Ärmeln sehen.

Und jetzt saß er Ruth gegenüber, weit fort von den Spukgestalten in England und Frankreich. »Dorthin zieht mich nichts mehr«, sagte Edward. Ihm versagte die Stimme.

Ruth wusste, wie er das meinte. Sechs Monate waren lang genug, um die wunden Punkte des je anderen kennenzulernen. Also nahm Ruth seine Hand und sagte: »Du brauchst nicht wieder an die Front zu gehen. Und du musst auch nicht wieder zurück zu ihm.«

Edward schluckte. »Sag mir, dass es nicht meine Schuld war.«

»Es war nicht deine Schuld, Ed«, sagte Ruth. »Du bist ein guter Mensch, und du hast nichts von dem verdient, was er dir gegeben hat, und alles verdient, was er dir nicht geben wollte.« Sie drückte seine Hand. »Hey, schau mich an.« Er gehorchte. »Du und ich, wir sind uns nicht zufällig begegnet, glaube ich. Oder was meinst du?«

Von all den Männern im Schützengraben hatte sie *ihn* gewählt. Ihn hatte sie gerettet. Etwas hatte sie zu ihm hingezogen und ihn zu ihr. Sie waren wie mit einem um ihre Hände geschlungenen roten Band miteinander verbunden.

Und er wusste, dass sie beide dieses Band nicht reißen lassen wollten.

Manchmal war es eben so, dachte Edward. Manchmal begegneten sich zwei Fremde im Nebel und erkannten einander auf eine Weise, die sie sich selbst nicht erklären konnten.

Vielleicht war er doch kein Feigling, wenn er nicht an die Front zurückging. Vielleicht hatte er hier seinen wahren Platz gefunden.

»Was glaubst du, wie viele Menschen haben wohl den Spark?«, fragte Ruth leise, als sie am selben Abend gemeinsam durch New Yorks Straßen liefen. Mrs. Dover spielte in einer Voraufführung von *Ernst sein ist alles* und hatte sie beide in die Gästeliste eintragen lassen. Sie hatten für den Anlass ihre schönsten Schuhe angezogen. Jetzt sahen sie aus wie zwei junge Liebende, und ihre Sohlen klapperten einmütig auf den sauberen Pflastersteinen. Über ihren Köpfen summten die Laternen und beschienen Paare und Familien auf ihren Wegen. Ein Stück die Straße hinunter röstete ein Händler Kastanien. Wie viele von ihnen hatten den Spark? Wie würde das ihre Welt verändern?

»Ich weiß es nicht«, sagte Edward wahrheitsgemäß. Er war neidisch auf alle, die den Spark besaßen. Auch er hätte sich Macht gewünscht in einer Welt, in der er sich so machtlos fühlte. Wenn an einem ruhigen Abend ein Automobil eine Fehlzündung hatte, brach ihm der Schweiß aus. Und wenn Mrs. Dover mit dem Teekessel klapperte, fuhr er schon zusammen.

Vor dem Krieg hatte sein Stiefvater stets gesagt, er sei ein Feigling. Und dann hatten mächtigere Männer ihm das Rückgrat herausgerissen, um damit quer durch Europa Gräben zu ziehen. Von ihm war nur diese leere Hülle geblieben, die jetzt auf der Suche nach ein wenig Glück durch New York City streifte. Sie betraten den Park, wo stiller Schnee die winterlichen Bäume bedeckte. Es war so friedlich. Er dachte an Frankreich, wo der Schnee in die Schützengräben wehte, und ... Nein, er durfte nicht an Frankreich denken. Er war in New York.

»Ich frage mich«, sagte er, »ob der Spark irgendeinen Preis hat. Wenn man von seinem Spark Gebrauch macht, verliert man dadurch an Kraft? Verkürzt es die Lebensdauer? Wo ist der Haken?«

»Ich glaube, es gibt keinen«, sagte Ruth.

»Wo kommt er her?«, fragte Edward. »Wenn du deinen Spark benutzt, wie fühlt es sich dann an?«

Ruth blieb stehen. Sie wandte sich ihm zu. Sie lächelte unter ihrer großen, flauschigen Mütze. Dieses Lächeln war wie ein neu entdecktes Geheimnis, nur für sie und ihn.

Sie zog ihre Fäustlinge aus. »Nimm meine Hände«, sagte sie.

Er tat es.

»Es kommt irgendwo tief aus meinen Gedanken«, sagte sie. »Ich sehe so etwas wie eine große Karte vor mir, und in die kann ich hineinspringen und komme irgendwo am anderen Ende wieder raus. Das ist, als ob sich meine Vorstellung und die Realität vermischen, und dann kann ich den Weg erkennen, den ich nehmen muss. Er ist golden. Also.« Sie lächelte. »Wo möchtest du hin, Ed?«

»He!« Ein Mann, der ihnen entgegengekommen war, blieb stehen und starrte sie an. Edward prüfte sofort, ob er Waffen trug. Seine Uniform konnte er verbrennen, aber nicht den Soldaten loswerden, der noch immer in ihm steckte.

Der Mann war ein Glatzkopf, und sein Mantel spannte sich über einer dicken Wampe. »Hallo, Mister, tut mir leid, ich dachte, wir würden uns kennen. Wollte Sie nicht erschrecken.«

Ruth ließ die Hände sinken, ohne loszulassen. Edward blieb keine Zeit nachzudenken, da zog der Mann schon eine Waffe und richtete sie auf ihn.

»Wie wär's, wenn ihr Mäntel und Geld rausrücken würdet, hm?«, knurrte er.

Ruth nahm gleich mit zitternden Händen ihre Tasche von der Schulter. »Bitte tun Sie uns nichts«, flüsterte sie.

Aber Edward spürte Wut in sich aufsteigen. Eine Wut, die schon in ihm brodelte, seit man ihn in den Pulverdampf gestoßen hatte. Er packte den Mann am Arm und sagte: »Du wärst besser beraten, dir selbst das Hirn rauszublasen, statt dich mit mir anzulegen.«

Sofort richtete der Mann die Waffe auf sich selbst.

Ruth taumelte rückwärts.

Edwards Zorn wich der Angst. »Halt, was tun Sie denn da?«

Der Mann erstarrte zu einem Standbild. Langsam öffnete er den Mund und sagte: »Sie haben gesagt, ich sollte mir besser das Hirn rausblasen.«

»Sind Sie besoffen?«, fragte Edward. »Ruth, verschwinde von hier. Lauf!«

Ruth lief los.

Edward schaute sich den Mann näher an. Er sah abgerissen aus, viel älter als Edward, und ihm fehlten Zähne. Bloß ein verzweifelter, obdachloser Fremder.

Edward schaute Ruth nach.

Edward betrachtete die Waffe, und eine Erinnerung blitzte auf wie das Magnesiumpulver eines Fotografen.

Nathan, der ihm seine eigene Maske gab, Nathans Tod in dem giftigen Nebel, der über die schlammigen Wände und den Boden des Schützengrabens wallte …

Edward berührte den Mann am Arm und sagte langsam und deutlich: »Sie heißen jetzt Leonard. Wie heißen Sie?«

»Leonard«, antwortete der Mann.

»Und Sie gehen jetzt weit fort und behelligen mich nie wieder. Wenn Sie mich sehen, machen Sie von jetzt an kehrt und gehen in die andere Richtung. Und die Waffe richten Sie auf niemanden mehr. Verstanden?«

»Ich heiße Leonard«, sagte der Mann ruhig, wie in Trance.

Edward zog seine Hand weg. Der Mann, der jetzt Leonard hieß, ging.

Edward rührte sich nicht. Wie angewurzelt blieb er stehen und starrte dem Mann nach, bis er verschwand. In seinem Kopf fügten sich die Puzzlestücke aneinander, vervollständigten sich zu einem Bild. Benommen ging er in Richtung Theater. Es konnte nicht wahr sein. Unmöglich. Er wusste nicht, ob es ein Traum oder ein Albtraum war, aber es konnte nicht wahr sein.

Und was, wenn doch? Was, wenn er tatsächlich den Schlüssel in der Hand hielt? Was, wenn er … ein Spark war?

Er lachte atemlos. »Ein Spark«, sagte er ehrfürchtig zu sich selbst. Er war nicht übergangen worden, war nicht wertlos. Er besaß jetzt Macht.

Endlich entdeckte Edward Ruth am Eingang zum Foyer des Theaters, wo sie von drei Polizisten umringt stand und weinte. Das Mädchen, mit dem ihn ein unzerstörbares rotes Band verknüpfte. Der Grund, dass er noch lebte. Und was für ein Leben sie von nun an haben würden!

Sie bemerkte Edward und warf sich ihm in die Arme.

»Ich dachte, er hätte dich umgebracht«, schluchzte Ruth. »Es tut mir so leid, dass ich weggelaufen bin. Ich weiß nicht, was über mich gekommen ist. Es tut mir so leid.«

Edward spürte, wie Ruth sich an ihn drängte, sich an ihm festhielt, wie sie ihn wollte.

»Ruth«, sagte er leise. »Hör auf zu weinen.«

Und das tat sie. Von einem Augenblick auf den nächsten. Als hätte er es befohlen. Nein, das war Zufall.

»Lach doch mal«, flüsterte er. »Du bist glücklich.«

Ruth lachte, als hätte er sie gekitzelt. Sie schlang die Arme fester um ihn, glücklich verliebt.

In dem Moment brach für Edward eine Welt zusammen. Er begriff, warum sie weggelaufen war. Er begriff, warum sie ihn in ihr

Haus aufgenommen hatte. Und er begriff, warum sie ihn gerettet hatte.

Während der Voraufführung lachte der ganze Saal, bis auf Edward.

Ja, er hatte den Spark. Er war mächtig, und wie.

Und es brach ihm das Herz.

# 7

## RINGMASTER, 1926

Maynard verkündete, dass es dreißig Minuten bis zum Vorhang waren.

Rin atmete tief durch und trat hinaus in die Budengasse. Es hatte den ganzen Nachmittag geregnet, und eine Zirkusvorführung ohne Publikum wäre eine traurige Angelegenheit. Aber irgendwann ging auch der düstersten Wolke der Regen aus – außerdem hatte ein Spark namens Esther ein echtes Händchen dafür, den Himmel aufzuklaren.

Es dämmerte. Nach und nach tauchten auf den nassen Straßen, den mit Pfützen bestandenen Gehwegen Menschen auf und spazierten zum Zirkusgelände.

Sie strömten die Zäune entlang, unter Torbögen und Bannern hindurch in die Budengasse. Bernard nahm ihre Eintrittskarten entgegen, unterstützt von Wally aus Florida, der angelernt wurde, um eines Tages den Zirkus gegenüber der Presse zu vertreten. Maynard konnte schließlich nicht alles machen. Dann wurde das Publikum von einem Ausrufer erwartet, einem Mann namens Ford, der seine Stimme nach Belieben ändern konnte. Heute war sie laut, ein Bariton mit einem melodiösen transatlantischen Akzent.

Rin lächelte unwillkürlich über die Kinder, die auf der Budengasse in die tiefen Pfützen hüpften. Für sie gab es auch außerhalb des Chapiteaus viel zu entdecken: Kirmesspiele, Süßigkeiten und den magischen Mr. Calliope.

Es war ein schöner Moment. Ein friedlicher Abend. Rin erlaubte es sich, inmitten des Getümmels den Duft der Zuckerwatte und Sägespäne zu atmen und sich am Lichterglanz des Zirkus zu wärmen.

Dieser Ort war ein Traum, der Zirkus gewordene Traum dreier Mädchen, die ihrem Schicksal entkommen waren.

Und jetzt war es Zeit, mit einem dieser Mädchen zu reden.

Rin kehrte den Lichterketten und Edisonlampen der Budengasse den Rücken und tauchte in den Künstlerbereich ein, hinter dem Kassenhäuschen, der Sideshow und dem Chapiteau. Dieser Backstagebereich war nicht so prunkvoll wie das, was die Zuschauer zu sehen bekamen. Manchmal, wenn Rin Schulkinder auf dem Gelände herumführte, sagten sie: »Warum ist es hier so staubig? Hier räumt ja niemand auf!«

»Alles hat seinen Platz, auch wenn dieser Platz nicht immer hübsch ist«, antwortete Rin dann. »Hier im Backstagebereich müssen wir nicht darauf achten, wie alles aussieht, weil er nicht für das Publikum bestimmt ist. Nur für uns. Deshalb ist es etwas ganz Besonderes, dass ihr ihn heute sehen dürft.«

Darüber staunten und freuten sich die Kinder, und Rin dirigierte sie in die Kantine, wo sie etwas zu essen bekamen.

Viel übrig hatten sie nie, aber es reichte. Odette beschützte sie. Mauve sorgte dafür, dass das Geld hereinkam. Und Rin hielt das Herz in Gang.

Hinter dem Garderobenzelt lag das Probenzelt. Sie waren beide weniger glamourös als das Chapiteau. Im Garderobenzelt reihten sich Truhen und Spiegel aneinander, und das Probenzelt war voller abgewetzter Podeste, Postamente, Bälle und Seile.

In der Garderobe traf Rin Boom Boom, den Meister der bühnenreifen Explosionen. Yvanna, die Bogenschützin, kam hereingerollt und steuerte einen Schminktisch an. Sie trug immer phantastisches Make-up, als schösse ihr Feuer aus den Augen. Auf ihrem Rollstuhl züngelten dazu passende goldene Flammen. Später würde sie sich in der Manege in eine Feuergöttin verwandeln, wenn sie ihre brennenden Pfeile auf den Bogen legte.

Und im Probenzelt, zwanzig Minuten vor Vorstellungsbeginn, auf einem dünnen Seil, das hoch oben zwischen zwei Gerüsten gespannt war, sah Rin wie erwartet Odette.

Sie balancierte leichtfüßig über das schmale Seil, wie ein Spatz auf einer Wäscheleine. So hoch oben war sie ganz in ihrem Element.

Es war kein guter Tag gewesen, als Rin und Odette einander kennenlernten. Rin war gerade mit schwerem Herzen vom Friedhof gekommen. Doch selbst durch den Nebel ihrer Trauer hatte sie erkannt, dass Odette ein Licht war.

Rins Lieblingstag war der Tag ihrer Hochzeit. Der Himmel war klar; sie waren zur Trauung in die Berge gegangen, auf einen Gipfel inmitten eines Gebirgszugs, und hatten sich im Kreis ihrer Familie die Hände gereicht. Der Familie, die sie gefunden hatten, die sie willkommen hieß. Ein Standesbeamter war natürlich nicht dabei, und sie heirateten heimlich. Aber in ihren Herzen bedeutete es alles. Wie so vieles im Leben derer, die am Rand der Gesellschaft lebten, wurde es nicht schriftlich festgehalten, aber die Wenigen, die es selbst sahen und hörten, würden die Erinnerung bewahren. Odette hatte einen Blumenkranz im Haar getragen und Rin ihren samtenen Mantel.

Heute war ein mittelmäßiger Tag. Odette strahlte nicht in der vollen Sonne, aber Rin wollte ihr trotzdem nah sein.

Auch Mauve war im Probenzelt. Sie trug noch ein Tuch um den Kopf und ihren seidenen Bademantel, war aber schon geschminkt. Um sich aufzuwärmen, lief sie auf und ab und sang ihre Tonleitern. Sie hatten ihre Show schon fünfzehnhundertmal aufgeführt, oder jedenfalls fünf volle Jahre lang, von April bis Oktober, mindestens sechsmal die Woche. Zwischen den Tönen warf Mauve Popcorn in die Luft und versuchte, es mit dem Mund aufzufangen. Rin würde nie begreifen, wie Mauve es fertigbrachte, vor der Aufführung Popcorn zu essen und trotzdem perfekt zu singen. Mauve sagte, sie täte das aus Trotz gegen einen früheren Gesangslehrer, der behauptet hatte, sie könne es sich nicht erlauben. Aber sie konnte es doch. Irgendwie. Wenn Mauve sang, troff ihr das Talent aus jeder Note.

»Kriegen wir heute deinen echten Spark zu sehen?«, fragte Rin.

»Niemand will wirklich die Zukunft kennen«, sagte Mauve, drehte sich auf den Fußballen um und warf sich die nächste Ladung Popcorn in den Mund.

»Stimmt auch wieder«, sagte Rin.

Mauve fragte nicht zurück, ob Rin ihren Spark präsentieren würde. Sie wussten alle drei, dass das nicht ging. Wobei, wenn der Circus King ohnehin schon wusste, wo sie war … vielleicht brauchte Rin diese Vorsichtsmaßnahme dann nicht mehr.

»Odette, können wir reden?«, fragte Rin.

»Nein«, kam es laut und deutlich von oben. Mauve schnaubte und verschluckte sich fast an ihrem Popcorn.

»Odette, komm schon.«

Odette setzte weiter einen schmalen Fuß vor den anderen, fließend und sicher. »Ich wärme mich auf«, sagte sie.

Rin wusste allerdings, dass Odettes Körper kein Aufwärmprogramm brauchte. Ein tiefer Atemzug in einem ruhigen Augenblick reichte, damit sie geschmeidig ihren Auftritt beginnen konnte. Die meisten Luftakrobaten konnten nur eine bestimmte Zeitlang eine bestimmte Anzahl kraftzehrende Bewegungen vollführen, weil dem menschlichen Körper Grenzen gesetzt sind. Nicht so bei Odette. Sie konnte so lange auftreten, wie es ihr passte, ohne sich je einen Muskel zu zerren oder müde zu werden. Odette blieb immer leichtfüßig und jung, und sie konnte selbst dafür sorgen, dass es bis in alle Zukunft so blieb.

Wieder trat Odette einen Schritt vorwärts. Sie hob einen Fuß hoch über den Kopf; sie war von Natur aus muskulös. Als sie sich auf dem Fußballen drehte, wackelte und zitterte das Seil. Aber sie hielt sich.

»Warum trainierst du so kurz vor dem Vorhang?«, fragte Rin. »Um Mauve und mir auszuweichen?«

Odette schwieg nicht, weil sie sauer war. Sie schwieg, weil sie überlegte, was sie sagen sollte. Rin wusste, dass sie in schwierigen Situationen manchmal ein paar Minuten oder auch Stunden brauchte, um sich ihre Worte genau zurechtzulegen.

»Ich hab dir gesagt, dass ich nicht reden will«, erwiderte Odette. »Und du ignorierst es, obwohl ich gerade meditiere.«

Na schön, vielleicht war Odette doch sauer.

Anmutig neigte sich Odette zu einer Brücke hintenüber, wie eine Animation in einer Wundertrommel. Ihre Hände umfassten das schmale Seil, das sich tief in ihre Handflächen drückte, während sie ein Bein nach dem anderen über ihre Hüfte hob. Rin kannte Odettes Körper in- und auswendig und hatte doch keine Ahnung, wie das funktionierte.

»Also tust du es doch wieder«, sagte Rin. Manchmal trainierte und trainierte Odette endlos, nur weil ihr Körper es verkraften konnte. »Du strudelst in einen Abgrund.«

»Das sagt ja die Richtige«, murmelte Odette, wobei sie ihre Zehen auf das Seil stellte und ihren Rücken zu einem kleinen *n* bog. Na gut, manchmal legte sie sich auch gar nichts zurecht, sondern murmelte spontan schnippische Kommentare.

»Bloß dass Rin keine Heilkräfte hat«, sagte Mauve.

»Hat sie wohl«, sagte Odette. »Sie will einfach nicht, dass ich sie heile. Und nur deshalb« – sie presste ihre Füße auf das Seil und schaffte es irgendwie, gegen alle Regeln der Schwerkraft, ihren Oberkörper in den Stand aufzurichten – »wird sie alt. Und wir nicht.«

»Darüber haben wir doch geredet, Liebes«, sagte Rin. »Ich habe nur die Zeit, die mir nun einmal gegeben wurde.«

»Und du willst sie komplett dafür aufbrauchen, diesen angeblichen Krieg zu verhindern.«

Rin schwieg.

Odette schaute von ihrem Hochsitz auf Rin hinunter. »Darüber wolltest du reden, oder?«

»Was heißt hier ›angeblicher‹ Krieg?«, fragte Mauve. »Es ist eindeutig ein Krieg.«

»Der Krieg ist angeblich vorbei«, sagte Odette, und Rin konnte hören, dass sie selbst nicht daran glaubte. Odette wusste, dass es nicht stimmte, klammerte sich aber an diese Lüge wie an ein Hochseil ohne Netz. »Der Krieg, mit dem alle Kriege enden, wurde 1918 beendet. So etwas passiert nie wieder. Das haben sie alle gesagt, oder? Keine Angriffskriege mehr. Sie haben gesagt, sie würden eine offizielle Erklärung dazu unterschreiben, und der Präsident …«

»Oder vielleicht«, sagte Mauve, »ist es noch derselbe Krieg, und wir sind gerade im Auge des Sturms.« Sie schaute sich um, als könnte sie sehen, wie ein Hurrikan aus Vergangenheit und Zukunft das Zelt umkreiste.

Rin spürte, wie ihr ein Adrenalinschub durch die schmerzenden Schultern zuckte. »Dann halten wir ihn auf«, sagte sie.

Odette unterbrach ihre Choreographie und senkte den Kopf, als lastete ihr ein Mantel der Angst auf den Schultern. Sie sah so müde aus. »Warum wir?«

»Weil wir es können«, sagte Rin. »Wir haben Sparks. Drei sehr mächtige Fähigkeiten. Wenn wir schon die Möglichkeit haben, etwas Gutes zu tun, dann tun wir's auch.«

»Eine Mitzwa«, sagte Mauve leise.

»Yep«, antwortete Rin und versuchte, selbstbewusst zu klingen. Eine Mitzwa. Eine Vorstellung, die ihre Mutter ihr mitgegeben hatte –, dass jede Seele die Aufgabe hatte, die Bruchstücke der Welt wieder zusammenzufügen. Und Rin hatte einen Spark; sie hatte die nötige Energie, die Hände, den Kopf, die Beine, den Geist.

Sie war dazu verpflichtet, vor allem weil sie früher so vieles zerbrochen hatte.

Rin war selbst schuld, dass ihr vom jüdischen Glauben nur eine Handvoll Erinnerungen an ihre Mutter geblieben waren. Sie besaß keinen Davidstern, keine Mesusa, nicht einmal Schabbatkerzen. Denn wer sich dem Circus King anschließt, der verliert sich selbst.

»Ich liebe es, wenn ihr zwei euch verbündet«, knurrte Odette. »Den Gesichtsausdruck kenne ich, Rin. Falls es hier wieder um Schuldgefühle geht –, du kannst nichts dafür, dass es den Circus King gibt.«

»Um den geht's nicht«, log Rin. Es war doch gelogen, oder? Vielleicht ging es um ihn. Odette wusste viel über Rin, unter anderem, wie sie aussah, wenn sie an etwas Schlimmes dachte. Aber das hier konnte Odette nicht verstehen, nicht richtig. Sie war dem Circus King nie begegnet. Sie hatte Rin nicht gekannt, als sie zu ihm gehörte. Hatte nicht erlebt, wie viele Leben ruiniert worden waren, all den Schmerz und das Leid. Das hatte Odette nicht gesehen. Nicht gekostet. Es war für sie nicht real.

Zu viel. Das war alles zu viel. Rin wandte sich von den zwei Frauen ab, kreuzte still die Arme vor der Brust und schottete sich ab. Wenn sich ihre Gedanken und Gefühle überschlugen, brauchte sie etwas, das diesen Aufruhr zum Schweigen brachte. Aber so etwas hatte sie nicht, also stand sie nur da und hoffte, dass eine der beiden das Gespräch für sie weiterführen würde.

»Zu Rin habe es auch schon gesagt«, sagte Mauve zu Odette. »Wir können nicht darauf warten, dass jemand anderes kommt und sich kümmert.«

»Ach ja, und was ist mit unserer Mitzwa hier?«, fragte Odette. »Was ist mit unserem Zirkus, mit unserer Gegenwart? Wir können uns gerade so gegen den Circus King behaupten. Und der weiß jetzt, dass du am Leben bist, Rin, schon vergessen? Ich nämlich nicht. Ich konnte mich gestern Nacht kaum entscheiden, warum ich wach liegen sollte: wegen des Circus King oder weil der große Krieg wieder anfängt.«

»Du bist die Einzige, die überhaupt die Augen zugemacht hat«, sagte Mauve.

»Aber nicht lange genug!«, gab Odette zurück.

Die drei Frauen waren so klein. Der Krieg war so gewaltig.

»Vor dem Circus King können wir weglaufen«, sagte Rin schließlich. »Vor dem Krieg nicht. Wenn wir den Krieg nicht verhindern, betrifft das uns alle. Und nicht nur uns, sondern auch die, die unseren Zirkus besuchen. Wir können ihn kommen sehen, und es ist uns nicht egal, also müssen wir auch etwas unternehmen.«

»Mir geht es nicht um unsere Sparks oder unseren Willen«, sagte Odette. »Mir geht's darum, realistisch zu bleiben. Kann überhaupt irgendjemand diesen Krieg aufhalten?«

»Wir können's versuchen«, sagte Ringmaster. »Das ist der erste Schritt – es nicht anderen zu überlassen, sondern seinen Mut zusammenzunehmen. Odette, wir ändern jeden Abend ein ganzes Leben. Wir können etwas erreichen.«

»Das war alles Kleinkram, Rin. Wir haben nie ... einen ganzen verdammten Weltkrieg verhindert.«

»Alles besteht immer aus Kleinkram«, sagte Ringmaster mit Nachdruck. »Viel Kleinkram zusammengenommen ergibt etwas Großes. Wir drei haben die Chance, etwas zu bewegen. Oder was meinst du, Mauve?«

»Wir können durch die Zeit reisen«, sagte Mauve. »Wir können heilen. Wir können in die Zukunft sehen. Das ist schon mal etwas.«

»Und niemand wird mit uns rechnen«, sagte Ringmaster. »Wir sind Zirkusleute. Keine Politikerinnen oder Soldaten.«

»Nein, nein, nein, nein«, sagte Odette. »Nein, Schatz. Wenn wir die Last der Welt schultern wollen, brechen wir uns den Rücken. Schau dich doch an, du kannst kaum noch schlafen. Gestern musste ich dir schon eine Flasche wegnehmen. Und spar dir dieses Bühnenlächeln; ich bin nicht dein Publikum, Rin. Was, wenn wir sterben und der Zirkus ohne uns dasteht? Ohne *dich* dasteht?«

Rin spürte ein tiefdunkles Ziehen im Magen. Sie biss die Zähne zusammen, um die schlimmen Gedanken nicht an sich heranzulassen. »Es tut mir leid, Odette«, sagte sie. »Ich liebe dich. Aber können wir wirklich so weitermachen und unser Leben leben, ohne irgendwas zu unternehmen? Das passt nicht zu dir. Und nicht zu uns allen. Wir können uns nicht vergnügen, während die Welt auf das zurollt, was wir mit eigenen Augen gesehen haben.«

Odette presste die Lippen aufeinander.

»Odette«, mischte sich Mauve ein. »Vor acht Jahren hast du bei der Pandemiebekämpfung geholfen. Das hat viel bewirkt.« Mauve setzte sich in den Schneidersitz und stützte die Ellenbogen auf die Knie, während sie zu Odette aufsah. »Du warst als Heilerin in Chicago im Dauereinsatz. Diese ganze Aktion hat Vertrauen in die Sparks geschaffen, und dann? Dann gab es zumindest einen Waffenstillstand, und wir waren halbwegs in Sicherheit. Diese Einigung haben wir dir zu verdanken und den Leuten, die genauso selbstlos gehandelt haben.«

Rin fühlte sich so angespannt wie Odettes Hochseil.

Odette ignorierte sie. Sie tänzelte in die Mitte des Seils. Oder vielmehr tänzelte sie nicht, sondern rannte, sprintete beinahe. Aber wahre Künstler bringen das Schwere zum Schweben.

»Ihr zwei werdet so oder so gehen, oder?«, fragte Odette. »Ganz egal, was ich sage.«

Rin nickte.

Odette hob einen Arm, streckte die Schulter, um nach einem herabhängenden Tuch zu greifen. »Liebst du mich?«

»Ja.«

»Liebst du Mauve?«

»Natürlich liebt sie mich«, sagte Mauve und ließ ein nicht aufgeplatztes Maiskorn in den gestreiften Karton zurückfallen. »Alle lieben mich.«

»Liebst du dich selbst, Rin?«, fragte Odette weiter. »Bist du nicht auch etwas wert?«

Ringmaster legte die Finger um die Manschetten ihrer Jackenärmel. »Natürlich bin ich etwas wert«, log sie, und ihre Worte klangen hohl, als hätte sie sie irgendwo abgelesen.

Odette seufzte. Es war weder ein trauriges noch ein herablassendes Seufzen, sondern der Atemzug, den man ausstößt, wenn man die Luft angehalten hat. »Und warum zählt dein eigenes Leben dann überhaupt nicht?«

»Warum sollte es mehr zählen als andere?«, fragte Rin. »Wenn wir nicht handeln, werden unsere Leute einberufen und … Odette, es geht nicht um mich. Es geht um uns alle.«

Diese Worte schienen Odette zu verletzen. Sie sah aus, als hätte sie sich am Seil verbrannt, sich die Haut aufgerissen. Sie wickelte sich das Tuch um einen Arm und ein Bein, dann löste sie sich vom Hochseil und glitt federleicht herunter. Ihr gestreckter Zeh berührte als Erstes den Boden, und ihr gelockter blonder Bob wippte als Letztes nach.

»Odette …«

»Und vermutlich lässt du mich wieder nicht rückgängig machen, wie sehr du davon alterst«, sagte Odette und wackelte mit den Zehen. »Von all den zusätzlichen Sprüngen.«

Odette alterte seit langem nicht mehr. Mauve behielt nur die Jahre, die sie auch ohne die Zeitsprünge erlebt hätte. Aber Rin – Rin trug jeden einzelnen zusätzlichen Tag am Körper.

Ringmaster wandte sich ab, und ihre Mundwinkel senkten sich zu Boden wie Odettes schimmernde Tücher. Es *musste* funktionieren.

Mauve betonte immer, dass die Zukunft sich ändern konnte.

Eher flüssig als fest, hatte Mauve gesagt.

Eine Zirkusaufführung folgte einem Plot mit Anfang, Mitte und Ende. Das Finale wurde geprobt und festgelegt, bevor das Publikum auch nur das Zelt betreten hatte. Gleich als Erstes kam die Parade – der gesamte Ablauf der Show hübsch hintereinander aufgereiht; eine Ouvertüre. Aber im echten Leben veränderte sich die Geschichte. Sie lief rückwärts. Oder sie nahm nie ein Ende.

»Ich komme mit«, sagte Odette leise. »Aber wenn es schiefläuft, müssen wir es allen sagen, damit sie sich darauf einstellen können. Und ihr müsst mir versprechen, nicht noch den Rest unserer gemeinsamen Zeit zu verschwenden.«

»Das finde ich fair«, sagte Mauve.

Rin nickte. »Versprochen. Aber wir schaffen es. Es wird niemals so schlimm wie das, was wir durchgemacht haben.«

Odette standen tausend Fragen ins Gesicht geschrieben, aber sie sprach keine davon aus. Vielleicht verkeilten sie sich alle in ihrer Kehle wie New Yorker Pendler im Stau.

Aber erst einmal war Showtime.

# 8

## RINGMASTER, 1926

Das Geschehen auf einer Zirkusbühne war magisch. Aber es war nur dann magisch, wenn die Truppe hinter der Bühne so lange an den Nummern feilte, bis sie magisch wirkten.

Rin hatte das schon als Kind gelernt, als sie in einer Revue am Broadway eine Statistenrolle spielte. (»Das war nichts Besonderes«, hatte sie zu Mauve gesagt, als sie ihr zum ersten Mal davon erzählte. »Wir waren an die hundert Kinder. Alle, die den Sommer über in der Stadt waren, durften dabei sein.«)

Sie erinnerte sich, wie sie mit sechs Jahren in einem unbequemen Rüschenkostüm steckte und der Bühnencrew zusah, die hinter den Kulissen ihre eigene Choreographie aufführte, irgendwo zwischen einem Ballett und einem Uhrwerk. Ein großer Sperrholzmond war an Seilen befestigt, die im Schnürboden über Rollen liefen, und einer der Arbeiter ließ etwas Seil nach, damit der Mond für das Publikum sichtbar wurde. Dann stellte sich ein zweiter, viel größerer Mann auf eine hohe Kiste, packte das Seil, das an einem Gurt unter dem Kostüm der Hauptdarstellerin festgemacht war, und sprang auf den Boden. Der Arbeiter landete mit dem Hintern auf den schmutzigen Holzdielen hinter der Bühne und holte mit seinen haarigen Armen mehr und mehr von dem Seil ein, das ihm wie eine hypnotisierte Schlange in den Schoß sank.

Die kleine Rin blickte durch den Gang auf die Bühne … und da sah sie einen Menschen fliegen. Ihr klappte der Mund auf. Die

Hauptdarstellerin flog in ihrem Feenkostüm dem sich herabsenkenden Mond entgegen. Das Publikum japste und klatschte begeistert.

Pure Magie.

Das war vor der Ära der Sparks gewesen: das erste Mal, dass Rin einen Menschen hatte fliegen sehen.

Jetzt gab es die Sparks, und Rin war keine Statistin mehr, sondern die Direktorin. Aber das Ballett hinter der Bühne gab es noch immer, die Arbeit, die nötig war, um die Sechsjährigen zu bezaubern.

Vor Jahren hatten Rin, Odette und Mauve bei ihrer ersten Produktionssitzung an einem schmuddeligen Diner-Tisch in Chicago Tausende Zettel bekritzelt. Dann kamen erste Angestellte, Einkäufe bei Versteigerungen pleitegegangener Zirkusunternehmen, die Suche nach Winterquartieren, die Proben, die Kostüme, die Bühnenbilder und Requisiten, weitere Proben und mehr und mehr Training und dann die Tournee. Unterwegs Proben, dann eine Aufführung, dann wieder Detailproben, ein Durchlauf, die nächste Aufführung, und das wieder und wieder, bis Rin den Tanz hinter den Kulissen vorwärts und rückwärts und selbst mit Gehirnerschütterung beherrschte (was aber nur einmal vorkam). Vor jeder Show die Kampfszenenproben, die Pyrotechnikprüfung, weitere Detailproben, das Aufwärmen, der Einlass. Und das alles, bevor die erste Zuschauerin ihren Platz eingenommen hatte.

Maynards Spark erlaubte es ihm, sich in eine ganze Bühnencrew samt Beleuchtungsteam aufzuspalten. Ab dreißig Minuten vor dem Vorhang, wenn die Zeltplane am Eingang beiseitegerollt wurde und der Einlass begann, überließ Rin alles ihm.

Rin war nicht in einem Zirkus aufgewachsen wie Maynard. Im Theater war es der Bühnenmeister, der kurz vor der Aufführung die technischen Abläufe in die Hand nahm. Hier kümmerte sich Maynard um alles, während Rin sich auf ihren Auftritt konzentrierte und genug auf die anderen achtete, um ihnen später noch Tipps geben zu können.

Als sie ihn deshalb einmal ihren Bühnenmeister nannte, lachte er und sagte: »Im Zirkus nennt man das den Betriebsleiter, weißt du. Also ehrlich, wenn du jemals bei einem anderen Zirkus anheuerst, lachen die dich aus. Die erkennen dich sofort als Frischling.«

»Umso besser, dass ich nicht vorhabe, anderswo anzuheuern«, sagte Rin. Dieser Zirkus war ihr Leben.

Schließlich rief Maynard: »Vorhang in fünf!«, und alle antworteten mit: »Verstanden, fünf!« Im Zelt spielte Mr. Calliope schon die Auftaktfanfare. Draußen, hinter dem Chapiteau, stellten sich die Artisten im Kreis auf, die kostümierten Füße im spärlichen Gras oder dem getrockneten Schlamm nebeneinander. Es waren Pailletten und Tücher zu sehen, Mr. Weathers' und Kells große weiße Flügel, Tinas blau-roter Gymnastikanzug und so viel Glitter und Make-up, wie sie hatten finden können. Sie waren für das Rampenlicht bereit, und es wurde Zeit für den Auftritt.

Sie hielten sich an den Händen. Rin sagte: »In jedem Theater leben Geister.«

»Der Geist der Vergangenheit, der Gegenwart und der Zukunft«, antworteten alle. *Der Zukunft.*

»Und heute Abend machen wir sie stolz!«, sagten sie zum Abschluss.

Und dann fand die ganze Truppe mit einem leisen, tiefen Summen einen gemeinsamen Ton. Auch die, die nicht singen konnten. Sie hielten diesen Ton gemeinsam. Schlossen die Augen. Trotz der unterschiedlichen Wege, auf denen sie gekommen waren, fanden sie sich jetzt in derselben Geschichte wieder. Rin hielt Mauve und Odette an den Händen. Dann schummelte sie: Sie öffnete die Augen, um sich anzuschauen, wie sich die anderen konzentrierten.

Es war der Moment, wo alle gemeinsam an den Energieball

dachten. Eine alte Übung, die sie zusammengeschweißt hatte, als sie einander kaum kannten, aber lernen mussten, auf offener Bühne übereinander hinwegzuspringen und einander aufzufangen. Sie stellten sich einen Ball aus Energie vor, den sie in die Mitte des Kreises schoben. Natürlich war da kein echter Ball; es war eine Gedankenübung. Deshalb tat Rin, als würde sie ihn sehen. Obwohl sie ihn nie spürte.

»Du spürst die Energie nicht?«, hatte Odette eines Abends gefragt, als sie vorm Einschlafen ihre Ohrringe abnahm. »Und komm mir nicht mit schlauen Sprüchen. Ich weiß, wie sich das anhört.«

Rin lachte. »Nein, das ist bloß eine alberne Übung, die ich noch von meiner Mutter kannte.« Mit sechs Jahren hatte sie an der Hand ihrer Mutter mit zweihundert Theatermenschen einen gemeinsamen Ton gefunden. Zweihundert Stimmen, die ihre Energie in die Mitte des Kreises lenkten. Rin hatte sich geborgen gefühlt. Und in den Jahren danach hatte sie nicht gelernt, sich dieses Gefühl zu verdienen.

Gelernt hatte sie, nie vor anderen die Augen zu schließen, nicht einmal vor Menschen, die sie liebte.

»Also verbindest du dich im Kreis nicht mit uns allen. Was machst du denn dann?«

»Ich mache einfach die Augen auf und warte, bis es vorbei ist«, sagte Rin.

Odette biss sich auf die Lippe. »Man soll aber die Augen schließen. Alle vertrauen darauf, dass du die Augen schließt.«

Meistens respektierte Rin Odettes Regeltreue, außer wenn sie ihr bei etwas in die Quere kam, was sie erreichen wollte. Und jetzt gerade wollte sie unbedingt den Kreis im Blick behalten. Sie wollte sichergehen, dass keine Gefahr drohte, dass alles nach Plan lief, dass niemand aus den Schatten hervorsprang und sie überfiel.

*Hier bist du also.*

Rin versuchte, sich zu konzentrieren, ganz im Moment zu bleiben, in diesem Kreis. Sie schaute zu Odette hinüber, deren Augen geschlossen waren. Odette drückte ihre Hand.

So fest würden sie sich auch an den Händen halten, wenn sie heute Nacht in die Zukunft sprangen.

*Versuch's zumindest, Rin. Schließ die Augen, atme tief durch, glaub fest daran, dass niemand sich anpirscht und irgendjemanden absticht …*

»Eine tolle Aufführung wünsche ich euch allen. Hals- und Beinbruch«, sagte Rin, und die anderen öffneten die Augen. Sie atmeten tief durch, als hätten sie eine großartige Auszeit miteinander verbracht.

Odette hob eine Augenbraue. »Du hattest wieder nicht die Augen geschlossen.«

»Ich arbeite daran«, sagte Rin. »Sybill, hast du alles, was du brauchst?« Die Dolmetscherin Sybill winkte ihr auf dem Weg zu ihrem Platz. Ihr Spark bestand darin, dass sie jede Sprache unter der Sonne verstehen konnte und vielleicht die eine oder andere jenseits davon.

»Ich weiß, dass du daran arbeitest.« Odette wandte sich ihr zu. Sie nahm Rins Gesicht in beide Hände und küsste sie auf den Mund. Abseits der Scheinwerfer konnten sie es sich erlauben. Rin legte die Arme um Odette. Die Vergangenheit, die Gegenwart und die Zukunft. Hier bei Odette konnte sie so tun, als gäbe es die Zukunft gar nicht. Doch es war alles miteinander verbunden …

»Hey«, sagte Odette. »Komm zur Erde zurück, Schatz.« Sie drückte Rin an sich. Niemand konnte so toll umarmen wie Odette. Außer vielleicht Rins Mutter, aber die lebte schon lange nicht mehr.

Und vielleicht Bernard, der genau in dem Moment vorbeikam und wie ein Grizzlybär seine stämmigen Arme um Rin und Odette schlang. »Meine Mädchen!«, rief er und schüttelte sie. »Hals- und Beinbruch!«

Rin rang in seiner Umklammerung nach Luft. Odette lachte. »Danke, Bernard«, sagte sie.

»Ist Mauve auf ihrem Posten?«, fragte Bernard. »Mauve? Wo bist du?«

»Schon unterwegs!«, rief Mauve und eilte vorüber.

»Luft!«, ächzte Rin. Sie machte sich frei und betrachtete den Schrank von einem Mann in Hemd und Jeans. Er war das einzige Überbleibsel aus Mauves früherem Leben und das einzige Elternteil von allen drei Frauen, das sie ins Abenteuer begleitet hatte. Rins Eltern waren verstorben. Odettes hatten die Tochter verstoßen. Aber Bernard strahlte vor Stolz.

»Na dann«, sagte er. »Maynard meint, wir hätten heute ein volles Haus, also will ich mich mal an die Arbeit machen.«

»Zwei Minuten!«, rief Maynard.

»Verstanden, zwei!«, kam die Antwort.

In den Lichtkegeln der hellen Lampen an den Masten schillerte der Staub. Es sah aus, als waberte er schon seit tausend Jahren durch dieses Zelt. Dabei war es am Morgen erst aufgebaut worden, und in ein paar Stunden würden sie es auseinandernehmen. Der Zirkus war eine gut geölte Maschine, eine immerwährende Geschichte.

Als alle Zuschauer saßen und der Eingang des Zelts geschlossen war, konnte die Aufführung beginnen.

Es herrscht nirgends mehr Aufregung als in den dunklen Bühnengängen eines Theaters kurz vor dem Vorhang. Im Zirkus, im Sattelgang hinter der sogenannten Gardine, war es dasselbe. Das Licht blieb aus, und man wünschte einander flüsternd noch einmal Hals- und Beinbruch. Dann verblasste der Alltag, verschwand unter einer Welle des Mysteriösen. Sobald die Bühnenbeleuchtung ansprang, war es, als fände die Aufführung in einer anderen Welt statt, wo sämtliche Artistinnen und Zirkuskünstler aller Zeiten gemeinsam einen Raum der Kreativität und Schönheit schufen.

Odette beschrieb es als ein inneres Licht, das plötzlich anging. Rin empfand es mehr wie das Eintauchen in einen See, der von ihr abwusch, was sie war, und sie in die verwandelte, die sie werden wollte.

Die Zirkusdirektorin trat in die Manege.

»Willkommen, Sie alle, jeder und jede Einzelne von Ihnen!«, tönte sie und marschierte in die strahlende Mitte. Sie war nicht mehr irgendeine Frau. Sie war der Zirkus.

»Hier und heute bekommen Sie keine Taschenspielertricks zu sehen.« Sie griff in die Luft und ließ aus dem Nichts eine lange Peitsche in ihrer Hand erscheinen. Oder, anders gesagt: Paulie McKinley, der Portalspezialist, reagierte hinter den Kulissen punktgenau auf sein Stichwort.

Es gab keinen Applaus. So war es anfangs immer. Viele dieser Menschen hatten noch nie echte Magie erlebt, und noch mehr von ihnen glaubten nicht daran.

Ringmaster ließ den Blick über die Tribünen schweifen, nahm mit allen Kontakt auf, ohne jemandem in die Augen zu sehen. Sie ließ die Peitsche knallen, und Funken sprühten aus den Zeltmasten, den Sitzen, den Aufbauten, sogar aus ihrem Zylinder.

Das war natürlich das Werk von Boom Boom (beziehungsweise Frank), der irgendwo dahinten im Dunkeln neben Paulie hockte. Auch wenn sie sich nicht sehen konnten, verließen sie sich fest aufeinander.

Jetzt wurde es Zeit für die Eröffnungsparade.

Die Musik wurde von einer unauffälligen Begleitung zu einem machtvollen, treibenden Herzschlag. Tina sprang brüllend in die Manege, gefolgt von den Clowns, und die Parade kreiste um Ringmaster, die lachend mit beiden Händen winkte. Die wunderschöne Musik kam von Mr. Calliope, der sich auf seinen Posten etwas abseits der Manege begeben hatte. Er klang wie ein Klavier, das durch eine Produktionsstraße rollte, wo Nägel und Saiten und noch etwas Tieferes in kakophonischer Eile alle auf einmal all die richtigen Töne anschlugen.

Dann glitt im genau richtigen Moment Kell in seinem Kostüm durch die Mastöffnung des Zelts. Er stürzte wie ein junger Gott zu Boden und rammte Faust und Knie in die Sägespäne. Seine Schwingen öffneten sich zu einem breiten Gähnen, einem Banner aus Federn, die sich im staubigen Licht der Manege zitternd spreizten. All die Bleistiftstriche und Randnotizen, die ewig geübten Einsätze und skizzierten Takte waren wie ausradiert, denn ihre Nummern kamen jetzt aus der Seele, wie Gelächter, wie Atem, ganz von allein.

Hier in der Manege verwandelten sie sich in Figuren. Sie wurden größer als ihr Alltag. Sie wurden *Der Engel, Die Trapeztänzerin, Die wandelnde Menagerie, Die Nachtigall* … all die Titel, die draußen auf den Reklamebannern standen. Unter den Augen des Publikums umrundeten sie die Manege. Sie winkten und tanzten. Ihre glänzenden Stiefel und Hackenschuhe wirbelten Staub auf, und trotzdem wirkte es, als berührten sie kaum den Boden. Die meisten bewegten sich zwar tatsächlich mit Hilfe von Füßen, aber es sah aus wie in einem dieser alten Trickfilme, wo die Kamera einen echten Hintergrund aufgenommen hatte, und dann wurden von Künstlern ausgeschnittene Feen oder Astronautinnen in die Bildrahmen geklebt – etwas Phantastisches, Buntes, Außerweltliches vor dem Hintergrund des Vertrauten.

Und in der Mitte dieses Spektakels sahen die Leute die Figur der Zirkusdirektorin. Noch eindrucksvoller als ihre dröhnende Stimme und die kräftigen Arme war nur der rotsamtene Mantel, der ihren gedrungenen Rumpf umspannte. Er brachte Ringmaster ins Schwitzen; die Hitze stieg ihr ins sommersprossige Gesicht. Das dichte rotbraune und graue Haar wärmte ihr den Nacken, aber ihre Mähne wirkte eindrucksvoller, wenn sie sich frei um ihr Gesicht und ihre Schultern bauschte. Es mochte unbehaglich sein, aber das Unbehagen passte zu Musik und Adrenalinrausch, Bühnenbeleuchtung und dem Duft von Schminke und Popcorn … und zu so viel Freude, wie in ein riesiges Zirkuszelt passte.

Rin betrachtete ihre Freundinnen und Freunde, ihre Familie, wie sie strahlten und lachten und sich von ihrer besten Seite zeigten. Sie waren glücklich – ein klarer Nachthimmel voller Sterne, die unter Applaus ihren Glanz verströmten.

Dann wurde die Musik immer leiser. Die Parade lief wie in Zeitlupe auf der Reitbahn weiter, als würden die Artistinnen unter Wasser tanzen.

Es wurde Zeit, dem Logos und dem Ethos auch das Pathos hinzuzufügen.

»Wir sind Windy van Hootens Phantastischer Zirkus!«, tönte Rin. »Denn dieser Name, Windy van Hooten« – sie stellte ein Bein auf die hölzerne Einfassung der Manege und beugte sich vor, wie um mit dem Publikum ein gut gehütetes Geheimnis zu teilen –, »hat unter Zirkusleuten eine ganz besondere Bedeutung. Er steht für den perfekten Zirkus, wo alle einander respektieren und wo der Lohn immer pünktlich ausgezahlt wird. Natürlich ist in Wahrheit nie etwas perfekt. Ja, manchmal scheint es« – sie hob den Blick zum Hochseil unter dem Zirkushimmel –, »als wäre in dieser Welt mehr kaputt als heil. Aber ich hoffe …« Und dann sah sie ihnen in die Augen. Und sie meinte es ernst. Anders als andere Zirkusdirektoren stand sie nicht in der Manege, um selbst Applaus einzuheimsen oder ihre Genialität zur Schau zu stellen. Nein – sie war kein Genie. Sie war hier, um alle anderen in diesem Zelt ins Rampenlicht zu stellen.

Und genau deshalb hing das Publikum an ihren Lippen.

Wenn sie nach Hause gingen, würden sie an die Magie glauben und würden ein wenig davon in ihren eigenen Herzen tragen.

»Ich hoffe«, sagte sie, »dass wir Ihnen in der nächsten Stunde etwas so Spektakuläres bieten werden, dass es Ihnen bleibt. Ganz egal, was passiert, wenn Sie das Zelt wieder verlassen – diese Stunde, dieser perfekte Abend gehört nur Ihnen.«

Ihr Blick streifte die Parade, den Wirbel aus Pailletten und Farben, in dem zwei unglaubliche Frauen ihren Worten lauschten. Sie hatten schon tausendmal einen ähnlichen Vortrag von Rin gehört. Jeden Abend sagte sie etwas Neues. Aber es bedeutete immer dasselbe.

Hoffnung.

»Heute Abend!«, tönte sie. »Heute Abend werden Sie Dinge sehen, die zu sehen Sie nie im Leben erwartet hätten! Sie werden begreifen, dass es auf dieser Welt Träume gibt, die nur darauf warten, von uns gelebt zu werden.« Und alle Lichter erloschen.

Die Parade stand still.

Die gesamte Menagerie dieses Zirkus hob schweigend die Blicke zum Himmel, wie bei einem Gebet. Ein Scheinwerfer sprang wieder an, mit einem Klacken, das im mucksmäuschenstillen Zelt überlaut klang.

In seinem Licht stand Ringmaster. Auch sie hob den Blick.

»Manchmal«, flüsterte sie mit einer Stimme, die in jedes Ohr drang, »brauchen wir bloß zu wissen, wo wir hinschauen müssen.«

Der Lichtkegel glitt am Hauptmast des Zirkuszelts aufwärts und richtete sich auf die Luftakrobatin. *Die Trapeztänzerin.* Das stete Gravitationszentrum einer chaotischen Welt.

An ihren golden schimmernden Beinen flossen zwei lange Tücher hinunter. Odette wickelte sich hinein und bereitete sich auf den doppelten Star Drop vor. Rin wusste noch, wie sie beim Training vor sich hin gemurmelt hatte: Hände hinter den Kopf, Rücken gerade. Aber jetzt sah es aus, als wäre Odette am Vertikaltuch aufgewachsen. Es wirkte so selbstverständlich wie Spazierengehen.

Diese eine Regel hatte Odette gebrochen. Sie hatten sich vorgenommen, nie etwas auf die Bühne zu bringen, das noch nicht erfunden war. Keine Musik, keine Kostüme, nichts. Aber Odette war mit einer Zeitreisenden verbandelt, und bei einer ihrer Reisen, an Odettes Geburtstag, hatten sie einen futuristischen Zirkus besucht.

Dort hatte Odette Luftakrobatik am Vertikaltuch gesehen. Sie hatte sich sofort in diese Kunst verliebt und sie unbedingt meistern wollen. Also handelten sie es untereinander aus – keine Plakate, keine schriftlichen Aufzeichnungen, nichts, das darauf hinweisen würde, dass das Vertikaltuch sechzig Jahre vor seiner Erfindung in Gebrauch war.

Trotzdem blieb es riskant. Es blieb inkonsequent. Aber Rin wusste, dass jemand mit genug Verlangen jede Inkonsequenz wegargumentieren konnte, selbst ein so liebenswerter Mensch wie Odette.

Einen Moment lang fragte sich Rin, ob irgendjemand im Publikum eines Tages einem Enkelkind von Odettes Kunststücken erzählen würde, und dann würde das Vertikaltuch erfunden. Vielleicht wanden sich die seidigen Tücher in der Zeit um sich selbst wie das Unendlichkeitszeichen, wie der Kranz, zu dem Odette sie verknotete, um sie im Zug zu verstauen.

Ihr Zirkus war eine Welt für sich, aber er veränderte die Welt um sich herum jeden Abend. Er veränderte sie auch jetzt.

Noch ein anderer Gedanke ließ Rin nicht los: Selbst als sie den Zirkus der Zukunft besuchten, hatten sie nichts von irgendeinem Krieg gehört. War das eine Zukunft gewesen, die nicht mehr existierte? Oder eine Zukunft nach dem Krieg, in der alle nach vorn schauen und die Katastrophe vergessen wollten?

Verhielten sie sich nicht selbst so seit 1918? Würde sich das alles wiederholen?

Würde ihr Zirkus zerstört und vergessen werden?

Odette ließ sich fallen, drehte sich wieder und wieder um die eigene Achse, bis die verbotenen Tücher sie kurz vor dem Aufprall am Boden hielten.

Odette rotierte um die Tücher, fixierte einen Fuß, um einen Fan Kick und eine Arabesque zu vollführen, noch einen Fan Kick und wieder eine Arabesque in der Drehung. Selbst der Russian Climb sah bei ihr anspruchsvoll und elegant aus. Oben schwang sie sich noch einmal kopfüber und landete auf der Plattform am Ende des Hochseils.

Auf dem Weg über das Seil stolzierte sie, als hätte sie die physikalischen Gesetze selbst geschrieben. Aus dem Sprung griff sie nach einem der Ringe und turnte daran mit der Kraft einer Athletin und der Haltung einer Prinzessin. Ihre Beine, Füße und Hände drehten und wanden sich langsam um den metallenen Kreis hoch oben im Bühnenhimmel. Rin spürte, dass viele im Publikum von ihrer Schönheit hingerissen waren. Andere hofften insgeheim, dass sie abstürzen würde. Vielleicht gab es den einen oder anderen Pedanten, der nach der Show darauf hinweisen würde, dass sie in einer Nummer verschiedene Disziplinen vermischte. Aber am Ende würden sie sich alle in Odette verliebt haben, genau wie Rin.

Und dann begann Odette, auf nichts als einen Ring und viel leere Luft gestützt, zu tanzen.

Manchmal, wenn sie ganz in der Musik versunken war, ertappte Rin sich dabei, dass sie glaubte, Odette könne fliegen.

Vielleicht war da wirklich Musik, oder vielleicht ging von Odettes kräftigen Armen, von ihren gestreckten Zehen, den rotierenden Beinen und den zwei lichten Halbmonden in ihrem hintenüber geneigten Nacken eine Melodie aus. Der Ring näherte sich einem Trapez, und sie ergriff den Holm.

Schon flog sie los, schwang sich von einem Haltepunkt zum nächsten durch die Luft, als könnte sie gar nicht fallen. Vielleicht konnte sie es ja wirklich nicht.

Das Zelt roch jetzt nach frisch gescheuerten Böden, windgetrockneter Wäsche. Odette zuzuschauen war, wie wenn man auf einer besonders hohen Schaukel frei hinabschwingt. Rins Magen kribbelte, ihre Schultern entspannten sich, und ihr Herz war erfüllt von dem grünen Gras frühkindlicher Sommertage.

Zum Abschluss hakte die Trapezkünstlerin ihre Beine wieder in den Ring. Ihr Triathlon – oder Quadrathlon? – war beinahe vorüber. Sie war kein bisschen müde.

Sie lehnte sich nach hinten, bis sie kopfüber hing, die Arme elegant geschwungen. Ringmaster streckte ihr einen Arm entgegen, hob die behandschuhte Hand. Sie verharrten in einer Ekstase, die das ganze Zelt mit ihnen teilte.

Odette schaute zu Rin hinunter, und es existierte niemand mehr außer ihnen beiden.

Der Scheinwerfer erlosch, Applaus brandete auf, und der Bann war gebrochen. Rin half Odette von dem Ring herunter, und Odette eilte zum Ausgang – keine Tänzerin mehr, sondern eine Arbeiterin, die rasch die Manege frei machen wollte.

Drei kleine Scheinwerfer sprangen an. Jelly, der Jongleur (den die Zuschauer kurz davor draußen als den Ausrufer Ford erlebt hatten; er ließ sich nebenbei zum Clown ausbilden), unterhielt mit den Clowns Mr. und Mrs. Davidson das Publikum, während Boom Boom hinter den Kulissen seine Sprengsätze anbrachte.

Rin nutzte den Moment, um vom Rand der Manege ins Publikum zu schauen.

Plötzlich entdeckte sie sie – die großen Augen waren weit aufgerissen, und der Mund zwischen den strähnigen Zöpfen stand offen. An sie hatte sich Rins Auftritt heute Abend gerichtet.

Es war das Mädchen aus dem Fabrikviertel, das neben ihrem Bruder in die Manege starrte, als hätte sie ihr Leben lang nach diesem Ort gesucht.

# 9

## EDWARD, 1917

Edward stieg vor dem Juwelierladen über einen Obdachlosen hinweg und hielt sich angewidert die Nase zu. In New York müsste einmal ordentlich ausgeputzt werden. Aber das war nicht sein Problem. Er hatte schon selbst eine Mission.

Edward wusste, dass es kühn war, einen Ring zu kaufen, ohne erst um Erlaubnis zu fragen. Besonders weil er heute Abend sehr auf seine Wortwahl würde achten müssen.

Er stellte sich vor eine elektrisch beleuchtete Vitrine. Solche Schaukästen waren im ganzen Laden verteilt, als wären die Brillanten und Rubine Filetstücke, und das Silber wäre Aufschnitt. Wie seltsam – ein Gemischtwarenladen, aber für Luxusgüter.

Er erinnerte sich noch an den Tag, als sein Stiefvater um die Hand seiner Mutter angehalten hatte. Oder vielmehr nicht genau an den Tag, denn ihn hatten sie übers Wochenende bei einem Freund der Familie untergebracht. Aber er wusste noch, wie er zurückkam und den großen Ring am Finger seiner Mutter bemerkte. Er hatte billig ausgesehen, ein Imitat. So falsch wie das Lächeln seines Stiefvaters.

An ihm und Ruth würde nichts billig und falsch sein, auch nicht an der Familie, die sie zusammen gründen würden. Damals war er ein machtloser kleiner Junge gewesen, und jetzt stellte er sich als erwachsener Mann seiner Zukunft.

Seine Mutter und der Stiefvater bedeuteten ihm nichts mehr. Sollten sie doch glauben, dass er gefallen war. Sollten sie den Rest ihres Lebens trauern oder eben nicht. Sie hatten es verdient. Sollten sie sich doch mit der Ungewissheit quälen. Er war jetzt eine Waise.

Oder er war eine Waise gewesen, bis er Ruth traf. Ruth war das Licht seines finsteren Lebens, und bei ihr würde er bleiben. Edward war nicht mehr allein. Er würde nie wieder allein sein.

Jemand hustete, und Edward wurde sich schmerzhaft der anderen Kunden im Juweliergeschäft bewusst. Sie hatten sich alle in Schale geworfen, und Edward ... Edward trug nicht einmal ein Jackett. Er nickte nervös einem Mann zu, dessen Blicke deutlich zum Ausdruck brachten, dass Edward nicht hierhergehörte.

»Kann ich Ihnen helfen?«, fragte der Angestellte hinter dem Tresen. Er sah aus wie ein fettes Walross. Normalerweise hätte Edward seine Worte als den normalen, freundlichen Beginn eines Verkaufsgesprächs empfunden. Aber jetzt fühlte sich alles falsch an. Der Verkäufer verdächtigte ihn doch sicher, etwas stehlen zu wollen.

»Ja«, sagte Edward und räusperte sich. Seine Stimme klang schwächlich. »Ja, ich möchte mir Verlobungsringe ansehen.«

Der Mann hob die Brauen. »Na, dann gratuliere ich Ihnen, Sir. Vielleicht sollten wir hier mal schauen« – er winkte Edward, ihm weiter nach hinten zu folgen –, »wo wir womöglich ... passendere Angebote haben.«

Edward kniff die Lider zusammen. »Ich möchte mir diesen hier ansehen. Mit dem herzförmigen Stein.«

»Sir«, sagte der Verkäufer, aber es klang wie »Junge«, und als spielte er nur widerwillig seine Rolle. »Dieser Ring gehört zu unserer Platinkollektion. Den kann ich nur aus der Vitrine holen, wenn wir erst über die Bezahlung reden.«

»Das verstehe ich nicht«, sagte Edward. Ihm fiel auf, dass der Mann neben ihm der Unterhaltung lauschte. Warum? Falls es nötig sein sollte, ihn aus dem Laden zu werfen? »Ich meine«, sagte er, »wie soll ein Kunde herausfinden, ob einer dieser Ringe genau der richtige ist, wenn er sich nichts näher anschauen darf?«

»Das ist eine unserer Hausregeln, Sir.«

Edward nickte. »Schön. Also, was kostet er? Sagen Sie schon, wie viel?«

»Achthundert Dollar.«

Edward starrte den Verkäufer an. »Wie bitte?«

»Dieser Ring«, sagte der Verkäufer, »kostet achthundert Dollar.«

Edward fühlte seine Hoffnungen in sich zusammenfallen. Er schüttelte den Kopf. »Das können Sie nicht ernst meinen, so viel kann doch ein Ring gar nicht kosten. Nichts kann so viel kosten!«

»Ich meine es nicht ernst«, sagte der Verkäufer. »Selbstverständlich kann nichts so viel kosten.«

Edward wich zurück, als wäre die Vitrine ein glühend heißer Herd. Sein Gegenüber schien nur stumm auf sein nächstes Stichwort zu warten.

Er hatte wieder nicht auf seine Wortwahl geachtet. Dabei hatte er sich solche Mühe gegeben. Immer gab er sich Mühe. Aber es half nichts. Jetzt stand er hier in einem Juweliergeschäft mit achthundert Dollar zu wenig, mit einem Mann im Anzug im Nacken, der ihn beargwöhnte, als wollte er den Laden überfallen, und einem Verkäufer, der ein Angebot hören wollte.

Moment.

Langsam drehte sich Edward nach dem aufdringlichen Mann um. »Sie lassen uns jetzt in Ruhe«, sagte er.

Der Mann nickte und ging.

Edward wandte sich wieder an den Verkäufer. Er war immer so vorsichtig. Er sollte sich die anderen Ringe anschauen gehen, die billigen Imitate. Er sollte begreifen, wo sein Platz war als Mann ohne Anzug, als armer Ehemann einer armen Ruth mit einem Arme-Leute-Ring.

Aber warum hatte das Schicksal diesem Mann achthundert Dollar beschert und ihm nur den Krieg?

Weil der Mann sich nicht an die Regeln gehalten hatte. Mit Sicherheit nicht.

Oder die Regeln waren extra für solche Männer in Anzügen geschrieben worden.

Edward nickte. »In Wahrheit war ich schon einmal hier und habe genau diesen Ring im Voraus bezahlt, und es ärgert mich, dass er überhaupt noch in der Vitrine liegt. Packen Sie ihn mir ein, und wir vergessen den Vorfall.«

Der Verkäufer nickte ebenfalls. »Sehr wohl, Sir. Bitte um Verzeihung, Sir.«

Und der Ring gehörte ihm.

# 10

## RINGMASTER, 1926

Rin tummelte sich nie nach einer Aufführung in der Budengasse, denn das hätte den Zauber gebrochen. Sie musste für das Publikum Teil des Zirkus sein und nicht irgendjemand, mit dem man plaudern konnte. Als Privatmensch wäre sie eine herbe Enttäuschung.

Also versteckte sie sich hinter den großen Planen, auf denen die einzelnen Nummern beworben wurden.

Ein Durchgang zwischen der Sideshow und dem Chapiteau war mit Werbung für Die Trapeztänzerin verhängt, wie eine Vorhangtür, die Rin von einer Bühne trennte. Sie lauschte den abendlichen Geräuschen und dem Gelächter von Familien, die dort draußen vorbeiflanierten. Kurz stellte sie sich vor, sie wäre selbst mit ihrer Familie im Zirkus, mit einem Kind vielleicht, oder sie wäre selbst das Kind, das zwischen den Armen der Eltern hing wie eine Schaukel, die bis in den Himmel reichte.

Die Budengasse war noch voll von Leuten, die sich Zuckerwatte kauften oder die Werbebanner bestaunten, deren Motive sie seit kurzem persönlich kannten. Spiele gab es dort auch, sowohl für Kinder als auch für ältere Leute. Rins Lieblingsbude war die mit dem Entenangeln, weil dort niemand leer ausging. Man angelte eine Ente, schaute auf ihre Unterseite und bekam ein kleines Geschenk.

Auch der Hau-den-Lukas gefiel ihr. Der Kraftmensch ihres Zirkus, Agnes Gregor, war eine echte Amazone im kurzen kastanienbraunen Bob, neben der Rin mickrig aussah. Ihre gewaltigen Armmuskeln wölbten und streckten sich, wenn sie den Hammer hob und auf das Ziel niedersausen ließ. Agnes flirtete gern, nicht mit Männern, sondern mit Frauen, was die Männer gegen sie aufbrachte. Aber es brachte ihr auch reichlich Kundschaft ein: Begleiter und Ehemänner fühlten sich herausgefordert und waren hoch motiviert, sie im Hau-den-Lukas zu übertreffen. Meistens verloren sie, aber manchmal auch nicht. Rin hatte Agnes ermahnt, es sei unfair, sie mehr als dreimal abzukassieren, und schlimmstenfalls auch gefährlich. Agnes hatte gemeint, Rin würde ihr Talent verkümmern lassen. Aber sie war selbst nicht dumm und außerdem ein Profi: Über einen gut gelaunten Flirt ging sie nie hinaus. Sie war nicht auf Ärger aus, sondern wollte sich nur ein bisschen amüsieren.

»Na komm schon, Babe Ruth!«, rief Agnes gerade lachend. Ihr Kunde trug Baseballbekleidung, als käme er direkt vom Spielfeld. Rin konnte ihn von ihrem Versteck aus sehen, wenn sie in die Spiegel auf der anderen Seite der Budengasse schaute. »Ist das alles, was du draufhast? Wo sich die kleine Lady hier so auf einen Plüschpanda freut? Hi, ich heiße Agnes.« Rin gluckste. Dann erklang die Glocke, ein Zeichen, dass der Baseballfan gewonnen hatte. »Sieh einer an, Miss, Ihr Big Bambino ist ja der geborene Hammerschwinger. Hier, bitte schön, Kinder.«

Dann lief jemand dicht an Rin vorbei und warf einen Schatten auf die Werbeplane. Dürre Arme und Zöpfe. Es war ihr Ehrengast des Abends.

Jo Reed.

Still schaute Rin durch die Lücke zwischen Plane und Zelt. Das Mädchen schlenderte mit ihrem Bruder über die Budengasse. Kell ging auf die beiden zu.

»Sucht ihr jemanden?«, fragte er. Sie standen nur ein, zwei Schritte von Rin entfernt.

Das Mädchen erschrak, als sie erkannte, dass sie fast mit dem

Jungen mit den großen Schwingen zusammengestoßen wäre. Kell hatte sein Kostüm gegen eine gemütliche Jeanslatzhose ohne Hemd getauscht. So war es für ihn bequemer mit den weißen Flügeln, die ihm aus den tief dunkelbraunen Schulterblättern wuchsen. Während er die beiden Neuankömmlinge musterte, raschelte er mit seinem Gefieder und legte die Flügel eng an den Körper. Kell war älter als die Geschwister, allerdings nicht viel. Er gab sich sehr erwachsen, aber irgendetwas in seinem Gesichtsausdruck verriet ihn. Als sein gleichmütiger Blick auf den Jungen traf, bemerkte Rin, wie viel ihm die Begegnung bedeutete. Er sah aus, als wartete er vor dem Kamin auf den Weihnachtsmann – als könne jeden Moment etwas Großartiges passieren.

»Hi«, sagte der Junge zu Kell. »Ich heiße Charles. Das ist meine Schwester Jo. Und du warst … phantastisch vorhin.«

»Danke«, sagte Kell. Er biss achselzuckend in einen Apfel, ließ aber Charles nicht aus den Augen. So, dachte Rin, könnte sie selbst ausgesehen haben, als sie Odette kennenlernte. Sie lächelte leise.

Kell riss sich von Charles' Anblick los und wandte sich an Jo. »Also, kann ich irgendwie helfen?«

»Yep«, sagte Jo. »Die Lady mit den Haaren, die in der Mitte stand – ist die hier der Boss? Die will ich sprechen.«

»Ringmaster?«, sagte Kell. »Äh, sie müsste hier irgendwo sein.«

Rin wich einen Schritt zurück. Jo war noch ein Mädchen, und sie war die Zirkusdirektorin, aber trotzdem würde, wenn sie sich gegenüberstanden, ein bisschen von dem Zauber verloren gehen. Rin würde nie der Figur gerecht werden, die das Publikum in der Manege sah.

*Was braucht sie?*, hatte Rin gefragt.

*Dich*, hatte Mauve geantwortet.

»Wir wollen uns dem Zirkus anschließen«, sagte der Junge namens Charles.

Das war keine große Überraschung.

»Soso«, sagte Kell.

»Sind die echt?«, fragte Jo mit Blick auf seine Flügel.

»Yep.« Er biss wieder vom Apfel ab. Seine Flügel zuckten, als ob ihn etwas juckte. »Was ist mit euren Eltern?«

»Bist du ein echter Engel?«, fragte Charles.

»Das ist eine bekloppte Frage«, sagte Jo.

»Ist es nicht«, sagte Kell. »Ich habe Flügel, und es ist immerhin mein Künstlername.« Er schaute Charles an. »Wenn du mich also so nennen willst, dann ...« Er räusperte sich und brach ab. »Wie alt seid ihr?«

»Wir sind beide zwanzig«, log Jo.

Kell grinste. »Mit zwanzig könnt ihr selbst über euer Leben bestimmen.« Er seufzte und warf den Apfelbutzen in einen Mülleimer. »Ich heiße Kell. Und solange ihr nicht volljährig seid, könnt ihr nicht selbst euer Einverständnis geben, Teil des Zirkus zu werden. Egal, wie andere Zirkusse das handhaben - hier nehmen sie das mit dem Einverständnis verdammt ernst.«

»Du bist doch auch hier«, sagte Jo.

»Ich bin fast siebzehn!«, sagte Kell. »Und mein Dad ist selbst im Zirkus. Seht ihr?« Er nickte zu Mr. Weathers hinüber, dem alten Zugführer mit den Scharten im Gesicht, dessen Hände nur aus Knochen und dicken Gelenken bestanden, als hätte er jede Minute seines langen Lebens Schreibschrift geübt. »Er fährt den Zug und hält alle Apparaturen am Laufen. Der schlaueste Mensch, den ich kenne. Er heißt auch Kell, aber ihr könnt ihn Mr. Weathers nennen. Hey, Dad!«

Mr. Weathers blickte auf und winkte mit einem seiner schlaksigen Arme, wie man einem Schiff in der Ferne winkt. Kell winkte zurück. Dann sagte er zu Jo: »Schau dir Dads Jacke an. Siehst du, wie die Flügel da rausschauen? Er hat extra Löcher in die Kleidung geschnitten. Wir sind beide gleich.«

»Liegt wohl in der Familie?«, sagte Jo.

Nein, dachte Rin. Sparks waren nicht erblich. Als Kell junior und senior sich der Truppe anschlossen, hatte der jüngere erklärt: »Er wollte frei sein, und ich wollte sein wie er, also sind wir beide morgens mit Flügeln aufgewacht.« Mr. Weathers hatte seine Freiheit in seinem Sohn gefunden. Nach den Grausamkeiten, die er als Soldat der Harlem Hellfighters hatte erleben müssen, hielt er sich den Krieg vom Leib, indem er das Lächeln seines Sohnes in sich aufsog. Gerade jetzt, als die Lichter der Budengasse vor dem dämmrigen Abendhimmel aufglommen, brach sich dieses Lächeln Bahn. »Und, Charles, was sind deine Flügel?«

»Spionierst du etwa?«, flüsterte Odette Rin ins Ohr.

Rin fuhr zusammen. Sie schaffte es gerade so, nicht gegen die Plane zu stolpern, und hielt sich den Mund zu, um nicht aufzuschreien.

Odette grinste. Sie tätschelte Rin den Rücken. »Mach mal Platz.« Sie beobachtete Kell und den Jungen. »Ouu, schau mal. Genau wie wir.«

»Dann siehst du es also auch?«, fragte Rin.

»Ich sehe, dass Kell versucht, lässig zu wirken, der arme Hase.« Odette lachte, und Rin fiel mit ein. »Er erinnert mich an dich, wie er sich in Pose wirft.«

»Ich habe mich nie in Pose geworfen.«

»Hast du wohl«, sagte Odette. Sie musterte Rin von Kopf bis Fuß, sog sie mit ihren großen Augen in sich auf. Als würde sie Ringmaster in- und auswendig kennen und sähe sie doch zum ersten Mal.

»Apropos Pose. Du hast heute wieder deine Choreographie verändert«, sagte Rin.

Odettes Mundwinkel hoben sich zu einem halben Lächeln und einem Augenzwinkern. »Ich muss schließlich dafür sorgen, dass du aufpasst.« Sie gab Rin einen Kuss auf die Wange. »Du posierst übrigens immer noch.«

»Schon gut, schon gut.« Rin griff nach Odettes behandschuhter Hand.

Odette schaute auf ihre verschränkten Finger. »Warum versteckst du dich wieder? Hat *er* …«

»Nein«, sagte Rin. »Er ist nicht hier. Und ich wurde von niemandem angesprochen.« Sie schluckte. »Ich würde so gern glauben, dass er uns einfach in Ruhe lässt.«

»Tja, schön wär's«, sagte Odette.

»Ich bin doch jetzt eine alte Schabracke«, sagte Rin. »Bestimmt sucht er sich jemand Jüngeren.«

Odette verdrehte die Augen.

»Lass mir zumindest die Hoffnung, dass er drüber hinwegkommt«, sagte Rin. »Er hat seinen eigenen Zirkus. Wir haben beide unser eigenes Leben. Er …« Sie verstummte, weil sie nicht ernsthaft daran glauben konnte. Das konnten sie beide nicht. Aber die Vorstellung, er könnte dem Zirkus schaden …

Oder überhaupt irgendwer könnte dem Zirkus schaden.

»Du bist keine Schabracke«, sagte Odette. Sie schwieg einen Augenblick. »Ich finde dich schön«, sagte sie dann. »Und wir sind gleich alt. Ich bin jede Minute an deiner Seite gewesen. Aber wenn du nicht zulässt, dass ich dich heile, nicht einmal, um bloß unsere Zeitsprünge auszugleichen, dann werde ich mehr Minuten erleben als du. Ich werde Minuten *ohne dich* erleben müssen. Und das finde ich …« Sie verstummte, als sei der Gedanke zu düster, um ihn zu Ende zu bringen.

*Das ist egoistisch,* ergänzte Rin stumm. Sie biss sich auf die Innenseite der Wange. Sie nickte, dann schaute sie wieder durch den Spalt zu den jungen Leuten hinüber. Vielleicht würden sie und Odette eines Tages über leichte Themen reden können statt über schwere.

»Ich verstehe das mit der Mitzwa«, sagte Odette. »Gut sogar. Und ich finde es richtig. Aber gehört zu einer Mitzwa, dass man immer nur gibt und gibt, bis nichts mehr übrig ist, das man geben könnte? Das kommt mir nicht richtig vor, Rin.«

»Odette, wir haben doch schon entschieden.«

»Wenn du darauf bestehst, alle retten zu wollen«, fuhr Odette fort, »wann rettest du dann dich? Oder wann darf dich jemand retten?«

»Mich braucht niemand zu retten.« *Du bist es nicht wert, dass dich jemand rettet.*

»Rin. Schau mich an«, sagte Odette. Rin brachte es nicht fertig. Sie fühlte sich wie ein Drachen, der mit seiner gerissenen Schnur davontreibt. Der nur noch versuchen kann, nicht versehentlich abzustürzen, nichts zu fühlen. Odette sagte: »Wir müssen auch über den Schnaps von gestern Abend reden.«

»Ich habe ihn nicht getrunken«, antwortete Rin unwirsch. Dann fügte sie in sanfterem Ton hinzu: »Tut mir leid. Ich weiß. Ich habe nicht nur mich selbst gefährdet, sondern es ist schon ein Risiko, so etwas überhaupt in den Zug mitzunehmen.«

»Darum ging es mir gar nicht ... «

»Es tut mir leid, wirklich«, sagte Rin. »Es war ein schlimmer Abend. Ich ... bin dir dankbar, dass du mich davon abgehalten hast. Und ich ... habe für heute Abend ein paar Teebeutel aus der Kantine mitgehen lassen. Kamille, deine Lieblingssorte.«

Odette drückte ihre Hand noch fester. »Bitte sag's mir vorher, wenn du wieder auf der Kippe stehst«, sagte sie. »Es ist nicht mal der Alkohol selbst ... oder doch. Aber ich weiß auch, wofür er steht.«

Und Rin wusste, was Odette damit meinte. Wenn Rin kurz davorstand abzustürzen, dann war es nicht der Schnaps, der sie reizte. Ihre Gedanken bissen sich an einem finsteren, verborgenen Etwas fest, und sie wollte sich selbst weh tun, und mit dem Schnaps fiel es ihr leichter, diesem Impuls zu folgen. Er half ihr loszulassen, in einen Abgrund zu stürzen, aus dem sie nicht wieder herauskommen wollte.

»Ich komme schon klar«, presste Rin durch eine dicke Schicht Scham zwischen zusammengepressten Zähnen hervor.

Odette seufzte. »Es ist auch nicht so, als würde es mich nicht interessieren, was in der Zukunft los ist, weißt du. Aber ich frage mich, ob die Gegenwart etwas gegen die Zukunft ausrichten kann.«

»Ich kann alles, was ich können muss«, sagte Rin mit Nachdruck. Als hätte sie ihre Knochen mit Beton beschichtet, alle Risse und Brüche gekittet, sich für alles gewappnet.

»Wenn wir mit den beiden Vogelscheuchen da draußen geredet haben«, fuhr Rin fort, »versetzen wir den Zug. Und dann müssen wir den Rest der Nacht nutzen, um ...«

Aber eine Sirene schnitt ihr das Wort ab. Sie erklang hinter den beiden, fuhr durch die magischen Zelte, hallte im Kassenhäuschen wider, holperte über die hölzerne Brücke mitten in die Budengasse, und dann ...

Dann ging alles ganz schnell. Die Sparkfänger kamen gelaufen, die Männer in den bunt gestreiften Anzügen. Sie trugen breitkrempige Strohhüte, um ihre Gesichter im Schatten zu verbergen, und Handschuhe, damit sie die Gören nicht berühren mussten. Für ahnungslose Passanten mochten sie aussehen wie ein aufgescheuchtes Barbershop-Gesangsquartett. Aber in den Augen der Sparks waren sie Monster.

Jetzt wurde erkennbar, wer in der Budengasse ein Spark war und wer nicht. Die Mehrzahl der Leute wirkte nicht besonders beunruhigt von dem Aufruhr; sie schauten sich nur um, ob es irgendwo brannte, ob da Diebe waren oder kommunistische Anarchisten. Aber etliche andere flohen, duckten sich in die Schatten, versuchten sich unsichtbar zu machen ... oder wurden wortwörtlich unsichtbar.

Jo packte Charles' Hand und wollte flüchten, aber es war zu spät. Sie wurden beide gefasst.

»Lasst mich los!«, schrie sie. Charles heulte auf.

Behandschuhte Hände schleiften sie über den Boden von dem geflügelten Jungen fort.

Dreck spritzte ihnen ins Gesicht, während das Licht und die Musik immer schwächer wurden. Charles streckte die freie Hand nach seiner Schwester aus, die sich von einem noch größeren, furchterregenderen Mann loszureißen versuchte.

»Hol Bernard!«, rief Rin Odette zu und sprang hinter der Plane hervor. »Agnes!« Agnes eilte herbei. Kell kam dazu, also konnte auch Mr. Weathers nicht weit sein.

In der Budengasse wurde es totenstill. Selbst die Kinder hörten auf zu kreischen. Rin wusste schon, dass wirklich schlimme Dinge von Schweigen umgeben waren, nicht vom Lärm. Wer schrie, hatte noch ein, zwei Hirnzellen übrig, um damit zu protestieren. Stille war Versteinerung, war ein Stillstand der Zeit.

Sie schnitt den Männern den Weg ab, die die Geschwister an der Kasse vorbeischleppten und der Grenze zur Außenwelt gefährlich nahekamen. »Ich berufe mich auf den Prince Act!«, rief sie.

Die Männer hielten an, aber ohne ihre Opfer loszulassen. Es war, als wäre direkt vor ihnen eine Wand aus dem Boden gewachsen.

Die kleine Jo Reed hing am Arm eines der Fänger; ihre Schulter, eine Handbreit über dem Boden, sah gefährlich verdreht aus.

Anspannung lag in der Luft. Rin spürte, wie die Menge zusammenrückte. Mit dem Erlöschen der Bühnenscheinwerfer hatte sich der Zirkus in einen Kürbis zurückverwandelt. Die Träumer auf den Reklamebannern waren keine Attraktion mehr, sondern dreckige Sparkys. Und sie, Ringmaster, war bloß eine vorlaute Frau.

Aber die Männer waren stehen geblieben. Niemand konnte ihr etwas anhaben. Jedenfalls nicht so.

»Guten Abend«, sagte Rin und trat näher. Ihre Stimme war ein Brüllen, aber tief und ruhig. Präzise. Kein bisschen nervös. Denn die Zirkusdirektorin war nie nervös, egal, wie Rin sich fühlte. »Was machen Sie da mit meiner Elefantenpflegerin und ihrem Assistenten?«

Die Teenager drehten unauffällig die Köpfe, um Rin sehen zu können. Rin spürte die Nähe von Agnes und Kell, hörte Mr. Weathers sich nähern und Bernards dröhnende Stimme weiter hinten. »Wo ist sie?«, rief er und verfiel in Trab.

»Elefantenpflegerin?«, krächzte einer der Sparkfänger. Seine Stimme klang, als hätte er sie seit seinem Eintritt ins Arschlochalter nicht mehr benutzt. Ein harter Kontrast zu seinem gestreiften Outfit.

»Diese beiden sind Teil meiner Truppe«, sagte Ringmaster. »Und wie es aussieht, haben Sie sich Zutritt zu dem von uns gepachteten Grund und Boden verschafft, ohne den fälligen Eintritt zu zahlen, und versuchen, sie zu entführen.«

»Hören Sie, Lady«, sagte der Sparkfänger. »Die beiden hier stehen unter staatlicher Vormundschaft. Ihr Daddy hat sie uns gestern Abend überschrieben. Ich habe die nötigen Papiere.«

Rin mochte gar nicht daran denken, was das bedeutete – ein Mann, der seine Kinder noch zu seinen Lebzeiten zu Waisen machte.

»Sie sind beide mindestens zwanzig«, warf Kell ein.

Der Sparkfänger benutzte ihm gegenüber einen Ausdruck, den niemand benutzen sollte.

Kell richtete sich auf. »Ist das Ihr gottverdammter Ernst?«, antwortete er.

»Sag das noch mal.« Mr. Weathers trat vor seinen Sohn.

»Solche Ausdrücke sind hier absolut nicht willkommen«, sagte Ringmaster zu dem Sparkfänger, der ebenfalls vorgetreten war. Agnes schnitt ihm den Weg ab. Gleich würden die Fäuste fliegen. »Ich fordere Sie auf, das Grundstück zu verlassen, das wir für die Dauer unseres Gastspiels gepachtet haben.«

»Und ich fordere dich auf, du ranzige Kampflesbe, dich sofort zu verpissen. Die Gören gehören uns, und wir nehmen sie mit.«

»Gören?«, antwortete Ringmaster ruhig. »Als Zwanzigjährige sind sie beide mündig und könnten sich höchstens selbst unter Vormundschaft stellen. Es sei denn, jemand entführt sie. Aber ihr Vater hat keinerlei Recht, über sie zu verfügen.«

»Ich folge bloß meinen Anweisungen.«

»Das sagen sie alle«, schnaubte Mr. Weathers.

»Mir scheißegal, wem oder was Sie folgen«, sagte Ringmaster, »solange Sie dieses Grundstück verlassen. Morgen Nachmittag, wenn unser Pachtvertrag ausläuft, können Sie hier machen, was Sie wollen. Aber bis dahin ist das mein Grund und Boden, und die beiden sind Teil meiner Truppe. Auf Wiedersehen.«

»Spiel dich bloß nicht so auf«, sagte der zweite Sparkfänger. »Du hältst dich für sonst was, Schlampe, aber ihr seid Sparkys und Freaks. Ein falsches Wort, und die Leute legen euren Plunder in Schutt und Asche. Und wir buchten euch alle ein.«

»Laut dem Prince Act von 1921 werden Sie nichts dergleichen tun, es sei denn, Sie planen einen Aufstand«, sagte Ringmaster. »Wir haben ein Recht, hier zu sein, während Sie sich der Aufwiegelung schuldig machen. Ich gebe Ihnen zehn Sekunden, das Grundstück zu verlassen; danach mache ich Ihnen Beine.«

Die Männer ließen Jo und Charles los und liefen zur Straße.

Sparks hatten vor den Sparkfängern eine Heidenangst, aber umgekehrt war die Angst noch größer.

# 11

## RINGMASTER, 1926

Neue Zirkusmitglieder wurden im Büro der Direktion unter Vertrag genommen. Es war eigentlich mehr das mit Sperrholz abgetrennte hintere Ende des Speisewagens. Die Wände waren mit den bunten Handabdrücken der ganzen Truppe verziert. Es gab drei Schreibtische – für jede der Leiterinnen einen. Dazu einen roten Teppich, eine reich verzierte Tür zur Einstiegsplattform und ein paar Kleinigkeiten, die den Raum gemütlich machten.

Imposant war es nicht, nur eine Kammer mit hölzernen Wänden, in der es nach Schreibbändern und billigem Papier roch. Aber für den Zirkus war das Büro ein bedeutender Ort, ein Ort der Neuanfänge.

Mauve und Odette saßen an ihren Tischen. Mauve leerte die Kasse und zählte die Geldscheine, und Odette schrieb die Zahlen auf, die Mauve ihr diktierte. Rin saß mit gefalteten Händen da und schwieg.

Ihr gegenüber hockten auf zwei harten, alten Klappstühlen Jo und Charles Reed, noch immer schlammbedeckt, und versuchten, sich mit Tüchern, die ihnen die Truppe überlassen hatte, die Gesichter zu säubern. Rin hatte vor sich die soeben vervollständigte Vorfallsmeldung samt Durchschlagkopien für Weathers senior und junior, Agnes und Bernard. Jetzt saßen sie und die Teenager einander gegenüber und fühlten mit den abendlichen Temperaturen ihren Adrenalinspiegel sinken.

Jo Reed wirkte verlegen, auch wenn Rin vermutete, dass sie so etwas niemals zugeben würde. Eine nervöse Energie strahlte von ihren schmalen Schultern ab, von ihren meerblauen Augen … Sie war wie ein streunender Hundewelpe. Einer, der unbedingt in den Arm genommen werden wollte, aber um keinen Preis unter der Veranda hervorkommen würde.

Rin lächelte, um ja nicht einschüchternd zu wirken. Was brauchte dieses Mädchen?

*Dich.*

Das würde wohl kaum reichen, dachte Rin, aber es war klar, dass sie genau jetzt jemandes Hilfe brauchte. »Hat euch die Aufführung gefallen?«

Das Mädchen starrte sie völlig überrumpelt an. Sie sah aus wie ein kalt geduschter Chihuahua, aber ihre Stimme klang knochentrocken. »Ist … das dein Ernst?«

Ringmaster nickte. »Ja.«

»Nee, also, das war doch bloß ein richtig echter magischer Zirkus … *Natürlich* hat uns die Aufführung gefallen!« Ihr Gesicht strahlte; sie fuchtelte mit den Armen.

Mauve grunzte vor Lachen. Rin erlaubte sich ein breites Grinsen. »Schön!«, sagte sie. Sie hatte sich nicht geirrt; in diesem Dickschädel knisterten Tausende Watt Energie.

In jedem Menschen steckte ein einzigartiges Lied. Manche waren eher verhalten, manche glichen einander. Und wiederum andere erinnerten Rin an die dramatischen Klänge in der Synagoge ihrer Kindheit. Manche Menschen wechselten die Tonart, ließen auf melancholische Streicher ein Klaviersolo folgen.

Jo Reed trug eine ganze Symphonie in sich.

»Danke für die Hilfe«, sagte Jo.

Rin nickte. »Das Team ist schon dabei, alles abzubauen und den Zug für die Weiterreise bereit zu machen. Bei solchen Leuten kann man nicht vorsichtig genug sein.«

»Die sind gerannt wie die Hasen!«, sagte Jo.

Ringmaster lächelte halb und senkte den Blick auf ihre Hände. »Tja, aber unglücklicherweise wechseln sie beim Rennen die Richtung, wenn genug von denen zusammenkommen.« Sie schaute Jo und Charles in die Augen. »Wenn die Sparkfänger hinter euch her sind, dann müsst ihr einiges mit uns gemeinsam haben.« Die Geschwister wussten nicht, dass sie und Mauve ihnen dabei zugesehen hatten, wie sie allein gegen die Sparkfänger kämpften.

Jo nickte. »Und du mit uns, oder? Ihr alle.« Sie bezog Mauve und Odette in die rhetorische Frage mit ein. Odette nickte ebenfalls.

Charles hatte noch immer kein Wort gesagt.

»Alles klar bei dir?«, fragte ihn Ringmaster.

Charles schrak zusammen. »Ja, Ma'am.«

»Mein Zwillingsbruder«, sagte Jo. »Uns gibt's nur als Gesamtpaket.«

»Und ihr wollt zwanzig Jahre alt sein?«, fragte Ringmaster. »Für mich seht ihr eher aus wie dreizehn.«

»Fünfzehn, aber ja, auf dem Papier bleibt's bei zwanzig«, sagte Jo. »Und wir sind wirklich Zwillinge. Wir passen aufeinander auf, schon immer. Ich bin das Hirn und er der starke Arm.«

»Wir sind die Jüngeren ...«, sagte Charles. »Also, ich meine, jetzt sind wir die Einzigen, die noch ... Ich war zu jung für den Kriegsdienst ... Da hatte ich aber Glück, was? Und als Spark wollten sie mich nicht haben ...« Er verstummte, als Rins schwarze Augen ihn ansahen. Durch ihn hindurchschauten.

Sie sah die Jungen, die an einem Strand voller Stacheldraht starben ...

»Der Krieg ist vorbei«, sagte Rin schnell und verdrängte die Bilder. »Schon lange.«

»Und der Krieg hat uns irgendwie beide in Freaks verwandelt«, sagte Jo. »So war es doch, oder? Dass da irgendwas durcheinandergekommen ist? Das habe ich jedenfalls mal gehört.«

Ringmaster strich ihre Haare nach hinten, nahm ein Gummiband aus der Hosentasche und begann, sich einen Pferdeschwanz zu binden. »In England nennen sie das Phänomen ›die Absonderlichkeiten‹. Auf Zulu heißt es ›Isiphiwo‹. Hier nennen wir Menschen mit diesen Gaben ›Sparks‹. Aber nicht Freaks.«

»Und wer entscheidet das?«, fragte Jo. »Habt ihr euch zusammengesetzt und abgestimmt, oder wie?«

Ringmaster kniff die Lider zusammen, lächelte aber dabei. »Du bist ein Klugscheißer, hm?«

»Ich bin Jo«, sagte Jo. »Das ist Charles. Wir brauchen eine Mitfahrgelegenheit, und ihr braucht frischen Wind in eurem Zirkus.«

»Ach ja?«

»Yep.« Jo schlug mit großer Geste die Beine übereinander und überkreuzte die Arme. »Das ist ja alles nicht schlecht hier, aber da muss mehr Gefahr ins Programm. Mehr Magie. Trapezkünstler? Davon haben die Ringling Brothers fünf oder sechs.«

»Hmph«, machte Odette.

»Du weißt aber, dass Odette Paris mehr draufhat als alle fünf oder sechs Ringling-Aerialisten zusammen, oder?«, sagte Rin. »Andere Nummern schlechtzureden bringt dich hier nicht weiter.«

»Na gut, dann werden wir eben genauso gut sein wie eure Aria … Aero … « Sie wurde mit dem Wort nicht so richtig fertig. »Wie eure fliegende Lady. So eine großartige Nummer werden wir auch sein.«

»Fliegende Lady?« Odette schüttelte den Kopf, blieb aber ernst.

»Die Illusionistin und Der Unzerstörbare Teufel«, fuhr Jo fort.

Charles war ein pausbäckiger Teenager, zu jung, als dass irgendwer an seine Zerstörung denken würde. Und definitiv kein Teufel.

»Inwiefern bist du unzerstörbar, Charles?«, fragte Ringmaster.

Charles grinste. »Schießen Sie auf mich.«

»Danke, aber nein danke.« Rin lachte. Aber Charles sprang schon vom Stuhl auf.

»Es ist okay, wirklich«, sagte Jo. »Gibt es hier eine Knarre?«

»Ich soll auf euch schießen?«

»Nicht auf uns«, sagte Jo. »Auf ihn.«

»Yep«, sagte Charles. »Aber nur auf mich. Oder, also, schlagen Sie einfach ganz fest zu.«

»Woher wisst ihr von dieser Gabe?«, fragte Ringmaster.

»Na ja, Ma'am«, sagte Charles, »unser Dad ...« Jo stieß ihm den Ellbogen in die mageren Rippen. »So durch Zufall«, verbesserte er sich.

Mehr sagten sie beide nicht dazu.

»Der Mann, der euch auch an die Sparkfänger verkauft hat«, sagte Ringmaster. Sie musterte die Geschwister. Ihr kam es schon länger so vor, als hätten Menschen genau die Sparks bekommen, die sie brauchten. Wenn Charles unverletzlich war, sagte das Rin schon genug. Sie erinnerte sich, wie er sich am Morgen schützend vor Jo gestellt hatte, genau wie es Odette getan hätte. Er hatte diesen Spark selbst gebraucht, konnte aber auch andere schützen.

»Verstehe«, sagte Rin.

Die beiden waren heute Morgen um ihr Leben gelaufen. Charles war eins dieser versteinerten Kinder, die viel zu schnell hatten groß werden müssen. Und Jo eins der unsichtbaren Mädchen, die sich in den Nischen dieser Welt versteckten.

Zum Glück für sie und ihren Bruder waren genau solche Nischen das Fahrtziel dieses Zuges.

Rin war selbst oft dorthin verschwunden, wenn sie es gerade brauchte. Ihr Zelt bot seit Jahren denen ein neues Zuhause, die aus ihrem vorigen Heim hatten fliehen müssen.

Ringmaster stand auf und schob sich am Schreibtisch vorbei. Ihren samtenen Mantel ließ sie auf der Stuhllehne hängen. Jo staunte ihn an, als würde er leuchten. Rin holte aus einem Wandschrank zwei Flaschen Coca-Cola. Es war 1926, wie ein Blick auf ihr Handgelenk ihr sagte. Die Flaschen waren warm. Gekühlte Getränke würden diese Teenager noch nicht erwarten.

»Ich werde weder auf dich schießen noch dich schlagen«, sagte Ringmaster und nestelte am Verschluss einer Flasche. Das war noch etwas, das sie an ihrer Gegenwart hasste: Kronkorken statt Schraubverschlüsse. Sie seufzte, setzte sich wieder an den Schreibtisch und suchte in der Schublade nach einem Flaschenöffner.

»Oh, keine Bange«, sagte Charles. »Das prallt nicht ab und verletzt andere, sondern fällt einfach so runter. Blaue Flecke kriege ich auch nicht ...«

»Ja, jetzt mach schon, du Memme«, sagte Jo.

»Nein«, sagte Ringmaster. Sie gab jedem eine Flasche. »Ich vertraue darauf, dass ihr die Wahrheit sagt.«

»Also gibst du mir recht«, sagte Jo, schnappte sich ihre Flasche, lehnte sich zurück und nahm einen großen Schluck, ehe sie fortfuhr: »Wir gehören dazu.«

Ringmaster erlaubte sich wieder ein leises Lächeln. »Um hier dazuzugehören, braucht es viel mehr als einen Spark, ihr beiden. Wir bieten nicht bloß Unterhaltung, sondern wollen den Menschen helfen.«

»Wie, mit Benefizvorstellungen oder so was?«, fragte Jo »Sammelt ihr für die Heilsarmee? Betreibt eine Suppenküche? Oder seid ihr in Wahrheit eine Elitetruppe von Verbrechensbekämpfern?«

Ringmaster blieb ernst. »Niemand weiß, warum bestimmte Menschen einen Spark abbekommen haben«, sagte sie. »Ihr scheint zu den Jüngsten zu gehören, denen das passiert ist. Kell ist auch ein Spark, und Meredith natürlich, aber ihr ... ihr seid Küken!«

»Tja, und du bist alt«, gab Jo zurück.

Ringmaster zog die Nase kraus. »Na, danke«, sagte sie.

Odette warf dazwischen: »Wenn du errätst, wie alt sie ist, kriegst du ein Kaugummi.«

Rin ging nicht darauf ein. »Wie alt wart ihr, als der Spark kam?«

»Keine Ahnung«, sagte Jo. »Nachdem unser Bruder eingezogen worden war.«

Rin nickte. »Ich weiß nicht, ob wir den Spark haben, weil wir gebrochene Menschen sind, oder ob der Zirkus uns heilen soll, aber am liebsten gehe ich davon aus, dass wir hier zusammenkommen, um etwas zu verändern. Um etwas Grundsätzliches wieder in Ordnung zu bringen ... « Sie schaute auf ihre Hände, dieselben Hände, die der Zeit in die Zügel griffen. »Im Zirkus fühlen wir uns geborgen. Hier müssen wir nicht in den Krieg, werden nicht in die Politik verwickelt. Wir haben unseren Platz gefunden, und überall sonst auf der Welt schlüpfen wir durch die Maschen.«

»Also ist der Zirkus ein Versteck?«, fragte Jo.

»Nein«, sagte Ringmaster geduldig. »Ein Ort, wo wir Gutes tun können. Die Herrschenden haben schon immer die Rolle der Kunst unterschätzt. Und das können wir nutzen. Das verleiht uns Macht. Niemand rechnet damit, dass wir die Welt verändern, und genau deshalb tun wir's. Auch ihr beiden müsstet die Welt verändern, wenn ihr bei uns anheuert. Mit weniger geben wir uns nicht zufrieden.«

Diesmal war es Jo, die sich ein Grinsen nicht verkneifen konnte. »Und ich gebe mich mit niemandem ab, der sich mit weniger zufriedengeben würde.«

Tja.

Ringmaster hob eine Braue und gluckste. Sie setzte sich zurecht und streckte ihren knirschenden Rücken. »Und was meinst du, Charles?«

»Oh Mann, Ma'am, das wäre so toll, wenn wir bleiben könnten!« Charles strahlte, und Rin begriff, dass er nicht deshalb so still war, weil er nichts zu sagen hatte. »Ich wollte sofort hierher, als ich die Plakate gesehen habe. Das ist das Größte.«

»Ach ja? Ich dachte, wir sind nicht so gut wie die Ringling Brothers!«, sagte Mauve lachend.

»Also, ich finde, dass dieser Zirkus viel besser ist«, sagte Charles.

»Danke sehr.« Mauve tippte sich an den nicht vorhandenen Hut. »Wenigstens einer, der uns zu schätzen weiß.«

Rin räusperte sich. »Na schön«, sagte sie, stützte die Ellbogen auf den Schreibtisch und legte die Finger aneinander. »Charles ist also der unzerstörbare, engelsgesichtige Teufel. Und Jo? Was ist dein Spark, Liebes? Illusionen? Kannst du mir das näher erklären?«

»Ich kann Bilder zeigen«, sagte Jo.

Rin kam das zu wenig vor, aber sie überließ dem Mädchen die Führung. »Weißt du noch, wie das zum ersten Mal passiert ist?«, fragte sie. Sie spürte, dass Mauve und Odette zuhörten, auch wenn sie versuchten, desinteressiert zu wirkten.

Jo schluckte. »Da habe ich den Küchenfußboden gewischt«, sagte sie. »An der Wand hing ein Bild mit Wasser drauf. Ich habe mir Wellen vorgestellt, einen Ozean, und dann war da ...« Jo schielte zu Charles hinüber, dann schob sie ihre Ärmel hoch. »Moment, ich zeige es dir.«

Jo wartete nicht auf eine Antwort; sie sprang auf und nahm eine Körperhaltung ein wie eine Kampfsportlerin: auf die Fußballen aufgerichtet und die Arme vorn angewinkelt. Vielleicht wollte sie tanzen?

Jo atmete ein. »Ich denke also an Bilder von anderswo, die ich mal gesehen habe«, erklärte sie. »An Inseln weit weg von zu Hause. An einen weiten, klaren Himmel, gebogene Palmen. Wie man im Wasser die Fische erkennen kann. Und dann ... kann ich ...«

Und schon entrollten sich Wellenkämme aus ihren Händen, überschlugen sich, weiteten sich zu einem ruhigen und doch machtvollen Meer. Es war so lebendig. Sie war so lebendig.

Ringmaster sah die Wellen aus ihren Fingerspitzen fließen. Magie ergoss sich aus ihren Schultern, aus ihrem Herzen in die Luft um sie her. Es rauschte, und der Raum verwandelte sich in etwas völlig Neues. Möwengeschrei war zu hören, es roch salzig, in der

Ferne waberte der helle Horizont, und das kühle Wasser spülte ihnen Sand zwischen die Zehen.

Jo schüttelte alles von ihren Händen ab.

Dann war es still. Und trocken. Nur ein kleines, mit Sperrholz abgetrenntes Büro am hinteren Ende eines gebrauchten Speisewagens. Als wäre hier nie etwas Besonderes vorgefallen.

Rin merkte, dass ihr der Mund offen stand. Wow. Ihr fiel nichts ein, was sie dazu sagen könnte, also riss sie sich nur am Riemen und nickte. Dann fiel ihr auf, dass Mauve und Odette genauso erschüttert wirkten.

Sie hatten Jos Spark schon am Morgen gesehen. Aber diesmal hatte das Mädchen die Kontrolle behalten. Es war wunderschön gewesen. Wie konnte jemand dermaßen beängstigend sein und wenige Stunden später so bewunderungswürdig?

Aber so waren Sparks eben, oder? Sie konnten unheimlich sein oder unheimlich hilfreich.

Jo setzte sich unaufgefordert wieder neben ihren Bruder. Die drei Frauen schauten staunend auf die beiden Kinder.

Schließlich brach Ringmaster das Schweigen. »Charles, könntest du Feuer schlucken?«

»Nein, Ma'am«, sagte er. »Nur meine Haut ist unverletzlich. Aber ich könnte mich anzünden …«

»Das probieren wir«, sagte Ringmaster. »Aber sobald irgendetwas gefährlich zu werden droht, ist sofort Schluss. Hörst du? Du hältst dich an die Anweisungen und bringst dich nicht in Gefahr.«

»Wird gemacht!«, antwortete Charles gut gelaunt.

»Und Jo«, sagte Rin, »du zeigst genau das, was ich dir sage, *wenn* ich es dir sage.«

»Warum solltest du das bestimmen dürfen?«

»Weil ich die Direktorin bin«, sagte Rin. »Ich erkläre es dir gern genauer, aber erst dann, wenn du dich damit einverstanden erklärst.«

»Na gut«, sagte Jo.

Ringmaster nickte. »Dann sollten wir uns über eure Verträge unterhalten.«

»Moment mal«, sagte Jo. »Wir unterschreiben gar nichts. Wir sind doch nicht blöd.«

Mauve nahm zwei Bögen Papier von ihrem Schreibtisch und gab sie den beiden. »In diesen Verträgen geht es mehr darum, eure Rechte als Artisten zu wahren, als um uns. Ich bin übrigens Mauve. Produzentin. Nachtigall. Die, die auch euren Lohn auszahlt.«

»Wir werden bezahlt?«, rief Jo.

»Ja«, sagte Rin. »Auch das steht im Vertrag. Schließlich seid ihr Profis. Allerdings noch sehr jung. Deshalb geht's hier mehr darum, was euch zusteht und wie ihr behandelt werdet. Wenn ihr jemals das Gefühl habt, dass dagegen verstoßen wurde, oder wenn es euch irgendwo anders hinzieht, könnt ihr kündigen. Ihr habt jederzeit das Recht zu gehen.«

Jo nickte.

»Aber ich erwarte, dass ihr mir vorher Bescheid gebt, wenn ihr das vorhabt«, sagte Ringmaster. »Weil ich dann eine andere Nummer vorbereiten müsste. Okay?«

»Okay.«

»Euren Wochenlohn, fünfundvierzig Dollar, bekommt ihr immer samstagabends«, sagte Mauve und zeigte ihnen die Stelle im Vertrag. »Am Ende der Saison können wir über eine Erhöhung verhandeln. Am liebsten wäre es uns, wenn ihr beim Training und den Proben im Winterquartier dabei wärt, aber wir haben Verständnis, wenn ihr euch in der Zeit andere Arbeit suchen müsst.«

»Fünfundvierzig Dollar? *Pro Woche?*«, fragte Charles. »Heiliger Strohsack, ist das euer Ernst?«

»Fünfundvierzig Dollar pro Woche, pro Nummer«, ergänzte Mauve. »Weil ihr zwei unterschiedliche Auftritte bestreitet, kriegt jeder von euch seine eigenen fünfundvierzig Dollar.«

»Nein, das glaube ich nicht!«, piepste Charles.

»Ihr habt ein Anrecht auf freie Kost und Logis«, fuhr Mauve fort, und Rin genoss es, wie die Teenager immer glücklicher strahlten. »Ihr habt ein Anrecht auf sichere Arbeitsbedingungen. Und wir haben ein Anrecht darauf, dass ihr euch respektvoll, achtsam und verantwortungsbewusst verhaltet. Und dass ihr pünktlich seid.«

Sie waren so jung. Sie beugten sich mit Mauve über ihre Verträge, und Rin wusste, dass nichts davon bindend war. Aber ihren Lohn würden sie bekommen, dazu den Schutz des Zirkus, und wenn es Zeit wurde, würden sie wieder eigene Wege gehen.

Jo und Charles bekamen von Mauve Füllfederhalter und unterschrieben ihre Verträge. Dann war Ringmaster an der Reihe.

»Eine Sache noch«, sagte sie. »Wir müssen euch drei sehr wichtige Fragen stellen, bevor auch wir unterschreiben und die Verträge gültig werden.«

»Dann los«, sagte Jo.

Ringmaster nickte. »Erstens: Seid ihr aus eurem eigenen freien Willen hier?«

»Ja«, sagte Jo, ohne zu zögern.

»Ja, Ma'am«, sagte Charles.

Ringmaster schaute beiden in die Augen und fuhr fort: »Ist euch klar, worauf ihr euch einlasst?«

»Worauf denn?«, fragte Charles.

»Unregelmäßige Arbeitszeiten, ständige Ortswechsel, und es ist alles anders als zu Hause.«

»Ein Glück! Also ja«, sagte Jo.

»Ja, Ma'am«, sagte Charles.

Dann beugte Ringmaster sich vor. Ihr Gesicht schimmerte im Licht der Petroleumlampe, und sie sah aus, als wollte sie den jungen Leuten ein finsteres Geheimnis verraten. »Ich kann euch einen Wunsch erfüllen«, sagte sie leise. »Was auch immer euch einfällt.

Geld? Die Wiedererweckung eines Toten? Ruhm? Liebe? Eine Sache kann ich jedem von euch geben, um euer Leben schöner zu machen. Aber um den Preis, dass ihr nicht Teil der Truppe werdet.« Rin ließ ihren Worten Zeit zu wirken. »Wie ist es, wollt ihr immer noch zum Zirkus?«

Auf diese Frage waren die beiden nicht vorbereitet. Das Angebot galt. Rin hatte vor vielen Jahren beschlossen, dass der Zirkus für niemanden eine bloße Notlösung sein sollte. Als Zeitreisende konnte sie Lebensfäden verändern. Schon durch Kleinigkeiten. Sie konnte verhindern, dass jemand vom Auto überfahren wurde, oder jemandem medizinische Hilfe aus einem anderen Zeitalter zukommen lassen. Mauve konnte sich vorher überzeugen, dass die Änderungen keine unerwünschten Nebenwirkungen hatten.

Rin erinnerte sich noch an den Jungen, dem sie diese Frage als Erstem gestellt hatte. Sein Bruder und er waren Arbeiter in einer Fabrik gewesen. Der Bruder war älter als er und hatte versucht, den Jüngeren an den Zirkus zu verkaufen, was dieser aber gar nicht wollte. Als Rin ihn fragte, was er sich wünschte, hatte er gesagt, er wolle seine Mutter wiederhaben. Odette hatte befürchtet, dass das nicht möglich sei, dass es den gesamten Lauf der Welt durcheinanderbringen würde. Mauve hatte erklärt, das müsse nicht bei jeder Änderung gelten. Manchmal sei etwas für die Welt nicht von großer Bedeutung, aber für einen Menschen bedeute es die ganze Welt. Sie hatten die Mutter der Jungen vor einem Unfall bewahrt. Dann waren sie in der Gegenwart in die Fabrik gegangen, aber dort hatte niemand von den beiden Brüdern gehört. Ihr Job war damit erledigt gewesen.

Jetzt saßen Jo und Charles Reed vor ihr. Mauve hatte ihre Lebensfäden überprüft und grünes Licht gegeben. Wie beim Zirkus arbeiteten die drei Freundinnen auch in dieser Hinsicht hinter den Kulissen, übten, trainierten und planten, damit die Zeit lief wie am Schnürchen.

»Ist das dein Spark?«, fragte Jo. »Wünsche zu erfüllen?«

»Beantworte meine Frage«, sagte Ringmaster.

»Kannst du wirklich alles bewirken?«, fragte Jo. »Ich meine, könntest du auch machen, dass es den Krieg nicht gegeben hätte?«

Das tat weh. Rin konnte nicht hinter ihren Grabstein zurück. Und nicht hinter den Auslöser der Sparks. In der Zukunft lauerte ein weiterer Krieg auf sie. Also schwieg sie.

»Du kannst es also *nicht*«, stellte Jo fest. »Ich bin dabei.«

Charles nickte. »Ja, Ma'am.«

*Du kannst es also nicht.*

Nein, tatsächlich nicht. Rin schluckte sich selbst hinunter und schickte Ringmaster mit einem breiten Lächeln und ausgebreiteten Armen vor. »Willkommen im Zirkus«, sagte sie. Jo nahm eine ihrer Hände, Charles die andere. Und Ringmaster packte zu wie ein Schraubstock.

»Eine letzte Warnung«, sagte sie. »Versprecht ihr mir, euch von dem Circus King fernzuhalten?«

Jo wollte sich losmachen, aber es ging nicht. Ringmaster war zu stark. Zu ernst. Sie fragte sich, ob es den Geschwistern Angst machte, sie so zu erleben. Aber sie durfte nicht lockerlassen, nicht jetzt.

»Wer zur Hölle ist der Circus King?«, fragte Jo. »Die Konkurrenz oder so was?«

»Ja«, sagte Ringmaster. »Er leitet einen anderen Zirkus voller Sparks. Und seine Truppe ist nicht so knuffig wie diese. Er hat uns nie behelligt. Und wir achten darauf, ihm aus dem Weg zu gehen. Aber es gibt …« Sie zögerte. Den anderen in der Truppe hatte sie von der Gefahr erzählt. Sie wussten es alle. Lange war das Risiko rein spekulativ gewesen, aber jetzt war es konkret. »Es gibt eine Gefahr, von der ihr wissen solltet.«

»Ach, mit Konkurrenzklauseln kennen wir uns aus, Ma'am«, sagte Charles. »Wir haben schon viele Jobs angenommen …«

»Das hier ist nicht verhandelbar«, sagte Ringmaster. »Wenn ihr den Circus King seht oder eins seiner schwarzen Zelte, dann nehmt ihr die Beine in die Hand. Gegen seinen Spark und die Sparks seiner Lakaien habt ihr keine Chance. Versteht ihr?«

Jo kniff die Lider zusammen, als erspähte sie gerade einen Riss in der Fassade der Zirkusdirektorin, als schaute sie hinter die Kraft in Ringmasters Augen und Händen und ihrem Herzen.

Jo war schlau. Sie bemerkte das Leid anderer Menschen, weil sie selbst welches mit sich herumtrug. Teil eines unausgesprochenen Pakts zwischen Überlebenden einer persönlichen Katastrophe.

»Ist gut«, sagte Jo.

Charles nickte.

Ringmasters Maske wurde wieder undurchdringlich. »Willkommen bei uns, Kinder«, sagte sie.

»Na dann, ihr Süßen!« Odette klatschte in die Hände und schlängelte sich zwischen den Schreibtischen zu ihnen, wofür sie fast auf den Zehenspitzen tänzeln musste. »Seid ihr bereit für euer WQ?«

»Unser was?« Charles sah verwirrt aus. Jo schob die Unterlippe vor. Dann hoben beide mit genau der gleichen Geste die Brauen und warfen sich einen fragenden Blick zu. Zwillinge eben.

»Wohnquartier«, sagte Odette. »Wir brechen gleich auf, also wird's Zeit, dass wir euch unterbringen.«

Jo und Charles folgten Odette durch die Tür auf die Plattform und auf das knirschende Gleisbett hinunter, wo sie den Weg zu den Schlafwagen abkürzen konnten. »Mit AK ins WQ, und dann ab ins B, mein lieber C!«, hörte man Jo noch sagen, dann verklang ihr Geplauder.

Rin rieb sich das Gesicht, als wollte sie Make-up entfernen. Das entspannte sie, aber dann wurde sie wieder hellwach, als sie bemerkte, dass Mauve sie aufmerksam ansah.

»War noch was?«, fragte Rin.

»Entweder hast du ein ganz mieses Gesichtergedächtnis, oder

du bist müde, oder beides. Hast du sie gar nicht erkannt?«, fragte Mauve. »Ich war erst nicht sicher, aber so aus der Nähe … Das war sie, eindeutig.«

Rin kniff die Lider zusammen. »Meinst du jetzt Jo? Sie ist das Mädchen von heute Morgen, unser Ehrengast.«

Mauve schüttelte seufzend den Kopf. »Ach, Rin.«

Nicht viele nannten sie Rin. Mauve war eine von wenigen, die die Frau hinter den großen Gesten und unter dem samtenen roten Mantel kannten, und nur die sagten …

Der Büroraum verschwamm. Diese blauen Augen. Das schwarze Haar. Die Frau in der fernen Wohnung, die auf sie zugestürzt war, bevor das blaue Leuchten sie zerrissen hatte, die unbekannte Frau, die gerufen hatte: »*Rin?*«

Die Erkenntnis spülte über Rin hinweg wie die Wellen aus Jos Fingerspitzen.

Sie erinnerte sich an die tränennassen Augen der Frau in dem zerborstenen Betonbau. In ihnen hatte Verzweiflung gestanden, Schmerz und … Trauer.

»Jo Reed«, sagte Rin. »Die junge Frau, die wir im Krieg gesehen haben. Sie wird in diesem Krieg getötet werden. Das kann doch unmöglich ihre einzige Zukunft sein!«

»Ich berichte dir nur, was ich sehe. Damit wir es verhindern können, nicht, damit wir uns davor fürchten«, sagte Mauve.

»Wie können wir es verhindern?«, fragte Rin. »Kann ich ihr doch einen Wunsch erfüllen? Oder soll ich sie wegschicken? Wäre das besser für sie?«

»Ich weiß es nicht.« Mauve griff müde nach ihrem Schultertuch und legte es um. »Bei Kindern weiß man nie. So«, sagte sie in einem gewollt heiteren Tonfall, »und jetzt ist es genug für heute. Ich will was futtern, bevor es losgeht. Die Kasse steht wieder im Safe. Wir haben nicht schlecht gescheffelt. Umso besser, wir können nämlich nicht ständig mein Konto plündern. So soll es in Lawrence gern weitergehen. Gute Nacht, Ma'am, es war wie immer ein Vergnügen.«

Mauve trat mit einer angedeuteten Verbeugung ab.

Ringmaster blieb allein zurück und starrte auf den Klappstuhl, auf dem Jo Reed sich einen Platz in der Truppe ergattert hatte.

Die großen blauen Augen, aus denen Tränen liefen, als sie einander im Herzen der Hölle gegenüberstanden. »Rin« hatte sie sie genannt ... oder würde sie sie eines Tages nennen. Als hätte sie den Menschen erblickt, nach dem sie sich mehr als nach allen anderen sehnte. Sie war die Zirkusdirektorin, *The Ringmaster*, oder einfach Ringmaster, wie die meisten sie vertraulich nannten. Aber Rin – Rin war ein Name, der nur im Verborgenen fiel, nur hinter verschlossenen Türen. Dieses Mädchen würde ihr etwas bedeuten, und sie würde diesem Mädchen etwas bedeuten, was ihr einen Knoten ins Hirn machte, denn sie waren sich gerade erst begegnet, aber ...

Jetzt war die Zukunft Teil der Gegenwart geworden. Diese hellwachen blauen Augen. Das Mädchen stand auf einer Klippe, und sie würde entweder fallen oder fliegen. Vielleicht konnte ihr Rin eine Brücke bauen?

Sie hatte noch einen anderen jungen Menschen gekannt, dessen Spark aufgeflammt war wie ein Blitzschlag.

»Nein«, sagte Rin laut. Sie nahm ihren Mantel und löschte die Lampe auf dem Schreibtisch. »Daran will ich nicht denken.« Bei Kindern weiß man nie.

# 12

## EDWARD, 1917

Edward blieb unbeholfen stehen, wie eingekeilt zwischen Mrs. Dover und der Tür. Im Salon herrschte eine drückende Atmosphäre.

Mrs. Dover trug ihren roten Mantel, ein wunderschönes Stück. Vom Kerzentisch ging sie zum Kamin des prunkvollen Eigenheims, das sie sich als berühmte Schauspielerin leisten konnte. Als Edward sie kennenlernte, hatte sie schon am Broadway gespielt, aber dann hatte er ihr in kürzester Zeit zu echtem Starruhm verholfen. Sie waren eine richtige Familie, das konnte niemand bestreiten. Hier und da mochte es Missgeschicke gegeben haben, wenn er vergessen hatte, etwas als Frage zu formulieren oder einen Satz mit »Meiner Meinung nach« zu beginnen, und in Folge hatte Mrs. Dover dieses Haus gekauft und Ruth an verregneten Tagen gute Laune bekommen – nur Gutes also.

Aber diesmal durfte er wirklich nur fragen. Er musste genau auf seine Worte achten. Für Ruth. Sie musste es ehrlich meinen, von Herzen. Es durfte keine Luftspiegelung sein, keine Täuschung.

Ruth sollte ihn um seiner selbst willen lieben, nicht wegen seines Sparks.

»Ich weiß, was du vorhast«, sagte Mrs. Dover. »Ich weiß es schon lange.« Sie durchbohrte ihn mit Blicken und sah aus wie eine Königin Lear. »Also, warum fragst du nicht endlich?«

»Weil ich möchte, dass Sie möchten, dass ich frage«, sagte er. Das war genauer ausgedrückt, als Mrs. Dover es ahnen konnte.

Sie blickte auf den Kaminsims. Dort standen Fotos von ihr auf allen Bühnen, auf denen sie je hatte spielen wollen. Ihr Spark hatte sie weit gebracht.

Und *sein* Spark hatte sie alle weit gebracht. Dafür brauchte er sich nicht zu schämen, nichts zu bereuen. Sie hatten ein warmes, vom Glück erfülltes Zuhause. Sparks waren nur Hilfsmittel, oder? Also war es sein Werk, was der Spark bewirkte. Er hatte dafür gesorgt, dass es ihnen so gut ging. Und er hatte sich verdient, was er besaß.

»Ich habe dich wie einen eigenen Sohn behandelt«, sagte sie. »Nachdem Ruth dich im Niemandsland aufgelesen hatte, schien mir das nur natürlich. Vielleicht war es das Natürlichste, was ich je getan habe. Und doch bist du nicht mein Sohn. Du bist nicht Ruths Bruder. Das war von dem Moment an klar, als ihr zwei mit Schlamm an den Stiefeln und sonnenverbrannten Wangen in meiner Wohnung aufgetaucht seid.«

Edward hätte sie unterbrechen können. Er brauchte sich von niemandem mehr Vorträge halten zu lassen.

Aber er durfte es nicht tun. Es musste den Dingen ihren Lauf lassen.

»Und obwohl ich weiß, dass du sie liebst und dass du es nur gut meinst«, fuhr sie fort, »kann ich dir nicht meinen Segen dazu geben, um ihre Hand anzuhalten.«

Edward wich zurück. »Wie bitte?«, rief er. »Warum? Antworten Sie! Warum?«

Sie zog die Schultern hoch und beäugte ihn wie einen aufsässigen Haushund. Wie konnte sie nur! »Offen gesagt, Edward, genau deshalb, weil du eine Antwort von mir forderst, als müsste dir die ganze Welt gehorchen.«

Die Welt gehorchte ihm wirklich. Er konnte dieser Frau alles, was er ihr gegeben hatte, aus den gierigen Händen reißen. Und zwar so, dass es weh tat.

Er atmete durch. »Ich liebe Ruth. Und sie mich. Warum reicht Ihnen das nicht?«

Ihre Blicke trafen sich. Jetzt hatte er sie. Sie würde ihm Auskunft geben.

»Weil Ruth«, antwortete sie ruhig, wie in Trance, »vor eurem Zusammentreffen nie so den Kopf eingezogen hat wie jetzt. Nie hat sie sich hinter jemandem versteckt. Sie hat niemandem jedes Wort von den Lippen abgelesen und seine Wünsche bis aufs i-Tüpfelchen befolgt. Sie soll ein eigenständiger Mensch sein, und du machst mir Angst.«

*Du machst mir Angst.*

Die Worte rissen sein Inneres mittendurch. Eine Hälfte von ihm dachte: *Gut so, soll sie sich doch fürchten,* und seine andere, vielleicht bessere Hälfte fühlte sich, als hätte sie ihn geohrfeigt. Die Frau, die ihn wie einen Sohn bei sich aufgenommen hatte, fürchtete sich vor ihm.

»Ich verstehe das nicht«, sagte Edward. »Warum mache ich Ihnen Angst?«

Mrs. Dover wandte sich vom Kamin und von Edward ab. »Was du tust, wenn du glaubst, dass es niemand sieht«, sagte sie, »das sammelt sich in den Falten deines Gesichts, wie bei Dorian Gray. Du glaubst an nichts Höheres als dich selbst. Und abgesehen davon, was dir an Güte fehlt und was ich davon halte ... verdient meine Tochter jemanden, der sie zum Lachen bringt. Und du, Edward, bringst sie nicht zum Lachen. Das weißt du. Das hast du immer gewusst.«

Damit war das Gespräch zu Ende. Er stürmte aus dem Salon und den Flur hinunter. Blieb einen Moment in seinem eigenen Zimmer, um sich zu beruhigen, dann öffnete er leise Ruths Tür. Er legte sich zu ihr, und sie hielten einander in den Armen. Edward schaute die Wand an, die Bilder von schönen, fernen Orten, die Ruth aus Zeitschriften ausgeschnitten und an der weichen grünen Tapete befestigt hatte. London war da zu sehen, Chicago, New York, Island, die Rocky Mountains und jener Strand, an dem sie gelandet waren, als sie ihn aus den Schützengräben gerettet hatte.

Ein Ort der Sicherheit, der Einsamkeit und Schönheit und der Ort, an dem sein Leben neu begonnen hatte. Ruth war seine Chance, ein glücklicher Mensch zu werden. Nie hatte ihm jemand ein so blaues Meer gezeigt, nie jemand ihn so fest im Arm gehalten.

»Sie will mich dich nicht heiraten lassen«, sagte er.

»Du willst mich heiraten?«, fragte Ruth.

»Ja«, sagte er.

»Dann frag mich doch!«, sagte Ruth. »Ich bin es, die zählt. Warum sollte ich mir von ihr vorschreiben lassen, wie ich mein Leben zu leben habe?«

»Mir wäre es lieber, wenn du mich fragen würdest ...« Edward unterbrach sich. »Wenn ... wenn es das ist, was du möchtest. Nur wenn du es möchtest.«

Ruth kuschelte sich an ihn. »Was würden wir dann tun?«

»Also«, sagte Edward. »Ich bin ein ziemlicher Glückspilz.« Ja, das war sein Spark: bloß eine erstaunliche Glückssträhne, nichts weiter. »Wir könnten alles tun, was wir wollten. Wir könnten Sprühflugzeuge fliegen lernen. Die Chinesische Mauer besichtigen? Reich werden und uns eine Villa bauen?«

Ruth schmiegte ihre Wange in seinen dunklen Haarschopf. »Was auch immer du willst«, sagte sie. »Wir verschwinden morgen früh, bevor Mutter aufsteht.«

»Nicht was *ich* will«, sagte Edward. »Wenn du mit mir fortgehst, dann machen wir nur, was wir beide wollen.«

»Ist gut«, sagte Ruth leise, verhalten.

»Ich will mit dir die Welt entdecken«, sagte er und zog sie fest an sich. Er strich ihr durchs Haar. Ihre Arme umschlangen ihn. »Du bist das Beste, was mir je passieren konnte, Ruth«, sagte er. »Ich liebe dich.«

»Ich liebe dich auch«, sagte sie.

»Wirklich? Liebst du mich wirklich?«

»Natürlich liebe ich dich wirklich.« Ruth gab ihm einen Kuss auf die Brust. »Weck mich in ein paar Stunden. Ich packe dann schnell, nur einen Koffer.«

»Das mache ich«, sagte Edward.

Schon schlief Ruth ein. Edward fand keine Ruhe. Was auch immer du willst. *Was auch immer du willst.*

Bestimmt liebte sie ihn. Sie wich seit Monaten nicht von seiner Seite, ging mit ihm aus, besuchte mit ihm ihre gemeinsamen Lieblingsläden. Sie waren im Naturkundemuseum gewesen, im Boston Harbor, hatten einen Ausflug nach Maine gemacht. Das konnte nicht alles eine Täuschung sein, oder?

»Ruth? Liebst du mich wirklich?«, fragte er die Schlafende noch einmal.

Aber sie lag fest zugedeckt da und schnarchte leise durch ihre sommersprossige Nase. Und er konnte sich nur an ihr festhalten, bis es Zeit wurde, sie zu wecken.

Am frühen Morgen packten sie einen Koffer. Ruth hatte schönere Sachen als er. Er nahm nur ein bisschen Kleidung mit und den Verlobungsring. Das Taschenmesser seines Vaters hatte er wie immer in der Hosentasche. Aber als sie sich leise davonmachen wollten, erschien Mrs. Dover.

»Wie ich sehe, hast du dir meine Worte nicht zu Herzen genommen«, sagte sie zu Edward.

Edward schwieg. So konnte er später auf diesen Tag zurückblicken und wissen, dass mehr für ihn sprach als nur seine Worte.

»Mutter«, sagte Ruth. »Ich liebe Edward. Und es wird uns nichts davon abhalten, einander zu lieben.«

»Und ich liebe dich, Ruth«, sagte Mrs. Dover. »Bitte hör auf mich. Du hast immer auf mich vertrauen können. Du und ich, Ruth, wir müssen gehen. Wir müssen weg von hier.«

»Gehen?«, fragte Edward. Mrs. Dover streifte ihn mit einem schneidenden Blick. Es fühlte sich an, als ginge ein kalter, dunkler Schatten von ihrem ganzen Körper aus. Hass troff ihr aus den Händen, den Zähnen, den Augen. In dem Moment fiel ihm ein, dass er ein Messer in der Tasche hatte. Dass er es benutzen könnte.

»Ed, bitte, ich will dich nicht verlassen«, flehte Ruth. Edward hielt ihre Hand fest. »Mutter, bitte! Bitte, ich liebe ihn!«

Er könnte es benutzen.

»Ruth, er ist gefährlich«, sagte Mrs. Dover. »Sein Spark ist nicht bloß Glück.« Nein. Nein, nein, bitte, sie durfte ihm Ruth nicht nehmen. »Sein Spark ...«

»Schau sie dir an«, unterbrach Edward sie. »Sie ist ein Monster, Ruth. Siehst du das? Schau sie an!«

Sie war kein Monster. Sie war nur Mrs. Dover. Aber Ruth brach schreiend zusammen.

Mrs. Dover griff nach ihrem Mantel und eilte zu Ruth. »Liebling ...«

»Bleib stehen!«, bellte Edward.

Sie erstarrte.

Er brauchte sein Messer nicht zu benutzen. Er selbst war viel gefährlicher als alles, was jemand in der Hand halten konnte.

Er schaute Mrs. Dover tief in die Augen. »Ich quetsche dir das Herz aus«, sagte er und vollführte die passende Geste. »Du bist ein Niemand, du erbärmliche alte Hexe.« Er schloss die Faust. Sie sank in die Knie.

Ruth schrie auf.

»Still, Ruth«, befahl Edward. Ruth verstummte.

Ruth würde ihn niemals verlassen. Er würde nicht in der Dunkelheit ersticken. Sie war jetzt sein Licht. Wenn ihn sonst niemand rettete, tat er es eben selbst. Und sie rettete er auch.

»Willst du bei mir bleiben?«, fragte er Ruth. Sie nickte und starrte ihn mit großen Augen ängstlich an, als bestünde er aus lauter Dornen. »Sag es. Sag, dass du mit mir fortgehen willst. Sag, dass du mich liebst.«

»Ich will mit dir fortgehen. Ich liebe dich.«

»Sag es so, dass ich es glaube«, flehte Edward.

»Ich will mit dir fortgehen, ich liebe dich«, flehte Ruth. Und er glaubte ihr. Beide drehten sich nach Mrs. Dover um, Ruth voller Angst und Edward voller Hass. Sie standen Seite an Seite, ein Team, das niemand auseinanderbringen würde. Sie würden immer sein wie mit einem roten Faden aneinandergenäht. Mit einem unzertrennlichen roten Faden. Dafür würde er sorgen.

Mrs. Dover kauerte zwischen seinen Stiefeln und der Standuhr, wand sich mit ihrem dicken, hässlichen Leib auf dem wunderschönen Teppich mit dem Elefantenmotiv.

»Mrs. Dover«, knurrte Edward, »ich nehme Ihre Tochter mit. Wir lieben einander und werden ein gutes Leben haben. Sie werden uns niemals finden, selbst dann nicht, wenn wir direkt vor Ihnen stehen. Sie werden uns von jetzt an nicht mehr wiedererkennen. Das heißt aber nicht, dass Sie aufhören würden zu suchen. Sie werden suchen, bis Sie den Verstand verlieren. Es wird kein Ende haben.«

Mrs. Dover heulte auf, die Augen in die Ferne gerichtet. Dann wandte sich Edward an Ruth.

»Ruth«, sagte er. »Du wirst diesen Morgen vergessen und dich nur an das erinnern, was ich dir sage. Deine Mutter wollte uns auseinanderbringen. Du hast selbst gesagt, dass du mit mir fortgehen wolltest. Es war deine eigene Entscheidung. Und jetzt, Ruth, bringe ich dich hier raus.«

Ruth nickte mit hängendem Kiefer und leeren Augen, wie eine Schlafwandlerin. Sie tastete nach Edwards Hand. Edward legte ihr den Arm um die Schultern und nahm ihre Hand in seine.

Sie gingen, und Mrs. Dover schrie so viel lauter, als Edward es für möglich gehalten hätte. Sie war selbst noch durch die geschlossene

Tür zu hören. Je mehr seine Wut versiegte, desto mehr wurde ihm bewusst, wie grausam ihr mütterlicher Schmerz sein musste.

Er fragte sich, ob auch seine Mutter so geklungen hatte, als ihr klarwurde, dass er nie heimkehren würde.

Aber das war alles Vergangenheit. Er sagte Ruth, sie solle sich nicht grämen. Man dürfe sich von der Vergangenheit nicht aufhalten lassen.

Sie setzten sich in den nächstbesten Zug Richtung Westen.

Der Osten sah sie beide nie wieder.

# 13

## RINGMASTER, 1926

Es wurde Zeit für den Sprung.

Rin saß im Schneidersitz auf dem Blechdach, unter dem Mauve ihr Schlafabteil hatte. Sie genoss den Ausblick über den vorüberrauschenden Mittleren Westen, über das Meer aus Grasland ringsumher und die Sterne, während der Mond ihr hell auf die Schultern schien.

Es war wie Fliegen.

»Du hättest es geliebt, Ma«, flüsterte Rin. Einmal hatte ihre Mutter sie in einen Park mitgenommen und ihr gezeigt, wie die Propellersamen durch die Luft wirbelten und kreisten. Rin hatte gefragt, ob auch Menschen fliegen könnten. Wenn es irgendwie möglich war, hatte ihre Mutter gesagt, dann würde sie, ihre Tochter, es schaffen.

Sie musste sich daran erinnern, dass es ihre Mutter gegeben hatte. Und dass es jetzt diesen Zug gab, was ihnen auch bei der Ankunft begegnen mochte. Sie durfte nicht vergessen, ihr Glück zu spüren.

Odette und Mauve kamen die Leiter hochgeklettert. »War ja klar, dass wir dich hier finden«, sagte Odette.

Es hatte gedauert, bis der Circus King sie gefunden hatte, aber Rin hatte vom ersten Tag ihres neuen Lebens an Vorsichtsmaßnahmen getroffen. Sie und ihr Zirkus folgten nie einer normalen Route. Immer hob sie den gesamten Zug von den Schienen und ließ ihn anderswo landen. Die Sprünge vollführte sie abends, wenn die meisten schon schliefen. Sie konnten desorientierend sein, wie wenn auf einer langen Überfahrt über die Weltmeere die Uhren umgestellt wurden. Am Montagabend schlief man in der einen Stadt ein und erwachte am nächsten Morgen drei Staaten weiter westlich.

Der Circus King mochte machtvoll sein, aber Rin war es auch. Egal, was er über sie zu wissen glaubte – sie konnte mit bloßen Händen ganze Züge versetzen.

»Also dann«, sagte Rin und krempelte die Ärmel hoch. Odette und Mauve setzten sich. Rin kniete sich hin und schloss die Augen.

Sie hob die Hände über den Kopf, ließ sich den Wind durch Haare und Mantel fahren, als würde sie wirklich fliegen. Sie lächelte.

Rin spürte, wie der Spark ihr in die Arme drang. Sie war bereit. Die Spannung, das Adrenalin, die Kraft eines tief in ihr selbst verborgenen Motors – das alles elektrisierte sie.

Rin erinnerte sich daran, wie sie in der Synagoge etwas verlegen neben ihrer Mutter auf der Empore gesessen hatte. Sie waren nicht oft dort. Aber an dem einen Morgen hatte sie aufmerksam zugehört, als der Rabbi fragte: »Wozu sind wir hier? Wir sind hier, damit alles Leben das Lied singen kann, für das es bestimmt ist. Wir sind hier, um die Welt zu heilen.«

Es gab mehr Magie in der Welt als nur die Gaben, die der Spark ihnen verliehen hatte. Sie waren selbst die Magie.

»Auf geht's!«, flüsterte Rin.

Sie schwang die Arme nach vorn und stemmte die Handflächen auf das gewölbte Metalldach.

Sie öffnete die Augen und schaute zum Horizont. Die Landschaft löste sich auf. Der Zug fuhr mitten in einen Riss hinein, einen Tunnel, wurde davon verschluckt und jagte weiter und weiter voran in ein Dunkel voller Sterne, die Erinnerungen waren, Erinnerungen an Vergangenheit und Zukunft, an das, was möglich war. Es war wie ein Sprung über einen Abgrund – mit Absprung, Sinkflug, Hoffnung. Aber Rin hatte keine Angst. Sie kannte den Weg; sie kannte immer den Weg. Sie sah den Faden vor sich, dem sie folgte, der sie zog wie eine starke Ankertrosse. Kansas. Sie stieß ein Gebrüll aus, aber im Rauschen der Zeit konnte es niemand hören …

Vor ihr tauchten Bahnschienen auf. Rin warf sich und den Zug nach vorn, ließ die Lokomotive mit einem Klacken auf den Schienen landen, nahtlos.

Schon fuhren sie in eine andere Nacht hinaus, und hinter ihnen schloss sich der Tunnel.

Magisch.

Odette half Rin von ihren alten Knien auf, damit sie sich zu ihr setzte. Sie selbst war oft müde, wenn sie ihren Spark eingesetzt hatte. Aber Rin fühlte sich gestärkt. Als hätte sie drei Tassen Kaffee getrunken und bräuchte den Rest der Nacht keinen Schlaf mehr.

»Kinderspiel!«, erlaubte sie sich zu sagen, wie immer.

Die anderen beiden kannten das. Sie kannten das Triumphgeheul, das sich Rin in solchen Momenten gönnte, diese Ungezügeltheit, für die sie sich normalerweise geschämt hätte. Aber hier gab es nichts, wofür man sich schämen müsste, nichts zu erklären. Denn sie waren seit Jahren bei einem Sprung nach dem anderen dabei gewesen, so wie auch heute.

»Deine Knie werden das nicht ewig mitmachen, weißt du«, sagte Odette.

»Aber meinem Spark geht es bestens«, sagte Rin.

Odette nickte.

Mauve seufzte. »Wenn du das nächste Mal meinst, wir kämen ohne dich zurecht«, sagte sie, »dann denk dran, dass ich keine Züge versetzen kann und Odette auch nicht.«

»Und der Circus King ist allein«, sagte Odette. »Du nicht.«

*Aber du solltest allein sein. Du bringst sie in Gefahr.*

Rin kniff die Lider zusammen. Sie durfte heute nicht an ihn denken, es gab zu viel zu tun.

Sie stiegen die Leiter hinunter zu ihren Schlafabteilen. Bis zum Tagesanbruch blieben ihnen wenige Stunden.

Gerade genug, um einen Krieg zu verhindern.

★

Heute wollten sie von Mauves Abteil aus in die Zukunft reisen.

Mauve hatte sich ein richtiges Prinzessinnenzimmer eingerichtet. Eine Reihe gläserner Vögel schwebte, an eine Angelschnur geknüpft, unter der Decke. Die Wände waren verspiegelt, und Rin sah sich ihrem Samtmantel gegenüber, ihrer gedrungenen Gestalt, ihrem strengen, gealterten Gesicht. Sie erkannte sich selbst kaum wieder. Innerlich war sie noch immer das junge Mädchen, dem viel schmalere Hosen passten. Diese Frau, die sie unter den gläsernen Vögeln aus tausend Blickwinkeln ansah? Die war eine Fremde.

Mauve schob auf ihrem mit rosa Seide bezogenen Bett Kissen und Decken beiseite. Odette und Rin gesellten sich zu ihr. Sie setzten sich im Kreis auf die Matratze und legten die Hände ineinander.

»Was ist der Plan?«, fragte Odette.

»Tja.« Rin schluckte. »Es muss doch irgendetwas geben, das wir in Bewegung setzen können. Wo beginnt dieser Krieg?«

Mauve schnaubte. »Wo beginnt überhaupt irgendein Krieg? An tausend Orten auf einmal. Wir sollten nicht danach schauen, wo er beginnt, sondern wo er sich aufhalten lässt. Ich habe mich noch nie so weit von unserem Zirkus entfernt umgeschaut, also könnte es eine Weile dauern.«

»Moment mal«, sagte Odette. »Ich wusste gar nicht, dass du das kannst. Ist dein Spark auch stärker geworden?«

»Wie, auch?«, fragte Mauve zurück. »Sind eure stärker geworden?«

Odette lächelte ein wenig ertappt. »Ich … vertrage jetzt viel mehr.«

Rin nickte. »Ja«, sagte sie nur.

»Sieht so aus, als würde es vielen Sparks so gehen«, sagte Mauve.

»Ist alles okay, Mauve?«, fragte Rin.

Mauve lachte. »Ich soll mir einen zukünftigen Weltkrieg anschauen, und du fragst, ob alles okay ist.«

»Wir müssen das nicht …«, sagte Odette.

»Lass das«, sagte Mauve. »Wir haben uns entschieden.«

Mauve schloss die Augen und runzelte die Stirn. Sie atmete tief ein, und als sie die Augen wieder öffnete, zuckten ihre Blicke im Zimmer umher, als wäre sie von unzähligen Geistern umgeben. Es hätte wie eine einzelne Filmrolle sein sollen, aber dieses Mal schien sie sich auf Tausende Leinwände zu verteilen. Mauve schnappte nach Luft und schloss noch einmal die Augen. Sie wankte, als hätte der Zug gerüttelt, und Rin sah, dass sie sich nur mit Mühe aufrecht hielt.

»Mauve?«, sagte Rin. »Bitte bleib in Kontakt. Wenn du eine Pause brauchst …«

»Es beginnt an so vielen Orten auf einmal«, sagte Mauve mit geschlossenen Augen. »So viele Fäden wie auf einem Webstuhl …« Sie nickte, dann öffnete sie die Augen wieder. »Ich wünschte, wir könnten Dad davon erzählen.«

Als Mauve vor Jahren den Spark bekommen hatte, war Bernard derjenige gewesen, der ihr zur Seite gestanden hatte. Er erzählte gern davon, wie er ihr anhand eines Buches erklärt hatte, sie könne zwar die gesamte Geschichte auf einmal in den Händen halten, müsse sich aber dennoch auf ein Kapitel nach dem anderen konzentrieren. Bernard hatte Mauve auch versichert, sie sei immer etwas Besonderes gewesen. Es brauche keinen Spark, um jemanden zum Leuchten zu bringen.

»Wenn du dir einen Spark wünschen könntest«, hatte Mauve ihn einmal gefragt, als sie alle zusammen in der Kantine aßen, »welcher wäre das?«

»Deiner«, sagte Bernard gleichmütig, als hätte er es sich längst überlegt. »Damit du diese Last nicht tragen müsstest.«

Jetzt schaute Mauve mit weit geöffneten Augen und angespanntem Kiefer auf einen festen Punkt im Raum. »So vieles davon ist Diplomatie«, sagte sie. »So viele Worte, so viele Lügen und Versprechungen und Vereinbarungen, Schlagzeilen, Gesten und Drohungen … Wenn ich bloß in diesem Chaos ein menschliches Wesen … Da!« Sie zuckte zusammen. »Da ist er, der Feigling«, sagte sie. »Ha, es funktioniert! Mann, bin ich gut.«

»Ist wirklich alles okay?«, fragten Rin und Odette beinahe gleichzeitig.

»Alles gut, alles gut, ich hab's jetzt, hört auf, mich zu nerven.« Mauve zerrte an ihren Händen, wie um beiden einen Klapps zu verpassen, konnte aber nicht loslassen. »Den schaue ich mir mal näher an. Er muss irgendein hohes Tier sein, in England, und er wedelt mit einem Dokument. Das Dokument enthält ein Versprechen. Jetzt bist du dran, Rin.«

Rin schloss die Augen und durchsuchte die Fäden nach diesem Bild. Irgendwo im Kopf konnte sie die Zwischenräume zwischen Gedanken sehen, zwischen Wörtern, zwischen Momenten. Sie stellte sich ihren Kalender vor, die Fäden von einem Zeitpunkt zum nächsten.

Ein Tag sah aus wie ein Ziffernblatt. Eine Woche wie ein umgedrehter Winkelmesser. Ein Jahr wie ein abgerundetes Viereck. Ein Jahrhundert, das war eine langsam ansteigende Gerade. Mehrere Jahrhunderte schichteten sich wie parallel ansteigende Linien übereinander. Vom Licht der Sterne umgeben, schwebten sie, glitten sie umeinander, webten sich die Fäden um diese Notenlinien wie … ja, wie auf einem Webstuhl. Nachdem Mauve dieses Bild verwendet hatte, bemerkte Rin die Ähnlichkeiten.

Und da, in dem kleinen Abschnitt der 1930er-Jahre, sah sie den Mann. Graues Haar rahmte sein Gesicht wie eine Krone, doch weiter hinten war es noch schwarz und säuberlich gescheitelt. Sie schaute näher hin, zoomte auf das passende Kalenderviereck. Sie sah ihn verschwommen, wie in einem Traum. Der Mann war glücklich. Die Menschen um ihn herum jubelten aufs Stichwort. Das gefiel ihm. Auf dem Dokument waren zwei verschiedene Unterschriften.

»Ich kann ihn sehen«, sagte Rin. »Worüber freut er sich so?«

»Er hat einen Vertrag geschlossen«, sagte Mauve. »Einen Pakt mit einem Teufel. Der hat ihm versprochen, keinen Krieg anzufangen.«

»Und er hat ihm geglaubt?«, fragte Odette.

Mauve nickte. »Der Teufel wird sein Versprechen nicht halten. Das tun sie nie.«

»Er ist aber nicht *der* Teufel, oder?«, fragte Rin. »Nicht wortwörtlich?«

»Ach Quatsch, Rin. Nein«, sagte Mauve. »Manchmal sehe ich alles in Metaphern und Bildern. Wobei …« Sie zog eine Augenbraue hoch. »Wie wild wäre das bitte, wenn er wortwörtlich der Teufel wäre? Der mit dem Flammenschwert in die Hölle fährt? Also.« Mauve kniff die Lider zusammen. Sie schaute sich weiter um, während Rin ein geistiges Lesezeichen an der Stelle des Webstuhls hinterließ, wo sie den glücklichen Feigling gesehen hatte.

»Er braucht Mut«, sagte Mauve. »Er muss sich trauen, sich einem Aggressor in den Weg zu stellen. Der Teufel blufft. Jetzt gerade will er keinen Krieg, weil er zu schwach ist. Der Feigling muss ihm die Beine brechen und zurückschlagen, sonst wiegeln alle nur ab, und das Böse kann wuchern und wuchern und alles durchdringen …«

Sie blinzelte, als schaltete sie den Filmprojektor in ihrem Kopf ab. Mit einem breiten Lächeln wandte sie sich an Rin. »Wie bei *Macbeth*«, sagte sie. »Macduff, der sich einem bluffenden König in den Weg stellt. Das wird in dem Jahr im Theater gespielt. Kannst du es finden?«

Rin nickte. »Mal sehen.« Sie ging die umgebenden Fäden durch, die Wochen und Monate in der Nähe ihres Lesezeichens. Dabei rief sie sich das Lady-Macbeth-Kostüm ihrer Mutter ins Gedächtnis, wie es sich an ihrer Wange angefühlt hatte, und den Geruch von Trockeneis und billigem Bühnennebel.

Da war es. Fünf Monate vor der Menschenmenge und dem Dokument. April 1938. Ein Dienstag zu Beginn der Wölbung des Winkelmessers, auf der ersten Seite des abgerundeten Quadrats. Da lag ihr Ziel.

»Ich hab's«, sagte sie. »1938.« Rin schaute sich nach den beiden Frauen an ihrer Seite um, den Stützpfeilern ihres Lebens. »Soll ich uns hinbringen?«

»Ich bin nicht sicher, ob es nicht ... gefährlich ist ...« Mauve schaute nach. »Aber für einen kurzen Auftritt auf einer Cocktailparty sollte es reichen, wenn wir zusammenbleiben.«

Es gab nie eine Garantie, dass ihnen nichts passieren würde. Die gab es nirgends außerhalb des Zirkus. Aber sie würden zusammenhalten. Sie hatten ihre Sparks. Das musste reichen.

»Cocktailparty?«, fragte Rin.

»Mrs. Chamberlain besucht eine Cocktailparty«, sagte Mauve. »Sie will mit ihrem Mann einen Kurzurlaub machen. Das ist der mit dem Dokument, der Premierminister. Neville Chamberlain. Er ist ziemlich gestresst.«

»Also dann«, sagte Rin. »Sorgen wir dafür, dass der Feigling ins Theater geht, ja?«

»Wie, *das* ist der Plan?«, fragte Odette.

Rin lächelte. »Wir haben die Welt schon so oft mit kleinen Gesten aus Licht und Schatten verändert, Liebes. Das ist mit der Zukunft nicht anders.«

Sie nahm das abgegriffene Armband aus der Manteltasche. *Nicht heute.*

Rin schob sich das Band und das Holzstück über die Finger bis zum Handgelenk. Sie schaute konzentriert nach vorn. Sie sah, wie sich die Webstuhlfäden und Notenlinien bogen und sich ein Tunnel auftat. Warf ihre Angel nach dem Feigling aus und hakte sich fest. Dann ließ sie die Kraft in ihren Armen auf sie alle drei übergehen, und schon verschwanden sie aus dem Bett, lösten sich auf im Geflecht der Fäden

* * * * * * *

und sausten durch tausend und mehr kommende Tage. An verschwommen zusammengedrängten Momenten vorüber. Rin fragte sich, als sie so die Zeit durchjagten, wo sie zum Beispiel im Sommer 1928 sein würde. Oder im Winter 1932. Vielleicht würde sie den Herbst 1936 schon nicht mehr erleben. Sie konnte sich selbst nicht sehen; sie konnte fast gar nichts erkennen. Alles wirbelte dunkel vorüber wie in einem Tagtraum oder wie wenn man in einem Buch zwischen den Zeilen hindurchgehen könnte. Bilder blitzten auf und erloschen, und das Ganze dauerte keine Sekunde. Jetzt sah es nicht mehr nach Winkelmessern und Quadraten aus, sondern sie waren hinter den Kulissen der Zeit. In einer Leere voller funkelnder Augenblicke. Rin wusste nicht, wie es für die beiden anderen aussah, vermutete aber, dass Mauve mehr erkennen konnte als sie, und einen Moment lang machte ihr der Gedanke Sorgen, dass Mauves Gabe stärker geworden war, denn wie viel kann ein einzelner Mensch zu erkennen ertragen, selbst wenn dieser Mensch ein Spark ist?

Dieser Sprung durch die Zeit war für Rin nicht so belebend und befreiend, wie wenn sie den Zug versetzte. Nicht wie ein Satz über den Abgrund, sondern als würde sie tief einatmen, die Luft anhalten und sich dann von der Kante eines Sprungturms fallen lassen. Sie hing in der Luft, noch nicht unten im Wasser. Sie wusste, dass sie eintauchen würde, konnte sehen, dass sich die Welt um sie her bewegte, und bevor sie sich zu viele Gedanken machen konnte,

# 14

## RINGMASTER, 1938

befanden sie sich vor einem noblen Restaurant. Durch die Tür drangen Gläserklirren und die Klänge eines Streichquartetts. Es war ein heiterer Frühlingstag in der Zukunft. Der 30. April 1938. Noch war es kühl, aber der Winter war vorüber, und statt Schals und Handschuhen trugen die Passanten ihre Erleichterung durch die Straßen Londons.

Die große Uhr an der Kaufhausfassade zeigte 17.38 Uhr. Es war wichtig, die Zeit im Blick zu behalten.

Um sechs Uhr hatten die drei Frauen sich mit Kleidern, Haarteilen und Schmuck ausgestattet und enterten die Party mit einer Haltung, als wären sie reiche Erbinnen oder von Adel. Sie wussten, dass Frauen lange Zeit nicht gut behandelt wurden, kaum besser als Möbelstücke. Heute kam ihnen dieser Umstand zugute. Niemand hätte geargwöhnt, dass sich Frauen in eine Cocktailparty einschleusen würden, um mit der Frau des Premierministers über das Theater zu plaudern. Rin spürte zwar die üblichen misstrauischen Blicke, mit denen andere ihre Gruppe streiften, aber niemand setzte sie vor die Tür. Immerhin. Um 18.20 Uhr löste sich Rin von der Gruppe, nicht ohne strenge Blicke von Odette und die unausgesprochene Mahnung, sich von der Bar fernzuhalten.

Bis 18.32 Uhr war es Rin gelungen, mit Mrs. Neville Chamberlain ins Gespräch zu kommen, die sich bei den zahlreichen Umstehenden beklagte, ihr Ehemann, der Premierminister, wolle einen Kurzurlaub machen, aber wenn das wieder bedeute, acht Stunden am Stück durch die freie Natur stiefeln zu müssen, dann würde sie höchstpersönlich einen Mordanschlag auf ihn verüben. Mrs. Chamberlain sagte, wenn ihr Mann erst einmal losliefe, sei er nicht aufzuhalten. Wie ein Aufziehspielzeug, dachte Rin. Sie stellte sich eine kleine Blechversion des dünnen Mannes vor, der bis auf seinen schwarzen Haarschopf grau in grau war. Ein Mann, den die Natur ebenso belebte wie der Applaus. Zwei ganz gegensätzliche Kräfte. Die Natur, dachte Rin, und der Drang, die Welt zu erkunden, waren ein guter Antrieb. Applaus dagegen war trügerisch und konnte jäh verstummen.

Nichts von alledem sagte sie zu Mrs. Chamberlain.

Um 18.35 Uhr ließ Rin Mrs. Chamberlain wissen, in Stratford-upon-Avon gebe es wunderschöne Landstriche, die einen Spaziergang lohnten, aber nichts Überambitioniertes, das ihr stundenlange Anstrengungen abverlangen würde. Dann erwähnte sie, dass die Royal Shakespeare Company dort *Macbeth* aufführe – eine Cousine von ihr spiele eine der drei Hexen, und die Inszenierung sei sehr gelungen. Rin hatte gar keine Cousine. Aber sie war selbst Schauspielerin, konnte man sagen. Sie sprach so leise, freundlich und bescheiden, dass Mrs. Chamberlain von dieser mauerblümchenhaften neuen Gesprächspartnerin sehr angetan war und gleich mehr erfahren wollte.

Bis 18.43 Uhr hatte Mrs. Chamberlain den Entschluss gefasst, mit ihrem Gatten in Stratford-upon-Avon die neueste Shakespeare-Inszenierung zu besuchen, über einen Mann, der einen Wald in Bewegung setzen musste, um den Tyrannen zu stürzen. Um 19.01 Uhr kehrte Rin zu Odette und Mauve zurück, die unterdessen so taten, als würden sie sich bei Musik und Drinks köstlich amüsieren, und die drei begaben sich auf die Damentoilette. Dort verschlossen sie die Tür. Rin wandte sich an Mauve. »Magst du schauen, ob es funktioniert hat?«

Mauve biss sich auf die Lippe, ließ den Blick über die geblümte Tapete dieses futuristischen Ortes wandern und sagte: »Sie gehen wirklich ins Theater.«

»Und, funktioniert es?«, fragte Rin. Sie pulte an den Schnitzereien am Türrahmen herum. Das war eine schlechte Angewohnheit. Aber ihre Nerven lagen blank, und dann roch es auch noch durchdringend nach Cocktails. Odette starrte sie an, das fühlte Rin deutlich. Odette merkte sich ihre nervösen Ticks genau.

Aber nein, sie waren alle nervös.

Und bald hätten sie es geschafft.

Mauve machte ein langes Gesicht. »Ich sehe ihn in einem Flugzeug sitzen, auf dem Weg nach München, zu einem Gespräch mit dem bösen Mann. Er schaut aus dem Fenster und denkt an den Wald in dem Theaterstück. Er fragt einen Begleiter, wie viele Bomben es brauchen würde, um London zu zerstören ... wie lange es dauern würde, eine Million Menschen zu töten ...«

Rin kannte das Stück gut genug, um zu begreifen, was schiefgelaufen war. Chamberlain hatte sich nicht mit Macduff identifiziert. Er hatte sich in dem glücklosen, von Angst getriebenen König wiedergefunden, dem Tyrannen, der sich nach den Prophezeiungen über wandelnde Wälder in falscher Sicherheit wiegt. Einem Mann, der nicht in die Zukunft blickt und seine Sterblichkeit leugnet.

»Ich verstehe das nicht«, sagte Rin. »Es hätte funktionieren sollen.«

»Wir können die Leute nicht zwingen, das zu sehen, was wir ihnen zeigen wollen«, sagte Mauve.

»Ich wette, er steht unter sehr großem Druck«, sagte Odette.

»Er ist ein Feigling.« Rin kochte vor Wut. Der Toilettenraum war so katastrophal klein angesichts der düsteren Zukunft, von der sie hier sprachen. »Dann gehe ich eben wieder raus und sage Mrs. Chamberlain, dass sie auf Macduff achten soll, oder nein, dass ihr Mann mich an Macduff erinnert. Sie brauchen bloß einen kleinen Stupser.«

»Du kannst da nicht einfach so wieder reinplatzen, Rin«, sagte Mauve. »Sie ist die Frau des Premierministers, nicht deine Brautjungfer. Ach, na so was, Mrs. Chamberlain, da hätte ich doch fast vergessen, Ihnen die Interpretation für ein Theaterstück zu liefern, damit Ihr Land nicht in ein höllisches Gemetzel am Strand verstrickt wird. Mir war so danach, nichts für ungut.« Mauve schüttelte den Kopf und schaute in den Spiegel. Sie strich sich prüfend über den geflochtenen Haarknoten. »Wir müssen es anderswo versuchen.«

»Wir sollten heimgehen und uns ausruhen«, sagte Odette.

»Nein«, sagte Rin. »Nein, ich könnte doch das Gespräch einfach von vorn anfangen. Ich springe eine Stunde zurück und versuche es noch mal.«

Mauve erwiderte etwas, aber Rin schaute schon durch die Luft hindurch und suchte nach dem Faden, der sich zwischen den Lichtstrahlen und den festen Wänden verbergen musste. Sie entdeckte es, das Band, das sie hier festhielt, das sie fortziehen würde, wenn sie nur ein paar Schritte …

»Stopp«, sagte Mauve, packte Rin am Arm und schaute ihr tief in die Augen. »Hör auf. Du könntest ernsten Schaden anrichten.«

»Ich will bloß ein Stück zurück und es noch mal probieren.« Aber Rin sah selbst, dass Mauves Befürchtungen berechtigt waren. Der Faden zitterte, wirkte gespannt, verschlissen, als könnte er bei der nächsten Berührung … So viele Jahre hatte sie nun den Spark und verstand es immer noch nicht. Ein Spark konnte nicht über den Lauf der Welt bestimmen. Zeit und Raum und die Realität folgten noch immer ihren eigenen Regeln.

»Selbst wenn das möglich wäre«, sagte Mauve, »was dann? Du führst das Gespräch noch einmal, und wenn wieder etwas schiefläuft, probierst du es wieder und wieder, bis du nirgends und niemand mehr bist, sondern in einer endlosen Zeitschleife feststeckst?«

Rin riss sich zusammen und richtete den Blick wieder auf den Ort, an dem sie war, und auf Mauve. Eine Zeitschleife. So hatte Mr. Weathers schlimme Anfälle der Kriegsneurose beschrieben. Einmal hatte Maynard sich am Boden gewälzt und geschrien wie ein tödlich verletztes Tier. Mr. Weathers hatte den Kopf geschüttelt und gesagt: »Da kann man nur abwarten, bis er aus seiner Zeitschleife rauskommt.« Also hatte Rin für Maynard eine heiße Schokolade gekocht und sie warm gehalten und abgewartet.

Maynard und Mr. Weathers waren an der Front gewesen. So eine Zeitschleife, sagten sie, würde man nie mehr los.

Odette streichelte Rin den Rücken. »Konzentrier dich«, sagte sie. »Sei ganz hier bei uns.«

Aber hier waren sie nicht zu Hause. Rin trug ihr Armband: *Nicht heute*. Sie waren im Einsatz.

»Wenn wir diesen Moment nicht wiederholen können«, sagte Rin, »dann gibt es bestimmt einen anderen Ort, wo sich etwas ändern lässt. Nur einen noch. Wo könnten wir hin? Welchen Hebel gibt es? Was ist mit dem Teufelsmann selbst? Wo ist der?«

Mauve schloss widerstrebend die Augen. Sie schüttelte wieder den Kopf. Wenn sie das doch einfach mal bleiben lassen könnte! Rin lief zwischen dem Waschtisch und dem Mülleimer auf und ab. Schließlich sagte Mauve: »Es gibt da einen Bankier, den wir vor einem Herzinfarkt bewahren könnten, und vielleicht würde das den Aufstieg des Teufels verhindern, aber ... Kaum dass man einen Teufel loswird, kommt der nächste. Dann wirst du den los, und es kommt wieder einer. Manche Leute warten nur darauf, etwas Schlimmes tun zu können.«

»Ach, verdammt!« Rin verpasste dem Mülleimer einen Tritt.

»Na ja, Rin, Krieg ist eine komplexe Sache«, sagte Mauve. »Ganz was anderes, als Zachary Coopers Mutter zu retten oder jemandem moderne medizinische Hilfe zukommen zu lassen. Da sind Tausende, Millionen Menschen beteiligt, und alle haben einen freien Willen.«

»Was ist mit …« Rin wusste nicht weiter. »Was wäre, wenn …«

»Lass uns heimgehen.« Odettes Stimme klang sanft, besorgt. Rin taten in ihren schmalen, hohen Stiefeln die Füße weh. »Über ›Was wäre, wenn‹ können wir dann in Ruhe nachdenken. Aber jetzt gerade stehen wir zwölf Jahre in der Zukunft in einer abgeschlossenen Damentoilette.« Sie legte Rin eine behandschuhte Hand auf die angespannte Schulter, die andere auf ihren Unterarm. Dort war das Armband. »Wir haben Zeit, Schatz. Aber du brauchst Schlaf.«

»Wir könnten hier in London ein Hotelzimmer nehmen, und dann …«

»Nein«, sagte Odette mit Nachdruck. »Bring uns nach Hause, Rin.«

Rin biss die Zähne aufeinander. »Nur eine Chance noch. Einen Versuch«, sagte sie. »Mauve, bitte finde noch einen Faden.«

Mauve seufzte. Aber sie schloss die Augen. »Ich … Berlin?«

»Berlin!« Rin klatschte in die Hände. »Berlin. Seht ihr? Da wollten wir doch schon immer mal hin. Kunst und Kabarett, überall Musiker und Lebenskünstler – alles, was wir lieben. In welches Jahr, Mauve?«

»1933«, sagte Mauve. »Da versammeln sich Studierende auf einem Platz.«

Rin schloss die Augen. »Berlin«, sagte sie.

# 15

## RINGMASTER, 1933

Helle Sandsteingebäude mit Säulen. Wie das Fabrikenviertel in Omaha, nur viel edler und am anderen Ende der Welt.

Rauch lag in der Luft. Sie folgten dem Geruch, als würden sie einem Gewehrschuss folgen.

Auf einem großen Platz war eine Menschenmenge versammelt. Junge Männer standen in einer langen Reihe, manche in Uniform, manche in Zivil, in etwa so alt, wie die Frauen gewesen waren, als sie den Zirkus gegründet hatten.

Von einem lodernden Feuer schlug ihnen Hitze entgegen. Es hustete Rauchschwaden aus, setzte die Nacht in Flammen.

Rin versuchte, über die Köpfe hinwegzuspähen. »Was für ein Feiertag ist heute?«, fragte sie.

Mauve schaute sich um und wich einen Schritt zurück. »Das gefällt mir gar nicht.«

Rin schob sich einige Schritte durch die Menge, wie Ebenezer Scrooge, der zwischen den Grabsteinen umherirrt, um seinen eigenen Namen zu finden. Und da sah sie es. Weißes, gebundenes Papier, ein Buch, das durch die Winterkälte flog und in die Flammen fiel.

Das ganze Feuer bestand aus brennenden Büchern. So kalt auch der Abend war und so heiß das Feuer – Rin spürte nichts mehr von alldem. Diese Menschen um sie herum jubelten begeistert.

»Die Bücher«, sagte Mauve, »das sind nicht nur Romane. Da ist

Philosophie dabei. Wissenschaft und medizinische Akten. Und einige … ganz unten im Feuer … sind Aufzeichnungen über Menschen wie uns.«

»Sparks?«, fragte Rin.

»Alle, die anders sind oder ausgestoßen«, sagte Mauve.

»Ausgestoßen? In Berlin?«

Mauve wies die Straße hinunter, in die Dunkelheit jenseits des Feuers. »Aus einem Krankenhaus, das niedergebrannt wurde. Es wurde von einem schwulen jüdischen Mann geleitet. Das konnten sie nicht ertragen. Es ging nicht mal so sehr darum, dass er schwul war, sondern ein Jude.«

Das traf Rin wie ein Schlag. Die Zukunft war die Vergangenheit. Wieder und wieder. Und das in *Berlin*?

»In der Zukunft«, sagte Mauve, »wird Berlin in Schutt und Asche liegen. Es wird als das Epizentrum verschrien sein. Das kann eben überall passieren. Und das hier ist nur der Anfang. Das ist nur *ein* Feuer, nur ein Abend. Nur eine Stadt. Aber die Menschen hier, die werden viel mehr davon erleben. Mehr davon tun. Und einige …« Sie wandte den Blick ab. Dann fragte sie: »Ich sehe einen Stern … Was bedeutet dieser Stern, den manchmal Leute als Kettenanhänger tragen? Ist das was Jüdisches?«

»Der Davidstern«, sagte Rin. »Ja, das ist ein jüdisches Symbol. Er hat sechs Spitzen. Für G'tt, die Thora, Israel, Schöpfung, Erlösung, Offenbarung …« Ein Zeichen der Geborgenheit und Gelehrsamkeit. Rin erinnerte es an das Gesicht ihrer Mutter, das am Freitagabend alles Kerzenlicht auf sich zog, wenn sie Segensworte sang, die sie Rin beibringen wollte. Den Segen wusste sie immer noch auswendig, viele Jahre nachdem sie ihn zuletzt selbst gesungen hatte. Viel hatte sie nicht behalten, aber doch das Gebet und den Stern. Ihre Mutter hatte den Sprung von jiddischen Bühnen in den Mainstream geschafft, und danach hatten sie öfter zu Hause gebetet. Als Rin klein war, hatte es die Synagoge gegeben, später die Rituale in der Wohnung. Und schließlich … nichts mehr.

Aber der Davidstern, der war geblieben. Selbst viele Jahre nach dem Verlust und jenseits des Grabsteins erinnerte sich Rin noch an den Kettenanhänger. »Das ist ein schönes Symbol.«

Aber an Mauves Gesicht war deutlich abzulesen, dass es mit diesem Symbol wie mit Berlin war: Es würde sich ändern.

»Ich glaube, hier passiert etwas«, sagte Mauve leise. »Menschen verschwinden. Menschen werden getötet.«

Das war anders, als was Rin von dem Krieg gesehen hatte. Aber sie kannte es. Es hatte in der Luft gelegen, als ihre Mutter aufhörte, die Synagoge zu besuchen. Als ihre Urgroßmutter sich an ihrem Gehstock festkrallte, weil die kleine Rin sie fragte, wo sie aufgewachsen war und warum sie dort weggegangen sei. Es war ein surrendes, pulsierendes Dunkel unter dem Tageslicht. Rin war nicht naiv. Sie wusste, wie grausam die Welt sein konnte. Sie wusste, dass Kriege nicht immer aus Kämpfen zwischen Soldaten auf Schlachtfeldern bestanden. Kriege wurden jeden Tag ausgefochten.

Es war Teil ihres Jobs, optimistisch zu bleiben, daran zu glauben, dass die Welt sich in Zukunft bessern würde. Aber das hier *war* die Zukunft.

»Sie wollen alles loswerden, was ihnen fremd ist«, sagte Rin. »Darum geht es hier.«

»Sie löschen alles aus«, sagte Mauve, die noch weiter in die Zukunft schaute. »Ich sehe, wie sich Fäden auflösen, millionenfach … und das nur durch dieses eine Feuer.« Ihr Blick wirkte müde, und ihre vollen Wangen senkten sich zu einem traurigen Ausdruck. »Dabei passiert so etwas nicht zum ersten Mal, wie es aussieht. Und ganz sicher nicht zum letzten Mal.«

Als Maynard schreiend zusammengebrochen war, hatte in Mr. Weathers' großen, schimmernden Augen kein Mitleid gelegen, sondern Mitgefühl. Er wusste, wie Maynard sich fühlte. Im Jahr

1926 gab es überall elektrisches Licht, um die Schatten zurückzudrängen. Und vor 1916 hatten die meisten nie einen Krieg erlebt. Aber dazwischen lagen Jahre, in denen die Welt beinahe zerfasert wäre, gerissen wäre wie ein abgenutzter Faden.

Und diese Zeit kam wieder. Nein. Nein, das durfte nicht die Zukunft sein, die Rins Familie bevorstand. Sie würde es ändern. Adrenalin rauschte ihr durch die Adern; sie schluckte die Angst hinunter und ballte die Fäuste. »Wir müssen etwas tun«, sagte Rin. Aber was? Was konnten sie unternehmen?

»Selbst wenn wir diese Bücherverbrennung verhindern«, sagte Mauve, deren Blicke sich in den Flammen und dem Rauch verloren, »passiert in ein paar Tagen in Hamburg die nächste, und während wir ein Feuer nach dem anderen zu löschen versuchen, verpassen wir den Krieg. Wir müssen den Krieg verhindern, dann passiert das alles hier auch nicht.« Rin hatte Mühe, dieser Logik zu folgen. Sie mussten den Krieg verhindern, um die Scheiterhaufen zu löschen, doch wie sollten sie den Krieg aufhalten, wenn sie nichts gegen die Scheiterhaufen unternahmen?

»Aber wir müssen es versuchen. Vielleicht kommt dann jemand auf die Idee, auf uns zu schießen, aber wir könnten …«

»Rin!«, sagte Odette. »Die Bücher brennen schon. Und wir sind umzingelt.«

»Aber was denn dann?«, fragte Rin.

»Komm uns nicht mit diesem Tonfall«, sagte Mauve.

»Tut mir leid«, sagte Rin.

»Ich gehe hier keinen Schritt weiter«, sagte Mauve. Sie versuchte, die nähere Umgebung und die Zukunft zugleich zu überblicken. »Draußen am Stadtrand passieren noch schlimmere Dinge … Ich will das nicht mehr sehen. Wir müssen hier weg. Es ist viel zu gefährlich.«

Sie rührten sich nicht von der Stelle.

Mauve und Rin legten die Hände ineinander. Odette ließ mit

großen, ängstlichen Augen ihre Blicke über die jubelnde Menge schweifen. Sie schüttelte den Kopf, wieder und wieder; sie konnte gar nicht mehr aufhören.

Rin legte einen Arm um Odette und zog sie an sich, gab ihr Halt in einem Meer von fanatischen Menschen. Sie legte die Wange an ihre.

Die einzige Möglichkeit, dem Wahnsinn zu entkommen, war ein Zeitsprung. Sie waren von allen Seiten umzingelt. Standen dicht an dicht mit den Fremden, deren Körperwärme sich mit der Hitze des Feuers mischte.

»Sie sind glücklich«, flüsterte Odette. »Sie finden das gut. Ich schaue ihnen in die Augen und kann genau sehen, dass sie nicht das Böse in Person sind, sondern ganz normale Menschen. Warum tun sie das hier? *Warum?*«

Auch das Böse hat Augen. Auch das Böse hat Wangen, Lippen, Ohren, hat kitzlige Füße, Festtagstraditionen und ein Lieblingslied. Das Böse ist menschlich. Das Böse schaut einem offen ins Gesicht, während es zuschlägt. Viele ergreifen liebend gern die Gelegenheit, etwas Böses zu tun, wenn sie keine Konsequenzen fürchten müssen.

Rin entdeckte in den Gesichtern der Menschen eine Erinnerung, die nichts mit Bücherverbrennungen zu tun hatte oder mit dem gewaltigen surrenden Dunkel. Nein, es war ein kleinerer Schatten, aber dicht und hässlich. Der Circus King – er war nicht hier, aber damals hatte er ihr in die Augen gesehen. *Du bist mitschuldig!* Und Flammen schlugen aus einem Riesenrad.

Und ihre sterbende Mutter …

»Rin?«, sagte Odette.

Sie sahen Asche aus den Flammen aufsteigen, in den Rauch, der die Sterne verhüllte.

*Kannst du wirklich alles bewirken?*, hatte Jo gefragt. *Könntest du auch machen, dass es den Krieg nicht gegeben hätte?*

»Wir sollten fürs Erste nach Hause«, sagte Rin.

»Fürs Erste«, sagte Mauve.

Inzwischen waren Rin, Mauve und Odette den Leuten aufgefallen. Sie waren anders, und sie jubelten nicht mit. Die Meute konnte sie wittern, wie ein Wolfsrudel einen Hund wittern würde. Dann waren die drei Frauen verschwunden, so plötzlich, wie sie gekommen waren.

Am Maßstab von Raum und Zeit gemessen, sind selbst Sparks winzige Kreaturen.

# 16

## RINGMASTER, 1926

Am Morgen, nachdem Rins Mutter gestorben war, drehte die Welt sich weiter. Ihre Mutter blieb tot, daran war nichts zu ändern. Es gab Dinge, die erledigt werden mussten. Aber Rin hatte reglos dagesessen, wie in der vergangenen Nacht stecken geblieben.

Rin war in der Trauer versunken, die sich in den Augen ihrer sterbenden Mutter gespiegelt hatte. Bis zuletzt hatte ihre Mutter versucht, sich aus dem Bett zu hieven, mit großen, blutunterlaufenen Augen dem Tod davonzulaufen, weil sie jemanden wiederfinden wollte, dem sie nie wieder nah sein zu können glaubte.

Aber Rin war ihr wieder nah gewesen. Sie hatte ihre Mutter fest im Arm gehalten, und es hatte nichts genützt. Eine Mutter zu sein war mutig: Es bedeutete, sich das Lebenslicht aus dem Brustkorb zu reißen und es in einem anderen Körper frei in ein eigenes Leben hinausgehen zu lassen. Und dieses Licht hatte Rin schon lange vor diesem Tag mit sich fortgenommen und ausgelöscht.

Wenn sie gekonnt hätte, dann hätte Rin für ihre Mutter die Erde sich rückwärts drehen lassen. Sie hätte die Zeit mit beiden Händen gepackt und gewürgt und für immer stillstehen lassen, nur damit ihre Mutter nicht sterben musste. Aber sie konnte nichts dagegen tun.

Eine Leiche ist unheimlich. Ohne die Seele erschlafft und erstarrt der Körper.

Ihre Mutter hatte all die Lieder und Gebete mit ins Grab genommen und die Antworten auf all die Fragen, die Rin ihr nicht hatte stellen können. Ihr Davidstern war verloren gegangen. Rins Mutter war tot. Und es würden noch sehr viele andere Menschen sterben. Rin hatte die brennenden Bücher gesehen, die Asche gerochen, den Jubel der Menge gehört – wie konnten Menschen jubeln, während andere starben? Wie sollte der Zirkus weiterexistieren, wenn ihnen die Apokalypse bevorstand?

Sie sah den Faden in die Vergangenheit und in die Zukunft, sah, dass er blutrot gefärbt war vom Tod, der hinter ihr lag, und den vielen Toden, die noch kommen würden. Rin wollte nach diesem Faden greifen, wollte ihre Mutter am Handgelenk packen und ziehen und zerren, sie an die Oberfläche hieven, und dann …

»Rin«, sagte Odette im Begleitwagen, in der Gegenwart, aus weiter Ferne.

Der Raum verschwamm vor ihren Augen.

Nein.

»Rin. Bleib hier«, sagte Odette. Genauso, wie Rin Odette im Schlaf auf die Seite drehte, wenn Odette zu schnarchen anfing – ein fürsorglicher Reflex.

Rin war nicht in der Vergangenheit, nicht in dem kalten Sterbezimmer. Sie konnte den Faden sehen, aber sie war nicht dort. Nicht springen, Rin. Sie spürte, wie sie leicht wurde, schwebte, spürte den Rausch des … nein. Spring nicht. Bleib.

Rin berührte ihr Handgelenk. Da war kein Armband, jetzt nicht.

Rin konzentrierte sich und richtete den Blick auf Odette, die vor dem Spiegel saß und ihre Haare frisierte. Rin saß auf dem Bett, in dem Hemd vom vergangenen Abend.

»Es geht schon«, sagte Rin.

»Bleib auf dem Boden, meine Süße«, sagte Odette. »Nicht, dass du mir wieder abhaust.«

Ihr Hemd roch nach Rauch. Es war mit einer sehr realen Zukunft in Berührung gekommen.

Nein. Nein, die Gegenwart. Komm schon, Rin.

Durch das Fenster drang die Morgendämmerung, und Rin sah sich im Begleitwagen um. Die staubigen Strahlen des Sonnenaufgangs tränkten den Raum mit ihrem Licht. Es war der Sommer des Jahres 1926, sechs Uhr morgens, und sie leitete einen Wanderzirkus.

Da sie Pyromantiker in der Truppe hatten, brauchten sie keinen Löschwaggon mehr. Deshalb hatten sie den Wagen mit hölzernen Bodendielen ausgestattet (gut, weiter so, schön konzentrieren), mit soliden, praktischen Eichenholzmöbeln, hübschen Spitzenvorhängen und einem Sammelsurium von Andenken, Geschenken aus einem gemeinsamen Eheleben voller Abenteuer. Es war ihr Schutzraum, ihr gemeinsamer Schutzraum.

*Das* war ihr Zuhause: Odette. Der Begleitwagen. An diesem Punkt war sie in ihrer Lebensgeschichte. Ihre Mutter war seit Jahren tot. Der Krieg hatte noch nicht begonnen. Aber Odette war bei ihr, im Heute.

Sie waren gleich alt, aber während Odette wie ein Schmetterling tanzte, humpelte Rin wie ein alter Hund. Ihr Körper trug die Spuren der vielen zusätzlichen Tage, die sie in die Winkel ihres Lebens zwängte. Selbst jetzt fühlte sie sich überfordert, hin- und hergerissen zwischen dem Zirkus, dem Sterbebett ihrer Mutter, Berlin.

Für viele der Sparks hier im Zug hatte das Leben begonnen, als sie sich dem Zirkus anschlossen. Für Rin und Odette, als sie einander kennenlernten.

Rin stand auf und strich Odette das Haar aus der Stirn. Eine sanfte Geste, wie der Flügelschlag eines Kolibris. Odettes Augen funkelten wie zwei Galaxien.

»Meine Süße«, sagte Odette mit einem warmen Lächeln. Sie nahm mit ihren Handschuhen Rins Hand. Drückte sie fest, um ihr Halt zu geben. »Ohne Schlaf kannst du keinen Zirkus leiten. Ich kann heute mit den Küken proben, und du ruhst dich aus.«

»Lass mal«, sagte Rin. »Das ist mein Job, und du hast schon einen. Ich muss schließlich was tun für mein Geld.«

Sie trat zur Tür. Odette griff nach ihrem Handgelenk, ganz sanft nur. Rin blieb stehen, und Odette schaute zu ihr auf. »Das liebe ich an dir, weißt du, deine Sturheit und deine Stärke«, sagte sie. »Aber du musst überhaupt nichts. Die letzten Tage … die ganze letzte Woche war hart. Das mit dem Krieg und mit dem Circus King …«

Das reichte jetzt aber. Sein Name brannte wie ein Feuer in ihr, als wäre sie ein Drache. Sie wollte das nicht mehr fühlen. Und sie wollte den Rauch nicht mehr riechen. Rin schob ihre müden Knochen zur Tür und griff nach ihrem samtenen Mantel. Auch der roch nach Rauch, also hängte sie ihn wieder an den Haken. Fürs Erste. »Ich kann ja über Mittag schlafen«, sagte sie. »Ich helfe nur den Kids auf die Sprünge, dann komme ich wieder, was meinst du?«

Odette seufzte. »Als würdest du dich aufhalten lassen.« Dann schob sie nach: »Es tut mir leid, ich hätte ihn nicht erwähnen sollen.«

»Das ist schon in Ordnung«, sagte Rin. »Alles gut. Es liegt nicht an dir. Ich liebe dich. Du bist der einzige Lichtblick in diesem ganzen Elend.«

Odette drückte ihr noch einmal die Hand. »Du auch.«

*Sie lügt*, höhnte Rins innere Stimme. *Wofür sollte man dich wohl lieben? Wofür hat sie sich entschuldigt? Du manipulierst sie, machst ihr Schuldgefühle, schau sie dir an und dann schau dich an …*

Nein, nicht heute. Rin blickte hinaus, sah die Sonne auf den gerade erwachenden Zirkus scheinen.

Heute begann für Jo und Charles Reed ein neues Leben.

# 17

## RINGMASTER, 1926

Lawrence, Kansas, hatte mit Bismarck Grove einen der größten Festplätze der Region.

Rin mochte diesen Ort. Hier gastierte der Zirkus häufig. Es gab zwei andere Optionen: Woodland Park und das Gelände der Highschool. In Woodland Park waren keine Schwarzen zugelassen, und die Highschool stand in einem Wohnviertel, so dass es keinen Fluchtweg gegeben hätte, wenn dort jemand beschloss, keine Sparks zu mögen. Abgesehen davon, dass Lawrence insgesamt als Zentrum der Abstinenzbewegung für »Außenseiter« ein gefährlicher Ort war.

Aber Bismarck Grove war schön. Einige Jahre zuvor hatte ein Spark das Stück Land gekauft und den Festplatz in seiner alten Schönheit wiederhergerichtet. Bismarck Grove war ein Zeitgenosse des Zirkus und mit ihm herangewachsen; das schuf eine Verbindung. Das Gelände lag zwei Meilen nördlich des Stadtkerns, von der Hauptstraße aus geradewegs über den Fluss, nur einen kurzen Fußmarsch oder eine Fahrt mit dem Fahrrad entfernt. Aber fern genug, um im Notfall verschwinden zu können, und dicht an der Eisenbahnstrecke. Rin und Co. fühlten sich dort wohl.

Der Zug stand auf einem Gleis parallel zur Budengasse. So bildeten die Waggons eine zweite Reihe hinter den bunt bemalten Ständen. Am Anfang der Gasse war das Kassenhäuschen und an seinem Ende das Chapiteau mit dem Proben- und Garderobenzelt dahinter. Rin konnte schon von weitem den Sirup und die geschmolzene Butter in der Kantine riechen.

Sie schaute die Gasse hinunter und sah, dass das Hauptzelt schon aufgebaut war. Maynard erledigte das immer vor Sonnenaufgang, damit es den Anwohnerinnen und Anwohnern mehr wie Magie vorkam und weniger wie harte Arbeit.

Die weißen Flaggen am Hauptmast des Chapiteaus flatterten vor einem blauen Himmel. Farben waren hier in Lawrence noch etwas Neues. Ein blauer Himmel bedeutete hell aufflackernde Freude. Frisch gemähtes Gras kontrastierte mit den braungrauen Wegen.

In einem Zirkus verlebten viele den schönsten Tag ihres Lebens.

Und Rin erwachte dort jeden Morgen.

Mr. Calliope spielte sich vor dem Hauptzelt für seinen Auftritt warm, und Maynard kam gerade aus der Sideshow und hängte den Hammer wieder in seinen Werkzeuggürtel. Er schien mit den Aufbauarbeiten fertig zu sein.

Ein Wanderzirkus im Mittleren Westen war etwas Besonderes. Das Herzland Amerikas war voller eintöniger Felder und staubiger Straßen, dazwischen schlammige Flussläufe und ölverschmierte Schienen. In den Wohnstuben der hölzernen Häuser standen oft billige alte Möbel mit Klöppelkissen. Nicht unbequem für die, denen die Couch nicht zu klein war, die zu den violetten Blumen auf den Tapeten und den Fliegengittertüren vor den langen Veranden passten. Aber hin und wieder gab es Ausnahmen wie Jo und Charles, die in der Prärie geboren waren und dort nie heimisch wurden. Sie waren zu laut, nahmen zu viel Raum ein, sahen anders aus. Solche Menschen fühlten sich eher zwischen den grellbunten Plakaten und der Zeltleinwand zu Hause.

Sie alle brauchten diesen Zirkus. Jetzt musste Ringmaster nur noch dafür sorgen, dass er ihnen erhalten blieb.

*Viel Glück, wenn du nicht einmal den Krieg verhindern kannst.*

Hier und heute war der Krieg nur eine ferne Drohung. Er war

noch nicht real. Also drängte sie den Gedanken zurück. Sie konnte als Zirkusdirektorin nichts erreichen, wenn sie den ganzen Tag an kommendes Unheil dachte. Es würde sie verrückt machen, sie könnte nicht arbeiten, und ihre Truppe zählte auf sie.

*Auch du wirst sterben, genau wie sie,* zischelte die Stimme. *Oder auch nicht, wenn du richtig Pech hast.*

Jo Reed wartete schon, die Beine und Arme überkreuzt, und warf verstohlene Blicke auf die Budengasse, die vermutlich unbeeindruckt oder gelangweilt wirken sollten. Aber Rin wusste, dass Jo für die Magie empfänglich war, die dieser Ort verströmte, genau wie sie.

»Guten Morgen!«, sagte Rin, blieb vor Jo stehen und schob die Hände in die Hosentaschen. Sie hatte die Ärmel hochgekrempelt, das Hemd weit genug zugeknöpft, dass es anständig aussah, aber doch so, dass ihre Schlüsselbeine frische Luft bekamen, die Hosenträger lässig darüber. Auf dem Gelände trug sie von morgens bis abends Stiefel, weil sie gelernt hatte, dass es in Stiefeln halb so schlimm war, in alles Mögliche reinzutreten, und dass es die Hosenbeine schonte. Außerdem hatte sie gelernt, frischen Schwung in ihre Stimme zu legen und ein breites Lächeln aufzusetzen, wenn sie anderen das Gefühl geben wollte, sie hätte nie schlechte Laune, oder wenn sie innere Abgründe vor ihnen verbergen wollte.

Rin sog genüsslich die Luft ein; Sirup und Butter umschmeichelten ihr die Nase. Na also – so schlimm konnte es alles nicht sein, denn es gab noch immer Pfannkuchen.

»Morgen«, sagte Jo. »Du grinst so. Was gibt's da zu grinsen?«

»Heute ist euer erster Tag hier im Zirkus«, sagte Rin.

»Und warum freut *dich* das?«, fragte Jo. »Was hat das mit dir zu tun?«

»Ich weiß eben, was dich alles erwartet«, sagte Rin. Und plötzlich zog sich ihr Magen zusammen. Ja, sie wusste genau, was der kleinen Jo bevorstand.

Hör auf damit, hör auf.

»Warum riechst du nach Rauch?«, fragte Jo.

»Wo ist dein Bruder?«, fragte Rin und unterdrückte ein Frösteln. Und im selben Moment sprang Charles wie ein Golden Retriever in die Budengasse und knöpfte sich im Laufen das Hemd zu.

»Hier! Anwesend!«, rief er.

Also marschierten sie gemeinsam die Gasse hinunter, die zwei Straßenkinder einen Schritt hinter Rin.

Eine stille Sonnenexplosion in den Kronen der Bäume am Rand des Platzes brachte den Morgen zum Leuchten. Rin schaute sich nach Jo und Charles um, die dicht beisammenblieben und sich Mühe gaben, von dem emsigen Treiben, dessen Teil sie bald werden würden, nicht überwältigt zu wirken. Jo war besonders davon fasziniert, wie die Maynard-Hilfsarbeiter perfekt synchron das Garderobenzelt aufbauten. Das stete Gehämmer tat Rin in den Ohren weh.

»Ich habe super geschlafen!«, sagte Charles. »Es hat sich angefühlt, als wären wir geflogen.«

»Guck doch mal«, flüsterte Jo ihm zu und zeigte auf die Maynards.

»Und?«

Die Arbeiter hämmerten rhythmisch abwechselnd auf einen Bodenanker. »Die sind alle ein und derselbe.« Identische Männer mit grünen Augen, starken Armen und leuchtend rotem Haar, in braungrünen Hosen und schmutzigen braunen Stiefeln.

»Das stimmt«, sagte Rin. »Sie sind alle Maynard.«

Rin hatte Maynard bei ihrer ersten Auktion kennengelernt. Sein bisheriger Arbeitgeber hatte Konkurs gemacht und musste seine Ausrüstung verkaufen. Das war normal: Ein Zirkus ging bankrott, und ein anderer verleibte sich seine Überreste ein. Maynard hatte nach der Auktion geholfen, das Zelt einzupacken, und Rin hatte ihm – genauer gesagt allen Maynards – einen Job angeboten.

Er hatte das Angebot angenommen, und seitdem verdiente er besser als alle anderen mit seinen vielen Vielfachen und der vielen Arbeit, die sie täglich verrichten konnten, um den Zirkus am Laufen zu halten.

»Hey!«, herrschte ein Maynard die anderen an. »Was habt ihr Pappnasen mit diesem Mast gemacht? Der ist nicht gerade!«

»Ich war das nicht«, sagte ein anderer mit einer leiseren, freundlicheren Stimme. »Komm, wir versuchen's noch mal. Behalt die Absegelung im Auge.«

»Er *ist* gerade!«, sagte ein weiterer Maynard genervt. »Es ist alles bestens!«

Da richtete sich wieder ein anderer Maynard langsam auf und stieß einen lauten Pfiff aus. Alle anderen rannten auf ihn zu und prallten mit ihm zusammen, bis er nur noch einer war. Maynard stapfte davon, als wäre nichts gewesen, und würdigte Rin und die Geschwister keines Blickes. Nicht weil er irgendetwas gegen sie hatte, wie Rin sich in Erinnerung rufen musste, sondern weil er sie vermutlich einfach nicht bemerkte.

Maynard war ein Zirkusmensch der alten Schule, und Rin wusste, dass er sie immer noch als Frischling ansah, als Überläuferin aus dem Theater, obwohl Mauve, Odette und sie seit über einem halben Jahrzehnt in der Branche waren. Aber gemessen an der reichen Tradition dieser Kunstform wog ihre jahrelange Erfahrung verschwindend wenig. Maynard schnaubte verächtlich über Rins fehlende Zirkusvokabeln, spuckte Kautabak aus, wenn sie übervorsichtige Entscheidungen traf, und wusste am besten von allen, dass dieses ganze Unternehmen ohne ihn vor die Hunde gehen würde.

»'n Morgen, Ringmaster«, sagte Maynard nun doch und tippte sich im Vorübergehen an die Mütze. Sie sah ein blaues Licht über sein Gesicht flackern – ein Traum, dabei war sie wach. Sie sollte wirklich mehr schlafen.

»Wow«, flüsterte Jo und sah ihm nach.

»Sein Spark ist die Multiplikation«, sagte Rin, um sich in die Gegenwart zurückzuversetzen.

»Wie macht er das?«, fragte Jo.

Rin zuckte die Schultern. »Wie lässt du mit den Händen Bilder erscheinen? Wie kannst du Geschosse aufhalten, Charles? Kommt, gehen wir ins Chapiteau.« Sie setzte ihr breites Zirkuslächeln auf und wies ihnen den Weg.

Im Inneren des riesigen Zelts hing jede Menge Staub, obwohl Maynard es erst vor gut einer Stunde errichtet hatte. Außer dem Geisterlicht brannte nur eine einzige Arbeitsleuchte, und Tina probte in der Manege als Elefant ihre Choreographie.

»Also gibt es *doch* Tiere im Zirkus«, sagte Charles mit vor Begeisterung bebender Stimme.

»Nein«, sagte Rin, »aber Gestaltwandler. Menschen können sich dafür entscheiden, bei uns mitzuarbeiten; Tiere nicht.«

Tina sprang auf eins ihrer Postamente und schmolz allmählich von der Elefantenform in ihre paillettenbesetzte, quirlige, sinnliche Menschenform zurück. Aus dem Rüssel wurde eine niedliche Stupsnase, die graue Haut wurde rosig, breite Brust und Baumstammbeine verwandelten sich in ein kurvenreiches Renaissancegemälde. Sie trug ein Trikot und ein gefiedertes Cape und winkte Rin und den Jugendlichen zu. »Ringmaster! Na, hallöchen! Wer sind denn die beiden Butterblumen?«, rief sie mit ihrem breiten Südstaatenakzent.

Tina kam ihnen entgegengetrabt, und Jo fragte Rin: »Dann ist sie … alle Tiere?«

»Genau. Darf ich vorstellen, Die Wandelnde Menagerie«, sagte Rin. »Guten Morgen, Tina!«

Tina strahlte über beide sommersprossigen Wangen. Dieselben rosigen Wangen, die sie noch am Tag ihres Todes haben würde.

»Guten Morgen«, sagte Tina, blieb stehen und streckte Charles die Hand entgegen.

»Ich heiße Charles, Ma'am«, sagte Charles, nahm seine ausgeblichene Mütze vom Kopf und vergaß, ihr die Hand zu schütteln. »Das hier ist Jo, meine Schwester.«

Wie schaffte Mauve es, ruhig zu bleiben, wenn sie wusste, was ihnen allen bevorstand?

»Dann seid ihr wohl Zwillinge?«, fragte Tina. »Wen von euch darf man in Brand setzen? Das wollen wir nicht durcheinanderbringen.«

»Das wäre dann ich, Ma'am.«

»Du?« Tina stieg über den Manegenrand und kam näher. Sie sah selbst barfuß nach einer Hauptattraktion aus. Weil sie eine war. »Na hör mal, Kleiner, du siehst aber nicht alt genug aus, um mit dem Feuer zu spielen.«

»Wir sind wohl alt genug, Ma'am«, log Charles. »Wir werden zwanzig, im März.«

»Jetzt ist Juni, Herzchen.«

»Kannst du dich in alle Tiere verwandeln?«, fragte Jo.

»In jedes, aber immer nur eins auf einmal«, sagte Tina. »Das war 'ne Überraschung für meinen Ex-Mann, als der Spark kam und er auf einmal zwei Hunde hatte statt einem. Und dann hatte ich nicht mehr einen, sondern null Ehemänner!« Tina lachte über diese Erinnerung. Jo warf Rin einen Hilfe suchenden Blick zu.

»Ich zeige unseren Frischlingen nur gerade das Hauptzelt«, sagte Rin. »Stören wir dich?«

»Nein, nein«, sagte Tina. »Ich wollte bloß die neue Position für den Handstand einmal ausprobieren. Ich glaube, jetzt hab ich's. Aber das wollte ich mir vor Ort anschauen, nicht im Probenzelt. Dann überlasse ich euch mal die Manege.«

»Schönen Tag, du Prachtmensch«, sagte Rin, und Tina trabte davon. Rin ließ das leere Chapiteau auf sich wirken. Selbst wenn es dort still war, konnte sie es immer klingen hören, als hallten die Musik und die Magie noch nach.

Hier musste sie nichts und niemanden fürchten. Rin versuchte, tief durchzuatmen. Es blieb noch Zeit, um Tina und die anderen zu retten; es musste niemand sterben.

Da war hinter ihr ein zartes Hupen zu hören, und ein winziges Clown-Auto tuckerte durch den Haupteingang des Chapiteaus.

Charles schüttelte sich. »Ich kann Clowns nicht leiden.«

»Sei still!«, mahnte Jo.

»Schlechte Clowns können wirklich gruselig sein«, gab Rin zu. »Aber talentierte Clowns – die sind eine Direktverbindung vom Publikum mitten ins Herz des Zirkus. Sie bringen einen zum Lachen, und das ist einer der schwierigsten Tricks für Zirkuskünstler wie uns.«

Das Auto, nicht größer als ein Spielzeug aus einer Cracker-Jack-Packung, hielt vor den dreien an, und die Tür ging auf. Rin beugte sich hinunter und grüßte Mr. und Mrs. Davidson. Ihr Fahrzeug war möbliert wie eine schicke Unterkunft in einem Flohzirkus. Mr. und Mrs. Davidson waren ein Ehepaar mit faltiger weißer Haut und roten Wangen. Sie stiegen aus und wuchsen. Das heißt, sie wurden fast so hoch wie der Hauptmast und füllten das Zelt wie Alice im Wunderland das Haus des weißen Kaninchens. Sie beugten sich herunter und streckten den Teenagern die Hände entgegen.

»Das sind aber echt große Clowns«, sagte Charles, und das Pärchen erkannte an seinem entsetzten Gesichtsausdruck, dass ihre Nummer nicht bei jedem ankam. Die Davidsons schrumpften wieder.

»Oh nein!«, sagte Mrs. Davidson, als die beiden eine alltagstaugliche Größe hatten. »Braucht ihr etwa die Manege?«

»Ja, genau«, sagte Rin. »Aber nur kurz, und Tina ist schon fertig. Nur fünf Minuten noch, dann gehört sie euch.«

»Die Frischlinge!« Mr. Davidson lachte tief aus dem Bauch heraus. »Schön, euch kennenzulernen. Ich bin Oscar, und das hier ist die Liebe meines Lebens, noch dieselbe Schönheit wie vor fünfzig Jahren. Susan.« Er drückte sie an sich.

»Oscar!«, protestierte Susan Davidson lachend und wurde rot. »Außerdem sind wir seit 48 Jahren verheiratet, Schatz, nicht seit fünfzig.«

»Fünfzig«, beharrte Oscar. »Ich zähle ab dem Tag, wo wir uns kennengelernt haben.« Er drückte ihr einen dicken Kuss auf die Wange. »Ich hab sie zu unserem Lieblingssong über die Tanzfläche gescheucht ohne Ende.«

Mrs. Davidson kicherte, und sie stiegen wieder in ihr Auto und fuhren winkend davon.

»Also«, sagte Charles, »das mochte ich jetzt nicht so.«

»Fünfzig Jahre«, sagte Jo, die dem Auto nachsah. »Das ist ganz schön lange.« Aber sie sagte es ernsthaft, nicht spöttisch. Als wäre es etwas Besonderes.

»Na dann«, sagte Rin, stellte sich auf den Rand der Manege und stemmte die Hände in die Taschen. »Seid ihr bereit für ein paar Vokabeln?«

»Wir haben beide die Schule abgebrochen«, sagte Jo. »Können wir nicht lieber unsere Sparks einsetzen?«

»Als Zirkuskünstlerin muss man seinen Arbeitsplatz kennen.« Rin tippte mit der Hacke gegen den Zeh ihres Standbeins. Sie wies mit großer Geste in die Runde. »Das hier ist unser Chapiteau. Das da draußen war die Budengasse. Da arbeiten die Bonbonschieber. Und wir haben eine Sideshow, aber die ist familienfreundlich, ganz anders als anderswo. Es ist mehr wie ein Spaßkabinett. Aber ihr seid nicht in der Budengasse, ihr arbeitet hier im Hauptzelt. Wir haben eine Manege. Manche Zirkusse haben drei Manegen, aber wir nur diese eine.« Sie beschrieb mit dem Arm einen Kreis. »Die Einfassung drumherum ist die Piste.« Rin stampfte auf der Holzeinfassung auf. »Außerhalb davon verläuft unsere Reitbahn. Ihr steht gerade drauf. Sie geht einmal rund um die Manege, seht ihr?« Sie zeigte auf den breiten Außenring zwischen der Manege und den Zuschauertribünen. »Auf dieser Bahn zeigen wir die Eröffnungsparade, Zwischenspiele und das Finale. Die Eröffnungsparade ist so was wie ein Vorgeschmack auf alles, was danach kommt, eine Ouvertüre.«

Sie wies auf die Tribünen, schäbige, aber solide Holzkonstruktionen wie am Rand eines Baseballfelds. »Und das ist das Gradin, da sitzen die Zuschauerinnen. Manchmal nennen Zirkusleute ihre Besucher Gadjos. Tut das nicht. Sie sitzen rund um die Manege, also müsst ihr euch drehen und für alle spielen, egal, wo sie sitzen.«

Jo nickte. »Warum habt ihr nur eine Manege, wenn andere drei haben?«

»In drei Manegen passiert viel auf einmal«, sagte Rin. »Das wird leicht chaotisch. Bei uns herrscht schon in einer genug Chaos.«

»Klingt lustig«, sagte Jo trocken. Oder meinte sie es ernst? Das konnte man bei Teenagern nie wissen.

Rin sprang von der Piste hinunter. Charles beobachtete sie, als wäre er Jos Bodyguard. Rin gab den Geschwistern mehr Raum. Dann sagte sie: »Damit ein Gesamtkunstwerk wie ein Zirkus funktioniert, braucht es einen Jargon, gemeinsame Traditionen, dumme alte Gebräuche aus dummen alten überlieferten Geschichten. Durch sie wird das Ganze größer als seine einzelnen Teile. Deshalb versammeln wir uns vor jeder Aufführung zu einem Energiekreis, deshalb lassen wir nachts das Geisterlicht brennen – falls wir spät noch dort arbeiten müssen, aber auch aus dem Aberglauben heraus, dass es wandelnde Geister fernhält. Verstanden?«

Jo zuckte mit den Schultern und betrachtete die auf Rollen befestigte Holzleiste mit der Glühlampe daran. »Geisterlicht. Okay.« Es klang wieder nicht sarkastisch, sondern als wollte sie es sich einprägen.

Rin fragte sich, warum Jo keine schnippischen, geistreichen Antworten gab. Sie hätte es gekonnt – Jo war gerissen und sardonisch wie eine Hyäne, aber ein Teil von ihr schien etwas lernen zu wollen. Vielleicht redete Rin ja doch nicht gegen eine Wand.

»Seid ihr bereit für den Backstagebereich?«

Sie führte die Geschwister durch die »Gardine« in die dunkle Sattelgasse mit dem hinteren Zeltausgang am Ende. »Unser Portal«, sagte Rin. »Zum Betreten und Verlassen der Bühne.«

Sie schritten durch den Hinterausgang ins Freie. Die Morgensonne blendete Rin, wie wenn man ein Rollo hochzieht. Ihre Haut und der Sommer vertrugen sich gar nicht; spätestens im Juli war sie immer voller Sommersprossen. Und im Nacken erhitzte sich ihr Haar wie ein Ofen. Aber hinter dem Chapiteau wehte eine leichte Brise, selbst jetzt, wo die Kochplatten in der Kantine glühten.

Der Backstagebereich wirkte unter dem klaren blauen Kansas-Himmel unspektakulär, aber voller Leben. Alles eilte zum Frühstück in die Kantine, durch eine Dunstglocke aus Sirupduft, Schweiß, Perückenpuder, Kreide, Öl und Holz. Der Geruch von Bühnenmagie am Morgen.

Rin zeigte den Teenagern das Garderobenzelt, das Probenzelt und die Kantine, lauter weiße Zelte, die eine offene Fläche umstanden. Und durch all die Gerüche und Geräusche kamen und gingen die Sparks, ein phantastisch buntes Durcheinander.

»Lau Ming-Huá«, stellte Rin ihnen eine Artistin vor. Ming-Huá wirkte hin- und hergerissen, ob sie einen guten Platz in der Warteschlange der Kantine ergattern oder höflich plaudern sollte. Der Hunger gewann die Oberhand, und sie winkte mit einem abgelösten Arm, den sie unter dem anderen trug, ehe sie sich hinter Wally und Ford in die Schlange einreihte. Sie strich sich mit dem losen Arm das Haar aus der Stirn, wobei alle Finger einwandfrei funktionierten. Rin beobachtete Jo, wie sie sich zusammenreimte, was Ming-Huás Spark war.

»Sie ist außerdem dichterisch veranlagt«, sagte Rin. »Echt gut, ohne krampfhafte Reime. Ich verstehe nicht viel davon, aber sie hat ein Gedicht über einen Tornado geschrieben, das hat …«

»Hat dich echt umgehauen?«, sagte Jo.

»Wow«, meinte Charles.

Dann schwebte eine Horde junger Männer im Studentenalter an ihnen vorbei. Keiner von ihnen berührte mit den Füßen den Boden. (»Das sind Herb, Dom, Dyl, Dave, Wesley und Guy«, stellte Rin sie vor.) Sie studierten aber nicht, sondern waren aus ihrer Heimatstadt davongejagt worden. Inzwischen war etwas Zeit vergangen, und sie lachten wieder mehr.

»Und dey da drüben ist Jess.« Rin wies mit einem Nicken auf Die Gestaltwandler-Sensation. Jess prüfte gerade vor einem großen Spiegel die eigene Verwandlung von einem maskulinen zu einem femininen Äußeren. »Jess ist verdammt talentiert«, sagte Rin. »Dey reitet auf Tina. Die beiden haben eine umwerfende Pferdenummer choreographiert. Jess ist außerdem tolle Gesellschaft. Wenn du mal Karten spielen willst, frag einfach Jess nach Gin Rummy, und dey erklärt es dir stundenlang bis ins kleinste Detail.«

Jess winkte. Rin winkte zurück.

Auch Kell trat zwischen zwei Zelten hervor. Als er Charles Reed bemerkte, stolperte er und knallte mit einem Flügel gegen eine Stange. Er verbiss sich einen Aufschrei und nickte der Gruppe zu, als wäre nichts passiert. Charles nickte zurück, und ein leises Lächeln hellte sein junges Gesicht auf.

Rin lächelte ebenfalls. »Guten Morgen, Kell!«, rief sie. Kell nickte noch einmal und strebte auf die Essensschlange zu. Sein Blick war noch immer auf Charles gerichtet, und er prallte frontal gegen Mauve, die auf ihrem Weg in die andere Richtung leise vor sich hin sang und ein um ihre Haare geschlungenes Tuch gerade rückte. Sie trug einen Bademantel.

»Hey, nicht so eilig!«, sagte sie.

»Morgen, Mauve«, antwortete Kell betreten.

»Was macht dein Griesgram von einem Vater schon wieder?«

»Er holt Schlaf nach«, sagte Kell. »Er hat gesagt, du sollst ihn auf keinen Fall stören, und alles, was du vorhast, sollst du selbst auf die Reihe kriegen.«

Mauve streckte ihm die Zunge heraus und tänzelte weiter. Sie trällerte eine Melodie auf lauter Uuhs und Aahs. Es war wunderschön anzuhören.

»Wir sind ein kleiner Zirkus, aber keine Mud-Show«, sagte Rin. »Das sind Wanderzirkusse mit Pferdewagen, die nie länger gastieren als einen Nachmittag und Abend. Wir versuchen aber schon, nah an der Bahnstrecke zu bleiben, falls wir es doch mal beim Abschied eilig haben. Wir mögen es gar nicht, unsere Sachen durch die halbe Stadt schleppen zu müssen.«

»Passiert das öfter, dass uns jemand verfolgt?«, fragte Charles.

»Es gibt so manches in der Außenwelt, das uns nicht wohlgesinnt ist«, sagte Rin.

»Okay, also, ich hätte eine Frage«, sagte Jo. »Wie kommt es, dass der Sommer total verregnet ist, aber wenn ihr die Zelte aufbaut, bleibt es trocken?«

Rin zwinkerte ihr zu. »Es gibt da ein Mädchen, das aus einem Sanatorium geflohen ist und unsere Glücksspiele betreut.«

»Moment mal«, sagte Jo. »Ihr habt hier eine, die allen Ernstes das Wetter kontrollieren kann, und die hockt in der Losbude?«

»Genau genommen beim Entenangeln, aber ja«, sagte Rin. »Und sie kontrolliert nicht das Wetter. Sie kann Wasser in unterschiedliche Zustände versetzen, du weißt schon, fest, flüssig oder gasförmig. Sie begradigt auch immer gerne die Budengasse, damit alle kommen können, die nicht gut zu Fuß sind. Sonst hätten wir hier ein einziges Schlammbad. Aber sie ist unglücklich über ihren Spark, und sie mag nicht darüber reden, also versuch es besser gar nicht.«

»Wie heißt sie?«

»Sie nennt sich Esther«, sagte Rin. »Mehr hat sie uns nicht verraten, und ich hake nicht nach. Manche Geheimnisse sind nicht dazu da, dass wir sie lüften. Sie sind eine Station auf einer sehr persönlichen Reise. Das muss man dann respektieren. Also« – sie klatschte in die Hände –, »Zeit fürs Frühstück! Ein leerer Magen trainiert nicht gern. Holt euch ein paar Pfannkuchen.« Sie zog zwei Coupons aus der Tasche und gab sie ihnen.

»Her damit«, sagte Charles, und Jo reichte ihm ihren Zettel. Er lief los und stellte sich zu Kell in die Schlange. Jo schaute ihm schulterzuckend nach.

»Willst du gar nichts essen?«, fragte Rin.

»Charles holt es für uns beide ab«, sagte Jo. »Ich mag's nicht, von lauter Leuten herumgeschubst zu werden.«

Rin zog eine Augenbraue hoch. Aber sie bohrte nicht nach, sondern staunte nur, wie selbstverständlich Charles für seine Schwester da war. Sehr wahrscheinlich tat er das schon sein Leben lang.

»Er ist ein Guter«, sagte Rin.

»Tja, ich bin da parteiisch«, antwortete Jo. »Ist euer Koch ein Spark?«

»Ja«, sagte Rin.

»Und sein Spark ist, dass er gut kocht?«, fragte Jo amüsiert.

»Nein«, sagte Rin. »Cherry ist blitzschnell. Und dey legt großen Wert darauf, dass dey das Kochen von der Pike auf gelernt hat.«

Das war nicht übertrieben. Als Mr. Weathers und Kell neu dazugekommen waren, hatte Kell einmal gesagt, diese Spark-Kochkunst sei das Allergrößte. Cherry wuchtete deren massigen bronzenen Körper in einem Sekundenbruchteil vom Grill an Kells Tisch und bellte: »Wie bitte?! Ich war auf der Kochschule! Ich war schon gut, bevor irgendein oller Spark dazukam.«

Rin mochte Cherry, weil dey mit deren Spark um die halbe Welt hätte rennen können, sich aber stattdessen sagte: »Weißt du, was? Ich könnte ihn auch für etwas gebrauchen, was ich wirklich liebe.«

»Bist du sicher, dass du uns dabeihaben willst?«, fragte Jo jetzt.

»Was ist, wenn die Proben heute schlecht laufen? Werft ihr uns dann achtkantig raus?« Sie sagte es in einem spaßigen Tonfall, aber Rin hörte, dass echte Angst dahintersteckte.

Sie schüttelte den Kopf. »Hier wird überhaupt niemand rausgeworfen«, sagte sie. »Wir sind eine Familie.«

»Ich wüsste da die eine oder andere Familie, die genau das macht«, sagte Jo.

Rin schaute ihr in die Augen. »Diese hier nicht.«

Und fast wie aufs Stichwort grub sich eine riesige Pranke in Rins Schulter. Bernards Hände ließen die kräftige Rin wie ein zartes Elfchen wirken. »Wen haben wir denn hier? Einen Neuzugang?«

»Jo Reed«, sagte Rin. »Darf ich vorstellen, Bernard. Er ist Mauves Vater, und er ist unser Wachmann.«

»Gib mir die Pfote, Jo Reed. Sehr erfreut«, sagte Bernard und nahm Jos kleine Hand in seine große.

»Du bist riesig«, sagte Jo. »Ist das dein Spark?«

»Ich bin gar kein Spark«, sagte Bernard. »Bloß ein Unterstützer. Und ich kriege immer freien Eintritt.« Er lachte behaglich, dann stapfte auch er in Richtung Kantine. »Bis später, Spark-Mädels.«

Jo schaute ihm nach, dann wandte sie sich an Rin. »Ich traue netten Leuten nicht.«

»Ich auch nicht«, sagte Rin wahrheitsgemäß. »Aber Bernard schon.«

»Und vertraust du auch allen anderen hier?«, fragte Jo. »Das ist mir alles ein bisschen zu Friede-Freude-Eierkuchen, weißt du? Seid ihr so eine Art Sekte?«

Rin lächelte, aber nur halb, als hätten sich ihre Mundwinkel in ihren Ängsten verfangen. Sie musste hier allen vertrauen. Sie musste sich darauf verlassen, dass die anderen ihr vertrauten. Und vor allem musste sie glauben, dass sie alle anderen lebend hier rausbringen würde. Sie stupste Jo mit dem Ellbogen an. »Eine Sekte mit großartigem Frühstück.«

Charles kam mit einem großen Teller voller Bacon wieder. Auf zwei weiteren Streifen kaute er schon. Rin aß nie Bacon und hatte entsprechend wenig Bedarf, viel davon abzustauben. Aber sie konnte verstehen, dass einige Leute verrückt danach waren.

Charles gab Jo einen Stapel Pfannkuchen, den er wie eine zusammengerollte Zeitung in der anderen Hand trug. Sie verschlang ihn wie einen Hot Dog. Warum nicht.

Dann marschierten sie zum Probenzelt. Jo und Charles wollten beide hineingehen, aber Rin senkte ihren Arm wie eine Schranke. »Charles probt hier im Zelt mit unserer Bogenschützin Yvanna. Du, Fräulein Fingerfertig, gehst mit mir nach da drüben aufs Feld.«

»Na, das wird ja ein Spaß«, sagte Charles und tätschelte Jo den Rücken. »Viel Glück mit den ganzen Vokabeln.« Er ließ Jo und Rin stehen und verschwand im Zelt. »Guten Morgen, Ma'am«, hörte man ihn leicht gedämpft sagen. »Ich bin bereit für die Feuerprobe!«

Jo trat nervös von einem Fuß auf den anderen und hielt sich dicht am Eingang, als wären die beiden mit einem unsichtbaren Band miteinander verknüpft. Wann hatten sich die Geschwister wohl zuletzt getrennt?

»Keine Bange«, sagte Rin, »nachher, wenn ihr fertig seid, könnt ihr einander genau erzählen, wie die Proben waren.«

»Was?« Jo schreckte auf wie aus ihren Gedanken gerissen. »Oh, schon gut ... Ich mache mir nur Sorgen um ihn, weißt du? Er ist manchmal schüchtern.«

»Yvanna ist bestimmt eine gute Partnerin für ihn«, sagte Rin. »Und, wie ist es, wie gefällt dir der Zirkus?«

»Ist nicht schlecht«, sagte Jo. Aber ihre Augen verrieten sie; so groß wie Untertassen, sogen sie begierig das bunte Treiben in sich auf. »Ich meine, wenn man so was mag.«

Rin nahm eine Hand aus der Tasche und hielt sie ihr hin. »Na, dann legen wir mal los, oder?«, sagte sie.

# 18

## RINGMASTER, 1926

Das Feld lag etwas abseits des Zirkus mit seinem Durcheinander. Nichts als sattgrünes Gras und die sattgrünen Bäume, die das Gelände säumten. Es war ein guter Tag. Rin kannte Kansas bei jedem denkbaren Wetter, und der Sommer verwandelte die Gegend völlig. Im Winter war das Gras braun, waren die Äcker kahl. Aber im Sommer wogte ein Meer aus Grün.

Rin atmete die frische Luft ein. Das hier, diese weiten Flächen unter einem klaren Himmel, fern von den Küsten, fern von den Großstädten und von allem, was in Büchern und Filmen vorkam … das war ihr Zuhause, der Mittlere Westen.

Und sie, die Lady mit dem störrischen Haar, mit dem Hemd in der hoch geschnittenen schwarzen Hose, war bereit, ein kleines Mädchen mit stechend blauen Augen und einem blassblau verwaschenen Kleid in diesem Zuhause willkommen zu heißen. Sie waren ein Team.

»Also«, sagte Rin. »Heute Abend hast du deinen ersten Auftritt. Ich möchte mit dir die Illusionen einüben, die du später in der Manege vorführst. Aber noch wichtiger ist, dass wir an deiner Technik feilen.«

»Heute schon?«, fragte Jo.

»Du wolltest doch zum Zirkus, oder?«

»Ja«, sagte Jo zögernd. »Aber … ich bin gerade erst angekommen …« Ihre fordernde, sarkastische Fassade wich zunehmend leiseren, sanfteren Tönen. Ohne ihren Bruder wirkte Jo wie ein Reh auf der Wiese, das ungern so exponiert war.

Rin strich sich das dicke Haar hinter die Ohren und band es fest zusammen. »Am besten lernt man doch bei einem Sprung ins kalte Wasser«, sagte sie. »Ich habe schon gesehen, was du kannst, aber hier draußen werden wir deine Grenzen ausloten.« Jo schaute nur verwirrt. »Ich will herausfinden, welche Größenordnung dein Spark hat. Womit wir es zu tun haben.«

Jo sah sich unschlüssig um. »Es sind nicht immer bloß hübsche Bilder. Es kann ziemlich … krass sein.«

Rin wies auf das Feld hinaus. »Schön, dann schauen wir uns das doch mal an, ja? Ich nenne dir einen Begriff, und du lässt etwas erscheinen, in Ordnung?«

Jos schwarzes, strohiges Haar sträubte sich im Wind, und sie schien zu zögern. Aber dann trat sie vor. Sie hob die Hände wie vor einem Kampf. Sie sah aus, als wollte sie etwas zerlegen, etwas einreißen, einen Feind abwehren, den nur sie allein sehen konnte.

»Wo kommt dein Spark eigentlich her?«, fragte Rin. »Jetzt gerade, meine ich, wenn du kurz davor bist, ihn einzusetzen.«

»Das weiß keiner, wo die Sparks herkommen«, sagte Jo.

»Nein«, sagte Rin. »Es ist wichtig, seinen Spark kennenzulernen. Ich meinte, wo dein Spark in deinem Inneren herkommt. Meiner kommt aus dem Bauch und dem Rückgrat. Mauve spürt ihren im Kopf. Odette hat ihn in den Händen. Wo kommt also bei dir die Energie her?«

»Ich wusste gar nicht, dass das so eine Wissenschaft ist.«

»Es weiß niemand, was es ist«, sagte Rin. »Jetzt hör auf zu mauern und sag mir, wo du ihn spürst.«

Jo atmete mit zusammengebissenen Zähnen ein paarmal durch die Nase und überlegte.

Sie wusste, wo ihr Spark herkam, da war Rin sich sicher. Aber nicht, ob sie es preisgeben sollte.

»Im Herzen«, sagte Jo leise.

Jo schienen ihre eigenen Gefühle zu überraschen. Aber nicht Rin. Sie erkannte sich in diesen zusammengebissenen Zähnen, dieser Verschlossenheit wieder.

Sie war selbst eine junge Frau gewesen, die mit zusammengebissenen, knirschenden Zähnen am Rand eines Friedhofs stand, auf dem sie soeben ihren Namen zurückgelassen hatte.

So allein wie sie damals sollte sich nie wieder irgendjemand fühlen.

Rin schaute zu, wie Jo ihre Füße auf der fetten, dunklen Erde schräg voreinanderstellte. Wie sie sich auf das Gras konzentrierte.

»Fertig?«, fragte Rin.

Jo nickte.

»Okay«, sagte Rin. »Der Begriff lautet ›Zuhause‹.«

Jo schloss die Augen.

Licht platzte aus ihr heraus.

Eine glimmernde Flutwelle aus Sternenstaub und Sonne quoll ihr aus der Seele und strömte aus ihren Händen in die Welt. Sie war wie ein zweiter Sonnenaufgang.

Rin fühlte einen Hauch von Wärme an sich vorüberwehen und ihr das Haar durchwühlen. Sie verhielt sich ganz still.

Das Feld verwandelte sich in ein kaltes, dunkles Zimmer. Die beiden standen jetzt in einem hölzernen Farmhaus.

Vor ihnen saßen zwei Kinder auf der Treppe nach oben, ein Junge und ein Mädchen, und beobachteten die Haustür. Ein anderes, viel älteres Kind war auch da, ein Jugendlicher, der sich in der Küche zu schaffen machte.

Mehrere Jahre lagen zwischen den Kindern und ihrem älteren Bruder, und ihre Anzahl bestimmte darüber, wer in den Tod gehen und wer zu Hause überleben würde.

Rin beobachtete die kindliche Jo auf der Treppe, die ihre nackten Fußspitzen nach innen drehte. Das kalte, splittrige Holz machte kein Geräusch, als der ältere Junge seine Tasche nahm, seine Mütze aufsetzte und das Haus verließ.

Es hatte sich nichts verändert. Ob damals oder heute, es blieb alles gleich. Sie konnte nichts anderes tun, als stumm zuzuschauen, wie ihr Bruder fortging.

Rin spürte eine Regung in sich, etwas Dunkles, Anschwellendes, als wäre sie diejenige, der diese Erinnerung gehörte. Das Zimmer bebte. Die Schatten wurden zu düsteren, bedrohlichen Fremden. Die Bodendielen zerschmolzen, und Rin fiel und fiel mit einem jähen Aufschrei. Alles, was sie nie wieder hatte fühlen wollen, strahlte aus jeder Pore, schlängelte sich ihr wie ein Gift ins Herz, schoss hervor wie scharfe Munition. Angst. Trauer. So viel Trauer. Zorn. Es war so unfair. Was war das für ein Gott, der ihren Bruder umbrachte?

Bruder? Aber Rin hatte gar keinen.

Sie fühlte Panik in sich aufsteigen. Das alles gehörte nicht zu ihr. Die Trauer war nicht ihre. Sie befand sich nicht in ihrem eigenen Kopf.

»Jo!«, rief Ringmaster. »Konzentrier dich! Grenz es ein!«

Jo erschrak beim Klang ihrer Stimme und zuckte zurück. Das brach den Bann, und Rin konnte den Boden unter ihren Füßen, ihrem Steißbein, ihren Händen spüren. Erde, taufeuchtes Gras. Alles andere war eine Illusion, nicht real.

Jo ließ die Hände sinken, und die Bilder verschwanden. Rin lag noch da, wo sie hingestürzt war. Es war weg. Es war ein böser Traum gewesen. Aber es hatte sich so echt angefühlt.

Sie kannte diese Verwirrung von früher. Kannte sie von … *ihm*. Dem Circus King.

Jo war machtvoll. *Gefährlich*, sagte eine innere Stimme. Und Rin spürte den Drang, sich abzuschotten, ihren Körper zu verlassen, sich taub zu stellen.

»Es tut mir so leid!« Jo stürzte auf sie zu.

Nein, nein, Jo konnte nichts dafür. Rin durfte sich ihr nicht versperren und sie alleine lassen. Nach allem, was sie gerade gesehen hatte, war Jo schon viel zu lange einsam.

Jo schaute Ringmaster mit tränennassen Augen erschrocken an. Sie war noch ein Kind, und sie gab sich Mühe. Dann brach Jo in Tränen aus und sank in die Knie.

Sie konnten nicht beide weinen. Eine von ihnen musste aufstehen. Musste weitermachen.

Jo war noch ein Kind.

*Er war auch anfangs noch ein Kind.*

Aber Rin war erwachsen. Also stand sie auf.

»Ich ... Es tut mir so leid. Ich bin ein Monster.« Jo zitterten die Hände. Ihr liefen die Tränen herunter wie seit Jahren nicht mehr. Sie wirkte alt genug, um nicht wie ein Kleinkind zwischen den Schluchzern nach Luft zu schnappen, und ihr Spark konnte ein ganzes Feld verschwinden lassen. Aber sie bebte am ganzen Körper.

»Du bist kein Monster«, sagte Rin. Sie rückte ihre Hosenträger zurecht, krempelte die Ärmel hoch. »Du kannst es nur nicht gut kontrollieren, das ist alles. Wenn dein Spark aus deinem Herzen kommt, trägst du sehr viel Schmerz mit dir herum. Diese Bilder ...« Sie unterbrach sich. Am liebsten wäre sie weggelaufen. Das alles kam ihr viel zu bekannt vor. Ihr Zirkus war ein guter Ort, ein freundlicher Ort. Ganz anders als das hier. Das erinnerte sie an die grauenhaften Nummern in den mitternachtsschwarzen Zelten, die ihnen auf den Fersen waren.

Und wenn Rin Jo jetzt im Stich ließ, dann würde das Mädchen genau dort enden. Oder noch schlimmer. Rin begriff, dass das blaue Leuchten im Krieg nicht das Einzige war, das Jo vernichten konnte.

»Diese Bilder waren Bilder der Angst«, sagte Rin. »Du bist kein Monster. Du bist Monstern begegnet.«

Jo wischte sich ihre Nase am Ärmel ab. Sie war so ein kleines, dürres Ding, wie abgenagt und in die Ecke geworfen. Sie war zu jung, um allein zurechtzukommen.

Aber jetzt war sie schließlich auch nicht mehr allein.

Rin legte Jo eine Hand auf die Schulter. »Versuch's noch mal«, sagte sie. »Aber diesmal ohne die Angst.«

»Also soll ich meinen Spark lieber dämpfen?«, fragte Jo enttäuscht.

»Nein, nein«, sagte Rin. »Ich möchte, dass du seine freudige Seite erkundest. Was ist das Positive an dem Begriff Zuhause? Schau nach den schönen Gedanken.«

»Alles klar, Tinkerbell«, schnaubte Jo und grinste schon wieder ein wenig mit trockenen Wangen, aber geröteten Augen.

»Du kennst also *Peter Pan*«, sagte Rin. »Prima, und ja, genau wie es Tinkerbell sagen würde. Was sind deine schönen Gedanken? Was lässt dich fliegen?«

Jo schloss die Augen. Rin erwartete die nächste Salve Spott, aber die kam nicht. Jo erdete sich, indem sie die Füße schulterbreit auseinanderstellte. Sie hob den Kopf. Öffnete die Lider ein wenig. Dann hob sie die Hände.

Aus ihren Fingerspitzen strömten Lila- und Blautöne, Wolken und schneebedeckte Gipfel. Kleine Jungen kletterten auf einer fernen Insel auf Bäume, dazu war Flötenmusik zu hören. Hoch über ihnen flogen ein Junge und ein Mädchen durch die Lüfte, beschrieben Seite an Seite große Loopings, tanzten miteinander.

Rin und Jo sahen ehrfürchtig zu, wie die Bilder immer weiterwuchsen, bis in den Himmel hinauf, als hätte der Wind sie gemalt, und jetzt standen sie ihnen genauso deutlich vor Augen, wie sie Jo damals beim Lesen vor sich gesehen hatte. Sie waren wie Musik, wie eine Klaviermelodie klingt, wenn die Welt noch jung und intakt ist.

Der Anblick der durch die Luft schwebenden Kinder erinnerte Rin daran, wie es sich anfühlte, jemandem zu vertrauen.

Dann verschwanden sie. Verwehten wie der Rauch einer Kerze am offenen Fenster. Ringmaster starrte völlig überrumpelt in die leere Luft.

Jo schloss langsam ihre Hände zu Fäusten, dann wischte sie sich die Handflächen an ihrem Kleid ab. »Tja, so in etwa«, sagte sie.

Ringmaster blinzelte, als wäre sie aus einem Traum erwacht. »Wow«, sagte sie. »Ich konnte das Meer riechen. Das ist das zweite Mal, dass du einen Ozean hast erscheinen lassen. Du bist aber nie am Meer gewesen, oder?«

»Ach, bloß weil ich aus dem Mittleren Westen bin, soll ich nie am Meer gewesen sein, ja?«, fragte Jo. »Ja, nein, ich bin da wirklich noch nie gewesen.«

»Woher weißt du dann, wie es riecht?«

»Ich habe einen Frühlingsregen genommen und ihn mit Salzwasser vermischt und mit dem Modergeruch von vermoosten Tümpeln.« Jo zuckte mit den Schultern.

»Tu das nicht so ab«, sagte Rin. »Das war wunderschön, Jo. Das war ... «

»M-m-m-magisch!«, trällerte Jo und vollführte dabei einen kleinen Schütteltanz.

Rin gluckste. »Das«, sagte sie, »warst du.«

Jo erstarrte. Etwas nahm ihr die Luft, als hätte Rin ihr ein Messer in die Rippen gerammt. Aber sie überspielte es. »Sicher«, sagte sie und bohrte die Spitze ihres abgelaufenen schwarzen Schuhs in die Erde. Dann sagte sie: »Das Zweite handelte sogar auch von der Farm. Nur von ihren guten Seiten. Charles und ich haben draußen auf den Feldern Peter Pan gespielt. Es war schön da ... in Marceline. Ich vermisse es heute. Ich meine ... es ist alles Marceline, das Gute wie das Schlechte. So wie ich auch beides bin. Ich kann das Meer sein, aber ich kann eben auch die anderen, schrecklichen Sachen sein, oder?«

»Du kannst selbst entscheiden, wer du sein willst«, sagte Rin.

»Na ja, ich glaube, so einfach ist das nicht«, erwiderte Jo. »Ich kann nicht einfach sagen: ›Hey, ich wär gerne Babe Ruth‹, und dann – Pling!«

»Aber du vermisst Marceline, obwohl dort traurige Dinge passiert sind«, sagte Rin.

Jo überlegte. »Es war mein Zuhause. Und … ist es heute noch.« Jo rieb sich die Augen. »Ich glaube, das bleibt vielleicht immer so.«

Rin wartete, bis Jo ihr in die Augen sah. Dann sagte sie: »Willst du jemand sein, der anderen Gutes tut? Willst du in meinem Zirkus auftreten?«

Jo nickte. Ihr strähniger Pony wippte, ihr Kiefer und ihr Blick verrieten Entschlossenheit. Gut so.

Rin strich ihr über den Rücken und schaute mit ihr zum Zirkus hinüber, der jenseits des Feldes von der aufsteigenden Sonne beschienen wurde. »Abgemacht«, sagte sie und wischte sich den Schweiß von der Stirn. »Dann hast du heute Abend Premiere. Als Die Traumweberin.«

# 19

## EDWARD, 1917

Edward konnte Ruth jeden Wunsch erfüllen. Wie auch immer sie sich ihr Leben ausmalte, er brauchte bloß hinter den Kulissen ein paar Weichen zu stellen, und schon wurde alles wahr. Er war ein Traumerfüller. Er besaß einen VIP-Ausweis für alle Bereiche des Lebens, mit Zugang zu den schönsten Hotels, den besten Restaurants, den teuersten Geschenken. Er überschüttete Ruth, und sie lebten in luxuriöser Anonymität. Sie waren allein, aber ihr gemeinsames Leben war exquisit.

»Ich will nirgends zu lange bleiben«, sagte Ruth. »Ich will reisen, das ganze Land erkunden!«

»Wie du wünschst«, sagte Edward.

Sie strahlte wie ein Leuchtfeuer, und er war ihr Fels in der Brandung.

Aber dieser Fels zu sein war nicht einfach. Ruth stand immer im Vordergrund, war immer diejenige, die zu allen nett war, die mit den Kellnern scherzte und der die Chauffeure die Hand reichen wollten. Edward blieb außen vor; er wusste nicht, wie man andere zum Lachen brachte. Und wie sehr Ruth ihn auch liebte, sie konnte es ihm nicht vermitteln.

Manchmal streifte Edward ziellos durch irgendeine Stadt in Ohio oder ein Kaff in Kentucky, in das es sie gerade verschlagen hatte. Oder er setzte sich in einen Park und beobachtete die Menschen rundum.

Irgendetwas trennte ihn von ihnen. Und er sehnte sich brennend nach einem Gefühl der Verbundenheit. Aber er musste daran denken, wie er als kleiner Junge einmal einen Ballon losgelassen hatte, der unaufhaltsam davonflog. Manche Dinge kommen nie wieder zurück, wenn man sie einmal loslässt. Edward hatte schon vor langer Zeit alles losgelassen bis auf sich selbst und Ruth.

Manchmal las er die Zeitung. Durchforschte Nischen und Winkel. Bemerkte andere, die auch einen Spark hatten, genau wie er. Die beobachtete er wie ein begieriger Zauberlehrling, der seinen Meister übertrumpfen möchte.

Manche hatten Sparks, die anderen Menschen nützten. Sie konnten heilen oder Blumen wachsen lassen. Andere hatten Sparks, die anderen schadeten. Sie konnten Körper zu Asche zerfallen lassen oder mit einem Schrei alle umstehenden Bäume fällen.

Oder Menschen ihren Willen aufzwingen.

Manchmal flüsterte er Fremden auf der Straße leise Befehle zu. »Ball die Fäuste«, »Lach laut los«, »Renn gegen den Baum da vorne.« Er experimentierte mit dem Druck der Zunge gegen den Gaumen, der Vibration seiner Lippen, aber immer heimlich.

Was, wenn er andere Sparks zu einer Art Bruderschaft zusammenbringen könnte? Sie dazu zwingen könnte, ihre Gaben für Ruth und ihn einzusetzen? Sie wären unbesiegbar, und es wäre herrlich, von Leuten umgeben zu sein, auf die er bauen konnte. Eine Familie, und zwar eine, die ihn nie im Stich ließ.

Eines sonnigen Wintertages spazierten Ruth und er gemeinsam durch einen Park. Sie wurden Zeugen, wie ein Spark einen Teich einfror, damit die Leute darauf Schlittschuh laufen konnten.

»Ich finde das ungerecht«, sagte Edward. »Manche Sparks sind gut und andere schlecht. Manche haben die Gabe, anderen Menschen die Knochen brechen, und manche können stattdessen Eislaufbahnen machen.«

»Das sehe ich anders«, sagte Ruth.

»Ach ja?«, sagte Edward.

Ruth zuckte mit den Schultern und wies auf den gefrorenen Teich. »Er kann Dinge gefrieren lassen«, sagte sie. »Das ist weder gut noch schlecht. Überleg doch mal. Er könnte die ganze Stadt vereisen. Er könnte Tresortüren kaputt frieren oder jemanden ermorden. Aber er hat beschlossen, eine Eislaufbahn zu machen. Bei mir ist es genauso. Ich könnte mich jederzeit in den Tresorraum einer Bank versetzen, aber ich tu's nicht.«

»Du hältst dich also für einen guten Menschen?«, fragte Edward.

Ruth schaute ihm in die Augen. »Ja, schon.«

Da kochte etwas in ihm hoch, etwas, das ihm selbst an die Knochen ging. Dieses selbstgefällige Lächeln, diese innere Ruhe, und dabei war sie ein Niemand. Sie war eine dumme Gans, die bloß das große Los gezogen hatte.

»Du bist kein guter Mensch«, knurrte er. »Du bist bloß irgendwer.«

Das Leuchten in Ruths Augen erlosch. Edward konnte zuschauen, wie sie in sich zusammensank.

Und er unternahm nichts dagegen.

Sie gingen weiter. Als ihnen eine Familie entgegenkam, die sich bei einem gemeinsamen Spaziergang am frisch gefallenen Schnee erfreute, kniff Edward die Lider zusammen.

Hochmut würde Ruth nur im Wege stehen.

Besser, jemand stutzte sie ein bisschen zurecht, jemand wie er, der sich um sie sorgte.

»Berühre einen der Eltern und eins ihrer Kinder da drüben«, sagte Edward. »Schick sie ans andere Ende der Welt.«

Ruth schaute sich nicht einmal nach ihm um. Es war, als wäre es ihre eigene Idee gewesen. Sie ging zielstrebig auf die Gruppe zu, berührte die Mutter und den kleinen Sohn und verschwand mit ihnen.

Als sie zurückkehrte, war sie allein.

Der Mann schrie los. Das kleine Mädchen heulte. »Bring uns hier weg«, befahl Edward. Und sie verschwanden.

Sie landeten in ihrem Hotelzimmer. Edward hob selbstzufrieden die Augenbrauen, als hätte er eine Wette gewonnen. »Ich schätze, du hast recht«, sagte er. »Du hast es selbst bewiesen.«

»Was?«, fragte Ruth und starrte entsetzt auf ihre Hände. Sie zitterte am ganzen Körper.

»Dass jeder Spark auch zu bösen Zwecken eingesetzt werden kann«, sagte Edward.

»Ich habe ... Ich weiß nicht, warum ich ...« Ruth brach in Tränen aus. »Ich muss sie zurückholen. Ich wollte überhaupt nichts beweisen. Oh mein Gott, es tut mir so leid ...«

»Spar dir die Mühe«, sagte Edward. »Bleib hier bei mir. Es wird alles gut.« Er zog sie an sich. Sie zitterte noch immer. »Was machen wir bloß mit dir, meine Kleine?«

Ruth schluchzte.

»Du bist kein bisschen besser als ich«, sagte Edward und strich ihr übers Haar. »Ich habe schon oft gesagt, dass ich dir bloß helfen will, aber du hältst dich für so viel klüger.« Er zog sanft an ihren Haaren, damit sie den Blick hob. »Und das bist du nicht.«

Nach einer Weile begann ihm Ruths Geflenne auf die Nerven zu gehen. Er wollte nicht, dass sie die Sache vergaß, aber mit den Tränen musste Schluss sein. Der Abend war noch jung. Also machte er ihrer Trauer ein Ende. Wie ein Künstler, der sein Meisterwerk vollendet, wischte er die Tränen weg, ließ aber die Molltöne in ihrem Herzen weiterklingen.

Beim Einschlafen hielt er sie im Arm, in dem Wissen, dass er die Zügel wieder fest in der Hand hielt. »Weißt du, Schatz, die Sache vorhin im Park – ich habe drüber nachgedacht. Du solltest besser keine philosophischen Diskussionen vom Zaun brechen, wenn du dein Temperament nicht im Griff hast.«

Ruth nickte, den Kopf auf seiner Brust gebettet.

»Ich tue alles, was du von mir willst«, sagte Edward. »Ich habe *dein* Leben zu *unserem* Leben gemacht. Was könnte ich ohne dich alles erreichen, Ruth? Hast du dich jemals gefragt, was *ich* mir wünsche?«

Ruth schwieg. Schließlich fragte sie leise: »Was wünschst du dir?«

Er wünschte sich, dass dieses Feuer in ihren Augen auch ihn zum Strahlen brachte. Dass sie ihm gab, was er brauchte, um nachts friedlich schlafen zu können. Er wollte, dass sie ihn froh machte. Ihn und nur ihn.

»Ich will, dass du mich liebst«, sagte er. »Bitte. Küss mich.«

Sie tat es.

Und die zwei Flüchtlinge schliefen ein.

# 20

## RINGMASTER, 1926

Mauve saß auf der Eingangstreppe ihres Waggons, als Rin nach ihr suchte, flickte ihr violettes Kostüm und sang vor sich hin. Der Rock hing ihr über die Strümpfe und Stiefel, und sie hatte sich vorgebeugt, um das schräg einfallende Tageslicht zu nutzen.

»Freut mich, dass die Probe gut gelaufen ist«, sagte Mauve, ehe Rin den Mund aufmachen konnte.

»Bringt es überhaupt noch was, mit dir zu reden, wenn du schon weißt, was ich …«

»Eigentlich nicht«, sagte Mauve; dann hob sie grinsend den Kopf. »Aber ich mag's, deine Stimme zu hören, also werde ich dich nicht daran hindern.« Dann prustete sie los. »Nein, ich habe keine Ahnung, was du mir sagen willst. So sehr ist mein Spark dann doch nicht gewachsen. Ich wollte dich nur foppen.« Mauve war so präsent, lebte ganz in der Gegenwart, statt vor und zurück und auf und ab durch die Zeit zu springen. Rin war neidisch darauf, wie mühelos sie sich erden konnte. Oder vielleicht sah es nur mühelos aus.

Rin war so müde. Sie wusste noch, wie sie in jüngeren Jahren stundenlang proben konnte und nach ein paar Minuten Schlaf auf einer Pritsche wieder fit war. Jetzt tat ihr jeder Quadratzentimeter ihres Rückens weh. Wenn sie zu lange saß, begannen die Knie zu schmerzen. Und sie würde vor heute Abend noch schlafen müssen.

»Ist alles okay?«, fragte Mauve.

»Ist der Zirkus heute Abend sicher?«, fragte Rin leise. Sie wollte nicht aussprechen, vor wem; Mauve wusste, was sie meinte. Die gegenwärtige Gefahr. Schwarze Zelte, die näher und näher kamen, ihr wie ein kalter Schauder über das Rückgrat krochen. Die Frage hatte Rin schon den ganzen Morgen nicht in Ruhe gelassen. Diese Balanceakte waren aufreibend. Jetzt, wo Jo und Charles versorgt waren, konnte und musste sie sich mit dem Circus King befassen. Und wenn dann der Zirkus versorgt war, konnte sie an den Rest der Welt denken. Es gab Tage, da fühlte sie sich wie eine Dirigentin, der langsam die Arme lahm wurden, und die Coda war noch lange nicht in Sicht. In jeder Sektion des Orchesters mühten sich die Instrumente ihres Lebens vergeblich, die Kakophonie in Musik zu verwandeln.

Mauve schaute in die Luft, wie um nachzudenken; dann nickte sie. »Soweit ich sehen kann, ist der Zirkus heute Abend vor dem Circus King sicher«, sagte sie. »Allerdings sehe ich jenseits davon etwas anderes, eine Verdunklung oder einen Riss … das sieht eher nach einer internen Angelegenheit aus. Vielleicht wird sich jemand betrinken? Ich sehe Bilder von Körperteilen, ein Herz und ein Rückgrat … Aber das wird metaphorisch sein. Ich frage immer wieder, ob die Aufführung glattgeht, und die Antwort ist immer wieder Ja.«

»Hm, ein bisschen unheimlich, aber positiv, oder? Es stirbt doch niemand, oder?«

»Nein«, sagte Mauve. »Kein Tod in Sicht.«

Rin beugte sich zu ihr hinunter, damit niemand mithörte. Nicht dass irgendjemand in der Nähe gewesen wäre, aber Leute kamen und gingen, befestigten Aufbauten, trugen Requisiten vorüber, liefen zum Probenzelt und bandagierten dabei ihre Handgelenke. Es gehörten so viele Menschen zur Truppe, dass Rin lieber vorsichtig war. »Hat der Riss vielleicht mit dem … Krieg zu tun? Wir springen nachher noch mal, oder?«

»Ich soll dich von Odette daran erinnern, dass du dich vor der Aufführung ausruhen musst. Und du solltest den Eröffnungsabend in Lawrence genießen«, sagte Mauve und zog den Faden durch ihr Kostüm. »Danach können wir dann an die Zukunft denken. Also krieg dich ein, ich bin auch ohne deinen Alarmismus schon nervös genug.«

»Geht es dir nicht gut?«, fragte Rin.

»Doch, doch, es ist kein schlechter Tag; ich mache mir nur Sorgen«, sagte Mauve.

»Kann ich etwas für dich tun?«

»Ich brauche mehr Schlaf«, sagte Mauve. »Und du könntest mich daran erinnern, ausreichend zu trinken.«

»Wird gemacht.« Rin spürte, dass Mauve voller Energie war, aber darauf achtgab, sie knapp unter der Oberfläche brodeln zu lassen. Dass sie sich unter Kontrolle hatte. »Wie schaffst du es, so geerdet zu bleiben?«

Mauve grimassierte, ohne den Blick von ihrem Nähzeug zu heben. »Das bin ich gar nicht«, sagte sie. »Ich bin alles andere als geerdet. Manchmal schaue ich jemanden an und sehe, wie sie vor zehn Jahren aussah, oder ich sehe sie zehn Jahre in der Zukunft *und* erinnere mich an ein gutes Sandwich, das ich in drei Jahren essen werde. Und – was noch schlimmer ist – manchmal schaue ich jemanden an und weiß, wie dieser Jemand sterben wird. Ich bin nicht geerdet, Rin.«

Rin schaute zu, wie Mauves Hände ruhig die Nadel führten. »Du wirkst so gelassen«, sagte sie.

Mauve lachte leise. Dann schien sie zu zögern, ehe sie sagte: »Es ist nicht das erste Mal, dass die Welt brennt. Wenn ich mich jedes Mal aufregen würde, wenn es Krieg gibt, dann käme ich überhaupt nicht zu Atem. Weißt du noch, was im Sommer 1919 passiert ist?«

»Da haben wir den Zirkus gegründet«, sagte Rin.

»In Omaha wurde Will Brown gelyncht«, antwortete Mauve. »Und erinnerst du dich, was im Sommer 1921 war? Das Massaker in Tulsa. Weißt du, was hier jeden Tag passiert, seit die ersten Weißen den Kontinent betreten haben? Und was sonst überall auf der Welt passiert? Überall ist Leid. Der große Krieg – der war bloß ein Ausrutscher unter vielen. All der Schmerz, der Verlust – bloß ein Ausrutscher. Warum ist der Spark ausgerechnet dann entstanden? Warum nicht beim Sklavenaufstand von 1811? Beim Massaker von Wounded Knee? Warum nicht im Sommer 1919?«

Rin schüttelte den Kopf. »Keine Ahnung«, sagte sie. Mauve musste all das jeden Tag ertragen, es jeden Tag sehen. Dieser Schmerz war stets Teil ihres Lebens, und niemand, nicht einmal Odette, konnte ihn lindern.

Rin wusste nicht, was sie sagen sollte. Manche Formen von Schmerz kannte sie selbst, das surrende, pulsierende Dunkel, und manche andere würde sie nie erleben. Vielleicht gab es dazu gar nichts zu sagen. Also schwiegen sie beide. Mauve nähte, Rin atmete, und sie schauten zu, wie die Sonne unter den Horizont sank. Jenseits der Jahrmarktsattraktionen sprangen mit einem Klacken und Surren die Lichter der Budengasse an. Dank Boom Boom funktionierte der Generator. Die Gasse erglühte wie ein Volksfest, wie der Traum langer Sommernächte. Gelbe, rote und blaue Farbtupfer auf dem kobaltblauen Dämmerhimmel.

»Je länger wir unsere Sparks schon haben, desto stärker werden sie. Meine Gabe jedenfalls hat sich definitiv erweitert, seit wir beide uns kennen«, sagte Mauve. Sie unterbrach ihre Näharbeit und betrachtete die Rückseite der Budengasse. »Sogar seit wir bemerkt haben, dass sich dieser Krieg zusammenbraut. Seitdem ist sie *richtig* gewachsen. Wenn ich mich nicht voll auf unseren kleinen Kreis konzentriere, kann ich die ganze Welt schreien hören.«

»Wie schaffst du es bloß, nicht verrückt zu werden?«, fragte Rin.

»Was bleibt mir denn übrig, Rin?«, sagte Mauve. Sie wickelte sich zerstreut ihren Faden um den Zeigefinder. »Wenn dieser Krieg tatsächlich kommt, ist er sicher nicht der letzte. Und wenn er nicht kommt, wird ein anderer ausbrechen. Es wird immer Menschen geben, die andere auslöschen wollen, weil sie entweder Angst haben oder dumm oder böse sind oder alles zusammen.« Sie schnitt den Faden ab und vernähte das Ende. Legte die Nadel in ihr kleines Nähkästchen zurück. »Und wir leben einfach so weiter.«

»Wir können den Krieg gar nicht verhindern, oder?«, fragte Rin.

»Wenn doch«, sagte Mauve, »dann ist auch das nur ein Ausrutscher. Aber immerhin unserer, das ist doch was.« Sie rückte zur Seite, damit Rin sich zu ihr setzen konnte. Rin nahm die Einladung an. Die beiden saßen auf den Stufen des Waggons, wo Mauve unruhig herumrutschte und Rin sich mit den Unterarmen auf den Knien abstützte. Ihre Stiefel fühlten sich auf einmal so schwer an. Rin legte die Arme um Mauve, und Mauve erwiderte die Umarmung. Um sie her bereitete sich der Zirkus auf die Abendvorstellung vor. Die Zwischenräume zwischen den Jahrmarktsbuden waren groß genug, dass die beiden auf die Gasse hinausschauen konnten. Es waren schon einige Besucher aus dem Ort herübergekommen, um sich die Aufbauarbeiten anzusehen, und bildeten eine Warteschlange am Eingang. Artistinnen und Artisten liefen auf dem Gelände umher, und Mr. Calliope schlug einen ersten Akkord an. Sie lachten, neckten einander und vollführten letzte Aufwärmübungen. Das war das Schöne an diesem Zirkus: Sie brauchten ihre Zaubertricks nicht zu verbergen, denn die Magie war echt.

Kell tanzte mit Charles Reed, vor allen Leuten, denn hier war Geborgenheit, und hier war Hoffnung, und hier durfte man unter den sirrenden Lichtern der Budengasse sein, wer man war.

Es war bloß ein kleiner Ausrutscher, aber nicht sinnlos. Vielleicht hatte es doch seine Gründe, dass sie Tag für Tag alles gaben.

»Sie werden alle sterben, wenn wir den Krieg nicht verhindern«, sagte Rin.

»Ja«, sagte Mauve. »Aber wenn es wirklich dazu kommen sollte, haben wir immer noch den heutigen Abend. Und der hat es in sich.« Sie machte sich mit leuchtenden Augen aus Rins Umarmung los, nahm ihr Nähkästchen und stand auf. »Jo«, sagte sie, »wird einen umwerfenden Auftritt haben.«

# 21

## RINGMASTER, 1926

Und Jo hatte wirklich einen umwerfenden Auftritt.

»Also, Leute, fünf Minuten bis zum Vorhang!«, rief Maynard den im Backstagebereich versammelten Artisten zu. Die Flutlichter, die dort für ein sirrendes elektrisches Zwielicht sorgten, gingen aus und versetzten die Truppe in fiebrige Erwartung.

Aber je eher es begann, desto besser. Die Mücken waren brutal, und Rin juckte unter dem Samtmantel der ganze Rücken. Aus unerfindlichen Gründen wurde sie selten gestochen, aber wenn doch, war es die Hölle.

»Verstanden, fünf«, antwortete die Truppe.

»Energiekreis!«, rief Rin. »Komm schon, Tina, deine Frisur ist super. Los geht's, los geht's!«

Die ganze Truppe versammelte sich. Ihre Augen begannen, sich an die Dunkelheit zu gewöhnen, und sie gaben sich im Kreis die Hände. Als Rin Odettes Hand nahm, drückte die sie sanft mit dem Daumen. Rin erwiderte den Druck, aber es war nicht die Zeit, miteinander zu reden. Sie mussten die Show über die Bühne bringen.

Rin deklamierte: »In jedem Theater leben Geister.«

»Der Geist der Vergangenheit, der Gegenwart und der Zukunft«, ergänzten alle.

»Und heute Abend machen wir sie stolz!«, sagten sie zum Abschluss.

Und dann fanden sie alle mit einem leisen, tiefen Summen einen gemeinsamen Ton. Auch die, die nicht singen konnten. Sie hielten diesen Ton gemeinsam. Trotz der unterschiedlichen Wege, auf denen sie gekommen waren, fanden sie sich jetzt in derselben Geschichte wieder. Rin drückte erst Odettes Hand, dann Mauves, und wie immer schummelte sie ein bisschen, indem sie die Augen öffnete, um diesen Moment der Gemeinsamkeit sehen zu können.

Aber heute Abend bemerkte sie etwas ... *sah* sie etwas in der Mitte des Kreises.

Etwas, das dort noch nie gewesen war.

Einen Ball aus gelblichem Licht, der den Backstagebereich erhellte und dessen Strahlen über die versammelten Gesichter tanzten.

Er schwebte da, als hätte die Truppe ihn gemeinsam erschaffen.

Aber Rin ahnte, wo er herkam. Sie schaute zu Jo hinüber, die für die Aufführung ein Trikot und eine makellose Toga trug. Das Licht wurde so hell, dass alle die Augen öffneten, um es anzuschauen. Sie hatten keine Angst, sondern staunten.

Jo löste sich aus dem Kreis, und der Ball verschwand. Sie ließ die Schultern sinken und schaute entschuldigend und beschämt in die Runde. Aber Mr. Davidson und Agnes Gregor nahmen sie wieder an den Händen, und Mr. Davidson nickte ihr zu.

»Na dann, Kleine«, sagte Rin. »Zeig uns mal, was du draufhast.«

Jo, das zarte Piano-Solo im Orchester der Sparks, schaute in die Mitte des Kreises.

Sie summten wieder, und der Ball erschien. Ein Streichercrescendo. Ein Wummern der Schlaginstrumente ihrer Herzen.

Durch Jos Spark nahm ihre Verbindung in der Mitte des Kreises Gestalt an. Ein warmes Glühen, golden, hell und so magisch wie die Menschen in diesem Zirkus.

Rin lächelte. »Hals- und Beinbruch«, sagte sie.

Vier Minuten darauf tanzte im Chapiteau das pralle Leben.

Die Eröffnungsparade. Die Musik. Mauves perfekt geflicktes Kostüm und ihre perfekt treffsichere Stimme, mit der sie aus dem Zelthimmel die Eröffnungshymne sang. Odettes Akrobatiknummern. Agnes, die landwirtschaftliche Geräte in die Höhe stemmte. Mr. und Mrs. Davidson. Die Jongleure und schwebenden Akrobaten. Kell und Mr. Weathers. All ihre Namen wirbelten in einer schwindelerregenden Feier der Einbildungskraft durcheinander. Das Publikum jauchzte an den richtigen Stellen, schnappte nach Luft, als Jess beinahe von Tina herunterfiel, und applaudierte, als sich zeigte, dass das ein absichtlicher Trick gewesen war, der in einem Salto endete.

Dann wurde es Zeit für die Debütanten.

Rin verkündete: »Jetzt sehen Sie mit eigenen Augen eine Weltpremiere. Ja, Sie hier in Lawrence, Kansas, werden die Allerersten sein, die den Unzerstörbaren Teufel in Aktion erleben.«

Charles' Auftritt lief gut. Das hastig aus einem alten Feuerschutzvorhang geschneiderte Teufelskostüm ließ ihn ein klein wenig lächerlich wirken, und er hatte kein großes Showtalent, aber seine Fähigkeiten machten es wett, seine Haut, der Yvannas Feuerpfeile und Schwerter nichts anhaben konnten. Yvannas Spark bestand darin, dass ihr alles beim ersten Versuch perfekt glückte, aber auch nur beim ersten, so dass sie entweder ständig ihre Nummer verändern oder eine einzige Sache unermüdlich üben musste, bis die Routine einsetzte. Bei der Choreographie mit den Feuerpfeilen hatte sie sich für den mühsameren Weg entschieden, weil sie selbst für ihre Nummer brannte. Ihr feuriges Charisma beeindruckte das Publikum so sehr, dass es Charles' Schüchternheit ausglich, und wie Rin vermutet hatte, waren die beiden ein gutes Team. Yvanna hatte (beim ersten Versuch) einen Rollstuhl entworfen, der auf dem von Esther geglätteten Boden fahren konnte, und heute sauste sie mit ihrer üppigen Flammendekoration über die Piste am Manegenrand. Vor dem atemlosen Publikum entzündete sie einen ihrer Pfeile – »Das gibt dem Unzerstörbaren Teufel den Rest!«, tönte sie – und traf Charles mit einer auflodernden Flamme mitten in die Brust. Mit dem flammenden Kostüm und den brennenden Haaren sah er wie ein Phönix aus, wie ein Dämon. Ein echter Unzerstörbarer Teufel eben.

»Wir brauchen ein besseres Kostüm für ihn«, flüsterte Ringmaster Odette zu.

»Mach keinen Stress«, sagte Odette. »Das hat erst mal Zeit.«

Ringmaster atmete tief ein und langsam aus. Wenn sie jetzt anfing, die Einzelheiten der Nummer durchzugehen, wäre sie abgelenkt. Sie würde sich verhaspeln wie eine Pianistin, die mitten im Konzert merkt, dass ihr Stück aus lauter einzelnen Noten besteht, die sie Finger für Finger spielt.

Nach Charles trat Tina ohne Jess auf, um ihre gesamte innere Menagerie vorzuführen. Als Zwischenspiel bevölkerten Revuetänzer die Reitbahn.

Das Publikum war hingerissen. Im Lauf der Jahre hatte der Zirkus durch Versuch und Irrtum einen funktionierenden Rhythmus gefunden. Ringmaster hatte gelernt, die Geschichten und die Könnerschaft ihrer Truppe auszubalancieren, bis sich alles unter dem Licht der Scheinwerfer zu einem steten Auf und Ab der Begeisterung vereinte.

Ringmaster wurde warm unter ihrem Mantel, als sie mit dem Publikum zusammen für Tina und die Tänzer klatschte.

Es war perfekt.

»Heute erwartet Sie noch eine weitere Premiere!«, verkündete Rin. »Unser Orakel von Delphi, unsere Persephone der Illusionen, die Traumweberin!«

Das war kein korrekter mythologischer Bezug, aber ein bisschen Persephone ging immer. Der Suchscheinwerfer schwenkte von Ringmaster weg und in die Mitte der Manege, wo die zitternde Jo bereits ihren vorgesehenen Platz eingenommen hatte. Ringmaster hatte vorläufig festgelegt, dass Jo ihre Nummer mitten in der Mitte aufführen sollte, in der Hoffnung, dass alle Zuschauer etwas davon hätten. Man würde sehen, wie es lief, ob man sie vielleicht ein wenig umherlaufen lassen oder Spiegel installieren sollte …

Jo sah in ihrer weiten Toga aus wie die Göttin Hera zu Besuch auf Gatsbys Gartenparty. Ihre blauen Augen funkelten, und ihr schwarzes Haar rahmte ihr Gesicht in sanften Wellen ein. Es schien ihr unangenehm zu sein, dass diesem Kostüm jede Jungenhaftigkeit fehlte. Sie mussten etwas finden, in dem sie sich wohlfühlte, nahm Rin sich im Stillen vor.

*Komm schon, Kleine. Du schaffst das.*

Jo hob eine Hand und richtete den Blick auf die Tribünen. Ein Anflug von Angst huschte über ihr Gesicht, ein Ausdruck, den Rin nur zu gut kannte. Am liebsten wäre Rin hingelaufen, hätte Jo den Rücken getätschelt und gesagt, es sei alles in Ordnung, sie sei großartig.

Aber das ging jetzt nicht. Rin konnte nur den Atem anhalten und sich darauf einstellen, Jo mit einem erzählerischen Gerüst in die Spur zu helfen *(Unsere Traumweberin wird jetzt … und dann wird sie …)* – das tat sie öfter für neue Zirkusartisten, die noch vom Rampenlicht geblendet waren.

Aber der Anflug verschwand, und ein schelmisches Lächeln breitete sich auf dem Gesicht der jungen Frau aus. Alle schauten sie gebannt an, und sie konnte mit dieser Aufmerksamkeit anstellen, was sie wollte.

Jo war ein Naturtalent, wie sich im nächsten Moment herausstellen sollte. Sie trug Handschuhe mit Goldborten, und mit denen griff sie in die Luft, um Farben aus ihr herauszuholen. Mit Daumen und Zeigefinger packte sie zu und zog eine lange blaue Strähne zu sich herunter, als wollte sie aus dem Wind etwas weben. Sie ließ die Farbe kreisen. Ein Himmel. Ein kobaltblauer Himmel, wie er beim Sonnenuntergang ausgesehen hatte. Jo beschwor die Abendstimmung nach einem sommerlichen Baseballspiel herauf und ließ auch das Stakkato der Zikaden nicht fehlen.

Dann Grau. Das Grau vom Vorabend eines dichten Schneegestöbers. An den Himmel malte sie Berge. Es passierte so schnell. Sie war eine Meisterin ihrer Kunst.

In diesem Kind schlummerte eine Fülle. Sie sprudelte aus Jo hervor wie tiefblaue Tinte, und so viel auf einmal, als hätte es sich seit Jahren in ihr angesammelt, als hätte sie im Herzen neuen Stauraum anbauen müssen, um eines Tages die Welt damit zu überraschen. Und heute Abend kam das alles zutage, quoll und kräuselte sich, erfüllte das Zelt, den Atem aller seiner Insassen und all ihre Gedanken.

Und Rin durfte das alles miterleben.

Sie hatte sich so oft mit Mauve und Odette eine bessere Zukunft auszumalen versucht, und hier sah sie nun einen Abglanz ebendieser Zukunft. Sie war von Farben erfüllt, die Rin nie aufgefallen waren. Das stille, warme Rot im Umkreis eines Lagerfeuers. Es roch nach der frischen Wäsche, die eine füllige, freundliche Großmutter auf ihrem Bauch zusammenfaltete und in einen Weidenkorb legte. Diese zauberische Welt bestand ganz aus den weichen Decken eines liebevoll gemachten Bettes. Was Jo da schuf, war ein nie gekanntes, immer ersehntes Zuhause.

Ein Zuhause für Jo.

Pure Freude lag in jedem Zentimeter ihres Lächelns, und Jo strahlte wie ein Leuchtturm im Nebel. Rin kannte dieses Leuchten aus ihrer eigenen Seele, erkannte es wieder wie ein Lied, das man lange nicht gehört hat und von dem man doch gleich wieder den Text weiß. Ihr eigenes früheres Herz lag im Lächeln dieses Mädchens.

Rin musste sich zwingen, sich von Jos Auftritt zu lösen und auf das Publikum zu achten. Besonders auf einen jungen Mann in der ersten Reihe, der die Beherrschung verloren hatte und leise schluchzend das Schauspiel vor und über ihm mitverfolgte.

Es war genau das, was er hatte sehen müssen, im genau richtigen Moment.

★

»Hat es funktioniert?«, fragte Odette, als Rin zuschaute, wie die letzten Zuschauer gingen und Maynard die Sitzreihen fegte. Die Show war vorüber, und statt der bunten Farbscheinwerfer brannte jetzt die Arbeitsbeleuchtung. Ringmaster saß auf dem Holzrand der Manege, und Mauve saß schweigend daneben und trank Tee. Odette ließ sich neben die beiden plumpsen und wartete auf ihre Antwort.

Ringmaster schaute Mauve an, und Mauve trank den nächsten Schluck Tee und nickte.

»Er geht jetzt nach Hause«, sagte sie. »Die Waffe hat er im Hotelzimmer zurückgelassen.«

»Wird er sich mit seiner Freundin versöhnen? Werden sie es zusammen schaffen?«, fragte Ringmaster.

»Wer weiß?«, antwortete Mauve. »Aber zumindest haben sie jetzt wieder eine Chance.« Sie rieb an einem kleinen Klumpen Make-up, der ihr die Wimpern verklebte. »Habe ich ihn erwischt oder sehe ich jetzt aus, als hätte ich ein blaues Auge?«

Odette schaute nach. »Du hast ihn erwischt.«

Die drei Frauen lehnten sich aneinander und schauten sich tief atmend im leeren Hauptzelt um. Es hallte noch von Jubelrufen wider, den Geistern früherer Artisten, die Hunderte Male darin aufgetreten waren, und all derer, die noch kommen würden. Außerdem lagen überall Popcornbehälter.

»Uuuund?« Eine Stimme platzte in die andächtige Stille. Jo kam auf sie zugelaufen, wieder in Hemd und Hose statt in ihrer Toga. Charles folgte ihr in einigem Abstand; er wirkte aufgeregt und in Eile. Jo peitschte das strohige schwarze Haar ins Gesicht, als sie eifrig den Kopf hin und her wandte. »Der Ehrengast, ist der schon gegangen?«

Ringmaster nickte. »Er geht gerade nach Hause.«

»Dann kriege ich ihn gar nicht zu sehen?«, fragte Jo. »Ich habe mich so beeilt. Wer war er, ein Senator?«

»Oh mein Gott«, sagte Charles. »War es Charlie Chaplin?«

»Nein«, sagte Mauve. »Unser Ehrengast heißt Thomas. Er hat Kriegsdienst geleistet und dabei Berge und Sonnenuntergänge vergessen. Du hast ihn daran erinnert.«

Jo sah verwirrt aus. »*Der* war der Ehrengast?«

»Deine Bilder waren voller großartiger Details«, sagte Ringmaster geduldig. »Die Zikaden, die Schatten auf dem Schnee – solche Kleinigkeiten machen die Illusionen erst realistisch.« Sie bemerkte Charles' erwartungsvolle Blicke. »Charles, du hast von Kopf bis Fuß in Flammen gestanden und warst hinterher quicklebendig. Sehr eindrucksvoll.«

»Vielen Dank, Ma'am!«, freute sich Charles.

»Ja, danke«, sagte Jo und bohrte weiter. »Also ... sind die Ehrengäste ganz normale Leute? Der Zirkus hilft irgendwelchen ganz normalen Menschen?«

»Dazu sind wir da«, antwortete Ringmaster. »Thomas kann jetzt sein Leben weiterleben. Er kann sich in seiner Nachbarschaft engagieren, kann Kinder großziehen oder Bäume pflanzen. Wo ein schwarzer Abgrund aufgerissen wäre, entspringt stattdessen ein Impuls des Guten.« Sie stand auf und schaute Jo in die Augen, die zu ihr aufsah. »Du hast was geleistet, Kleine.«

»Sie ist eben ein Star!« Charles klopfte seiner Schwester voller Stolz auf die Schulter.

»Hör schon auf«, entgegnete Jo. »Also geht's hier um gute Impulse. Aber woher wusstet ihr, dass dieser Thomas einen nötig hatte?«

»Mauve ist diejenige, die immer unsere nächste Station plant«, erklärte Ringmaster. »Sie weist uns den Weg zu Menschen, die Licht in ihrem Leben brauchen. Und du, Jo, bist jetzt ein wichtiger Faktor in dieser Mission. Du kannst genau im richtigen Moment genau das Bild heraufbeschwören, das jemand braucht. Natürlich hat keiner von uns alles unter Kontrolle. Unsere Ehrengäste müssen immer noch selbst entscheiden, was sie tun. Aber wenn sie eine andere oder bessere Entscheidung fällen, kann das eine Menge ändern. Die Kunst kann durch einen einzigen schönen Augenblick viel mehr bewirken als jede Zwangsmaßnahme.« Ringmaster schaute Jo aufmerksam an. »Verstehst du?«

Jo sah verunsichert aus, aber sie hörte gut zu. Sie schüttelte den Kopf, wie um wieder zu sich zu kommen. Dann erwiderte sie Rins Blick. »Aye, Captain.«

Rin wurde sich schmerzhaft bewusst, dass sie eine Erwachsene war, zu der Jo als Jugendliche aufsah. Das war eine schwere Last, und sie war nicht sicher, ob sie sie tragen konnte.

Kell streckte den Kopf herein. »Charles?«, sagte er schüchtern.

Charles strahlte. »Ich gehe schon mal raus, Jo«, sagte er. »Ich warte aber auf dich, bevor ich irgendwelche Spiele ausprobiere, ja?«

Jo schaute ihm nach, dann wandte sie sich wieder den drei Frauen zu. »Und für wen wart ihr nach Omaha gekommen?«, fragte sie.

»Für dich«, sagte Mauve, ohne zu zögern.

Jo verzog das Gesicht. »Meinetwegen?«, fragte sie. »Nicht wegen Charles?«

»Wegen euch beiden«, sagte Odette. »Charles kann überall glücklich werden, wo du bist. Du bist in eurem kleinen Team der Leitstern, weißt du.«

»Ich bin nicht wichtig.«

»Jeder Mensch ist wichtig«, warf Rin ein. »Und dieser Zirkus braucht dich.«

Jo trat einen Schritt zurück und lachte nervös. »Schon klar«, sagte sie. »Eure dritte Nummer unten in Omaha war richtig lahm. Da fehlte dieser gewisse Zoom-Zoom-Wow-Faktor meiner Wenigkeit.« Sie wies mit großer Geste auf sich selbst, aber dann hielt sie inne und wandte sich langsam ab. »Keine Ahnung, warum ich das gesagt habe. Gute Nacht!« Sie rannte zum Zeltausgang und in das Lichtermeer der Budengasse. »Charles und Kell, wehe, ihr habt ohne mich angefangen, dann setzt's was!«

Sobald sie außer Hörweite war, prustete Rin los.

»Sie sind beide so niedlich«, sagte Odette ruhig und stützte Rin, als die sich wieder setzte. »Aber die Kleine hat viel durchgemacht, und sie ist nicht so robust wie ihr Bruder. Mit ihr müssen wir vorsichtig sein.«

»Das Ding ist doch, dass sie viel durchgemacht hat und trotzdem umwerfend ist.« Rin zupfte ihre Manschetten zurecht. »Mauve«, sagte sie. »Du hast mir gesagt, dass sie unser Ehrengast sein würde. Aber kein Wort davon, wie machtvoll ihr Spark ist.«

»Sorry«, sagte Mauve, der es offensichtlich kein bisschen leidtat. »Ich kann dir nicht alles erzählen. Du musst deine Entscheidungen aus der Gegenwart heraus treffen, sonst hätte ich zu viel Kontrolle über dich. Und das will ich nicht. Wir sind Freundinnen.«

»Du wusstest es selbst nicht, oder?«, sagte Rin trocken.

»Ich wusste es selbst nicht«, sagte Mauve.

»Müssen wir uns Sorgen machen, wenn sie mit ihrem Spark unser ganzes Zelt füllt?«, fragte Odette. Vor wenigen Stunden hatte sich Rin noch Sorgen gemacht, ob Jos Spark für die geplante Nummer ausreichen würde. Das kam ihr jetzt lächerlich vor. »Rin, du hast erzählt, sie hätte bei den Proben die Kontrolle verloren, und das sei ziemlich unschön gewesen.«

Mauve zuckte mit den Schultern. »Ich weiß nur, dass sie zu uns gehört.«

»Wo andere sich anpassen, stellt sie Dinge in Frage«, sagte Rin. »Sie ist wirklich tapfer. Und wenn ich mich nicht irre und Mauve auch nicht, brauchen wir sie genauso dringend wie umgekehrt.«

Mauve schwieg einen Moment. »Ich sehe Licht und Dunkelheit in ihr. Zwei sehr verschiedene Versionen der Zukunft. Aber so ist es letztlich bei uns allen, oder?«

»Sie ist willensstark«, sagte Rin. Sie hatte selbst mit einem Fuß im Licht und einem im Schatten leben müssen. Sie erinnerte sich an einen anderen Zirkuswaggon weit weg von hier, an Tränen auf der Schwelle, einen Koffer in der Hand.

*Schau dich bloß mal an. Glaubst du wirklich, ich hätte dich zu allem gezwungen, was du getan hast? Und wenn du mich verlässt und mir nicht mehr nah bist und dann Dinge tust, für die du dich schämst, wem willst du dann die Schuld in die Schuhe schieben, hm?*

Wem hatte sie die Schuld gegeben, als sie nach ihrer Flucht Diebstähle beging? Wem hatte sie die Schuld gegeben, als sie nicht aufhören konnte, Odette zurückzuweisen? Oder wenn sie in schlaflosen Nächten zur Flasche griff oder ihre Wut an anderen ausließ? Sie hatte ihn geschlagen. So viel Gewalt, so viel Rastlosigkeit steckten in ihr. All diese kleinen Momente vor ihrer Begegnung mit Odette, und danach auch noch …

Jo hatte nie Güte erfahren und war trotzdem zur Güte fähig. Also gab es für sie mehr Hoffnung, als es sie für Rin im selben Alter gegeben hatte.

»Das ist doch das Praktische an starken Menschen, dass sie selbst darüber bestimmen, wo es langgeht«, sagte Odette.

»Manchmal«, sagte Mauve, »aber nicht immer. In Jo schlummern eine Mordswut, ein loderndes Feuer.« Dann blinzelte sie und schaute mit zusammengekniffenen Lidern auf etwas, das Rin nicht sehen konnte. »Wir sollten loslegen.«

Odette strich sich das Haar zurück und stand auf. »Es wäre schon schön, mal eine Nacht an einem Stück zu durchleben.«

Rin schaltete das Geisterlicht an. Dann waren sie verschwunden.

# 22

## RINGMASTER, 1941

Rin, Mauve und Odette standen an einer Straßenecke und betrachteten die Häuserzeilen. An der Technik und Architektur war gleich zu erkennen, dass sie sich in der Zukunft befanden. Rin brauchte nicht einmal nach ihrem Armband zu tasten.

Und obwohl sie sich zeitlich mitten im Krieg befanden, schien dieses Stadtviertel von Rauch und Tod verschont zu bleiben. Die Häuser waren makellos und in Weiß oder in heiteren Farben gestrichen. Gepflegter sattgrüner Rasen grenzte an Gehwege aus unversehrtem Zement, auf denen Kinder spielten. Die Luft war so frisch und sauber wie in einem Traum. Eine Zukunft, die nach Seife und Flieder roch. Rin war sie sofort verdächtig.

»Sparks werden abgeholt«, flüsterte Mauve wie zur Erklärung dafür, dass es sie in diese stille, scheinbar friedliche Straße verschlagen hatte. »Menschen ohne Spark auch. Jeder, der unliebsam ist.«

»Wie, abgeholt?«

»Es heißt, hier würde ›gesäubert‹«, sagte Mauve. »Es heißt, es ginge dabei um ›Gesunderhaltung‹ und ›Reinheit‹.«

Ein schwarzer Kastenwagen näherte sich, dessen Motor leiser brummte als alles, was Rin aus ihrer Gegenwart kannte. Er tauchte am Ende der Straße auf und hielt vor einem hübschen weißen Haus mit blauen Verzierungen. Nebenan goss ein Mann seine Blumen, und gegenüber spielte eine Frau mit ihrem Kleinkind.

Rin hatte gedacht, bis hierhin hätte sich die Dunkelheit noch nicht ausgebreitet, aber jetzt fiel ihr auf, dass alle es vermieden, zu dem weiß-blauen Haus hinüberzusehen.

Es musste etwas Schlimmes darin wohnen.

»Wollen sie ein Kind mit einem Spark abholen?«, flüsterte Rin.

Mauve schüttelte den Kopf. »Nein.« Sie stand reglos und schweigend da. Die drei Frauen waren wie Schatten im Hintergrund - weit genug vom Geschehen entfernt, dass sie niemand beachtete, aber nah genug, dass sie alles mitverfolgen konnten.

Der Motor des schwarzen Kastenwagens verstummte. Aus der Nähe konnte Rin erkennen, dass die Ladefläche mit einer Plane überdacht war, fast wie ein Zirkuszelt. Im Führerhäuschen saßen zwei bewaffnete Soldaten. Sie stiegen aus und marschierten zur Haustür. Verschwanden im Gebäude. Fünf Minuten später kamen sie mit einer zweiköpfigen Familie mit Reisekoffern in den Händen wieder. Die kleine Tochter hielt eine Schneewittchenpuppe umklammert, und die Mutter trug unter ihrem Mantel ein Hauskleid, als hätten die Soldaten ihr Leben mitten in einem Satz unterbrochen, mitten in einem Atemzug, und sie hätten nicht einmal Zeit gehabt weiterzuatmen.

Die Soldaten waren keine Sparkfänger. Sie waren selbst noch Kinder, noch Jungs unter den steifen Uniformen. Rin bemerkte, dass die Frau und das Mädchen einen aufgenähten Davidstern an ihren Mänteln trugen.

Rin wurde flau. Etwas Bedrohliches mit gefletschten Zähnen lauerte hinter dem gelben Stoff dieser Sterne. Etwas Grauenhaftes lag davor, irgendwo die Straße hinunter, jenseits dieses Viertels mit den hübschen Häusern.

Der Davidstern hieß auf Hebräisch *Magen David. Magen* bedeutete Schutzschild. Aber hier war der Stern zu einer Zielscheibe geworden. Rin spürte ihn, den surrenden, pulsierenden Aufmarsch der Jahre.

Sie musste etwas tun. Aber was? Sie könnte die Familie in die folgende Woche versetzen. Sie könnte ... bei dem Versuch erschossen werden. Sie könnte sie in die fernere Zukunft bringen, wie einige andere, die im Zirkus ihre Hilfe erbeten hatten. Aber was war mit den Impfungen? Sie hatte keine Zeit, so etwas vorzubereiten. Sie könnte sie in ihre eigene Gegenwart mitnehmen ... könnte ... bei dem Versuch ihr eigenes und Odettes und Mauves Leben und das dieser kleinen Familie verlieren.

Die Nachbarn unternahmen nichts. Sie vermieden den Blickkontakt, als hätten sie nicht unbedingt mit diesem Besuch gerechnet, wären aber auch nicht besonders überrascht. Wenn diese Menschen wussten, was da vor sich ging und es dennoch derart reibungslos ablief, dann musste das schon millionenfach geschehen sein und würde auch weiterhin millionenfach geschehen. Es ging nicht nur um diese eine Familie.

Es ging um etwas Größeres, etwas, das Rin nicht überblicken konnte. Etwas so Großes, dass es für die Menschen in dieser Zeit schon wieder zum Alltag gehörte.

Rin hätte schwören können, dass die Mutter sie bemerkte, dass sie den drei Frauen ihren Blick zuwandte. Aber sie schaute nicht flehentlich, sondern als wäre ihr Blick bereits erloschen.

»Wo bringen die sie hin?«, flüsterte Rin Mauve zu.

Mauve schüttelte den Kopf. »Zwing mich nicht, dir das zu sagen.«

Mehr musste Rin nicht darüber wissen.

Und es ging nicht nur um diese beiden Menschen. Hätten die Soldaten geahnt, wer Rin war, dann hätten sie auch sie mitgenommen. Und Mauve und Odette. Keine von ihnen war hier sicher, keine würde geduldet werden.

Sie erinnerte sich an ihre Urgroßmutter, ihren ängstlichen Klammergriff um den Gehstock.

Sie erinnerte sich an das blaue Leuchten in dem vom Krieg zerstörten Gebäude. An Jos Gesicht ...

Rins Herz und ihre Kehle revoltierten gegen das, was war und was noch kommen würde; sie bekam keine Luft mehr. Sie hatte nicht ganz an diese Zukunft geglaubt, hatte nicht daran glauben *wollen.* Aber jetzt war sie hier und konnte die Zukunft sehen, hören, berühren ... und warum roch es so gut? Eine Katastrophe durfte nicht so adrett sein. Sie durfte nicht so lautlos sein, durfte überhaupt nicht passieren. Aber sie war nicht weniger real als der Zirkus, der nach Zuckerwatte und Schweiß roch und von Musik und Kinderstimmen widerhallte. Wie passten diese beiden Orte in ein und dieselbe Welt?

Nein, nein, Moment. Rin machte sich klar, dass alle diese Dinge nicht passieren *mussten.* Sie und ihre Freundinnen konnten das verhindern. Konnten diese schwarzen Kastenwagen gar nicht erst aufkommen lassen. Wofür hatte sie einen Spark?

»Wir werden das ändern«, sagte Rin zu Mauve und Odette, zum wahrscheinlich hundertsten Mal.

Die Worte klangen müde. Der Kampfschrei eines Truppführers, dessen Soldaten längst über den Haufen geschossen worden waren.

»Rin ...«

»Nein«, sagte Rin. »Wir können nicht nichts tun. Sag schon, wie können wir den Abtransport verhindern?« Rin war nicht zu bremsen. Wenn es ihre einzige Chance war, mitsamt dem Lastwagen nach Timbuktu zu springen, würde sie es tun.

»Wir könnten ein paar Jahre zurückreisen«, sagte Mauve. »Könnten die Familie warnen, falls sie auf uns hören. Die Mutter hat eine Cousine in London. Vielleicht können sie dorthin.« Sie wich zurück, als bäumte sich direkt vor ihr ein gewaltiges Tier auf. »So viele Fäden verlaufen an den Ort, wo auch diese Familie hingeht. Es sind so viele Menschen. Sie haben nicht alle Verwandte in London ...« Mauves Augen wurden immer größer.

Odette packte sie am Arm. »Mauve!«, sagte sie besorgt.

Mauve riss sich los und schüttelte den Kopf. »Wir ... können es versuchen.«

Das wäre zumindest mehr, als die Nachbarn unternommen hatten. Rin starrte auf den Kastenwagen, in dem die Frau und ihre Tochter verschwunden waren. Bloß weil er jetzt losfuhr, hieß das noch lange nicht, dass er das immer tun würde. Es war nicht die letzte Fassung.

Aber was half es, wenn sie hin und her sprang und sich einzelne Szenen anschaute wie eine Touristin? Die Zukunft war ein Schmuckkästchen voller Halsketten, die ineinander verschlungen waren, und bei jeder Berührung zogen sich die Knoten fester.

Der Kastenwagen fuhr davon.

Und die drei Frauen machten sich widerstrebend auf den Weg, nicht weniger entgeistert als das weiß-blaue Haus, das jetzt leer stand.

* * * * * * *

Einige Jahre davor waren in der Straße kaum Unterschiede zu bemerken. Rin und Odette und Mauve sahen staunend zu, wie das kleine Mädchen mit den Nachbarskindern spielte – wie an einem beliebigen Ferientag, an dem sich Kinder zu ihren Abenteuern zusammenfinden. Vielleicht gab es in der Nähe ein Baumhaus, dachte Rin, oder einen Busch, unter dem sie Versammlungen abhielten, bis die Eltern sie zum Abendessen riefen.

Vor dem weißen Haus mit den blauen Verzierungen stutzte die Mutter gerade die kräftigen Büsche am Weg zur Haustür.

Odette ging voraus, denn sie hatte von den dreien das größte Talent, mit Leuten ins Gespräch zu kommen.

»Ich hoffe nur, dass sie Englisch spricht wegen ihrer Cousine in London«, sagte sie noch. »Ich spreche nämlich keine andere Sprache.«

Rin und Mauve sahen zu, wie sie die Frau ansprach und sich leise mit ihr unterhielt, wobei sie die Hände rang und Dinge sagte, die sich Rin nicht einmal vorstellen mochte. Die Mutter stand da mit der Heckenschere in der Hand und hatte ihre Büsche vergessen.

Dann ging Odette wieder und ließ eine bleiche, entgeisterte Frau zurück.

Zu wissen, dass das Ende naht –, das war eins der schlimmsten Gefühle der Welt. Rin, Mauve und Odette kannten diesen Stein im Magen aus eigener Erfahrung.

»Hat sie dir geglaubt?«, fragte Rin.

Odette zuckte die Schultern. Sie kämpfte mit den Tränen.

Mauve schaute in die Zukunft. »Ich …«, sagte sie, »ich kann sehen, dass der Wagen nicht mehr hier vorbeikommt. Aber er fährt woandershin. Und es gibt noch viel, *viel* mehr von diesen Kastenwagen.«

»Na schön«, sagte Rin. »Wir haben jede Menge Zeit.«

Die drei standen verloren auf der stillen Straße. Rins Nerven vibrierten vor Anspannung.

»Es wäre klüger«, sagte Mauve, »wenn wir das Gewächs an der Wurzel packen würden. Die müssen wir nur finden, dann können wir es ausjäten, bevor es überhaupt so groß wird. Darauf sollten wir uns konzentrieren. Vielleicht erwachen wir dann doch noch aus diesem Albtraum. Wenn wir einen einzigen großen Impuls aussenden könnten, der Menschen überall auf der Welt berührt …« Sie verstummte, und Rin wusste, dass sie alle drei dasselbe vor sich sahen – eine Million weitere Zeitsprünge wie diesen. Sie fühlte sich überwältigt, hilflos, wie jemand, der mit bloßen Händen versucht, einen Sturzbach aufzuhalten.

Rin schaute zu der Frau hinüber, die jetzt von ihrem Haus aus zu ihnen herübersah. Plötzlich rannte sie los und rief nach ihrer Tochter. Sie wusste Bescheid, sie hatte es verstanden. Manchmal war man der Vergangenheit gerade entkommen, und schon holte sie einen wieder ein.

*Hier bist du also.*

»Mauve hat recht. Wir müssen dahin, wo alles anfängt«, sagte Rin. »Morgen Abend bringen wir diese Sache zu Ende.«

# 23

## EDWARD, 1917

Edward hatte den glücklichsten Tag seines Lebens erwartet. Stattdessen flatterten ihm vor seiner Heirat die Nerven; das war nicht dasselbe.

Er stand im Vorzimmer des Richters, der die Trauung abhalten sollte. Zupfte sein Hemd zurecht. Prüfte den Sitz seiner Frisur im Glas eines Bilderrahmens. Legte die Hand um sein Taschenmesser. Und wartete.

Er hatte monatelang gewartet, bevor er das Gespräch wieder auf das Thema Ehe lenkte. Ruth und er sollten sich erst an ihr herrliches neues Leben gewöhnen. Er wollte, dass sie es wollte.

Es sah ganz so aus, als ob sie es wollte.

»Ruthie?«, hatte Edward eines Abends gesagt, als sie sich, vom Mondlicht beschienen, neben ihm ausstreckte und zu ihm aufsah.

»Was gibt es?«, fragte sie. »Du siehst aus, wie du immer aussiehst, wenn dich was bedrückt.«

Sie kannte ihn. Er kannte sie. Das war der Höhepunkt jeder Beziehung zwischen zwei liebenden Menschen – wenn ihre beiden Fäden sich umeinanderwanden und etwas Festeres aus ihnen wurde. Er schob ihr eine Locke aus der Stirn.

»Mich bedrückt überhaupt nichts«, sagte Edward. »Ich bin bloß gerade glücklich. Ich finde, wir beide haben zusammen viele schöne Abenteuer erlebt.«

»Das haben wir«, sagte Ruth. Sie strich ihm über den Arm.

»Wenn du nachts schläfst«, fragte Edward, »wovon träumst du dann?«

Ruth zuckte mit den Schultern. »Manchmal von uns beiden«, sagte sie. »Und vom Fliegen. Von bunten Lichtern. Es sieht aus wie ein Kaleidoskop, durch das wir hindurchsausen.«

Das klang schön. Schöner als Edwards eigene Träume. Ihn verfolgte noch immer die wabernde Gaswolke, selbst nach so vielen Jahren. Aber manchmal kam Ruth, um ihn zu retten. Wählte ihn aus. Vielleicht hatte sie das ohnehin vorgehabt, ganz egal, was er gesagt hatte und was sein Spark war.

Er legte ihr eine Hand an die Wange. »Du bist so schön«, sagte er. Sie war sein Ein und Alles. War sein Leben. Sie stand für alles, was an ihm etwas wert war.

Edward kochte ihnen in der Küche der Präsidentensuite eine heiße Schokolade. Ruth nahm ein Buch aus dem Regal, Ed brachte die beiden Becher ans Bett, und sie las ihm die Geschichte von König Lear und seinen drei Töchtern vor, und das Stück war berührend und wunderschön. Edward betrachtete sie im Licht des Kaminfeuers und fragte: »Morgen. Sollen wir morgen heiraten?« Dann schob er nach: »Wenn du es willst, bin ich bereit dazu. Ich werde dich nicht dazu zwingen.«

Ruth zog die Nase kraus. »Aber natürlich nicht. Du kannst mich zu überhaupt nichts zwingen.«

»Genau«, sagte Edward. Vielleicht konnte die Heirat ein Neubeginn sein. Wenn er sich für irgendjemanden bessern wollte, dann für sie.

Sie begannen, über die Einzelheiten zu reden. Edward war für eine schlichte Trauung vor einem befugten Richter, aber Ruth wünschte sich eine Unmenge seltsamer, komplizierter Riten, die angeblich der Tradition entsprachen.

»Kommt nicht in Frage«, sagte Edward. »Das ergibt alles keinen

Sinn. Das passt nicht zu uns. Du brauchst dieses altmodische Zeug nicht. Lass uns jetzt schlafen.«

»Gute Nacht, mein König von Frankreich«, sagte Ruth. Sie lächelte.

»Gute Nacht, meine schöne Cordelia.« Edward lächelte zurück.

Seite an Seite lagen sie in dem breiten Bett. Ruth schlief bald ein. Edward nicht. Er schaute die Wand an und dachte an alles zurück, was er seit dem Krieg erlebt hatte, und manchmal glitten seine Gedanken in die Zeit davor ab. Dann krachte die Faust seines Stiefvaters in sein Bewusstsein, und er erinnerte sich daran, wie er einmal zurückgeschlagen hatte. An die Schreie seine Mutter. Einmal, erinnerte er sich, hatte sie ihn schon vor der Heirat mit dem Stiefvater so angeschaut, als wäre er ein Monster. Da hatte sie Edward nach einem Streit dabei erwischt, wie er sich mit einem Streichholz in der Hand über die Küchenspüle beugte, um die einzige Daguerreotypie von seinen Eltern zu verbrennen.

Aber am häufigsten erinnerte er sich an die Schützengräben.

Nachts litt er am meisten, da verirrten sich seine Gedanken in die finstersten Winkel seines Bewusstseins. Nachts war er allein. Ruth war nicht bei ihm, um seinen Seelenfrieden zu retten. Er hätte sie wecken können, aber wenn sie am nächsten Tag alles richtig machen sollte, musste er sie schlafen lassen.

Jetzt, im Gerichtsgebäude, stand er wartend im Vorzimmer und ließ seine Blicke über die billigen Bilder an den Wänden schweifen. Sie würde kommen. Natürlich würde sie kommen. Sie waren zwei Feuer, die einander verschlangen, die einzigen beiden Menschen auf der Welt, die einander vollkommen verstanden. Er hatte einmal eine Geschichte gehört, in der der Mond aus zwei ineinander verschlungenen Kaninchen bestand, einem schwarzen und einem weißen. So waren sie, Edward und Ruth – sie ergaben nur gemeinsam ein Ganzes.

Was, wenn sie doch nicht kam?

Er hatte die Leine zu locker gelassen. Womöglich war sie längst in einem dieser Käffer in Ohio.

Was, wenn sie nicht kam?

In ihm stieg eine würgende Angst auf. Die Hand, die sich in der Tasche um das Messer geschlossen hatte, war schweißnass.

Und was, wenn sie kam? Konnte er sich dann darauf verlassen, dass sie es aus freien Stücken tat? Hatte er genug auf seine Worte geachtet, dass sie die Wahl gehabt hatte?

Hatte er je etwas getan, für das sie ihn lieben könnte?

Mit einem Klacken öffnete sich die Tür. Ein stattlicher, korpulenter Mann, genau wie Edward sich einen Richter vorgestellt hatte, kam ins Vorzimmer geschlendert. »Ah, sie ist spät dran, ja?« Er verpasste dem stocksteifen Edward einen Schubser. »Sieht so aus, als hätte sie kalte Füße bekommen!« Er lachte schallend. Edward nicht.

»Hören Sie auf, Witze zu reißen«, sagte Edward.

Der Richter wurde ernst.

Und plötzlich erklang im Flur das Klackern teurer Absatzschuhe. Selbst mit nur einem halben Tag Vorlauf hatte Ruth es geschafft, kostspielige Schuhe aufzutreiben.

Sie trug ein schlichtes Seidenkleid, das ihr in sanften Wellen über Brust und Arme fiel. Das Haar war zu engen Locken gedreht, als hätte sie versucht, einen Bob daraus zu machen, und dabei eine ganz neue Frisur erfunden. Sie blickte ins Vorzimmer und entdeckte Edward.

Sie lächelte. Er erwiderte ihr Lächeln nicht.

Wie sie ihre frischen Blumen umklammert hielt, wie sich Sorgen in den Fältchen in ihren Augenwinkeln eingenistet hatten … Sie war von dieser Sache nicht überzeugt.

So hatte Edward sich das nicht vorgestellt.

Aber sie war gekommen. Sie war hier, und sie war bereit. Ab jetzt konnte er übernehmen, und sie brauchte bloß noch Ja zu sagen.

»Hi«, hauchte sie, griff nach seinen Händen und schmiegte sich an ihn. Sie gab ihm einen Kuss. Und er ließ sie gewähren.

Ruth liebte ihn. Natürlich liebte sie ihn. Sie beide verband mehr als seine billige Täuschung. Das hier reichte tiefer als jeder Spark.

Der Richter begann mit der Trauung. Zwei Vorzimmerdamen fungierten als Zeuginnen.

Edward sagte: »Ja, ich will«, und meinte es ehrlich.

Dann war Ruth an der Reihe, und ihre Worte klangen erst hastig, dann stockend. »Ich … ja, ich will.« Edward versuchte, dieses Zögern zu deuten, aber es dauerte nur einen Augenblick, und dann kam schon der nächste.

Sie traten gemeinsam vor und waren jetzt Eheleute. Mr. und Mrs. Edward King. Jetzt hatte er es offiziell, schwarz auf weiß. Nichts konnte es ungeschehen machen. Nicht jetzt und nicht in alle Zukunft.

★

Am späteren Abend flüsterte Edward einem Mann in der Hotelbar zu: »Du findest sie wunderschön.«

Der Mann blickte auf und sah Edwards Braut in ihrem weißen Kleid. Er stellte sein Glas weg und näherte sich Ruth. Sie unterhielten sich eine Weile. Edward lauerte auf seinem Barhocker wie ein Habicht.

Ruth wich vor dem Mann zurück, bis Edward einschritt und ihn mit einem Faustschlag niederstreckte. Er zog sein winziges Messer aus der Tasche und hantierte damit, als wäre es eine Waffe. Er befahl dem Mann zu verschwinden, und wenn er Ruth je wieder ansähe, würde es sich anfühlen, als stünde sein ganzer Körper in Flammen. Schreiend und weinend floh der Mann aus der Bar. Dann befahl Edward den Gästen – und Ruth –, den Vorfall zu vergessen. Aber etwas arbeitete in ihr. Sie spürte noch, dass sie sich gefürchtet hatte, auch wenn sie nicht mehr wusste, weswegen. Eine Angst ohne Namen. Gut so. Das würde sie lehren, sich von solchen Männern künftig fernzuhalten.

Es war albern, Edward wusste selbst, dass es albern war. Aber es hatte sich gut angefühlt zuzuschauen, wie Ruth den Mann wegstieß.

Doch das reichte ihm nicht. Als sie abends im Bett lagen, war die Angst wieder da.

Sie lagen Rücken an Rücken, zwei schöne, stille Statuen, wie Liebende im Sarg.

Edward konnte sich nicht mehr zurückhalten. »Sag mir, warum du heute vor dem Richter nervös warst.«

Ruth zögerte einige Augenblicke, ehe sie sagte: »Manchmal fühlt es sich an, als wäre da draußen die Welt, und wir beide wären davon abgekapselt. Ich will nicht abgekapselt sein.«

»Aber du liebst mich?«

»Natürlich liebe ich dich.«

»Habe ich dich zur Heirat gezwungen?«

Ruth drehte sich in eine bequemere Haltung. »Nein.«

»Willst du mit mir verheiratet sein?«

Ruth drehte sich wieder. Sie hüstelte. »Ich weiß nicht.«

Edward packte den Nachttisch und warf ihn krachend um. Ruth schrie schrill auf. Edward sprang aus dem Bett, griff nach seiner Hose, zog ein Hemd über und stapfte zur Tür.

»Ed, bitte!« Ruth wickelte sich mühsam aus den friedvollen Laken. »Es tut mir leid! Bitte, geh nicht weg. Es ist unsere Hochzeitsnacht.«

»Du bist aus freien Stücken gekommen!«, rief Edward.

»Ja, ja, Schatz, das bin ich, natürlich bin ich das«, sagte Ruth flehentlich. »Bitte schrei nicht so, Liebster.«

»Sag, dass du mich liebst. Liebst du mich wirklich?«, fragte Edward.

Der Rest der Nacht war verschwommen. Edward kehrte schließlich doch ins Bett zurück. Ruth legte sich zu ihm, den nackten Körper an seinen gepresst, die Arme um seine Brust geschlungen.

»Ich weiß gar nicht, wer ich ohne dich wäre oder was ich tun würde«, sagte Ruth. »Bitte verlass mich nicht.«

Edward gewährte ihr ein zärtliches Streicheln über ihren Arm.

»Ich liebe dich«, sagte er leise.

»Ich liebe dich auch.«

Dabei ließen sie es diese Nacht bewenden.

★

Am nächsten Morgen war Ruth nicht glücklich. Das konnte Edward sehen. Und damit hatte er ein Problem. Sie war welk wie eine schlecht gepflegte Pflanze. Sie blühte nicht mehr, also gab es nichts in seinem Leben, was blühte.

Also kaufte er ihr Blumen.

Bei ihrem Erwachen stand ein üppiger Strauß auf dem kleinen Teetisch der Suite. Die Vorhänge waren beiseitegezogen, damit das Sonnenlicht der Stadt durch die rußigen Fenster scheinen konnte. Edward war angezogen und erwartete sie mit einem Frühstück – Croissants von einer Bäckerei an der Straßenecke.

Sie rieb sich die Augen. »Guten Morgen«, murmelte sie verwundert.

»Guten Morgen, Gattin«, sagte Edward.

Sie schälte sich langsam aus dem Bett, ließ ihre langen, jungen Beine unter den weißen Laken hervorgleiten. Sie wuschelte sich durchs Haar, griff nach einem Bademantel und setzte sich zierlich Edward gegenüber vor ihr Croissant.

Sie war schön.

Edward ließ sie erst einmal essen, ließ sie ein bisschen wach werden.

»Ich habe gedacht«, sagte er dann, »wir könnten vielleicht so etwas wie eine Hochzeitsreise machen, wo das doch nach einer Heirat so üblich ist.«

Ruth biss von ihrem Croissant ab. »Wo soll es hingehen?«

»Na ja«, sagte Edward, »ich dachte, das könnten wir gemeinsam entscheiden.«

Ruth schluckte und griff nach der Milch, die er mitgebracht hatte. Ihr Bademantel kam dabei dem Blumenstrauß gefährlich nahe. Aber Edward sagte nichts. Nicht heute.

»Ich habe gehofft, du hättest eine Idee«, sagte er.

Ruth zuckte mit den Schultern. »Ich würde vielleicht gern meine Mutter besuchen«, sagte sie.

Zorn überwältigte ihn. Und er sagte, wie man eine Modelleisenbahn auf ihr Gleis zurückstellt: »Nein, würdest du nicht. Komm schon, was sonst? Zu den Niagarafällen? In die Berge? Zum Grand Canyon? Nach Paris, Polynesien, Island? Die hattest du in New York alle an deiner Zimmerwand hängen. *Da* wolltest du immer hin. Also, wohin möchtest du?«

»Würdest du mich wirklich dort überallhin bringen?« Also hatte er ihre wahren Wünsche erraten, oder? »Jeder dieser Orte wäre toll. Da habe ich schon immer hingewollt«, sagte sie wie in Trance. Das war schon besser. Sie war glücklich. »Du bist so gut im Auswählen, wie wäre es, wenn du die Entscheidung treffen würdest?«

Edward lächelte. »Also schön«, sagte er. »Dann suche ich uns ein Abenteuer aus.«

»Danke«, sagte Ruth und aß von ihrem Croissant. »Das wird sicher schön.«

»Und mach du dir nur keine Gedanken«, sagte Edward. »Ich kümmere mich schon um alles. Du brauchst es bloß zu genießen. Jeden Morgen Croissants und heiße Schokolade, und dazu jedes Geschenk, das dir gefällt. Und jeden Abend kuschelst du dich in die bequemsten Betten. Es wird großartig, Ruthie.«

»Ja, das wird es«, sagte Ruth. Und es war, als würde sie ihm glauben. Unter all dem Schmutz war immer noch Glanz, wie bei den rußigen Fenstern. Da draußen schien noch immer die Sonne. Da drinnen hatte Ruth ihn noch immer lieb.

Ganz sicher.

Und wenn nicht, würde er schon dafür sorgen.

# 24

## RINGMASTER, 1926

Rin saß allein auf einer der Jahrmarktsbuden. Sie schaute auf ihr nacktes Handgelenk.

Ihr ganzer Körper zitterte. Rin versuchte, tief durchzuatmen. Sie versuchte, sich im Jetzt zu erden.

Ihre Mutter hatte freitagabends immer Kerzen entzündet. Sie hatte einen *Magen David* um den Hals getragen. Eine lange Ahnenreihe von Frauen hatte vor Rin die Segenssprüche zum Schabbat gekannt. Sie hatte die Melodien gelernt, ohne je die Noten zu lesen, nur dem Gehör nach. Das gleitende Auf und Ab, die schöne Phrasierung des *Ha'olam,* die sich wie eine Achterbahnfahrt anfühlte. Das waren die einzigen Gebete, die sie kannte, aber sie wusste, dass es noch viele andere gab. Dass sie seit vielen Jahrhunderten gesungen wurden.

Sollte all das in wenigen Jahren sterben?

Und die Sparks, auch sie könnten sterben. Vielleicht würden um die Mitte des Jahrhunderts all die Magie, all die Menschen, die mit ihrem Leben die Nacht erhellten, zerstört sein und, noch schlimmer, von der Welt vergessen.

Rin war sich sicher, dass sie der einzige Mensch war, der sich an den Gesang ihrer Mutter erinnern konnte. Eine fragile Erinnerung, die so leicht aus ihrem Kopf herausgerissen werden konnte, durch den Lauf der Zeit, durch eine Krankheit, eine schwere Gehirnerschütterung. Die Schlaflieder und die Gebete, die sanften Hände, die Rin das Haar aus der Stirn gestrichen hatten, wenn ihre Mutter ihr zuflüsterte, es werde alles gut.

Nachdem der Spark gekommen war, hatte Rins Mutter, wenn Rin es mit der Angst bekam, manchmal zu ihr gesagt, sie wünschte, sie könnte das alles an ihrer Stelle tragen.

Rin erinnerte sich an die alte Synagoge ihrer Mutter. Die Betenden waren dort von den Namen der Toten umgeben. An jedem Schabbattag ehrten sie diese Toten in Gesängen. Wenn jemand starb, rissen nahe Angehörige im Kria-Ritual eins ihrer Kleidungsstücke ein, damit die Lebenden nicht vergaßen, dass der Körper zwar gestorben war, die Seele aber weiterexistierte. An hohen Feiertagen wurde der Toten gedacht. Sie waren in jedem Gottesdienst gegenwärtig und in jedem Haushalt. Das war Teil dessen, was es bedeutete, jüdischen Glaubens zu sein: dass man das Licht derer weitertrug, die einem vorangegangen waren. Selbst als Rins Mutter das Gebetshaus nicht mehr besuchte und als Rin sich in den schwarzen Zelten verlor, nannte die Synagoge weiter die Namen der Toten.

Aber was, wenn alle starben? Wer sollte sich dann noch erinnern?

Was war mit der Magen-David-Halskette ihrer Mutter geschehen? Sie musste verloren gegangen sein, noch vor dem Tag auf dem Friedhof. Vor Odette und Mauve, lange vor dem Zirkus. Hatten sie sie verpfändet? Hatte er sie gezwungen, die Kette irgendwo in den Rinnstein zu werfen? Selbst wenn Rin eine neue kaufte, wäre es nicht die ihrer Mutter. Wahre Kostbarkeiten waren leicht zu zerstören und nicht zu ersetzen.

Sie atmete ein. Erde dich. Erde dich im Jetzt. Wie sich Trauernde mit der Kria erden.

Manchmal vergaß Rin, dass sie einen Körper hatte. Das war ihr eines Tages aufgefallen, als sie Odette beim Proben zusah. Rin hatte sich genau vorzustellen versucht, was sie mit ihren Händen und

Füßen, ihren Gesäßmuskeln und Schenkeln anstellen müsste, um eine Luftakrobatin zu werden. Sie hatte begriffen, dass Odette sehr geerdet sein musste, um in der Luft ihr Publikum zu begeistern. Mauve schaffte das auch irgendwie – mit einem Fuß im Diesseits stehen zu bleiben, während sie sich mit dem anderen auf neues Terrain vorwagte. Ringmaster konnte das nicht. Ihren Körper benutzte sie zum Gehen, zum Essen und Schlafen, zum Sprechen und für ihre Sprünge durch Zeit und Raum. Aber sie benutzte ihn nie, um zu feiern, zu fühlen, zu beten, zu tanzen.

Jetzt saß sie also auf einer Jahrmarktbude des Zirkus, schaute in den Sternenhimmel und mühte sich vergeblich, sich zu erden.

Die Budengasse lag im Dunkeln, und Rin schlang sich die Arme um die Knie und ließ sich den warmen Nachtwind über die Wangen streichen.

Rin hatte diesen Ort erreicht, indem sie vor einer Minute vom Boden aus zwei Minuten in die Zukunft und auf das Dach gesprungen war. Das ging schneller und war knieschonender als eine Leiter. Was früher ein Wunder gewesen war, nutzte sie jetzt als Krücke.

Es war tröstlich, sich den Sternen ein klein wenig näher zu fühlen. Vom drohenden Krieg keine Spur. Heute war heute.

Morgen stand ihre letzte Aufführung in Lawrence an. Sie hatte Jo bereits Instruktionen gegeben – Jo, die noch so jung war, so lebendig und noch ganz neu im Zirkus. Rin hatte mit ihr gemeinsam ein Bild für ihren letzten Ehrengast im Ort vollendet: eine Frau, die ihren Hund verloren hatte, einen ihrer letzten Gefährten. Ihre Seele brauchte Bilder von weißen Wolken, wogenden Feldern, ihrem Vater, wie er siebzig Jahre zuvor ihren ersten Welpen heimbrachte.

Rin fiel auf, dass die Bilder, mit denen Jo ihren Ehrengästen half, stets Bilder von Menschen waren. In ihren größten Krisen wollten die Leute keine Schlösser sehen, keinen prunkvollen Thronsaal.

Selbst wenn sie in Geldnot waren, brauchten sie das Geld, um einander zu helfen, einander zu heilen. Menschen brauchten Menschen.

»Darf man stören?«, fragte Odette leise und schwang sich an der Stütze des Vordachs hoch. Rin rückte beiseite, um ihr Platz zu machen. Odette brauchte weniger Platz als sie, aber sie war robuster – brauchte sich keine Sorgen zu machen, dass ihr die Kniescheiben herausspringen oder sich ihre Rückenwirbel verschieben würden, wenn sie zu lange still saß. Sie saß ganz gemütlich neben Rin, der alten Frau mit dem wehen Bein.

»Was denkst du gerade?«, fragte Odette und zog sich die wollenen Ärmel über die Handgelenke. Sie trug ein graues Strickkleid mit einem weiten Rock, den sie zum Hochklettern über den Knien zusammengeknotet hatte. Ihr Haar war nicht gewellt oder zu einem Bob gestutzt, sondern sträubte sich, als hätte sie es in der trockenen Hitze gegen den Strich gebürstet, und jetzt würde es von der statischen Elektrizität hochgehalten.

Sie war schön.

»Ich musste daran denken, was Mauve zu mir gesagt hat«, antwortete Rin. »Damals in Chicago.«

Damals, 1918, hatten sie sich in Chicago vor der Spanischen Grippe in Sicherheit gebracht. Sie hatten sich in eine Pension zurückgezogen und darauf gehofft, dass der Sturm vorüberziehen würde. Ohne zu wissen, ob dieser Zeitpunkt je käme. Es war genauso gut möglich, dass sie den Rest ihres Lebens vor dem unsichtbaren Tod, der Waffe im Wind, würden fliehen müssen.

»Sie wusste, dass ich mich selbst verletzte«, sagte Rin verlegen. Odette legte ihr eine Hand auf den Arm, dorthin, wo Rin sich damals gekniffen hatte, wenn sie aufgebracht oder betrunken war oder beides. »Und sie wusste, was ich vorhatte, also sagte sie eines Abends zu mir, es gäbe Menschen, die meine Hilfe bräuchten, und ich solle aufhören, mir selbst weh zu tun. Ich sagte, ich wäre der letzte Mensch auf Erden, der irgendjemandem helfen könnte. Und sie sagte ... sie sagte, gerade die mit den meisten Narben könnten andere am besten vor den Schatten schützen, weil sie die Dunkelheit aus eigener Anschauung kennen.«

»Was hattest du denn vor?«, fragte Odette.

»Du weißt schon«, sagte Rin.

»Ich bin froh, dass sie dich aufgehalten hat«, sagte Odette.

»Es lag nicht an dem, was sie gesagt hat«, erläuterte Rin. »Sie hat sich im Hof vor das Fenster des Badezimmers gestellt, in dem ich mich eingeschlossen hatte. Und hat ein Lied gesungen, das meine Mutter mir früher vorgesungen hatte.«

Das war das erste Mal gewesen, dass Rin nicht nur durch den Raum sprang, sondern auch durch die Zeit. Sie hatte mit dem Spark abgeschlossen, mit sich selbst abgeschlossen, und die Stimme in ihrem Kopf schrie unaufhörlich, sie sei wertlos, ohne *ihn* sei sie gar nichts. Sie sei schon immer ein Niemand gewesen.

Aber das Lied. Dieses eine kleine Lied hatte sie durch die Zeit gleiten lassen, sie auf den Friedhof zurückversetzt, an den Tag, an dem sie ihre Mutter begraben hatte, und Rin hatte sich an der Badezimmerwand festgekrallt, um es zu verhindern. Nein, nein, dorthin durfte sie nicht zurück. Wenn sie Orte jenseits der Gegenwart aufsuchte, dann würde *er* sie finden. Das sollte ihre oberste Regel werden, noch bevor sie ganz begriff, dass ihr Spark stärker geworden war: Sie konnte jetzt durch die Zeiten reisen.

Das alles hatte sie so niedergedrückt, dass sie zu schreien anfing. Irgendjemand hatte sie ins Wohnzimmer geschafft, und da saß sie dann, tränenüberströmt, mit ungewaschenen Haaren. Ihre Wahlfamilie umgab sie – Mauve, Bernard ... Odette. Rin sagte: »So machtvoll war ich schon die ganze Zeit?« Denn sie selbst hatte sich die ganze Zeit für eine runzlige alte Kuh gehalten, ein wertloses, hässliches Etwas, und die tiefe Stimme in ihrem Kopf hatte das alles bestätigt: wie schwach sie sei; dass sie selbst das Nudelwasser anbrennen ließe. Und dabei konnte sie nach jenseits von morgen springen und zurück.

»Ja«, hatte Bernard gesagt.

»Und was fange ich jetzt damit an?«, hatte sie hilflos gefragt.

»Du kannst daran glauben«, hatte Bernard gesagt. Diese Worte hatte Rin nie vergessen, sie aber auch nie ganz verdauen können.

Jetzt, unter dem Sternenhimmel, legte Odette ihr den Kopf auf die Schulter. »Wir haben es damals überstanden«, sagte sie. »Die Pandemie ist vorübergegangen. Du hast dich erholt. Wir haben geheiratet. Haben einen Zirkus gegründet. Es war alles gut. Und es wird auch wieder alles gut sein.«

»Wenn wir so machtvoll sind«, fragte Rin, »warum können wir den Krieg nicht verhindern?«

»Bevor wir irgendetwas unternehmen«, sagte Odette und strich ihr sehr behutsam über das Haar, »musst du dich ausruhen. Du musst deine Mitte finden. Jetzt gerade fühlst du dich an wie ein brummender Motor oder wie eine dieser Plasmakugeln.«

»Die fühlen sich nach überhaupt nichts an«, murrte Rin.

»Aber wenn, dann würden sie sich anfühlen wie du jetzt.«

Also versuchte Rin, ihre Mitte zu finden, versuchte, ihre Füße, ihre Wurzeln in die Erde der Gegenwart zu versenken ... oder, besser gesagt, in das Dach einer Glücksspielbude. Rin bemerkte Mauve, die unten in der Gasse vor sich hin summte und versonnen lächelnd auf eine Blume in ihrer Hand hinabschaute, als wäre sie das Schönste, was sie je gesehen hatte. Tina witterte offenbar aufregende Neuigkeiten, nahm die Fährte auf und schloss sich Mauve an, um sie auf ihrem Weg zu den Schlafwaggons zu begleiten. Mauve kicherte über irgendetwas.

»Es kommt mir noch so lange hin vor!«, sagte Mauve. Sie redete laut genug, dass Rin sie von oben im Vorbeigehen hören konnte. »Aber er wird kommen. Er kommt ganz bestimmt.«

Rin lächelte. Sie liebte die Budengasse, Momente wie diesen, mit Odette an ihrer Seite.

Sie erinnerte sich an einen Abend, als sie sich noch daran hatte gewöhnen müssen, dass sie eine wertlose Lesbe war und nicht das »normale« Mädchen, für das sie sich immer gehalten hatte. Da hatte Rin in der Küche ihrer kleinen Pension gestanden und Odette dabei zugesehen, wie sie für ein spätnächtliches / frühmorgendliches Frühstücksfestmahl frische Pfannkuchen backte.

*Das ist unmoralisch,* flüsterte eine Stimme in Rins Kopf.

*Das ist zu schön, um unmoralisch zu sein,* dachte Rin zufrieden. *Und wenn doch, dann will ich unmoralisch sein; ich will in Liebe leben.*

Es war kein leichtes Leben, das sie miteinander teilten. Sie heirateten heimlich, ohne Papiere. Im Bestandsbuch der Außenwelt verliefen ihre Geschichten in streng getrennten Sparten. Aber Odette, Mauve und Rin hatten es oft genug schwer gehabt, und sie wurden mit allem fertig. Sie waren machtvoll.

Mauve schaute auf und bemerkte die beiden auf der Jahrmarktbude. Sie winkte. Dann gesellte sie sich mit einem leichtfüßigen Sprung zu ihnen. Ihr Körper war viel jünger als Rins. Sie schwang ein Bein über die Dachkante und setzte sich dazu. »Hoffentlich bricht das Ding nicht unter uns zusammen. Was macht ihr?«

»Wir haben über die Pandemie geredet«, sagte Rin.

»Nicht gerade eine schöne Zeit«, sagte Mauve. »Aber unsere kleine Blase in der Pension vermisse ich manchmal. Die eine Frau, die so phantastisch kochen konnte, wie hieß sie noch? Die alles wieder hochwürgen konnte? War sie ein Spark oder einfach eine exzellente Schwertschluckerin?«

Während Mauve und Odette in Erinnerungen schwelgten, wanderte Rins Blick zu Charles hinunter. Er flirtete mit Esther, die ihr Entenangelbecken putzte. Ester war eine Schweigsame, eine, die sich dem Zirkus angeschlossen hatte, um zu verschwinden. Aber Charles brachte sie zum Lachen.

Wieder schlich sich ein Lächeln auf Rins Züge. Doch es erlosch, als sie ein Stück entfernt Kell sah, der sich an den Eingang einer rot-weiß gestreiften Ausruferbude lehnte und rauchte. Er schaute mit großen Augen zu Charles und Esther hinüber und ließ resigniert die Schultern sinken.

Ebbe und Flut, Liebe und Schmerz, Krieg und Frieden. So war es, das Leben. Und manchmal beförderte diese schmerzliche Dissonanz etwas tief Verborgenes an die brodelnde Oberfläche von Rins Bewusstsein, und dann suchte sie nach heimlich gebunkerten Flaschen. Aber heute schaute sie nur zu. Heute lächelte sie.

Selbst die traurige Seite der Szene, die sich in der Budengasse abspielte, wurde von ländlichen Sternen beschienen und von melodiösem Gelächter untermalt.

Wenn die Welt düster ist, wird Gelächter zum Zeichen des Mutes.

Und wenn die drei Frauen eines besaßen, dann Mut.

Plötzlich schepperte es. Laut. Rin zuckte zusammen. Odette richtete sich auf, um besser sehen zu können.

»Was zum ...«, sagte Odette.

Rin schaute hinunter, an Charles vorbei und nach links, zum Eingang. Die Torpfosten steckten noch immer im Boden. Mr. Davidson betrat das Gelände, mit seinem alltäglichen Overall und einem Hut bekleidet. Er stapfte stur geradeaus, wie von einer unsichtbaren Schnur gezogen. Dabei musste er im Dunkeln mit irgendetwas zusammengestoßen sein.

Mr. Davidson hob den Blick über die Budenschilder und entdeckte Rin.

Rin winkte ihm.

Mr. Davidson winkte nicht.

Mr. Davidson zog eine Pistole.

# 25

## RINGMASTER, 1926

Mr. Davidson hielt die Augen fest auf Rin geheftet und richtete seine Pistole auf Charles und Esther.

»Charles!«, bellte Rin.

Charles bemerkte Davidson, und schneller, als Rin denken konnte, warf er Esther zu Boden und rannte dem Mann entgegen. Davidson schoss auf ihn, wieder und wieder. Bamm. Bamm. Tack. Tack. Charles lief einfach weiter.

Also steckte Mr. Davidson die Pistole ein und begann zu wachsen.

Nein, nein, nein, nein. Rin sprang vom Dach der Bude herunter und stürzte sich in eine kleine Lücke im Zeitgewebe, um Mr. Davidson von hinten zu erwischen. Sie musste ihn zu Boden werfen, bevor es zu spät war, aber es war zu spät. Weit über ihr stieß er ein Brüllen aus, ein werdender Titan.

Sein Körper schwoll, wuchs in den Himmel; aus dem gedrungenen Mann wurde ein Riese. Derselbe Spark, der so viele zum Lachen gebracht hatte, wurde jetzt zum Albtraum, zum gewaltigen Schatten über der Budengasse.

»Stars and Stripes!«, schrie Rin; der Code des Zirkus für einen Notfall. »Stars and Stripes!« Auch wenn sie nichts davon sehen konnte, wusste sie, dass schon Hilfe nahte, dass Mauve und Odette wenige Schritte hinter ihr waren. »Weg da, Charles, lauf! Lauf!«

Sie rannte Mr. Davidson nach, der jetzt größer war als die Jahrmarktsbuden, höher als die Zelte. Er versetzte dem Kasten einen Tritt, auf dem Rin, Mauve und Odette noch bis eben gesessen hatten.

Die ganze Truppe stolperte ins Freie, manche mit Laternen in den Händen. Rin hörte jemanden rufen. »Davidson? Was zur Hölle soll das?«

Davidson hatte das Ende der Budengasse erreicht, das rotweiße Chapiteau. Er packte die Zeltleinwand und schleuderte sie wie einen Lappen beiseite. Taue rissen oder zogen messerscharfe Zeltanker aus dem Boden. Schmerzensschreie hallten über das Gelände, und das Skelett des Hauptzelts stand knochenweiß wankend im Mondlicht. Zu Mr. Davidsons Füßen war ein wütender Kampfruf zu hören.

Erschrocken sah Rin, dass Jo auf den Riesen zuhielt. »Jo!«, rief sie und ruderte mit den Armen. »Nein, Jo, geh da weg!«

Aber entweder hörte Jo es nicht oder wollte nicht darauf hören. Sie sprintete mitten in die Staubwolke des in sich zusammenbrechenden Hauptzelts, aus dem Menschen in alle Richtungen flohen. »Mr. Davidson!«, rief sie.

Jo hob die Hände; beim Ausatmen produzierte sie eine eigene Wolke. Eine Wolke aus Drachen, aus anderen Riesen, aus Panzern – aus allem, was ihr in den Sinn kam, um Davidson zu stoppen. Aber er ließ sich nicht stoppen. Jo erzeugte die Illusion eines riesigen Kastens um ihn herum, aber er wedelte sie weg, drehte sich um und schaute auf sie herunter wie der Riese auf Hans mit der Bohnenranke.

»Du Fliegenschiss …«, begann Mr. Davidson, aber Rin warf sich nach vorn, schwamm durch die Luft, als hätte sich der Raum verflüssigt, und landete zwischen ihm und Jo.

»Davidson!«, fuhr sie ihn an.

Davidsons große Augen richteten sich auf die Zirkusdirektorin. Sie schob Jo von ihm weg, hinter sich, in die Arme von Odette und zu den anderen Leuten, die sich, mit Staub und Schmutz bedeckt, in der Dunkelheit zusammenscharten.

Ringmaster schaute ohne Angst zu ihm hoch, bereit, den Riesen zu Fall zu bringen.

»Was zur Hölle soll das hier werden?«, brüllte sie. »Lass deinen Spark beiseite und erklär mir das!«

»Ich brauche dir überhaupt nichts zu erklären, meine Kleine«, rief Davidson, aber er wich zurück. »Du glaubst, du könntest mich ungestraft zum Narren halten? Du glaubst, du hättest gewonnen? Einen Scheißdreck hast du! Du wirst mir niemals entkommen!« Davidson lachte grausam.

Ein Drachen ohne Schnur. Rins Körper – taub. Ihre Seele wich daraus wie ein Geist, der sich ans Leben geklammert hatte, um nur bitte ein kleines bisschen länger zu bleiben.

*Du glaubst, du hättest gewonnen.*

Nein. Nein, nein, nein.

Die Zirkusdirektorin verblasste, und der Zirkus – *ihr* Zirkus – glitt ihr aus den Händen. Alle, die sie liebte, standen hinter ihr, aber die Verbindung zwischen ihnen war gekappt. Rin trieb haltlos auf ihr persönliches schwarzes Loch zu.

Der Mann vor ihr war Mr. Davidson. Aber er war es auch nicht. *Er* hatte ihm aufgelauert. Er hatte *ihr* aufgelauert. Aus Mr. Davidsons Augen blickte der Circus King. Es waren sein Gesichtsausdruck, sein verzerrtes Grinsen, seine Fratze, die die Zähne fletschte, die alles verschlingen, alles zermalmen und das Blut spritzen lassen wollte, um ihr Angst einzujagen. Sie kannte den Circus King gut genug, um zu wissen, dass er nicht hier war, aber er musste irgendwo in der Nähe gewesen sein, vielleicht sogar in Lawrence ... Vielleicht hatte er Davidson in einem Pub abgepasst, oder er war bei der Vorstellung gewesen und hatte Davidson eingeflüstert, wie er lächeln, was er sagen, zu wem er werden sollte.

»Das alles hier gehört *mir*!«, grollte der Circus King aus Mr. Davidsons Mund. »Hör endlich auf mit dem Affentheater. Du hast mich belogen! Du hast mich lächerlich gemacht! Du hast mir alles genommen!«

»Ich habe dir nichts genommen«, sagte Rin zu Davidson und zu der düsteren Stimme, die aus ihm sprach. »Dieser Zirkus hat überhaupt nichts mit ...«

»Er hat jede Menge mit uns beiden zu tun!«, brüllte Davidson. »Ich werde dir das Herz aus der Brust reißen. Ich werde dir das Rückgrat brechen. Und du wirst es alles fühlen.«

Er wandte sich dem Gerüst des Chapiteaus zu. Riss den Hauptmast aus dem Boden. Alle anderen Masten fielen auch oder wankten. Die Truppe wich verängstigt zurück. Rin musste mitansehen, wie Davidson den Mast über seinem Knie zerbrach. Sechs Jahre Arbeit, all die Zeichen und Initialen, die sie hineingeschnitzt hatten. Jetzt war es nicht mehr ihr tragender Mast, sondern sein Kleinholz.

Davidson warf es verächtlich beiseite. Dann schrumpfte er endlich, sank in den Staub, bis er darin verschwand, keine drei Meter entfernt und doch nicht mehr zu sehen. Alle erstarrten. Bernard schrie etwas, das Rin nicht verstand. Sie war zugleich unter Wasser und im Weltall, konnte sie noch atmen? Sie musste etwas tun. Komm schon, Rin, tu was!

Wo war er? Sie konnte ihn nicht aufhalten, wenn sie das nicht herausfand.

Und dann war es zu spät. Davidson schoss aus dem Boden hervor, direkt vor ihr, wie ein Geist, der aus den Schatten hervorspringt, und hielt ihr die Pistole an die Schläfe.

»Ich werde dich vernichten.« Davidsons Worte zischelten dicht an ihrem Ohr. Rin konnte seine Whiskyfahne riechen. »So wie du es mit mir gemacht hast. Ich werde dich von innen zersetzen, ohne dich auch nur anzurühren.« Er legte ihr die Hände auf die Schultern. Die schwitzigen, warmen Hände. Mr. Davidsons

Hände. Sie legten sich schwer auf ihre Schlüsselbeine, zu nah, zu vertraut.

»Ich werde kein Wort mit ihm reden, Davidson. Mit dir schon, aber nicht mit ihm.«

»Ich *bin* er!«, grollte Davidson erbittert. »Der idiotische Clown hat mir alles gebeichtet. Ich weiß, was du treibst. Ich weiß von deiner *Frau*.«

Rin zog sich der Magen zusammen. Odette. Sie sah Odette vor sich, wie sie sich in lauter blutige Fäden auflöste. Dann schob sie das Bild beiseite. Statt der Angst kochte Zorn in ihr hoch. Ihr wurde heiß, als tobte ein Feuer in ihr. Sie würde den Circus King noch in Stücke reißen.

»Liebling?«, rief hinter ihr eine Frauenstimme. »Oscar!« Mrs. Davidson kam aus den Trümmern auf sie zugelaufen. »Hören Sie auf damit! Was machen Sie bloß mit ihm? Lassen Sie ihn in Ruhe!«

Davidson überbrachte kühl eine Nachricht, als läse er ein Telegramm vor. »Langsam verliere ich die Geduld mit deinen Spielchen, und wir werden älter. Also lassen wir diese Albernheiten. Ich weiß, wo du hinwillst. Ich weiß, was dein Zirkus treibt. Und ich werde dich vernichten. Ich halte dein Herz in der Hand und werde es zerquetschen, bis du freiwillig abtrittst. Es sei denn, du kommst zu mir zurück.«

Dann lachte Davidson, lachte und lachte und hörte gar nicht mehr auf. Odette stürzte auf ihn zu, mit bloßen Händen. Sie berührte ihn, und er sank zu Boden. Odette zuckte zurück, als hätte sie einen glühenden Ofen berührt.

Oder – schlimmer noch – als hätte sie etwas Entsetzliches gesehen.

Niemand brachte ein Wort hervor im atemlosen Mondlicht. Rin hielt sich auf ihren vor Erschöpfung zitternden Beinen nur mit Mühe aufrecht. Sie wandte sich nach ihrer Truppe um. Jo starrte, am ganzen Körper bebend, auf den am Boden liegenden Mr. Davidson, als wäre sie Zeugin einer öffentlichen Hinrichtung geworden. Rins Blick fiel auf das zerstörte Zelt. Eine unheimliche Stille erfüllte das Zirkusgelände.

Die Zirkusdirektorin durfte sich nicht fürchten. Sie musste stark sein und alle vor ihm in Sicherheit bringen.

Sie richtete sich auf und sagte in lauten, deutlichen Worten zu ihrer Truppe: »Ladet alles auf den Zug. Odette, kümmere dich um die Verletzten. Wir brechen auf.«

# 26

## EDWARD, 1917

Edward wusste, was für ein Glück es war, dass er Ruth gefunden hatte. Nicht jeder begegnete seinem Seelengefährten, einem Menschen, den man schon lange vor der ersten Begegnung kannte, der einen auf unerklärliche Weise perfekt ergänzte.

Wenn er sich nachts im Bett herumwälzte, zog sich ihm manchmal alles zusammen vor Angst, er könnte ihre Liebe erzwungen haben. Aber wie es auch begonnen haben mochte, damals in Frankreich oder in New York – inzwischen gehörten sie untrennbar zusammen.

Er hatte sich sehr zusammengerissen, um herauszufinden, ob ihn Ruth auch liebte, wenn er auf seine Wortwahl achtete. Und das tat sie. Sie verbrachten schöne Momente zusammen. Im Luxusabteil eines Zugs in die Rocky Mountains, wo sie ihre Flitterwochen verbringen würden, brachte Ruth Edward ein Lied aus einem Musical bei, und das brachte ihn zum Lachen.

Wie zwei Kinder auf großer Fahrt beobachteten sie, wie die kahlen Laubbäume vor den Zugfenstern grünen Nadelbäumen wichen. Er hielt sie umschlungen, und sie streichelte seine Hand.

»Zwei gegen den Rest der Welt«, sagte Ruth leise, in einem leicht neckenden Tonfall. »Nur ich und mein großer Wüstling.«

»Ich bin nicht groß«, sagte Edward.

»Du besitzt charakterliche Größe«, sagte Ruth.

Sogar ihre Akzente hatten sich angeglichen – Edward klang mehr wie ein New Yorker und Ruth ein wenig britisch. Und zu diesem Gemisch gesellte sich nach und nach die Sprechweise des Mittleren Westens, die kam und ging wie Schönwetterwolken.

Sie wurden Teil einer gemeinsamen Geschichte. Das war das Wunderbare an einer Ehe.

»Schau mal«, sagte Ruth und zeigte aus dem Fenster auf den Mississippi, den sie auf dem Weg nach Westen überquerten. »Der größte Fluss unseres ganzen Landes. Hast du Mark Twain gelesen?«

»Nein«, sagte Edward.

»Bei ihm ist der Mississippi ein Symbol für unser Land«, sagte sie. »Für das Gute wie das Schlechte. Ich habe ihn noch nie selbst gesehen.« Sie machte große Augen wie ein Kind, das dem Weihnachtsmann begegnet.

Edward lächelte liebevoll. Er strich ihr das Haar aus dem Gesicht. »Immer, wenn ich glaube, jetzt wüsste ich genau, wie du aussiehst«, sagte er, während sie weiter aus dem Fenster schaute, »sehe ich dich wieder in einem anderen Licht, aus einer anderen Perspektive. Du bist faszinierend, Ruth King.«

Ruth strahlte. Sie schaute ihm in die Augen. Und küsste ihn.

»Und ich liebe dich, Edward King«, sagte sie. »Danke für dieses herrliche Abenteuer.«

Sie meinte es ehrlich.

»Ich habe eine Idee«, sagte sie und hopste fast auf dem Sitz vor Freude. »Bestimmt findest du sie verrückt, aber hör mich an. Ich habe noch einen Wunsch ... noch etwas, das ich gern sehen würde.«

»Was immer du willst«, sagte er.

★

Er saß neben Ruth in einem Zirkus, zwischen lauter staubigen Zuschauern auf ebenso staubigen Bänken. Die Artisten schwangen sich durch die Luft und sangen und tanzten.

Ruth erklärte ihm die verschiedenen Elemente der Manegenbeleuchtung, wozu es Ballastgewichte brauchte und wie es möglich war, das Zelt so schnell auf- und abzubauen.

»Meine Mutter hätte das geliebt«, flüsterte sie ihm zu. Edward erstarrte. Aber er brachte sie nicht zum Schweigen.

Meine Mutter. Meine Mutter. Es hallte in seinen Ohren wider wie eine anschwellende Kesselpauke. Meine Mutter.

Noch am selben Abend sprang Ruth mit ihm nach Florida zu einem anderen Zirkus. Dann für eine weitere Aufführung zurück nach Georgia. Dann nach Vancouver. Vier Aufführungen sahen sie an einem einzigen Abend, und Ruth war verzückt.

»Wir sollten uns einem Zirkus anschließen«, sagte sie.

»Warum?«, fragte er.

»Weil es wundervoll ist«, sagte Ruth. »Willst du nicht auch Teil von etwas Wundervollem sein?«

War sie das nicht schon?

Edward trank schweigend sein Bier. Er war kein großer Trinker. Aber etwas an diesem Wort machte ihm zu schaffen. Wundervoll. Es war, als hätte sie ihm die beiden »l« in den Rücken gerammt wie zwei spitze Dolche.

Wundervoll. Das ganze Leben hätte wundervoll sein sollen.

»Ed?«, fragte Ruth leise.

»Weißt du noch, wie wir uns kennengelernt haben?«, fragte er.

»Ja, in Frankreich«, sagte sie. Es klang, als wäre es für sie bloß ein beliebiger Tag, einer von Millionen in den vielen Leben zweier uralter Seelengefährten. Edward hoffte, dass es so auch war. Es musste so sein. Er wollte, dass sie ihm gehörte und er ihr.

Das wäre wundervoll.

Aber das Leben war alles andere als wundervoll.

Nach so vielen Jahren kam ihr noch immer das Wort *Mutter* über die Lippen. Ein Monster, das hinter der Fassade seines falschen Glücks an den Gitterstäben zerrte. Das jederzeit ausbrechen konnte, ihm an die Kehle wollte. Es war alles bloß eine Täuschung.

Mutter.

Wäre Ruth noch bei ihm, wenn er sie gehen lassen würde?

Edward kannte die Antwort.

Er kannte die Schattenseiten des Lebens. Es gab bei allem einen Haken. Und wer wie dieser Zirkus so tat, als wäre dem nicht so, der verbreitete Lügen. Nichts als Schall und Rauch.

»In Frankreich war es schrecklich«, sagte Ruth.

»Erinnerst du dich manchmal daran, was du da gesehen hast?«, fragte Edward.

»Manchmal«, sagte Ruth. »Aber nicht oft. Ich war ja nur kurz da.«

»Da hast du Glück gehabt«, sagte Edward. Er nahm noch einen Schluck Bier.

»Möchtest du über irgendetwas reden?«, fragte Ruth. »Du wirkst so unglücklich heute.«

»Frag mich nie wieder nach dem Krieg«, sagte Edward.

»Okay«, antwortete Ruth. Und natürlich fragte sie ihn auch wirklich nie wieder.

Wenn er zu ihr sagen würde: »Verlass mich und komm nie wieder«, dann würde sie das auch tun. Es war alles eine Illusion, wie die mit Folien bunt gefärbten Lichter und die Sägespäne eines Drei-Manegen-Zirkus.

»Aber was hältst du von der Sache mit dem Zirkus?«, fragte sie, als hätte sie das ganze Thema Krieg schon vergessen. »Du mit deinem Glück und ich mit meiner Theatererfahrung, wir wären richtige Straßenfeger! Du und ich, immer auf Achse und in jeder schönen Stadt zu Gast … Es wäre vielleicht nicht gerade ein Luxusleben, aber ich habe gar nichts gegen ein bisschen Dreck unter den Nägeln. Es wäre ein Abenteuer! Ich habe noch nie …«

»Warum erwähnst du ständig deine Mutter?«, fragte Edward.

Ruth biss sich auf die Lippe. »Ich vermisse sie«, sagte sie.

»Bin ich dir nicht genug?«

»So war das nicht gemeint«, sagte Ruth. »Es tut mir leid, ich wollte dich nicht verletzen.«

Als Ruth spätabends in ihrem Hotelbett in Boulder eingeschlafen war, ging er in die Bar und betrank sich. Er lief die Straßen entlang und begegnete einem Bergsteiger, der am Morgen eine Wanderung antreten wollte. Edwards hörte sich an, wie der Mann von seiner Familie daheim in Denver erzählte. Er hörte einem Mann zu, der das Wandern liebte und das Leben wundervoll fand.

»Wundervoll«, schnaubte Edward. »Das soll wundervoll sein?«

Der Krieg hatte das Leben aller seiner Wunder beraubt, hatte nur einen grausigen Schädel übrig gelassen, Sehnen und Muskeln und die Wahrheit. Diese Wahrheit lautete, dass die Welt aus Schmutz und Leichen bestand und aus Menschen, die einander die Gasmasken wegnahmen, um noch einmal davonzukommen. Die Wahrheit lautete, dass Ruth ihn nicht liebte.

»Reiß dir das Gesicht runter«, sagte Edward.

Ohne ein weiteres Wort grub sich der Bergsteiger ruhig die Nägel in die Haut, bis sie sich in langen Fetzen ablöste wie ein Holzfußboden, der abgehobelt wird. Er schrie nicht einmal. Erst als Edward sich abwandte und seine Wangenknochen schon sichtbar wurden.

Da schrie er ziemlich laut.

Irgendwo zwischen den Schreien dieses Mannes und seinem Hotelbett zog Edward das alte Messer aus der Tasche. Er wog es in der Hand. Ein kleines, nutzloses Ding. Er könnte es einfach in den Mülleimer werfen. Oder in den Fluss.

Als Ruth aufwachte, stand Edward vor dem Bett. Er war betrunken. Das Messer war fort.

»Na schön«, sagte er. »Gehen wir zum Zirkus. Zeigen wir den Leuten mal das wahre Leben.«

# 27

## Ringmaster, 1926

Niemand, nicht einmal Mauve, hatte den Circus King gesehen. Und dennoch war er ihnen zu nahe gekommen. Sie mussten fliehen.

Als Erstes änderte Ringmaster ihren Tourneeplan, als sie in Lawrence die Sachen packten. Sie hatten zwei sichere Rückzugsorte, einen in Estes Park, Colorado, und einen auf dem vorreservierten Festplatz von Missouri Valley, Iowa. Davidson hatte angenommen, dass sie westwärts weiterreisen würden; das hatte er also dem Circus King verraten. Stattdessen ging es nach Norden, nach Missouri Valley.

Als Nächstes brauchten sie einen neuen Hauptmast. Mauve fand einen passenden im Jahr 1928. Er war in gutem Zustand. Sie nahmen Geld mit, ersteigerten ihn bei der Auflösung eines anderen Zirkus, sprangen zurück und gaben ihn Maynard, damit er das Zelt wieder instand setzen konnte.

Und dann musste Ringmaster mit der Truppe sprechen. Mit dem ganzen Zirkus auf einmal.

Sie versammelten sich bei Sonnenaufgang vor dem Zug, der inzwischen in Iowa abseits der Bahnstrecke auf einer nassen Wiese stand. Ringmaster stellte sich auf die Stufen zum Eingang des Speisewagens. Sie erinnerte alle daran, dass sie laut Vertrag jederzeit kündigen konnten. Sie hatte alle vorgewarnt, dass dieser Notfall eines Tages eintreten konnte, und der Tag war gekommen. Wer gehen wollte, sollte es bitte einer der drei Leiterinnen sagen und bis Mittwochmorgen seine Sachen packen. Sie würden ihre Gage bekommen und dazu eine Fahrkarte nach Des Moines, von wo es weitere Verbindungen gab. Wer bleiben wollte, hatte bis zum kommenden Freitag Urlaub, dann würde der Betrieb wiederaufgenommen werden.

Das Vierte, was Rin hinter sich bringen musste, war ein Gespräch mit Odette.

»Ich gehe nirgendwohin«, sagte Odette ruhig. Viel ruhiger, als Rin sich fühlte. Rin stand zitternd in der Ecke ihres Abteils und schaute aus dem Fenster, als würde jeden Moment der Circus King mit einer neuen Waffe ins Blickfeld springen.

Aber Rin hatte in dem Moment keine Angst. Sie zitterte vor Zorn. Es loderte in ihr.

»Er hat es auf dich abgesehen«, sagte Rin. »Ich kenne ihn. Er hat gesagt, dass er mir das Herz herausreißen wolle. Damit hat er nicht den Hauptmast gemeint, Odette. Er will dich benutzen, um mir weh zu tun.«

»Lass ihn doch«, sagte Odette. »Das soll er ruhig versuchen.«

»Nein«, antwortete Rin scharf. Sie wandte sich um. »Nein, Odette, du weißt nicht, wie er ist. Wenn er dir zu nahekommt, hast du keine Chance. Das lasse ich nicht zu. Du musst gehen.«

»Das kommt verdammt nochmal nicht in Frage«, sagte Odette.

»Ich musste meine Mutter begraben.« Rin trat näher und klopfte sich mit dem Zeigefinger auf die Brust. »Ich habe mitangesehen, wie sie gestorben ist. Wie ihr Licht ausgelöscht wurde, Odette. Du kannst nicht von mir verlangen, dass ich dir auch beim Sterben zusehe.«

»Mir wird er nicht das Licht ausknipsen, der Trottel«, sagte Odette. Wie sie dem Teufel ins Gesicht lachte, verleitete Rin fast, ihr zu glauben.

Rin presste die Lippen aufeinander. »Doch, Liebes, das wird er. Bei mir hat er es auch fast geschafft. Und er hat mächtige Männer ausgelöscht wie Geburtstagskerzen. Er hat ein Gespür dafür, was einem am meisten bedeutet, und das reißt er in Fetzen. Du musst hier verschwinden.«

»Ich bin eine erwachsene Frau und werde meine eigene Entscheidung treffen.«

»Ich will dich nicht verlieren!«, brüllte Rin.

»Ich wusste, worauf ich mich einlasse, als ich dich geheiratet habe!« Odette richtete sich hoch auf, und ihre Stimme war genauso laut wie Rins. »Glaubst du wirklich, dass ich mich verkrieche, wenn es hart auf hart kommt, und dich alleinlasse? Nein, hör auf damit, Rin, ich will kein Wort mehr hören. Wir bleiben zusammen. Und wenn er mich erwischt, dann war es meine eigene Entscheidung.«

Odette stand da, als wäre sie aus Stahl gegossen. Die Trapeztänzerin wankte kein bisschen, und sie ballte die behandschuhten Hände, als wollte sie damit die ganze Welt zerreißen. Der Zorn, der Rin zum Zittern brachte, brannte auch in ihr. Odette war sanft, aber nicht aus Schwäche. Rin würde nie zulassen, dass der Circus King Odette etwas antat. Und Odette würde Rin vor ihm beschützen.

Rin schloss die Augen. Atmete tief durch. Sie tastete nach ihrem nackten Handgelenk. Es war knochig geworden, die Haut faltig und trocken. »Wenn er mich holen kommt, dann lass mich gehen. Versuche nicht, mir zu folgen. Versprich's mir.«

»Rin, ich werde nie zulassen ...«

»Wenn er mich holen kommt, lass mich gehen«, sagte Rin noch einmal, lauter.

Odette verstummte, als wäre Rins Aufforderung eine Wand, die sie nicht durchbrechen konnte. Sie antwortete nicht. Aber Rin wusste, dass das so gut wie ein Versprechen war.

»Und wenn er mich holen kommt«, sagte Odette so leise, wie ein Vogel mit den Flügeln schlägt, wenn er landet, »dann musst du mich gehen lassen.«

Rin ließ die Hand auf den Tisch knallen. Sie schnappte sich ihren Schlagring, zum Selbstschutz. Sie zog ihn über die Faust und öffnete die Waggontür.

»Ich gehe nach Davidson schauen«, knurrte Rin.

»Rin«, sagte Odette. »Warte. Würdest ... würdest du *bitte* mal warten!«

Rin blieb auf der Schwelle stehen und schaute mit angespannten Schultern hinaus.

»Ich komme mit«, sagte Odette. Sie zog die Handschuhe aus. Ihre Hände waren gefährlicher als jede Waffe, die Rin hätte tragen können.

★

Die beiden marschierten durch frisch gemähtes Gras am Zug entlang, Odette in Hausschuhen und Rin in Stiefeln, angespannt und entschlossen. Rin hoffte, dass sie einschüchternd wirkten, aber vermutlich wirkten sie bloß müde.

Odette hüpfte auf die Stufen eines der Wohnquartiere, wickelte eine Hand in ihren Rocksaum und half Rin hoch. Sie öffneten die Tür. Sofort wich die Sonne einem staubigen Dunkel. Vom schmalen hölzernen Flur mit den Metallbeschlägen gingen wie Regale übereinanderliegende Schlafkojen ab. Alle anderen waren in den zweiten Schlafwagen gegangen, um Davidson Raum zu geben.

Davidson lag in einer der Kojen. Er war festgebunden, und seine Frau saß neben ihm Wache. Ringmaster stellte sich im engen Durchgang dazu. Als Davidson sie bemerkte, erkannte er sie offensichtlich, und ein hässliches Grinsen breitete sich auf seinem Gesicht aus wie ein Fleck auf einem Wischtuch. Er lachte. »Ich bin noch hier, Spätzchen.«

Rin hätte ihn am liebsten geschlagen. Aber sie wusste, dass das hier nicht er war.

»Odette«, sagte Rin. Sie nahm Mrs. Davidson sanft beiseite, während Odette ihrem Mann eine Hand auf der schweißnassen Stirn platzierte. Davidson beruhigte sich. Aber Odette zuckte wieder zusammen, wie am Abend davor, und wich bis zur Wand zurück.

»Odette?«, fragte Rin.

»Alles okay«, sagte Odette. »Ich ... da ist nichts, was ich ihm abnehmen könnte. Da drin ist nur Davidson, niemand sonst. Wie kann das sein?« Sie schaute Rin aus großen, schimmernden Augen an. Sie hatte Angst. Um Davidson, ja, aber auch um Rin.

Genau so war es auch für Rin einmal gewesen. Und Odettes Blick sprach Bände, als begänne sie endlich, durch einen Riss in der Oberfläche das ganze Ausmaß des Schreckens zu begreifen.

»War das bei dir auch so?«, fragten Odettes Blicke lautlos. Rin nickte.

»Wenn ich seine Stimme in meinem Kopf höre«, sagte Rin, »ist das nicht seine Stimme. Es ist meine. Ich bin es selbst.«

»Du ... du weißt aber trotzdem, dass er es ist, oder?«, fragte Odette.

Rin schüttelte den Kopf. »Es ist nicht er«, sagte sie. »Es ist nie er. Er bringt etwas in einem zum Vorschein.«

»Nein, nein, nein«, sagte Odette. »Das weißt du doch besser. Du weißt, dass *er* es ist, der dir weismacht, du würdest ... «

»Könnt ihr ihm denn nun helfen?«, fragte Mrs. Davidson. »Oscar, bitte komm zu dir.«

»Ruhe, alte Schlampe«, antwortete Mr. Davidson.

»Hallo?«, meldete sich eine andere Stimme.

Rin fuhr herum, den Schlagring um die Faust, die Ärmel hochgekrempelt. Aber da stand nur Jo, das Tageslicht im Rücken, das Gesicht ins Dunkel des Waggons gehüllt.

»Ringmaster, was zur Hölle ist mit Mr. Davidson passiert?«, fragte Jo und trat näher. Sie wirkte wie eine strenge Produktionsleiterin, die wissen wollte, warum jemand seinen Einsatz verpasst hatte.

»Warte draußen auf mich«, sagte Ringmaster, »hier drin ist Sperrgebiet.«

»Hey, Moment mal, ich habe gestern geholfen.« Jo ließ sich nicht aufhalten. »Wenn ihr hier drin eine Party feiert, will ich auch dabei sein.«

»Schätzchen, du musst wirklich gehen«, sagte Odette kühl.

»Wo ist dein Bruder?«, fragte Rin.

»Er hat gesagt, ich solle meine Nase nicht in Sachen stecken, die uns nichts angehen«, erwiderte Jo. »Deshalb ist er mit Kell schon mal in die Kantine gegangen.«

»Dann ist er klüger als du, dein Bruder«, bemerkte Rin.

»Ich lass euch nicht in Ruhe, bis ihr mir erklärt, was hier los ist.«

»Ach, nein?«, sagte Rin.

*»Kennst du schon Wheeeatiiiies?«,* sang Jo entsetzlich schief. Rin marschierte auf sie zu. *»Das Frühstück aus dem voooollen Kooorn? Kennst du schon Wheeea…«* Ringmaster hielt ihr den Mund zu. »Hmmm, hm hmm-hmm hm hm hmhm hmmmm…«

Ringmaster kniff die Lider zusammen. Jo erwiderte ihren Blick, streckte die Zunge heraus und leckte ihr über die Hand. Rin zuckte zurück und wischte sich mit einem »Urgs!« die Hand ab.

Odette und Mrs. Davidson warteten schweigend ab, ob das Mädchen in den Kreis der erwachsenen Frauen aufgenommen werden würde. Mr. Davidson lachte irr vor sich hin.

»Wir sind gleich wieder da«, sagte Rin. Sie bugsierte Jo auf die Einstiegsplattform hinaus. Die Tür schloss sich hinter ihnen. Rin seufzte, wischte sich die Hände an den Hosenbeinen ab und schaute alles an außer Jo.

Rin hatte jede und jeden im Zirkus vor dem Circus King gewarnt. Doch das hatte nicht ausgereicht, um Davidson zu schützen. Gerade um die machtvolle Jo hatte Rin jetzt Angst.

Schließlich sagte Rin: »Der Circus King hat ihn erwischt.«

»Und hat ihm ein derart tolles Angebot gemacht, dass er auf uns geschossen und unser Zelt kaputt gemacht hat?«, fragte Jo.

»Nein«, sagte Ringmaster, holte einen Zahnstocher hervor und steckte ihn sich in den Mund. Biss nervös darauf herum. Das war immer noch besser als eine Zigarette. Oder eine Flasche. »Nein, der Circus King hat seinen Spark eingesetzt. Er hat Davidson dazu gebracht, so zu denken wie er, hat Ideen wie Sprengsätze in seinen Kopf gepflanzt.«

»Darin besteht also sein Spark?« Jo hörte aufmerksam zu.

Ringmaster rieb sich die Augen. Sie hatte die ganze Nacht nicht geschlafen. Aber Jo hatte recht: Sie hatte am Vorabend versucht zu helfen. Sie war sehr mutig gewesen. Wenn sie alt genug war, im Zirkus mitzuarbeiten, war sie auch alt genug, mehr zu erfahren. Rin sagte: »Hast du mitbekommen, wie schnell wir gestern Abend zusammengepackt haben?«

Jo nickte. »M-hm.«

»Wenn der Circus King dir zu nahe kommt«, sagte Ringmaster, »kann er dich zu allem Möglichen zwingen, ohne dass du es selber merkst. Sobald du seine Stimme hörst, sobald er dich sehen kann, manipuliert er, was du siehst, was du hörst, sogar was du denkst.«

»Wow, das nenne ich mal einen aggressiven Konkurrenzkampf«, sagte Jo.

»Die Ringling Brothers haben Barum und Bailey die Waggons angezündet«, sagte Rin. »Und da waren nicht einmal Sparks im Spiel. Die beherrschen keine Gedankenkontrolle.«

»Und wir laufen einfach so weg?«, fragte Jo. »Ohne uns zu wehren? Er ist echt ein Fiesling!«

Ringmaster schnaubte und biss auf ihren Zahnstocher. Den Circus King einen Fiesling zu nennen, das war, als würde man einen Tornado als Windbö bezeichnen. Sie hatte schon Windhosen gesehen, mal vom Zug aus und mal vor dem Zelt. Einmal hatten sie eine Aufführung abbrechen müssen, weil der Himmel pechschwarz wurde und sich direkt über ihnen die Wolken herabsenkten und brodelten wie ein Whirlpool. Der Schlauch reichte nicht bis zum Boden, aber Rin war fassungslos gewesen, wie viele Menschen nicht auf die Idee kamen, sich in Sicherheit zu bringen. Ein erschreckend großer Teil ihres Publikums blieb in der Budengasse stehen und bestaunte etwas, das sie hätte töten können, wie einen Löwen im Zoo.

Keiner von ihnen konnte mit seinem Spark einen Tornado aufhalten. Niemand. Wenn ein Tornado kam, konnten sie zwar den Hagel und den Regen abwenden. Vor allem anderen konnten sie sich aber nur verstecken.

Rin sagte: »Gegen alltägliche Ungerechtigkeiten anzukämpfen ist das eine. Aber es gibt Dinge … und Menschen … gegen die man nicht ankommt.«

»Da haben wir ja Glück, dass er bloß mit seinem Zirkus herumtingelt und nicht die Weltherrschaft übernehmen will oder so was.« Jo vergrub die Fäuste in den tiefen Taschen ihres Overalls und zuckte mit den schmalen Schultern.

»Mit der Kunst kann man eine Menge Schaden anrichten, Jo«, sagte Ringmaster. »Wir wollen den Menschen helfen und zeigen ihnen positive Dinge. Er hält seine Shows für die ›Wahrheit‹, dabei zeigen sie bloß eine einzige, verzerrte Sicht auf die Wahrheit, die alles Positive weglässt. Er hinterlässt damit beim Publikum einen tiefen Eindruck. Und versucht, uns das Leben zur Hölle zu machen.«

»Also ist er böse?«

»Sparks sind wie alle anderen Menschen. Es gibt gute und schlechte und welche, die sich noch nicht entschieden haben«, sagte Ringmaster. »Der Circus King hat sich entschieden.«

»Warum halten wir ihn dann nicht auf?«

»Wir haben getan, was wir konnten, haben jeden vor ihm gerettet, der zu retten war. Manche der jungen Frauen in den Jahrmarktsbuden waren in den Sanatorien gelandet, und manche waren in seinem Zirkus. Auch Paulie McKinley, einer unserer besten Artisten, stand in seinen Diensten. Aber … wenn der Circus King seinen Willen bekäme …« Sie verstummte. Sah nur noch ein großes schwarzes Loch vor sich. »Stell dir vor, was er erst anrichten könnte, wenn er uns mit unseren Sparks unter seiner Kontrolle hätte. Die einzige Möglichkeit, uns vor ihm zu schützen, ist, verdammt nochmal, die Beine in die Hand zu nehmen. Verstehst du?«

»Sicher.« Jo ließ die Worte an sich abtropfen.

»Nein, Jo«, sagte Rin todernst. »Wenn er von deinen Fähigkeiten wüsste, würde er über Leichen gehen, um dich ins Programm zu holen. Und gestern Abend ... konnte ich dich nicht vor ihm schützen.« Die Worte blieben ihr an den Zähnen kleben wie in einem Albtraum. Sie hatte eben erst wirklich begriffen, dass es so war, erst als sie es aussprach. Hätte Davidson die Pistole abfeuern wollen, dann hätte ihn nichts daran gehindert. Hätte er jemanden töten wollen, wäre dieser Jemand jetzt tot.

Also trieb der Circus King nur seine Spiele mit ihnen.

Nein.

»Mich?«, sagte Jo. »Ich bin bloß eine Illusionistin. Ich kann keine Gedanken kontrollieren, kann nicht heilen ... «

Ringmaster schüttelte den Kopf. »Du kannst den Menschen zeigen, wie ihr Leben aussehen könnte. Wie sie es verdienen. Das ist viel machtvoller als jede unserer Maschen.«

»Du wirst mich noch größenwahnsinnig machen hier, als wäre mein Spark was Besseres.«

»Nein«, sagte Ringmaster. »Die Magie liegt nicht in deinem Spark, sondern darin, wie du ihn einsetzt.«

Jo öffnete den Mund, aber es kam kein Ton heraus. Ringmaster legte ihr eine Hand auf die Schulter und sagte leise: »Du bist noch ein Kind. Kümmere du dich darum, deine Sache gut zu machen, und ich kümmere mich um den Rest.«

»Davidson ist noch nicht wieder gesund, oder?«, fragte Jo.

»Nein«, sagte Ringmaster. »Ist er nicht. Und wir können nicht viel für ihn tun. Aber wir arbeiten daran.«

Jo schob sich an ihr vorbei, schlurfte in ihren alten Stiefeln über den Gitterboden der Plattform und schlüpfte durch die Waggontür.

»Jo!«, rief Ringmaster, aber Jo antwortete: »Ich kann ihm helfen! Du hast gesagt, ich könnte Leuten helfen, also lass es mich tun.«

»Schadensbehebung ist nicht dein Job, Kleine«, sagte Ringmaster und hielt die Tür fest, bevor sie sie ihr vor der Nase zuschlagen konnte. »Darum kümmere ich mich.«

»Lass mich ihm helfen!«, quiekte Jo.

Rin folgte Jo in den Waggon, und diesmal traf die Dunkelheit sie noch härter, so dass ihr Flecken vor den Augen tanzten. Mrs. Davidson schluchzte, Odette beobachtete und dachte nach, und Mr. Davidson lachte noch immer ein irres, dämonisches Lachen.

»Du kriegst deinen Oscar nie wieder«, sagte Mr. Davidson jetzt. »Ich habe dich nie wirklich geliebt. Ich bin froh, dass unser Junge gestorben ist. Du fette, hässliche Schlampe.«

»Hör auf«, sagte Jo streng.

Mr. Davidson schaute sie an und lachte dieses Lachen, das nicht seins war. Er wollte etwas erwidern, aber Jo hob die Hände.

Ohne ein weiteres Wort ließ sie ein Bild hervorschießen, das wirbelnd aufloderte wie ein Feuer im Kamin, bis es den Raum erfüllte. Aus der staubigen Luft drang dasselbe Lied wie aus dem Clownsauto des Paares. Mrs. Davidsons Gesicht begann sich abzuzeichnen. Sie war jung und trug ein Brautkleid. Dann lachte sie, als tanzte sie mit jemandem durch ein altes Haus, das zum Zuhause geworden war, und ihr Lachen war so anders als das Geräusch, das kurz davor das WQ durchdrungen hatte. Mrs. Davidsons Abbild alterte, die Schönheit einer sich entfaltenden Geschichte.

Mr. Davidson wurde ernst. Er biss die Zähne aufeinander. Er zitterte, als müsste er innere Kämpfe ausfechten, und wurde knallrot, sein Gesicht schmerzverzerrt. Dann brach er in Tränen aus.

Rin sah die Bilder davontreiben wie Seifenblasen, wie verrauchte Träume. Sie waren aus einzelnen flüchtigen Bemerkungen heraufbeschworen worden: fünfzig Jahre als Paar, wie gern sie getanzt hatten ... Jo hatte zugehört. Und sie hatte daraus eine Realität gewebt.

»Du hast dich an das mit dem Tanzen erinnert«, sagte Rin leise zu Jo. Die Illusionen waren verschwunden, aber jetzt hielten sich die alten Leute in der Realität umschlungen. Mr. Davidson zitterte und weinte, versuchte, sich aus dem Höllenloch herauszukämpfen, das Rin nur allzu gut kannte.

Rin legte Jo benommen eine Hand auf die Schulter. Jo schaute zu ihr auf. »Tut mir leid«, sagte Jo. »Ich konnte nicht einfach nichts tun.«

»Ich weiß«, sagte Rin. Und das tat sie, bei G'tt.

Rin, Odette und Jo blieben noch eine Weile, dann ließen sie die Davidsons sich ausruhen, Mrs. Davidson an ihren noch immer festgebundenen Mann gekuschelt. Die drei Jüngeren traten wieder ins Tageslicht hinaus.

Jo sagte: »Ich dachte ... wenn er sich an etwas erinnert, das nichts mit dem Circus King zu tun hat ...«

»Klug von dir«, sagte Rin. Sie dachte an die Nacht, als sie sich endlich aus dem Bann des Circus King löste. Sie ... sie ... hätte es fast nicht geschafft. Es hatte mehr gebraucht als Erinnerungen, oder? Etwas Komplexeres als die Vorstellung zu tanzen. Und selbst nachdem sie geflohen war, hatte manches nicht aufgehört. Sie hatte gespürt, wie er an ihren Adern riss, sich in ihre Lungen krallte ... Dem Circus King konnte man nur entwischen, wenn man sich aus diesem tiefschwarzen Loch herausgrub und betete, dass man davonkommen würde.

Manchmal fragte sie sich immer noch, ob sie wirklich entkommen war.

»Du wirst ja so sentimental«, spöttelte Jo. »Du müsstest dich mal sehen, du alter Teddybär. Sag ruhig noch mal, wie klug ich bin, mach direkt so weiter. Ich mag Komplimente.«

Ringmaster zwang sich zu einem Lachen. Das tat sie so selten, dass es fast ein bisschen angestaubt klang. »Du hast bei den Davidsons auf die kleinen Details geachtet. Das ist was Besonderes.«

»Na ja«, sagte Jo mit einem Schulterzucken, »als du mir alle vorgestellt hast, hast du lauter solche Sachen erwähnt. Also ... liegt es vielleicht daran, dass dein Ding mit ›den Menschen ein Wohlgefallen‹ auf mich abfärbt.« Sie zwinkerte Rin zu.

Rin war gar nicht aufgefallen, dass sie das getan hatte. Das Kompliment machte sie sprachlos. Sie musste aussehen wie eine durchgebrannte Glühlampe, stellte sie sich vor, während ihre Frau und ihr Schützling vergeblich auf Antwort warteten.

»Ich glaube, du versuchst immer allein, alle Schäden zu beheben«, sagte Jo schließlich.

»Da ist was dran«, sagte Odette und strich Rin mit ihren schützenden Handschuhen über den Rücken.

»Wir haben alle unsere Aufgaben«, sagte Ringmaster. »Meine ist nicht wichtiger als jede andere in diesem Zirkus. Aber es ist meine. Und nicht jeder kann sie übernehmen. Bei Odette ist es auch so: Sie kann heilen und trösten. Und Mauve kann Dinge vorhersehen, kann gut planen und die Finanzen regeln.«

»Und du bist eine Anführerin«, sagte Jo.

»Und du auch«, sagte Ringmaster. Hoffentlich spürte Jo, dass sie es ernst meinte.

»Na dann«, sagte Jo, trat einen Schritt zurück und lüpfte ihr Hemd, als wollte sie einen Mantelkragen hochschlagen. »Mein Job ist jetzt erledigt.«

»Nicht mal annähernd«, sagte Ringmaster leise zu sich selbst, als sie dem Mädchen nachsah, und Odette strich ihr wieder über den Rücken.

»Ich muss dir erzählen, was Mrs. Davidson über Jo gesagt hat, als du mit ihr draußen warst«, sagte Odette. Bei ihrem Tonfall verblasste die Sonne, denn es klang nach einer weiteren Warnung.

Rin schaute sie an.

Odettes Blick ruhte schon auf ihrer großen Liebe. »Ihre Bettnachbarn haben Angst vor ihr«, sagte sie. »Sie beschwört im Schlaf Albtraumbilder herauf. Charles muss sie manchmal wecken, damit es aufhört. Ich musste Mrs. Davidson versichern, dass sie ihrem Mann nichts Schlimmes antun würde. Am liebsten hätte sie Jo nicht mal in seine Nähe gelassen.«

»Das heißt, die Kleine ist gefährlich. Sind wir das nicht alle?«, antwortete Rin. »Sie hat da drin gerade etwas Gutes getan.«

Odette nickte. »Ich sage nur, dass sie kompliziert ist.«

Rin schaute zu der Wiese vor der Kantine, wo sich alle zum Mittagessen versammelt hatten. Es herrschte ein reges Treiben. Maynard hatte sich vervielfacht, um mehr als ein Sandwich auf einmal essen zu können. Tina und Ford redeten leise miteinander, und Agnes prahlte, sie könne im Schwimmbecken jenseits der Straße so weit schwimmen wie quer über den Ärmelkanal. Kell, Jo und Charles steckten die Köpfe zusammen, und Jo versuchte, Kell seine Kartoffelchips abzuschwatzen. Jess und Yvanna unterhielten sich anscheinend über etwas, das mit ihren Kostümen zu tun hatte. Ming-Huá schrieb in ihr Tagebuch. Die Tische waren voll besetzt; statt höflich den Senf weiterzureichen, warfen ihn sich die Artistinnen zu. Hin und wieder schaute jemand zum Schlafwagen hinüber und fragte sich offenbar, ob es Davidson besser ging.

»Warum ist es so voll?«, fragte Rin. »Warum packen sie nicht ihre Sachen? Ich habe gesagt, bis wann sie kündigen sollen, und jetzt trödeln sie. Sie müssen zum Bahnhof. Wollen sie erst bis nach dem Essen warten?«

Odette hob eine Augenbraue. »Rin«, sagte sie. »Sie bleiben alle hier.«

»Wie bitte?«

»Überrascht dich das wirklich?« Odette lächelte nicht bei dieser Frage; es erstaunte sie, dass Rin so erstaunt war.

»Äh, ja?«, sagte Rin. »Kapieren sie nicht, wie groß die Gefahr ist? Wir sind …«

»… eine Familie«, sagte Odette. Es lag Trauer in ihrem Blick. »Wir sind deine Familie.«

# 28

## RINGMASTER, 1926

In Missouri Valley roch es nach schlammigem Wasser, weiten Prärien, Kühen und heraufdämmernden Sommertagen. Die Sonne schien Rin und Jo ins Genick, als sie auf einem Feld westlich des Festgeländes ein ruhiges Plätzchen suchten. Es waren Leute aus der Stadt gekommen, um ins Schwimmbad zu gehen, den Zügen nachzuschauen oder einen Blick auf einen magischen Spark zu erhaschen. Aber auf diese Entfernung, von dem Zug und einer Baumreihe abgeschirmt, war Jo vor ihren Blicken verborgen.

»Ähm, ist das nicht Privatbesitz?«, fragte Jo, als ihr die Furchen im Boden und die kniehohen Maispflanzen auffielen.

»Solange du nichts zertrampelst, dürfte das kein Problem sein«, sagte Rin. Sie wankte kurz, denn der Schlamm in den Furchen war rutschig. Sie hatten den Regen zum Glück verpasst, aber weil sie abseits der Schienen gelandet waren, machte ihnen der Schlamm zu schaffen. »Also. Ich habe gehört, was nachts bei dir los ist. Albträume, ja?«

Jo blickte in den Himmel, als müsste sie sorgfältig den Sonnenstand prüfen. Sie beschattete ihre Augen und fühlte sich offenbar ertappt. Schließlich schüttelte sie den Kopf. »Ich dachte, das würde aufhören, sobald wir Omaha hinter uns hätten.«

»Magst du mir davon erzählen?«

»Türen«, sagte Jo. »Charles sagt, ich träume von lauter Türen, und die schreien echt schlimme Sachen.«

Rin hätte am liebsten losgeprustet bei der Vorstellung, dass sich eine gestandene Frau wie Mrs. Davidson beim Anblick von Türen fürchten könnte, die mit den Knäufen knirschten und fluchten. Aber sie wusste es besser. Türen konnten beängstigender sein als vieles andere – es stand immer etwas dahinter.

Jo zuckte mit den Schultern. »Ich weiß nicht, was ich dazu sagen soll. Vielleicht kann ich ein schickes Privatgemach kriegen, wie du eins hast?«

Rin erlaubte sich ein Lächeln. »Wenn du deinen eigenen Zirkus gründest und die Finanzen regelst, kannst du alleine schlafen. Bis dahin musst du lernen, diese Sache in den Griff zu kriegen.«

Jo verdrehte die Augen. »Ach, weiter nichts, ja?«

Ringmaster hob die Arme vor ihrem Körper, als wollte sie das Morgenlicht berühren. Sie schloss die Augen, atmete tief ein und langsam wieder aus. »Wenn du ganz still bist, dann spürst du eine elektrische Spannung in dir. Das ist dein Spark. Und mit dem musst du Frieden schließen.«

Jo streckte die Zunge heraus. Ringmaster stieß sie mit dem Ellbogen an. »Aua!«

»Streck die Arme aus.«

»Kann ich nicht vielleicht Charles holen?«, fragte Jo. »Ich … ach, egal. Es geht schon. Ich werde …« Sie schloss die Augen und atmete zitternd aus. »Es geht schon.«

»Willst du vielleicht doch deinen Bruder holen?«

»Schon, aber ich will nicht, dass er sieht, was da vielleicht rauskommt … Wenn es nicht sein muss …« Sie setzte neu an. »Er hat meinetwegen schon genug durchgemacht.« Dann richtete sie sich auf und schüttelte ihre Hände aus. »Dann sag mir mal, was ich tun soll. Ich spüre gar nichts. Ich bin zu nervös.«

»Aus irgendwelchen Gründen«, sagte Ringmaster, »wurde von allen Menschen auf der Welt einem einzigen etwas ganz Besonderes gegeben. Und dieser Mensch bist du.«

»Ja, voll besonders«, sagte Jo. »Es sind alle ganz neidisch darauf, was wir Sparks Tolles haben.«

»Es ist nicht einfach«, sagte Rin, »da hast du recht. Wir alle hätten es leichter im Leben, wenn unser Spark nicht wäre. Aber wir können es als einen Fluch betrachten« – Ringmaster nahm Jos Hände und hob sie langsam und behutsam an –, »oder wir können es als eine Gabe nutzen. So, wie du es bei Mr. Davidson getan hast.«

Jo öffnete die Augen. Die Sonne beschien sanft ihre bleichen Wangen, ihre schmale Nase, ihre gerunzelten Brauen. Rin ließ nicht los.

»Von jetzt an«, sagte Ringmaster, »schreibst du deine eigene Geschichte.«

»Meine eigene Geschichte?«, fragte Jo. »Die Leute wollen mich tot sehen. Mein Vater hat mich verkauft. Einmal wollte ich eine Hose tragen, und was er da zu mir gesagt hat ... Dich würde er als einen schlechten Einfluss sehen, weißt du. Er würde diesen Zirkus hassen.«

»Tja, dieser Zirkus würde deinen Vater auch nicht besonders lieben«, sagte Rin trocken. Sie drehte geduldig Jos Handflächen nach oben. »Dein Dad scheint sich in ziemlich vielen Dingen geirrt zu haben. Meinst du nicht, dass er sich auch in dir geirrt hat?«

Jo schaute zu Boden. Aber sie lief nicht weg.

»Also«, sagte Ringmaster. »Welche Bilder brauchst du, damit die Türen verschwinden?«

Jo schluckte. »Gar keine. Mir geht's bestens.«

Ringmaster blieb beharrlich. »Du brauchst vor mir nicht stark zu tun. Ich bin deine Lehrerin. Jetzt lass es raus, was du sehen musst.«

Jo kniff die Lider zusammen, wie um abzuschätzen, was Rin als Lehrerin taugte. Rin versuchte, sich daran zu erinnern, wie sie selbst als junge Frau zu ihrer Mutter aufgeblickt hatte. Es hatte sich angefühlt, wie unter der Krone einer Eiche zu stehen, die fest verwurzelt war, geerdet, und die ihr inneren Halt gab.

Tja, Rin war wohl eher keine Eiche, aber sie war hier.

Jo nickte. »Na gut«, sagte sie. »Aber lauf nicht weg.«

»Natürlich nicht.«

Jo schaute auf ihre Finger, die Rin hob und stützte. Sie atmete ein, atmete aus. Die Farben des hellen Morgenhimmels zerflossen zum schummrigen Inneren einer Wohnung in Omaha. Dieses Dunkel verbreitete sich und regnete herab, bis die beiden Frauen in dem alten Wohnzimmer standen, aus dem Jo einst geflohen war.

Jo schielte zu Ringmaster herüber. »So, geschafft.« Sie grinste entschuldigend. *»Gut gemacht, Kleine«,* sagte sie dann und äffte Ringmasters Tonfall nach. *»Du bist ein voll besonderes Genie*. Wow, so spät schon!«

Ringmaster lächelte nicht, und sie ließ nicht los.

Jo senkte beschämt den Blick. In dem Moment begann sich in dem Wohnzimmer, das Jo in die Luft gemalt hatte, eine Tür zu öffnen.

Langsam schwang die Tür nach innen auf, und dahinter standen Jos Eltern und starrten durch Jo hindurch. Sie war ein Nichts. Es gab kein Band zwischen ihr und den beiden, auch wenn sie sich noch so sehr wünschte, dass eine unzerreißbare Kette sie zusammenhielte. Rin spürte dieses Ziehen, die Sehnsucht, die sie innerlich ins Stolpern brachte, als wäre sie ins Leere getreten. Sie wollte, dass sie jemand wollte.

Aber Jo hatte irgendetwas von draußen mit hereingeschleppt, oder es war, als dränge ihr Giftschlacke aus den Poren. Ihre Eltern waren traurig und verloren, und in ihren Blicken lag eine Wut, die Jo selbst dort hineingelegt hatte. Sie hatte sich so bemüht, es zu vermeiden; sie war auf Zehenspitzen gegangen, hatte versucht, sich zu bessern. Sie wünschte, ihre Eltern würden sie in den Armen halten. Aber das konnten sie nicht. Jo war nicht zu halten.

Dann zerfloss das Zimmer und wich einer Szene außerhalb der Wohnung, wo eine leise Unterhaltung stattfand. Jo und Ringmaster schauten von jenseits der Tür auf die Straße hinunter, als wären sie Geister oder Spione oder beides.

Rin erinnerte sich daran. Irgendwie. Obwohl die Erinnerung nicht aus ihrem eigenen Leben stammte.

»Ein Mädchen mit so großer Macht«, sagte ihr Vater zu ihrer Mutter, mit der er sich eine Zigarette teilte.

Ihre Mutter nahm mit gespitzten Lippen einen tiefen Zug. »Es heißt doch, dass sie Frieden geschlossen haben«, sagte die Mutter. »Und dass sie vielleicht sogar gut sind.«

»Von wegen gut«, sagte der Vater. »Ich sehe doch, was sie nachts veranstaltet.« Dann schob er unwirsch nach: »Sie hat sich schon davor wie ein Mannweib benommen, und jetzt ... «

»Sie haben mich schon immer gehasst«, sagte Jo zu Ringmaster. »Ich war ein nutzloser Esser, ein Reinfall von einer Tochter, und sie waren genervt von mir.«

»Du warst ein Kind«, sagte Ringmaster.

»Tja, und das Kind hat ihnen noch weniger gefallen, als es alles um sich herum mit seinen Albträumen verpesten konnte«, sagte Jo.

»Und ist es das, was du tust?«, fragte Ringmaster. »Glaubst du, dass sie wussten, wer du bist?«

Jo zuckte mit den Schultern. Sie betrachtete ihre Mutter. In Rins Magen ballte sich etwas zusammen, ein kriechender, kratzender Parasit. Die Grausamkeit des Vaters konnte sie beinahe verstehen; Jos Vater hatte sich von Anfang an ferngehalten, war unberührbar geblieben. Aber ihre Mutter hatte sie ausgetragen und geboren. Ihre Mutter war selbst einmal ein Mädchen gewesen. Ihre Mutter hätte ihr Halt geben sollen, hätte sie vor Menschen wie ihrem Vater beschützen sollen. Und dann das.

Das Gesicht von Jos Mutter rückte in den Fokus, während alles andere im Hintergrund verschwamm. Ein Gefühl fegte über Ringmaster und Jo und das Feld, auf dem sie standen, hinweg wie eine Seuche – ein Gefühl des Verrats. Genau das hatte Jo empfunden (und Rin erinnerte sich irgendwie daran), als sie ihrer Mutter anvertraut hatte, dass sie es gewesen war, die vergessen hatte, das Tor zu verriegeln, so dass die Schweine aufs Feld hinausgelaufen waren, und im nächsten Moment hatte die Mutter sie dem Zorn ihres Vaters ausgeliefert. »Tja«, hatte ihre Mutter ohne jede Reue gesagt, »du hättest eben daran denken müssen, das Tor abzusperren. Du bist das selbstsüchtigste, stumpfsinnigste Kind, das ich je gesehen habe.«

Da war diese Sehnsucht, ihre Mutter zu berühren. Aber ihre Mutter fühlte nichts. Weniger als nichts. Wie nennt man die Abwesenheit von Liebe? Nicht Hass. Auch nicht Apathie. Es war wie das Warten auf jemanden, der niemals heimkommt.

Nein, das war nur eine Illusion. Rins Mutter hatte Rin von ganzem Herzen geliebt. Diese Einsamkeit hatte Rin mit ihr nie kennengelernt. Sie hatte viel Schmerzliches erlebt, hatte vor vielen Türen gestanden, bei denen sie nicht wissen wollte, was dahinter war, aber nie bei ihrer Mutter. Sie musste raus aus diesem Traum.

»Jo«, sagte Ringmaster. »Jo, konzentriere dich.«

Jo schloss die Augen. Sie ballte die Fäuste. Rin begriff, dass Jo den Schmerz wieder in sich vergraben wollte, ihn wieder herunterzuschlucken versuchte. Aber nachdem sie ihn einmal herausgelassen hatte, war es unmöglich, ihn wieder einzufangen.

»Lass es los«, sagte Ringmaster. »Schluck's nicht runter, sondern lass es raus.« Ringmaster umfasste Jos Hände und öffnete behutsam ihre Fäuste. »Ganz locker lassen.«

»Warum hat sie mich nicht beschützt?« Jo hielt die Augen geschlossen. »Warum hat sie ihn mehr geliebt als mich? Warum war ich ihr nie gut genug? Ich habe mein Bestes gegeben.«

»Das hast du«, sagte Ringmaster. »Und sie nicht.«

Jo öffnete die Augen. Die Wohnung und ihre Mutter verschwanden.

Ringmaster ließ erschöpft ihre Hände sinken. Aber nicht mitleidig. Sie empfand etwas Sanfteres. Oder etwas Raueres vielleicht. Das Feuer, das darauf brannte, Odette zu beschützen, oder den Zorn, den sie zurückzuhalten versucht hatte, als ihr auffiel, dass sie dem Circus King nie hätte begegnen müssen.

Jo hätte all diese Albträume nie haben müssen.

»So sollte ein Zuhause nicht aussehen«, sagte Rin. »Nicht alle Eltern sind so.«

»Ich kenne keinen, der eine glückliche Kindheit hatte«, sagte Jo.

»Ich hatte eine«, sagte Rin. »Und du hattest etwas Besseres verdient.«

Etwas vollzog sich zwischen ihnen.

»Es lassen sich oft nicht alle Fragen auf einmal beantworten«, sagte Rin und ließ Jos Hände los. »Aber ich hoffe, du weißt, dass wir … dass wir dich sehen.«

»Na sicher, was auch immer das heißen soll«, schnaubte Jo und schob Rin von sich weg.

Rin kniff die Lider zusammen. Jo wollte gehen. Rin war noch nicht fertig.

»Na«, sagte Rin und blickte aufs Feld hinaus. »Dann schauen wir doch mal, was das heißt. Zeig mir dich selbst.«

Jo machte große Augen. »Äh … Ta-dah!«, sagte sie und zeigte auf ihre Brust.

»Mit deinen Händen«, sagte Rin ernst. »Heb die Hände und zeig mir dich.«

»Ich stehe vor dir.«

»Diese Klugscheißer-Scharade kenne ich schon«, sagte Rin. »Und wir können die ganze Probe drauf verschwenden, hier nur rumzustehen, oder du kannst es einfach tun. Heb die Hände. Zeig's mir.«

Jo hob die Hände, aber es erschien nichts.

»Na, komm«, sagte Rin.

»Ich mach das nicht, um dich zu ärgern!«, sagte Jo. »Mir fällt einfach nichts ein! Ich …« Sie verstummte.

Jo war die Tochter ihres Vaters gewesen. Der Schatten ihrer Mutter. Ein Freak. Ein Problemfall. Sie war Charles' Zwillingsschwester, Rins Schülerin. Und sie war eine Zirkusartistin.

»Mir fällt nichts ein«, sagte Jo.

Rin schaute auf ihre eigenen Hände. »Ich wünschte, ich hätte deinen Spark«, sagte sie. »Dann könnte ich dir zeigen, was ich in dir sehe. Aber leider bist du hier die Einzige, die Bilder heraufbeschwören kann, also musst du das wohl übernehmen.«

Jo schwieg. Dann sagte sie sehr leise: »Könntest du mir sagen, wie das aussehen würde?« Ringmaster schaute sie fragend an. »Ich meine, wenn du ein Bild von mir heraufbeschwören könntest, wie würde das aussehen?«

Damit hatte Ringmaster nicht gerechnet. Jetzt stand sie da wie eine liegen gebliebene alte Klapperkiste. Wenn sie von Jo erwartete, ihr das Herz auszuschütten, dann musste Rin auch umgekehrt offen sein. Aber wenn sie sich zu sehr öffnete, dann wäre sie für Jo nicht mehr Ringmaster, die Zirkusdirektorin. Sie wäre ein normaler Mensch mit mehr als einem Knacks. Und für Jo musste sie mehr als ein normaler Mensch sein; sie musste ihre Lehrerin sein.

»Bitte, ja?«, sagte Jo. »Wie würde das aussehen? Du hast gesagt, dass du mich siehst, also sieh mich. Ich will kein Klugscheißer sein, und ich verstehe schon, dass ich es selbst sehen muss, bla-bla und so weiter, dass ich mich selbst lieben muss, damit andere mich lieben können, bla-bla, aber manchmal ist es ganz schön schwer, sich zu lieben, bis jemand anderes …«

Bis jemand anderes uns sagt, dass wir liebenswert sind.

Eine sanfte Brise fuhr durch das Gras der nahen Wiesen, das Meer des Mittleren Westens. Und die zwei Sparks schauten einander aufmerksam an. Was hätte Odette jetzt gesagt?

Was hätte Rins Mutter gesagt?

Sie hatte so viel Zeit damit verbracht, an den Tod ihrer Mutter zu denken, dass viele Erinnerungen an ihr Leben davongeflogen waren wie Propellersamen. Aber Rin sah immer noch vor sich, wie sie damals im Park mit einem warmen Lächeln auf ihre Tochter hinuntergesehen hatte.

Rin räusperte sich, dann sagte sie mit Bestimmtheit: »Ich würde ein Feuerwerk zeigen. Mit Musik untermalt. Dazu dich und deinen Bruder und die Dinge und Orte, die ihr beide liebt. Drumherum Farbwirbel, die sich ausbreiten, um die Welt zu heilen. Du bist deine eigene Geschichte, nicht die Nebenfigur für irgendjemand sonst.« Sie fügte noch hinzu: »Ich würde sichtbar machen, wie du leuchtest.«

Jo schwieg kurz, als schluckte sie etwas hinunter. »Wenn ich so eine Leuchte wäre, dann würde ich den Leuten keine Angst machen, wenn ich wütend bin, so wie den Männern in Omaha. Und ich hätte nicht so … schlimme Sachen über meinen Dad gedacht, als er uns verkauft hat.«

Rin stellte sich neben sie und legte ihr eine Hand auf die Schulter. »Das tut dir jetzt leid, oder?«

»Äh, ja?«

»Es gibt eine Menge Leute, denen es gar nicht erst leidtun würde. Du hast etwas gelernt. Du wirst daran wachsen. Und eines Tages wirst du dir hoffentlich verzeihen können. Das hast du nämlich verdient.«

Es war, als würde ein Wasserrad Jos Gefühle vom Herzen zu den Augen befördern, wo sie überliefen. Sie vergrub das Gesicht in den Händen und schluchzte leise.

Rin war erschüttert, aber sie sagte nur: »Lass es raus.«

Und das tat Jo. Ihre Tränen waren aus all den Erinnerungen gewebt, die Rin gerade mit ihr durchlitten hatte. Ihre Mutter. Ihr Vater. Die Türen. Die Angst. Die Enttäuschung. Nein, nicht Enttäuschung. Zorn. Sie und Charles waren auf sich allein gestellt gewesen.

Es war nicht fair, dass sie auf sich allein gestellt gewesen waren.

Rin zog Jo an sich und hielt sie. Zugleich war es, als hielte Ringmaster Jos Schmerz in ihren starken Armen. Als nähme sie ihr so viel davon ab, wie sie tragen konnte.

Und Jo klammerte sich fest, als hätte sie seit fünfzehn Jahren nach dieser Umarmung gesucht.

# 29

## RINGMASTER, 1926

Vor den Aufführungstagen kamen die Probentage. Das bedeutete stundenlange Einsatzdurchläufe, Detailproben, Kampfszenenproben. Abends war dann Zeit, sich zu entspannen.

»Mach die Arbeitsbeleuchtung aus, Maynard«, sagte Rin.

Maynard tat es. »Blackout.«

»Verstanden, Blackout!«, riefen die versammelten Artistinnen zu den Maynards hoch.

Die seltsam fluoreszierende, glimmende Arbeitsbeleuchtung erlosch, und sie standen im Dunkeln.

»Einsatz auf dein Kommando, May-May«, sagte Rin. Sie scharrte im Staub wie ein Rennpferd in der Startbox.

»Cue eins, bereit«, sagte Maynard links über ihr. »Cue eins, los!«

Ein Scheinwerfer sprang an und beleuchtete die Mitte der Manege.

Rin trabte auf den Lichtkegel zu. »Und wir schreiten majestätisch, schreiten, schreiten ... bis genau hier«, sagte Rin. »Bin ich ausgeleuchtet?«

»Yep«, sagte Maynard.

»Bla-bla, willkommen im Zirkus, Begrüßung ... «, sagte Rin. »Und dann die Einsatzübergabe an dich, Maynard.«

»Alles klar, danke«, sagte Maynard. »Cue zwei, bereit. Musik, bereit für Cue drei.«

»… Phantastischer Zirkus!«, rief Rin mit großer Geste in die Runde.

»Cue zwei, los! Cue drei, los!«

Sämtliche Bühnenleuchten sprangen an. Mr. Calliope ließ erhebende Marschmusik ertönen.

Und die Artisten kamen für die Eröffnungsparade hinter der Gardine hervorgelaufen. Sie sahen ein bisschen anders aus als während der Aufführungen: Manche trugen Jeans oder Arbeitskleidung, manche waren in Unterwäsche oder im Korsett, als wären sie direkt aus dem Bett in die Manege gelaufen.

Dieses kleine Geheimnis der Bühnenkunst liebte Rin besonders: Das Publikum warf sich groß in Schale und zahlte gutes Geld, um eine glamouröse Show zu bewundern, und diese Show wurde ihnen von ungehobelten Gaunern geboten, die Stunden davor noch in Unterwäsche ihre Einsatzdurchläufe durchgenudelt hatten.

»Cue vier, bereit«, sagte Maynard.

»Warum sind Cue zwei und drei zwei verschiedene Einsätze? Könnte man die nicht zusammenlegen?«, fragte ein Maynard den anderen.

»Alles stopp!«, rief Maynard aus.

Die Artisten und Technikerinnen blieben stehen. »Verstanden, stopp!«

★

Rin verstand sich auf die Kunst, als Außenseiterin im Mittleren Westen zu leben. Sie hatte gelernt, zwischen den Ritzen im Pflaster zu existieren, in dunklen Seitengassen Zuflucht zu finden und im Untergrund zu verschwinden, ohne dass irgendwer in der Außenwelt merkte, dass es den Untergrund gab. Und ja, es gab ihn.

Wer von der Küste kam, staunte oft darüber, dass es hier in der Provinz zwischen den Lössbergen und den Sojabohnenfeldern ein pulsierendes Gemeinschaftsleben von Sparks gab. Aber Sparks gab es überall, also fanden sie sich auch überall zusammen. Man musste sie nur finden.

Am Abend des Probentags erschien eine Gruppe von Zirkussparks in der Seitengasse neben einem kleinen blauen Theatergebäude auf der Broadway Avenue von Council Bluffs. Es war immer einfacher, sich mit einem Sprung an den Zielort zu versetzen, aber heute gab es andere Gründe, die Truppe per Spark zu transportieren. Den Weg von Missouri Valley bis zum Chandelier in Council Bluffs zu Fuß zurückzulegen wäre gefährlich gewesen. Im besten Fall wären ihnen misstrauische Blicke und eine lähmende Angst die ganze Hauptstraße hinunter gefolgt.

Die Seitengasse lag zwischen zwei alten Holz- und Ziegelbauten. Gras und Löwenzahn drangen durch das Pflaster, und über allem lag der Gestank eines Müllcontainers am Eingang.

Aber weiter hinten hing eine reich verzierte Laterne von einer eisernen Markise herab. Rin zeigte darauf, und Jo schaute skeptisch hoch. Ihre Zeitungsjungenmütze warf einen Schatten auf ihr Gesicht. Die Laterne schien nicht ganz hierherzupassen, war aber auch nicht so ungewöhnlich, dass sie einem Passanten auf den ersten Blick aufgefallen wäre. Doch im nächsten Moment erlebte Jo, wie ihre Begleiter einer nach dem anderen sich in Luft auflösten, sobald sie unter das eiserne Gestänge traten.

»Siehst du?«, sagte Rin. »Daran erkennt man einen Zufluchtsort für unsereins. Wenn du dich bedroht fühlst, halt nach einer eisernen Laterne Ausschau. Eisen, weil es angeblich schlechte Einflüsse fernhält, und eine Laterne wegen der Sparks.«

»Aber wie sicher kann so eine Zuflucht sein, wenn es auch bedrohliche Sparks gibt?«, fragte Jo. »Könnte nicht der Circus King hier einfach so reinspazieren?«

»Das könnte er«, sagte Rin. »Aber Problemfälle gibt es in jeder Gruppe. Selbst wenn wir Zufluchtsorte haben, müssen wir immer noch aufeinander achten.«

Jo nickte. »Eine Geheimgesellschaft«, sagte sie. »Nobel, nobel!«

»Ach, hör schon auf«, sagte Rin.

»Nein wirklich, bonfortionös!«, sagte Jo und gab sich einen Schmatzer auf die Fingerspitzen. Rin zog Jo die Mütze ins Gesicht, und Jo schubste sie.

»Komm jetzt«, sagte Rin. »Unter dem Vordach ist eine Tarnbarriere. Sie sind nicht weg, sondern bloß nicht mehr zu sehen.«

»Hallo!«, meldete sich Mauve von der anderen Seite.

»Oh weh, ich dachte, sie wären alle tot!«, spottete Jo. Und dann: »Allererste Sahne!«

»Rein mit dir.« Rin schob sie vor sich her und wirbelte hinter der frechen Vogelscheuche mit der Stiefelspitze den Staub auf.

Mauve, Kell und Charles waren schon hinter der Barriere verschwunden. Hinter Rin und Jo ging Odette, die sich leise mit Agnes, Ming-Huá und Jess unterhielt. Hinter ihnen wiederum plauderte Bernard unter lautem Gelächter mit Maynard, den er gezwungen hatte mitzukommen – oder zumindest zum Teil mitzukommen. Ein anderer Teil von Maynard war im Zirkus geblieben, ein weiterer war der Truppe vorausgereist, um das nächste Gastspiel zu organisieren, und ein kleines bisschen von Maynard versuchte hier, das Nachtleben zu genießen.

Odette schaute sich um, ob sie nicht von Anwohnern beobachtet wurden, dann biss sie sich neckisch auf die Lippe und ergriff Rins Hand. Sie gingen zusammen durch die Tarnbarriere.

Es schien sich nichts zu verändern, außer dass plötzlich das Gefühl wegfiel, sie wären auf einer Bühne. Als wären sie hinter die Kulissen außer Sicht geschlüpft und könnten endlich tun und lassen, was sie wollten. Sie konnten sein, wovon sie schon immer geträumt hatten, und die meisten Sparks träumten ganz einfach davon, sie selbst sein zu dürfen.

Rin spürte, wie sich ihre Schultern entspannten.

Vor ihnen lag jetzt ein hoher steinerner Torbogen, von dessen Schlussstein ein prachtvoller Kronleuchter herabhing. Seine goldglänzenden Messingarme wanden sich zu Spiralen wie bei einer blühenden Ranke, und stilistisch lag er irgendwo zwischen Art déco und der Edwardischen Epoche. Statt mit Kerzen war der Kronleuchter mit flackernden elektrischen Lampen bestückt. Übergroße Klunker in bunten Farben, rot und blau, grün, lila und orange, baumelten wie das protzige Geschmeide einer Gräfin daran herunter. Das war der Eingang der berühmten Chandelier Dance Hall.

Rin zog Odette an sich und legte den Arm um sie. Odette küsste sie innig, vor allen Leuten, ohne Angst. Hier konnte Rin die Anspannung loslassen, die sich sonst wie ein Kreisel in ihr drehte. Sie erlaubte sich probehalber ein Lachen, und dann lachte sie herzhaft und erwiderte den Kuss.

Sie sah Charles und Kell ein Stück voraus. Kell hielt Charles die Hand hin, und Charles nahm sie.

Mauve und Jess hatten sich untergehakt und tanzten der Gruppe voraus in den gemauerten Durchgang. Sie kamen an eine Treppe und tasteten sich dunkle Stufen hinunter in einen Untergrund, aus dem Licht heraufdrang: Weitere Kronleuchter erhellten einen Raum, der wie ein ehemaliger Weinkeller aussah.

Der Abend lief schon auf vollen Touren – überall wurde getanzt und gelacht und strömten Sparks auf der Suche nach etwas zu essen zum Tresen. An einer der Wände gab es eine kleine Bühne, auf der Gäste ihre Sparks vorführen konnten. Gerade stand eine feminine Person mit Geheimratsecken und einem wunderbaren Flapper-Kleid auf der Rampe. Ihre Strümpfe über den Schnallenschuhen glitzerten, und dey hielt die zarten, hellbraunen Hände vor sich ausgestreckt, um dazwischen unter elektrischem Knistern für die dicht gedrängten Zuschauerinnen und Zuschauer ein kleines Feuerwerk abzufackeln.

Am anderen Ende des Kellergewölbes gab es trotz der Prohibition eine Bar, und Rin beantwortete Jos hoffnungsvollen Blick mit einem Gesichtsausdruck, der ihr signalisieren sollte: »Auf keinen Fall!«

Direkt vor ihnen, an der Längsseite des Raums, hatten sich ältere Sparks versammelt, um laute, fröhliche Coverversionen von Songs aus verschiedenen Jahrzehnten zu spielen. Mindestens einer von ihnen musste sein Ohr auf die Zeitschiene gelegt haben. Rin liebte das Chandelier in Council Bluffs unter anderem deshalb, weil sie nur hier Musik aus der Zukunft hören konnte. Es erinnerte sie daran, dass sie nicht verrückt war; sie hatte wirklich diese Songs gehört, die außer ihr niemand kannte.

Kell zog Charles auf die Tanzfläche. Rin ermahnte Jo noch einmal: »Komm ja nicht auf die Idee, einen Drink zu wollen.« Und dann beschloss sie, Dienstschluss zu haben. Diesen einen Abend über wollte sie nicht die Zirkusdirektorin sein, sondern einfach Odettes Frau.

Die beiden schmiegten sich zur Musik der Band aneinander. Rin ließ ihre Hände auf Odettes Hüften gleiten, und Odette verschränkte die Hände in Rins Nacken. Sie lächelte zu ihr auf. Als die Musik schneller wurde, hüpften sie planlos herum, weil sie beide nicht die Zeit gehabt hatten, den gerade aktuellen Tanzstil zu lernen. Sie lachten, wirbelten umeinander, und obwohl Odette sich nicht um ihre Kniescheiben zu sorgen brauchte und obwohl Rin langsam die Puste ausging, fanden sie einen gemeinsamen Rhythmus.

Agnes stieg auf die Sparkbühne und stemmte einen massigen Mann in die Luft. Jess ließ das lange Haar offen herunterwallen und erzählte den Leuten begeistert von einem Schundroman, den dey gerade gelesen hatte. »Es war garantiert die Ehefrau!«, rief Jess über den Lärm hinweg. »So war es doch bei diesem Mordfall neulich, und darauf basiert die Geschichte!«

Ming-Huá saß in einer Ecke, beobachtete das Treiben und machte sich Notizen.

Bernard unterhielt seine Tresennachbarn mit Geschichten aus Mauves Kindheit und davon, wie er einmal ganz allein den Zirkuszug gerettet hatte. »Freier Eintritt für alle!«, rief er aus, und als Maynard ihm einen strafenden Blick zuwarf, korrigierte er: »Ermäßigter Eintritt für alle.«

»Wie schön, dich mal lächeln zu sehen«, sagte Odette und strahlte. Rin spürte, wie sich die Welt um ihr Zuhause drehte, um den Dreh- und Angelpunkt ihres Universums: eine zierliche Trapezkünstlerin mit sternenklaren Augen. Rin zog sie enger heran, so dass sich ihre Hüften berührten.

»Freust du dich, dass wir bald wieder auftreten werden?«, fragte Odette.

»Und wie«, sagte Rin.

Odettes unmerkliches Lächeln war wie der versteckte Kuss aus *Peter Pan*. Daran hatte Rin gleich als Erstes gedacht, als Odette und sie sich kennenlernten – an den Kuss, den Mädchen für sich behalten und den sie niemandem geben, bis sie ihren Seelengefährten gefunden haben. Odette war ihr schon vertraut vorgekommen, als sie noch eine Fremde war.

»Ich werde nie begreifen, warum du mich so ansiehst«, sagte Rin sanft.

»Wie denn?«

»So liebevoll.«

»Weil ich dich liebe?«

»Tja«, sagte Rin, »genau das werde ich nie begreifen.«

Odette spähte aus zusammengekniffenen Lidern zu Rin herauf. Dann sagte sie: »Also, erstens habe ich als kleines Mädchen oft den Mond angeschaut und habe mir gesagt: ›Irgendwo da draußen wartet mein Lieblingsmensch auf mich, und damit es mein Lieblingsmensch ist, muss er auch solche Dummheiten machen, wie den Mond anzustarren. Und vielleicht schauen wir gerade jetzt gleichzeitig den Mond an.‹« Odette hob ihre behandschuhte Hand, um Rin eine Haarsträhne hinter das Ohr zu streichen. »Und genau das hast du getan.«

»Ich meine, der Mond ist ja groß, da kann man schon mal …«

»Lenk nicht ab«, sagte Odette, und Rin verstummte. Sie nickte.

»Ja, ich habe ihn auch angesehen«, sagte Rin. Ihr Mund fühlte sich wattig an. Irgendwo tief drinnen kam sie sich albern vor. Da war diese Stimme mit dem tiefen, kehligen Knurren, die sagte, sie sei *albern, kindisch, peinlich*.

Aber ein anderer Teil von ihr dachte: *Vielleicht ist diese Welt nicht so düster, wie ich sie sehe. Vielleicht – nur vielleicht – hat sie wirklich Freude an mir.*

Odette legte ihr eine Hand an die Wange. »Meine Liebste«, sagte sie. »Die Frau, die mir einen ganzen Zirkus aufgebaut hat, damit ich fliegen kann. Und seitdem habe ich die Ehre« – ihre Gesichter näherten sich einander, und der Tanz war vergessen –, »dich leuchten sehen zu dürfen, Ringmaster.«

Sie gab Rin einen langen Kuss. Ihre Lippen trafen aufeinander, und sie verschmolzen. Es gab nichts anderes mehr als nur diesen Moment. All die umherschwirrenden Dinge, die Rin versäumt hatte oder noch tun musste oder nie sein würde … All das verwehte, und nur sie kehrte wieder.

Ein Wort fiel ihr wieder ein, ein Wort ganz weit hinten aus ihrem Gedächtnis, wo die sonnigen Tage lebten. *Teschuwa*. Dieser Tanz war eine Art Teschuwa für sie, eine Art Bußgebet, eine Umkehr, eine Rückbesinnung darauf, wer sie einmal gewesen war und hätte bleiben können … wer sie beide waren. Sie standen in der Manege, waren das Crescendo eines Orchesters, waren das erhebende Pochen in den Herzen der Zuschauer, die mit offenen Mündern alle gemeinsam spürten: »Es wird alles gut. Magie gibt es wirklich.«

Für den Bruchteil einer Sekunde hätte Rin schwören können, dass der ganze Keller erstarrte, verstummte.

Sie öffnete die Augen. Nein, alle bewegten sich weiter, alles war wie zuvor. All die wundervollen Menschen mit wundervollen Sparks, die mit ihrem Gelächter und Geplauder, mit ihren großen Ideen und großen Geschichten die Nacht erhellten. Jo quiekte vor Freude beim Tanzen, und Kell und Charles wirbelten umeinander. Und da war die Liebe.

Aber einen kurzen Augenblick hatte es sich angefühlt, als wäre alles erstarrt. Als könnte sich alles zu einer kleinen Fotografie zusammenfügen, wenn Rin nur einen Moment länger daran festhielte …

»Stimmt was nicht?«, fragte Odette.

»Ist dir gerade irgendwas Komisches aufgefallen?«, fragte Rin.

»Ich habe nicht darauf geachtet.«

Rin zuckte mit den Schultern. »Küss mich noch einmal, Lady.« Und sie tat es.

★

Nach einem langen Abend im Chandelier kehrten sie in ihre vertrauten staubigen Zirkuswaggons zurück, zu den Buden und warmen Zelten, in denen es nach Make-up und Schweiß roch. Die Sonne war untergegangen, und Glühwürmchen blinkten in den trägen nächtlichen Eschen. Heuschrecken lieferten den Soundtrack eines Sommers in Iowa.

»Wie geht es Mr. Davidson?«, fragte Rin leise Mrs. Davidson, die sie hatte zurückkommen sehen.

Mrs. Davidson nickte. »Besser«, sagte sie. »Immer noch im Bett, aber stabil.«

»Hey, Ringmaster!«, rief Jo lachend, sprang auf eins der Ausruferpodeste und warf sich in die Brust. »Schaut alle her! Wer bin ich? Trara, trara, alle sind großartig, humba-tätärä!«

»Komm runter!« Kell zog sie vom Podest, stimmte in ihr Gelächter ein, und Charles schlang seine Arme um alle beide – seine Schwester und seinen neuen Tanzpartner.

Jess und Agnes diskutierten immer noch über Bücher, und Agnes legte einen muskulösen Arm um Ming-Huá, um sie miteinzubeziehen. Maynard gähnte und prüfte die Befestigungen sämtlicher Aufbauten, an denen sie vorüberliefen, als käme sein Hirn nie zur Ruhe. Bernard und Mauve blieben, beim Zug angekommen, stehen und umarmten einander, als hätten sie sich seit Jahren nicht gesehen. Bernard gab seiner Tochter einen Kuss auf die Stirn und flüsterte ihr etwas zu.

Familien finden zusammen, selbst wenn sie an unterschiedlichen Orten in unterschiedlichen Haushalten geboren werden. Rin wünschte, sie hätte diese Nacht vorhersehen können, als sie jung und allein und voller Angst war und nach allem gierte, was das Geschrei in ihrem Kopf dämpfen konnte. Hier waren sie nun, unsichtbar miteinander verbunden, auf dem Weg nach Hause.

Odette ging auf den Begleitwagen zu wie die anderen auf ihre Wohnquartiere, aber Rin ergriff ihre Hand. Morgen stand die Eröffnungsvorstellung in Missouri Valley an. Manche würden sich ausschlafen, aber bis zum Abend wären alle bereit. Odette sah Rin fragend an, und Rin antwortete mit einem verschwörerischen Zwinkern.

»Die Nacht ist jung«, sagte sie. Sie zog Odette zu sich heran, und Odette strahlte und lachte.

»Meine Güte!«, sagte sie. »Frau Ringmaster, was haben Sie mit mir vor? Du hast dieses Funkeln in den Augen, das du immer hast, wenn du deine Pläne schmiedest.«

»Ich schmiede tatsächlich Pläne.«

Rin küsste sie noch einmal, ließ noch einmal den Blick über ihren Zirkus schweifen und schaute dann in die Ferne, durch die sich öffnende Zeit. Dort erwartete sie ein Faden, an dem sich Rin in ein neues Abenteuer hinüberschwingen konnte. Dieser letzte Blick hätte länger ausfallen sollen, der Abschied herzlicher, aber Rin konnte nur in die Zukunft springen, nicht in die Zukunft schauen.

Sie schnappte sich den goldenen Faden, legte den Arm um Odette, und schon schwang sich Rin wie Douglas Fairbanks als Robin Hood, wie ein verwegener Pirat mit einer holden Maid im Schlepptau von der Klippe namens Missouri Valley durch den Kosmos, sauste durch das Licht

* * * * * * *

und genoss den Flug.

Im Lauf der Zeit hatte sie gelernt, die Sprünge zu verlangsamen, und jetzt sagte sie zu Odette: »Mach die Augen auf.«

Odette öffnete flatternd die Lider, schnappte nach Luft und legte die Hände um Rins Mantelkragen.

Es sah aus wie das Innere einer Höhle voller Sterne, in der ringsumher Szenen aufblitzten wie kleine Feuerwerksexplosionen. Gesprächsfetzen, Gelächter, Schreie, Schluchzen, Flüstern und Rufe kamen von allen Seiten. Pulsierendes Rot, glühendes Blau ... es war, als hätte Rin sie in den Backstagebereich der größten Show der Welt geschmuggelt.

Rin und Odette, die Trapeztänzerin und die Zirkusdirektorin, segelten, fest aneinandergeklammert, durch Raum und Zeit.

Unter ihnen und um sie herum war ihre eigene Geschichte. Rin spürte die warme sommerliche Nachmittagssonne ihres Hochzeitstages. Der Geschmack ihres Lieblingsnachtischs lag ihr auf der Zunge – eine lockere Tiramisutorte ohne Kaffee. Ein Lachen blubberte in ihr hoch, aus der Zeit, als Odette bei der Lesung zum Purimfest beim falschen Namen laut »Buuh!« gerufen hatte und als sie noch Monate später beide »Buuh!« riefen, wenn etwas zum völlig falschen Zeitpunkt passierte. Odette schaute zu ihr auf, an dem Tag, als sie um Rins Hand angehalten hatte. Mit ihren sternenklaren Augen und ihrer Gabe, ihren Antrag genau so zu formulieren, wie es zu jemandem mit Rins seelischen Narben passte. Rin spürte die tiefe Bewunderung und wie sie einen Moment lang jede Angst vergaß. Tausende miteinander geteilte Augenblicke wirbelten alle zugleich um sie herum.

Dann flogen sie auf ein helles Licht zu und landeten

★ ★ ★ ★ ★ ★ ★

auf dem Kopfsteinpflaster des Quartier Latin.

Rin war noch nie in Paris gewesen, aber sie hatte Fotos gesehen und wusste, wo es auf der Landkarte lag. Also hatte sie sich vorgestellt, einen Globus in der Hand zu halten, hatte darauf eine Linie von ihrem Startort zum Ziel gezogen, und dieser Linie war sie gefolgt. Und jetzt waren sie hier. Mit dem besten Reisebüro der Welt, ganz ohne unhandliche Überseekoffer.

Sie hatte sich das Paris ihrer Gegenwart vorgestellt, also musste es hier, wenn man den Zeitunterschied mitbedachte, gegen halb zehn Uhr abends sein.

Rin holte ihr Armband hervor. Sie legte es sich um. Dann beugte sie sich zu ihrem Stiefel hinunter, um eine heruntergerutschte Socke in Ordnung zu bringen. Die Pflastersteine waren uneben, was nicht sehr kniefreundlich war, aber sie würde es überleben.

»Ich habe noch nie unterwegs die Augen geöffnet!«, sagte Odette. »Wir sind sonst so viel schneller. Du Angeberin!« Und dann sagte sie noch: »Ich habe die Sonne vom Tag unserer Heirat gespürt.«

»Ich auch«, sagte Rin.

»Das war so ein schöner Tag«, sagte Odette. »Ich meine, Bernard hat die Kutsche auf einem Baumstamm festgefahren, aber … er hat sie wieder freibekommen.«

»Das war wirklich ein schöner Tag«, sagte Rin. »Einer der besten überhaupt.« Dann wies sie mit einem Kopfnicken nach vorn. »Schau mal, wo wir sind«, sagte sie. »Schau auf den Fluss und was dahinterliegt.«

Odette klappte der Kiefer herunter, als sie sich im Laternenlicht umsah. Jenseits ihres Geglitzers, am Flussufer ihnen gegenüber, lag Notre-Dame. Kein Gemälde davon, kein Nachbau auf einem Volksfest in South Dakota. Die echte Kathedrale von Notre-Dame.

»Paris!«, hauchte Odette.

»Paris«, sagte Rin. »Und ich hoffe, du kannst Französisch, weil hier niemand Englisch spricht, soweit ich weiß. Aber ich habe mal gehört, eine gewisse Odette Paris habe als Kind mal geglaubt, jemand hätte in ihrem Namen eine ganze Stadt gebaut. Und ich weiß noch, dass jene gewisse Odette Paris seit damals Miniatureiffeltürme sammelt.«

Odette schaute sich nach allen Seiten um und lachte und sah aus, als würde sie jeden Moment anfangen zu weinen.

Rin zuckte mit den Schultern. »Meine Mutter hat mir so viel Französisch beigebracht, dass ich *Carmen* verstehen konnte. Das muss dann wohl reichen.«

Es reichte dann wohl nicht.

Sie liefen eine Straße entlang, wo gegenüber von einem voll besetzten Café fliegende Händler kleine Eiffeltürme und Kohlestiftporträts anboten. Rin schaffte es, für Odette eins der Türmchen zu kaufen, aber mehr mit Händen und Füßen als mit ihren Vokabeln. Sie fragten eine Frau im Café nach La Monocle, einem Nachtclub, von dem Rin einmal in einem Reisebericht gelesen hatte. Die Frau schaute nur verwirrt.

»Oder Montmartre?«, fragte Rin und zeigte fragend in alle Richtungen. Die Frau verdrehte die Augen.

»Américain?«, fragte die Frau.

»London«, log Rin.

»Américain«, stellte die Frau trotzdem fest. Dann sagte sie ihrerseits *»Montmartre«*, oder jedenfalls vermutete Rin das. Es hörte sich überhaupt nicht so an, wie Rin es beim Lesen des Wortes erwartet hätte, und die Frau vollführte beim Aussprechen eine

Zungen- und Lippenakrobatik, die Rin völlig neu war und die sie niemals würde meistern können, selbst wenn sie tausend Jahre in Paris verbrachte. Rin versuchte, es ihr nachzumachen.

»Mont-marr-tre?«

*»Montmartre.«*

»Mon-mah…«

Die Frau verscheuchte sie mit einem Wedeln ihrer in Seide gekleideten Hand und sagte etwas Abschätziges zu ihr. Betreten liefen Rin und Odette weiter und überquerten den Fluss, bis ihnen an einem eisernen Tor eine vertraut wirkende Laterne auffiel.

Und dann noch eine und noch eine. Sie waren wie Brotkrumen im Wald, und der holprig begonnene Abend verwandelte sich in ein Abenteuer.

Schließlich erreichten sie die steilen Hänge und die gewundenen Gassen von Montmartre. Es war ein Ort der Künstlerinnen und Künstler; Kreativität steckte in jedem Winkel, jeder Nische der extravaganten Straßen. Alles wirkte so gotisch; es erinnerte Rin an den gemauerten Torbogen am Eingang des Chandelier. Jeder Ausblick sah aus wie ein stilisiertes Gemälde. Und nichts davon blieb verborgen; es fand alles auf offener Straße statt. Der Kontrast zum Mittleren Westen hätte größer nicht sein können.

»Guck mal«, sagte Odette. »Die beiden … halten Händchen.«

Zwei Frauen kamen ihnen entgegen, die wie Liebende die Finger ineinander verschränkten. Niemand störte sich daran. Rin lächelte. Sie legte Odette den Arm um die Schultern. Hier durfte sie sie berühren. Alles zeigte sich hier, wie es war, ohne Tarnbarrieren. Es brauchte keine Tarnung. Es war ein ganzes Stadtviertel, und doch konnte man sich dort frei bewegen.

»Es gibt also doch einen Ort, wo wir wir selbst sein dürfen«, sagte Odette leise. »Oh, Rin, ich hatte ja keine Ahnung!«

»Das ist hier das Epizentrum der Außenseiter«, sagte Rin. »Und wo Außenseiter sind, sind auch Sparks.«

Sie bogen um eine Ecke und näherten sich einem Platz, auf dem eine Menschenmenge in ihrer Mitte einen Kreis frei ließ und denen applaudierte, die sich damit abwechselten aufzutreten. Ganz offen führten sie einander ihre Sparks vor. Eine verwandelte sich in einen Vogel. Jemand anderes brachte Metall zum Schmelzen und bildete damit Michelangelos David nach. Wieder ein anderer verschwand und erschien einige Augenblicke später wieder. Rin überredete Odette, die sich verunsichert umschaute, sich mit ihr ins Getümmel zu stürzen.

»In Montmartre gibt es keine Sparkfänger«, sagte Rin.

Odette nickte. »Sollten wir Leute für unseren Zirkus anwerben?«

»Nein«, sagte Rin. »Ich meine ... ich würde jedem hier jederzeit einen Job anbieten, aber die Leute brauchen uns nicht. Sie haben schon ein Zuhause. Ihnen geht es gut. Wir ... uns könnte es hier auch gut gehen.«

Rin wartete darauf, dass Odette begriff, was sie damit sagen wollte, aber das geschah nicht. Odette war zu fasziniert von den anderen Sparks. Oder sie hatte Rin bei dem Lärm nicht gehört.

»Ich meine - wenn wir es uns irgendwann erlauben können«, sagte Rin, »dann würde ich gern mit dir hierherkommen, und wir könnten hier unser Leben verbringen.«

Odette schaute Rin fast erschrocken an. »Spiel keine Spielchen mit mir, Ringmaster. Wir wissen beide, dass der Zirkus unsere Heimat ist.«

»Das ist er«, sagte Rin. »Und wenn er uns nicht mehr braucht, dann würde ich gern hierherziehen. Ich möchte mit dir hier leben.«

Odette traten Tränen in die Augen. Sie nickte. »Alles Gute zum Hochzeitstag«, sagte sie leise.

Rin lächelte. »Alles Gute zum Hochzeitstag, meine Liebste.«

Sie verloren sich in den Straßen von Montmartre, wo die Laternen von einer Frau angezündet wurden, die Feuer aus ihren Handgelenken hervorschießen lassen konnte. Trunkene Bars schwappten auf den Gehweg über, die Sommerhitze blieb in ihren verschwitzten Nacken kleben. Und sie küssten sich mitten auf der Straße.

»Wenn der Zirkus uns nicht mehr braucht«, sagte Odette. »Glaubst du, das wird irgendwann passieren?«

»Wer weiß das schon«, sagte Rin.

»Und außerdem ...«, sagte Odette, »meinst du, es passiert irgendwann, dass wir beide den Zirkus nicht mehr brauchen?«

Rin zog sie an sich. »Er ist unser Zuhause.«

Odette schmiegte sich an ihren Hals. »Dann komm, gehen wir nach Hause.«

Sie mussten sich nicht in eine stille Gasse zurückziehen, damit niemand sie sah. Sie konnten einfach genau dort verschwinden, wo sie gerade waren. Und Rin sehnte sich schmerzlich nach einem Ort, wo sie sich nicht in den Schatten zu verstecken brauchte.

Aber noch hatten sie zu tun.

Eben standen sie noch auf einer Straße in Montmartre, und im nächsten Moment

★ ★ ★ ★ ★ ★ ★

waren sie wieder in Iowa.

Wenn es eins gab, das Rin bei ihren Reisen durch den Backstagebereich des Lebens verstanden hatte, dann, dass jeder Mensch seine eigene Geschichte hatte. Jeder war an bestimmte andere Fäden gebunden, an bestimmte Orte, bestimmte Menschen. Jetzt folgte sie den Fäden, die sie ins schwach beleuchtete Probenzelt zurückbringen würden, wo ihre Sparkfamilie miteinander lachte und tanzte und alles daransetzte, eine verdammt gute Show zu liefern. Es war nicht Paris – der Zirkus duckte sich zwischen die Felder und musste sich ständig vor dem Circus King oder den Sparkfängern verstecken. Aber ihn umgab dieselbe heilige Aura, die Rin und

Odette in Montmartre gespürt hatten. Und das hatte wieder seinen eigenen Zauber.

Bei der Landung hielten sie sich noch immer an den Händen, und in ihrer Kleidung hing der Dunst von Haschisch und Parfüm. Rin gab Odette einen Kuss. Sie waren miteinander verschlungen, vom roten Band des Schicksals nicht gefesselt, sondern geschmückt. Und nichts auf der Welt konnte diesem Moment seine Schönheit nehmen.

Nicht einmal der Moment danach.

Möge diese Nacht ein Liebesbrief sein an Rin und die Frau ihres Lebens. Möge die Welt ihren Tanz zu einer Erinnerung weben, die für immer verwahrt wird.

Rin öffnete die Augen. Sie nahm ihr Armband ab. Sie waren wieder zu Hause.

Hinter Odette, am Begleitwagen, klebten pechschwarze Plakate an der violetten Haut des Zuges. Auf ihnen prangten rote Zylinder, von denen rotes Blut troff.

Nein. Nein, nein, nein …

»Nein!« Rin schob Odette von sich weg. »Verschwinde von hier, lauf!« Odette schaute sich verwirrt um, dann schnappte sie nach Luft, und Rin konnte ihre Schritte hinter sich hören, als sie zum Herzen ihres Zirkus rannte.

Alles verschwamm ihr vor Augen. Rin fühlte sich, als wäre sie in einen dunklen Tunnel gelaufen. Alles war abgehackt – erst kam ein Ereignis, dann das nächste. Eine Beobachtung, dann die nächste. Der Gestank dessen, was einmal war, durchdrang ihre Gegenwart. Die Todesangst in der Kehle, die hochgezogenen Schultern, die zuckenden Blicke auf der Suche nach dem Wolf hinter den Bäumen.

War er noch hier?

»Du bist ein Feigling«, knurrte sie, für den Fall, dass er sie hören konnte.

Es war still. Alle waren geflohen. Nein, hatten sich versteckt. Bestimmt saßen sie in dem Schutzraum, den Rin in einem der Waggons eingerichtet hatte. Sie hatte alles vorbereitet. Ihre Truppe war in Sicherheit, bestimmt.

Das Chapiteau war unverändert. Die Popcornbuden und alle Waggons waren plakatiert wie ein Dorf in Erwartung des Zirkus. Roter Zylinder. Rotes Blut.

»Rin.« Odette war in den Begleitwagen gerannt und mit einer Schrotflinte in den Händen wieder herausgekommen. Sie hatte so etwas noch nie benutzt. Sie würde sich noch verletzen.

»Verschwinde von hier«, sagte Rin. »Bitte.«

Odette rührte sich nicht.

»Gib mir die Waffe«, sagte Rin, und Odette presste sie enger an sich. »Odette, bitte, ich kann damit besser umgehen als du.«

Widerstrebend gab Odette nach.

»Ich kann ihn nirgends entdecken«, sagte Rin. »Aber das muss nichts heißen.« Sie stellte sich mitten auf die verlassene Budengasse und lud die Flinte durch. »Komm schon raus, King!«, rief sie selbstbewusster, als sie sich fühlte. Nichts passierte.

Nichts.

Dieses Wort pulsierte in ihr wie ein Herzschlag. Nichts.

»Es ist eine Falle«, flüsterte Rin.

»Lass uns die anderen finden«, sagte Odette. »Er ist nicht mehr hier.« Sie zeigte auf den Boden zu ihren Füßen.

Rin folgte ihrem Blick. Dort verlief eine schmale Blutspur. Sie führte die Gasse entlang bis zum Ausgang. Aus ihrem Zirkus hätte niemand während eines Kampfes das Gelände verlassen. Es musste die Spur des Circus King sein.

Rin trat vor und untersuchte die Stiefelabdrücke auf dem Boden. Große, schwere Stiefel. Wie ihre.

»Er ist weg«, sagte Rin. »Also ist er noch menschlich genug, dass er blutet«, ergänzte sie und zog eine Grimasse. Sie ergriff Odettes behandschuhte Hand und sprang mit ihr in einen der Wohnwaggons, der schallgeschützt und mit schweren Schlössern von innen gesichert war, ihren Schutzraum, in dem hoffentlich alle warten würden.

Drinnen stand Mauve mit einer Pistole im Anschlag vor der Waggontür Wache. Sie hatte alle anderen hier versammelt. Jetzt hatten sich einige in die Kojen gelegt und schliefen, wie Jo zum Beispiel, und andere waren sehr wach und sehr verängstigt, wie Charles. Aber sie waren alle in Sicherheit.

Alle bis auf einen.

»Mauve, wo ist Bernard?«, fragte Odette.

Mauve schaute sie nicht an. Sie schüttelte nur den Kopf und tippte mit einem Finger an die Waggontür. Odette schaute Rin an, und Rin ging schweigend zur Tür und öffnete das erste Schloss. Einen nach dem anderen schob sie die Riegel beiseite. Mauve blieb mit dem Rücken zur Tür stehen, als Rin hindurchtrat.

Auf dem stählernen Boden der Einstiegsplattform, an der Außenwand des Waggons, in sich zusammengesunken, lag Bernard.

Er war tot.

# 30

## RINGMASTER, 1926

Bernard war tot.

Die Truppe war in Gefahr. Rin musste sie wegbringen.

Waren sie überhaupt jemals in Sicherheit gewesen? Wo sollten sie hin? Hauptsache, weg hier.

Bernard war tot, und Rin bekam keine Luft mehr.

Sie sprang mit dem Zug ins Winterquartier. Brachte ihn an eine weit entfernte, felsige Küste. Aber im Kopf war sie schon wieder woanders. Sie würde ihn finden.

Der Circus King würde dafür bezahlen, das schwor sie.

Rin rannte aus dem Zug. Schreiend riss sie die Plakate herunter, eins nach dem anderen, zerdrückte den roten Hut in ihren Fäusten. *Wir werden ein höllisch gutes Team sein*, hatte er einmal gesagt.

Sie zerriss die Plakate. Trampelte sie in den Schmutz. Mehr konnte sie nicht tun.

Die anderen purzelten aus dem Zug in die kühle Seeluft und die salzige Nacht. Rin ging zu Mauve, die auf Bernard hinabsah, wie er dort auf der Plattform lag, sein weißes Hemd rot getränkt. Er hielt noch seine Waffe in den Händen. Bernard hatte einen Treffer gelandet, aber es war zu spät gewesen. Sein Leben hatte er mit Freude und mit Licht erfüllt, aber seinen Tod hatte der Circus King geschrieben.

Mauve weigerte sich, den Waggon zu verlassen. Sie weigerte sich, die Grenze zu überschreiten, die Bernards Leichnam markierte. Sie klammerte sich an den Türrahmen und schrie nach ihren Vätern; sie heulte; sie löste sich von der Gegenwart, um Bernard in anderen Zeiten aufzuspüren. Rin sah, wie Mauve in die Ferne blickte, suchte, murmelte, zwischen ihren ersten und ihren letzten gemeinsamen Tagen hin und her sprang, den Tagen davor und danach und irgendwo dazwischen.

Rin umarmte ihre Freundin, hielt sie, versuchte, ihren Blick aufzufangen und sie zu trösten.

Aber Mauve bebte und schrie. Odette eilte herbei und begann, sich die Handschuhe auszuziehen. Mauve hielt sie auf. »Nein!«, schrie sie. »Wage es ja nicht, mir das wegzunehmen!«

Denn Trauer ist so unauflöslich wie schmerzvoll mit der Liebe verbunden.

Als Rin den Waggon hinter sich ließ, war sie hart wie Stahl, hielt die Schrotflinte umklammert, und ihr Herz trommelte zum Angriff. Odette rief nach ihr, aber sie hörte nicht hin.

Sie tat einen Schritt in die leere Luft und

★ ★ ★ ★ ★ ★ ★

landete samt der Waffe einige Stunden zuvor in Missouri Valley. Übergangslos marschierte sie weiter auf den Zirkus zu, *ihren* Zirkus. Die Menschen und Dinge, die *sie* beschützen musste. Sie und Odette waren schon nach Paris aufgebrochen. Aber jetzt war sie trotzdem hier, und niemand würde ihren Zirkus anrühren. Bastard.

*Einmal Teil meines Zirkus, immer Teil meines Zirkus*, hatte er gesagt. *Du rennst nie vor mir weg, sondern immer zu mir hin, und du merkst es nicht einmal.*

Das nasse Gras gab unter ihren schweren Stiefeln nach. Tina und Kell sahen sie vorbeimarschieren.

»Hey, Süße«, sagte Tina. »Ich dachte, du bist mit Odette unterwegs? Stimmt was nicht?«

Rin ignorierte sie. Keine Zeit. Bald würde der Circus King kommen.

Aber diesmal war sie bereit …

Aus dem Nichts packte sie jemand und zerrte sie zwischen zwei Zelte. Sie rang nach Luft und schob den Angreifer weg. Dann erkannte sie ihn. Es war Bernard.

Bernard. Bernard lebte! Aber er sah aus, als ahnte er, dass er nicht mehr lange zu leben hatte. Er wirkte so grau, so alt, und Rin fiel zum ersten Mal auf, wie sehr es ihn mitgenommen hatte, sie all die Jahre zu beschützen. Sie hatte nie auf die neuen Falten geachtet, auf das Grau an den Schläfen. Bernard war der stärkste Mann, den sie kannte, und sie hatte immer das pralle Leben in ihm gesehen. Jetzt klammerte sie sich an seine robuste Statur und vergrub ihr Gesicht im Dachbodengeruch seines warmen Mantels. Niemals würde sie ihn gehen lassen.

»Geh zurück«, sagte Bernard. »Ich weiß, was du vorhast.«

»Glaub mir, du hast überhaupt keine Ahnung«, knurrte Ringmaster. »Jetzt hör zu, du …«

»Ich weiß«, sagte Bernard. Ihm zitterten die Hände. »Ich weiß, Süße. Wir haben das alles schon besprochen.«

Wie konnte er das wissen? Rin geriet ins Stammeln. »Was …? Wie kann … Nein, haben wir nicht!«

»Mit Mauve.«

»Nein, sie hat nichts gesagt. Jetzt bin ich doch hier. Ich knöpfe ihn mir vor, und wir können fliehen. Alle zusammen.«

»Nein«, sagte Bernard. »Können wir nicht. Mauve und ich haben uns die Sache angesehen, all die verschiedenen Spinnennetze und alle Ecken und Winkel, und so wie es passiert ist, war es am besten. Es war die am wenigsten schmerzvolle Variante für alle.«

»Nein«, sagte Rin. »Ich werde …«

»Tausendmal wiederkommen, tausend Möglichkeiten durchprobieren, um mich zu retten. Du wirst dich in einer Zeitschleife verlieren«, sagte Bernard. »Du wirst deinen Faden aus den Augen verlieren, Rin. Bitte rette deine Zukunft. Schau nach vorn. Sie dürfen uns nicht alle beide verlieren.«

»Hör auf.« Ringmaster schäumte. »Du siehst das falsch. Sie werden keinen von uns beiden verlieren.«

»Ich sehe das nicht falsch«, sagte Bernard. »Du kannst nicht alles Schlimme verhindern.«

»Das werden wir ja sehen.«

Bernard nahm Rins Hände in seine. »Nein. Hör mir zu, mein kleiner Bär. Du kannst nicht alles Schlimme verhindern. Aber du kannst etwas für die Menschen tun, die etwas Schlimmes erleben. Verstehst du?« Er drückte ihre Hände. Seine Augen waren feucht und so lebendig und so gegenwärtig. »Steh Mauve bei. Kannst du das für mich tun, Rin? Sie braucht ihre Schwestern. Vertrau mir. Vertrau *ihr*.«

Da zersprangen die Lampen. Alles wurde dunkel.

»Er kommt«, sagte Bernard. »Du kannst ihn nicht töten. Das weißt du. Kümmere dich um den Zirkus. Ihr Mädchen werdet ihn retten. Lauf.«

»Nein«, sagte Rin.

»Wir müssen uns verabschieden, Rin«, sagte Bernard.

»Das werde ich nicht tun!«, sagte Rin.

Bernard nahm sie fest in die Arme. Es war eine Umarmung, wie nur alte Arme sie einem jüngeren Körper geben können – voller Beistand, Geborgenheit, Liebe.

Eine Umarmung, die sie nie wieder bekommen würde.

»Geh jetzt«, sagte Bernard. »Mauve wusste es. Ich wusste es. Ich liebe dich.«

Das schrille Lachen eines Irren erklang am Eingang des Zirkusgeländes. Dann Schüsse.

Rin drückte Bernard noch einmal an sich. Sie hielt sich fest und wusste, dass sie nie wieder diesen Tweedmantel, diesen Stoppelbart fühlen würde. Und dass sie daran schuld war. Der Circus King war hinter *ihr* her, nicht hinter den Leuten, die er auf dem Weg zu ihr verletzte.

»Es ist nicht deine Schuld«, sagte Bernard. »Du bist nicht dafür verantwortlich, wie er sich verhält. Bitte, bitte vergiss das nie. Und jetzt konzentriere dich auf den Zug, mein Mädchen. Geh nach Hause.«

Fast hätte sie Bernard mitgenommen. Aber er stieß sie von sich, als hätte er geahnt, auf welche Ideen sie kommen würde. Bevor sie es aufhalten konnte, dass die Zeit sich ihrem Willen beugte, stolperte sie rückwärts in den Dazwischenraum

★ ★ ★ ★ ★ ★ ★

und wusste, dass Bernard von nun an der Vergangenheit angehörte. Für ihn würde es keine Gegenwart mehr geben. Wie schnell sich quicklebendige Menschen doch in Geister verwandeln! Der Faden, der sie verbunden hatte, franste aus, löste sich auf, wurde zu Sternenstaub. Und er war noch einmal tot.

»Nein«, knurrte Rin.

Sie warf sich wieder nach vorn. Der Faden riss, sie hatte keinen Halt mehr, in ihr drehte sich alles … Odette und Mauve und der Zug ohne sie an der felsigen Küste … Rin

★ ★ ★ ★ ★ ★ ★

landete samt der Waffe einige Stunden zuvor in Missouri Valley. Übergangslos marschierte sie weiter auf den Zirkus zu, *ihren* Zirkus.

Moment.

Ein hartnäckiges Schwindelgefühl lähmte sie. War sie nicht schon hier? Es war, wie wenn man dieselbe Kindersendung wieder und wieder ansieht, dieselbe Buchseite so lange liest, bis die Wörter nur noch schwarzes Gekritzel auf einem weißen Blatt zu sein scheinen. Wie wenn man eine Zeichnung immer wieder nachzieht – immer derselbe Umriss und doch nicht dasselbe.

»Hey, Süße«, sagte Tina. »Ich dachte, du bist mit Odette unterwegs? Stimmt was nicht?«

Rin ignorierte sie. Keine Zeit. Bald würde der Circus King kommen.

Aber diesmal war sie bereit …

Aus dem Nichts packte sie jemand und zerrte sie zwischen zwei Zelte. Sie rang nach Luft und schob den Angreifer weg. Dann erkannte sie ihn. Es war Bernard.

»Rin«, flüsterte Bernard, der sie am Kragen gepackt hielt. Sie konnte ihn nicht richtig erkennen; ihr dröhnte der Kopf, sie sah alles doppelt. »Rin, wie oft bist du heute gesprungen?«

»Ich mache weiter, bis du mit mir mitkommst«, zwang Rin sich zu sagen. Sie griff nach seinem Handgelenk, bereitete den Sprung vor. Sie taumelte; er hielt sie aufrecht.

Und er schimpfte nicht mit ihr. Er tat nichts anderes, als sie fest in den Arm zu nehmen.

»Ich bin längst fort, Rin«, flüsterte er. Dann griff er nach ihrem Hemd. Er riss den Kragen ein, auf der linken Seite, wo das Herz ist.

Dasselbe hatte Rins Mutter getan, nach dem Tod ihres Vaters. Rin sah ihre Mutter vor sich, ihren Vater, den Circus King, Odette, Mauve, die Zwillinge, jeden Zirkus, den sie je besucht, jeden Scheinwerfer, der sie je beschienen hatte … ihr ganzes Leben auf einmal.

Dann legten sich Bernards Hände auf ihre fiebrigen Wangen. »Schau nach Odette und Mauve«, sagte er. »Siehst du sie?«

Ein Faden an ihrem Herzen.

»Geh zu ihnen«, sagte er. Und er schob sie von sich, und sie fiel und fiel und landete auf dem Rücken im Sand und wollte zu Bernard aufschauen. Aber es war mitten in der Nacht, weit fort, an der Küste, zu spät und zu fern, um irgendjemanden retten zu können. Rins Gedanken ordneten sich. Neben ihr wisperten Wellen, berührten ihre Finger. Sie tastete nach ihrem Kragen. Er war eingerissen. Sie war am Leben. Er war tot.

Die Welt hatte sich auf eine Weise verändert, die sie nie würde rückgängig machen können.

# 31

## EDWARD, 1917

Edward machte sich nichts aus dem Zirkus. Trotzdem stand er jetzt im Chapiteau dieses Hungerleiders in Missouri.

Er war ein Mann mit großem Potenzial. Warum war er also hier?

Tja, warum tut ein Mann, was er tut? Natürlich für die Hauptfigur in seiner Geschichte – nicht für sich selbst, sondern für die Frau, die er liebt.

Mrs. Dover hatte behauptet, dass Edward Ruth herunterdimmte. Aber Ruth war ihm in die Welt hinaus gefolgt, und was er ihr bot, war der hellste Zündfunke ihres Lebens. Ruth strahlte wie die Sonne, als sie das Zelt betrat.

»Oh wow!«, hauchte Ruth und lief gleich in die mittlere Manege. »Edward, schau dir das an, das ist alles aus Leinwand!«

»Das hier«, sagte der Zirkusdirektor und hob seinen Gehstock dem höchsten Punkt des Zelts entgegen, »ist unser Hauptmast. Ihr seid Artisten, aber hier fasst jeder bei allem mit an. Da lernt man besser seine Vokabularien.«

*Vokabeln*, dachte Edward.

Ruth lachte, wirbelte in ihrem kurzen blauen Kleid um die eigene Achse, und ihre glänzenden Locken wippten. Ein lichtumkränzter Engel, der mit seinem Glück das ganze Zelt erhellte.

»Diese Kleine …«, der Zirkusdirektor klopfte Edward auf die Schultern, was sicher seltsam aussah, weil der gedrungene, behaarte ältere Mann zwei Köpfe kleiner war als der hagere Edward, »… die braucht bloß dazustehen und haut alle um.«

»Sie hat eine Menge zu bieten«, sagte Edward.

»Aber hallo«, stimmte der Zirkusdirektor zu. »Ein echter Augenschmaus. Die wird …«

»Reden Sie nicht so über sie«, sagte Edward.

Der Zirkusdirektor unterbrach sich mitten im Satz. »Wir sind also ein Drei-Manegen-Zirkus. Dort oben seht ihr die Trapeze für unsere Luftakrobaten, und …«

Doch Edward hörte nicht zu.

Edward achtete nur darauf, wie Ruth strahlte.

Endlich hatte er ein Zuhause für sie gefunden.

★

Edward weigerte sich, zur selben Zeit aufzutreten wie Ruth, weil er sich an ihrer Freude ergötzen wollte.

Ruth war Des Fântomes, eine missglückte amerikanische Version des französischen Ausdrucks für »Geister«. Sie spukte durchs Zelt, schlich aus den Schatten in die Zuschauerreihen und erschreckte die Gäste. Eben war sie noch da und im nächsten Moment woanders.

Edward war Der Hypnotiseur. Die Leute taten wie zufällig genau das, was er wollte. Er kaufte Bücher über Hypnose und jede Menge Taschenuhren, spielte brav seine Rolle, damit ja niemand herausfand, dass seine Tricks weder auf Glück noch auf Übung beruhten. Besonders gefiel ihm eine Taschenuhr aus schwarzem Obsidian, die er bei einem Ramschverkauf in der Nähe von Indianapolis erstanden hatte und seitdem am Gürtel trug.

Im Zirkus ahnte niemand, wer Ruth und Edward waren. Es war kein Sparkzirkus, weil es so etwas nicht gab. Seine Magie verdankte sich Rauchbomben und Taschenspielertricks. Echt war nur, was Ruth und Edward taten.

Wahrscheinlich war es besser, dass niemand etwas ahnte, denn dann hätten sie sich geweigert, mit Edward zu reden.

»Du wirst sie zum Hauptakt befördern«, sagte Edward zum Zirkusdirektor, und der Zirkusdirektor war einverstanden.

»Das hat sie wirklich verdient. Sie ist unsere beste Nummer.«

»Wir wollen sie groß rausbringen«, sagte Edward. »Und ich weiß schon, wie das am besten gelingt. Wolltest du dich nicht aus dem Rampenlicht zurückziehen? Die Direktion jungen Hoffnungsträgern überlassen?«

»Wäre das was für dich, Eddie?«

Anfangs tat Edward so, als hätte der Zirkusdirektor bei der Sache mitzureden. Natürlich hätte er gleich sagen können, dass er der Chef war, aber er verspürte einen sportlichen Ehrgeiz, Menschen zu manipulieren, an seiner Wortwahl zu feilen, bis sie glaubten, sie würden frei entscheiden. Ihm gefiel die Vorstellung, er könnte schlagfertig genug sein, um mit dem alten Knacker erfolgreich zu verhandeln. Aber schließlich langweilte es ihn, im Hintergrund die Fäden zu ziehen. Es war unter seiner Würde. Es gab keinen Grund zu verhandeln, wenn man alle Trümpfe in der Hand hielt.

»Ich werde Zirkusdirektor«, sagte Edward. »Und ich bekomme die Einnahmen. Du kümmerst dich um alles, das mir nicht gefällt. Du kümmerst dich um die Kasse. Du sorgst für volle Tribünen. Aber den Applaus bekomme ich.«

Der Zirkusdirektor nickte. »Natürlich.«

»Und du scheust keine Kosten«, sagte Edward. »Selbst wenn du deinen Arm verkaufen oder eine Bank ausrauben musst, beschaffst du uns eine bessere Unterkunft und größere Zelte.«

Der Zirkusdirektor kicherte. »Meinen Arm. Natürlich, Eddie, für dich doch immer. Ruth und du, ihr seid das Herz dieses Zirkus. Wir sind so froh, euch zu haben.«

Der Zirkus sollte ihr Zuhause werden. Aber zu Edwards Bedingungen.

Eines Abends bat ihn Ruth um einen Ausflug in die Stadt. Also ging Edward mit ihr zu Maryvilles Jahrmarkt.

Das Rathaus mit dem Uhrenturm stand auf einem Hügel und war von einem großen Stadtplatz umgeben. Kleine familiengeführte Läden reihten sich wie eine Burgmauer aneinander. Die Straßen waren mit Ziegeln gepflastert, die Laternenpfähle schwarz, und es sah aus wie in jedem anderen Städtchen in der Region.

Aber heute, wo auf dem Stadtplatz der Jahrmarkt gastierte, strahlte Maryville wie ein Planet zwischen lauter Sternen. Es schmückte sich mit blinkenden Lampen, Orgelmusik, kreischenden Teenagern und einem Riesenrad, das alles andere überragte.

Ruth bettelte um Zuckerwatte, und Edward kaufte ihr welche.

»Lass uns die Welt von oben sehen!« Den Mund voller rosafarbener Watte, eilte Ruth auf das Riesenrad zu.

Sie kuschelten sich aneinander, als ihre Sitzbank schaukelte und der Schausteller die Sicherungsstange vorlegte. Das Rad hob sie hoch und nach vorn. Ruth hüpfte auf dem Sitz herum.

»Wir werden noch ... Ich meine, ich habe Angst, dass wir sterben könnten, wenn du das tust«, sagte Edward. Er sagte nicht: »Hör auf.« Er befahl ihr nichts. Nicht heute. Vielleicht nie wieder.

Er bemühte sich. Mit Ruth bemühte er sich zumindest.

Mrs. Dover hatte sich in ihm geirrt.

An einer Bude unter ihnen knallten Luftgewehre. Edward fuhr zusammen.

Ruth zuckte auch ein wenig. Sie beugte sich vor, um hinunterzuschauen, und Edward wurde schlecht. »Bitte setz ... Es ist sicherer, wenn du dich anlehnst.«

»Ich verstehe nicht, warum es bei solchen Veranstaltungen Gewehre gibt«, sagte Ruth, lehnte sich aber nicht an. Die Bank schaukelte. »Es gibt Menschen, die das nicht ertragen.«

»Ich dachte, ich hätte dich gebeten, nicht über den Krieg zu sprechen«, sagte Edward. »Hatte ich das nicht gesagt?«

»Nein«, sagte Ruth leise. »Du hast mich gebeten, dich nicht danach zu fragen.«

Edward gebot sich Einhalt. »Wenn du mich fragst, wollen die Amerikaner am liebsten vergessen, dass es auf der Welt auch Leid gibt«, schnaubte er. Es war eine Zeit der rasanten Autos, der hellen Lichter, des schnellen Geldes, der großen Häuser und der Achterbahnen. Jeder wollte nach vorn schauen und die Realität vergessen, die in den Schützengräben zutage gefördert worden war.

»Ich glaube, das sehe ich anders«, sagte Ruth. »Ich denke, Amerikaner brauchen gerade deshalb Riesenräder, weil sie sich so gut an den Krieg erinnern.«

»Um ihn zu vergessen«, sagte Edward.

»Nein, um ihn zu überleben«, sagte Ruth.

Edward schnaubte verächtlich. »Überleben.«

»Ja.« Ruth drehte sich zu ihm um. Die Sitzbank wackelte. Edward umklammerte die Stange. »Welchen Sinn hätte denn das Leben, wenn man sich nur mit allem befassen würde, was schlecht ist? Wofür haben wir gekämpft, wenn wir danach nicht Riesenrad fahren?«

»*Wir* haben gekämpft?«

Ruth zog den Kopf zwischen die Schultern. Das Riesenrad hielt. Ihre Bank schaukelte in der Luft, dann hörte sie auf zu schaukeln. Edward schaute auf seine weißen Fingerknöchel. »Tut mir leid.«

»Nein, du hast recht. Ich war nicht wirklich dabei.«

»Ich wollte damit nicht sagen ... «

»Ich weiß.«

Edward seufzte. Er durfte nicht, sollte nicht, konnte nicht.

Und dann tat er es doch.

»Vergiss das, was ich über den Krieg gesagt habe«, sagte er. »Vergiss, was in der letzten Minute passiert ist. Und ich habe mich nicht klar genug ausgedrückt. Ich muss deutlicher werden. Ich habe gesagt, dass du mich nicht nach dem Krieg fragen sollst. Ich möchte, dass du gar nicht mit mir über den Krieg sprichst. Niemals.«

Ruth platzte fast vor Freude, auf dem Riesenrad zu fahren. Sie lächelte. Sie beugte sich vor. »Wow, schau mal, wie hoch oben wir sind! Fast so hoch wie der Eiffelturm!«

»Es ist niedriger«, sagte Edward leise. Er hatte es wieder getan. Nicht einen einzigen Abend hatte er durchgehalten.

Ruth drehte sich wieder zu ihm um und wäre fast von der Bank gehüpft. »Der Zirkusdirektor hat mir erzählt, dass du seine Nachfolge antrittst. Und da wollte ich dir … also, ich habe eine Idee.« Sie sang es beinahe. »Was, wenn wir dein Glück und meinen Sinn für die perfekte Platzierung nutzen würden, um frische Talente anzuwerben?«

»Wie bitte?«

»Wir könnten weitere Sparks anheuern!«, sagte Ruth und strahlte. Edwards schaute verständnislos. »Es könnte so viel besser sein. *Wir* könnten so viel besser sein. Sogar einzigartig! Überleg doch, wie viel echte Magie wir bieten könnten. Die mutigsten Nummern und verwegensten Gestalten in einem Zelt vereint! Es sei denn, du meinst, es hätte sich schon jemand überlegt, dann wäre so ein Sparkzirkus …«

»Wir hätten immer volle Ränge«, sagte Edward leise. Nicht zuletzt wegen seines »Glücks«. Und dazu eine ganze Truppe, die nach seiner Pfeife tanzte. Damit konnte er alles erreichen. Er würde seiner hübschen Ballerina eine hübsche Puppenstube basteln.

»Wir wären ein Leuchtfeuer des Staunens und der Wunder«, sagte Ruth. Sie war jetzt kein braves Mädchen mehr, das auf einem Riesenrad ihren Träumen nachhing. Sie war etwas Größeres. Sie ähnelte ihrer Mutter. »Das Publikum würde uns lieben. Und du mit deinem Glück, du würdest uns beschützen.«

»Hör auf, über mein Glück zu reden!«, bellte Edward.

Ruth verstummte.

Verdammt.

Edward rang sich ein Lächeln ab. »Du wärst der Star des Ganzen, und ich denke, wir könnten tatsächlich ein paar ... andere Sparks gebrauchen. Die Normalmenschen schaffen wir weg. Gestalten den Zirkus ganz nach unseren Wünschen. Ist es das, was du willst? Würde dich das glücklich machen?«

»Was meinst du damit, die Normalmenschen wegzuschaffen?«, fragte Ruth.

»Da überlege ich mir was«, sagte Edward. »Mach du dir keine Gedanken. Du kannst dich ganz darauf konzentrieren, die Hauptattraktion zu sein.«

»Wie schon immer, natürlich«, sagte Ruth.

Edward ergriff ihre Hand. »Wir wollen beide dasselbe – den Zirkus zu unserem Zirkus machen. Wir sind so ein gutes Team, Ruth. Diesen mottenzerfressenen Laden bringen wir auf Vordermann. Wir finden unseren eigenen Weg. Beide zusammen.«

»Wirklich?«

Edward nickte. »Ich gleiche deine Kindlichkeit aus, und du gibst mir Halt. Ich fange gleich heute an.«

Ruth küsste ihn.

Er machte sich nichts aus dem Zirkus, aber er liebte Ruth. Er brauchte das Glücksgefühl, das sie verströmte.

Nachdem Ruth eingeschlafen war, schlich Edward in die Nacht hinaus und traf zwei Zirkusarbeiter, die noch in der Budengasse waren. Er zerfleischte sie mit seinen Worten und überließ sie dem Tod, ließ sie sich mit ihren eigenen blutigen Händen in den weichen Boden graben. Weil er es konnte. Weil es besser war, als sich selbst für all das zu zerfleischen, was er ihr angetan hatte.

Zwei waren erledigt. Blieben nur noch all die anderen verlausten Zirkusratten.

»Edward?«

Er wirbelte herum. Vor ihm stand Ruth. Sie starrte ihn an, und sie starrte auf die beiden Sterbenden am Boden. Die Männer schrien nicht, aber vielleicht machte das alles nur schlimmer? Sollte er sie besser schreien lassen?

Das musste für Ruth ein schrecklicher, unverzeihlicher Anblick sein.

»Ruth«, flüsterte er. »Was … was haben wir getan?«

Ruth riss die Augen auf. »W-wie?« Sie hyperventilierte.

»Sie sind tot, Ruth«, sagte Edward. »Es ist okay. Niemand wird je erfahren, was wir getan haben, wenn wir es nur für uns behalten.«

»Ich weiß gar nicht, was …«

»Ich beschütze dich, Ruth, egal, was die Leute sagen, was sie uns anhängen wollen, ich halte zu dir«, sagte er. »Ich kann verstehen, dass manchmal dein Temperament mit dir durchgeht, aber es gibt bessere Wege, die wegzuschaffen, die unter unserer Würde sind.«

»Ich soll … was?!« Ruth blieb die Luft weg. Sie rannte auf die flachen Gräber zu, aber Edward schlang ihr die Arme um die Taille. Sie strampelte.

»Ruth, hör auf. Hör auf!« Sie gehorchte. Sie blieb in seiner Umarmung stehen und starrte zu Boden wie ein Geist, als wären es ihre eigenen Gräber. »Ruth, ich kann verstehen, warum du das wolltest. Wir sind einander so ähnlich. Ich verstehe dich. Es wird alles gut. Dir passiert nichts. Ich liebe dich. Wir kriegen das zusammen hin.«

Ruth antwortete nicht.

»Jetzt atme tief durch. Schön weiteratmen. Geh und leg dich schlafen«, sagte Edward. »Erzähl es niemandem, dann wird alles gut. Aber wenn du jemals den Mund aufmachst, dann sind wir erledigt. Dann geht die Welt unter.«

Ruth war entsetzt, das sah er in ihren Augen. Das hier würde sie in den Wahnsinn treiben; es war zu viel für sie. Also sagte Edward: »Du brauchst dich nicht daran zu erinnern, was wir getan haben, nur daran, dass es uns Macht verleiht. Es wird alles gut, solange wir nur zusammenhalten. Jetzt geh schlafen.«

Ruth folgte seinen Anweisungen wie unter Schock oder wie in einem Traum.

Er konnte Maryville in Schutt und Asche legen, ohne dass ihn jemand zur Rechenschaft zog. Er konnte sein, wer oder was er wollte, und Ruth würde immer Verständnis haben. Er konnte zum Riesenrad zurückspazieren, es in Brand setzen, und wenn jemand es löschen wollte, konnte er demjenigen befehlen, es herunterbrennen zu lassen.

Aber er setzte nicht das Riesenrad in Brand. Sondern den Zirkusdirektor.

Er war der Autor dieser Geschichte. Das war eine Macht, die er sich nie zugestanden hatte. Er brauchte sich nicht an die kleinlichen Regeln einer beschränkten Welt zu halten. Also entließ er sich in die Freiheit.

Während das Feuer noch tobte, gab es einen Augenblick, in dem ihn ein Gedanke streifte. Der Gedanke krallte sich an ihm fest – ein letzter Versuch, ihn vom Rand des Abgrunds zurückzureißen. Dieser Gedanke galt dem Mann, der er hätte sein können, wenn ihn der Spark nicht vergiftet hätte. Wenn der Spark nicht von ihm Besitz ergriffen, ihm die Kontrolle über sein Leben entrissen und jede Illusion der Normalität vor seinen Augen zerrissen hätte. Was wäre aus ihm geworden, wo würde er leben? Vielleicht war jener andere Edward King irgendwo weit weg von jedem Zirkus, von Feuersbrünsten und diesen Straßen. Vielleicht hatte er sein Glück gefunden.

Vielleicht war es immer noch möglich, dieser andere zu sein.

Edward ging in eine Bar. Er bestellte ein paar Drinks. Dann sagte er ins Blaue hinein, zu irgendwem oder allen: »Erzähl mir von dem unheimlichsten Spark, den du je gesehen hast. Und dann sag mir, wo ich ihn oder sie finde.«

Er musste seine Truppe rekrutieren.

## 32

### RINGMASTER, 1926

Zirkusmenschen sagten nie Adieu, sie sagten immer »Man sieht sich«, auch wenn sie noch so genau wussten, dass man sich niemals wiedersehen würde.

In der Zeit vor Bernards Begräbnis lagerte sich überall der Staub ab, den die Verunsicherung aufgewirbelt hatte. Rin war erschüttert von dem zerrissenen Faden, von dem Schwindelgefühl, das sie gepackt hatte, als Bernard sie im Arm hielt. Sie fühlte sich so hilflos im Gewoge der Zeiten. Mochte Mauve und Odette nicht erzählen, wie sie sich darin verirrt hatte.

Die drei sprachen überhaupt nicht darüber. Rin würde nie erfahren, was außerhalb des schalldichten Schutzraums passiert war. Sie würde nie begreifen, warum Mauve nichts gesagt hatte, warum sie und Bernard an seinem letzten Abend ins Chandelier mitgekommen waren und warum Mauve ... Sie hatte es gewusst. Aber Rin wollte sie nicht bitten, es noch einmal durchzumachen. Sie fühlte sich so klein, so hilflos. Aber sie musste Mauve vertrauen, ebenso wie Bernard.

Ganz sicher nicht vertrauen konnte sie dem Circus King.

Der Circus King hätte sie alle töten können, wenn er es gewollt hätte. Er hätte Bernard leben lassen können wie Mr. Davidson. Aber Bernard hatte sich ihm entgegengestellt. Bernard hatte die anderen beschützt. Deshalb war er tot.

Der Circus King hatte das alles choreographiert. Er spielte mit

Rin, eine Katze, die mit eingezogenen Krallen Schläge austeilte, bis sie es müde war oder hungrig wurde. Rin hatte sich ihm so lange entzogen, hatte ihn mit einem Grabstein getäuscht, auf dem der Name stand, unter dem er sie kannte. Dafür würde sie büßen. Und alle ihre Freunde genauso. Er hatte Bernards Namen auf einen Grabstein geschrieben, wie er es schon so oft mit anderen Namen getan hatte. Wie sie es zusammen so oft getan hatten … nein. Es war nicht Rins Schuld gewesen.

Und doch.

Aber vielleicht hatte Bernard einen guten Treffer gelandet und den dunklen Schatten das Fürchten gelehrt. Das war eine Geschichte, an der Rin sich festhalten konnte, gerade genug, dass sie das Begräbnis überstehen würde, ohne zusammenzubrechen.

Die schmerzliche Erinnerung an das Gefühl der Verlorenheit schüttelte sie ab. Sie dämpfte ihren Zorn, ihre Angst. Heute sollte es nicht um den Circus King gehen. Es sollte nicht darum gehen, dass Bernard ihm zum Opfer gefallen war. Nein, einen wie Bernard konnte man nicht auf etwas so Dunkles wie einen Mord reduzieren. Sein Leben war eine Zirkusparade gewesen, voller Schönheit, also errichteten sie das Zelt für ihn.

Sie würden Bernard in ihrem Winterquartier in Florida begraben. Dort hatte der Zirkus am ehesten so etwas wie eigenen Landbesitz. Rin hatte im Lauf ihres Lebens gelernt, dass kein Zuhause ewig währt. Zu Hause, das waren eine Handvoll Leute, die sich aneinander festhielten, als könnte ihre Liebe einen geweihten Ort erschaffen. Und diese Orte bestehen letztlich aus Holz und Stahl und der kurzen Zeit, bis der Verfall sich breitmacht. Am Ende stürzt alles wieder in sich zusammen.

Bernards Gedenkstunde wurde im Chapiteau abgehalten. Es war dämmrig, die Lichter heruntergedimmt, bis auf die Kerzen, die sie in den Händen hielten. Sein Sarg stand mit Blumen geschmückt in der Manege. Die Bewohner von Sarasota hatten für ein paar »Wundertaten« mit der Ausstattung ausgeholfen. Mauve sang ein Lied für Bernard. Sie stand neben ihm, eine Hand auf dem glänzenden Holz und die andere unter ihrem Rippenbogen. Es war ein Lied aus der Zukunft, die Bernard nicht mehr erleben würde, aber das sie ihm mitgebracht hatte und das ihm vor seiner Zeit Freude bereitet hatte.

Mauve hielt sich aufrecht. Ihr längstes, dunkelstes Kleid umspielte ihre Beine und schmiegte sich an den Körper wie eine feste Umarmung. Ihr Haar trug sie streng nach hinten geflochten. Sie wirkte fast geisterhaft im Kerzenschein, ganz ohne Rouge, Lidschatten und Lippenstift, als könnte sie jeden Moment verblassen und ihrem Vater folgen.

Üblicherweise war es die Aufgabe der Zirkusdirektorin, ihre Truppe durch die Begräbniszeremonie zu leiten, aber diesmal hielt Mauve eine Rede, weil es passte. Mauve stellte sich vor die Arbeiterinnen und Artisten, vor all ihre Freunde, alle, die Bernard je die Hand gereicht hatten, und sagte: »Ich musste an den ersten Wunsch denken, den wir erfüllen durften. Als wir den Zirkus gerade gegründet hatten und anfingen, eine Truppe zusammenzustellen. Damals kam ein Junge zu uns, den sein Bruder an den Zirkus verkaufen wollte. Wisst ihr noch, Rin? Odette?«

Rin nickte. Odettes behandschuhte Hand lag in ihrer. Bei dieser Darbietung saßen sie auf den Zuschauerbänken.

Mauve streckte wieder eine Hand nach dem Sarg aus. Sie wirkte so jung. Ihre Hand regte sich nicht mehr, sie war wie festgeklebt, als ob Mauve nie wieder loslassen wollte.

»Damals hat sich Rin unsere Fragen überlegt«, sagte Mauve leise. »Willst du dich uns wirklich anschließen? Ist es wirklich das, was du tun willst? Gibt es irgendetwas anderes, das wir dir geben können? Und er sagte, ja, er wolle seine Mutter wiederhaben …« Sie verstummte.

Rin sah Tina den Kopf senken; ihr wurde das lastende Schweigen zu viel.

Aber Mauve fasste sich wieder und sagte: »Odette.« Es klang, als wollte sie um Beistand bitten. »Odette, du hattest damals Angst, es könnte schlimme Folgen haben, wenn wir seine Mutter ins Leben zurückholen. Und ich sagte, so simpel sei das nicht mit der Zeit. Sie folgt keiner mathematischen Formel. Sie hat keinen festen Preis. Am Ende … konnten wir seine Mutter retten. Als wir in die Gegenwart zurückkehrten, waren die Brüder nicht einmal in der Fabrik, in der wir verabredet waren, wo wir sie noch am Morgen gesehen hatten. Sie hatten dort gar nicht erst zu arbeiten angefangen, sondern waren zu Hause bei ihrer Mutter. Wo sie hingehörten.«

Wieder eine Pause.

Eine sehr lange Pause.

Rin musste etwas Großes herunterschlucken.

Rin wusste, wie so ein Abschied aus der Nähe aussah. Wie eine Flickendecke aus raschelndem Herbstlaub, aus rauschendem Regen, aus treibenden Wolken, all den kleinen Szenen, die zusammen das große Schauspiel des Lebens ergaben. Und die Schwere, der Stillstand der Zeit beim Begräbnis, war der Faden dazwischen, der alle Teile in einer neuen Anordnung zusammenflickte. Denn egal wie viele Tage Mauve DesChamps noch vom Leben blieben – sie würde keinen einzigen davon mit Bernard verbringen.

Wie gern würde man die Vergangenheit Vergangenheit sein lassen. Aber in der Vergangenheit lebten einige der liebsten Menschen.

»An dem Abend fragte ich mich«, fuhr Mauve schließlich fort, »ob ich nicht durch die Zeit reisen und meinen Vater retten sollte, Bernards große Liebe. Wir haben alle unsere Gründe, warum wir im Zirkus sind, und meiner … nach dem Tod meines Vaters hatten Bernard und ich fliehen müssen. Ich dachte, hey, wir haben diesem Jungen seine Mutter wiedergegeben. Da könnte ich auch meinen Vater wieder holen. Ich müsste nicht mehr fliehen.« Mauve senkte ihren Blick auf den Sarg.

Rin erinnerte sich an den Abend vor Jahren und ihr Gespräch mit Mauve. Mauve hatte am Waschbecken gestanden. Sie hatte sich unterbrochen und gesagt: »Wenn mein Dad nicht gestorben wäre, hätte ich mich nicht dem Zirkus angeschlossen. Was wäre egoistischer von mir – wenn ich meinen Vater sterben lasse ... oder alle anderen verletze?«

»Wir können zurückspringen und ihn retten«, hatte Rin ohne Zögern gesagt. Für Mauve hätte sie alles getan.

»Wir lieben dich«, hatte auch Odette gesagt, »aber wenn du wieder nach Hause möchtest, dann verstehen wir das natürlich.«

»Glaubt ihr wirklich, ich wär nur euretwegen hier?«, hatte Mauve gestichelt wie unter Schwestern. »In zehn Jahren lerne ich Clyde Parker kennen. Der sieht wie Jackie Robinson aus!«

»Wie wer?«

»Ah, stimmt ja«, hatte Mauve gesagt und gelacht, denn es war ein Tag voller Lachen gewesen. »Ein Baseballspieler, aber in dreißig Jahren erst.«

»Du willst einen Baseballspieler heiraten?«

»Nein! Einen Jongleur«, hatte Mauve gesagt. »Er schließt sich uns an, und wir verlieben uns unsterblich ineinander. Wir sind Seelenverwandte. Liebende, wie sie sich nur einmal in tausend Jahren finden. Und wenn ich zurückgehe, um meinen Vater zu retten, dann werde ich ihm nicht begegnen. Jetzt gerade bin ich auf dem richtigen Weg. Und den will ich nicht verlassen. Nicht jetzt. Also würde ich sagen ... die Zeit kann eben doch einer mathematischen Formel folgen. Sie kann ihren Preis haben. Sie macht, was sie verdammt nochmal will.«

»Ich habe immer gedacht, du hättest ein Auge auf Rin geworfen«, sagte Odette. »Oder auf mich. Oder ... ich ... ich dachte, vielleicht sind wir irgendwann alle drei zusammen.«

»Also ehrlich, das hättet ihr wohl gerne!«

»Von einem Baseballspieler ausgestochen, das ist bitter.«

»Er ist kein Baseballspieler!« Mauve hatte sie mit Wasser bespritzt.

Überall Wasser.

Odette fasste nach Rins Arm und brachte sie in die schreckliche Gegenwart zurück. Ein Sarg stand in der Manege, die mit Leben hätte erfüllt sein sollen, mit Musik, Tanz, Glitzer und Sparks. Rin bemerkte den dünnen schwarzen Schleier vor ihrem Gesicht. Ihr brannten die Augen. Dies war kein Tag voller Lachen.

Mauve schaute ins Nichts, starr geradeaus – vielleicht auf die Zeltwand und vielleicht auf die Gesichter auf der Tribüne, die miteinander verschwammen, wie sie es immer tun, wenn man sie von der Manege aus anschaut. Sie schien rhythmisch zu schwanken, als sängen die Tränen in ihr ein Lied, das sie nicht überhören konnte. Dann schlug sie sanft mit der Faust auf den Sargdeckel und sagte: »Ich denke über das alles noch mal neu nach, Daddy.«

★

Sie begruben Bernard auf ihrem Grundstück unter freiem Himmel und setzten einen Stein ins grüne südliche Gras. Es war nicht weit von seiner Heimat New Orleans und Mauves Herz sehr nah.

Rin schaute schweigend zu, wie Mauve sich aus der Gruppe löste, aus ihrer Familie, mit ihrer alten Babydecke im Arm, die Bernard all die Jahre aufbewahrt hatte. Sie kniete sich vor den kleinen Stein, in den sie seinen Namen graviert hatten. Sie berührte ihn zärtlich und legte die Decke daneben. Dabei flüsterte sie dem Grab etwas zu.

Rin versuchte, sich darauf zu besinnen, dass Familien nie auseinanderbrechen. Haushalte können sich auflösen, Häuser einstürzen, Körper zu Staub zerfallen. Aber eine Familie bleibt einander verbunden, selbst wenn sie über verschiedene Zeiten, Orte, Reiche verstreut ist.

Rins Mutter hatte vor ihrem Tod etwas gesagt, es zwischen zusammengebissenen Zähnen geflüstert: »Wir finden immer einen Weg zueinander.«

Diese Erinnerung versetzte Rin wieder in jenes Zimmer, an den Todestag ihrer Mutter zurück, als sie an der Tür stand und einen letzten Blick auf den leblosen Körper erhaschte, bevor er weggebracht wurde. Das Warten auf den Tod war wie die letzte Etappe einer langen Reise: Die Geschichte ist vorbei, aber man ist noch nicht zu Hause. Man kann noch nicht in Erinnerungen schwelgen, weil das Ende noch nicht da ist, aber es gibt auch nichts, worauf man noch hoffen könnte. So ein Ende kommt gleichzeitig zu früh und zu langsam.

Der Tod selbst, wenn der Körper noch da ist und der Mensch nicht mehr, und auch die Beerdigung – die sind eine Last. So ist es meistens mit großen Ereignissen: Es ist traurig, wenn sie vorübergehen, aber es weht einem auch das Haar ins Gesicht, und die Füße schmerzen. Rin wollte am liebsten da weg und doch niemals gehen.

Sie hätte Bernard nicht verlassen dürfen.

Der Wind fuhr ihr in die Haare, und Rin band sie zu einem unordentlichen Pferdeschwanz. Mr. Calliope spielte ein Stück für Bernard, und Rin wusste, dass das Begräbnis bald zu Ende sein würde. Bald würde es Zeit sein zu gehen.

Aber wo würde Bernard sein, wenn sie sein Grab hinter sich ließen? Würden sein Geruch, seine Umarmungen, seine Erinnerungen, sein Geist ihnen folgen, oder war das hier wirklich das Ende? Nach einem Begräbnis beginnt erst die wahre Trauer. Rin kannte jeden Schritt dieses Tanzes, und ihr gefiel kein einziger davon.

»An dem Tag, als wir uns kennengelernt haben, hatte ich meine Mutter begraben«, sagte Rin.

»Ich weiß«, sagte Odette.

»Sie war jüdischen Glaubens«, sagte Rin. »Ich habe mich bemüht, mich an einiges von dem zu erinnern, was sie mich gelehrt hat. Wie wir Kerzen entzündet haben … Es gab so viele schöne Segenswünsche für Menschen, die nicht bei uns waren. Sie hat mich am Schabbat immer erst auf die eine, dann auf die andere Wange geküsst. Hat einen einfachen Segen für mich gesprochen. Und als sie starb, wollte ich auch für sie ein Gebet oder einen Segen sprechen … und konnte es nicht. Ich konnte mich an nichts erinnern, aber selbst wenn, hätte ich es nicht hinbekommen.«

Rin ließ ein paar Augenblicke verstreichen.

»Ich war der Grund, dass sie sterben musste«, sagte sie schließlich. »Wie bei Bernard.«

Dabei beließ sie es. Sie ging zu Mauve, als die Leute auseinanderzudriften begannen. Jo kam auf sie zu, aber Rin hob abwehrend die Hand. »Lass uns später reden«, brachte sie heraus.

Rin blieb an Mauves Seite – sie ließ ihr Raum, war aber da, falls Mauve sie brauchte. Ihr Blick ruhte auf dem kleinen Hügel, wo das Gras umgegraben worden war, um Bernard der Erde wiederzugeben. Dort war er jetzt und würde niemals wieder woanders sein. Für immer ihren Blicken entzogen.

*Komm zurück,* wünschte sie sich von niemandem, der da war. Wenn ein geliebter Mensch starb, gab es keinen Trost, selbst wenn man Abschied hatte nehmen können. Kein Abschied konnte je lang genug sein.

»Das muss ich jetzt ertragen«, sagte Mauve, die noch immer am Grab kniete. »Er kommt nie wieder.«

Dann ließen sie ein Schweigen auf Bernards Grab herabsinken.

Alle waren gegangen, nur Rin und Mauve hielten noch Wacht. Schließlich stand Mauve auf, drehte sich mit vor Zorn blitzenden Augen zu Rin um und sagte: »Bist du bereit, ein paar Regeln zu brechen?«

# 33

## RINGMASTER, 1926

Die drei Frauen versammelten sich in Mauves Abteil. Odette schaute verzagt von einer zur anderen. »Wo soll es heute hingehen?«, fragte sie.

Mauve ergriff ihre Hand. »Wir hatten überlegt, das Problem an der Wurzel zu packen«, sagte sie. »Also müssen wir weiter zurück. An den Anfang.«

Rin und Mauve hatten die Idee gehabt, und Rin war spontan darauf eingestiegen, ohne sie gründlich zu durchdenken. Oder sie hatte sie doch durchdacht, ein bisschen zu gründlich sogar, sie aber nicht weiter an sich herangelassen als nur in ihr Gehirn.

»Wir springen nach Bosnien, ins Jahr 1914«, sagte Rin.

Odette schüttelte den Kopf. Als hätte sie gerade einen Stromschlag bekommen. »Wie bitte?!«

»Der große Krieg hat mit dem Attentat auf Erzherzog Franz Ferdinand begonnen«, sagte Mauve. Sie hangelte sich an Fakten entlang, als wären die Worte Vorsprünge, an denen sie sich im Liegen über den Boden ziehen musste. »Den müssen wir also retten.«

»Halt, Moment«, sagte Odette. »Ihr redet hier davon, hinter das Grab zurückzugehen und hinter den Spark. Was, wenn wir etwas tun, das den Spark verhindert? Kommen wir dann überhaupt zurück? Wären wir dann überhaupt hier? Das ergibt keinen Sinn.«

Mauve kniff die Lider zusammen. »Wir haben das abgesprochen, als diese Familie auf den Kastenwagen verladen wurde. Wir haben uns alle drei geeinigt, dass wir das Übel an der Wurzel packen müssen, und das tun wir jetzt.«

»Und wenn wir ins Jahr 1926 zurückwollen«, sagte Odette, »was ist, wenn der Spark dann nicht mehr da ist? Oder wenn wir gar nicht erst hinkommen, weil wir unsere Sparks nicht mehr haben?«

»Ich glaube nicht dran, dass der Spark bloß wegen der Schützengräben in Frankreich entstanden ist«, sagte Mauve. »Es wäre so oder so passiert.«

»Das kannst du nicht wissen.«

»Du aber auch nicht!«, sagte Mauve.

»Das ist zu riskant! Wenn wir den Spark verlieren, verlieren wir auch den Zirkus und damit die Chance, Gutes zu tun«, sagte Odette. »Als wir angefangen haben, waren wir uns alle drei einig, dass der Spark ein Geschenk ist. Wir haben nicht das Recht, der Welt dieses Geschenk wieder zu nehmen.«

»Aber den Krieg zuzulassen, dazu haben wir das Recht?«, fragte Mauve. »Vielleicht schaffen wir eine Welt, in der wir den Spark gar nicht brauchen.«

»Wir haben feste Regeln!«

»Wir wissen es nicht, Odette!«, sagte Rin laut, im Befehlston. Ihr Kiefer war angespannt. »Wir müssen es versuchen, und das ist unsere Chance.«

Odette schaute von Rin zu Mauve und wieder zu Rin. Sie schwieg.

»Dein Job«, sagte Rin wie nebenbei zu Odette, »wird es sein, den Erzherzog zu überreden, dass er nicht die geplante Paradestrecke nehmen soll, sondern einen anderen Weg fahren muss. Wenn das nicht klappt, stirbt er. Du wirst noch überzeugender sein müssen, als du es bei der Mutter in Deutschland warst.«

Odette starrte sie an. »Ist dir klar, was du von mir verlangst?«

»Ja, ist es«, sagte Rin. »Und es tut mir leid.«

Odette sah angespannt aus, als stünde sie auf dem Hochseil und wäre im Begriff, in einen Abgrund zu stürzen. Aber sie ergriff Rins Hand. Das würde sie immer tun. Rin bekam jähe Schuldgefühle.

Diese Sache musste es einfach wert sein.

# 34

## RINGMASTER, 1914

Zehn Minuten später oder vielmehr über ein Jahrzehnt davor erreichten die drei Frauen eine Straße voller Menschen, die sich an den Fahrbahnrand drängten, als würde jeden Moment eine Parade beginnen.

»Ihr habt doch den Verstand verloren«, sagte Odette und blickte auf ihre behandschuhten Hände. »Für solche Aktionen ist mein Spark nicht gedacht.«

»Wenn du ihn berührt hast, musst du ihm sagen, wo er langfahren soll. Eine andere Strecke«, sagte Rin. »Du sollst ihm nur helfen.«

»Ich soll ihn unter meine Kontrolle bringen«, gab Odette zurück. Sie schlug Funken wie ein Zündstein. »Genau wie es dir passiert ist.«

Das war ein Tiefschlag, den Rin eindeutig verdient hatte. Er tat weh. Sie nahm es hin, ließ die Verletzung zu.

*Odette begreift langsam, wer du wirklich bist, oder?*

»Klappt dieser Plan überhaupt?«, fragte Odette Mauve.

»Ich kann sehen, dass du es schaffst und dass er tatsächlich die Route ändert«, sagte Mauve.

»Wenn du nur dies eine Mal deine Regeln ignorieren kannst«, sagte Ringmaster.

»*Meine* Regeln«, sagte Odette und schaute sie beide an. »Nur meine, ja? Nicht eure? Die habe ich mir wohl ausgedacht, um euch zu nerven? Hört mal, ich nutze meinen Spark, um Menschen zu heilen oder zu trösten. Nicht für so was.«

»Ich weiß«, sagte Rin.

»Ach, wirklich?«, fragte Odette. »Das wage ich zu bezweifeln, wenn du so etwas von mir verlangst. Genau das, weswegen *du* mich gebeten hast, Handschuhe zu tragen, damit ich es dir nicht antun kann.«

Rin spürte, wie sich ihr die Nackenhaare aufstellten. Es war nicht als Drohung gemeint gewesen, das wusste sie, aber ihr Körper reagierte wie auf eine Drohung. Als würde Odette die Hand nach ihr ausstrecken, um sie zu berühren, um in ihre Gedanken einzugreifen …

Und als hätte sie es ihr angesehen, sagte Odette schnell: »Ich will dir nicht drohen, Rin. Ich liebe dich. Ich will nur sagen, dass ich nicht …«

»Willst du lieber, dass er stirbt?«, blaffte Rin. »Entweder du vergisst diese Regeln, oder er muss sterben.«

Das klang viel härter, als Rin es beabsichtigt hatte. Oder vielleicht gab es keine andere Möglichkeit, etwas so schrecklich Manipulatives zu sagen. Sie erkannte in ihrem eigenen Tonfall den des Circus King wieder, sein Talent, sich die größten Ängste eines Menschen zunutze zu machen. Diese Tricks hatte sie von ihm gelernt – und war trotzdem bereit, sie selbst anzuwenden?

Aber ehe Rin alles zurücknehmen konnte … oder vielleicht wollte sie das auch gar nicht, sondern war froh, dass ihre Worte so stehen blieben und sie keine Zeit hatte, sich damit auseinanderzusetzen, ob sie bei ihrem Versuch, den Krieg aufzuhalten, noch ein guter Mensch war. Vielleicht hatte der Circus King ihr diese Lektionen in Grausamkeit ja erteilt, weil Grausamkeit so wirkungsvoll war.

Ehe Rin es also alles zurücknehmen konnte, sagte Odette: »Dieses eine Mal. Dieses eine Mal und nie wieder.«

Odette streifte ihre weißen Handschuhe ab. Weiche, schmale Hände, die Rin sich niemals zu berühren traute.

Odette schaute mit großen Augen erst Mauve an und dann Rin, und der Schmerz in diesen Blicken ...

Ringmaster schaute ihr nach, als sie auf die Absperrung zumarschierte, den nächstbesten Wachmann an der Schulter berührte und sich von dem lächelnden, benommenen Mann hindurcheskortieren ließ.

Ringmaster und Mauve blieben auf dem Gehweg stehen. Sie warteten, und Ringmaster betrachtete die Gesichter um sie herum – alles Menschen, die inzwischen gestorben waren.

Aber vielleicht würden sie jetzt überleben. Die Jungen würden vielleicht zu Männern heranwachsen dürfen.

»Der da drüben sieht wie mein Dad aus«, sagte Mauve plötzlich, als hätte der Gedanke sie überrumpelt. »Er ist es nicht. Er sieht bloß so aus.« Mehr sagte sie nicht dazu. Sie ließ ihn einfach so stehen, einen Gedanken, mit dem sie sich nicht auseinandersetzen wollte.

Rin sagte auch nichts, sondern biss nur die Zähne aufeinander.

»Ich habe anfangs gedacht, ich hätte deshalb genau diesen Spark bekommen, weil ich es so leid war, Angst zu haben«, sagte Mauve. »Aber jetzt kann ich alles vorhersehen, und das ist schlimmer, als es nicht zu wissen.«

Rin nahm ihre Hand und drückte sie. Mauve erwiderte die Geste.

Kurz darauf trat Odette durch eine Seitentür auf die Straße heraus und winkte den beiden, ihr um die Ecke zu folgen. Sie wanden sich durch ein Meer schwitzender Leiber und versammelten sich ein Stück abseits unter einem Baum.

»Ich habe ihm gesagt, er solle im Krankenhaus nach seinen verletzten Begleitern schauen«, sagte Odette. »Das wird ihn hoffentlich auf eine bessere, weniger gefährliche Fahrtroute bringen.«

Ringmaster betrachtete den Baum. Es war, als wäre er eine von Jos Illusionen, als gehörte er nicht wirklich zu Rin und zu ihrer Zeit.

Oder vielleicht war sie selbst die Illusion, das, was nicht hätte da sein dürfen.

Das Jahr 1914 war so lange her. Es sonderte keinen muffigen Geruch ab und war doch veraltet. Vielleicht lief die Zeit deshalb immer weiter, weil für all die vergangenen Dinge in der Gegenwart kein Platz war. Aber bedeutete das, dass alles und jeder vollständig vergessen wurde? Nein, Rin würde sich daran erinnern. Diese Zeit war nicht weniger wichtig als alle anderen Zeiten.

Odette wandte sich abrupt ab und marschierte davon.

»Odette?«, rief Ringmaster.

An der Straßenecke blieb Odette stehen. Dann fuhr sie wütend herum und kam zu Rin zurück.

»So eine bin ich nicht«, sagte Odette. Es klang weder sanft noch hart, sondern ihre Worte waren zarte Bruchstücke eines Schluchzers. »Ich weiß gar nicht, was schlimmer ist –, dass wir so weit zurückgegangen sind und dabei womöglich großen Schaden anrichten oder dass ihr … ihr mich dazu gebracht habt, ihn anzufassen und ihm etwas aufzuzwingen, wie …« Ihr versagte die Stimme. »Genau wie der Circus King. Ich berühre Menschen, um sie zu beruhigen, zu heilen und nicht … um sie zu etwas zu zwingen. Das wisst ihr alle beide! Seid ihr alle beide auf diese Idee gekommen?«

Rin wurde übel.

»Ihr habt wohl vergessen, wer wir sind«, fuhr Odette fort. »Wir müssen uns treu bleiben, wenn wir …«

»Bernard ist *tot,* Odette«, sagte Mauve. »Wenn wir das hier nicht tun, sterben alle. Genau wie er! Verstehst du das nicht? Es ist überall. Aber wenn wir weit genug zurückgehen, können wir alles in Ordnung bringen.«

»Das denke ich auch«, sagte Rin. »An der Zukunft herumzudoktern hat nichts geholfen. Aber diese Idee war gut, und ja, wir sind zusammen darauf gekommen.«

»Und dann, Mauve, ist dann die nächste Station dieser verrückten Tournee, dass wir Bernard retten?«, fragte Odette.

Mauve schwieg, aber in ihren funkelnden Augen lag eine Antwort. Rin spürte, wie ihr ein kalter Schauder durchs Mark ging.

»Wir können ihn nicht retten«, sagte Rin. »Es geht nicht. Ich habe es versucht.«

Mauve biss die Kiefer aufeinander. »Ich weiß«, sagte sie.

Odette trat näher. »Ich weiß, wie schlimm das für dich ist, Mauve, aber du hast selbst oft von Clyde gesprochen und von der Zukunft, die auf unserem Weg liegt. Das hier ist nicht …«

»Hör auf, mir erklären zu wollen, was hier was ist«, sagte Mauve.

Zwei Schüsse fielen.

*Bamm. Bamm.*

Ringmaster und Mauve ließen sich zu Boden fallen und schlangen die Arme um ihre Köpfe. Odette legte sich über sie wie eine schützende Decke.

Allgemeiner Aufruhr.

*»Kannst du wirklich alles bewirken?«, hatte Jo gefragt. »Könntest du auch machen, dass es den Krieg nicht gegeben hätte?«*

Mauve packte die beiden anderen an den Handgelenken. »Los, los, los!«, schrie sie. Rin stieß sich mit den Füßen ab und riss die anderen mit.

Sie verschwanden in einem Lichtblitz.

*Im Schweigen lag eine Antwort, auch wenn es ein unsicheres Schweigen war.*

*»Du kannst es also nicht«, stellte Jo fest.*

★ ★ ★ ★ ★ ★ ★

# 35

## RINGMASTER, 1941

Sie landeten im hellen Sonnenlicht. Auf einem Strand, einige Jahrzehnte und eine halbe Weltreise von dem Erzherzog und den Schüssen der Attentäter entfernt. Hinter ihnen kroch der Urwald die Berghänge hoch, und der Pazifische Ozean säuselte zu ihren Füßen. Rin atmete tief ein – meersalzige Luft, die vom Festland unberührt war. Die vom Krieg unberührt war.

In sehr jungen Jahren war sie schon einmal hier gewesen. Sie kannte solche Orte aus Büchern, und als sie den Strand zum ersten Mal mit eigenen Augen sah, hatte sie kaum fassen können, dass es ihn wirklich gab.

Als sie ihren Spark bekam, war dies einer der ersten Orte gewesen, an den sie sprang. Ein sicherer Ort, weit vom Krieg entfernt. Und ein Ort, den sie schon immer hatte sehen wollen.

Mauve schloss die Augen und setzte sich im Schneidersitz in den Sand. »Der Chauffeur des Erzherzogs hat nicht mitbekommen, dass er ins Krankenhaus fahren sollte. Der Erzherzog ist gestorben.«

»Also springen wir zurück und versuchen es noch mal«, sagte Ringmaster, aber sie bereute es sofort. Es ging nicht. Sie hatte *gesehen,* dass es so nicht ging. Das Schwindelgefühl, der zerrissene Faden, es ging nicht …

Sie war nichts weiter als eine Schallplatte mit einem Sprung.

In Mauve war etwas leiser geworden. Irgendetwas hatte sich seit ihren resoluten Worten in Bosnien verändert. Vielleicht hatte es an den Schüssen gelegen und daran, dass sie sich auf den Boden geworfen hatten, jedenfalls hatte sie etwas in eine Zone zurückversetzt, in die Rin ihr nicht folgen konnte: in ihren sachlichen, kritischen Verstand.

Mauve holte tief Luft und ließ den Atem fließen, als sollte er sich mit der Meeresbrise vermischen, die die Wellen bis zum Horizont bewegte. Sie öffnete die Augen. »Ich ... ich hatte gesehen, dass es möglich war, seine Fahrtroute zu ändern. Deshalb dachte ich, wir sollten es versuchen, wir hätten eine Chance. Aber jetzt verstehe ich es. Selbst wenn wir es geschafft hätten, ihn zu retten, wäre er am nächsten Tag ermordet worden. Oder am übernächsten. Oder vielleicht passiert es eine Woche später, wenn er auf dem Balkon steht. Eine Gruppe namens Schwarze Hand will ihn tot sehen, und deshalb muss er sterben.« Mauve rieb sich die Augen. »Warum kann er nicht einfach am Leben bleiben?« Sie brach in Tränen aus.

Rin war klar, dass sie nicht nur um den Erzherzog weinte. Mauve wirkte so niedergedrückt, wie sie da im Sand saß und in einen Sonnenuntergang der fernen Zukunft blickte, den sie vielleicht nie hätte sehen sollen. Der Spark hatte sie hergeführt. Der Spark würde sie an die Front dieses nächsten Kriegs befördern. Aber retten konnte er sie nicht.

»Das wird zu viel«, sagte Odette. »Rin, wir dürfen nicht in die Zeit zurück, bevor der Spark aufgetaucht ist. Das würde zu viel verändern. Wir können ... Rin? Hörst du mir zu?«

Rin hörte zu, aber zugleich lief ihr der Kopf heiß. »Vielleicht sollten wir an den Zeitpunkt zurück, an dem die Schwarze Hand gegründet wurde.«

»Und wenn das nicht klappt, wohin dann, hm?«, fragte Odette. »In die Zeit des Schwarzen Todes? Vielleicht sollten wir gleich bis zu Moses zurück, weil der einen Schmetterling zertritt und damit das ganze Unglück auslöst. Und du wirst immer älter, du sturer Esel, und der Zirkus hat immer weniger von dir.«

»Dem Zirkus geht's bestens, und ich will nicht schon wieder über mein Alter reden. Bleib bei der Sache!«

»Dem Zirkus geht es nicht bestens! Und dir übrigens auch nicht. Was ist bloß los mit dir? Mit euch allen beiden?«

»Wir sind nicht wir selbst«, sagte Mauve. »Wir dürfen einander nicht verlieren, besonders nicht hier ... « Dann unterbrach sie sich plötzlich. »Oh nein«, flüsterte sie.

»Was ist?«, fragte Odette.

»Er ist hier«, sagte Mauve.

Ein Grollen drang aus dem kristallklaren Himmel.

Wie schwarze Raben, aber für Vögel zu steif, zu real, um ein Traum zu sein, so kam das Grollen in Sicht. Auf den friedvollen Strand hielten schwarze Flugzeuge zu. Nein, grüne. Mit einem roten Fleck darauf, bedrohlich wie der schwarze Fleck aus der *Schatzinsel* – Piraten, die eine Blutschuld eintreiben wollen. Das waren Maschinen, die ihre Welt des Jahres 1926 nicht kannte. Erntemaschinen des Todes, perfekt an den Himmel angepasste, methodisch konstruierte Schnitter.

So schnell, wie sie gekommen waren, verschwanden die Maschinen über den Berggrat im Osten. Dann Explosionen. Dann quellende Rauchwolken, dichter schwarzer Rauch. Wie von einem Scheiterhaufen.

Ringmaster nahm Mauve und Odette an den Händen. Sie taten einen Schritt nach vorn, über den Strand hinaus

★ ★ ★ ★ ★ ★ ★

und landeten auf einer Anhöhe über Honolulu, wenige Kilometer von dem Strand entfernt.

Schweigend schauten die drei zu, wie ein Sonnenaufgang hinter dem Rauch der brennenden Häuser und sinkenden, schreienden Kriegsschiffe verblasste. Rin fühlte sich wie in einem Spinnennetz gefangen, in lauter klebrigen Fäden, die sich immer neu verhedderten, wenn sie einen davon berührte. Es war unmöglich. Es war überall. Selbst hier.

Hinter ihrem Schweigen hörte Rin das Grollen einer zweiten Angriffswelle irgendwo jenseits des Horizonts.

Mauve schluckte. Auch sie schaute sich nach dem näher kommenden Geräusch um. »Wir achten darauf, immer unsere Socken zu waschen. Genug Schlaf zu kriegen. Wir essen unser Frühstück. Wir springen nie wieder so weit zurück. Verlieren uns nicht in Schleifen. Folgen unseren Regeln. Und dann zeigen wir dieser Zukunft, woraus wir gemacht sind.« Mit großen braunen Augen suchte sie nach Zeichen der Zustimmung in Rins Zügen. »Aber wir vergessen nicht, wer wir sind. Sonst hat sie uns schon besiegt, Rin. Und Odette.« Sie schnaubte. »Und Mauve«, ermahnte sie sich selbst. Sie schaute wieder in die Luft. »Ich weigere mich zu glauben, dass Menschen nicht zu etwas Besserem imstande sein sollen. Dass es nicht anders laufen kann. Menschen können stur, hasserfüllt und gefährlich sein. Aber ich werde nicht aufgeben.«

Rin nickte.

Odette nickte auch, aber ihre behandschuhte Hand tastete nach Rins, als glaubte sie, sie festhalten zu müssen. Rin schaute zu ihr hinunter, und in Odettes Blick lag so etwas wie Sorge. Nein, Liebe.

Genau so sah Liebe aus.

»Es tut mir leid«, sagte Rin leise.

»Ich werde mich nicht dafür entschuldigen«, sagte Mauve. »Aber mir tut es auch leid.«

»Wir dürfen nicht unsere Seelen verlieren, um die Welt zu retten«, sagte Odette. »Wir dürfen nie vergessen, wer wir sind, und dürfen uns nicht innerlich aushöhlen. Das lasse ich nicht zu.«

Rin begann abzuschweifen. Sie hatte sich entschuldigt. Mehr konnte sie nicht tun. Es würde sich alles wieder einrenken. Jetzt musste sie sich auf Wichtigeres konzentrieren. Sie war die Zirkusdirektorin. Sie musste ihre Truppe nach Hause bringen.

»Rin«, sagte Odette. »Atme mal richtig durch. Sieh mich an.«

Rin schaute ihr zerstreut in die Augen.

Odette verschränkte die Arme vor der Brust, wie um sich selbst zu trösten. Aber sie betrachtete Rin mit diesem tapferen Blick ohne Angst, ohne Wut. Es war mutig, sich nicht von der Wut und der Angst erfassen zu lassen. Es war mehr, als Rin verdiente.

Rin hätte etwas zu ihr sagen können. Sie hätte sich einen Moment lang erlauben können, ganz bei ihrer Frau zu sein. Sich mit ihr zu verbinden.

Aber die Flugzeuge kamen näher. Wieder surrte es, heulten die Sirenen, und dabei stieg noch der Rauch des letzten Angriffs in den blauen Himmel.

Die Maschinen jagten über sie hinweg; Bomben pressten sich aus ihren Bäuchen, fielen und fielen …

Die Insel zerbarst in Rauch und Geheul, wie so viele andere Orte, die sie gesehen hatten.

# 36

## EDWARD, 1917

Mrs. Dover hatte sie gefunden.

Edward erkannte sie sofort. Sie war älter geworden, hagerer, aber sie trug noch immer diesen roten samtenen Mantel, mit dem sie in Red Cloud, Nebraska, aus der trübseligen Zuschauermenge hervorstach.

Sie saß in der ersten Reihe.

Edward wusste, dass Mrs. Dover weder ihn noch Ruth sehen konnte. Ihr Gehirn übersprang ihre Gesichter während der Eröffnungsparade. Ihr Kopf füllte die Lücken, wenn er als Zirkusdirektor moderierte oder seine Hypnotiseursnummer durchführte, und ihr Blick verschwamm, wenn Ruth in der Manege glänzte.

Dafür hatte Edward gesorgt.

Er beobachtete Mrs. Dover, die sie beide nie finden würde und doch hergefunden hatte, und ihm wurde bewusst, dass für ihn niemand die halbe Welt durchquerte. Einmal hatte er geglaubt, genau das hätte Ruth für ihn getan; damals war er töricht und naiv gewesen.

Doch heute entfachten die Schatten früherer Schmerzen nicht sein inneres Feuer. Ed fühlte sich nur schwer.

Er schaute Ruth zu, die wie tausend Sonnen strahlte; das Scheinwerferlicht funkelte auf ihrem paillettenbesetzten goldenen Kostüm, wenn sie durch die Ränge huschte.

Sie war etwas Besonderes. Er hatte sie für sich allein behalten. Und irgendwo unter seiner Bewunderung lauerten Schuldgefühle.

Also stellte er ihr, als sie Schulter an Schulter hinter der Gardine auf das Finale warteten, mit leiser Stimme die Frage: »Wie geht es dir?«

»Da ist irgendetwas Schreckliches in der ersten Reihe«, sagte Ruth. »Ich kann es nicht richtig erkennen, mir tanzen Flecken vor den Augen … Ich frage mich, ob ich verrückt werde, Ed.«

Ach, richtig! Er hatte ihr gesagt, ihre Mutter sei ein Monster.

»Ruth«, sagte er. »Deine Mutter ist kein Monster.«

»Wie bitte?« Sie schaute verblüfft zu ihm auf.

»Deine Mutter liebt dich, genau wie ich dich liebe«, sagte er durch zusammengebissene Zähne, mit brennenden Augen. »Sie ist den ganzen weiten Weg hierhergekommen, um dich zu sehen.«

Ruth spähte durch den Staub, die Erdnussschalen, die rotierenden funkelnden Lichter. Edward sah, wie ihr Gesicht sich aufhellte, als sie endlich Mrs. Dover erkannte.

»Oh mein Gott«, hauchte sie. »Ed, sie ist hier.«

Nach dem Finale eilte Ruth aus dem Umkleidezelt, um ihre Mutter in der Menge zu suchen. Edward folgte ihr schleppend.

Er warf einen letzten Blick auf die Welt, die er für sie erschaffen hatte. Die teuren Zelte, die Masken der gesichtslosen Sparks, die ihr Schauspiel begleiteten. Er hatte sie von überallher zusammengetrommelt, um ein bewegendes Spektakel zu bieten. Alles drehte sich um Ruth. Und was wäre es ohne sie?

Sie hatten für immer auf Tournee sein wollen, für immer glücklich miteinander … und jetzt ging es zu Ende.

Nein, er konnte ihr nicht erlauben zu gehen.

Aber wie sollte er je wieder in den Spiegel schauen, wenn er sie gegen ihren Willen festhielt?

Nein, sie würde das verstehen. Sie würde ihn nicht verlassen. Er war schließlich ihr Ehemann.

Es war eine Szene wie aus einem Stummfilm, als Edward aus der Menge heraus und aus der Entfernung zusah, wie Ruth zu ihrer Mutter rannte, auf sie zusprang, sie in den Arm nahm und küsste und weinte und Mrs. Dover ... nichts tat. Mrs. Dover konnte ihre Tochter nicht sehen.

Edward schluckte. Es brauchte nur ein Wort. Er könnte sie erlösen. Er könnte sie ziehen lassen.

Ruth ließ ihre Mutter langsam wieder los. Er konnte ihren Gesichtsausdruck erkennen. Selbst durch die Menschenmenge hindurch sah er ihr Entsetzen.

Ein Schleier lag zwischen den beiden.

Mrs. Dover nahm Ruth gar nicht wahr, konnte nicht hören, was Ruth zu ihr sagte.

Edward hätte das ändern können. Aber er ließ zu, dass Ruth schrie und gestikulierte. Er ließ zu, dass Mrs. Dover sich wie eine Schlafwandlerin abwandte und mit leeren Händen fortging, noch immer in ihrem roten Mantel.

Langsam zog er sich zurück, durchquerte das Hauptzelt und besorgte sich etwas zu trinken.

Er trank viel davon.

Irgendwann kehrte Ruth zu ihm zurück. Seine Flasche ging schon zur Neige; der harte Stoff mit dem Kürbiskopfclown auf dem Etikett strömte ihm durch die Adern, und in seinen Augen tobten flammende Tränen.

Ruth hatte so schön ausgesehen damals im Schützengraben. Hätte sie ihn doch nur freiwillig gerettet.

»Willst du wissen, was mein Spark ist?«, fragte er langsam. Ruth hob fragend ihr mit verschmiertem Bühnen-Make-up bedecktes Gesicht. »Ich habe dir gesagt, es wäre Glück. Das war gelogen.«

Nach diesen Worten wurde Edwards Erinnerung verschwommen. Die Wahrheit musste aus ihm herausgeflossen sein wie Erbrochenes. Wie Dolche, die Ruth in tausend Stücke schnitten.

Ruth stand vor ihm, wütete, wandte sich ab und verschwamm, und irgendwann versetzte er ihr einen Stoß, und sie stürzte.

Die Zirkushunde, große schwarze Köter, rannten aus dem Zelt – höllische Vorboten eines unaufhaltsamen Endes.

Da machte er den Mund auf und ließ die Wahrheit los. Er konfrontierte sie schreiend mit ihrer gemeinsamen Geschichte. Sein Spark sei etwas Dunkles, das sie von ihrer Mutter fortgerissen und sie am Tag ihrer Heirat gesteuert habe. Er sei vermutlich der Grund, dass sie ihn überhaupt erst gerettet hatte.

Er streckte die Arme nach ihr aus und sagte, sie solle ihn töten, wenn sie wollte.

Das war ein Patzer, eine Fehleinschätzung, die ihn das Leben hätte kosten können.

Aber sie tat es nicht. Selbst mit seiner Erlaubnis und in vollständiger Freiheit konnte sie ihn nicht töten.

»Du hältst dich für so viel besser als mich«, geiferte Edward. »Aber du wolltest, dass ich dich von ihr wegbringe. Das ist alles genauso deine Schuld! Du dumme Gans, du bist genauso dafür verantwortlich wie ich!«

Ruth brach in Tränen aus.

Er sagte, sie solle sich schlafen legen.

Und damit hatte es sich.

# 37

## RINGMASTER, 1926

Charles, Jo und Kell kehrten von einem Tag am Strand auf das Zirkusgelände in Florida zurück – wie ganz normale Teenager, müde und sonnensatt. Rin hatte ihnen ein Picknick eingepackt, und jetzt schaute sie zu, wie die drei Seite an Seite in das Gewirr aus Zelten und Waggons eintauchten. Charles hielt seine Schuhe in der Hand, und Kells Arm ruhte auf seinen Schultern. Jo trug den Korb, den Rin ihnen mitgegeben hatte. Sie lachten bemüht – bemüht zu vergessen, dass sie zu schnell hatten erwachsen werden müssen.

Ringmaster kreuzte ihren Weg. Sie wuschelte Jo durchs Haar und sagte: »Geht nicht zu spät schlafen und verpasst nicht das Frühstück!«

»Reisen wir bald wieder weiter?«, fragte Charles, und Kell betrachtete ihn lächelnd.

Ringmaster nickte. »Bald«, sagte sie.

Sie winkten, und sobald sie einander den Rücken zuwandten, verging Ringmaster das Lächeln. Es stürzte alles wieder auf sie ein. Die Zirkusdirektorin verschwand, Rin war wieder da, die alte, erschöpfte Rin.

Das Problem mit Odettes und Mauves Vorsätzen war, dass Rin nur zu gern sich selbst vergessen wollte.

Sie wollte zu gern vergessen, für eine kurze Zeit zumindest, dass Bernard tot war, dass ihre Mutter tot war und dass sie Schuld daran hatte. Nur einen Tag lang das blaue Licht aus der Zukunft vergessen, den tickenden Countdown, an dessen Ende sie alle ausgelöscht werden würden.

Sie hatte ein solches Verlangen danach, sich selbst zu schaden, dass sie kaum an etwas anderes denken konnte. Vielleicht sollte sie für immer verschwinden. Ein Plan lag ihr wie ein schwerer, runder schwarzer Stein im Magen.

Sie passte auf, dass die Teenager nicht bemerkten, wie sie auf dem Weg durchs hohe Gras die Schultern hängen ließ. Es war ein stickiger, unerträglicher tropischer Sommer. Sie überquerte das Winterquartier ihres Zirkus. Es sah fast aus, wie es immer aussah, wenn sie in einer Stadt gastierten, außer dass ihre Budengasse nicht aufgebaut war. Kein Publikum, also kein Bedarf. Nur das Chapiteau und was sonst der Backstagebereich war. Aber dorthin wollte sie nicht. Sie navigierte durch ein Minenfeld aus freundlichen Grüßen. Bei jedem Winken erschien die Zirkusdirektorin auf ihrem Gesicht, nickte aufmunternd oder erwiderte den Gruß.

»Mrs. Davidson, wie geht's?«, fragte sie. Mrs. Davidson fand nicht die richtigen Worte, aber sie nickte und hatte wieder etwas Farbe im Gesicht.

»Übrigens, Ringmaster, Maynard ist losgefahren«, rief Agnes, die gerade trainierte. »Hat den Neunuhrzug nach Westen genommen. Er sagt, wenn was nicht stimmt, schickt er ein Telegramm, aber bisher gab's keine Spur von den schwarzen Zelten.«

Ringmaster nickte. »Schön«, sagte sie. »Und du, hast du alles im Griff?«

Agnes hob ihre Hanteln, als wäre das ihre Antwort. »Wenn die Muskeln ächzen, hält der Kopf den Mund«, sagte sie.

»Da ist was dran«, antwortete Ringmaster.

Mauve saß mit Mr. Weathers im Kassenhäuschen. Im Licht der einsamen Glühlampe schauten sie in der kleinen Kabine Bernards

Dokumente durch. Sie hielten beide Papiere in den Händen, sahen sich aber in die Augen und sprachen leise miteinander. Mauves Augen waren gerötet; sie hatte wieder geweint. Mr. Weathers sah alt aus.

Es machte den Eindruck, als wollten sie ihr Gespräch lieber unter vier Augen führen. Ringmaster nahm eine kleine Mandarine aus der Tasche, die sie in der Kantine bekommen hatte, legte sie für Mauve auf den schmalen Verkaufstresen des Kassenhäuschens und ging weiter. Mauve liebte Mandarinen; immer, wenn sie in Florida waren, aß sie so viele davon, wie sie tragen konnte. Diesmal waren sie keine Mandarinen holen gegangen. Aber Cherry hatte ein paar der saftigen Früchte aufgetrieben, und Mauve hatte das Abendessen verpasst.

Rin verließ die beleuchteten Gemeinschaftsbereiche, ließ alle anderen hinter sich und schlich auf den Zug zu. Noch waren sie keine Geister, aber eines Tages konnte es so weit sein. Sie hatte es in der Zukunft gesehen. Und Bernard war schon fort. Der Circus King war ihnen auf den Fersen. Und der Krieg. Wie sollte ein Mensch mit nur einer Seele trauern, wüten, sich fürchten, wenn so viele Feuer auf einmal brannten? Wie konnte der Rest der Welt mehr als eine Tragödie ausbalancieren, ohne einfach tot umzufallen? War das alles etwa fair, und war irgendwer noch zu retten? Konnte man ernsthaft von irgendjemandem erwarten, das alles auszuhalten?

Schließlich konnte Rin sicher sein, dass niemand mitbekam, wie sie in die Schatten der beladenen Flachwagen eintauchte.

Sie sprang auf die Stufen eines der Flachwagen, auf dem sie die Jahrmarktsbuden transportierten. Trotz ihrer protestierenden Arme, Rippen und Hüften erklomm sie die hölzerne Ladefläche. Dort stand die grüne Bude auf Rädern, in der normalerweise das Entenangeln stattfand. Rin streckte ihr schlimmes rechtes Bein gerade von sich, um sich mit dem besseren linken zum Boden abzusenken und auf den Bauch zu legen. Auf der Unterseite war das Behältnis, das sie suchte, eine Art hölzerne Zigarrenkiste, verborgen in den reichen Verzierungen der Bude. Rin ruckelte daran, zog die Kiste heraus.

Darin lag eine Flasche.

Die Flasche war alt und hatte ein unauffälliges Etikett aus der Zeit zu Beginn der Prohibition, als die Destillerien ihre Produkte als Putzmittel deklariert hatten, um die Behörden zu täuschen. Sie war nur für den Notfall.

Schon die Glasflasche in ihrer Hand zu spüren war tröstlich. Es war eine Option. Eine handfeste Option, sozusagen. Rin steckte sie sich in die Tasche.

Sorgfältig schob sie die Kiste an ihren Platz zurück. Sie sagte zu sich selbst: *Bring mich fort von hier und weck mich, wenn wir da sind.* Aber dann fiel ihr ein, was der perfekte Ort war. Die scharfe dunkle Bergsilhouette am Rand des Zirkusgeländes. Das Chapiteau.

Mit knirschenden Gelenken rappelte sie sich mühsam hoch. Ihr Rücken knackte; die Fersen und Fußgelenke fanden den Boden wieder. Sie hielt sich fern genug, um von niemandem entdeckt zu werden, und nah genug, um keiner von Floridas Höllenkreaturen zum Opfer zu fallen. Sie blieb im Schatten, bis sie schließlich am Fuß des Chapiteaus ankam. Dann ging sie hinein.

Im Schimmer des Geisterlichts ließ sie den Blick am Hauptmast aufwärtsschweifen. Ihre Namen waren dort nicht mehr eingekerbt, sondern hastig aufgepinselt. Als sie den neuen Mast mitgebracht hatte, hatte Rin darauf bestanden, dass jeder ihn mit etwas Farbe signierte, um ihre Tradition zu wahren. Sie hatten nur violette Farbe zur Hand gehabt, und einige Pinsel waren für Unterschriften zu breit gewesen. Es wirkte unbeholfen, kümmerlich, aber immerhin standen ihre Namen in kräftigem Lila im Herzen ihres Zuhauses.

Traditionen zu etablieren war wichtig. Das war Rin schnell klargeworden, als sie so viele Fremde unter einem Dach zusammenbrachte. Traditionen schufen Geschichte, Geschichte schuf Stabilität, und Stabilität gab Sicherheit.

Das Zelt war leer. Seit mehreren Tagen und Nächten war es leer, und sie hockten zwischen Sümpfen und Meer auf der Wiese. An den Leuchten waren noch die Farbfolien aus Gelatine, die sie drüben in Missouri Valley verwendet hatten. Die blauen oben links waren durchgebrannt; sie kräuselten sich in der Mitte um ein schwarzes Loch. Maynard hatte keine Zeit gefunden, sie auszuwechseln, nicht einmal als er das Lichtwerk verstaut und hier im Winterquartier wiederaufgebaut hatte.

Sie setzte sich mit wehen, müden Beinen auf die hölzerne Piste rund um die Manege. Nahm die Flasche wieder in die Hand. Hier fühlte sie sich so klein – wie ein Mädchen, das zum ersten Mal eine leere Bühne betrat.

Sie öffnete die Flasche. Nahm einen großen Schluck.

Alkohol löste den Geist auf angenehme Weise. Keine Schwindelgefühle, keine Kopfschmerzen, zumindest nicht sofort. Nur dieses Schweben.

Es hatte etwas Geisterhaftes und Heiliges an sich, wenn an einem Ort so viele Menschen aufgetreten waren –, als hallte er von allem, was hier geschehen war, noch immer wider. Theater hatte einen besonders machtvollen Zauber. Es beschwor Gelächter und Tränen herauf, versetzte Hunderte Fremde von ihren Sitzen in eine andere, ferne Welt, die Welt ihrer Vorstellungskraft. Sie stellten sich gemeinsam die Zeiten des größten Schmerzes vor, die der größten Glücksfälle und alles dazwischen.

Als für sie die Zeit gekommen war, die Welt zu verändern, hatte sie auf Magie gesetzt, um ihre Ziele zu erreichen.

Aber er genauso.

Sie tastete nach ihrem zerrissenen Kragen. Eine Welle aus Angst und Schmerz und Schuld durchfuhr ihre angespannten Nackenmuskeln.

Sie nahm noch einen Zug aus der Flasche.

★

Nach all dem Lärm wurde es endlich still. Sie schloss die Augen und wiegte sich vor und zurück, als wäre sie unter Wasser. Hier im Dunkeln war sie endlich ein Niemand. Sie ließ die Drachenschnüre los, die sie sich um die Finger gewickelt hatte, die sie mit den Herzen der Menschen verbanden, die sie liebten, die Rin gezwungen hatten, auch sie zu lieben, oder die sie von sich aus liebte. Sie war nur noch Rin, ohne Vergangenheit und Zukunft, war nur noch gegenwärtig und vielleicht nicht einmal das.

Aber es währte nicht lange. Schon stürzten die Sorgen wieder auf sie ein wie lauter Blitzeinschläge, und ihr Körper glühte auf. Rin schluchzte leise.

*Du bist schon immer erbärmlich gewesen*, knurrte die tiefe Stimme in ihrem Brustkorb, zwischen ihren Ohren, bis in ihre Haarwurzeln hinauf. *Wenn jetzt jemand reinkäme und sehen könnte, wie wertlos du in Wahrheit bist ...*

Sie ließ sich von der Stimme ganz durchdringen, bis ins Innerste erschüttern, fast so fundamental wie das Gefühl, als damals zum ersten Mal die Zeit ihren Händen nachgab. Ihr ganzer Körper vibrierte. Sie war nichts weiter als eine dämliche Sparkbraut, die das Leben zerkaut und wieder ausgespuckt hatte und die sich seitdem vergeblich bemühte, ihre sonnengebleichten Falten zu glätten. Die anderen ahnten ja nicht, wer sie war, was sie getan hatte, was für ein Gewicht ihr die Schultern niederdrückte. Sie hatte nicht das Zeug zur Zirkusdirektorin. Sie hatte sie alle betrogen.

Ein Lufthauch streifte sie, als sich jemand durch die Leinwandklappen des Eingangs schob. Dann war da Odette.

Odette betrat das Zelt. Ihr Haar stand ohne Wickler wild durcheinander. Sie trug ihren pinkfarbenen Lieblingsbademantel, hatte die Füße in schwere Arbeitsstiefel gesteckt und sah aus wie von einem Albtraum aus dem Schlaf gerissen.

Für jeden anderen Menschen wäre Rin jetzt aufgestanden, hätte so getan, als wäre sie gut geerdet und besäße ein Rückgrat, das sie aufrecht hielte. Aber für Odette blieb sie auf der Piste hocken. Sie versuchte nicht einmal die Flasche zwischen ihren Knien zu verstecken, sondern strich mit den Daumen über ihre Öffnung.

Odette blieb stehen und sagte nichts, wartete ab. Rin hob nicht einmal den Blick. Sie wusste, welcher Ausdruck auf Odettes Gesicht liegen würde, oder vielleicht wollte sie es gar nicht wissen. War Odette wütend, war sie enttäuscht? Verletzt? Vielleicht glaubte sie noch immer daran, Rin helfen zu können. Aber da war nichts zu machen. Im betrunkenen Zustand blieb sie zumindest ruhig, konnte atmen, brauchte nicht den Puls mitzuzählen, der ihr im Hals oder hinter den Augen pochte.

Wenn sie nur ihren Körper losließe, sich vorstellte, einfach davonzuschweben …

Odette war jetzt in ihrem Sichtfeld, war vor ihr in die Knie gegangen.

Odette ergriff Rins Hand, legte die weiche Seide ihres Handschuhs um Rins faltige Haut. »Hey«, sagte Odette. »Genug abgestürzt. Schau mich an.«

Rin zwang sich, die Augen auf Odettes Gesicht zu richten, sah sie aber verschwommen. »Er wird dich umbringen«, würgte Rin hervor.

»Er versucht, dich einzuschüchtern«, sagte Odette.

»Es ist alles meine Schuld. Er ist stärker geworden«, sagte Rin. »Da bin ich sicher.«

»Und wie schon gesagt, wissen wir das genau deshalb, weil wir selbst stärker werden«, sagte Odette.

»Ich darf … darf nicht zulassen, dass er den Zirkus angreift«, sagte Rin. »Er wird dich umbringen. Ich kann ihn nicht besiegen. Ich kann nicht zurückspringen. Darf dich nicht verlieren. Ich kann nicht, ich …«

»Schhhh …«, machte Odette und streckte die Hand nach ihrem Gesicht aus. Rin fuhr zurück.

Er hatte sie immer berührt. Hatte ihr immer seine Gedanken aufgezwungen. Odette konnte das auch. Rin sagte nichts. Ihr war kalt. Sie fühlte sich, als würde sie in ihrem eigenen Schädel versinken und schwebte in einer Masse ohne Augen, ohne Zeit.

»Bleib bei mir«, sagte Odette. »Geh nicht weg, Rin, bitte!«

Rin brach in Tränen aus. »Einmal hat er gesagt, ich hätte kein Herz«, sagte sie. Sie legte sich die Hand auf die Brust. Dort waren Knochen, waren Rippen, und sie fühlte einen Puls, und trotzdem … »Ich spüre mein Herz nicht. Es ist wie versteinert. Er hat es versteinert. Oder vielleicht war es schon immer so.«

»Natürlich hast du ein Herz«, sagte Odette. »Wie kannst du so was denken?«

Rin rang mühsam nach Luft. »Ich wäre am liebsten gestorben. Aber wenn ich sterbe und er überlebt, dann gehört die Welt ihm. Und ich habe diesen blöden Spark abbekommen, und ich weiß nicht, warum, aber … wenn ich sterben würde, würde der Spark mit mir sterben, und es wäre ein Mensch weniger da, der die Welt verbessern könnte. Aber ich bin so müde. Ich bin so gottverdammt müde.«

»Hast du noch irgendwas anderes dabei?«, fragte Odette. Rin bemerkte, dass Odette sich ihre Taschen daraufhin ansah, ob sie ausgebeult waren. »Bist du in Gefahr?«

Rin weinte wieder. »*Du* glaubst vielleicht, dass ich ein Herz hätte, Odette. Da ist nichts. Nichts.« Sie schlug sich auf die Brust und hielt noch immer die Flasche umklammert.

Odette nahm ihr die Flasche weg. Dann legte sie Rin ihre behandschuhte Hand auf die Brust unterhalb des eingerissenen

Kragens, direkt auf die kalten Knöpfe. Rin fröstelte, aber sie hielt still.

Odette sagte leise: »Du hast das größte Herz, das ich je kennenzulernen die Ehre hatte.«

»Das ist nicht wahr«, sagte Rin.

»Und es schmerzt mich, dass du das nicht siehst«, sagte Odette.

»Ich bin genau wie er. Wir haben diese schrecklichen Dinge zusammen getan. Der Zirkus des Circus King war auch meiner. Ich habe ihn erst auf die Idee gebracht, Odette. Er hat den Zirkus gegründet, weil ich es wollte!«

Rin erlaubte es sich, die Tränen fließen zu lassen. Sie wusste selbst nicht, wie lange. Odette setzte sich zu ihr. Mehr nicht. Und Rin wollte es nicht; sie wusste, dass das mit der Flasche Odette tief verletzt haben musste. Aber sie wusste selbst nicht, wie sie die nächste Minute überstehen sollte, die nächste Stunde, den nächsten Tag oder Sommer oder ein Jahrzehnt, wenn sie nicht durchatmen konnte, nicht die Stille trinken und beten, dass sie möglichst lange anhielt, damit sie nicht seine verdammte Stimme in ihrer eigenen hörte.

»Ist das der Grund, warum ich dir nicht deine Jugend zurückgeben darf?«, fragte Odette leise.

Rin starrte zu Boden.

*Ich habe es verdient zu sterben.*

*Es war meine Schuld, was er getan hat. Was wir getan haben.*

»Wo hast du die Flasche her?«, fragte Odette.

»Die war in einer der Buden versteckt«, murmelte Rin.

»W… Wie bitte?«

Einmal hatte Rin von einem Spark gehört, der ein paar Städte entfernt lebte. Die Person hatte einen Spark wie niemand sonst: die Fähigkeit, mit Verstorbenen zu kommunizieren. Angeblich konnte sie durch den Schleier blicken, die Essenz der Verstorbenen erkennen und als Medium dienen. Mauve hielt das alles für Hokuspokus.

Odette glaubte, es sei möglich, aber unwahrscheinlich. Aber Rin dachte, es könnte durchaus wahr sein.

»Hast du irgendwo anders noch was gebunkert?«, fragte Odette. »Rin, antworte mir.«

An dem Abend, als sie losfahren wollten, um diesen Spark kennenzulernen, blieb Rin zu Hause.

Sie begründete es damit, dass die Reise Geldverschwendung sei.

Aber irgendwo innen drin, in einem dämmrigen Winkel, in dem Rin manchmal nichts richtig erkennen konnte, lag der wahre Grund verborgen. Wenn es wirklich so einen Spark gab, dann musste sie ihrer Mutter gegenübertreten. Und wie sollte sie das jemals über sich bringen?

*Wie kannst du dich entschuldigen, wenn du genau weißt, dass ihr Tod deine Schuld ist? Dass es deine Schuld sein wird, wenn Odette stirbt?*

»Rin, schau mich bitte an. Schau mich an und konzentriere dich.«

*Sie wird dich verlassen*, zischelte die Stimme. *Niemand liebt dich.*

Diese Stimme konnte so leise sein, wenn der Zirkus laut war. Wenn sie ihren roten Samtmantel trug, wenn alle sie die Zirkusdirektorin nannten, wenn sie im Trubel der Schienen, der Abenteuer, der Magie mitschwamm, war die Stimme nicht mehr als ein dumpfes Murmeln.

Aber heute Nacht hörte sie sie laut und deutlich. Rin wusste, dass es nicht wirklich *er* war; so funktionierte sein Spark nicht. Es war noch viel schlimmer – die Stimme war Teil ihrer selbst.

Hätte sie nur erkannt, wer er war, und nicht zugelassen, dass sich ihr Leben mit seinem verstrickte, dann wäre all das nicht passiert.

*Sie wird dich verlassen*, sagte er. *Und ich werde dich finden.*

»Nein«, sagte sie leise zu sich selbst. »Ich bin noch da. Ich werde nicht zulassen, dass du gewinnst.«

»Wie?«, fragte Odette. Aber Rin war schwindelig geworden.

*Ich bin noch nicht am Ende,* dachte Rin. *Ich bin noch da, und wenn ich mir schon die Mühe mache, hier zu sein, kann ich auch etwas tun.*

Odette schraubte die Flasche zu. Sie stand auf und ging zum Mülleimer am Ausgang. Rin rappelte sich hoch.

»Wir sind ganz zum Anfang zurückgegangen, um damit fertigzuwerden.« Rin stolperte über ihre eigenen Worte, und Odette drehte sich nach ihr um. Sie war über den Zorn hinaus und eher besorgt als alles andere. Rin versuchte, nicht darauf zu achten. »Was, wenn wir stattdessen ganz ans Ende gehen?«

»Das ergibt keinen Sinn, Rin.«

»Nein, ich meine, was beendet das Ganze?« Rin wankte ein wenig, denn die Welt war ein Ozean, und Wellen der Zukunft und der Vergangenheit schwappten ihr gegen die Beine, wie damals, als sie sich als Kind an der friedlichen Küste ihrer Heimat mit Mühe aufrechtgehalten hatte. »Ich kann … kann ganz bis ans Ende gehen.«

Wie mochte das aussehen? Rin versuchte, den Faden zu finden, der zum Krieg gehörte, den von Blut triefenden goldenen Faden, die Schreie und den Todeshauch, der ihn umwehte. Sie erkannte, dass er sich bis ans andere Ende der Welt wand. Sicher war sie nicht, solange Mauve nicht für sie navigierte. Das Ende war weit weg, und doch fühlte es sich an, als könnte sie es mit bloßen Händen packen und würgen.

Eine Sirene heulte. Irgendetwas Rotes.

Warum war alles so rot?

»Rin?« Odette kam auf sie zu.

»Ich verliere mich nicht wieder in einer Schleife, versprochen«, lallte Rin.

»In einer Schleife«, murmelte Odette. »Einer Zeitschleife?«, fragte sie lauter, als sie es begriff. »Rin, was meinst du mit ›wieder‹?«

Rin spürte, wie ihr ein dummes Grinsen ins Gesicht stieg, und sie tappte auf Odette zu, um sie an die Hand zu nehmen, aber

★ ★ ★ ★ ★ ★ ★

# 38

## RINGMASTER, 1945

Rin schlug lang hin.

Wie ein toter Fisch lag sie auf einem asphaltierten Gehweg. Um sie herum schrien Menschen erschrocken auf oder schnappten nach Luft. Sie war mitten in einer Stadt erschienen und sah aus wie der Tod auf Latschen, eine Frau in Hose und rotem Mantel, die streng nach Schnaps roch. *Kinderspiel,* dachte sie sarkastisch.

Rin hörte Menschen eine Sprache sprechen, die sie nicht beherrschte. Sie konnte nicht klar sehen. Auf allen vieren kroch sie zur Seite und zog sich an einem Geländer hoch. Dahinter verlief ein Fluss quer durch die Stadt, in die es sie verschlagen hatte. Rin war schlecht.

In ihr drehte sich alles, als sie sich umsah. Wo zur Hölle war sie?

Eine Stadt, durch die ein Fluss lief. Darüber flogen Vögel und sangen. Manche Passanten hinter ihr gingen weiter, aber andere riefen nach etwas, nach einem Taxi oder der Polizei vielleicht ... oder nach einem Soldaten. Ein brüllend lautes Auto, definitiv nicht aus dem Jahr 1926, kam mit quietschenden Reifen zum Stehen.

Rin war verwirrt von den versammelten Menschen, ihrer Sprache, den Gebäuden. Mit dem Alkohol im Blut konnte sie sich nicht konzentrieren. Vielleicht lag es auch an dem plötzlichen Zeitsprung oder an beidem.

Sie sollte nicht hier sein. Sie sollte h… LICHT.

WEISS.

STILLE.

Sie sah die Körper um sich herum wie in einem Röntgenautomaten.

Die Sonne explodierte, die Welt ging unter.

Keine Vögel. Keine Stimmen. Nichts.

Dann eine Welle aus Lärm, Rauch und Hitze, wie ein Feuergeist, der durch Haut, Knochen, Gefäße hindurchfuhr.

Rins ganzer Leib brannte, löste sich auf wie ausgefranste Kleidung. Etwas stimmte nicht. Sie konnte nichts hören, nichts sehen. Alles stand in Flammen, jeder Nerv lag bloß. Sie wurde langsam zu Asche.

Als hätte sie eine Supernova verschluckt.

Die Fäden ihres Lebens rissen, lösten sich auf, schwebten ins Bodenlose. Sie spürte, wie sich alles von ihr entfernte. Rin verlor ihr Leben, und sie griff nach dem einen Faden, der zu Odette gehörte.

# 39

## RINGMASTER, 1926

Sterben tut weh, bis es dann nicht mehr weh tut. Erst unternimmt der Körper alles, um am Leben zu bleiben, schwimmt gegen den Strom, bäumt sich auf. Dann türmen der Schmerz und der Verlust sich so hoch auf wie die Brecher am Außenrand des Riffs. Jenseits davon hört der Körper auf zu kämpfen, und es wird alles leichter. Weniger schmerzlich, mehr wie die Erschöpfung am Ende eines langen Tages.

Rin hatte viel erlebt. Sie hatte mehr erlebt als die meisten. Sie hatte viele Filme gesehen, war in den Weltmeeren geschwommen, hatte im Rampenlicht gestanden, kannte die Musik und die Lieblingsspeisen vieler Länder der Erde. Gestorben war sie noch nie.

Ihr Körper wandelte sich in das Gegenteil dessen, was sie kannte. Ihre Lungen gaben den Dienst auf, obwohl sie schrie. Ihre Augen streikten mitten im blendenden Licht. Alles fuhr langsam herunter.

Sie dachte nicht an alles, was sie noch hätte tun können, alles, was sie zurückließ. Sie hatte nur einen Gedanken. *Odette.*

Das rettete sie. So brachte ihr Spark sie nach Hause.

Sie nahm am Rande wahr, dass die Luft sich verändert hatte. Ihr Körper stieß mit etwas zusammen – mit Möbeln? Sie konnte nichts sehen; etwas floss ihr aus den Augen, aber was sie für Tränen hielt, schwappte plötzlich über, und sie begriff mit dumpfem Entsetzen, dass ihre Augäpfel geschmolzen waren. Sie schrie und schrie und hörte keinen Laut. Jemand schloss sie in die Arme. Das erkannte sie daran, dass alles an ihr pure Qual war, weil etwas die bloß liegenden Nerven auf ihren Knochen berührte, bis sie abstumpfte oder in Ohnmacht fiel.

Sie fragte sich, ob ihre Mutter sie auf der anderen Seite erwarten würde.

Sie hätte für Odette da sein sollen. Sie hätte Odette niemals loslassen dürfen, und ihr Leben hätte viel schöner sein sollen. Sie hatten versucht, aus Schatten einen Sinn zu weben, und sie waren dicht dran gewesen, so dicht dran …

Aber dann ebbte es ab. Wie eine Welle, die sich vom Strand zurückzieht, oder ein vernichtender Druck, der endlich nachlässt. Sie lag nicht mehr im Sterben. Sie konnte fühlen, konnte denken. Sie konnte ihre Stimme hören, die ächzte und ohne Lippen flehte, und dann bekam sie auch ihre Lippen wieder. Jemand erschuf sie neu.

Durch geheilte Augen fuhr ihr Licht ins Hirn, und sie erkannte Odette. Rin begriff, dass sie im Begleitwagen waren, dass sie am Boden auf Odettes Schoß lag, in ihren Armen. Auf Rins blutroter Haut verschwanden rasch alle Wunden, und die Verbrennungen, Schrammen, Risse gingen durch Odettes Hände auf die Heilerin über. Odettes Arm sah aus, als hätte die Sonne sie beim Einparken gestreift und Fahrerflucht begangen. Ihre Haut wirkte, als könnte man sie ausziehen wie einen Handschuh.

Rin versuchte, sich loszumachen. »Nein. Das kannst du nicht ertragen.«

»Und du erst recht nicht.« Odette hielt sie fest.

»Ich will … «

»Du hast deinen Job erledigt«, sagte Odette. »Jetzt lass mich verdammt nochmal meinen machen.«

Odette legte ihre bloße Hand wieder auf Rins Arm, und Rin sah, wie sie sich unter Schmerzen wand. Als würde Odette von innen heraus verprügelt. Odette sprang auf und schlang die Arme um sich. Etwas schien sie zu würgen. Ihre Augäpfel liefen ihr über die Wangen. Rin konnte nicht wegschauen. Sie wollte Odette umarmen, aber Odette verströmte sengende Hitze und riss sich sofort wieder los. »Sonst muss ich dich wieder heilen!«, rief sie, als Rin nach ihr griff. Und dann schrie Odette unaufhörlich. Bald wäre es wieder vorüber, aber ein solcher Schmerz konnte nie ganz vergehen. Odette kam dem Tod so nah wie noch nie, und es war beinahe mehr, als selbst ihr Spark bewältigen konnte. Alles, was Rin gefühlt hatte, nahm jetzt Odette in sich auf.

Sie würde nicht sterben und lag doch im Sterben. Nur Schmerzen, keine Erlösung.

Rin wollte es alles zurücknehmen, in ihren eigenen Körper stopfen. Ihr schnürte sich die Brust zu, ihr Herz war bleischwer. Die ganze Welt schien wie erstarrt, denn alles, was zählte, waren Odettes zittrige Atemzüge.

*Oh nein, nein, nein, Odette, bitte halt durch ...*

Und dann war es vorbei. Odettes Arme heilten. Ihre Augen auch. Rins Arme und Rins Augen waren wieder ganz. Aber ihr schöner Samtmantel nicht – ein langer Riss lief durch das Rot. Und Odette schluchzte. Rin zitterten die Hände, als sie sie nach ihr ausstreckte.

»Odette ... «

»Wag es ja nicht«, schluchzte Odette. »Fass mich bloß nicht an.« Sie weinte und rollte sich zusammen. Die wunderschöne Melodie dieses Menschen zersprang unter der Hitze einer Explosion, die heißer war als der Erdkern. Sie sollte jetzt geheilt sein: Ihre Haut war makellos, ihre Augen unversehrt. Aber es lässt sich eben nicht alles heilen.

Wenn wir uns selbst verletzen, verletzen wir auch unsere Nächsten.

Rin kam irgendwie auf die Beine. Der Alkohol war weg, und im Begleitwagen herrschte bedrückende Nüchternheit. Rin griff nach dem Wasserkrug und schenkte für Odette ein Glas voll, weil ihr nichts Besseres einfiel. Odette schlug es weg. Das Wasser spritzte überallhin.

Odette wirbelte herum und schaute Rin ins Gesicht. »Was zur Hölle hast du getan?«, fragte sie.

»Ich … ich war am Ende … am Ende des Krieges«, sagte Rin mit trockener Kehle und holprigen Worten. »Ich war in einer Stadt mit einem Fluss, und da kam ein Lichtblitz, und dann bin ich gestorben. Irgendwie habe ich … Was machen wir hier im Begleitwagen?«

»Wenn du dich in der Zukunft verirrst, folgst du einem Faden zum Zug zurück«, sagte Odette.

»Ich …«, sagte Rin, »ich bin aber einem Faden zu dir gefolgt.«

»Tja, vielleicht solltest du das öfter tun!«, rief Odette voller Verzweiflung. Endlich brach sich alles Bahn. Sie legte sich die Hände auf den Bauch und atmete zwischen den Schluchzern tief ein. Rin hielt Odette ein Taschentuch hin. Odette nahm es. »Ich verstehe nicht, was zur Hölle du …« Die Worte lösten sich in ihren Tränen auf.

Rin versuchte es noch einmal. »Darf ich …«

*… dich in den Arm nehmen,* wollte sie fragen, aber das hatten sie beide nicht verdient.

»Darf ich dir ins Bett helfen?«, fragte sie stattdessen.

»Fick dich!«, blaffte Odette. Dann packte sie Rin und hielt sie ganz fest, als könnte Rin jeden Moment wieder hinter dem Schleier verschwinden und nie wiederkommen. Rin hielt Odette noch fester und strich ihr über das Haar.

»Es tut mir so leid«, sagte Rin leise.

»Und du hältst das für eine Mitzwa!«, wütete Odette. »Was soll dabei Gutes rauskommen, wenn du dich umbringst? Du bist wortwörtlich eingegangen, auseinandergefallen, und fast wärst du weg gewesen. Das Ende von Ringmaster, das Ende meiner Frau. Keine Mitzwa würde jemals von dir verlangen, dass du …«

Die Tür sprang auf, als hätte jemand sie eingetreten. Mauve

stürmte mit einer Laterne in der Hand herein. »Was ist passiert? Ist er wieder da?«

Odette und Rin antworteten nicht. Sie hielten einander nur fest. Rin schaute Mauve mit großen, tränennassen Augen an. Ihr war, als spiegelte sich in ihrem Blick, was sie gesehen hatte.

»O mein Gott«, sagte Mauve. »O nein.«

Und dann sprang noch einmal die Tür auf. Eine hagere Vogelscheuche stürzte hindurch, mit weit aufgerissenen Augen und wirrem Haar. Sie hielt kampfbereit die Hände erhoben. Und sie war noch ein Kind. »Wo ist er? Was ist los? Wer hat hier geschrien?«, fragte Jo.

Rin spürte, wie sie bleich wurde. So hätte Jo sie nie sehen sollen – panisch und durcheinander, im zerrissenen Mantel und blutbedeckt.

»Was machst du hier?«, fragte Rin. Sie klang kein bisschen nach der gelassenen, allwissenden Lehrerin, die Jo kannte. Verunsichert wich Jo einen Schritt zurück. Auch sie wurde blass, als hätte sie einen Geist gesehen. Sie biss die Zähne aufeinander und ballte die Fäuste, wie um ein Zittern zu verbergen. Die Ereignisse dieser Nacht durften nicht auf ihr lasten; sie hatte damit nichts zu tun.

»Sie muss gehen«, sagte Ringmaster und wandte sich ab. Aus irgendwelchen Gründen machte das Jo wütend.

»Ihr könnt hier nicht rumschreien, als würdet ihr sterben, und mir dann sagen, ich soll mich verpissen. Ich habe dir schließlich gezeigt, was mit mir los ist«, sagte Jo und schüttelte die Fäuste. »Ich gehe nirgendwohin. Dir geht es nicht gut. Keiner von euch dreien.«

»Aber es geht schon wieder, Süße.« Odette ging auf Jo zu, aber Jo wich zurück.

»Ich weiß, was dein Spark ist«, sagte sie. »Ich will nicht von dir getröstet oder geheilt werden. Ich brauche keinen verdammten Trost. Ich will nur wissen, was los ist.«

Odette legte die Hände auf ihren blutbefleckten pinkfarbenen

Bademantel. Trauer breitete sich über ihr Gesicht. Sie setzte sich auf das Bett und starrte wie abwesend ins Leere.

Rin wollte sich Jo zuwenden und mit ihr reden. Aber sie brachte es nicht fertig. Mit hochgezogenen Schultern, von denen ein zerfetzter Mantel herabhing, und vom Schleier ihrer Löwenmähne verborgen starrte sie erschüttert aus dem hinteren Fenster.

Mauve ließ die Laterne auf den Tresen knallen. Sie unterdrückte eine Wut, die sie vor einer Fünfzehnjährigen nicht offen zeigen wollte.

»Das war das Ende des Krieges«, sagte Mauve mit fester Stimme. »Ein Lichtblitz, der sehr viel größer war als das blaue Leuchten, größer als jede Waffe des großen Krieges. Ein Albtraum.«

»War das einer von uns?«, fragte Rin. Jo stand immer noch da. *Bitte geh, Jo.*

»Nein«, sagte Mauve. »Das war kein Spark. Es wurde von Menschen gemacht, im Labor oder ... auf einem Testgelände in einer Wüste. Eine Bombe.«

»Das war keine Bombe«, sagte Rin.

»Doch«, sagte Mauve.

»Immer haben sie eine solche Angst vor uns«, flüsterte Odette. »Dabei können sie selbst viel schlimmere Monster sein.«

Rin betrachtete Odette im Mondlicht, das auf ihrer glatten, unversehrten Haut keinen einzigen Kratzer zeigte. Aber in Odettes Augen lag Schmerz. Rin fragte sich, ob er je wieder verschwinden würde.

»Sie wurde über einer japanischen Stadt abgeworfen«, sagte Mauve. »Die Befehlshaber wussten, was sie taten. Es war von langer Hand geplant.«

»Wie kann man so etwas mit Absicht tun?«, fragte Odette kaum hörbar. So klein, so resigniert. Rin war speiübel. Der Geruch von versengtem Fleisch hing noch in der Luft und lag ihr auf der Zunge. »O mein Gott ...«

»Wovon zur Hölle redet ihr?«, fragte Jo, aber es klang, als wollte sie es in Wahrheit nicht wissen. Rin konnte sie noch immer nicht ansehen.

»Wir müssen es den anderen sagen«, wisperte Mauve Ringmaster zu. »Du hast gesagt, wenn es so weit ist ... wenn wir wissen, wir schaffen es nicht ... dass wir es allen sagen. Jo ist schon hier, sie sollte es als Erste erfahren. Und dann alle anderen.«

Ringmaster strich sich Halt suchend über ihren geheilten Arm. »Ist gut«, sagte sie leise. Aber in diesen zwei Wörtern lag etwas viel Größeres als Einverständnis. In Rins Leben hatte sich etwas verschoben. Sie hatte versagt.

Langsam drehte Rin sich um. Sie sah das schmächtige Mädchen zu sich aufschauen, als könnte Rin das Gewicht der Welt auf den Schultern tragen. Und sie wünschte sich mehr als alles andere, es wäre wahr.

»Wir können den Krieg nicht verhindern«, sagte Rin.

»Ich weiß«, sagte Jo. »Aber das ist schon in Ordnung. Er ist vorbei. Es ist, wie du sagst, Ringmaster: Wir sorgen dafür, dass die Leute besser und klüger werden und dass sie das Gute ... Ringmaster?«

»Nein.« Rin ließ die Schultern hängen. Jo war ja nicht dumm; natürlich hörte sie die messerscharfen Tränen, die ihr die Stimme zerstückelten. »Wir können den *nächsten* Krieg nicht verhindern.«

Jo schwieg.

»Ich kann in die Zukunft schauen. Ich sehe, was auf uns zukommt«, sagte Mauve. »Und Ringmaster bringt uns normalerweise dorthin. Odette passt auf uns auf. Heute ist Rin ... in eine sehr ferne Zukunft gereist. Diese Zukunft ist voller Asche.«

Jo schwieg noch immer. Langsam legte sich ihre Stirn in Falten. Rin verkrampfte sich. Wie sie zu dritt in der Zeit herumhüpften, Dinge zu ändern versuchten, Wünsche erfüllten, Menschen trösteten und heilten ... es spielte keine Rolle.

Ringmaster pulte am hölzernen Fensterrahmen, ließ kleine

Lackplättchen herunterrieseln. An ihrem dicken Handgelenk war kein Armband. Sie hatte es nicht umgelegt, weil alles so schnell ging. Rin hatte einen Fehler gemacht, weil sie betrunken gewesen war, und Odette hatte dafür gebüßt. Rin hatte beschlossen, zur Flasche zu greifen, hatte sich vorgemacht, der Alkohol könnte sie trösten, obwohl sie wusste, dass er nur noch mehr Schmerzen brachte. Mit ihrem ständigen Bedürfnis, an der Zukunft herumzupulen, verletzte sie Odette und alle anderen auch.

»Ringmaster?«, fragte Jo. Ihre Stimme klang so jung, so klein.

»Es tut mir leid«, sagte Ringmaster leise. Aber das war nicht genug. »Was du als Kind erlebt hast, Jo«, sagte sie, »war nicht der Krieg, mit dem alle Kriege enden. Er war bloß ein Vorspiel. Wir sind im Auge des Sturms.«

Schließlich fragte Jo: »In welchem Jahr passiert das?«

»Die Todeswolke?«, sagte Mauve. »Das müsste ungefähr zwanzig Jahre hin sein. Aber schon viel früher beginnen Menschen zu verschwinden. So viele Menschen verschwinden … werden ausgelöscht … noch bevor die Wolke kommt.«

Sie schaute in die Luft und las in Sternbildern, die nur sie erkennen konnte.

»In drei Jahren wird die Wirtschaft zusammenbrechen«, sagte Mauve. »Alles, was wir besitzen und was wir kennen, zerfällt. Was ihr da draußen seht, verschwindet unter einer Staubschicht. Staubstürme vernichten die Ernten. Menschen verhungern. Ein paar Jahre darauf werden immer mehr Menschen verschleppt und ermordet. Dann wird überall gekämpft, in so vielen Ländern – Flüchtlingsströme in Frankreich, Truppenaufmärsche auf schlammigen Pfaden in den Philippinen. Und …« Mauve zögerte. »Und uns werden sie auch rekrutieren.«

Wie sollten sie weitermachen, wenn sie wussten, dass all das auf sie zukam? Nein, nein, so durfte Rin nicht denken.

»Uns?«, fragte Jo.

»Nicht heute«, warf Rin dazwischen. »Jo, bitte geh jetzt.«

»Ich gehe nirgendwohin«, sagte Jo.

»Du zitterst, und du siehst sehr blass aus«, sagte Rin. »Ich kümmere mich um alles. Geh schon.«

»Vergiss es!«, sagte Jo. »Ich bin Teil dieser Truppe. Das ist auch meine Zukunft. Was soll das heißen, dass sie uns rekrutieren werden, Mauve?«

Mauve schaute Jo an und dann Rin. »Der Prince Act«, sagte sie. »Unser Friedensschluss mit den Nicht-Sparks. Darin ist festgelegt, dass wir ihnen beistehen, wenn sie Hilfe brauchen. Deshalb werden wir eingezogen.« Mauves Blick huschte von Odette zu Rin und zu Jo, als wären sie schon jetzt in einem Schützengraben, der sich mit Giftgas füllte. »Wir müssen an die Front.«

Diese Worte waren, wie wenn mit einem Schauder und einem Hitzeschub ein Fieber ausbricht, wie eine späte Einsicht, ein finales Urteil. Rin hatte es nicht verhindert.

In der Zukunft lag noch immer der Tod.

Sie würden einen erneuten Krieg erleben. Die Familien im Publikum würden den Krieg erleben, Sparks wie Nicht-Sparks. Die ganze Zirkustruppe würde Uniform tragen. Alle, die Rin umgaben, ob auf den Tribünen oder in der Manege, würden eingezogen und an eine Front geschickt werden, wo sich ihnen das rohe Fleisch von den Knochen schälte. Ach nein, das war falsch. Denn die, die erleben würden, was Rin gerade erlebt hatte, die fühlen würden, was sie und Odette gefühlt hatten – das waren keine Soldaten. Das waren Frauen und Kinder und andere Zivilisten, die ins blaue Licht oder in schwarze Kastenwagen geworfen wurden. Und die das alles überlebten, würden bei Luftangriffen in London sterben oder an explodierenden Sternen in Japan oder …

Vor zehn Jahren im Schützengraben verendet zu sein wirkte auf einmal wie eine Gnade.

»Und was machen wir jetzt?«, fragte Jo.

Ringmaster rückte ihren zerrissenen Mantel zurecht. Sie räusperte sich. Sie wandte sich ab und machte sich dazu bereit, wieder die Frau zu sein, die Jo in der Manege erlebt hatte: tapfer, stark, unbeugsam.

Aber Rin wusste jetzt, dass Jo wusste, dass es diese Frau nicht gab. Dass sie nur Teil der Show war.

»Wir betreiben den Zirkus weiter«, sagte Ringmaster.

Odette schaute sie ungläubig an. Überrascht. Und dann sanfter. Sie nickte. »Wir bereiten uns vor, so gut es geht, und tun, was wir können, für alle, die wir erreichen. Aber wir haben Jahre damit verbracht, wir … du kannst nicht noch einmal in die Zukunft reisen.«

»Aber die Todeswolke! Die Asche!«, rief Jo. »Wollt ihr etwa einfach aufgeben?«

»Nein«, gab Ringmaster zurück. »Nein, wir geben nicht auf. Manchmal fühlt es sich an, als hinge alles am seidenen Faden, aber wir können uns Tag für Tag dafür entscheiden, Leuten Gutes zu tun. Mit unseren eigenen Mitteln und im Rahmen unserer Möglichkeiten einen positiven Einfluss ausüben. Die Wolke können wir nicht verhindern, aber wir können ihr als Zirkus im Kleinen etwas entgegensetzen. Und es sind die kleinen Entscheidungen, die … «

»So ein Schwachsinn!« Jo stürzte auf sie zu. »Das hier ist ein verdammter Zirkus! Das Ende der Welt steht bevor, und du willst mir erzählen, wenn wir irgend so einem Tom, Dick oder Harry aus Denver Schmetterlinge und Clowns auftischen, würde das was ändern?«

»Das reicht, Josephine«, sagte Mauve. »Du weißt nicht, wovon du redest.«

Aber Jo war nicht zu bremsen. »Wir müssen da rausgehen und kämpfen! Ruft den Präsidenten an! Den König oder … oder meinetwegen den Papst, keine Ahnung!«

»Das wird nichts helfen«, sagte Mauve. Denn das wusste sie jetzt.

Genau wie sie wusste, dass sie Bernard nicht hatten retten können. »Wir müssen die ganze Geschichte durchleben. Manchmal wird es nur schlimmer, wenn man versucht, an den großen Stellschrauben zu drehen. Du schaltest den höchsten Befehlshaber einer der Kriegsparteien aus, und schon nimmt ein noch schlimmerer Schlächter seinen Platz ein. Die Waffe wird trotz allem abgefeuert, bloß dass sie jemand anderen trifft, oder jemand besorgt sich eine andere Waffe. Dahinter stehen unaufhaltsame Mächte. Schmetterlinge sind leichter von der Stelle zu bewegen als Panzer.«

»Es ist nicht unsere Aufgabe, den gesamten Fluss umzuleiten«, flüsterte Odette.

»Aber es *ist* euer Job, die Welt besser zu machen, wenn es in eurer Macht steht!«, antwortete Jo.

Es war, als wäre ihr gesamter Zirkus liegen geblieben. Er stand reglos da wie ein ganz normaler Zug. Keine Magie weit und breit. Rins Gesicht war wie versteinert.

»Jo«, sagte Ringmaster. »Hör zu, Jo, wir müssen jetzt schlafen. Wir reden morgen weiter.«

Jo standen heiße Tränen in den Augen. »Ich lasse nicht zu, dass du aufgibst.«

»Dann vertrau mir und tu, was ich sage!«, blaffte Ringmaster.

Das war zu viel für Jo. Sie sah aus, als wäre ihr ein Stromstoß ins Rückgrat und ins Herz gefahren. Sie straffte die Schultern.

»Wenn wir eingezogen werden«, fragte Jo fest entschlossen, »wer stirbt dann?«

Mauve blieb stumm.

Sie alle würden jemanden verlieren.

»Aber nicht Charles«, sagte Jo. »Charles kann gar nicht sterben.«

Aber Mauve schwieg noch immer.

Brüder. Väter. Schwestern. Mütter. Sie waren schon einmal aus dem Leben gerissen worden, und es würde wieder geschehen.

»Mauve! Charles passiert nichts, oder?«

Mauve schwieg. Schließlich antwortete sie: »Dein Bruder kann sich in Brand stecken lassen, aber Feuer schlucken kann er nicht. Er kann nicht in den Krieg ziehen und erwarten, dass ihm nichts passiert. Jeder Lebensfaden muss irgendwann reißen, Jo. Selbst Odettes. Selbst Charles'.«

»Das hättest du ihr nicht sagen sollen«, sagte Odette.

»Tut mir leid«, sagte Mauve. »Aber wir haben uns geeinigt, dass wir niemanden im Dunkeln lassen.«

»Also stirbt er?«, fragte Jo. »Woran, an einer Krankheit? Wie soll das gehen? Er hat nicht mal die Grippe bekommen.«

»Dann hatte er Glück«, sagte Mauve. »Draußen auf einer Farm ist man während einer Pandemie sicherer als in der Stadt.«

»Du scheinst dich ja bestens mit seiner Sterblichkeit auszukennen«, sagte Jo. »Er stirbt also, ja?«

Mauve schwieg. Manchmal ist das die lauteste Bestätigung von allen.

»Aber das macht nichts, weil ihr ja die Zukunft ändert«, sagte Jo. »Das macht ihr ständig. Wir können das ändern!«

»Jo«, sagte Ringmaster. »Du hast nicht zugehört.«

Aber Jo rannte schon los.

Sie stürzte durch die Tür des Begleitwagens nach draußen.

Ohne nachzudenken, stürzte Rin ihr nach.

Sie folgte ihr zwischen den Waggons hindurch, auf das Feld hinaus, am Chapiteau vorbei, bis ringsum nur noch sumpfiges Gras war und über ihnen die Sterne.

»Lauf nicht weiter«, ermahnte Rin sie und blieb mit schmerzenden Knien stehen. Als Jo anhielt, legte sie sich die Hand auf die Brust und rang nach Atem. »Hier gibt es Krokodile und G'tt weiß was.«

Das Auge des Sturms, hatte Ringmaster gesagt.

Jo schloss die Augen und versuchte, in die Zukunft zu blicken. Vielleicht konnte sie selbst etwas sehen? Aber da kam nichts, und

Jo stieß einen Schrei aus. Rin sah das Bild vor sich, wie Odettes Augen ihr aus dem Kopf geflossen waren.

Dann brodelte etwas aus Jo hervor – schwarzer Rauch, von hass- und schmerzerfüllten blauen Blitzen erleuchtet. Sie stieß es aus wie einen Schrei, laut und ungezügelt und qualvoll.

»Jo! Hör auf!«, rief Rin, aber ihre Worte wurden von einem Windstoß hinweggefegt, der mit einem neuen Bild aus Jo hervorbrach – eine gewaltige Kreatur aus Schatten und Scherben und verkrümmten Ästen.

Jos Gesicht ähnelte plötzlich den Monstern aus ihren Illusionen.

Aber Ringmaster ließ sich nicht abschrecken. Sie schob sich geradewegs durch das Bild hindurch, legte Jo die Hände auf die Schultern und zog sie an sich.

Rin wünschte, sie wäre nicht mehr hier. Sie wünschte, Jo würde sie begleiten. Sie wünschte, Jo trüge nicht dieses Monster in sich, würde nicht glauben, dass sie ein Monster sein musste, um zu überleben.

Rin atmete ein, atmete aus. Ihr Spark schlug eine Welle wie eine Peitsche, breitete sich aus wie warmer, fester Boden für ihre rasenden Gedanken. Die Welt würde untergehen, was auch immer das heißen mochte. Aber hier und jetzt hielt sie dieses Mädchen in ihren starken Armen.

Dann wurde es bis auf Jos Schluchzer und Rins Atemzüge still.

So eine vollkommene Stille sah Florida nicht ähnlich. Es gab keinerlei Nachtgeräusche, kein Rascheln, keinen Windhauch.

Alles blieb reglos. Die ganze Umgebung war vollkommen erstarrt. Rin hatte die Zeit angehalten.

Also stimmte es, was Rin im Chandelier wahrgenommen hatte – irgendetwas in ihr wuchs und wandelte sich.

Es *gab* noch etwas in ihr, das sich wandeln konnte.

Jo zitterte in ihren Armen, und sie schauten sich in einer Welt um, die aussah wie ein von Medusa erschaffener Skulpturengarten.

Jo flogen die schweißnassen Haare um die Ohren, als sie staunend den Kopf hin und her wandte. Rin hielt sie einfach nur fest.

Sie würde nicht wieder loslassen.

Jo grub ihre Fingernägel in Rins Mantel. Und Rin ließ sie den Kopf an ihre Schulter legen. Jo schluchzte jämmerlich wie ein verlorenes Bärenjunges. Rin strich ihr über die Arme, zog sie wieder an sich.

»Komm«, sagte Rin. »Verschwinden wir von hier.«

# 40

## EDWARD, 1917

Edward schaute Ruth dabei zu, wie sie ihre Sachen in einem Rucksack verstaute. Das Letzte, was sie einpackte, war eine Halskette von ihrer Mutter. Ihm wurde das Herz schwer. Er wusste, dass sie ihn verlassen wollte. Und warum.

Sie öffnete die Tür ihres Waggons und …

»Halt«, sagte Edward.

Sie blieb stehen, weil er es befohlen hatte.

»Du liebst mich«, sagte er.

Sie schwieg. Sie stand in der Tür und starrte auf die stählernen Stufen. In ihr tobte ein Kampf.

Er brauchte bloß weiterzureden. »Du kannst nicht einfach so wegwerfen, was wir uns aufgebaut haben«, sagte er. »Wir wollen gemeinsam die Welt erobern, du und ich.«

»Hör auf.« Sie starrte ihn mit ihren großen schwarzen Augen herausfordernd an. Sie sah ihm in die Augen – gut so.

Leise sagte er: »Du liebst mich.«

»Ja«, japste sie.

»Du willst mich nicht verlassen«, sagte er.

»Ich will dich nicht verlassen«, weinte sie.

Aber etwas bebte unter diesen Worten.

Sollte sie doch beben. Bald würde sie sich wieder erinnern, wie viel sie miteinander teilten. Er dirigierte sie ins Bett, und sie umschlangen einander schweigend.

»Ich verzeihe dir«, sagte er.

»Es tut mir leid«, sagte sie.

»Das mit deinen Nerven wird immer schlimmer«, sagte er. »Du brauchst mehr Ruhe.«

»Ich weiß«, sagte sie. Sie zog ihn an sich. Der Rucksack war vergessen.

Bis Edward am nächsten Morgen erwachte und der Rucksack noch da war. Aber sie nicht.

Verräterin.

Er sprang aus dem Bett. Wütend packte er den Rucksack, als wollte er ihn eigenhändig erwürgen. Mit nackten Füßen rannte er über die Holzdielen, die Metallstufen, den schlammigen Boden. Er katapultierte sich die Budengasse entlang und schrie alle miteinander an: »Sagt mir, wo sie hin ist!« Wie eine Geisterarmee zeigte der ganze Zirkus in eine Richtung, setzte ihn auf ihre Fährte.

Wenn er sie einholte, wenn er mit ihr fertig war, würde sie endlich begreifen, wo sie hingehörte.

Er hatte ja versucht, ihr zu vertrauen. Er hatte versucht, immer freundlich zu bleiben. Er hatte versucht, alles so zu machen, wie man es angeblich sollte, immer die Spielregeln einzuhalten, aber diese Regeln waren nichts als eine Hundeleine. Er war kein normaler Mann, sondern ein Mann, dem die Welt an den Lippen hing.

Sie waren füreinander bestimmt, Edward und Ruth, auf ewig miteinander verbunden. Wenn er seinen Spark einsetzen musste, um ihr das zu beweisen, warum dann nicht?

Warum nicht.

Er hatte immer bekommen, was er wollte, weil er sich mit weniger nicht zufriedengab. Er war kein mittelmäßiger Mann.

Die Welt würde von seinen Worten brennen. Er würde alles dem Erdboden gleichmachen, und Ruth würde ihm gehören. Er würde sie unlöslich an sich binden wie einen Schatten. Ihr die Flügel brechen, bis das Fliegen nur eine ferne Erinnerung war.

Keine Frau sollte es je wieder wagen, ihm das Herz zu brechen.

Kein Mann würde ihn je wieder in einen Schützengraben schicken.

Ungebremst rannte er durch den Ort und holte langsam auf.

Warum nicht. So einer war er also? Warum nicht. Er warf den Rucksack auf den Boden. Trat mit aller Kraft mit der Ferse darauf, als wollte er ihn zu Staub zermahlen. Sie war verschwunden. Also rannte er weiter; all ihre Lieblingssachen würden für immer verloren sein.

Doch selbst unter dieser Wut flackerte ein Flämmchen Hoffnung in seinem Brustkorb. Wenn er sie fand, wenn seine Liebe wieder erwachte, konnte er vielleicht wieder ein Mansch sein.

Vielleicht konnte noch alles ein gutes Ende nehmen.

# 41

## RINGMASTER, 1926

Einmal, als Rin noch klein war, an Jom Kippur, hatte ihre Mutter zu Mittag gegessen, während der Rest der Gemeinde darauf wartete, am Abend das Fasten zu brechen. Rin fand das ungerecht, denn sie fastete wie alle anderen auch. Statt sich zu schämen oder Rin zu ermahnen, dass sie während des Gottesdienstes nicht reden sollte, lieferte ihre Mutter ihr eine Erklärung.

»Als ich jünger war«, sagte sie, »habe ich gehungert, um dünn zu bleiben und mich schön zu fühlen. Davon bin ich sehr krank geworden. Fast hätte ich dich nicht auf die Welt bringen können. Deshalb faste ich nicht, auch nicht an Jom Kippur.«

»Und das darfst du?«, fragte Rin.

»G'tt fordert nie von uns, dass wir uns selbst schaden«, sagte ihre Mutter. »Uns selbst weh zu tun ist keine Mitzwa.«

»Was ist eine Mitzwa?«, fragte Rin. Auch das erklärte ihre Mutter ihr, als sie am Abend ihr Fasten brachen und Rin sich hungrig über Challa und Krapfen hermachte.

»Eine Mitzwa ist das, wozu wir verpflichtet sind, solange wir zur Welt der Lebenden gehören«, sagte sie. »Wir sind hier, um Licht ins Dunkel zu bringen. Das ist keine bloße Wohltätigkeit und verdient keine besondere Anerkennung. Es ist einfach das, was sich gehört.«

Dann war der Spark in die Welt gekommen.

Jetzt stand Ringmaster neben Mauve und Odette vor der gesamten an der Kantine versammelten Zirkustruppe. Alle saßen auf langen Bänken im Kreis und schauten schweigend zu den drei Frauen auf. Es war das Schweigen von Menschen, die auf Anweisungen warten, weil sie nicht wissen, was als Nächstes zu tun ist. Während Mauve ihnen erklärte, wie die Zukunft aussehen würde, stand Rin müde, hoffnungslos, nutzlos daneben.

Odettes Haltung wirkte verspannt, als bemühte sie sich, nicht zu tief zu atmen. Rin konnte ihre Hände nicht spüren. Die drei standen Wache wie Statuen am Fuß des Vesuv.

»Also«, sagte Mr. Weathers, »das ist viel auf einmal.«

»Aber es ist lange hin«, sagte Kell. »Die Zeit ist auf unserer Seite.«

Mr. Weathers wirkte müde. Aber Kell war noch jung, und irgendwie musste er schließlich damit fertigwerden, oder?

Agnes schniefte durch die Nase und ließ ihren Rücken knacken. »Wir haben immer alles zusammen geregelt, oder?«, sagte sie. »Wenn die uns an die Front schicken wollen, dann machen wir auch das zusammen.«

Maynard, ein einziger, einsamer Maynard, nickte. Die Arme vor der Brust verschränkt, ein Bein über das andere geschlagen und in sich zusammengesunken, starrte er auf das Gras in der Mitte des Kreises.

»Wir machen das zusammen«, sagte Ming-Huá mit fester Stimme. »Bis zum Ende.«

Rin schaute zu Jo hinüber, die ihren Bruder ganz fest an der Hand hielt. Mrs. Davidson zitterte, und Mr. Davidson sah aschfahl aus. Bernard fehlte.

»Ringmaster, ist bei dir alles in Ordnung?«, fragte Maynard plötzlich.

Rin schob wieder ihre Maske über die Augenringe und Kopfschmerzen und die Tränen, die sie sich zugestanden hatte. Die Zirkusdirektorin richtete sich auf und nickte. »Alles in Ordnung«, sagte sie. »Ich bin gerade mit der Logistik beschäftigt. Das Wichtigste ist, dass ihr alle wisst, dass ihr zu nichts verpflichtet seid.«

»Finanziell seid ihr abgesichert«, sagte Mauve. »Wir haben Ersparnisse.«

»Genau«, sagte Rin. »Damit niemand sich aus Geldnot entscheidet …«

»Darum geht's nicht«, brummte Boom Boom.

Rin war nicht sicher, wie er das meinte, aber offenbar waren alle wild entschlossen zu bleiben. Und sie war ebenso entschlossen, sie zu beschützen.

»Selbst wenn ihr bleibt«, sagte Rin, »wird der Circus King wahrscheinlich …«

»Um den geht's auch nicht«, sagte Agnes. »Das hier ist nicht sein Zirkus. Das ist nicht seine Geschichte. Wir machen weiter. Hab ich nicht recht, Leute?«

»Wir haben zu hart gearbeitet, um uns von so einem vorschreiben zu lassen, was wir tun und wohin wir gehen sollen«, sagte Kell. »Da draußen sind Menschen, die unsere Hilfe brauchen.«

Ford nickte. Wally, Jess und Tina stimmten leise zu.

Maynard räusperte sich. »Tja«, sagte er und beugte sich vor. »Ich schätze, jetzt wollen wir alle von der Zirkusdirektorin, der Trapeztänzerin und der Nachtigall wissen, wo es als Nächstes hingeht.«

★

Colorado.

Odette, Mauve und Ringmaster beschlossen, dass sie wieder an die Arbeit gehen sollten. Sie gaben der Truppe eine letzte Frist, und bis auf einige Balletttänzerinnen und Paulie McKinley wollte niemand gehen. Paulie packte seine Sachen, und am letzten Tag sagte er: »Ich habe das Gefühl, mich entschuldigen zu wollen, aber es geht nicht. Ich bin kein Feigling. Ich weiß nur, wohin ich auf keinen Fall zurückmöchte, wenn uns der Circus King erwischt.«

Der Krieg allein war schlimm genug. Der Circus King allein genauso. Dass ihnen beide drohten, hätte jeden in die Flucht schlagen können. Daher nickte Rin nur, als sie von der Tür des Garderobenzelts aus zusah, wie er seinen Koffer schloss.

»Es war mir eine Freude, mit dir zusammenzuarbeiten«, sagte Paulie. »Wenn du jemals drüben im Osten bist, musst du dich bei mir melden.«

Sie umarmten sich ein letztes Mal. Dann waren Paulie und sein Koffer fort.

★

Sie wollten den Neustart ruhig angehen lassen, in Estes Park, Colorado. Das war ein sicherer Ort, besser geschützt als Missouri Valley. Estes Park lag hoch oben in den Bergen und war nicht leicht zugänglich, wenn man nicht gerade einen ganzen Zug an jeden beliebigen Ort versetzen konnte. Die Bewohner des Städtchens freuten sich, wenn sie kamen, weil sich sonst nie ein Zirkus dorthin verirrte. Sparks gegenüber waren sie meistens freundlich, besonders wenn diese Sparks ihnen Zuckerwatte und Cheeseburger servierten.

Erst einmal packten sie im Winterquartier zusammen. Maynard übte begeistert seine Scharfschützenkünste. Rin hatte ihm für eine weitere Aufgabe wieder die Gage aufgestockt. Sie hatte ihm ihre Flinte gegeben (für sich selbst hatte sie eine Pistole) und ihn gefragt: »Hast du Lust, eine Landplage aus der Welt zu schaffen?«

Maynard freute sich fast zu sehr über den neuen Job. Er kaufte weitere Waffen. Überlegte, an welchen strategisch wichtigen Stellen des Zirkusgeländes seine Vielfachen sich postieren sollten, damit *er* nicht an ihnen vorbeikam.

Es war kein narrensicherer Plan. Der Circus King konnte sie trotzdem erwischen. Er konnte einen Maulwurf einschleusen. Aber es war besser als nichts. Mit den Bergen und mit Maynard als Wachschutz hatten sie eine Chance.

Am selben Abend versetzte Rin den Zug von Florida nach Colorado, als die Sonne sich hinter Palmen dem Horizont entgegensenkte und dann hinter dem Bergrücken von Longs Peak verschwand.

★

Rin stand früh auf. Es mussten Farbfolien ausgewechselt werden. Sie wollte den Probenplan schreiben. Sie setzte sich an den Schreibtisch, stellte Programme zusammen und skizzierte die Ablaufpläne der nächsten Tage. Sie nahm sich die Ankündigungen vor, die reservierten Daten, überarbeitete den Tourneeverlauf, überarbeitete die Arbeitspläne ihrer Artistinnen und Artisten. Dann schnappte sie sich die Farbfolien, die sie brauchte, ein Paar Arbeitshandschuhe, einen Schraubendreher und einen Mutterschlüssel, verstaute alles in einem Werkzeuggürtel und sprang oben auf das Arbeitsgerüst im frisch aufgebauten Hauptzelt.

Als die Kantine öffnete, sprang sie ans Ende der Schlange, holte Odettes Lieblingsgericht und sprang mit dem Pfannkuchenteller in der Hand in den Begleitwagen. Odette saß im seidenen Bademantel auf dem Bett und schaute aus dem Fenster. Sie zuckte zusammen. Rin reichte ihr den Teller.

»Du wolltest noch baden«, erinnerte Rin sie sanft.

»Was machst du?«, fragte Odette.

Rin zeigte ihr den Probenplan. »Wir haben viel zu tun, wenn wir diese Woche schon wiedereröffnen wollen.«

Odette schaute sich die Liste an. »Abends bleibt nicht viel Zeit. Wie sollen wir ...«

»Gar nicht«, sagte Rin. »Jedenfalls jetzt nicht.«

Sie gab Odette einen Kuss auf die Stirn. Odette schaute noch einmal auf den Plan und hob die Augenbrauen. »Heute ist der Nachmittag frei«, stellte sie fest.

»Damit wir bei Kräften bleiben«, sagte Rin. »Aber ... aber ich dachte, vielleicht könnten wir uns Zeit füreinander nehmen. Als ich am Tag ihrer ersten Probe abends mit Jo unterwegs war, bin ich nicht rechtzeitig nach Hause gekommen.«

»Oh, Rin, das ist so lange her.«

»Und du hast mir nie Vorwürfe gemacht«, sagte Rin. »Also ... wenn du dich ausschlafen willst, dann tu das. Ich ziehe dir die Vorhänge zu. Wenn du zum See willst, allein oder mit jemand anderem, dann ... «

Odette legte eine Hand auf Rins geballte Faust. Rin zögerte. Langsam öffnete Odette ihren Griff und massierte ihr den Handteller.

»Setz dich zu mir«, sagte sie.

★

Vor dem Fenster nahm der Tag seinen Lauf. Der Abend taumelte in eine Nacht voller Zikaden und Glühwürmchen. Eine neue Dämmerung zog herauf.

Odette und Rin saßen auf dem Bett, den Rücken an die Wand gelehnt, die Arme um die Knie geschlungen, zwei Mädchen in malerischer Komposition, und schwiegen in der dichtesten Finsternis kurz vor Tagesanbruch. Sie hatten nicht geschlafen.

»Wenn man beim Spazierengehen auf dem Land Beeren pflücken und sie sich einfach in den Mund stecken kann«, sagte Odette leise.

Rin starrte auf die gegenüberliegende Wand. Sie versuchte, sich auch etwas einfallen zu lassen, auf das sie sich freuen konnten, das schön zu sehen, zu hören oder zu spüren wäre. Etwas anderes als eine todbringende Wolke, etwas, wofür sich das Weiterleben lohnte. »Musik«, sagte sie schließlich.

»Etwas konkreter«, sagte Odette.

»Violinen mag ich«, murmelte Rin.

»Ich auch«, sagte Odette. »Was ist mit dem Tonfilm? Der kommt bald auf. Tonfilme sind schön.«

»Äh, ja«, sagte Rin. »Darauf können wir uns freuen.« Es klang, wie wenn ein Luftballon verschrumpelt. »Tut mir leid«, sagte sie leise.

Sie rechnete damit, dass Odette eine Weile schweigen und dann etwas Tiefsinniges antworten würde. Darin war sie so gut. Rin sagte irgendetwas, warf ihre wirren Gedanken auf den Tisch nach dem Motto: *Ich habe keinen Schimmer, was ich damit anfangen soll.* Und Odette legte dann wie eine Puzzleweltmeisterin einen Finger an die Lippen, neigte den Kopf, betrachtete das Ganze aus einem anderen Blickwinkel, und dann fügte sie in Rekordgeschwindigkeit alle Bruchstücke zusammen und sagte: *Bitte sehr*.

Aber heute begann sie leise zu schluchzen. Es klang wie ein Schluckauf, als hustete sie Tränen. Dann legte sie den Kopf auf die Knie und weinte. Sie war das Schönste, was es auf der Welt überhaupt gab, der klügste Mensch von allen, der den Wert des Lebens mit einer Handvoll frischer Beeren begründen konnte, und jetzt wusste sie nicht weiter und weinte.

Rin löste ihren Griff um ihre Knie und rutschte näher heran. »Schhh…«, machte sie, schlangt die Arme um Odette und senkte Odettes Oberkörper auf ihren Schoß. »Das wird wieder«, sagte Rin. »Es ist ja vorbei. Es wird wieder. Es wird.«

Odette weinte weiter. Rin strich ihr das weiche blonde Haar aus dem Gesicht, schob es ihr hinter die runden kleinen Ohren. Wieder und wieder legte sie ihr die Hand an die Wange, fing ihre Tränen auf und nahm sie fort. Aber der Schmerz war nicht rückgängig zu machen. Rin erinnerte sich, wie die Verbrennungen von ihrer eigenen Haut auf Odette übergegangen waren, sie angesteckt hatten wie eine Krankheit, eine Seuche.

Der Circus King hatte einmal zu ihr gesagt: *Du ziehst eine Schneise der Verwüstung und erwartest von mir, dass ich alles wieder in Ordnung bringe.*

Sie war ein Giftgas, das Odettes Inneres füllte, wie der Circus King es bei anderen gewesen war, auch bei Rin.

*Nein*, sagte sich Rin. *Hör auf. Nicht jetzt. Nicht er. Nicht hier. Nicht du und nicht das. Halte sie. Liebe sie.*

Odette umschlang Rins Beine und vergrub das Gesicht in ihrem Schoß. Rin steckte ein Kloß im Hals. Sie konnte Odette die Erinnerung an die Verbrennungen nicht nehmen. Bei G'tt, wenn sie es könnte, würde sie sie in ihren eigenen Körper zurücksaugen, nur damit Odette wieder lächelte.

»Warum hattest du diese Flasche gebunkert?«, fragte Odette plötzlich.

Rin schluckte. Die Flasche erschien ihr so unwichtig angesichts des Endes der Welt, aber Odette fragte danach, als wäre es ein und dasselbe. »Du weißt, warum«, sagte Rin. »Und es tut mir leid.«

*Wenn wir uns selbst verletzen, verletzen wir auch unsere Nächsten.*

Odette setzte sich auf und schaute Rin ernst in die Augen. »Dafür, dass du so oft darüber nachdenkst, dich auszulöschen«, sagte sie, »bist du deinem realen Tod gegenüber erstaunlich blind.«

»Ich glaube, du siehst das falsch«, sagte Rin. »Es geht mir sehr schlecht, wenn ich solche Gedanken habe. Sie sind nicht rational, und …«

»Immer redest du von all den anderen Leuten, die wir gesehen haben, als das blaue Leuchten sie ausgelöscht hat. Aber nie von dir.«

»Ich war nicht dabei«, sagte Rin.

»Ganz genau«, sagte Odette. »Und hast du dich nie gefragt, warum alle so überrascht waren, dich zu sehen?«

Rin erstarrte. Nein, sie hatte es sich nicht gefragt. Odette schon. Odette wusste seit Wochen die Antwort.

»Dass ich da war, hat niemanden gewundert«, sagte Odette. »Du erlebst den Krieg nicht mehr, Rin. Aber ich schon. Also sehe ich nicht bloß das Ende der Welt auf mich zukommen, verstehst du? Meine Welt endet schon vorher.«

Rin schaute sie an. Odette hatte ihr nichts als Liebe gegeben, eine Liebe, die Rin bis ins Mark drang und sie wärmte. Und jetzt war da so viel Trauer, und Odette konfrontierte sie damit, dass Rin früher sterben würde als sie.

Schließlich schien die Sonne durch die kleinen Löcher in den Vorhängen am Fenster. Rin schaute zu, wie die Lichtflecken, klein wie Glühwürmchen, von der Wand über die Kommode bis zum Boden wanderten, während draußen der Morgen erblühte. Sie rührte sich nicht von der Stelle.

Odette nahm sie in die Arme. Rin ließ es zu. Sie schlang ihre Arme um Odette. Sie legten sich hin, fügten ihre Umlaufbahnen aneinander, wollten einander festhalten bis ans Ende der Tage. Sie hatten schließlich schon Unwahrscheinlicheres fertiggebracht, oder?

Ihre gemeinsamen Jahrzehnte, tausend Auftritte der zierlichen Trapeztänzerin, die sich über der rot gewandeten Zirkusdirektorin in die Luft schwang, Hochzeitsschwüre und Blumenkränze … machtvolle Augenblicke, die die Geister vertrieben.

»Uns«, sagte Rin.

»Was?«, fragte Odette.

»Du hast gefragt, was es Gutes auf der Welt gibt. Uns.«

# 42

## RINGMASTER, 1926

Das Tal um Estes Park war Magie auf Erden. Von allen Orten, die Rin im Lauf der Zeiten gesehen hatte, war ihr dieser am liebsten. Sie wusch sich das Gesicht, dann trat sie leise auf die Einstiegsplattform hinaus und setzte sich auf ihren kleinen metallenen Sitzplatz. Die Sonne hatte ihre Show begonnen.

Estes Park war ein verschlafener kleiner Ort in einem Tal, durch das sich ein steiniger Fluss wand. Die Hütten und Läden im Ort, deren Fenster gemütlich glommen, waren zu allen Seiten von hohen grauen und grünen Bergen umgeben. Hinter deren dunklen Silhouetten hob sich die Nacht wie ein Vorhang. Dann ergoss sich das Licht nach und nach über die Flanken der Gipfel im Westen und ließ den dunklen Fels violett, rosa, orange und gelb erstrahlen.

Die Farben erinnerten Rin an Jos Spark.

Sie dachte daran, wie sie zum ersten Mal hier gewesen war, fast noch ein Kind. Sie hatte Geschichten gehört von nebelumwölkten Gipfeln, von massiven grauen Titanen, die Wache hielten. Gesehen hatte sie sie auch, in Illustrationen von Königreichen, die nicht existierten. Schneedecken auf dem kalten Fels in tiefster Sommerhitze. Zinnen, die bis zu den unberührbaren Wolken in den Himmel drangen und mit ihnen spielten.

Sie hatte nie geglaubt, dass solche Schönheit wirklich existierte. Aber dann stand diese Schönheit vor ihr und verlangte keine Gegenleistung.

Der Ton eines Schofar drang aus der Kehle eines großen männlichen Elchs unterhalb des Zuges, und Rin sah ihn mit den Hufen stampfen, als wäre er der Schutzgeist dieses Ortes. Die Welt war größer, als sie es damals geahnt hatte. Alles war bedeutender als ihr kleines Leben oder das Leben jedes einzelnen Wesens. Was auch immer auf diesem Planeten geschah – das Farbenspiel auf diesen Gipfeln würde unfehlbar jeden Morgen wiederkehren.

Sie ließ sich von der Plattform auf den Boden gleiten. Kleine Steine knirschten unter ihren Stiefeln, als sie den Zug entlangging. Einige Waggons weiter, vor einem der Wohnquartiere, stand auf einer weiteren Plattform ein staunendes Mädchen und schaute in die Landschaft hinaus. Rin schob die Hände tief in die Taschen, blickte zu Jo auf und nickte in Richtung Berge.

»Ganz hübsch, oder?«, fragte sie.

»Ja«, sagte Jo begeistert. Dann knurrte sie. »Hey! Komm mir nicht so, ich bin immer noch sauer auf dich.«

»O-ho!«, sagte Ringmaster. »Tja, in wenigen Stunden machen wir die Tore auf, also sollten wir uns darüber mal unterhalten.«

»Selber o-ho«, gab Jo zurück. »Wir nähern uns dem Ende aller Zeiten, und du machst dir Gedanken um die Aufführung von heute Abend?«

»Die Show muss weitergehen«, sagte Ringmaster. »Der Krieg ist noch Jahre hin, Jo. Aber bis Bruce Sikora uns besuchen kommt und etwas Schönes erleben muss, sind es nur ein paar Stunden.«

»Mir egal, ob es Jahre hin ist!«, sagte Jo. »Es geht um meinen Bruder!«

»Ich weiß«, sagte Rin. »Ich weiß. Aber du musst deinen Spark unter Kontrolle halten, und wir … «

»Ich *habe* ihn unter Kontrolle!«

»In Florida, nach unserem Gespräch, hattest du das nicht«, sagte Rin. »Da hast du den Spark von deinen Gefühlen steuern lassen, und er war kurz davor, dich zu verschlingen. Du darfst deine Katharsis nicht mit dir durchgehen lassen, Jo. Vielleicht fühlt es sich in dem Moment gut an, aber dann vertilgt es dich.«

»Okay, also diese *Katharsis* rettet gar niemanden vor gar nichts. Was auch immer das überhaupt sein soll!«

»Katharsis ist das, worauf unser Zirkus hinwirkt, Jo«, sagte Ringmaster. Sie versuchte, stabil und robust zu bleiben wie ein tief verwurzelter Baum, an den Jo sich anlehnen konnte, um ihr Gleichgewicht zu halten. Aber jetzt zitterte ihre Stimme. Denn tief drinnen bekam Rin es mit der Angst zu tun. Nicht *vor* Jo, sondern *um* sie. »Es ist die emotionale Verbindung, die wir zwischen uns und dem Publikum aufbauen, wenn wir etwas erschaffen. Wir halten sie, spüren ihr nach, dann lassen wir los und werden bessere Menschen. Wir fachen schwelende Kohlen an und machen ein Feuer, damit wir ... «

»Das ist echt das Letzte, worum ich mir Sorgen machen sollte, wenn dieser irre Dingsbums hinter uns her ist und wir blind in den nächsten Krieg reinrennen.«

Ringmaster fuhr sich mit der Zunge über die Zähne. »Katharsis kann Schaden anrichten oder heilen«, sagte sie, aber Jo war noch nicht fertig.

»Du hast Missouri Valley dem Circus King ausgeliefert, nachdem er gerade jemanden umgebracht hatte«, sagte Jo. »Uns hier im Zirkus hast du erzählt, was uns bevorsteht, aber was ist mit allen anderen Leuten? Und was tun wir, um sie zu retten, um Charles zu retten? Wir dürfen nicht aufgeben!«

In dem Moment fühlte sich Rin nicht mehr wie eine ergraute Löwin, sondern wie das verlorene, versengte, sterbende Bündel Elend von gestern Abend. Der Lack war ab, und darunter war nichts als eine alte Frau.

»Du bist nicht der erste junge Mensch, der glaubt, er könne Orte der Dunkelheit von ihren Schatten befreien«, sagte Rin. »Aber manche werden stattdessen von den Schatten verschlungen.« Bedächtig zupfte sie ihre Manschetten zurecht. Mit den Manschetten war alles in Ordnung. Rin tat es trotzdem. »Wir haben einen Spark, aber wir …« Sie wollte weitersprechen, aber es kam nichts mehr. Eine Trauer überrollte sie, und sie wog so schwer.

»In Florida hattest du dich selbst verloren«, fuhr Rin schließlich fort. »Wenn du bei allem, was das Leben dir in den Weg stellt, dich selbst aus den Augen verlierst, dann findest du nie wieder zu dir zurück.«

»Wenn ich so ein wandelndes Pulverfass bin und alle sterben müssen und in großen Sonnenexplosionen die Welt untergeht, ist es vielleicht gar nicht so übel, sich zu verlieren!«

Ringmaster schaute sie eine Weile nur an. Aber Jo regte sich nicht. Sie nahm nichts zurück.

»Glaubst du das wirklich?«, fragte Rin.

Jos Unterlippe bebte.

Also legte Rin ihr eine Hand auf die Schulter. »Es ist okay, sich zu fürchten«, sagte sie. »Ich fürchte mich auch.«

Jo wandte sich ab. Aber sie ließ zu, dass Rin sie an sich zog.

»Hey«, sagte Rin. »Schau dir das an, Kleines. Die Rocky Mountains. Diese Berge sind hier seit Jahrmillionen. Egal, was wir anstellen, sie werden bleiben. Ich finde das tröstlich.« Sie umarmte Jo fester. »Und egal, was einmal passiert, wir sind hier gewesen. Wir existieren. Das kann niemand ändern.«

An Rins zerrissenen Mantel gelehnt, betrachtete Jo die Berge. Sie schniefte und schaute zu, wie die Morgensonne den schneebedeckten Riesen Gesichter malte.

Warum gab es Schnee in diesem Land der grünen Bäume und warmen Winde? Warum wuchsen ab einer bestimmten Höhe keine Bäume mehr? Wieso reichte das Land über sie hinaus, über das Leben hinaus, gegen jede Regel?

Genau das waren Sparks, dachte Rin: gewaltige Berge, zu magisch für die Welt der Sterblichen, einsam, gefürchtet und doch von machtvoller Schönheit. Eine Hoffnung darauf, dass das Leben mehr bereithielt, als sie gedacht hatte. Und wenn sie diese Hoffnung hochhielten, vielleicht konnten sie dann sogar überleben.

»Siehst du den kleineren Berg da vorn?«, fragte Rin. »Da oben lebt eine ganze Horde Waschbären. Und Streifenhörnchen! Er ist nicht schwer zu besteigen, aber vergiss nicht die Erdnüsse. Früher hat da oben eine alte Frau gewohnt und sich um die Tiere gekümmert, und sie hat verdammt gute heiße Schokolade gekocht.«

»Das hier ist dein Marceline«, sagte Jo. Das beeindruckte Rin. Jo verschränkte die Arme vor der Brust und ließ ihren Blick schweifen. »Wer hat dich hierhergebracht?«

Rin schaute Jo an, dann blickte sie wieder in die Ferne. »Meine Mutter«, sagte sie leise. »Wir sind einmal hierhergekommen, als ich gerade meinen Spark bekommen hatte. Es gab so viele Orte, die ich unbedingt sehen wollte. Ich wollte die Welt erkunden. Also nahm sie meine Hand, bat mich, eine der Postkarten auszusuchen, die ich gesammelt hatte, und ich sprang mit ihr hierher.« Das war einer der letzten Ausflüge gewesen, die sie miteinander unternommen hatten.

Jo machte sich los, blieb aber neben Rin stehen. »Ich wusste gar nicht, dass du eine Mutter hattest. Ich meine, jeder hat eine Mutter. Aber du wirkst so, als wärst du schon immer alt gewesen.«

Rin lachte. »Übernachtet haben wir in dem kleinen weißen Hotel da drüben, siehst du? Am Ortsrand. Das, wo alle Fenster leuchten.«

»Uuh, schick.«

Rin stupste sie mit dem Ellbogen an. »Ja, schick. Ich habe ein Kleid getragen und alles. Wir haben uns in Schale geworfen, uns im Konzerthaus brillante Solistinnen angehört und sind durch die Berge gewandert, mit respektvollem Abstand zu den Elchen.« Sie lächelte. »Das waren schöne Tage. Besonders das Wandern. Manchmal sind wir geradewegs die Felswand einer Schlucht hochgekraxelt. Abends saßen wir auf der Veranda des Hotels und staunten darüber, wie die Berge nach einem Regenschauer aus den Wolken hervorbrachen.«

»Sie wusste von deinem Spark und hatte dich trotzdem lieb«, sagte Jo.

»Ja«, sagte Rin. »Sie ... sie war auch ein Spark. Und sie wurde auch geliebt.«

Kurz herrschte Schweigen. Ein Elch blökte. Das Hotel am Horizont – eine Gelenkstelle zwischen Ringmasters Vergangenheit und ihrer Gegenwart. Solche Orte waren magisch.

»Sie und ich glauben an etwas, das sich Teschuwa nennt«, sagte Rin. »Man kann das als Buße oder Reue übersetzen. Aber wörtlich bedeutet Teschuwa ›Umkehr‹. Man kehrt quasi nach Hause zurück. Meine Mutter hat immer gesagt, es ginge nicht darum, jemand zu werden, sondern wieder zu der Person zu werden, die man einmal war.«

»Die man war?« Jo rümpfte die Nase. »Was ist, wenn man sich entwickelt? Etwas lernt? Wir sollen doch schlauer und besser werden, oder etwa nicht?«

»Doch, schon«, sagte Rin. »Aber ich glaube, sie meinte ...« Sie überlegte. »Teschuwa bedeutet, dass es diesen Menschen gibt, der wir im Grunde schon immer waren und der ist gut genug. Im Lauf des Lebens wird alles kompliziert, wir machen Fehler, aber das ist kein Grund, vor uns selbst davonzulaufen. Wir brauchen uns nur daran zu erinnern, wer wir sind.«

Sie ließ ihre Worte nachwirken, und es war ihr unangenehm. Gern hätte sie sie zurückgenommen; sie schimpfte innerlich mit sich, weil sie jemandem, der sie als Stütze brauchte, so viel von sich verriet. Aber sie beließ es dabei.

»Und wir dürfen uns nicht verlieren«, sagte Jo leise.

»Genau«, sagte Rin. Dann gluckste sie. »Hier hört ja doch jemand zu.«

Jo entschlüpfte ein kleines Lächeln. Rin zog sie noch einmal an sich und tätschelte ihr den Arm.

*Den Bergen passiert nichts, Jo,* dachte sie. *Sie werden immer hier sein. Selbst wenn alle Kriege vorüber und alle Toten vergessen sind, wird es die Berge geben.*

»Ich habe nicht aufgegeben«, sagte Ringmaster. »*Wir* haben nicht aufgegeben. Wir bringen alles in Ordnung.«

»Darf ich mithelfen, oder bin ich zu sehr eine wandelnde Feuerwerksrakete?«, fragte Jo.

Ringmaster atmete durch, und Jo spürte vermutlich, wie ihr das Herz klopfte.

»Ich kann das«, sagte Jo, machte sich los und stellte sich vor sie hin. »Wirklich. Bitte vertrau mir.«

Rin nickte langsam. »Du darfst gern mithelfen«, sagte sie. »Natürlich vertraue ich dir.«

Jo nickte begeistert. »Danke, danke!«, sagte sie.

»Lass uns klein anfangen«, sagte Rin. »Ich erzähle dir von unserem Ehrengast des Tages, diesem Mann namens Sikora, und du probierst aus, wie sicher du entscheiden kannst, was ihm am besten hilft. Wäre das was für dich? Mehr Verantwortung?«

Jo nickte wieder. Dann vollführte sie einen Satz und überfiel Rin mit einer letzten großen Umarmung. »Danke, danke! Heißt das, dass ich auch mit durch die Zeit flitzen darf?«

»So weit sind wir noch nicht«, sagte Rin. »Du hast mit deiner Nummer erst einmal genug zu tun.«

Die Löwin war wieder da. Ringmaster nahm ihre Lehrerinnenhaltung ein. »Also«, sagte sie, schob Jo von sich und musterte sie – wie ein letzter prüfender Blick, bevor der Schulfotograf kommt. »Hast du gefrühstückt?«

»Yep.«

»Du lügst«, sagte Ringmaster. »Geh schnell zur Kantine und hol dir deine Portion Porridge. Und schau bei Mauve vorbei. Das habe ich vorhin schon getan, aber erkläre du ihr, wie wir deine Nummer von jetzt an handhaben wollen. Sag ihr, dass wir darüber gesprochen haben und ich dafür bin. Frag sie nach ihrer Meinung und danach, was sie über Sikora weiß. Aber iss erst dein verdammtes Frühstück!« Sie gab Jo einen spielerischen Klaps auf die Schulter.

»Ja, Mama.« Lachend lief Jo den schmalen Pfad wieder hoch.

Dieses Lachen, diese Worte überrumpelten Rin. Sie schaute Jo nach. Sie waren verletzlich, Sparks hin oder her. Zwei Mädchen, die man geschlagen und im Stich gelassen hatte, und dann hatten sie sich beide ein Plätzchen gesucht, von dem aus sie die Berge betrachten konnten.

Als der Circus King Rin zu erobern versuchte, hatte er einen Fehler begangen: Er hatte ihr nicht ihre Erinnerungen genommen. Deshalb steckten ihr Berge und Mütter in den Knochen und die Freuden eines Sonnenuntergangs, den man mit seinen Liebsten teilt. Sie war zerbeult und angeknackst, aber ungebrochen.

Und ihr Zirkus auch.

# 43

## RINGMASTER, 1926

Als Rin von einer langen Wanderung wiederkehrte, stand die Sonne schon tief. Ihr tat alles weh, aber die frische Bergluft belebte sie wie eine Art Mikwe.

Der Zirkus leuchtete ihr rot, blau, grün und gelb entgegen. Über der Budengasse glommen die Lichterketten wie ein regenbogenbunter Sternenhimmel; ein märchenhafter Kontrast zu den orangegelben Fenstern im Ort. Zwei Stunden vor Aufführungsbeginn aßen sie alle in der Kantine zu Abend. Die Aussicht auf eine Wiedereröffnung nach der langen Pause setzte die Truppe unter Strom wie einen Glühdraht. Endlich würde sich das Chapiteau wieder füllen nach allem, was sie durchgemacht hatten.

»Was für ein Sommer«, sagte Mauve und schaute sich um, während sie sich mit Rin und Odette auf eine der Bänke setzte und ihr Essen abstellte. Sie rieb sich erschöpft über das Gesicht. »Ich hoffe, er ist stolz auf uns. Immerhin machen wir weiter.«

Nach dem Essen gingen die drei Frauen mit dem Rest der Truppe ins Garderobenzelt. Rin lehnte sich über den Schminktisch und versuchte, zumindest ihre Sommersprossen zu kaschieren. Im Scheinwerferlicht mussten alle Make-up tragen, sonst hätten sie wie Geister ausgesehen. Das galt auch für Rin, selbst wenn sie sich damit fühlte wie ein mit Lippenstift bemaltes Truthuhn.

»Rin?«, sagte Odette hinter ihr.

Rin drehte sich um. Odette und Mauve standen vor ihr im Garderobenzelt. Um sie herum drückten sich schwere Kostümtruhen in den Rasen, auf dem sie barfuß standen. Sie hielten mit beiden Händen etwas hoch. Es war ein Geschenk für Rin – ihr samtener Mantel. Er war frisch gewaschen und vernäht und trug neuerdings Flicken, war aber noch immer ihr Mantel.

Rin schnappte nach Luft. »Was, wie …?«

»Du hast keine einzige Show ohne ihn bestritten«, sagte Mauve. »Los, zieh ihn an.«

Die Flicken stammten von Odettes langem Bademantel und von Mauves violettem Tuch. Sie setzten sich, von bunten Stichen gehalten, von dem roten Samt ab. Rin sah gleich, dass Mauve violettes Garn verwendet hatte und Odette rotes. Sie hatten das alles heimlich in Handarbeit für Rin gemacht.

Rin fühlte, wie ihr die Lippe bebte. »Ich … ich danke euch.«

Dann war es Zeit für die Show.

Rin zog ihren Mantel über, setzte ihren Zylinder und ihr Lächeln auf. Es würde eine gute Show werden, das spürte sie. Mr. Calliopes Musik steigerte sich ins Auftakt-Fortissimo. Die Scheinwerfer sprangen an.

Ringmaster marschierte die Blickachse ihres Palasts entlang und stellte sich in seine Mitte. Sie hob die Arme. Die Sorgen des echten Lebens fielen von ihr ab wie ein Umhang, und sie fügte sich in den Rhythmus des Abends. Bei ihrem Eröffnungsmonolog hielt sie sich an ein durchschnittliches Tempo, statt zu sehr zu experimentieren. Die Parade schloss sich um sie wie ein Ring aus Feuer. Dann war sie wieder vorüber, und Odette war an der Reihe. Als der Scheinwerferkegel am Mast hinaufglitt, konnte Ringmaster durchatmen.

Dann stand sie wieder im Licht, als Mrs. Davidson die Umbaupause überbrückte und Mr. Davidson sein Comeback hatte. Es würde alles wieder werden.

Mauves Auftritt wurde von Tänzerinnen begleitet. Dann kamen Boom Boom und die Jongleure, dann Yvanna und Charles.

Meistens war Odette längst hinter der Gardine verschwunden, wenn Charles in Brand gesteckt wurde. Heute eilte sie zu Ringmaster an den Bühnenrand und strich ihr kurz über den Rücken.

»Wie geht es dir?«, fragte sie, und ihrer Stimme war der Rausch des Auftritts anzuhören.

Ringmaster nickte. »Es ist eine gute Show. Fünf Sterne.«

Sie hatte nur wenige Augenblicke Zeit, um hinter der Bühne nach Jo in ihrem Orakel-Kostüm zu schauen. Jo sah nervös aus.

»Bist du bereit?«, fragte Rin.

Jo nickte. »Yep. Ich kriege das hin. Definitiv.« Sie lief auf der Stelle, als wartete sie auf den Startschuss zu einem Rennen.

Rin legte ihr eine Hand auf die Schulter. »Aber denk dran«, sagte sie, »stell dir niemals dein Publikum in Unterwäsche vor. Das lenkt nur ab und ist ein Ammenmärchen, und das macht kein Mensch.«

»Schon gut, ich bin kein Anfänger«, sagte Jo.

»Na schön, Fräulein Superstar, wenn das so ist ...«, sagte Rin und hob die Hände, »... dann gebe ich mal die Bühne frei für das Orakel von Delphi, Josephine Persephone.«

Nach einer kurzen Ankündigung der Traumweberin in der Manege trat Ringmaster beiseite. Heute würde sie in der Nähe bleiben, nur knapp außerhalb der Manege, und Jo von dort aus zuschauen. Es würde einen schönen dramatischen Effekt ergeben, wenn sie als Zirkusdirektorin selbst gebannt war.

Der Scheinwerfer wanderte von ihr in die Manegenmitte, wo das selbstbewusste Mädchen schon bereitstand.

Jo war seit dem Frühsommer so sehr gewachsen. Einen Moment lang musste Ringmaster lächeln.

Jo griff in die Luft und zog Farben hervor. Sie verwirbelte sie miteinander und bemalte die staubige Zirkusluft.

Es ging alles so schnell.

Die Farben flossen ineinander, Rottöne, Gelb und Orange, und verdichteten sich zu einer Kugel. Rin fragte sich, ob das Publikum darin etwas erkennen konnte. Es sah nach nichts von alledem aus, was sie und Jo geprobt hatten. Dann hob Jo die Kugel über ihren Kopf, höher als die Tribünen, bis in die höchsten Höhen des Chapiteaus, wo Kell für seinen Auftritt bereitsaß. Die Zuschauer folgten ihr gespannt mit den Augen. Sie hatte eine Sonne erschaffen.

Und dann ließ sie diese Sonne fallen.

Tiefer. Tiefer. Eine Explosion.

Sie zerbarst in tausend Stücke.

Etwas Unmenschliches, Grausames, Teuflisches platzte als Schockwelle hervor, die die Luft in Falten legte.

Ringmaster stockte der Atem.

Nein. Nein. Nein.

Das Licht schoss aufwärts.

Eine Pilzwolke, die das Zelt erfüllte.

Die Welle rollte durchs Publikum.

Ihre Haut war fort.

Sie schauten an sich herunter und sahen Innereien, Knochen, schmelzende Augäpfel.

Auch Ringmaster schaute.

Ihr Mantel zerfaserte.

Ihre Hände glitten wie Handschuhe von den Knochen.

Weiße Knochen zerfielen zu Asche.

Sie verschwand.

Sie war tot.

Rin sah Odette. Odettes Augen schmolzen, verschwanden. Nichts mehr übrig.

Das Publikum. Alle tot.

Das Zelt verschwunden, zu Staub und Asche verweht. Odette ausgelöscht.

Nein. Eine Illusion. Es war nicht real.

Ringmaster versuchte zu schreien. Aber ein ranziger, sengender Geruch würgte sie, verschloss ihr wie eine heiße Faust die Kehle.

Sie hörte etwas wie ihre eigene Stimme, die gegen die Druckstöße von Jos Inferno ankämpfte.

Sie hörte die panischen Schreie von den Tribünen, von Menschen, die bei lebendigem Leib zu verbrennen glaubten. Die sahen, wie ihre Kinder zu Skeletten verkohlten.

Ringmaster warf sich nach vorn, sprang über die Piste, stolperte, spürte einen stechenden Schmerz im Knie, aber sie schloss die Augen und rannte weiter. Öffnete die Augen und warf Jo zu Boden.

Jo verlor den Kontakt mit ihrem Gemälde. Die Wolke verflog. Die Menschen im Zelt waren wieder intakt. Knochen und Asche verschwanden so schnell, wie sie erschienen waren.

Ringmasters Herz und Kopf pochten wie wild, als sie sich unter den schreckensstarren Zuschauern umsah. Bleiern blieb sie auf dem staubigen Boden liegen und hielt Jo fest.

»Was ... warum ...?«, fragte Jo. »Ich war noch nicht bei der Katharsis!« Ringmaster packte sie am Arm und rappelte sich mit letzter Kraft auf die Beine. Sie musste aufstehen, weil sie im Rampenlicht stand.

»Ah, der Herbst naht, deshalb diese kleine Vorschau auf unsere Halloween-Show!« Ringmaster versuchte zu lachen, zu lächeln. »Als Nächstes bieten wir Ihnen eine familienfreundlichere Nummer ...«

Aber die Verbindung war gekappt.

Eltern griffen nach ihren Kindern und rannten schreiend davon. Andere riefen Verwünschungen und strebten rückwärts in Richtung Ausgang. Sie wollten einen Kampf anzetteln, trauten sich aber nicht näher heran.

Sie alle hatten überlebt, was nicht zu überleben ist. Und sie wussten nicht, dass es bloß eine Illusion war.

Angst pulsierte durchs Chapiteau, als es sich langsam leerte.

Jetzt gab es etwas Schlimmeres, als wenn der Blechmann den Katastrophenmarsch »Stars and Stripes« anstimmte: Dass Mr. Calliopes Musik verstummt war, schnitt Rin wie ein Messer in die Ohren.

Odette eilte herbei und versuchte, so viele von der Truppe zu berühren, wie sie konnte, aber Berührungen waren das Letzte, was sie jetzt wollten.

Kell blieb in seinem Krähennest hocken.

Maynard versuchte, die hinausströmenden Zuschauer in geordnete Bahnen zu lenken.

Ringmaster hielt Jos Arm fest umklammert.

Sie marschierte mit ihr ins Garderobenzelt.

»Ist das als eine Art schlaumeierischer Trick gemeint gewesen?«, wollte Ringmaster wissen. »Hältst du das hier für ein Spiel?«

»Nein«, sagte Jo. »Ich habe gemacht, was du mir gesagt hast. Ich habe ihnen gezeigt, was sie sehen mussten, und du hattest mir genug davon erzählt, dass ich wusste, wie die Explosion aussah. Warum hast du es mich nicht zu Ende bringen lassen?«

»Was zur Hölle hattest du denn *noch* vor?«, rief Ringmaster. »Was hast du dir verdammt nochmal dabei gedacht?«

»Ich habe ihnen gezeigt, was passieren wird, damit es nicht passiert!«

»So läuft das hier nicht! Wir manipulieren die Leute nicht mit ihren Ängsten!«

»Sondern mit Zuckerwatte und Teddybären?«, fragte Jo. »Das hat ja toll funktioniert. Es geht um Krieg, da können wir nicht bloß hübsche Bilder malen, das bringt überhaupt nichts!«

»Das ist so falsch, Jo, woher hast du bloß solche idiotischen Ideen? Bist du dumm, Josephine?« Rin erkannte ihre eigene Stimme nicht wieder. Sie fühlte ein Feuer in sich lodern wie seit Jahren nicht mehr. Ein Feuer, das sie hinter sich gelassen zu haben glaubte, aber diese Explosionen und Leichen …

»Du wolltest mir doch vertrauen!«

»Und das war ein Riesenfehler!«, herrschte Ringmaster sie an. Jo wich ein Stück zurück. »Du Idiotin! Was hast du bloß angerichtet?«

Die Asche. Die kindlichen Skelette. Der ganze Zirkus war im Wind zerstoben. Ihre Augen waren geschmolzen; sie fühlte jetzt noch die warme Flüssigkeit auf ihren Wangen. Odette war weg gewesen, einfach vernichtet.

Ringmaster wandte sich ab und versuchte, sich zu konzentrieren. Es waren nur Bilder gewesen.

»Ich hatte alles unter Kontrolle!«, rief Jo.

»Du wirst nie wieder allein in der Manege stehen«, sagte Ringmaster. »Von jetzt an machst du haargenau das, was wir dir sagen.«

»Ich bin kein Kind mehr!«

»Doch, das bist du!« Ringmaster riss sich den Zylinder vom Kopf und warf ihn gegen den Spiegel. Der Spiegel klapperte. Jo erschrak. »Und du bringst uns alle in Lebensgefahr! Du kannst froh sein, dass ich dich nicht rauswerfe!«

Die Worte waren in der Welt. Rin konnte sie nicht wieder hinunterschlucken. Sie trafen Jo hart. Als hätte Rin ihr ins Gesicht geschlagen.

Nein, nein, nein, nein, nein.

Jo starrte den Zylinder an, und dann richteten sich ihre blauen Augen auf Ringmaster. Ringmaster wollte alles zurücknehmen.

Aber sie konnte nichts hören.

Sie spürte nur, dass sich ihr die Hände wie Handschuhe von den Knochen schälten. Verbrennungen überall, als wäre die Sonne ihr unter die Haut gedrungen, und jetzt kochte sie hoch, blubberte hervor. Es prasselte, es brannte, es …

Odette hielt sie fest in den Armen. Der Schmerz verschwand.

»Schhh, Liebste«, flüsterte Odette ihr ins Ohr. »Schhh, es war nicht echt, es ist schon vorbei.«

Aber Jo war fort.

# 44

## DER CIRCUS KING, 1926

Die Circus-King-Mitternachtillusionisten reisten immer bei Nacht. In tiefster Dunkelheit schlug der Zirkus nahe der Schienen Wurzeln, meist mitten im Ortskern. Seine Buden und Model-T-Limousinen waren schwarz und rot, geisterhafte Erscheinungen zwischen den gekrümmten Fingern der in den Schatten zusammengedrängten Bäume. Manche fanden ihn schön. Für manche war er ein Albtraum. Angst hatten sie alle.

Die Bewohner erfuhren vom Besuch der Circus-King-Mitternachtsillusionisten durch die Plakate, die bei ihrem Erwachen an den Farmen und Rathäusern und den Schulen klebten. Der Mitternachtszirkus kam auch, wenn ihn niemand einlud. Seine drei Zelte waren dunkler als die Nacht, drei schwarze Löcher im Sternenhimmel. Die Budengasse wurde von Laternen beleuchtet, die, wie die Skelette verhungerter Gefangener an langen Pfählen baumelnd, ein blutrotes Licht verströmten. Dumpfe Trommelschläge lockten die Bewohner durch den mit Zacken bewehrten Eingang wie ins Netz einer Spinne. Es war wie Magie.

Aber nein, es waren Sparks.

Wenn die Gadjos aus dem Ort unter den Laternen entlangliefen, wurden sie in rotes Licht getaucht. Alles war rot bis auf den Sternenhimmel, aber auch den vergaßen die meisten Besucher, sobald sie die Budengasse betraten.

Musik wummerte – laute Trommeln gaben den Takt für eine Armee von Streichern und Holzbläsern vor. Es klang wie der Herzschlag eines Kriegsheers. Als würde jeden Moment etwas Außerweltliches passieren. Jeder einzelne Gadjo fühlte sich machtvoll bei diesen Klängen, wie jemand, der zur richtigen Zeit am richtigen Ort ist und die volle Kontrolle über sein Leben hat. Sie hatten gar nichts unter Kontrolle, es war längst um sie geschehen, und doch lag ein trunkenes Grinsen auf ihren Gesichtern. Ein musikalischer Stumpfsinn.

Vermummte Gestalten pirschten über das Gelände. Auf vier Spinnenbeinen glitten sie aus den Schatten hervor und näherten sich einzelnen Gästen. Dann zogen sie ihre Kapuze herunter. Darunter gestohlene Gesichter verstorbener Bekannter. Körper saßen auf Spinnenbeinen, als hätte jemand die Leichen ausgegraben und neu zusammengenäht, und sie bewegten sich wie Handpuppen von einem zum Nächsten. Sie waren lange tot - aufgedunsen, mit blaugrauer Haut und eitrigen Augen.

Das Gefühl der Macht wandelte sich in etwas Wirkungsvolleres als Angst: in Schuld.

*Du hast mich auf dem Gewissen,* flüsterten die Spinnenleichen.

Denn dieser Zirkus war kein Spektakel. Er war kein Spukhaus. Sondern ein Spuk.

Schatten umschwirrten die Gadjos, verfolgten sie, schüttelten anderen Schatten die Hände, und die echte Welt rückte in weite Ferne. Ausrufer tönten von den Podesten: »Kommt ran, kommt rein und seht die Wahrheit! Seht die Innereien unter der Fassade! Wie die Welt wirklich ist und wie sie sein wird!«

An einer langen, zusammengenähten Leine rannten Hunde an den Gadjos vorüber. Ihre Gesichter waren straff nach hinten gespannt, die Ohren fehlten, ihr Fell war von Räude zerfressen. Wenn die Leinen ihnen elektrische Schläge versetzten, schrien sie vor Schmerzen und fielen mit Krallen und Zähnen übereinander her.

»Seht das wahre Leid unter dem Blattgold des Präsidenten Harding, die Tatenlosigkeit des Präsidenten Coolidge! Seht die eitrigen Schrunden hinter der Heiterkeit, die euch die Zeitungen vorgaukeln wollen! Lasst euch nicht einlullen! Findet heraus, worin ihr wirklich watet!«

Dann erreichten die Ortsbewohner die schwarzen Zelte. Zur Linken wand sich ein giftgrünes Licht durch halboffene Leinwandklappen. Heulen und Zähneklappern drangen aus diesem Zelt hervor. Zur Rechten flackerte eine gespenstisch helle Leuchte. Und in der Mitte lag das Chapiteau, in dem für das Publikum das Saallicht brannte.

Drinnen erwarteten sie dunkle Rot- und Blautöne, Schwarz und Weiß. Platzanweiser in schwarzen Kapuzen geleiteten die Gadjos auf die schwarzen Tribünen, als sollten sie einer Hinrichtung beiwohnen. Die Programmzettel, die man ihnen gab, waren gar keine Programmzettel, sondern Nachrufe und auf jede Person einzeln abgestimmt, die so ein Blatt mit klammen Händen annahm. Mal ihr eigener Nachruf, mal der eines Nächsten, je nachdem, was mehr Angst, Schuld oder Zorn erregte. Als Beispiel am Rande lautete einer der Nachrufe dieses Abends:

CHARLES REED

1911 – 1943

In Marceline, Missouri, aus einer zerrütteten Ehe hervorgegangen.

Am 8. November 1943 bei einem Kriegseinsatz im Pazifik als an einer Erkrankung verstorben gemeldet …

Sobald sich die Leute in das Zelt begaben, fühlte es sich an, als greife die Leinwand mit langen, zähen Fingern nach ihnen und hielte sie fest. Als würden sie nie wieder ihren Weg nach draußen finden.

Die Trommeln wurden lauter. Finsternis. Der Klang eines Radioempfängers, der durch die Frequenzen wechselte und nie Musik hervorbrachte, sondern nur ein Rauschen. Die Trommeln brüllten.

*Bumm. Bumm-bumm. Bumm-bumm.*

Alles bebte.

*Bumm. Bumm-bumm. Bumm-bumm.*

Die Sitzreihen vibrierten. Den Leuten schlotterten die Knochen. Die Nackenhaare standen ihnen zu Berge.

Ein fahles blaues Licht breitete sich aus, kroch an den Zeltwänden hoch wie Leichenhände, die sich aus der Erde graben.

Dann geisterhafte Stimmen.

Der Schrei einer Frau. Das Weinen eines Kindes. Tierisches Schmerzensgeheul. Das Gebrüll von etwas Undefinierbarem; von einer Kreatur mit Hörnern vielleicht, die sich nachts um zwei in den Feldern versteckte.

Ein roter Lichtstreif durchzuckte das Blau, als wäre jemandem die Kehle durchgeschnitten worden.

Selbst die Gadjos, die jetzt gehen wollten, konnten sich nicht rühren. Sie hockten auf den Tribünen und sahen weder die Stufen zum Boden noch den Ausgang. Es war, als hätten sie Blei in den Beinen. Schon immer. Hatten sie jemals auf diesen Beinen laufen können? Waren sie hier nicht schon einmal gewesen? Es kam ihnen alles vertraut vor. Als hätten sie von diesem Zirkus immer gewusst und wären jetzt zu ihm heimgekehrt.

»Hochverehrte Damen und Herren«, knurrte eine tiefe, anziehende Stimme dicht an ihrem Ohr, die wohl durch irgendeinen akustischen Trick verstärkt worden sein musste. »Ihr ganzes Leben sind Sie auf der Suche nach diesem Zelt gewesen. Jetzt rauschen Ihnen Vorfreude durch die Adern, das Verlangen nach Angst, das Verlangen nach Wahrheit. Sie haben sich durch falsche Versprechungen einlullen lassen und wissen doch, dass Ihr Körper aufgeschlitzt werden kann wie ein Sack voller Innereien.«

Ein menschlicher Körper stürzte vom Hauptmast herab. Er zerplatzte zu einer Masse aus Fleisch und Knochen.

»Sie lieben die Gewalt«, zischelte die Stimme. »Deshalb nimmt sie kein Ende. Deshalb sind Sie ja hierhergekommen, nicht wahr?«

Das Publikum war erregt. Der Auftakt war sorgfältig auf genau diese Wirkung hin zugeschnitten worden. Etwas wand sich durch ihr Herz, ihr Gedärm, bis in ihre Zehen hinunter. Ganze Körper wurden von einem tiefen Verlangen durchpulst, einem Begehren, einem urzeitlichen Drang. Der Zirkus hielt sie gefangen.

»Sie werden hinter den Schleier schauen«, schnurrte die Stimme. »Es werden Ihnen schreckliche Taten begegnen, große Zerstörung, aber am Ende werden Sie stärker sein. Klüger. Einer der Meinen.«

Die Lichter strahlten weiß.

Wölfe mit Maulkörben und Halsbändern voller Stachelnieten marschierten im Gleichtakt in die mittlere Manege, Schulter an Schulter, in einer Reihe nebeneinander.

Stroboskoplichter flackerten auf allen Seiten, immer an und aus, und verwandelten die Vorstellung in einen wirren Traum.

Gorillas und Elefanten donnerten herein, ohne Dompteure, und trampelten übereinander hinweg. Das Publikum schrie vor Entzücken.

»Willkommen in meiner Welt!« Wieder schien die Stimme von überallher zu kommen, vielleicht sogar aus ihren eigenen Köpfen. »Sie sind jetzt in der *wahren* Welt. Ihr Leben lang wollten Sie wilde Tiere sehen. Monster. Vielleicht behaupten Sie, Sie wollten sie nicht sehen, aber das tun Sie. Das tun Sie. Wir haben alle unsere dunklen Seiten, nicht wahr?«

Die Zuschauer wollten wirklich die Monster sehen, weil sie selbst welche waren. Jeder war manchmal gern ein Monster, nicht wahr?

Männer kreisten in Flugzeugen mit zerbrochenen Tragflächen über der Manege, zogen leuchtende Radiumspuren, malten Girlanden aus Grabsteinen und Schädeln. Das Radioknistern ta-ta-

tackerte wie ein in die Fahrradspeichen geklemmtes Stück Pappe, ging in rasenden Charleston über, Rhythmen, Takte, Akkorde. Diese Welt war genau die, die sie da draußen gemeinsam geschaffen hatten. Und jetzt sehen sie euch an.

Clowns ohne Mund, Clowns mit nichts als einem Mund im Gesicht, der sich über die Lippen leckte, Löwen mit nacktem Schädel, auf dem Adern pulsierten –, sie formierten sich zur Eröffnungsparade. Und die Zuschauer spürten, wie ihnen etwas den Rücken hochkroch.

Und dann folgte der Parade ein Mann im schwarzen Mantel und einem blutroten Zylinder.

Der Circus King.

Er war kein Monster, nein, sondern ein anziehender Mann. Er war von kraftvoller Statur, mit geraden Schultern. Ging sehr aufrecht mit seinen schwarzen Stiefeln. Sein Haar war distinguiert grau gesprenkelt. Sein Gang der eines Tänzers aus einem dieser Filme mit Ballsaalszenen. Eines Barbaren mit der Eleganz des Adels. Er konnte aussehen, wie auch immer es nötig war.

Der Mann nahm seinen blutroten Zylinder ab und ließ ihn sich den muskulösen Arm hinunterrollen. Er vollführte ein paar ausgelassene Tanzschritte und grinste. Es war ein gutes Grinsen. Ein Grinsen wie aus finsteren, lustvollen Träumen. Dieser Mann war ein Star, war jedermanns bester Freund; dieser Mann hielt ihre Augäpfel in seinen Fäusten.

»Ich bin Ihr Circus King«, tönte er mit dieser Stimme, die den Menschen im Schädel hallte, »und Sie sind mein Publikum. Sie und mich verbindet der einzigartige Schrecken dieses Zirkus, denn Sie sind gekommen, um Zeugen zu werden. Wer von uns hätte schließlich nicht gesündigt? Welcher Mann liegt nicht nachts wach, wenn das Licht gelöscht ist …«

Die Lichter verglommen, als hätte er eine Kerze ausgeblasen.

Die Musik verstummte.

»… und fragt sich: Bei Gott …« Er war ein Showtalent. Jedes Wort war perfekt artikuliert und samtig, sein Sprachfluss grazil wie eine Schlange. »… was habe ich getan? Was bin ich für ein Monster? Wer blickt nicht seine Frau an und denkt: Eines Tages stirbt sie, oder ich bringe sie zur Strecke. Wie es sich wohl anfühlt, ihr die Hände um die Kehle zu legen? – Ah, Sie haben gedacht, Sie wären damit allein!«

Ein blutroter Suchscheinwerfer folgte einer Frau, die hoch über ihren Köpfen mechanisch an zwei Tüchern tanzte. Die Tücher waren blutrot. Das Licht wurde weiß.

Die bleiche Frau wand sich in den Tüchern, als läge sie in Ketten.

Dann fiel sie.

Und fiel.

Und wurde erhängt.

Eins der Tücher schlang sich ihr um den Hals, und sie wehrte sich und strampelte und wurde schließlich still. Und so friedlich.

»Ach«, war der Circus King zu hören, »wie tragisch! Und doch bleiben Sie entrückt auf Ihren Plätzen und unternehmen nichts dagegen. Sie haben ihr beim Sterben zugesehen und keinen Finger gerührt. Wen haben Sie noch alles dem Tod überlassen?«

Der Kopf der Frau löste sich vom Körper, ihr Rückgrat zog sich in die Länge wie eine Feuerleiter, bis der Körper den Boden erreichte. Ihr Kopf starrte weiter aus drei Metern Höhe auf die Zuschauer hinunter.

Ihr Körper am Ende des leiterlangen Rückgrats umrundete jetzt die Manege. Sie wirbelte und wirbelte an den Tüchern im Kreis wie ein unendlich schwingendes Pendel.

Das Rückgrat brach.

Der Körper sackte in sich zusammen.

Dann wuchs ein neuer Kopf nach.

Das abgebrochene Rückgrat flatterte an dem Tuch im Wind wie eine verlorene Feder.

Dann zerfiel es.

»Oder vielleicht machen Sie sich solche Gedanken über sich selbst«, sagte er.

Er sprach weiter, aber die Besucher spürten jetzt, wie in ihnen etwas aufbrach und sie tief und immer tiefer stürzten. Sie erinnerten sich an dunkle Momente, in denen sie geglaubt hatten, sie seien am Ende. Ihre Freunde, Brüder, Söhne, Väter waren gestorben. Bald würden alle sterben, die sie liebten, und es blieben nur grobkörnige Fotografien in Kisten auf dem Dachboden übrig. Warum weiterleben, wenn es keinen Grund gab?

Vielleicht gab es keinen.

Ein Schuss fiel.

Der Untergrund der Manege verwandelte sich in Schützengräben. Das Geräusch von Schüssen peitschte von allen Seiten.

Die Hälfte aller Menschen im Zuschauerraum hatte von unsichtbarer Hand ein rotes X aufgemalt bekommen.

»Krieg, Krieg ... « Das Wort wiederholte sich endlos, bis es klang wie das Rasseln von Panzerketten, das Donnern der Kanonen, das Rat-tat-tat-tat-tat von Repetiergeschützen.

»Ihre größte Angst.« Die flüsternde Stimme übertönte den Krieg, und die Zuschauer fuhren auf ihren Sitzen zurück, als in der Mitte der Hauptmanege Spiegel aus dem Boden stiegen und sie darin ihre Eltern, ihre Verflossenen, ihre früheren Vorbilder sahen, die sie auslachten und verhöhnten.

Sie sahen dämonisch aus.

Dann verschmolzen sie mit den Schatten, und eine neue Silhouette glitt hervor. Jetzt sah jeder einzelne Mensch im Zelt sich selbst als greise, hinfällige, hilflose Gestalt auf dem Sterbebett liegen.

Die Spiegel zerbarsten, aber dieses Bild blieb ihnen wie ein Splitter im Auge stecken. Das Licht gleißte.

Es folgten weitere Nummern. Sie verschwammen zu einem einzigen hypnotischen Grauen, von dem sich niemand abwenden konnte.

Tiere wurden geschlachtet. Menschen schlugen aufeinander ein, bis ihnen die Knochen brachen und ihre bloße Haut von dicken, saftigen Blutergüssen übersät war. Gangster hielten einander Messer an die Kehlen. Hagere, schmierige Männer lauerten auf die Blicke der Zuschauerinnen und schlichen Stück für Stück näher heran wie immer wieder neu aufflackernde Flammen. Schatten ohne Besitzer traten auf. Erschießungskommandos. Leichen, die von Maden zerfressen wurden, bis nur noch Hälse und grotesk wackelnde Schädel übrig waren. Die Illusion eines Sturzes aus Hunderten Metern Höhe. Das lichtlose Weltall. Das Flüstern angsterfüllter Gedanken aus jedem Winkel.

Und dann das Finale.

Ein Tanz. Alle Zirkuskreaturen kamen noch einmal in die Manege. Musik setzte ein. Ihr Rhythmus versetzte die Bänke in Schwingung und fuhr den Zuschauern in die Beine.

Sie spürten, wie sich ihre Körper regten. Wie die Musik sie füllte. Wie sie die fürchterliche Galle freisetzte, die sie in ihren hässlichen Herzen angesammelt hatten. Dies war ein Albtraumzirkus, und sie waren Teil davon geworden. Oder waren es immer gewesen.

Trunken und leicht erhoben sie sich von den Bänken.

Sie stampften mit den Beinen, warfen die Arme hoch, ließen die Köpfe kreisen, kreischten und brüllten.

Die Welt hatte sie alle betrogen. Ihre Liebsten hatten ihnen das Herz gebrochen. Diese Finsternis war die einzige Wahrheit und würde sie alle verschlingen.

Sie war nicht aufzuhalten.

Am Ende mussten sie doch alle sterben.

Nach jedem Tag ging unweigerlich die Sonne unter.

Also war es egal, wie sehr sie die Regeln brachen. Regeln waren nur da, um sie gefügig zu machen, damit sie taten, was jemand anderes sagte, bis sie endlich starben. Nein, heute würden sie tanzen. Sie würden sich nehmen, was sie haben wollten. Zur Hölle mit allen.

Und als sie gerade glaubten, das Beben würde sich zu einem hirnzerfetzenden Orgasmus steigern, setzte die Musik aus.

Das Saallicht sprang an. Das Gefühl, unbesiegbar zu sein, unverfälscht ... brach unter ihnen weg wie eine Falltür.

Der Zirkus war fort. Nur ein dunkles Zelt war übrig.

Das Publikum blieb verlassen zurück.

Es gab keinen Abschluss, kein Ende. Nur ein Verlangen, das nie gestillt werden würde, weil es in keinem echten Finale seine Erfüllung fand. Und dazu die Erkenntnis: Von allem, was sie heute Abend gesehen hatten, war das größte Grauen ihr eigener Voyeurismus gewesen.

Der Circus King verfolgte die Szene aus der mittleren Manege. Er blieb unsichtbar, und ohne seine Worte war das Hauptzelt leer. Er und seine Truppe, seine Menagerie grauenvoller Sparks, waren jetzt nur noch füreinander sichtbar. Er wedelte knapp mit der Hand, und sie verschwanden stumm in einer langen Reihe durch den Hinterausgang.

Die Zuschauer konnten das alles nicht sehen. Selbst wenn er direkt vor ihnen stand, bemerkten sie ihn nicht. Manche jammerten, manche weinten leise, weil sie begriffen, dass sie ihr Leben lang mit dem würden leben müssen, was sie gerade gesehen hatten. Was war mit ihnen geschehen? Es war köstlich, und er labte sich an ihren Ängsten.

»Geht«, flüsterte er der Menge zu. Sie standen alle auf einmal auf, als wären sie selbst auf die Idee gekommen.

Sie würden nie erfahren, was er ihnen eingeflüstert hatte. Er hatte sie auf Schritt und Tritt begleitet. Jedes ihrer Gefühle hatte er orchestriert; er, der Dirigent, hatte sie in jedem Augenblick erlebt, in dem sie sich unter Kontrolle zu haben glaubten.

Einen Dreck hatten sie.

Was für ein herrlicher Absturz.

»Außer euch beiden«, flüsterte der Circus King zwei Jugendlichen in der ersten Reihe zu. Sie waren heute seine Ehrengäste.

Er schaute zu, wie sie zu sich kamen.

»Wo … Was ist passiert? Wo sind sie alle hin?«, fragte der Junge.

Das Mädchen hielt verzweifelt nach dem Mann im blutroten Zylinder Ausschau. Er war nirgends zu sehen. Nicht, solange er sich ihr nicht zeigte.

»Wir müssen ihn finden«, sagte sie. »Schnell.«

Sie sprangen von den Sitzen und drängten sich unsanft durch die Menge nach draußen. Dann liefen sie auf der Suche nach dem Hintereingang um das Zelt. Der Circus King folgte ihnen. Da war er. Der Circus King stellte sich vor die Jugendlichen und ließ es zu, dass sie ihn bemerkten.

»Seht ihr mich jetzt?«, fragte er.

Das Mädchen erschrak. »Da sind Sie ja!«

»Du willst mich wohl sprechen?«, fragte der Circus King.

Das Mädchen nickte. »Ja, bitte«, sagte sie.

»Du willst es mehr als alles andere?«, fragte er.

»Ja.«

Der Circus King warf einen Blick auf den Jungen, als wäre er ein widerliches Insekt. »Geh nach Hause.«

»Warte!«, rief das Mädchen, als der Junge nickte, sich langsam abwandte und losging. »Nein, warte! Nein, du … «

»Lass ihn gehen«, sagte der Circus King. Das Mädchen gehorchte. Sie schauten ihm gemeinsam nach. Dann grinste das Mädchen mit glasigen Augen und richtete den Blick auf den anziehenden Mann mit dem blutroten Zylinder.

»Jo«, sagte der Circus King. »Es freut mich sehr, dich endlich kennenzulernen. Willkommen in meinem Zirkus.«

# 45

## DER CIRCUS KING, 1926

»Komm in mein Büro,« sagte der Circus King zu dem Mädchen.

Er führte sie in seinen Backstagebereich. Als sie über die Schwelle traten, sagte er: »Es ist spärlich, aber zweckmäßig eingerichtet. Vier Wände, ein Schreibtisch, eine dampfende Teekanne und zwei Tassen auf dem Tisch. Zwei Stühle. Der dort drüben ist für dich. Bitte setz dich.«

Das sah Jo also. Und das tat sie.

Der Circus King stand vor ihr, wusste aber, dass sie ihn ihr gegenübersitzen und Tee einschenken sah. »Ich schenke dir etwas ein. Gefällt dir mein Büro?«

»Ja«, sagte Jo und schaute sich in dem Zimmer um, das nur in ihrer Wahrnehmung existierte.

»Du willst also zum Zirkus«, sagte der Circus King.

»Ich bin schon beim Zirkus«, sagte Jo.

»Natürlich!« Der Circus King gluckste. Es war ein freundliches Glucksen, keine Spur von Spott. Es war wichtig, freundlich zu sein. Vertrauen aufzubauen. »Ich habe größten Respekt vor deiner Arbeit – und vor deinem Spark. Ich habe schon viel von dir gehört. Was ich sagen wollte, war, du willst also zu *meinem* Zirkus.«

Und das wollte sie, wirklich. Er wusste, dass sie es wollte. Sein Zirkus war großartig. Die Show scheute nicht vor dem Schmerz und dem Abseitigen zurück. Hier war sie zu Hause, das spürte sie in ihren tauben Fingerspitzen. Der Circus King würde ihr geben, was sie brauchte – die Freiheit, die Menschen genau so zu berühren, wie sie es wollte.

»Wie kommt es also, dass du dich gerade jetzt an mich wendest?«, fragte der Circus King. Er brauchte seinen Spark nicht. Es genügte eine einfache Frage. Vor ihm saß ein Kind. Er hatte genug Plakate aufgehängt, dass sie ganz von allein zu ihm gefunden hatte. Manchmal hatte seine größte Überzeugungskraft rein gar nichts mit dem Spark zu tun. Er brauchte bloß darauf zu warten, dass jemand die richtige Entscheidung traf.

Jo nahm einen Schluck nichts. »Es wird wieder Krieg geben«, sagte sie. »Mein Bruder wird sterben. Und überhaupt alle, die ich liebe. Ich muss das verhindern, und ich habe gehört, dass Sie den Leuten Angst einjagen, bis sie tun, was Sie sagen. Also habe ich herumgefragt und Sie gefunden. Nicht halb so weit weg, wie sie dachte. Wenn Sie wissen, wo wir sind, blieben Sie gerne in der Nähe, oder? Tja, und jetzt bin ich hier. Sie haben mich gefunden.«

Ein Krieg? Der Circus King kniff die Lider zusammen. »Ein Krieg, sagst du?«

»Ja«, sagte Jo, als wäre es das Alltäglichste der Welt. »Mauve hat einen großen Krieg vorhergesehen, der in einigen Jahren ausbricht. Und ich muss ihn verhindern.«

Dem Circus King setzte einen Moment lang das Herz aus. Konnte es sein, dass es nach all den Jahren, bei all seiner Macht, immer noch Dinge gab, die ihm Angst einjagten?

Aber er war davon ausgegangen, dass es wieder Krieg geben würde. Krieg kehrte immer wieder. Die Idioten, die von einem Krieg gefaselt hatten, mit dem alle Kriege enden, waren nicht an der Front gewesen; sie waren naiv und voller Hoffnung, und genau deshalb würde der Krieg immer wiederkehren. Ihm konnte der Krieg nichts mehr anhaben, sagte er sich. Er war nicht der Junge von damals, als der erste Krieg ihn in die Knie gezwungen hatte. Also war es im Grunde egal, ob ein Krieg kam.

»Ich sehe besorgt aus«, sagte er zu Jo. »Du hast für meine Sorgen Verständnis.« Dann wechselte er von den Regieanweisungen zu seiner Dialogstimme. »Es gibt Zirkusleute da draußen, die sich wünschen, die Welt bestünde aus lauter Pailletten und Glitzer. Aber sich etwas vorzumachen bewahrt uns nicht vor Hunger oder Krankheit. Oder dem Tod. Während sie in ihrem Nimmerland Ringelreihen tanzen, wissen du und ich, dass Zuschauer sich nicht mit Metaphern abgeben. Dass sie die Dinge sehen wollen, wie sie wirklich sind.«

»Und Ihnen ist es wirklich wichtig, etwas zu ändern, oder?«, fragte sie. »Ihnen geht es nicht bloß um billige Schockeffekte?«

Er grinste. »Es ist eine großartige Show.«

»Ja«, stimmte sie ihm zu. »Ja, das ist sie.«

»Tja, also, wir würden uns freuen, wenn du dich uns anschließt«, sagte er. »Du könntest aufführen, was auch immer du möchtest. Miss Ringmaster hält dich wohl an der kurzen Leine, nehme ich an.«

»Was immer ich möchte?«, fragte Jo.

»Aber natürlich«, sagte er. »Du hast wieder Tee in der Tasse. Trink ihn, sonst wird er noch kalt.«

Sie tat es. »Wie haben Sie das gemacht? Sie haben die Kanne nicht angerührt.«

»Wir sind Sparks, die ihr volles Potenzial zu nutzen wissen. Wir sollten uns nicht zurückhalten, nur weil die Welt uns fürchtet«, sagte der Circus King. »Der Spark wurde uns gegeben, damit wir nach den Sternen greifen.« Dann sagte er: »Trink jetzt. Der Tee ist lecker, warm, genau wie du ihn magst.« Sie folgte seinen Anweisungen.

Er sprach weiter. »Und was ist mit deiner Zirkusfamilie? Es ist nicht ganz ohne, die Mannschaft zu wechseln, weißt du. Aber sie werden den Verlust überleben.«

»Ja, das werden sie«, sagte Jo.

»Hast du Verwandte?«

»Ich habe einen Bruder«, sagte Jo. »Aber der ist in dem anderen Zirkus glücklich. Und ich bin glücklich, wenn ich ihn vor dem beschützen kann, was auf ihn zukommt.«

»Du bist kaltschnäuzig, Jo,« sagte er eine Spur weniger heiter. »Du weißt, was du willst.«

»Ich weiß, was ich will«, stimmte sie zu.

»Davor habe ich Respekt, und den solltest du auch haben«, sagte der Circus King. Er zog die Brauen hoch wie ein Lehrer, der etwas an einem Schüler wahrnahm, das sonst niemand bemerkte. »Ich hatte keine große Schwester, die mich beschützen konnte«, sagte er in einem Anflug von Ehrlichkeit. Er biss die Zähne aufeinander. »Aber uns kann keiner was. Wir sind stark. Wir können alles erreichen.« Er konnte das zumindest. Dieses Mädchen mochte noch so begabt sein – er sah gleich, dass sie zu weich war. Er spürte ihre Bedürftigkeit, ihr Verlangen, geliebt zu werden, dazuzugehören. Das alles strahlte sie aus, wie ein Kamin Wärme ausstrahlt. Es war ihm fast zu einfach.

Na schön. Jeder konnte von Nutzen sein, sogar Josephine.

»Ich möchte hierbleiben, Mr. King«, sagte Jo. »Ich möchte ein Teil Ihres Zirkus werden. Es war wunderschön. Und Sie ...« Sie verstummte. Er ließ es zu.

»Du kennst mich«, sagte er. »Ich komme dir vertraut vor. Verwandt. Wir sind uns sehr ähnlich, oder?«

»Das glaube ich allmählich auch«, sagte Jo.

Er nickte, senkte den Blick, dann klopfte er sich mit einem Seufzer auf die Oberschenkel und erhob sich. Obwohl er gar nicht gesessen hatte. »Na, bestens. Dann gib mir die Hand drauf.«

Sie lehrte in einem letzten großen Schluck ihre Tasse und stand ebenfalls auf. Wäre die Tasse echt gewesen, wäre sie auf dem Boden in tausend Stücke zersprungen. Stattdessen hatte sie sie einfach vergessen, wie bei einer missglückten Pantomime, und sie war aus ihren Fingern verschwunden. Dieser Teil der Szene war vorbei.

Er streckte Jo seine Hand hin. Jo nahm sie. Die Wärme seiner Handfläche verbreitete sich in ihrem ganzen Körper.

»Du bleibst hier, solange ich es dir erlaube«, sagte er.

»Ja«, sagte sie.

»Aber zeig mir erst, was du kannst, bevor ich dich im Zirkus willkommen heiße.« Sein Griff schloss sich fester um ihre zarten Fingergelenke. Er hätte sie zerbrechen können, wenn er gewollt hätte. Aber er tat es nicht.

»Jetzt gleich?«, fragte Jo.

»Ja, jetzt gleich«, sagte der Circus King. »Zeig mal, was du draufhast. Was auch immer du möchtest. Zeig mir Sachen, die zu zeigen du dich noch nie getraut hast. Halte dich nicht zurück, lass es einfach passieren. Lass es alle sehen. Greif nach den Sternen.« Dann fügte er als kursiv gedruckte Regieanweisung in seinem Skript hinzu: »Eine Woge der Erregung packt dich, ein Gefühl ungebändigter Kraft durchdringt deinen Körper. Du zeigst mir das Schlimmste, das du dir vorstellen kannst.«

Sie zuckte zusammen, und ihr Mund verzog sich zu einem Grinsen. Abrupt löste sie sich aus dem Griff des Circus King, hob die leeren Hände und ließ sie mit Schwung niedersausen, wie um etwas auf den Teppich zu schleudern, der nicht existierte.

Die Welt explodierte. Jedenfalls schien es so. Aus ihren Fingern schossen Blut, messerscharfe Klingen, zerfetzte Körper, eine riesige Flutwelle aus Gewalt und Schmerz. Sie schäumte über den Boden, schwappte gegen die Zeltwand hinter ihnen, überspülte die Bäume, die Erde, die Jahrmarktsbuden, färbte alles ein. Dann durchdrang Jos Illusion die Nachtluft, ein rot glühendes Schreckenslicht, das schreiend hoch und immer höher in den Himmel hinauffuhr, ein Wirbelwind des Gemetzels, ein Chor aus Todesfeen.

So würde die Welt aussehen. So sah das aus, was Jo ihren großen

Bruder genommen hatte, was ihr beinahe auch Ringmaster genommen hätte, was ihr Charles nehmen würde, und deshalb würde sie es aller Welt zeigen. Es war die Zukunft, die sie zu sehen verdiente.

Und der Circus King konnte es alles fühlen. Bei Gott, und wie er es fühlen konnte! Dieselbe Angst, die ihn in ihrem Alter gepackt hielt. Sie war so primitiv, so schwach. Es würde so einfach sein, sie in den Griff zu kriegen, und der Circus King liebte es.

»Hör auf«, sagte der Circus King.

Jo hörte auf. Die Illusion verschwand augenblicklich. Es war wieder Nacht.

Sie starrte Mr. King an, und der freundliche Mr. King sagte: »Ich sehe verängstigt aus. Du hast mir Angst gemacht. Du bist machtvoll. Ringmaster hat dir vermutlich gesagt, du wärst wundervoll. Aber wundervoll ist nicht dasselbe wie angsteinflößend. Leute zum Staunen zu bringen hat noch nie die Welt verändert, hab ich nicht recht, Jo?«

»Nein, hat es nicht«, sagte Jo.

Mr. King räusperte sich, rückte seinen Kragen zurecht und betrachtete das schmächtige Mädchen. »Es scheint sich ganz schön was angestaut zu haben in deinem Köpfchen.«

Jo nickte. Sie stand noch immer kampfbereit da, als wollte sie es mit der ganzen Welt aufnehmen.

»Hat sich das gut angefühlt?«, fragte Mr. King.

»Nein«, gab Jo ehrlich zu. »Es war gruselig.«

»Das wundert mich aber«, sagte Mr. King. Er nahm wieder Platz und bedeutete Jo, seinem Beispiel zu folgen. Sie tat es. »Ich stelle es mir großartig vor. Geradezu belebend. Spannend. Erregend.« Seine Augen flackerten wie eine Kerzenflamme, wenn der Docht nicht gekürzt war. »Du hast es erregend gefunden, nicht wahr? Unter all deiner Wut schlummert Kraft. Fürchten sich die Leute vor dir? Dann lass sie sich fürchten!« Er grinste wieder. »Schön. Jetzt trink deinen Tee aus, und ich lasse dich von einer meiner Bräute zu deinem Zelt begleiten. Die Bräute sorgen dafür, dass dieser Laden läuft. Was ich nicht selbst erledige, darum kümmern sie sich.«

»Ein ganzes Zelt? Für mich?«

»Natürlich«, sagte er. »So einen Spark habe ich noch nie gesehen. Nein, wirklich. Die Sparks der Schönheit oder Heilung, die findet man wie Sand am Meer. Aber deiner ... Er ist vielseitig, flexibel. So was ist selten. Du wirst die größte Nummer unserer größten Show sein. Und jetzt ab mit dir.«

Er sah ihr zu, wie sie nach der Tasse griff, die sie vollkommen vergessen hatte. Sah zu, wie sie sie leer trank. Und sie bestaunte den Circus King, der mit einem Wink alles verschwinden ließ, was auf dem Tisch stand.

»Schau, schon ist es weg«, lachte er. »Das ist nicht ohne, oder?«

»Das ist wirklich nicht ohne«, sagte sie.

Er war gut aussehend. Sein schwarzes Haar grau gesprenkelt, darunter gütige Augen. Er lächelte sie an. Aus diesem Blickwinkel, das wusste er, kam die Kontur seines Kiefers perfekt zur Geltung. Mit dem Graustich im Haar hatte er sich zum distinguierten Gentleman gemausert. Er hatte seine Zähne begradigt und roch dezent nach Minze. Aber in seinen eigenen Augen sah er aus wie der Junge von damals. Dieser verdammte Junge.

Dieses Mädchen konnte Illusionen erschaffen, die er selbst nur beschreiben konnte. Nie bekam er seinen eigenen Zirkus zu sehen, nicht einmal sein Büro. Sein Gesicht hatte er auch nie so gesehen, wie er es haben wollte. Nicht richtig. Er konnte der Welt etwas vormachen, aber nicht sich selbst. Mit Jo standen ihm neue Möglichkeiten offen.

Tja. Aber er war nicht darauf aus, die Weltherrschaft an sich zu reißen. Sein Ziel war etwas – jemand – Kleineres, und doch nicht weniger bedeutsam.

»Freust du dich, hier zu sein, Josephine?«, fragte er.

Sie schüttelte den Kopf. »Es ist … als würde ich ein neues Leben anfangen, und diesmal hätte ich eine Chance.«

»Ja, die hast du«, sagte er. Er lächelte wie der heilige Nikolaus persönlich. Er zwinkerte Jo zu. »Du brauchst nie wieder Ringmasters Schoßhündchen zu sein. Du bist frei! Na schön, jetzt kannst du mich nicht mehr sehen. Du verlässt mein Büro, stellst dich draußen hin und wartest. Geh nicht weg. Warte auf Ringmaster. Und wenn sie versucht, dich mitzunehmen, dann lass es nicht zu. Pass auf, dass dich niemand anfasst.«

Es dauerte nicht lange. Natürlich nicht.

Das Mädchen stand da wie eine Maus auf offenem Feld, die auf einen Falken wartet.

Und der Falke kam.

Löwenmähne. Sommersprossen. Schwarzer Zylinder. Roter samtener Mantel.

»Du siehst mich nicht«, flüsterte der Circus King in seinem Versteck im Schatten. Um ganz sicherzugehen, trat er hinter einen Flachwagen und beobachtete von dort das Schauspiel mit der Zirkusdirektorin und der entflohenen Artistin.

»Jo«, hauchte die soeben eingetroffene Frau und eilte zu ihrem Mädchen. »Jo, wir müssen sofort verschwinden.« Sie griff nach Jos Handgelenk.

Jo zog panisch den Arm weg.

»Jo.« Ringmaster ließ sich im Schlamm auf die Knie sinken und versuchte schnell, die Arme um sie zu legen. Sie erwischte Jo am Ellenbogen, aber das Mädchen riss sich los. »Jo, lass das!« Ringmaster griff ins Leere. »Jo, wir müssen hier weg, bitte nimm meine Hand …«

»Jetzt wird es Zeit, mich zu bemerken«, sagte der Circus King. »Schaut mich an. Alle beide.«

Nur Jo wandte ihm aufmerksam lauschend den Kopf zu. Der Circus King kniff die Lider zusammen. Er wartete, bis Ringmaster

Jos Blicken folgte. Sein Schatten erstreckte sich über den steinigen Boden. Jetzt konnte Ringmaster ihn sehen. Er führte die Hände zu seinen Ohren und tat so, als würde er etwas herausziehen. Eine Anweisung.

Ringmaster zog sich das Wachs aus den Ohren. Sofort sank sie in sich zusammen, wie ein Vogel, dem alle Federn ausfielen. Gut so. Jetzt wusste sie, dass seine Kräfte gewachsen waren. Sie hatte nicht geahnt, dass sein Spark mittlerweile weit über das gesprochene Wort hinausging. Er war ihr wie immer einen Schritt voraus gewesen.

»Josephine«, sagte Mr. King leise. »Entspann dich. Und dass mir keiner seinen Spark einsetzt, während wir plaudern.«

Jos Blick blieb an der Gaslampe eines Büros hängen, das nicht existierte. Mr. Kings Stimme leitete sie, hüllte sie weich und sicher ein. Jo fühlte sich, als würde sie schweben.

Ringmaster trat vor sie, dem Circus King gegenüber.

Sie war mörderisch wütend. »Lass sie gehen«, knurrte sie. Man konnte sie einschüchternd finden. Eine Schlange, bereit zum Biss. Ihr Rücken gekrümmt, Fäuste wie Granit, die Stiefel in den Boden gestemmt.

Aber er war nicht eingeschüchtert. Sondern erleichtert.

Das Lächeln trat wieder in sein gut aussehendes Gesicht. Er hatte so lange auf diesen Moment gewartet. »Hallo Ruth«, sagte er.

# 46

## RUTH, 1917

Als Circus King gab Edward es endgültig auf, so zu tun, als wäre er freundlich. Ruth gab es auf, so zu tun, als würde sie nichts bemerken.

»Es gefällt dir«, sagte er zu ihr.

Und das tat es. Es gefiel ihr, nicht ständig nachdenken zu müssen. Er traf die schweren Entscheidungen, und sie stumpfte ab. Je mehr sie sich abzustumpfen erlaubte, desto weniger traurig war sie.

Einmal hatte sie sich gewehrt, hatte gesagt, sie wolle ihn verlassen.

»Ach, wirklich?«, rief er. »Dann nimm aber auch deine Trauer wieder!«

Die Trauer überflutete sie – die verlorenen Jahre, der Verlust ihrer Mutter – und drohte, sie zu verschlingen. »Nein, bitte, bitte nicht!«, flehte sie. Und die Trauer verschwand. Ruth war nicht glücklich, aber sie war zufrieden. Ruhig.

Er sagte, sie genösse ihr Leben im Zirkus, also machte sie weiter, machte es ihm zuliebe.

Wenn er sich in ihrem Kopf breitmachte, hatte sie das Gefühl davonzuschweben. Losgelöst zu sein, als wäre ihre Seele nur durch eine Drachenschnur mit der Welt verbunden. Es war ein gutes Gefühl, denn es gewährte ihr einen Aufschub. Ruth brauchte kein Mensch mehr zu sein. Sie brauchte nicht die verlorene Tochter zu sein, nicht an ihre Mutter zu denken, an ihren Vater oder den G'tt, zu dem sie keinen Kontakt mehr hatte. Sie war bloß noch ein Körper, den dieser Mann brauchte, um seine Tricks über die Bühne zu bringen.

Als sie ihre Mutter nach Jahren endlich wiedergesehen hatte, als er ihr die Wahrheit gesagt hatte – das hatte sich angefühlt, als verwandelte sich ein Freund und liebender Ehemann vor ihren Augen in ein Monster.

»Vergiss bloß nicht, dass das deine Schuld war.«

»Wir hätten so glücklich sein können.«

»Was ich getan habe, das hast du auch getan! Wir waren es beide! Komm endlich von deinem hohen Ross herunter, Ruth.«

An ihrem letzten Abend hatte er sie angeschrien. »Ist es das, was du willst, Ruth?« Er schien den ganzen Raum auszufüllen. Er war gewaltig, ein Schatten so dunkel wie ein schwarzes Loch, das sie erstickte und alles rundherum verschluckte, bis nichts mehr da war. Er streckte die Hand nach ihr aus, und es fühlte sich an, als greife er in sie hinein, als durchbohre er Haut, Knochen, Herz und Seele. Er holte Luft, und ihr blieb die Luft weg.

Sie würde sterben.

Wer würde sie werden, wenn er ihr alle ihre Atemzüge wegnahm? Wer würde sie sein, wenn er ihre ganze Seele verbrauchte?

Aber es war nicht real. Er hatte einen Spark, und er hatte den Fehler begangen, ihn ihr zu verraten.

Also nahm sie sich an jenem Abend ihre Trauer wieder. Sie packte ihren Rucksack, aber er holte sie mit seinen lockenden Worten in sein Bett zurück. Er hielt sie fest. Die Nacht war still, als sie so beieinanderlagen. Manchmal geschehen die gewalttätigsten Dinge in aller Stille.

Mitten in der Nacht, als sie dachte, er wäre längst eingeschlafen, zischte er ihr zu: »Du liebst mich.«

Das tat sie.

»Du glaubst daran, dass ich mich bessern kann, und du wirst mir helfen«, sagte er.

Das würde sie.

»Wenn du mich verlässt«, sagte er, »wird niemand so großmütig zu dir sein wie ich. Weil sie dich nicht kennen. Weil sie sich einen Dreck um dich scheren werden. Du wirst allein sein. Du wirst ungeliebt und unbeachtet sein, ein dummes kleines Ding.« Dann wieder Schweigen, das beinahe genauso bedrückend war wie seine hasserfüllten Worte. Irgendwann war sie aber doch sicher, dass er schlief. Sie lauschte seinen schweren, stetigen Atemzügen.

Aber sie hörte noch etwas. Es war irgendwo draußen und nur schwach zu hören.

Ein Straßenmusikant, der auf einer Geige spielte. Musik.

Ihr fiel auf, dass er sich nie für Musik interessiert hatte. Dass er nie spielte. Zum ersten Mal seit langer Zeit fiel ihr auf, dass die Musik ihr fehlte.

Ihre Mutter hatte Gebete gesungen, und sie hatte eine schöne Stimme. Das war etwas, das sie tiefer berührte als alles, an das er herankam.

In dem Moment erwachte die Musik in ihr zum Leben.

Und Ruth verschwand endlich von dem Platz an seiner Seite.

# 47

## RINGMASTER, 1926

Sie sah gleich, dass er immer noch dieses jungenhafte Lächeln hatte. Irgendwie hatte er es geschafft, sich ein distinguierteres Äußeres zuzulegen, aber es war immer noch er. Er hatte es immer noch drauf, seinen Kopf leicht schräg zur Schulterlinie auszurichten, eine Braue zu heben, grinsend seine Grübchen erscheinen zu lassen und sie anzuschauen, als wäre sie der einzige Mensch auf der ganzen Welt, der wirklich zählte.

Und vielleicht sah er es so. Vielleicht glaubte er wirklich, dass er sie liebte. Oft hatte sie sich darin verheddert, herausfinden zu wollen, was er gerade dachte oder welches *seine* Gedanken waren und welches ihre. Aber nicht heute. Sie war kein junges Ding mehr, und sie wusste, dass es egal war, was er dachte. Es zählte nur, was er sagte.

*Was er sagt oder was er in Gesten ausdrückt,* dachte sie, und ein Schauder lief ihr durch die Eingeweide.

Sie hatte Odette versprochen wiederzukommen. Sie musste es schaffen.

Ringmaster schloss die Augen. Sie stellte sich die Verbindung zwischen sich und Odette vor, zwischen sich und ihrem Zuhause drüben in Fort Collins, wohin sie den Zirkus versetzt hatte. Von Fort Collins aus hatte sie auch gesehen, wie Jos Feuersäule das Gebirge erhellte.

In die Vergangenheit zu springen hatte weder Bernard gerettet noch den Krieg verhindert, und dem Circus King gegenüberzutreten war selbst eine Art Krieg. Wenn sie ihre Freunde nicht retten konnte, indem sie die Vergangenheit änderte oder in die Zukunft sprang, musste sie eben hier in der Gegenwart ihr Bestes geben. Sie musste stark genug für den Moment sein, in den sie jetzt ohne ihr Armband eintrat. Ohne Jo würde sie nicht wieder gehen.

Aber der Circus King war auch da. Er war da, er war gut aussehend, und er grinste sie an, als hätte sie schon verloren.

Sie dachte noch einmal an Odette und verstärkte das leuchtende Band in ihren Gedanken. Dann nahm sie ihren Mut zusammen und trat vor.

»Lass sie gehen«, sagte sie noch einmal.

Jetzt hob er beide Augenbrauen, als wäre er überrascht, und sagte: »Ich wüsste gar nicht, dass es an mir ist, sie gehen zu lassen. Sie hat darum gebeten, sich meiner Show anschließen zu dürfen, Ruth.«

»Lass das Gerede«, sagte sie. »Du hast mich hergeholt. Wir haben einander wiedergesehen. Jetzt gehen sie und ich wieder nach Hause.«

»Ich will nicht gehen«, sagte Jo.

»Es wird alles wieder gut, Jo«, sagte Ringmaster.

»Jo, wir besprechen das alles«, sagte der Circus King, ohne die Augen von Ringmaster zu lassen. »Gehen wir doch in mein Büro und unterhalten uns.«

Er hatte sich mit einem Büro umgeben, das keinen Sinn ergab, als wäre es mit einer Traumlogik verwoben. Ein Büro ohne Wände, die aber weiß gestrichen waren, und ohne Tür, die sich vor Ringmaster auftat.

Ein Teil von Ringmaster ahnte, dass sie riskierte, nie wieder gehen zu können, wenn sie jetzt dort eintrat. Aber Jo war ihr schon vorausgegangen. Sie durfte das Mädchen nicht allein ins Verderben laufen lassen.

Ringmaster blieb auf einer Schwelle, von der sie wusste, dass sie nicht existierte. Edward stand lässig hinter seinem reich verzierten Schreibtisch. »Gib uns einen Moment Zeit, Jo«, sagte er. »Sitz still.«

Das tat Jo. Ringmaster sah, wie sie auf dem Boden hockte und völlig losgelöst in die Leere starrte. Sie schwebte, wie Rin es früher auch getan hatte.

Es wurde Zeit, Jo hier rauszuholen.

»Was willst du?«, fragte Ringmaster.

»Warum denn so vorwurfsvoll?« Er setzte sich in einen Stuhl hinter der Luftspiegelung von einem Schreibtisch. Dann wies er auf einen weiteren Stuhl ihm gegenüber. Wie war der da hingekommen? »Bei dir muss immer alles ein Kampf sein. Na komm, setz dich, fühl dich wie zu Hause.«

Ringmaster schaute erst den Stuhl an, dann Edward. Warum fühlte sie sich, als ob sie noch immer hierhergehörte? Zehn Jahre war es her, und doch war er ihre andere Hälfte.

Und das bedeutete, dass sie ihn in- und auswendig kannte.

Sie würde sein Spiel mitspielen. Und diesmal würde sie gewinnen.

Sie setzte sich.

»Entlade deine Waffe und lass sie fallen«, sagte Edward. »Ich bin sicher, dass du eine dabeihast.«

Langsam zog Ringmaster die Pistole hervor, ließ die Patronen herausfallen und warf die Waffe weg. Es schien das einzig Richtige zu sein. Und es war das Falsche. Aber Waffen sorgten doch für so viele Probleme. Bernard war mit einer ermordet worden. Kriege wurden damit ausgefochten. Wenn ihr etwas zustieß, würde Odette ... Wenn sie nicht zurückkam ... Sie musste es schaffen.

»Na bitte, ohne Waffen redet es sich doch gleich viel besser. Also erzähl mal«, sagte er und zog sich eine Teetasse aus dem Ärmel. Darin schwappte Tee. Die Tasse war nicht echt. Sie konnte nicht echt sein. »Weiß deine zuckersüße Ehemännin, dass du hier bist?«

»Ja«, sagte sie leise. Ihn zu belügen hatte keinen Sinn.

»Und die anderen Freaks in deinem kleinen Kult«, fragte Edward, »wissen die es?«

»Mauve weiß es.«

»Warum sind sie nicht mitgekommen?«, fragte Edward und reichte ihr die Tasse. Sie fühlte sich echt an und wärmte ihr die kalten Hände. Der Dampf war echt. Eine perfekte Illusion in ihren Gedanken und Sinnen.

»Weil ich nicht wollte, dass ihnen etwas zustößt«, sagte sie. »Aber sie wollen mich am Rand unseres Geländes erwarten, wenn ich mich verspäte.« Sie hatten einen Plan gefasst. Und dieser Plan war jetzt schon schiefgegangen.

»Pack sie«, hatte Odette gesagt, als sie Rin endlich nachgab, »und spring sofort zurück.«

»Lass sie nicht los«, hatte Mauve mit zitternder Stimme hinzugefügt.

Aber Rin hatte es nicht geschafft, Jo zu berühren.

Edward beobachtete sie, versuchte ihren Gesichtsausdruck zu deuten. Das hatte er nie gekonnt; glaubte, es zu können; hatte ihr gesagt, dass er es könne; konnte es vielleicht doch.

Er war ihre Kindheit. Er kannte Kapitel, die sie seit Jahren nicht betrachtet hatte und jetzt wieder vor sich sah. Wie ein altes Lied, in das man sich einmal verliebt hat und das man dann vergisst, nur um Jahre später die Schallplatte auf dem Dachboden zu finden.

Aber manchmal gibt es gute Gründe, etwas zu vergessen.

»Du hast also ihren Spark gesehen, wie er über meinem Zirkus in die Höhe geschossen ist?«, fragte Edward. »Wie lange hast du gebraucht, bis du es dir zusammengereimt hattest?«

»Nicht lange«, sagte Ringmaster.

Edward gluckste, als käme er sich schlau vor.

Das war der Mann, der ihr ihren Selbsthass beigebracht hatte. Der besser über sie Bescheid wusste als irgendwer sonst, besser als sie selbst. Wenn sich alle über sie unterhielten und jeder Einzelne sagte, Ringmaster sei ein guter Mensch, dann konnte Edward King nur lachen und sagen: »Von wegen, ist sie nicht.« Und er wäre derjenige, der recht hätte.

Es ergab keinen Sinn. Aber er hatte sich ihr im Innersten eingeprägt. Und jetzt, wo sie ihm wiederbegegnete, sah sie, dass er kein Monster war, sondern ein Mann, den sie von früher kannte. Sie erinnerte sich daran, dass er ein Mensch war.

Die Grenzen in ihrem Denken verschwammen. Sie musste den Kopf über seinem Wasser halten. Musste es zumindest versuchen.

»Ich hätte nicht gedacht, dass du auf eine Zirkuskarriere aus bist«, sagte sie in einem Versuch, das Gespräch an sich zu reißen. Je mehr er fragte, desto mehr musste sie antworten und umso tiefer würde sie stürzen. »Ich dachte immer, du suchst dir noch deinen Platz in der Welt.«

»Die Welt hat mich nie interessiert«, sagte der Circus King und schaute ihr in die Augen. »Ich will nur dich.«

Rin fühlte diesen kalten Schauder in ihrem Rückgrat wie von einem schlimmen Winter in Chicago.

»Ich habe den Zirkus für dich gegründet«, sagte Edward. »Im Gegensatz zu dir habe ich es ernst gemeint, als ich sagte, dass ich an uns glaube. Ich habe den Zirkus in deinem Sinne weiterbetrieben, nachdem ich dich in Chicago verloren hatte. Was stand noch auf deinem Grabstein … 1918? Wie gefällt es dir, tot zu sein, Ruth?«

»Tja, manche Monster streben schon deshalb nicht die Weltherrschaft an, weil sie wissen, dass sie daran scheitern würden«, unterbrach ihn Ringmaster. »Also erschaffen sie eigene Welten, die sie beherrschen können. Du hast den Zirkus nie für jemand anderen betrieben als für dich selbst.«

Edward kniff die Lider zusammen. »Du bist das Herz dieses Zirkus.«

»Dieser Zirkus hat kein Herz«, sagte Ringmaster. »Du willst die

Welt brennen sehen, das ist alles. Wenn Edward King nicht glücklich ist, darf überhaupt niemand glücklich werden.«

Edward lachte sein jungenhaftes Lachen und warf den Kopf zurück. Es war beinahe rührend. »Es ist sehr lange her, dass jemand mich beim vollen Namen genannt hat. Aber das geht dir wahrscheinlich auch so, Mrs. King.« Er grinste wieder und hob die linke Hand, damit sie seinen Ring sehen konnte. Es war noch immer derselbe. Ihrer sah anders aus; Odette hatte ihn ausgesucht. »Wie ich höre, lässt du dich nur noch Ringmaster nennen. Wie albern.«

Vielleicht war es das. Vielleicht war alles eine alberne Farce gewesen.

»Und du bist älter, als du eigentlich sein müsstest?«, fragte er. Sie nickte. Der Circus King imitierte sie spöttisch und nickte auch. »Wie viele Jahre hat dich das viele Hin- und Herhüpfen zwischen den Zeiten gekostet?« Wie konnte er das wissen? Als sie noch zusammen waren, hatte sie nur durch den Raum springen können. Was wusste er noch? Die ganze Zeit hatte sie geglaubt, sie sei ihm zwei Schritte voraus, dabei hatte sie so hinterhergehinkt, dass er in Ruhe diese Begegnung vorbereiten konnte. Es gab so vieles, das sie nicht ... nicht den Kopf verlieren, Rin. »Oh, wusstest du gar nicht, dass ich deine neuen Fähigkeiten kenne?« Das gefiel ihm. »Ich weiß, dass du jetzt durch Raum und Zeit reisen kannst. Und zwar seit einer Weile. Freut mich, dass ich nicht der Einzige bin, dessen Spark stärker wird. Und wie es aussieht, vergeudest du dein Leben lieber im Morgen, statt es im Heute zu nutzen. Meine Güte, du könntest vom Alter her deine eigene Mutter sein.« Er richtete den Blick auf ihren samtenen Mantel. »Wie ich sehe, seid ihr euch wiederbegegnet, seit wir uns zuletzt unterhalten haben.«

»Ich bin ihr wiederbegegnet«, sagte Rin mit zusammengepressten Zähnen, »aber sie mir nie. Dann ist sie gestorben. Und ich habe sie begraben.«

»Aha!« Edward klatschte in die Hände. »Also war das *ihr* Grab, aber mit *deinem* Namen drauf. Die arme, arme Catherine Dover.«

»Sei still«, sagte Rin. »Nimm nie wieder ihren Namen in den Mund.«

»Ich denke nicht daran, mir ihretwegen Vorwürfe zu machen«, sagte Edward – wahrscheinlich der ehrlichste Satz, den er seit ihrer Ankunft ausgesprochen hatte. »Sie war eine egoistische Hochstaplerin, die uns auseinanderbringen wollte. Du hast selbst gewollt, dass ich dich da raushole. Benutz nicht meinen Spark, um deine eigenen Schuldgefühle zu lindern.«

Ringmaster stand ruckartig auf, wandte sich von ihm ab und sprach mit Jo. Aber sie konnte sie nicht berühren, dafür hatte Edward gesorgt. Nein. Sie streckte die Hand aus; ihre Beine waren bleischwer. »Jo, wir gehen jetzt.«

»Nein, tut ihr nicht«, sagte Edward und stand ebenfalls auf. Ringmaster starrte ihn kampfbereit an. »Jedenfalls nicht beide.« Er setzte sich wieder hin und schlug ein Bein über das andere, als wollte er es sich gemütlich machen. Als würde er die ganze Situation genießen. »Vor ein paar Monaten hattest du einen kleinen Singvogel in deinem Clownsstall, *Ringmaster*. Davidson, nicht wahr? Ich habe ihn gefragt, was die Schwachstelle des Chapiteaus sei. Der Hauptmast, sagte er. Dann habe ich gefragt, wer in deinem *Leben* der Hauptmast ist.« Er hob selbstzufrieden eine Augenbraue. Und er wies auf Jo. »Und jetzt sind wir hier.«

Rin kniff die Lider zusammen und mahlte mit dem Kiefer.

»Ich habe dich auf jeder deiner Stationen beobachtet, seit ich weiß, dass du lebst. Die Verwalter haben mir telegrafiert, wenn dein Zirkus gebucht war.« Edward war sichtlich stolz. »Und dieser fette, perverse Homosexuelle, der für dich gearbeitet hat …« Edward lachte. Rin sah Bernards Gesicht vor sich. Die Liebe in seinen Augen, selbst als er wusste, dass er sterben würde. »Der hat sich gewehrt. Sogar einen Treffer gelandet. Aber obwohl er mit nichts rausrücken wollte, habe ich ihm an den Augen angesehen, an wem dein Herz hängt.« Rins Herz raste. Sie sah rot. »Ich hätte deine kleine Hure entführen können, aber dieses Kind steht unter deiner Obhut, oder? Das ist so eine Sache mit Kindern, die man liebt, das kann einen zu den größten Dummheiten verleiten. Wie Catherine Dover zum Beispiel, die hat eine Menge Dummheiten begangen.«

Der nächste Augenblick passierte so schnell, wie wenn Feuer durch eine offene Tür schießt. Rin warf sich mit der Faust voran nach vorn, aber Edward bellte: »Halt! Setz dich.«

Sie hielt inne. Sie konnte es nicht tun. Er war ein geistiger Gegner; nichts, was sie mit den Händen zustande brachte, würde ihn aufhalten. Es führte zu gar nichts. Sie setzte sich wieder.

»Also, dann reden wir doch mal über dieses Kind hier«, sagte Edward. »Ich würde Jo liebend gerne gehen lassen. Ich weiß, dass sie in deinem Kinderzirkus der große Star ist. Aber siehst du, sie hat sich *meiner* Truppe angeschlossen. Ist einen Vertrag eingegangen, verstehst du? Immer diese jungen Leute mit ihren überstürzten Entscheidungen. Aber ich kann doch keine gültige Vereinbarung brechen, Ruth. Das geht nicht. Es sei denn, es gäbe einen fairen Ausgleich.« Diese Worte klangen nicht einmal sarkastisch; er sprach sie sanft aus, mit einem bedauernden Gesichtsausdruck. Er war in diesem Durcheinander bloß das Opfer. »Ich will dich. Ich will dich und mich zusammen, wie es uns bestimmt ist. Aber ich bin es leid, dass du so tust, als wärst du völlig unbeteiligt gewesen. Du hast mich …« Er unterbrach sich. »Ich … *glaube*, dass du mich geliebt hast. Ich will, dass du aus freiem Willen zu mir zurückkommst.«

»Na dann viel Glück. Ich würde lieber sterben.«

»Warum musst du bloß aus allem ein solches Drama machen?«, fragte Edward und wischte die Teetassen weg. Sie verschwanden im Nichts. »Du bist hier nicht in deinem Zirkus. Du bist bei mir, Ruth, und ich kenne deine Spielchen. Hier ist kein Scheinwerferlicht, in dem du glänzen könntest, keine Orchestermusik zu deiner Oper.

Hast du nie daran gedacht, dass du vielleicht selbst verdorben und schwach warst? Dass vielleicht nicht immer alle anderen schuld waren, bloß du nicht? Oder kannst du dich solchen Fragen nicht stellen? *Du* hast gewollt, dass ich dich aus New York wegbringe. Du wolltest mit mir zusammen sein. Du wolltest mich heiraten. Du hast so gestrahlt, und ich weiß nicht, was diese Freaks dir angetan haben, aber irgendetwas muss schrecklich schiefgelaufen sein, während wir voneinander getrennt waren. Zusammen können wir das wieder in Ordnung bringen ...«

»Ich weiß, dass du recht hast«, sagte Ruth leise. »Weil du mich dazu bringst, das zu glauben. Aber genau deshalb weiß ich, dass du völlig falschliegst.« Sie wusste nicht, dass er falschlag. Jede Nacht, die sie ohne ihn verbrachte, hatte sie zitternd im Bett gesessen und an die Decke gestarrt. Manchmal hatte sie dann mit Odette geredet. *Sag mir, dass ich nicht verrückt bin. Bitte sag mir, dass er unrecht hatte.* Und Odette tat es. Egal wie oft sie es von ihr hören musste –, Odette sagte es jedes Mal. Aber es klang nie überzeugend. Ruth konnte nur immer weiterfliehen.

Odette war tausend Meilen entfernt. In einem anderen Leben.

*Dieses* Leben, das waren fragile Nächte in Hotels, wo sie auf glühenden Kohlen darauf wartete, ob er über ihr seidenes Nachthemd streichen und sie küssen würde oder ob er eine Vase an die Wand werfen würde. Das war die elektrische Spannung, wenn sie neben ihm im Zug saß und den Blick gesenkt hielt, damit er sie nur einen Moment länger ignorierte. Eines Morgens, als er besonders wütend war, hatte sie ihre Stimme vollkommen verloren. Er musste zu ihr gesagt haben, dass sie nicht mehr existierte, denn sie hatte starr auf einem Stuhl gesessen und nur darauf gewartet, dass er sie wieder zum Leben erweckte.

Wenn er sie je wieder in dieses Netz einspann, würde sie zwar nicht sterben. Aber sie wäre nicht mehr sie selbst.

Edward nickte verständnisvoll. Er strich versonnen über seinen

Schreibtisch und schaute Jo an. »Nun, wenn du nicht bleiben willst, dann bleibt mir nichts anderes übrig. Dann gehört sie mir. Sie ist ganz verliebt in mich, nicht wahr, Schätzchen?«

Jo lächelte dümmlich, als wäre sie betrunken. Sie nickte.

»Sag ihr, was du mir vorhin gesagt hast, zum Eintritt in meinen Zirkus.«

»Jetzt habe ich eine Chance auf ein neues Leben!« Jo kicherte. »Ich bin schließlich kein Schoßhündchen.«

Ringmaster wurde flau im Magen. »Du bist ein noch widerwärtigeres Monster als früher«, fauchte sie.

»Findest du mich gut aussehend, Jo?«

»Kein Wort mehr, oder …«, knurrte Ringmaster.

»Ach ja, Ruth, es gibt da etwas, das ich dich zu diesem Gossenkind fragen wollte«, sagte Edward. »Ihr seid ein Dreamteam oder wie Charlie Chaplin und Jackie Coogan? Wie kommt es dann, *Ringmaster*, dass sie dir weggelaufen ist?«

Ringmaster verstummte. Die Worte würgten sie wie eine Eisenkette um den Hals. Sie ballte die Fäuste. Wusste keine Antwort.

»Und noch etwas – das wird dir gefallen«, sagte Edward. »Sie ist aus freien Stücken gekommen und hat nach mir gesucht.«

Etwas in Rins Innerem, etwas Heiliges, Tiefes, Schönes, wurde bei diesen Worten zerschmettert. Ausgelöscht wie ein sterbendes Feuer. Jo war aus freien Stücken gekommen. Rin hatte versagt.

»Wir Zirkusdirektoren können nicht alles kontrollieren«, sagte Edward und zog Kreise auf der Schreibtischplatte. Rin wollte standhaft bleiben, aber sie sah es in seinen Blicken: Er wusste, dass sie einknicken würde. »Wir können die Manege freigeben. Wir können Musik spielen lassen. Wir können unsere Einsätze treffen und unseren Text aufsagen. Aber das Publikum muss von allein zu uns finden. Meine Plakate sind keine Zaubermittel. Sie sind bloß Ankündigungen, und eine davon hat eine junge Artistin angesprochen, als sie aus einem Zirkus davonlief, der sie für die Wahrheit bestrafte.«

Ruth starrte Jo an. Jo starrte zurück, und es war kein Leben in ihren Augen. Rin sah, wie er sie langsam tilgte, wie ihr Gesicht erschlaffte und der Ausdruck daraus schwand.

»Ich bin kein Monster«, sagte Edward und faltete seine Hände. »Bloß ehrlich.« Er schaute Ruth in die Augen. »Ganz anders als du, denn du hast dich nachts heimlich davongeschlichen, um mir das Herz zu brechen. Um dir dann eine kleine Zirkushure zu angeln. Ich habe dich geliebt, Ruth.«

Das mochte wohl wahr sein. Irgendwann hatte er das. Irgendwann hatte sie seine Liebe erwidert. Sie waren gereist, hatten getanzt, so viele Städte erkundet. Als er ihr damals nach der Aufführung gestand, was er mit ihrer Mutter getan hatte, hatte sie es nicht über sich gebracht, ihn zu töten.

Aber sie hätte auch sonst niemanden töten können.

»Ich will, dass du mich liebst«, sagte er. »Aber ich werde es dir nicht befehlen.«

»Was wirst du dann tun?«

»*Wir* könnten doch einen Vertrag abschließen«, sagte Edward. »Du könntest in meinem Zirkus auftreten, wenn du möchtest. Könntest wieder mein Hauptakt werden wie damals. Ein Zirkus aus lauter Sparks war doch deine Idee, Ruth. Ich habe ihn für dich aufgebaut.«

»Ich habe mir selbst einen aufgebaut«, sagte Ruth.

Edward ignorierte es. »Wenn du dich dafür entscheidest, diesen Vertrag mit mir einzugehen, dann wären wir wieder Mann und Frau. Wir sind immer noch verheiratet, weißt du.« Wieder spürte sie diesen Schauder im Rücken. »Ich würde fordern, dass du mich nie verlässt, bis der Tod unabwendbar wird.«

»Wow«, sagte Ruth. »Das klingt ja toll.«

»Du bist in keiner guten Position für solche Scherze«, sagte Edward sichtlich verletzt. »Immer tust du so, als wäre ich ein Stück Dreck am Schuh. Der elende Engländer, der keinen Penny besaß, der sich den Rücken krummgeschuftet hat, um dir das Leben zu bieten, das du wolltest, egal, was es mit mir gemacht hat. Ich hasse den Zirkus! Igitt, ein Monster. Ist es das, was du allen erzählt hast? Dass du so gelitten hast, solche Angst vor mir hattest? Jo hält mich zumindest nicht für ein Monster. Jo?« Jo blinzelte und stand stramm. »Du möchtest bei mir bleiben, oder?«

»Ja, bitte«, flehte Jo.

»Hör auf.« Ruth stellte sich vor sie. »Hör auf damit. Du weißt, dass ich ihre Stelle einnehmen werde. Sie hat dir nichts getan. Du gehörst nicht zu ihrer Geschichte.«

Sie wussten es beide.

Irgendwie verstanden sie es beide, trotz ihres ätzenden Hasses.

»Ich möchte, dass du es aussprichst«, sagte Edward.

»Ich bleibe bei dir«, sagte Ruth.

Edward strahlte vor Erleichterung. Er kam hinter seinem Schreibtisch hervor und schloss sie in die Arme. Sie wollte mit jeder Faser ihres Wesens sterben. Jede ihrer Nervenfasern wollte zugleich verdorren und aufschreien. »Danke«, flüsterte er.

»Aber nur, wenn du alle anderen im Windys in Frieden lässt. Wenn du und ich niemals jemandem weh tun. Und du dich von Jo den Rest deines Lebens fernhältst.« Sie kniff die Lider zusammen. »Und du musst jede und jeden aus deiner Truppe fragen, ob sie weiter dabei sein wollen, und wenn nicht, lässt du sie gehen. Du kannst mich haben, wenn du auf den Rest der Welt verzichtest.«

»Darauf könnte ich mich einlassen«, sagte er, nahm ihr den Zylinder vom Kopf und fuhr ihr durchs Haar.

Sie stieß ihn von sich. »Wer sagt mir, dass du nicht lügst?«

»Ich interessiere mich einen Scheiß für deinen albernen Zirkus«, sagte Edward. »Ich brauche *dich*.«

Vielleicht konnte sie ihm ja doch glauben. Er machte sich wirklich nichts aus dem Zirkus, nur aus ihr. Es war ihm immer nur um sie gegangen.

Ruth starrte ihn an. »Ich lasse mich darauf ein, weil du es mir eingibst.«

»Es ist wirklich erstaunlich, wie du nie selbst die Verantwortung übernimmst, sondern die Schuld immer auf mich schiebst«, sagte Edward. Er runzelte die Stirn. »Ich sage ...« Er unterbrach sich, überlegte und formulierte es um. »Ich bin überzeugt davon, dass ich die Wahrheit sage. Ich will mein Leben mit dir verbringen«, sagte er. »Ich will alles hinter mir lassen und dich in meinen Armen halten und von dir gehalten werden. Du warst die Einzige, bei der ich mich jemals zugehörig gefühlt habe, Ruth. Du bist mein Zuhause.« Wieder überlegte er, als wäre er ein Jurist, der einem Schriftsatz Fußnoten hinzufügt. »Und ich will noch dazusagen, dass du frei bist, mir das zu glauben oder nicht. Siehst du?«

Seine Stimme klang ehrlich. Er gab sich Mühe.

Sie war dabei, ihm in die Falle zu gehen. Aber dafür würden die anderen entkommen.

Die anderen kannten den Circus King nicht. Sie konnten sich keine Gefahr vorstellen, in der sie ihr nicht hätten beistehen können. Aber im Grunde ihres Herzens hatte sie immer gewusst, dass sie am Ende allein dastehen würde.

Es wäre nicht richtig gewesen, die anderen mitzunehmen. Sie wären alle verloren gewesen.

Sie hatte getan, was sie konnte. Hatte alles versucht. Aber sie hatte ihr Schicksal schon mit fünfzehn besiegelt, als sie ihn aus einem Schützengraben holte.

»Ruth«, sagte Edward versöhnlich und näherte sich ihr wieder. Etwas daran fühlte sich gut an. »Ich will nur dich. Niemand anderes. Ich hätte sie alle umgebracht, um zu dir durchzudringen. Aber jetzt bist du hier. Das ist alles, was zählt. Du bist eine Nervensäge, aber du bist *meine* Nervensäge. Würdest du meine Liebe annehmen? Es ist deine Entscheidung. Wenn du gehen willst, kannst du jetzt sofort gehen.«

Ganz hinten in ihrem Bewusstsein spannte sich ein Faden. Odette. Eine vertraute Gestalt, aber so blass wie eine kindliche Kreidezeichnung, die der Regen fortwäscht.

Sie nahm alles zusammen, was ihr blieb. Ringmaster schluckte. »Eine letzte Bedingung. Gib mir eine halbe Stunde Zeit, Jo sicher von hier weg und in den Zirkus zurückzubringen. Unser Nachtquartier ist in Fort Collins. Ich werde mit niemand anderem reden. Niemand wird mir hierher folgen. Ich will nur sichergehen, dass sie gut nach Hause kommt.«

Sie würde sehr wohl mit anderen reden. Sie hatte gelogen. Denn jedes Gespräch mit Edward war ein Zug auf einem Schachbrett, das nur sie beide sahen. Oder nur er. Und sie musste sich mit allem schützen, was sie hatte.

Edward schien skeptisch zu sein. Aber er ließ ihr Haar los. Er murmelte etwas, das sie nicht verstehen konnte. Da verschwand das Büro. Es zersplitterte in die düstere Realität: einen schlammigen Backstagebereich, in dem Menschen mit toten Augen hin und her liefen, ohne ein Wort zu sagen. Hier gab es keinen Glamour. Nur Kisten und Buden und das Allernotwendigste von allem, als wären es Rohlinge, die er mit seinen Worten bemalte.

Es war gespenstisch.

Er gab Jo einen Wink. »Sie gehört dir. Du hast fünf Minuten.«

»So war das nicht ...«

»Du brauchst keine halbe Stunde; halt mich nicht für naiv. Und wenn du nicht zurückkommst, dann kommt Jo zurück. Wenn du irgendwo anders hingehst als auf euer Gelände in Fort Collins, dann kommt Jo zurück. Wenn du diese Zeitebene verlässt und vor- oder zurückspringst, dann kommt Jo zurück. Wenn du mit irgendjemand anderem als Jo mehr als eine Minute redest, wenn du irgendwem verrätst, wo du hinwillst, oder anfängst, Pläne zu schmieden, um unseren Vertrag zu unterlaufen, wirst du jeden, mit dem du gesprochen hast, töten, und dann kommt Jo zurück. Und wenn du nicht zurückkommst, wird Jo Windy van Hootens gesamte Truppe eigenhändig töten. Und du willst doch deinem kleinen Zauberlehrling so etwas nicht antun?« Er grinste. Weil er sie jetzt in der Hand hatte. »Habe ich recht, Jo?«

Jo nickte ruhig auf ihrem Posten.

Ringmaster fühlte, dass sich etwas in ihr regte. Ein Schmerz in ihrem Herzen. Das Verlangen, dieses Kind vor allem Leid auf dieser Welt zu schützen. Sie hier herauszubringen, was auch immer es kosten mochte.

Sie war für Jo verantwortlich.

Und das wusste sie, hatte es schon lange gewusst, aber jetzt senkte sich ihr diese Wahrheit ins Herz wie ein wärmender Sonnenstrahl.

Es war eine Freude an diesem kalten, freudlosen Ort.

»Meiner Meinung nach triffst du die richtige Entscheidung«, sagte Edward, als Ringmaster zu Jo ging. »Endlich. So viele Frauen mussten leiden, weil du mich verlassen hast. Meine Ballettmädchen – ich nenne sie die Bräute. Sie mussten deine alte Kleidung tragen, Ruth. Aber jetzt, wo du heimkommst, werden sie wieder frei sein.«

»Ich bin nicht dafür verantwortlich, was du getan hast«, hauchte Ruth kaum hörbar. »Allen anderen kannst du etwas vormachen, aber nicht dir selbst. Du weißt sehr gut, was du bist.«

Edward hätte darauf antworten können, und sie wartete schon auf weitere Befehle. Aber Edward hatte gewonnen. Er trat zurück und schaute sich an, wie sie die Scherben von Josephine Reed zusammenfegte.

Sie legte Jo eine Hand auf die Schulter. »Komm, gehen wir heim.«

# 48

## RINGMASTER, 1926

Eben noch waren sie in einem Albtraum und im nächsten Augenblick am Ort ihrer Träume. Den Namen Ruth legte sie ab und wurde ein letztes Mal zu Rin.

Es war ein kurzer Ausflug und sollte doch die längste Nacht ihres Lebens werden.

Sie schluckte und führte die schweigsame, entrückte Jo die schlafende Budengasse hinunter. Jo würde sich erholen, sobald Ruth zu Edward zurückkehrte. Behutsam hielt Rin ihre Hand und führte sie.

Der Himmel war voller Sterne.

Immer wenn Rin in die Zukunft sprang und dort zum Himmel aufblickte, waren kaum Sterne zu sehen. Die Welt würde sich immer mehr in ein elektrisches Spektakel verwandeln, das alle Sternbilder vom Himmel wischte.

Ohne Dunkelheit kann nichts wahrhaft glänzen.

Sie gingen an Zelten vorbei, an Imbissbuden, handbemalten Schildern und Waggons. Sie erinnerte sich, wie Odette und Mauve die Pinsel geschwungen hatten. Sie erinnerte sich, wie sie eine Lokomotive gesucht und die Familie Weathers gefunden hatten. Einen Großteil der Tribünen hatte sie selbst gezimmert, obwohl Maynard es auch hätte übernehmen können. Sie hatte ihr Zimmer im Begleitwagen genau so ausgebaut und eingerichtet, wie es ihr gefiel, und nicht wie andere es richtig fanden. Das Erste, was wirklich ihr gehörte. Dort waren sie und Mauve älter geworden, vertrauter, mutiger. Dort hatten Odette und sie sich geliebt.

Aber dieses Zuhause war ihr jetzt verschlossen. Sie war schon fort. War schon gestorben.

»Du hast sie gefunden!«

Rin schrak zusammen. Jo nicht. Jo atmete flach und mit einem Rasseln, das man sonst auf dem Sterbebett hörte. Sie pumpte Luft wie eine Maschine im Leerlauf, während die Seele dieses witzigen, brillanten jungen Wesens irgendwo weggesperrt war.

Rin drehte sich um und sah Odette Paris und Mauve DesChamps am Ende der Budengasse stehen, mit lächelnden Mündern und besorgten Augen.

»Warum bist du nicht zum Treffpunkt am Eingang gekommen?«, fragte Mauve. »Ist alles in Ordnung?«

Sie durfte mit jedem nicht länger als eine Minute sprechen. Sie musste sehr vorsichtig sein.

»Jo«, sagte Rin ruhig. »Würdest du dich einen Moment lang hinsetzen? Ich komme gleich wieder. Ich muss nur etwas mit Odette und Mauve bereden. Ich muss ihnen sagen, dass sie mir nicht folgen und sich keine Sorgen machen sollen. Bitte mach so lange nichts.«

Jo antwortete nicht. Sie schaute Rin nur an. Aber in ihrem Kopf tickten die Sekunden weiter wie in einem Bombenzünder.

»Bald hast du es überstanden«, versicherte Rin ihr. Sie führte Jo zur nächstgelegenen Bank. Dort setzte sie sie hin und ging dann langsam zu Odette und Mauve zurück. Ihre Beine waren bleischwer. Der Circus King hatte an jedes Schlupfloch gedacht. Seine Anweisungen waren wie Stacheldraht, der ihr Arme und Beine fesselte, sich ihr in den Mund schob und ihr die Kehle zuschnürte. Sie hatte wenige Minuten, durfte nicht bleiben, nicht fliehen, konnte die Uhr nicht vor- oder zurückdrehen, konnte nichts anderes tun, als Abschied zu nehmen, und das in unter sechzig Sekunden.

Aber eins hatte Edward nicht bedacht.

Es mochte funktionieren oder nicht, aber sie legte Odette und Mauve die Hände auf die Schultern, und

blieb, wo sie war, in der Budengasse. Zugleich verharrte die Budengasse in dem einen Augenblick. Die nächtlichen Grillen verstummten. Die Sterne blinkten nicht mehr. Der ganze Ozean der Zeit erstarrte, als breitete sich eine Eisschicht über den Zirkus, den Ort, die Berge, vielleicht bis zum Mond aus. Sie wusste nicht, wie es funktionierte, nur dass es nicht ewig halten würde. Schon jetzt fühlte sie, wie die Realität wieder auf sie eindrang, als stauten sich Wellen um ihren winzigen Körper. Die Zeit wollte sie von den Füßen holen, in ihrem Strom mitreißen, aber sie blieb standhaft. Hielt sie alle drei, wo sie gerade waren.

Odette stutzte und sah sich um. »R-Rin?«

»Ich dachte mir schon, dass mein Spark wieder gewachsen war«, sagte Rin.

»Es sieht aus, als wäre es schmerzhaft für dich«, sagte Mauve.

»Es ist, als ob jemand durch eine Tür will, und ich halte dagegen«, sagte Rin. »Ich kann das nicht ewig so weitermachen, aber ... «

»Warum tust du das?«, fragte Odette.

*Weil du es mir wert bist*, hätte Rin gern gesagt. Die drei hätten alle Zeit der Welt miteinander verbringen sollen, aber dieser Augenblick war alles, was Rin zu bieten hatte.

Mauve wurde sehr ernst. »Du bist ihm gar nicht entkommen, oder?«

Als Odette Rin musterte, krauste sich ihre Stupsnase ein wenig. Solche kleinen Dinge würde sich Rin für den Rest ihres Lebens einprägen müssen. Kleine Dinge sind schließlich die größten, oder?

»Nein«, sagte Odette. »Wie gehen wir vor? Was können wir tun?«

Dann hätte die Szene kommen sollen, in der sie ihre Kräfte bündelten und den Circus King besiegten. Wo irgendetwas anderes passierte als ein leiser Abschied. Aber etwas anderes gab es nicht. Nur einen geistlosen, eiligen Abschied. Wieder war ein Versuch gescheitert, das Schicksal abzuwenden, wie schon den ganzen Sommer über.

»Ich bin strikten Regeln unterworfen«, sagte Rin. »Wenn ich mich nicht daran halte, passieren schlimme Dinge. Wir können nichts tun.«

»Was zur Hölle soll das denn heißen?«, fragte Mauve.

Rin versuchte, den Kloß in ihrer Kehle herunterzuschlucken. »Ich werde diesen Moment festhalten, solange ich kann, aber dann muss ich gehen.«

»Nein«, sagte Odette wieder. »Nein. Nein!«

»Ich liebe euch«, sagte Rin zu den beiden. Sie hatte einmal gehört, wenn ein Medium mit dem Reich der Toten Kontakt aufnahm, schrien die Geister verzweifelt *Ich liebe euch, ich liebe euch*, weil nichts anderes den Vorhang durchdringen konnte. *Ich liebe euch.*

»Mauve«, sagte Rin, »du bist brillant, und du bist der Kopf dieses Zirkus. Bitte führe ihn weiter. Bitte.«

»Natürlich werde ich ihn weiterführen. Und du auch!«, sagte Mauve. »Was, wenn wir …«

»Nein, bitte«, sagte Rin und biss die Zähne aufeinander. »Bitte hör auf. Wir haben uns geeinigt, dass, wenn er … Wir hatten uns alle drei geeinigt. Wir dürfen niemand anderen in Gefahr bringen. Von euch will er nichts, nur von mir. Ich kann … nichts weiter darüber sagen. Bitte. Bitte, Mauve.«

Mauve senkte den Blick. Ihre Mundwinkel zogen sich nach unten. »Ich liebe dich«, sagte sie resigniert.

»Irgendetwas müssen wir doch tun können«, sagte Odette. »Ich lasse dich nicht gehen.«

»Ich darf nicht mehr dazu sagen, sonst passiert euch etwas«, sagte Rin noch einmal. Weil es das Einzige war, das sie sagen konnte. »Kommt mir nicht nach. Lass mich gehen, Odette.«

»Es muss sein«, sagte Mauve.

»Ich habe es satt, dass ihr zwei mir sagt, was wir können und was wir müssen!«, fauchte Odette. Dann wandte sie sich an Rin. »Hättest du doch auf mich gehört! Ich habe dir gesagt, dass du nicht ohne mich gehen sollst.«

»Dann wärst du jetzt tot!«, sagte Rin. »Odette, ich kann diesen Moment nicht mehr lange halten. Ich liebe dich. Es tut mir so leid. Es tut mir leid, wie viele Schmerzen ich dir bereitet habe, wie oft ich das Mittagessen vergessen habe, und es tut mir leid, dass ich nicht länger bleiben konnte. Es tut mir leid.«

»Ich liebe dich«, antwortete Odette bestürzt.

Da standen sie nun in der Budengasse, zwischen den Werbebannern, dem Chapiteau, den Erinnerungen an ein Jahrzehnt voller heißer Sommertage, voller kreischender Kinder, Schweiß und Zuckerwatte. Rins Leben in diesem Zirkus war ein einziger langer Liebesbrief gewesen.

Jetzt bebte die Szenerie um sie herum wie ein Atemzug, den Rin nehmen musste. Als wäre sie unter Wasser und wollte dort für immer bleiben, aber dann würde ihre Lunge platzen. Irgendwann würde ihr Spark einknicken wie ein kaputter Knöchel, von der Strömung mitgerissen werden, und der Moment wäre vorbei.

Ganz egal, was von jetzt an geschehen würde – sie waren stark genug gewesen, sich ein eigenes Zuhause zu schaffen. Drei Mädchen waren zu Frauen herangereift, hatten ihr inneres Zuhause gefunden und waren einander zum Zuhause geworden.

Bald würde Rin loslassen müssen. Ihr Herz hämmerte, ihr Rücken schmerzte.

»Er wird niemanden mehr behelligen«, sagte sie.

Mauve und Odette ließen ihre Hände nicht los.

»Es wird alles gut«, sagte Rin leise.

Und die Zeit verging wieder.

★ ★ ★ ★ ★ ★ ★

Rin strich Odette das blonde Haar hinter die Ohren.

Mauve sah sehr ernst aus. Sie schien nachzudenken; Zahlen und Fäden wirbelten ihr vor den Augen. Sie suchte nach einer Lösung, vergeblich.

»Vergiss nicht, wer du bist«, sagte Mauve.

Aber Rin wusste, dass genau das geschehen würde.

»Ich habe nur noch ein paar Sekunden«, sagte sie. »Dann muss ich aufhören zu reden.«

Odette schüttelte den Kopf, als würde sich alles ändern, wenn sie nicht einverstanden war. »Weißt du«, sagte sie, »seit ich dich kenne, hatte ich niemals Angst, egal, was passiert ist. Weil du für mich da warst.« Sie drückte Rin die Hand. Und ihre Augen röteten sich von zurückgehaltenen Tränen. »Was soll ich denn ohne dich machen?«

Rin nahm Odettes Hand. Zog ihr behutsam den Handschuh aus. Dann nahm sie auch Mauves Hand, und sie verschränkten ihre Finger miteinander. Odette verlor die Beherrschung; ihre Schultern bebten, und sie schluchzte.

Sie nahmen einander in die Arme. Alle Zeit der Welt hätte nicht gereicht.

»Ich habe auch keine Angst«, sagte Rin. »Weil ihr alle noch hier seid.«

★

Es blieb nur noch eins zu tun: sich um Jo zu kümmern, sie ins Bett zu bringen. Rin geleitete Jos leere Hülle die Treppe zu ihrem Wohnquartier hoch. Odette und Mauve blieben draußen stehen, als würde Rin wieder zu ihnen zurückkommen, wenn sie fertig war. »Bis gleich«, sagte Odette, und Rin nickte. Ihre Redezeit war um.

Mauve legte den Arm um Odette. Odette stützte Mauve. Mauve sagte nichts, aber so wie sie Rin nachsah, schmiedete sie wohl Pläne. Doch es hatte keinen Sinn, Pläne zu schmieden. Rin durfte sich nicht erlauben, auf ein Wunder zu hoffen. Sie wandte sich ab und betrat den dunklen Waggon, ehe sie zu viel darüber nachdenken konnte, was das für ein Abschied war.

Rin führte Jo zu einer leeren Koje. Charles schlief schon in dem Bett darüber. Er war ganz ruhig zum Zirkus zurückgekehrt. Charles ohne Jo – so durfte es nicht enden. Die beiden gab es nur als Gesamtpaket, das hatten sie vereinbart.

»Bitte leg dich schlafen«, flüsterte Rin dem Mädchen zu. Jo stützte sich auf Rins Hand ab und kletterte in die Koje. »Es ist bloß ein Traum.«

»Ich bin müde«, sagte Jo leise.

»Ich weiß«, sagte Rin und deckte sie zu. »Morgen fühlst du dich schon besser.«

»Muss ich wieder dahin zurück?«

»Nein«, sagte Rin. »Niemals. Du bleibst hier.«

Rin blieb im Gang stehen, bis Jo die Augen schloss und einschlief. Sie hielt Jos Hand, prägte sich ihre Nase und ihre Wimpern ein, ihr schwarzes Haar, ihre dürren Arme. Sie wollte nie vergessen, wie Jo ein ganzes Zelt mit ihrem Mut erfüllte.

Rin hatte es geschafft, sie zu beschützen.

Vielleicht war das genug.

Sie strich Jo das Haar hinters Ohr und flüsterte: »Ich weiß nicht mehr viel von dem, was meine Mutter mir beigebracht hat. Aber ich weiß, dass nie ein Schabbat vergangen ist, ohne dass sie mich gesegnet hätte.«

Sie küsste Jo erst auf die eine, dann auf die andere Wange.

Dann ließ sie los.

Sie sank in die Schatten zurück. Als hätte sie ihre Hand geöffnet und sich den Sand durch die Finger rinnen lassen. Adieu, Budengasse mit den bunten Lichtern. Adieu, Flickendecken. Adieu, geblümte Wände und staubiges Scheinwerferlicht. Adieu, Mandarinen und violette Tücher. Wellen auf der Prärie und Meere, die einem Kind aus den Fingerspitzen rinnen. Weiches, kinnlanges Haar, Stupsnasen und die Aussicht auf einen weiteren Tanz in Montmartre. Adieu.

Mit einem leisen Windhauch war Ringmaster verschwunden.

# 49

## DER CIRCUS KING, 1926

Es war, als wäre das Leben selbst zu ihm zurückgekehrt. Er stand neben seiner Frau in seinem Zirkuszelt, endlich vereint. Endlich war sie da. Sein Leben war so einsam gewesen ohne sie, und jetzt spürte er, wie sich unter all den Mauern und Festungen, die er innen und außen errichtet hatte, etwas regte. Bei alldem, was sie ihm angetan hatte, hätte sie den Tod verdient, aber jetzt war sie da. Sie konnte ihn erlösen. Und er konnte sie erlösen. Dieser Zirkus würde sie beide erlösen.

Ruth hatte den Zirkus immer geliebt. Er schaltete das Geisterlicht an, um ihr euphorisch das Wenige zu zeigen, das er hatte. Das Innere des großen schwarzen Zelts begann in einem nüchternen, blassen Gelb zu glimmen. Noch war kein Vorstellungsbeginn, und Ruth war gerade erst dazugestoßen.

Wenn das Publikum nicht da war, dann zeigte sich die Wahrheit hinter dem magischen Zirkus. Nur wer die Kontrolle darüber hatte, konnte die Arbeitsbeleuchtung sehen, die Nähte auf den Kostümen, die Vorbereitungen. Nur Edward bekam die Wahrheit zu sehen, weil nur er die Kontrolle hatte.

»Er ist groß«, sagte Edward und ging mit dem Geisterlicht im Schlepptau zur mittleren Manege. Ruth folgte ihm und schaute sich skeptisch nach allen Seiten um. Ja, es war Skepsis, nicht das strahlende Lächeln, das er vor nicht einmal zehn Jahren an ihr gesehen hatte.

Alt war sie geworden. Er fühlte sich wie Peter Pan, der durch das Fenster zu Wendy hineinschaut, nachdem er sie nicht rechtzeitig wiedergefunden hat und sie einfach erwachsen geworden ist.

»Du siehst anders aus, als bevor du gegangen bist«, sagte Edward. »Aber ich erkenne dich immer noch wieder.«

Ruth schwieg. Ihr Blick wanderte am Hauptmast hoch und über die schwarzen Tribünen. Sie trug ihren leuchtend roten Mantel, mit dem sie aus dieser monochromen Umgebung herausstach. Die Welt war wieder voller Möglichkeiten, und Edward lächelte in sich hinein. Frieden. Er hatte es geschafft. Er hatte sie heimgeholt, und sie würde wieder Licht in sein Leben bringen.

»Also, wie du siehst, haben wir drei Manegen«, sagte Edward. »Bestuhlung wie bei einer Arenabühne. Also nur auf drei Seiten. Die Haupttribüne kostet extra, und Reservierungen kosten extra. Wir arbeiten hauptsächlich mit Sparks. Weißt du noch, wie wir die Minderbegabten als Pyrotechniker eingesetzt haben? Jetzt kümmere ich mich selbst darum. Es ist wirklich erstaunlich – das Publikum bemerkt gar keinen Unterschied zwischen uns und der Realität. Die Zielgruppe, die wir hier haben … die dürfte anders sein, als du es gewohnt bist.« Er sprang auf die Piste um die mittlere Manege und ging weiter neben ihr her. »Unsere Zuschauer … die haben einen Sinn für die dunklen Seiten des Lebens, weißt du? Und sie zahlen großzügig dafür, diese dunklen Seiten zu sehen zu bekommen.« Sie schaute überall sonst hin, nur nicht in seine Augen.

Dieses Zelt sollte ihr Palast sein. Sie schaute sich darin um wie in einem Gefängnis.

»Wir können das alles auch verkaufen, wenn du auf den Zirkus keine Lust mehr hast«, sagte Edward. »Ich habe genug Geld, dass wir alles tun können, was du möchtest. Um die ganze Welt reisen? In San Francisco einen Süßwarenladen eröffnen? Wir könnten zum Mond reisen, weißt du.«

Ruth schwieg noch immer.

»Vielleicht nicht zum Mond«, sagte Edward, ohne sich beirren zu lassen. »Wobei das schon sehr aufregend wäre. Wie in diesem alten französischen Trickfilm. Weißt du noch? Die Rakete, die dann im Auge des Mondes landet?« Er tippte mit dem Fuß an die hölzerne Einfassung der Manege. »Manchmal ist mir die Erde einfach ein bisschen zu kompliziert.« Er schaute ins Publikum oder dorthin, wo es wäre, wären sie beide nicht allein im Zelt gewesen. »Manchmal muss ich an die Menschen denken, die Leuten wie uns den Tod gewünscht haben. Selbst bevor es den Spark gab, haben sie uns aus den verschiedensten Gründen verachtet: zu schwach, zu arm, zu dumm, zu anders. Ich weiß noch, wie ich im Schützengraben saß, an die mächtigen Männer dachte und daran, was Macht bedeutet. Als wir plötzlich selbst Macht besaßen, haben sie uns noch mehr gehasst.«

Ruth blickte ihn an. Ihr Mund war eine gerade Linie.

»Als ich hörte, was du da mit deinem anderen Zirkus gemacht hast«, sagte Edward und schaute auf sie hinab, »da habe ich mich gewundert. Du hättest mit deinem Spark so viel mehr erreichen können.«

»Ich wünschte, wir hätten uns irgendwo kennengelernt, wo es schön war«, sagte Ruth. Ihre Augen durchbohrten ihn wie ein warmes Messer.

Edward stutzte. »Wie bitte?«

»An einem aufregenden, besonderen Ort.« Ruth trat einen Schritt auf ihn zu. Edward wich zurück. »In New York City zum Beispiel. Manchmal habe ich mir vorgestellt, du wärst ein Schauspieler gewesen wie meine Mutter. Einer der besten. Einer der witzigsten. Und wir wären uns bei einer Probe begegnet. Du wärst glücklich gewesen. Es ist schwer, an das Glück zu glauben, wenn man immer nur die dunklen Seiten kennengelernt hat.«

Etwas pochte hinter seinen Augen, er ballte die Fäuste, und seine Lunge wollte ausatmen, nachdem er ewig lange die Luft angehalten hatte. Aber er tat es nicht. Stattdessen massierte er sich den Nacken. »Mach dir … Ich würde es vorziehen, wenn du dir um mich keine Gedanken machen würdest. Ich glaube, es geht mir gut. Jetzt sowieso. Du bist am Leben! Uns steht wieder die Ewigkeit offen, meine Liebste.«

»Ich habe jahrelang Menschen Wünsche erfüllt«, sagte Ruth mit monotoner Stimme. »Und ich hatte viel Zeit, darüber nachzudenken, welche Wünsche ich dir hätte erfüllen können. Manchmal habe ich mir gewünscht, der Spark hätte dich gar nicht erst ausgewählt.« Das ging ihm genauso. »Aber eigentlich habe ich dir gewünscht, du hättest mit deiner Gabe Gutes tun können. Du hättest Menschen helfen können. Du hättest sie dazu bewegen können, sich zu bessern, einander zu heilen, diese Welt in Ordnung zu bringen. Du hattest immer die Wahl.«

Edwards Gesicht verdüsterte sich. »Ich hatte nie eine Wahl.« Ruth blinzelte. Oh nein. »Ich wollte sagen, ich bin entschieden der Meinung, dass ich nie eine Wahl hatte.« Er gab sich solche Mühe; er versuchte es, »Ruth.«

Ruth schüttelte den Kopf. »Doch, hattest du. Ich habe andere Kriegsveteranen kennengelernt. Ich habe Menschen getroffen, die halb tot geschlagen und aus der Stadt gejagt wurden. Menschen, die viel Schlimmeres erlebt haben als du oder ich. Und sie waren freundlich. Mit all deiner Macht und mit diesem Lächeln hattest du sehr wohl eine Wahl, Edward.« Sie sah nicht einmal wütend aus. Eher mitleidig. Wie kam sie darauf, mit *ihm* Mitleid zu haben?

»Du könntest mir sagen, dass ich nie wieder auf etwas hören muss, das du zu mir sagst«, sagte Ruth. »Du könntest Ernst damit machen, mich freizulassen.«

»Gib mir noch diese eine Chance«, sagte Edward.

Ruth trat zurück, ohne ihn aus den Augen zu lassen. »Du hast so lange immer bekommen, was du wolltest«, sagte sie, »dass du am Ende mit leeren Händen dastandest.«

Er spürte wieder den Druck hinter den Augen. Die Anspannung in der Lunge. Etwas kribbelte unter seinen Fingernägeln. Eine unendlich ferne Erinnerung an kratzige Laken, an die geballten Fäuste, mit denen er sie sich über den Kopf zog, an die Weite der Prärie, die sich vor ihm und seiner Frau erstreckte, daran, nicht zu wissen, womit er anfangen, wohin er sich wenden sollte, das Surren von Insekten im stillen Zimmer, wenn er mit sich allein war. Aber das alles war nicht er. Das war jemand von früher, jemand, der er hätte sein können, wenn er schwach geblieben wäre.

Und die Person, die ihm solche Dinge an den Kopf warf? Das war nicht Ruth. Das war eine alte Schrulle, der man übel mitgespielt hatte, die von den Gassenkindern verdorben worden war. Er wollte sie beide auf die richtige Spur zurücksetzen. Alles würde sich wieder einrenken lassen.

»Untersteh dich, so mit …« Er unterbrach sich. Atmete durch. »Mir wäre es lieber – wenn es dir recht ist, aber es liegt ganz bei dir –, wenn du darauf verzichten könntest, mich so zu verletzen. Es ist deine Wahl, was du geben willst, aber ein bisschen Liebe und Respekt können eine Menge bewirken.«

»Es ist mir *nicht* recht.« Ruth kam auf ihn zu; sie kam näher und näher. Edward wandte sich um und ging. Sie folgte ihm und leierte weiter eine ganze Liste von Beschwerden herunter – natürlich hatte sie eine Liste geführt –, rief lauter Namen auf, die ihm nichts mehr sagten, und er begann, sich zu langweilen. Er wandte sich wieder zu ihr um und musterte ihre ärmliche, transvestitenhafte Kleidung. Er würde sie neu ausstatten müssen. Sie trug Hosen; das musste sich schnellstens ändern. Und seit wann war sie so aufdringlich? Sie hatte sich direkt vor ihm aufgebaut. »Warum haben wir New York verlassen, Edward?«

Edward wusste nicht, was er dazu sagen sollte. Diese zeternde alte Hexe war ihm fremd. Eine mannweibische Jüdin war aus ihr geworden, statt dass sie an seiner Seite aufgeblüht wäre. Seine

Frau! Wo war seine Ehefrau geblieben? Sie hatten einander die Treue geschworen. Er hatte versprochen, ihr die Welt zu Füßen zu legen. Was hätte aus ihr werden können, wenn sie ihn nicht verlassen hätte?

»Der Tag, an dem ich dein Grab fand ...«, sagte Edward, »... an dem Tag ging mein eigenes Leben zu Ende. Es tat weh, und Jahre später stellte sich dann heraus, dass du mir absichtlich weh getan hast. Jahrelang hattest du mich derart leiden lassen und es währenddessen mit einer Trapezkünstlerin getrieben! Du hast Ehebruch begangen, mich belogen ...«

»Was damals in New York passiert ist.« Es klang nicht einmal mehr wie eine Frage. Ruth packte ihn am Kragen, und ihm fiel auf, wie viel kräftiger sie geworden war. Er klappte den Mund auf und wieder zu. Er konnte sich selbst nicht trauen. Bei den Verhandlungen hätte er sich fast schon einen Ausrutscher geleistet, die Versuchung war da gewesen. Aber nein, er wollte alles richtig machen. »Rede!«, sagte sie.

»Aus meiner Perspektive«, erwiderte er, »hast du gesagt, dass du mich heiraten wolltest. Aus meiner Perspektive war es deine eigene Entscheidung, das zu sagen. Es lag nicht an mir.«

»Du lügst.«

»Doch, wirklich, das habe ich zumindest geglaubt! Ich habe mir Mühe gegeben. Ich weiß noch, wie sehr ich mir für dich Mühe gegeben habe. Es steht dir frei, dazu deine eigene Meinung zu haben, aber das heißt nicht, dass ich sie teile!«

Ruths strenger Blick verschwamm einen Moment lang. »So wie du das formuliert hast, weiß ich nicht, ob du mir die Wahrheit sagst. Das ist wieder ein Trick.«

»Ich versuche mit aller Macht, ehrlich zu dir zu sein, Ruth.« Er nahm ihre Hände in seine. »Wir waren verliebt. Wir haben geheiratet.«

»Es war nicht meine Schuld«, sagte Ruth, als rutschte ihr gerade ein schwerer Umhang von den Schultern und sie wäre kurz davor davonzufliegen. »Habe ich dabei geholfen, diese Leute in Maryville umzubringen? Habe ich dich verletzt? Habe ich meine Mutter verletzt? Musste sie meinetwegen sterben? Warum haben wir New York verlassen, Edward?«

»Ruth …«

»Weil *du* da wegwolltest, deshalb.« Das Haar stand ihr ungepflegt zu Berge. Sie hatte zugenommen. Sie war als Mann verkleidet. Die Welt hatte sie verdorben, nicht er. Er hatte sie nicht in diese hässliche Alte verwandelt. Er hatte sie zu retten versucht, hatte ihr alles geboten, und sie hatte ihn verlassen. Sie hatte ihm die kalte Schulter gezeigt, als sie gerade … »Meine Mutter hatte dich durchschaut, und du hattest Angst, dass ich dich verlassen könnte«, sagte sie.

Etwas flammte in ihm auf, heißer als alles, was Ruth in ihrem schwachen Herzen je fühlen würde. Mrs. Dover, die ihn in New York von ihrem Kamin aus durchdringend anstarrte – genau so sah jetzt auch Ruth aus.

Sie wollte nicht auf ihn hören? Na schön.

Edward versetzte ihr einen Stoß. Er war immer noch größer als sie. Stärker.

»Das hier ist *dein* Zirkus, Ruth«, sagte Edward. »Du hast ihn selbst gegründet, bevor du mit Odette durchgebrannt bist. Ganz recht, ich weiß, wie sie heißt. Du hast *mich* geliebt. Mich gerettet. Mich bei dir wohnen lassen! Ich habe dich beschützt! Ich habe dir alles zu Füßen gelegt, du dumme Gans! Du hast mich zugrunde gerichtet! Jetzt stehst du da und weist mich ab, obwohl ich der Einzige auf der ganzen weiten Welt bin, dem du nicht scheißegal bist! Wo sind denn die anderen bitte? Odette, Mauve, diese Göre Jo und wer zur Hölle noch alles?! Sie sind nicht hier, Ruth!« Jetzt sah Ruth verängstigt aus. Gut so. Sie wich zurück. Er versetzte ihr noch einen Stoß. »Hier sind nur du und ich und was wir uns aufgebaut haben!« Sie versuchte, sich die Ohren zuzuhalten. Er packte ihre Handgelenke und drückte sie herunter. Sie wand sich, aber Edward ließ nicht los. »Alle deine Freunde da drüben in Fort Collins? Wo sind sie, hä? Sie sind Säufer wie du! Perverse wie du!« Sie zappelte. Sie war immer noch ein verängstigtes kleines Mädchen. Daran würde er sie erinnern. Wie kam sie dazu, ihn herauszufordern? Wie panisch er immer gewesen war, wenn er dachte, sie könnte ihm davonfliegen wie ein Drachen ohne Schnur –, aber er wusste, wie er sie halten konnte. Er wusste es. »Hör mir zu, Ruth! Das sind alles Heuchler und selbsterklärte Märtyrergestalten, genau wie du.« Er würde nie wieder allein sein müssen. »Du hast dich mit Leuten umgeben, die zu allem nur ja, ja, ja gesagt haben. Was ist daran besser als das, was du mir unterstellst? Wie hättest du ein besserer Mensch werden sollen, wenn du allen so gleichgültig bist, dass sie dir nicht einmal sagen, wann es Zeit wird, dir die Haare zu kämmen?«

Die Worte brachen aus ihm hervor wie eine Maschinengewehrsalve und legten Ruth in Ketten. Sie starrte ihn aus verengten Lidern an und wurde stocksteif, als würden sich diese Ketten ihr um die Knochen schlingen und ihr das Mark ersetzen. Sollte sie doch zittern. Da war sie endlich, das Mädchen von früher, von dem er gewusst hatte, dass sie noch da war. Jetzt konnten sie sich versöhnen.

Edward ließ sie los. Sie blieb, wo sie war. Er atmete auf. Sein Puls beruhigte sich wieder. Er stand nicht mehr fuchtelnd am Abgrund oder fiel und fiel – er hatte die Geschichte im Griff. Und er würde sie zu einem guten Ende führen.

»Ich kann dir helfen, Ruth«, sagte Edward. »Ich liebe dich.«

Ruths Gesicht verzog sich. Sie stieß ein leises Schluchzen aus. Endlich hörte sie ihm zu.

»Ich …«, sagte sie, »ich wusste nicht, dass du mich wirklich liebst.«

»Und mir tut es wirklich leid um deine Mutter«, sagte Edward. »Aber sie wollte uns auseinanderbringen. Sie war eine bösartige, grausame Frau. Sie hat dich verletzt, und mich auch. Wir mussten sie hinter uns lassen.« Er strich über den Samtmantel. »Jetzt kann sie uns nichts mehr anhaben. Sie ist weg. Alle anderen auch. Wir sind nur noch zu zweit. Ruth und Edward.«

Behutsam zog er ihr den Mantel von den Schultern. Seine warmen Hände berührten ihren kalten, zitternden, schluchzenden Körper. Die Hosenträger darunter waren lächerlich. Sie stand nur da, schaute ihn an und wartete auf seine nächsten Worte.

Sie hatte gesagt, er würde nur die Dunkelheit kennen. Dabei hatte er für sie getan, was für ihn nie jemand tat: Er hatte die halbe Welt durchquert, um sie zu finden, um sie nach Hause zu holen.

»Wir beide reisen zum Mond, Ruthie«, sagte Edward. »Nur wir zwei, du und ich.«

# 50

## RUTH, 1926

Jede Lüge muss einmal enden.

Sie hatte sich mit dem Bodensatz der Gesellschaft gemein gemacht, und jetzt erstand sie wieder auf wie Persephone im Frühling. Der Frühling mochte regnerisch und kalt sein, aber sie lebte, und sie war da, wo sie hingehörte. Hier hatte sie es gut. Die Unterwelt war voller Schmerzen. Voller Dämonen, die ihr ewige Liebe schworen. Es erinnerte sie an Geschichten, in denen jemand von Sirenen in die Tiefe gelockt wird, in einem versunkenen Königreich an einem Festmahl teilnimmt und erst hundert Jahre danach mit einem langen grauen Bart zurückkehrt.

Sie hatte ihre besten Jahre vergeudet, und Edward liebte sie dennoch.

Sie war vor ihren Verpflichtungen davongelaufen, und Edward verzieh ihr. So viele Jahre lang hatte Edward die Konsequenzen ihres Handelns ganz allein getragen. Jetzt, wo sie sich wieder in der Welt der Lebenden aufhielt, in der wahren Welt statt in der Jahrmarktsillusion, in die sie sich eingesponnen hatte, sah sie erst, wie sehr der Lack schon ab war, ihre ehebrecherischen Gelüste, all die Geschichten, die sie sich ins Haar geflochten hatte wie modernde Blumenkränze. Jetzt, wo sie wieder zu Hause war, kehrten die Erinnerungen wieder, als wäre das alles gestern gewesen. Die Sterbenden, die sich selbst in den Boden eingegraben hatten. Der verkohlte Leichnam des früheren Zirkusdirektors. Die vielen

Menschen, die verschwunden waren, die Kratzer auf Edwards tränenüberströmtem Gesicht. Sie hatte ihm Leid zugefügt, und das immer wieder. Es war für alle das Beste, wenn der Rest der Welt sie vergaß.

Ihre Mutter hatte in ihren letzten Lebenstagen, auf dem Sterbebett, noch gemurmelt: »Ich habe mir so viel für sie erhofft, warum hat sie das mit sich machen lassen?«

Jahre später hatte Odette dazu gemeint, ihre Mutter hätte im Fieber geredet, und manchmal ärgerte man sich über einen geliebten Menschen, der sich selbst im Weg stand.

Odette hatte sie immer mit allem davonkommen lassen, nur um es nachts bei ihr warm zu haben. Oder vielleicht war Odettes Selbsthass noch größer gewesen als der von Ruth. Vielleicht glaubte Odette, sie hätte es verdient, ausgenutzt zu werden, bis nur noch Knochen übrig waren, schmelzende Augäpfel, Schreie aus Japan.

»Du musst mich ja hassen!«, schluchzte Ruth und brach in Edwards Armen zusammen.

Ruth hatte Odette mehr und mehr erstickt, sie benutzt, und Odette war so feige gewesen, es sich alles gefallen zu lassen.

Edward war kein Feigling. Er sagte ihr die Wahrheit, hielt dagegen, wenn ihr Temperament mit ihr durchging. Sie begegneten einander auf Augenhöhe.

Edward strich ihr übers Haar, genau so, wie ihre Mutter es früher getan hatte. Er roch wie am Tag ihrer Heirat: nach angestaubtem Nadelholz, teurem Aftershave und einer Andeutung von Rauch. Sie hatte vergessen, wie sehr er Räucherschinken liebte. Früher hatte sie ihm ständig Schinkensandwiches zubereitet. Das hatte sie vergessen.

»Aber nein, ich hasse dich nicht«, sagte Edward. »Du bist anstrengend, du laugst andere Menschen aus, aber mit mir darfst du das machen, Ruth, vertrau mir.«

»Ich danke dir, Edward«, sagte Ruth. Sein Name schmeckte wie Zuckerwatte.

»Also«, sagte Edward. »Vergiss nicht unsere Abmachung. Wenn du willst, darfst du gehen. Dich wieder in die Gosse werfen. Oder du kannst bleiben. Bist du schon zur Besinnung gekommen? Bleibst du bei mir?«

Ruth nickte. »Bitte schick mich nicht dahin zurück. Bitte, es tut mir so leid.«

Edward lächelte. »Ich habe ein Geschenk für dich.« Er wies in die Manege. In ihrer Mitte stand eine große Hausbar voller bunter Flaschen. »Ich habe sie selbst gebaut. Ich weiß noch genau, was du am liebsten magst.«

Ruth schaute das Gebilde benommen an, dann hüpfte ihr Magen in freudiger Erwartung. Jetzt würde alles gut werden. »Aber«, sagte sie, »ich soll doch gar nicht …«

»Es ist in Ordnung«, sagte Edward. »Dir passiert nichts. Vertrau mir.«

In dem Moment fiel ein Schuss.

Ruth schrak zurück und schrie auf. Sie sah Edward zusammenzucken und schreiend davonstolpern. Sie wollte ihm nachlaufen, er sah so verängstigt und jung aus, aber sie wusste nicht, wo der Schütze war. Ihr Herz raste. Sie musste ihm helfen; sie war feige.

Aber Edward war nicht verletzt. Hinter ihm prangte ein Loch in der Zeltwand, aber ihm war wundersamerweise nichts passiert.

Dann sah sie den Täter. Mauve DeChamps stürmte ins Zelt und richtete eine Flinte auf Edward. Edward vollführte diese Geste, als ob er sich etwas aus den Ohren zöge. Langsam holte Mauve ihre Wachspfropfen heraus. Edward sagte: »Töte mich nicht. Schieß nicht auf mich, verwunde mich nicht, erstich mich nicht!« Als hätte er das alles nicht zum ersten Mal gesagt und als wäre dies nicht der erste Anschlag auf sein Leben. Der arme Edward, er hatte mit alledem so lange allein fertigwerden müssen.

Mauve konnte nicht abdrücken. Ihnen würde nichts passieren, und Mauve wusste es. Sie war mörderisch wütend. »Du hast Angst«, sagte Mauve zu Edward. »Gut so.«

»Nein, hör auf!«, wollte Ruth zaghaft einwerfen, aber sie war so klein.

Edward grinste. »Ah, sieh an!«, sagte er. »Wen haben wir …« Aber dann hielt ihm aus dem Nichts eine Hand den Mund zu. Eine schmale, bloße weiße Hand, die aus einer Unsichtbarkeitsillusion in der Luft hinter ihm ragte. Durch einen wachsenden Riss wurde Odette Paris sichtbar. Josephine Reed rollte die Reste der Illusion auf wie einen Umhang und ließ die Umgebungsfarben in ihren Handflächen verschwinden.

Aber Edward zeigte auf Mauve und wies auf den Boden. Mauve starrte entsetzt auf ihre Hände, die die Waffe fallen ließen.

Kell Weathers kam hinter Jo hervorgesprungen und packte Edward. Odette konnte den Circus King nicht länger alleine halten; er wand sich und versuchte, sie abzuwerfen. Aber Kell drehte ihm die Arme auf den Rücken und stieß ihn zu Boden, dass ihm die Luft wegblieb. Odette kniete sich hin, perfekt synchron mit den beiden, als wäre Edward ein bockiges Zirkuspferd, und sie vollführte trotzdem ihre Choreographie. Ihre Hand blieb die ganze Zeit auf seinem Mund. »Genug gestikuliert, Freundchen«, knurrte Kell. Seine Flügel umspannten die Szene. »Mauve, jetzt geht's wieder. Odette, mach dein Ding.«

Odette schloss die Augen. Ruth wusste, was das zu bedeuten hatte. Sie wusste, was Odette damals mit dem Erzherzog angestellt hatte. Odette war böse, sosehr sie behaupten mochte, auf der Seite der Guten zu stehen.

»Atme tief durch«, flüsterte Odette ruhig. »Schön entspannen.«

Edwards Muskeln erschlafften. Seine Schultern sackten zu Boden, als hätte er das Gewicht der Welt getragen und es jetzt ablegen dürfen.

Er blieb reglos liegen. Ruth war ohne Beschützer.

Und dann drehten sich alle nach ihr um. Sie würde die Nächste sein. Wieder schrie sie auf.

»Es ist alles gut, Schatz«, sagte Odette, ohne die Hände von Edward zu lösen. »Wir gehen wieder nach Hause. Lauf!«

Dann wollten sie sie entkommen lassen? Nein. Ruth lief nicht weg. Sie hatte Edward schon einmal verlassen; diesmal musste sie standhaft bleiben. Sie war schlimmer als feige – wer wäre sie schließlich ohne ihn? Er lag wie leblos da. Sie wussten nicht, was sie da taten, indem sie sie voneinander trennten. Ruth konnte ja nicht einmal Fahrrad fahren. Sie war hilflos, eine bloße Marionette, hatte ihn schon immer gebraucht …

»Rin?«, fragte Odette zaghaft.

Ruth brach in Tränen aus. »Lasst ihn in Frieden!«

Odette war sichtlich verblüfft.

»Ihr tut ihm weh!«, rief Ruth flehentlich. »Bitte, bitte lasst ihn. Ich brauche ihn. Ich brauche ihn!«

Sie konnte sich nicht von der Stelle rühren. Es war, als wäre sie festgefroren.

»Schnappt sie euch«, sagte Mauve. »Wir müssen hier verschwinden.«

»Rührt mich nicht an!«, schrie Ruth. »Ich warne euch! Kommt mir nicht zu nahe!«

Im Zelt wurde es still. Es roch nach Blut und Schweiß und süßlichem Aftershave. Sie war ganz allein. Ein verängstigtes kleines Kind, gefangen in einem alternden Frauenkörper. Was hatte sie bloß aus ihrem Leben gemacht? Mit ihren Entscheidungen hatte sie Edward diese Leute auf den Hals gehetzt, hatte Feinde angesammelt. Sie hatte sich eingebildet, auf der Suche nach Liebe zu sein, dabei hatte sie die Liebe doch schon längst gefunden. Sie und Ed hätten so glücklich sein können, sie hätten zusammen durchbrennen können, und niemand hätte sie je gefunden.

»Ringmaster?« Jo kam auf sie zugelaufen.

»Jo! Nein, blieb hier!«, rief Odette.

Mauve sprang über die Piste, die die Manege begrenzte, um Jo aufzuhalten. Ruth wich zurück. »Sie kommt einfach nicht zu sich, oh nein ... «

Jo trat vor. Ruth fühlte ihr Herz schlagen. »Hey, Ringmaster, wir sind's. Wir haben's geschafft. Lass uns nach Hause gehen. Wir ... müssen langsam los.«

Noch hatte keiner von ihnen die Waffe. Edward hatte geschickt dafür gesorgt, dass Mauve sie auf den Boden legen musste. Vielleicht konnte sie Ed damit retten. Sie machte sich bereit. »Ich weiß, was du mit ihm anstellst, Odette«, sagte Ruth. »Genau das, was du ihm immer vorwirfst. Ihr seid genau gleich, egal, was du behauptest.«

»Wie lange kannst du ihn noch halten?«, fragte Kell.

Odette warf Ruth einen Blick zu, als hätte Ruth schon auf sie geschossen.

Jo stand jetzt auf der Piste um die mittlere Manege. »Hey, Ringmaster! Schau mich an! Wir haben nicht viel Zeit. Schau mal, ich mache gar keine Illusionen. Das hier ist alles echt. Und ich sage dir, dass wir zusammen nach Hause zurückgehen müssen. Du gehörst hier nicht her! Hier ist es kalt und gruselig, und dein Zirkus ist schön und hell, er ist alles, was ich mir je gewünscht habe, verstehst du? Wir müssen gehen!«

Der Zirkus war eine Lüge. Das Mädchen konnte sie jeden Moment töten. Dann sah sie wieder Ed, wie er hilflos dalag und in den Himmel des Zelts starrte, das er nur für sie aufgebaut hatte. Sie musste ihren Mut zusammennehmen und sich die Waffe holen. »O Gott, Edward!«

»Schau doch nicht den an, der ist ein Arschloch!«, rief Jo. »Ich weiß, dass du das willst, aber tu es nicht. Schau lieber mich an. Du hattest überhaupt keinen Grund, mich kleine Kröte hier wieder rauszuholen, und trotzdem hast du's getan. Weil du weißt, was Liebe wirklich bedeutet. So ist es doch, oder? Du wirst es nie aussprechen, das weiß ich, aber ich weiß auch, dass du ein alter Teddybär bist.«

»Bitte lasst mich in Ruhe«, flehte Ruth.

»Nope«, sagte Jo. »Kommt nicht infrage.«

»Jo«, sagte Odette. »Gleich wacht er auf. Komm zurück. Ich kann ihn nicht ewig ...«

Edward ächzte. Jos Hände zuckten. Ruth steckte irgendetwas in der Kehle. Jo blieb, wo sie war. Ed würde wieder zu sich kommen, er würde sich erholen.

»Vielleicht müsst ihr Ringmaster einen Moment lang festhalten, damit wir sie hier rausschaffen können«, sagte Kell.

Ein Frösteln durchfuhr Ruths Brust und mündete in einen stechenden Kopfschmerz. Nein. Niemals.

Die Flinte lag ein Stück rechts von den anderen. Edward lag vor ihnen am Boden. Vielleicht brauchte sie die Waffe gar nicht. Wenn sie ihren Körper als Schild einsetzte und dicht bei ihm blieb, würde niemand auf Edward schießen. Sie brauchte ihn bloß zu erreichen, dann konnte sie ihn in Sicherheit bringen.

Sie würde ihn nicht im Stich lassen. Nicht noch einmal.

Ruth stürzte auf die Gruppe zu. Mauve, Odette und Kell schlossen aus Reflex die Augen.

Aber Jo warf sich dazwischen. Sie hob die Hände. Farben flossen daraus hervor. Mit einer gewandten Geste drehte sie die Handteller nach oben.

Die Farben stiegen in Spiralen aufwärts.

Schillerndes Blau, von funkelnden Sternen getüpfelt, erfüllte das Zelt bis zu seinem höchsten Punkt. Das Schwarz und die verwaschenen Grautöne verschwanden, und stattdessen erschienen Galaxien, violette und rosafarbene Meerestiefen, der Klang von Geigen und samtigen Celli, dann Karussellmusik.

Der frische Duft eines Sommermorgens, Vogelgezwitscher über einem See, auf dem noch der Dunst hing, ein Sonnenaufgang in den Bergen, ein friedliches Weizenfeld, der weite Himmel von Kansas.

Dann kam der Zirkus.

Eine strahlende Schönheit von einer Frau stand in ihrer Manege, von Wärme und Freude umgeben. Sie lachte ein volltönendes Lachen, und unter ihrem schwarzen Zylinder quoll ihr dichtes Haar hervor. Die Eröffnungsparade umkreiste sie, hüllte sie tanzend ein. Jo verlieh der Frau Sommersprossen, ein verstohlenes Lächeln, funkelnde schwarze Augen, in denen sich alle spiegeln konnten.

Eine Zirkusdirektorin, die die Sterne zum Tanzen brachte.

»Ich sehe dich«, sagte Jo. »Wir alle sehen dich.«

Irgendwo tief drinnen erinnerte sie sich daran, wie Josephine ein Publikum mit ihren Visionen beglückte. Sie erinnerte sich an die Hitze der Scheinwerfer auf ihren Wangen, wenn Odette über ihr tanzte und Mauve sang.

Bei Edward hatte es keine Musik gegeben.

Aber bei Mauve war immer Musik, und ihr Gesang war durch den Hof gehallt, als sie eines Nachts nicht mehr weiterwollte. In ihrer sanften, sicheren Stimme schwang immer eine Melodie mit. Ihre Arme waren immer offen, ihr Mut unbezwingbar.

Und Odette.

Sie sah Odettes flehende Blicke, ihre Herzensqualen. Odette hielt mit Kells Hilfe Edward fest, presste ihm den Mund zu und hatte den Kopf erhoben. Sie litt, aber sie ließ Rin nicht aus den Augen.

Ein Tanz auf dem Pariser Straßenpflaster, eine Nacht zwischen den alten Laken, die sie gebraucht hatten kaufen müssen, aber doch die erste Anschaffung von ihrem selbst verdienten Geld … kleine Momente, die sich wie Noten auf Notenlinien reihten, die ihre Hände ineinander verschränkten, ihre Lebensfäden verwoben.

*Odette, du bist meine Musik.*

Die Farben umschwebten die alte Frau, umarmten sie, erfüllten sie mit Licht. Ein Tonartwechsel. Eine Bridge in einem Song, der sie mitten ins Herz traf. Bedingungslose, nachsichtige Stärke, von einer Form von Hoffnung getrieben, die die Weltgeschichte der Menschheit nicht hatte austreiben können – Liebe.

Er handelte von Liebe.

Dann verschwanden die Farben.

Sie waren alle wieder in dem schwarzen, leeren Zelt.

Edward begann, sich in Odettes Griff zu regen. Seine Lider flatterten. Aber sie konnten es schaffen davonzukommen. Odette schaute sie durch Tränen der Angst und Erschöpfung an.

Ihr zitterten die Hände. Sie versuchte, ihre Mitte zu finden, versuchte, in ihren Körper hineinzuhorchen, in ihren Bauch und in ihr Herz. Dann sah sie Dinge, von denen selbst die Traumweberin nichts wusste. Ihre Mutter, wie sie Kerzen ansteckte. Wie ihre Mutter im karierten Kleid, den Rücken stolz durchgedrückt, die Hände vor dem Bauch gefaltet, strahlend auf ein kleines Mädchen herabsah. Ihre Tochter.

Eine Erinnerung an dasselbe Mädchen am Strand, wie ihr der nasse Sand zwischen den Zehen hindurchdrang, und sie rannte schneller, als das Meer ihre Spuren verwischen konnte. Sie spürte den Wind im Gesicht, ihr Haar, das wie eine Schleppe hinter ihr herwehte. Eines Tages, hatte sie gedacht, würde sie so schnell rennen, dass sie um die ganze Welt flog. Jenseits von New York, weit jenseits des Meeres würde sie sich in den Wind und in ein Abenteuer stürzen. Sie lachte, so mutig war sie. Sie lachte, denn sie war Glück.

Und sie war vor Freude juchzend in die Luft gesprungen und hatte gewusst, dass die Welt sie wieder auffangen würde.

Jetzt stand sie auf der Bodenplane eines löchrigen Zelts. Sie verschränkte die Hände und versuchte, ihr Zittern zu verbergen.

Jo trat behutsam näher. »Rin?«, fragte sie.

Rin schloss Jo in die Arme. Jo grub ihre Fäuste in Rins Hemd und zog sie fester an sich. Rin atmete tief durch, bekam endlich wieder Luft.

»Lasst uns heimgehen«, sagte Rin leise.

Aber dann stieß jemand Odette beiseite. Schreiend erwachte Edward aus ihrem Zauber, stürzte auf Rin zu mit blutunterlaufenen Augen und feuchten Haaren, packte Jo und verdrehte ihr den Arm. Odette lief ihm nach. Edward fuhr herum. »Du dumme Schlampe, ich habe auch einen Spark, der auf den Geist wirkt! Bleib, wo du bist, Odette, und wag es nicht, dich zu rühren.«

Odette erstarrte zu einer lebenden Statue. Jo strampelte. Panik stieg in Rin auf, als Edwards Mund sich wieder ihr zuwandte.

»Ihr habt alle versagt.« Er grinste. »Weißt du, was ich mit der hier machen werde, Ruth? Scheiß auf die guten Manieren. Ich verkaufe diese Rotznase ans Sanatorium, und dann bringe ich dich dazu, sie zu vergessen. Du wirst sie nie wiedersehen, aber du wirst immer irgendetwas vermissen und nicht wissen, was! Deine Mutter hat immerhin gewusst, wer du warst. Den Fehler mache ich nicht noch einmal.«

»Edward, nein«, flehte Rin.

»Fass mich an, Ruth!« Edward lachte, die Augen weit aufgerissen. Sein Verstand schien sich aufzulösen, als hätte er endlich triumphiert und befände sich dennoch auf dünnem, rutschigem Eis. »Fass mich an! Du kannst durch die Zeit reisen, oder? Nimm mich mit!« Er packte Jo fester, und Jo schrie auf. »Jo, hör auf zu schreien. Und ihr anderen, tretet zurück!«

Mauve schob sich rückwärts wie vom falschen Ende des Magneten abgestoßen, mit verzerrtem Gesicht und Tränen in den Augen. Kell verließ lautlos weinend die Manege. Edwards Grinsen wurde mit jeder Träne breiter, und sein Lachen steigerte sich zu einem irren Keckern.

Und Rin berührte ihn.

»Ruth«, sagte er. »Ich weiß, dass du mir vertraut hast. Ich weiß, dass du mich einmal geliebt hast. Da gehen wir hin, wo auch immer das ist. Bring mich zum letzten Moment, wo ich dir verflucht nochmal irgendetwas wert war!«

»Nein.« Rin wollte den Blick nicht von Odette lösen, der erstarrten Odette, über deren gelähmtes Gesicht noch immer Tränen flossen. Aber schon dachte sie, es sei nur vernünftig, wenn sie auf Edward hörte. Schon blickte sie in die Zeit, sah ihre Fäden schimmern.

»Bring uns dahin, wo du mir zuletzt vertraut hast. Jetzt!«, brüllte Edward, stieß Jo von sich und packte Rin am Arm.

Die Fäden glommen. Die Gegenwart öffnete sich. Sie stürzten ins All.

Aber zugleich preschte Jo vor.

»Nein, Jo!«, schrie sie.

Jo sprang. Streckte den Arm aus. Berührte Rin mit den Fingerspitzen.

Ringmaster verschwand, und der Circus King und die Traumweberin mit ihr.

# 51

## Ringmaster, 1916

Niemand weiß, woher der Spark kam. Aber er kam während des Krieges.

Die Wände des Schützengrabens bestanden aus nassem Schlamm, der ihnen vor die Füße rutschte, der ihre Stiefel mit Pfützenwasser und Schmutz durchweichte. In der Ferne waren Panzer. Flugzeuge über ihnen. Es war alles widernatürlich. Die Erde hätte nie so aufgerissen werden dürfen.

Etwas zerbrach in der Welt, als man die Gräben hineinschnitt.

Etwas wurde freigesetzt. Etwas sehr Gutes. Sehr Böses. Nein, etwas Großes, das sie erst noch definieren mussten.

Rin stand schreckensstarr da und beobachtete die jungen Männer direkt vor ihr im Graben. Jeden Moment mussten sie die drei Zirkusgestalten in farbenfroher Kleidung bemerken.

Aber das taten sie nicht.

Edward klammerte sich erschüttert an ihrem Arm fest. Er rührte sich nicht von der Stelle. Wagte es kaum zu atmen. Rins Herz hämmerte so sehr, dass sie befürchtete, es könnte jeden Moment aussetzen. Und Jo …

Jo?

Jo stand neben Rin, hielt eine Hand ausgestreckt und erzeugte einen Schild aus Farben zwischen den beiden Zeiten.

Jo schaute die Soldaten an. Und dann Rin.

»Wann sind wir?«, fragte sie. »Ist das die Zukunft?«

»Nein«, sagte Rin ernst. »Es ist die Vergangenheit.« Sie drückte Jos freie Hand.

Edward schrie. Seine schlimmsten Befürchtungen waren wahr geworden. Er fiel hin und riss sie mit auf den wässrigen Boden.

Rin stieß ihn mit dem Stiefel von sich.

Edward schüttelte den Kopf, rutschte und taumelte durch Schlamm und Unrat. »Nein«, sagte er. »Nein, Ruthie.«

Rin antwortete nicht. Sie wich zurück und zog Jo mit sich fort.

»Bitte, Ruthie«, flehte er wieder und wieder. »Nein, sei nicht grausam. Bitte.«

»Es tut mir leid«, sagte sie. Und das tat es. Und es war gütig von ihr, dieses Mitleid.

Eine Granate fiel hinter Edward zu Boden. Sie versprühte Gas.

Rin hielt Jo fest, deren Farben plötzlich verblassten. Jo hatte zu viel Angst; sie konnte sich nicht mehr konzentrieren. Rin auch nicht. Sie versuchte, ihren Verstand einzuschalten, versuchte, einen Faden zu finden, den Vorhang beiseitezuschieben, der ihren Heimweg verbarg. Aber sie war wie erstarrt. Auch sie hatte Erinnerungen an diese Hölle.

Das Gas erreichte Edward zuerst. Edward hustete, verlor die Stimme, krächzte Befehle, die er nicht zu Ende brachte. Er fuchtelte mit verkrümmten Händen unverständliche Gesten.

Die Gaswolke kam näher.

Aber dann bemerkte Rin links von sich einen Lichtblitz. Sie hörte ein vertrautes Geräusch. Wandte sich um.

Ein lebensfrohes Mädchen war mitten unter den sterbenden Männern erschienen. Ein Mädchen mit rosigen Wangen, Zöpfen und einem sorgfältig gebügelten Kleid. Das Mädchen, die junge Ruth Dover, blickte sich zu Tode erschrocken um. Rin sah einen der Soldaten auf sie zustürzen und sie um Hilfe anflehen. Sie kannte das hübsche Gesicht unter seiner Maske, die klare, vom Spark verstärkte Stimme. Und er kam näher und näher …

Dieses Mädchen, das sie einmal gewesen war, gehörte nicht hierher. Das war nicht ihre Geschichte. Sie kam aus New York. Sie war jung. Sie hätte zu Hause sein sollen, bei ihrer Mutter. Aber sie hatte einen Spark. Der Junge, den sie fand, würde so schrecklich sein wie der Ort ihrer ersten Begegnung. Er würde ihr folgen, sie ersticken, vernichten.

Rin fühlte keine Fäden reißen. Sie konnte klar sehen, empfand kein Schwindelgefühl. Vielleicht ... ja, Ringmaster konnte dieses Mädchen retten. Der Spark ließ es zu. Sie konnte sie mitnehmen. Vielleicht reifen Frauen zu genau dem Menschen heran, den sie gebraucht hätten, als sie jung und verloren waren.

Sie konnte sich ihren eigenen Wunsch erfüllen, wie in einem Traum, der endlich wahr wird, konnte hinrennen und sie erreichen, sie beschützen, konnte alles ändern.

Ihr Leben ändern, dachte Rin. Ihr ganzes Leben. Ohne die dunkle Vergangenheit wäre die Zukunft ...

Aber Jo rang schon nach Atem, versuchte zu schreien, verlor den Halt im Schlamm und glitt Rin aus den Händen. Rin packte sie, hob sie hoch, und auch ihr tränten die Augen.

Die Zukunft war schon geschehen. Sie erstrahlte im Glanz eines Zirkus. Rin musste nach Hause.

Edward wuchtete sich noch einmal aus dem stinkenden Schlamm hoch, bäumte sich ein letztes Mal auf. Mit brennenden Augen streckte er die Arme nach Jo und Ruth aus.

Rin ließ ein Licht aus ihrem Herzen bersten, eine Kraft, die weit tiefer verwurzelt war als in ihrem Brustkorb. Sie war wie die Musik, wie die Freude. Sie war Liebe und Leben und alle Tänze der Welt, und sie stammte von einem Mädchen, das einmal das Kerzenlicht auf sich gezogen hatte, der Tochter von Catherine Dover. Wie eine Druckwelle verbreitete sich dieses Licht um sie und Josephine.

* * * * * * *

Die Zeit stand still.

Der Circus King erstarrte direkt vor ihr. Keine Handbreit entfernt.

Rin lehnte sich rückwärts. Hinter ihr öffnete sich die Zeit zu einem Tunnel für Josephine und sie.

Das Letzte, was sie wahrnahm, ehe sie darin verschwand, war nicht, wie Edward in seinem schwarzen Anzug in einem Schützengraben umkam, den Mund zu einem stummen Schrei aufgerissen.

Den Anblick konnte sie nicht ertragen.

Sie schaute Jo an, die die Arme um ihren Nacken geschlungen hatte. Sie sah Jos schmales Gesicht, ihr strähniges schwarzes Haar, ihre schlotternde, dürre Gestalt. Sie würde sich erholen.

So sanft, wie sie damals die Hand des Jungen berührt hatte, ließ sie den Schützengraben los. Sie ließ den Faden los, der sie mit dem Jungen verbunden hatte. Sie ließ das Gas los, den Gestank der Angst und die Jagdflugzeuge. Edward blieb, wo er hätte enden sollen. Eine Zeitschleife schloss sich.

Ihr Spark züngelte um sie herum wie eine Peitsche aus weißem Licht. Rin streckte die Hand aus, um den richtigen Faden zu finden, drückte Jo an sich und sprang. Sie ließen die Vergangenheit hinter sich und reisten nach Hause.

# 52

## RINGMASTER, 1926

Jedes Jahr wieder ging der Sommer im Mittleren Westen ohne Vorwarnung in den Frühherbst über. Und trotz allem, was der Sommer mit sich gebracht hatte, war es dieses Jahr nicht anders. Gerade hatte noch sengende Hitze über den sattgrünen Wiesen und Bäumen gestanden, und dann roch es plötzlich nach Holzfeuern, und rotgelbes Laub raschelte unter den Füßen.

Damit endete wieder eine Zirkussaison, kam wieder eine schimmernde Kette von Glühwürmchennächten zum Abschluss. Die Winter im Herzland waren unerbittlich kalt; das war einer der Gründe, aus dem Wanderzirkusse dann nach Florida oder Texas flohen. Es wurde Zeit, alles einzupacken. Die Routine der Gastspiele bei den Fabriken, am Bahnhof oder abseits der immer gleichen Rathäuser und Geschäftsstraßen wurde abgelöst von der Routine der Proben, der Buchführung und des Einstudierens neuer Nummern. Es war ein Ende. Ein Tod.

Aber dieses Jahr freute sich Rin über den September. Es war nicht allzu kalt, und Jess hatte ihr einen schönen, dicken Schal gestrickt, mit dem sie Krankheiten aus ihrer Lunge fernhielt. Die Herbstfarben im südlichen Wisconsin beleuchteten wie ein warmes Lagerfeuer die Ziellinie ihrer Tournee.

In Colorado waren sie im Großen und Ganzen auf eine gute Bilanz gekommen. Anfangs kamen noch Leute in der Hoffnung auf Schreckensbilder und durften stattdessen über Schmetterlinge staunen. Allmählich schüttelten sie den düsteren Ruf wieder ab, trotz der neuen Sparks aus dem Mitternachtszirkus, die sich dem Windy van Hooten angeschlossen hatten: viele Tänzerinnen, eine Frau, die ihre Gliedmaßen und ihren Hals verlängern konnte, etliche Clowns. In Wisconsin erwarteten sie herbstbunte Bäume, große, einladende Laubhaufen, Hügel, die bis zum Horizont von einem Weidezaun zum nächsten wogten, und der Lake Michigan, ein Ozean mitten im Herzland.

Eines Septembermorgens stand Rin neben Mauve und Odette am Eingang der Budengasse in der Sonne. Das Chapiteau hob sich gerade wie ein langsames Gähnen vom Boden, und nach und nach nahmen die Buden und die Sideshow ihre Plätze ein. Der Zirkus gastierte in einem kleinen Vorort von Milwaukee.

Der Herbst brachte den Tod, damit alles neu nachwachsen konnte. Selbst nachdem Rin ohne ihn in die Gegenwart zurückgekehrt war, verfolgte sie seine Stimme in den stillen Stunden, den unausgefüllten Minuten. Die Gedanken, die er ihr eingeprägt hatte, würden sie je verschwinden? Sie wusste es nicht. Aber sie bemühte sich jeden Tag wieder. Und insofern hatte sie ihn überlebt.

Eines Tages, so hoffte sie – nein, sie wusste es –, würden die Tage ohne ihn mehr wiegen als die von ihm belasteten Tage. Denn ihre Geschichte war nicht seine.

»Ich frage mich«, sagte Odette plötzlich, »wer wir wären, wenn wir keinen Spark bekommen hätten. Vielleicht ganz andere Menschen, als wir heute sind. Was meint ihr, wie unser Leben dann aussehen würde?«

Odettes und Mauves bloße Finger waren mit Rins verschränkt. Sie erdeten einander. »Mir gefällt es, wie es ist«, sagte Rin.

Mauve nickte. »Wie das Licht auf die Bäume fällt, sieht schön aus«, sagte sie. »Und das Essen ist gut. Und wir sind alle hier. Sogar die, die … sogar Dad, denke ich.« Mauve holte ein Armband hervor, betrachtete es und zog eine Grimasse. »Das habe ich aufbewahrt«, sagte sie.

Rin nahm es entgegen. *Nicht heute,* stand darauf. In all dem Trubel hatte sie es ganz vergessen. So federleicht es auch in der Hand lag, fühlte es sich doch sehr schwer an. Ihr Anker in dieser Welt.

Rin steckte es in die Tasche. »Wir geben die Zukunft nicht auf«, sagte sie und ließ den Blick über eine Galaxie warmer Farben schweifen. »Aber das hier dürfen wir genauso wenig aus dem Blick verlieren.«

★

Am Tag ihrer letzten Show war noch viel zu tun. Frühstück, Abrechnungen, Vorbereitung des Winterquartiers, Proben, die Show selbst – und Jo. Gleich nach dem Frühstück würde sich Rin mit ihrer Traumweberin treffen.

Aber erst einmal saßen sie und Odette auf ihrer alten Flickendecke, Odette im Schneidersitz und Rin an die Wand gelehnt.

Odette war seit ihrer Rückkehr aus den schwarzen Zelten sehr schweigsam. Rin hätte ihr gern erspart, die Stimme des Circus King in ihrem Schädel widerhallen zu hören. Aber Odette hatte gesagt, das sei nicht das Schlimmste an dem Ganzen gewesen.

Jetzt nahm Rin ihre Hand und sagte: »Ich habe nachgedacht, Liebes. Vielleicht kannst du mein Alter doch ein bisschen …«

»Wie bitte?«, fragte Odette.

»Zwei Jahrzehnte, mehr nicht«, sagte Rin, »aber du müsstest mir dann auch entgegenkommen. Wir verbringen unser Leben zusammen, unser echtes Leben, aber ohne so zu tun, als wären wir schon alt. Ohne so zu tun, als wären wir noch jung. Wir sind, wer wir sind.«

Also legte Odette Rin die Hand auf. Rins Gesicht wurde jünger. Ihr Haar war kräftig rotbraun mit lauter federnden Locken. Ihre Haut glättete sich, ihr Rücken richtete sich auf, und schon saß da eine jüngere Ringmaster in der abgetragenen Kleidung – alt genug für ein paar graue Strähnen, aber jung genug für einige Tausend neue Lebenstage. Sie hatte ganz vergessen, wie es sich anfühlte, auf dem Gipfel des Lebens zu stehen.

»Liebst du mich auch noch, wenn ich Falten kriege?«, fragte Odette.

Rin küsste sie. »Immer und ewig«, sagte sie.

Odette lachte. »Und ich will einen Hund.«

»Nein«, sagte Rin.

»Oh doch, Rin!«, sagte Odette. »Einen großen.«

»Du hast eine Hundeallergie.«

»Dann setze ich meinen Spark ein.«

»Um ständig deine Nebenhöhlen zu heilen?«

»Wenn ich dafür einen Hund haben kann …« Odette grinste schelmisch. »Ich will ihn Sparky nennen.«

Rin prustete los. »Hör bloß auf«, japste sie. »Oh mein G'tt.« Odette stimmte in ihr Gelächter ein. Es war die Sorte Gelächter, mit der man nicht wieder aufhört. Und es begleitete sie bis zum Mittagessen.

★

Wieder waren Ringmaster und Jo auf einem Feld, nur dass es goldrot leuchtete, als ob es in Flammen stünde. Jo war schweigsam und schielte immer wieder zu Rin hinüber, als versuchte sie, ihr ins Herz zu schauen, ob die Wunden darin heilten.

Rin hätte dasselbe gern von Jo gewusst. Der Schützengraben rückte mit jedem Tag weiter in die Ferne. Aber auch wenn Jo jetzt vor Edward King sicher war, hatte doch eine Seele eine andere verletzt, und sich davon zu erholen brauchte Zeit.

Zeit hatte Jo jetzt wieder. Hatten sie beide.

»Weißt du, was morgen für ein Tag ist?«, fragte Rin.

Jo schüttelte den Kopf. »Äh, Samstag? Der 18. September? Das

Saisonende? Rückläufige Venus? Dein Geburtstag? Nein, vielleicht hat Mauve Geburtstag? Odette? Wer hat Geburtstag?«

»Morgen ist der Feiertag Jom Kippur«, sagte Rin und schob die Hände in die Taschen ihres Mantels. Zwei Flicken hoben sich von dem roten Samt ab – perfekte Fehler. »Den jüdischen Traditionen zufolge wird an Rosch ha-Schana das Buch des Lebens geöffnet. Das war letzte Woche. Morgen wird das Buch für den Rest des Jahres wieder geschlossen. Und solange das Buch offen ist … können wir unsere Geschichte ändern. Wir können Dinge loslassen, die wir nicht wollen, können uns und anderen vergeben, und uns kann vergeben werden für alles, was schiefgelaufen ist. Wir kehren zu der Person zurück, die wir sein möchten und die wir einmal waren.«

»Teschuwa«, sagte Jo. Rin schaute sie an. »Was ist? Ich höre eben zu!«

Bald würden die vielen ununterbrochenen Meilen Präriegras braun werden, weil auch ihre Zeit um war. Bücher werden geschlossen. Letzte Akkorde werden gespielt, dann springen die Lichter an, und das Publikum verstreut sich.

Aber Rin wollte nicht, dass es je zu Ende ging.

»Heute haben wir also noch eine Vorstellung, und darauf sollten wir uns konzentrieren«, sagte Rin schließlich. »Du bist in den letzten Wochen ganz schön gewachsen.«

Jo rieb sich den Arm, legte den Kopf schief und starrte auf ihre Schuhe. Rin dachte an den Tag der ersten Vorstellung zurück, nachdem sie dem Albtraum entkommen waren, der Edward King mit Haut und Haaren verschlungen hatte. Kurz vor dem Vorhang war Jo weder im Garderobenzelt gewesen noch zum Aufwärmen im Backstagebereich, sondern in ihrem WQ. Rin hatte sie gefragt, warum zur Hölle sie noch nicht kostümiert sei, sondern mit einer Tüte Cracker Jacks Comics lese. Jo hatte sie angestarrt, als spräche sie Französisch.

»Du … du willst, dass ich auftrete?«, hatte sie ungläubig gefragt. »Nach allem, was ich angestellt habe?«

»Willst *du* denn auftreten, nach allem, was *ich* angestellt habe?«, fragte Rin zurück.

Jo hatte genug Vertrauen in Rin gewonnen, um nicht noch einmal mit der Bombenillusion aufzutreten. Und Rin hatte Jo zugestanden, eine Warnung vor der Zukunft in die Nummer aufzunehmen – die weniger explizite, fiktionalisierte Version eines Was-wäre-Wenn. So konnte die Katharsis wirken: als Warnung und Inspiration, die keine Angst auslöste. Jo hatte einen einsamen Soldaten dargestellt, der mit Tränen auf den Wangen durch eine Staubwolke lief. Dann erweiterte sich die Szenerie um eine vom Krieg verheerte Stadt, die überall hätte stehen können, ohne sichtbare Leichen. Das Publikum konnte sich darunter einen Ort vorstellen, den sie kannten und liebten. Dann würden sie sich vielleicht berufen fühlen, ihn zu bewahren. Mit diesen Bildern wechselten sich andere ab: ein hübsches, gebirgiges Nimmerland, ein Was-wäre-Sonst. Rin stützte das Ganze mit ein paar Sätzen über die ungeschriebene Zukunft, und dann gingensie zu dem Ehrengast des Abends über.

Rin räusperte sich. »Ich weiß, dass du die Vorbesprechungen inzwischen normalerweise mit Mauve führst und ihr mich dabei nicht braucht«, sagte sie.

»Aber heute Morgen hast du das untergangen«, sagte Jo.

»Was auch immer das sein soll.«

»Unterwandert?«

»Knapp daneben. Aber ja, ich habe eure Abmachung unterlaufen und das Vorgespräch selbst geführt. Ich denke, ich weiß jetzt, was wir brauchen. Was du am Ende daraus machst, bleibt natürlich wie immer dir überlassen.«

Jo räusperte sich und stellte sich in Position. Rin hatte sich gefragt, ob Jo ihren Spark noch würde nutzen wollen, nachdem sie einen schrecklichen Menschen seiner schrecklichen Vergangenheit überlassen hatten. Jo wollte. Sie hatte immer noch Albträume. Aber sie hatte gelernt, dass sie die Angst überleben konnte. Dass sie stärker sein konnte als Menschen, die ihr schaden wollten.

»Also dann«, sagte Jo. »Schieß los.«

Rin trat einen Schritt zurück und faltete die Hände über einem der Mantelknöpfe. »Heute geht es um jemanden, der eine schwere Entscheidung treffen muss. Du sollst dieser Person helfen, sich die Zukunft vorzustellen. Du sollst ihr die beste Zukunft ausmalen, die dir einfällt. Wie könnte eine Teschuwa aussehen? Wenn das Buch des Lebens geschlossen wird, was sollte dann drinstehen?«

»Klingt komisch, aber na gut«, sagte Jo. Sie schloss die Augen. »Yep, ich weiß genau, wie das aussehen würde.«

»Ach, ja?«

»Kein Krieg, kein Circus King mehr, keine Albträume und keine Toten«, sagte Jo und hob schon die Hände.

»Lass uns weniger davon ausgehen, was da alles *nicht* sein soll«, sagte Rin. »Was müsste denn alles dazugehören?«

Jo holte tief Luft. »Frieden«, sagte sie. »Eine Familie.«

Dann kam es. Sofort, ihre leichteste Übung.

Jo malte eine alte Scheune und darin ihre Hunde, die schon lange gestorben waren. Oder auch nicht lange, doch nach dem großen Verlust war die Zeit rasend schnell vergangen. Aber Rin spürte, dass die Szene nur wenige Jahre her war und dass ein Wiedersehen mit ihr eine große Erleichterung bedeutete, eine Heimkehr. Sie und Charles hatten in Marceline in der Scheune geschlafen. Das war ihre Festung. Die Hunde beschützten sie. Die Eule war ihr größter Feind. Und vor den Schlangen mussten sie sich hüten, aber die ließen sie in Frieden, wenn sie sich von dem Heu in der hinteren Ecke fernhielten.

Nachts wurde es still in der Scheune. Wenn sie sich dann hinausschlichen, gehörte ihnen der ganze Himmel mit all seinen Sternen.

»Marceline«, sagte Rin wissend und ging in die Scheune hinein, die sich erstaunlich echt anfühlte. Sonnenlicht drang durch einen Spalt zwischen den hölzernen Türen und ließ wie ein Scheinwerfer das Heu und den Staub erglühen.

Es war ein magischer Ort.

»Da waren Charles und ich glücklich«, sagte Jo.

»Das ist die Vergangenheit«, sagte Rin.

»Aber irgendwann vielleicht nicht mehr«, sagte Jo. »Ich meine, ich glaube, jeder hat so einen Ort, an den es ihn zurückzieht. Oder sagen wir ... Teschuwaaahhhh.«

Rin wuschelte ihr durchs Haar. »Das ist wohl nicht ganz das, was mit Teschuwa gemeint ist, aber okay.«

»Ich kann echt schlau sein, weißt du«, sagte Jo und ließ sich auf einem Heuballen nieder. Sie setzte sich – auf ihre Illusion.

Rin schaute zu einem Querbalken auf, in den Jo und Charles ihre Namen geschnitzt hatten und dazu den Namen ihres toten Bruders. Da war er: Jacob. Genauso gegenwärtig, wie er es selbst einmal gewesen war.

Rin streckte die Hand danach aus. Und stieß auf Widerstand. Sie spürte das Holz, die hineingeschnitzten Kerben und sogar kleine Splitter.

»Du bist stärker geworden«, sagte Rin. »Ich kann deine Bilder berühren.«

Jo nickte. »Tja, da muss ich wohl eine gute Lehrerin gehabt haben.«

Rin lächelte und fühlte sich tausend Meilen weit weg.

»Hey«, sagte Jo. »Wer ist denn nun dieser Jemand? Und um welche Entscheidung geht es? Meine Scheune wird ja wohl kaum dabei helfen.«

»Oh doch«, sagte Rin und ließ den Balken los.

Jo schaute sie fragend an. Und Rin nahm sich zusammen; sie wollte sich nicht anmerken lassen, wie sehr sie all das schmerzte.

Sie musste an die Illusion denken, die Jo ihr bei der allerersten Probe gezeigt hatte, in der sie und Charles zuschauen mussten, wie ihr Bruder fortging. Diese Unausweichlichkeit. Das Leid. Wie sehr Liebe weh tun kann, erfährt man erst, wenn sich hinter einem geliebten Menschen für immer die Tür schließt. Jo hatte ihren Bruder so sehr geliebt, dass ihr das Herz weh tat.

Auch Rin tat das Herz weh.

»Oh«, sagte Jo ernüchtert. »Dann bin ich dieser Jemand?«

Rin nickte, ohne sie anzusehen. Sie strich noch einmal über den massiven Balken.

»Dann vergiss es!« Jo stand auf. »Ich will nicht gehen! Ich bin gerade erst hergekommen. Ihr braucht mich.«

»Es stimmt, dass wir dich brauchen«, sagte Rin und löste die Hand von den Namen. Sie ließ den Arm sinken und schaute Jo tief in die Augen. »Aber was du brauchst, ist Schutz. Wir haben alles versucht, um den kommenden Krieg zu verhindern. Aber es ging nicht. Und es wird nie gehen.«

Jo erstarrte.

»Und dein Bruder … Aber das weißt du ja schon«, sagte Rin. Sie betrachtete das Stroh unter ihren Stiefeln. »Ich kann verstehen, warum du das mit der Bombe getan hast. Aus demselben Grund muss ich tun, was ich tue.«

»Du gibst also doch auf«, sagte Jo. »Du darfst nicht aufgeben.«

»Wir geben nicht auf«, sagte Rin. »Wir werden es weiter versuchen, und wenn es das Letzte ist, was ich tue. Aber wir werden es von hier aus versuchen, in der Gegenwart. Wir werden uns in die Waagschale werfen, wie Menschen es schon immer getan haben, schon vor dem Spark. Aber das muss nicht heißen, dass kein Krieg kommt. So viel werden wir wohl kaum verändern.«

»Das weißt du ja gar nicht! Alles kann sich ändern!«

»Das stimmt«, sagte Rin. »Ich weiß nicht, ob ich die Welt retten kann. Aber dich kann ich retten, das weiß ich.«

In der sonnendurchtränkten Scheune hallte ein Schweigen wider.

Aber die Illusion verschwand nicht. Jo brauchte sie. Jo brauchte ihre Wärme, brauchte die Erinnerung an ein eigenes Zuhause.

»Die Entscheidung liegt bei dir«, sagte Rin leise, ganz ohne ihr donnerndes Dröhnen. In ihrer Stimme waren lauter angeknackste Kanten zu hören. »Du kannst auch bei uns bleiben, wenn du willst. Aber wir würden dich und Charles gern in eine Zeit versetzen, wo ihr in Sicherheit seid.«

»Nach dem Krieg?«, fragte Jo.

»Nach dem kommenden Krieg«, sagte Rin, »kommt eines Tages wieder der nächste. Und noch einer. Und noch einer. Aber es gibt ... Zeiten des Friedens.« Sie schaute hoch ins Gebälk und zu einem Vogelnest, das Jo dort untergebracht hatte. »Wir haben noch einmal diese Stadt besucht. Hiroshima. Jahrzehnte nach dem Ende des Krieges. Sie war wiederaufgebaut. Die Luft war sauber. Es gab Familien dort, Kinder. Wir sind zu dritt am Fluss entlangspaziert und haben etwas Leckeres gegessen und ... es war alles gut.« Rin zuckte mit den Schultern. »Zumindest in dem Moment war es das. Manchmal ist das alles, was wir haben: solche Momente und die Hoffnung, dass wir mit der Zeit mehr und mehr davon erleben.« Rin lächelte traurig. »Damit tröste ich mich. Was bleibt mir anderes übrig?«

Jo biss die Kiefer aufeinander. Sie sah erschöpft und blass aus. »Also wollt ihr mich in ein zukünftiges Japan verfrachten, während ihr hier so weitermacht?«, fragte sie. »Ihr wollt mich nicht mehr dabeihaben, oder? Dann könnt ihr uns gleich an die Sparkfänger verkaufen, das bringt zumindest Geld.«

»Die Sparkfänger werden dich nie erwischen, so viel ist sicher«, sagte Rin. »In der Zukunft wird es sie gar nicht mehr geben. Sie werden abgeschafft. Es wird andere Grausamkeiten geben, aber das ist zumindest ein Anfang. Das alles hier ist ein Anfang.«

Wieder herrschte Schweigen zwischen dem Mädchen und der Löwin.

»Ich will nicht, dass du gehst«, sagte Rin.

»Warum sagst du dann, dass ich gehen soll?«

»In keiner der Zukunftsversionen, bei denen du hier im Jetzt bleibst, hat Charles den Krieg überlebt, und du manchmal auch nicht«, sagte Rin. »Ich habe dich sterben sehen, bevor wir uns überhaupt begegnet waren. Nach dem Krieg kann es wieder bergauf gehen, doch manche erleben es nicht mehr mit. Aber vor allem – hör zu, bitte unterbrich mich nicht –, vor allem solltest du gehen, weil du es willst.« Sie wies auf die wunderschöne Scheune, die sie beide umgab. »Weil das hier die Zukunft ist, nach der du dich sehnst. Und auf diese Zukunft solltest du nicht warten, wenn du die Chance hast, sie zu deiner Gegenwart zu machen.« Sie dachte an Odettes leises Lächeln, wenn sie gerade erst aufgewacht war in dem Bett im Begleitwagen mit der alten Flickendecke. Sie dachte an Odettes bloße Hände, ihre leuchtenden Augen, all die Freuden, die sie nicht länger aufschieben wollten.

Jo schüttelte entrüstet den Kopf. »Nein.«

»Ich werde dich nicht zwingen zu gehen«, sagte Rin. »Aber je länger du bleibst, desto schwerer wird dir der Abschied fallen. Und dieser Zirkus ist nur ein Wegstein für dich, nicht das Ziel. Schau dich um, Jo, schau dir an, was du erschaffen hast.«

»Ich würde niemanden von euch jemals wiedersehen.«

»Du könntest ab und zu für einen Gastauftritt vorbeikommen, wenn du möchtest. Und so oder so würde ich dich natürlich besuchen.«

»Aber eines Tages nicht mehr«, sagte Jo. »Weil dich eines Tages der Krieg umbringt und ich nicht da war, um es zu verhindern.«

Rin trat auf Jo zu und legte ihr eine Hand an die Wange. Heiße Tränen liefen Jo über das Gesicht und Rin zwischen die Finger. Und als Jo zu Rin aufsah, liefen der Zirkusdirektorin noch stillere Tränen herunter.

Rin wünschte, große Gefühle müssten nicht so sehr weh tun.

»Dein Bruder wird überleben«, sagte Rin. »Und du wirst überleben. Und auf die Weise wird alles wieder gut.«

Sie ließ Jo los und knöpfte ihren Mantel auf. Ließ ihn sich von den Schultern gleiten, von den Armen, den Händen.

Rin hielt den roten Samt in den Fäusten. »Dreh dich um«, sagte sie.

Jo drehte sich um. Rin lief die Nase. Ihr brach das Herz. Dabei hatte sie doch einmal geglaubt, da wäre gar nichts, das brechen könnte.

Langsam zog Rin Jo das seidige Innenfutter über die Hände und Arme und schlang den Mantel um sie. Fast wie im Traum schloss sie die glänzenden schwarzen Knöpfe. Sie zupfte die Manschetten zurecht.

Jo drehte sich mit dem Mantel einmal im Kreis.

Rin bewunderte sie, als trüge sie ein Ballkleid, und schenkte Jo ein bedingungslos stolzes Lächeln.

»Na siehst du«, sagte Rin und rieb Jo über die Oberarme. »Er passt gar nicht schlecht. Wenn du ein bisschen mehr Fleisch auf den Knochen hast, wächst du schon noch rein.«

Die Show musste weitergehen.

★

In der letzten Nummer der Traumweberin wimmelte es von blau schillernden Schmetterlingen. Mauve hatte ein neues Lied geschrieben, eine Geschichte über das Wiedersehen mit alten Freunden nach einer langen Reise. Die Davidsons waren wieder auf der Höhe, und Tina landete jeden Einsatz perfekt. Strahlend trabte Jess auf Tina über die Reitbahn. Agnes' Lachen, Yvannas Flammenschauspiel, Ming-Huás Rezitationen, Boom Booms bärbeißige

Scherze, das Tanzensemble mit seinen Sprüngen und Pirouetten … Mr. Calliopes Musik und Maynards Technik machten die Sache perfekt, und Rin sah eine Seele aus lauter kleinen Teilen vor sich, ein Orchester, das in tausend Stimmen sang. Der Zirkus, das waren sie alle zusammen.

Die Trapeztänzerin Odette flog durch den Zirkushimmel, überschlug sich und streckte die Hände in die leere Luft aus und glitzerte im Licht.

Rin reichte ihr beim Absteigen die Hand. Dann strich sie ihr über die Wange, und Odette legte Rin die Arme um die Taille. Im Publikum beschwerte sich niemand. Es war ein Anfang, ein kleines Zeichen des Mutes.

Dann war es vorbei. Das Finale verging wie im Fieber. Manchmal sind große Augenblicke so groß, dass sie den Kopf überfordern. Sie kommen und gehen und rütteln einen heftig durch. Die Arbeit eines ganzen Sommers war auf einmal vorüber, war eine Erinnerung, die in ein paar alten Handzetteln steckte, war Staub, der sich legte, als die letzten Gäste die Budengasse verließen.

Rin schaute den Zuschauern nach – all diese Menschen, die einer ungewissen Zukunft entgegengingen. Sie hätte am liebsten geweint. Auch in hundert Jahren würde das Leben noch weitergehen. Aber dann wären nicht mehr alle dabei. Die Schatten der Verstorbenen würden die Lebenden begleiten, wie immer. Es war nicht zu fassen, wie viele Menschen würden sterben müssen.

Dann waren die Zirkusleute unter sich. Sie standen unter den abkühlenden Scheinwerfern in der Manege, das Geisterlicht brannte, und vom Publikum war nur eine Spur aus leeren Popcornbehältern geblieben.

Mauve lächelte als Einzige. Sie hielt eine Tasse Kaffee in der Hand. »Ich habe beschlossen, dass heute der perfekte Tag ist, um Haselnusskaffee zu probieren«, sagte sie. »Ich wollte nicht länger warten.« Niemand mochte sich von ihrer Begeisterung anstecken lassen. Sie seufzte. »Mir gefällt's, kleine Freuden nicht aufzuschieben.«

Alle umarmten einander, signierten einander die Handzettel, wuschelten einander durchs Haar. Normalerweise war das ein schönes Ereignis: die letzte Show der Saison und ihr Abschluss. Aber diese Saison war so anders gewesen, und zwei junge Menschen, die den Zirkus zum Leuchten gebracht hatten, würden ihn verlassen. Vorläufig zumindest.

Aber Charles spielte nicht mit.

»Nein, ich bleibe dabei«, sagte er zu seiner Zirkusdirektorin. Tränen liefen ihm über die Wangen. »Ich gehe nicht weg. Ich bin nur hier, um meiner Schwester Adieu zu sagen. Ich bleibe.«

Jo starrte ihn an. »Charles! Was zur Hölle?! Wir müssen gehen. Wenn wir nicht gehen, wirst du nämlich sterben.«

»Dann sterbe ich eben.«

Odette beugte sich zu Rin und Mauve hinüber. »Äh, Leute?«, sagte sie leise aus dem Mundwinkel zu ihnen. »Vielleicht verratet ihr ihm, was die Überraschung ist, damit er doch geht?«

Mauve stupste sie mit dem Ellenbogen. »Auf keinen Fall wird die Überraschung verraten. Ich habe hart dran gearbeitet.«

»Ich will selbst entscheiden, was mit mir passiert, Jo«, sagte Charles. »Ich habe alles für dich getan. Du bist meine Schwester. Und ich werde dich immer lieben. Aber ich muss mein eigenes Leben leben.« Er schaute zu Kell hinüber und griff nach seinem Arm. »Hier bin ich glücklich, Jo.«

Rin wusste, dass das zum Erwachsenwerden dazugehörte. Aber Mr. Weathers starrte seinen Sohn an, als hätte er den Jungen an seiner Seite noch nie bemerkt.

»Kell?«, sagte er.

Kell schüttelte den Kopf. »Nein, nein, nein«, sagte er. »Ich habe auch ein Wörtchen mitzureden, oder? Nein, Charles.« Er legte Charles die Hände auf die Schultern und schaute ihn an, schaute ihm tief in die Augen. »Wenn du hierbleibst, wirst du sterben.«

»Und wenn *du* hierbleibst, dann wirst *du* sterben«, sagte Charles.

»Das ist nicht ausgemacht«, sagte Mauve. »Anders als bei dir.«

»Das ist unfair!«, rief Charles.

»Ich vertraue Mauve«, sagte Kell. »Und du, vertraust du mir?«

Rin schielte zu Jo hinüber. Jo musterte ihren Bruder aufmerksam, als wäre er ein Gemälde, das sie tausendmal gesehen, aber nie ganz verstanden hatte. Charles war fest entschlossen. Er schaute nur Kell an, niemanden sonst. Als er nickte, fiel ihm sein dichter Haarschopf in die Stirn. War er nicht eben noch ein Halbwüchsiger gewesen? Jetzt sah es aus, als wäre er in einem einzigen Sommer um tausend Jahre reifer geworden.

Und er war nicht der Einzige.

»Es ist ja nicht das Ende«, sagte Kell. »Wir sehen uns wieder. Ich komme dich besuchen. Aber du musst überleben, Charles.«

Vielleicht war es wirklich Zeit, die Überraschung preiszugeben. Aber im Grunde, dachte Rin, würde es nichts ändern. Charles liebte Kell. Nichts würde ihn mehr von seiner Seite fortbewegen.

Mr. Weathers beobachtete seinen Sohn. In seinen weichen Blicken erkannte Rin Bernard wieder und ihre eigene Mutter darin, wie Mr. Weathers die Hände rang.

»Sind sie in Sicherheit, wo sie hingehen werden?«, fragte Mr. Weathers leise, mit rauer Stimme. »Können sie alle zusammenbleiben, ohne dass sie jemand behelligt?«

Mauve nickte. »Ja, das können sie.«

»Geh mit«, sagte Mr. Weathers. Die Worte kamen direkt aus seinem Herzen. »Geh nur, mein Sohn. Geh mit den beiden.«

Kell schaute seinen Vater verblüfft an. »Dad!«

»Ihr drei«, sagte Mr. Weathers, »ihr werdet einander noch brauchen. Bitte, Kell, geh mit.«

Kell nahm Charles' Hand. Seine warmen Augen hielten Tränen

zurück. Tränen der Trauer oder der Freude oder beides; es war schwer zu sagen. Aber Charles würde nicht einsam sein müssen, und Kell auch nicht, weil Mr. Weathers für sie dieses Opfer brachte.

Das ist das Schwerste daran, ein Kind zu lieben: dass es irgendwann eigene Wege geht. Aber zugleich ist es der Sinn und Zweck des Ganzen, dass sie einen nicht mehr brauchen.

Charles und Kell hielten einander an den Händen. Jo berührte sie an den Schultern. Odette und Mauve stellten sich hinter Jo. Und Odette streckte die Hand nach Rin aus.

★ ★ ★ ★ ★ ★ ★

# 53

## RINGMASTER

Sie fanden sich auf einem grünen Feld unter blauem Himmel wieder. Ein Farmhaus stand am Ufer eines großen Sees. Hinter der Scheune jenseits des Feldes, einem robusten Gebäude mit Sonnenblumen drumherum am Ende eines Steinpfads, ging gerade die Sonne auf.

»Kell!«, hauchte Charles. Rin konnte ihm anhören, dass sein Herz schon leichter wurde. »Ich weiß, wo wir sind!«

Rin hasste Abschiede.

»Jo«, sagte Charles, »hier sieht es aus wie in Marceline!«

Sie hatten nicht genug Zeit miteinander gehabt. Ein paar Monate bloß. Die waren zu schnell verflogen.

»Es *ist* Marceline«, sagte Mauve. »Und es gehört euch. Wir haben die Ländereien gekauft.«

»O mein Gott! Der See gehört uns!« Staunend stolperte Charles über das Feld und rannte zum Ufer. Kell folgte ihm und breitete die Flügel über die wogenden Gräser.

Jo ließ sie laufen. Rin schaute zu ihr hinab. Jo lächelte, setzte sich aber nicht in Bewegung.

»Wehe, du kommst nicht wieder«, sagte Jo zu der Frau neben ihr.

»Das werde ich«, sagte Rin. »Solange ich kann.«

»Also dann komm zum Frühstück«, sagte Jo.

Rin lachte. »Du frühstückst doch gar nicht.«

»Dann eben zum Abendessen«, sagte Jo.

»Schon besser«, sagte Rin. Mauve setzte sich ab, um dem Pfad zu folgen und sich die Scheune anzuschauen. Odette drückte Rin die Hand und zog sich auch zurück. Jo schaute den beiden nach. Rin trat zu ihr.

»Also«, sagte Rin. Jo wischte sich das Haar aus der Stirn und schaute sie erwartungsvoll an. Rin wollte nie vergessen, wie Jo jetzt aussah, ein zierliches Mädchen ... nein, kein Mädchen mehr. Sie wurde erwachsen. Eine Traumweberin war sie. »Also«, begann sie noch einmal und räusperte sich. »Bevor ich gehe, habe ich noch drei Fragen.«

»Fragen? Okay ... «

Rin sah Charles mit einem Freudenschrei in den See eintauchen. »Bist du aus deinem eigenen freien Willen hier?«

Jo nickte. »Ja.«

»Ist dir klar, worauf du dich einlässt? Dass es nicht immer einfach sein wird, auf einer Farm im Mittleren Westen zu leben?«

Jo nickte. »Ja.«

»Schön«, sagte Rin und blickte wieder zu Jo. Ihr Mantel war so viel breiter als Jos schmale Schultern. Sie hätte darin lächerlich aussehen müssen. Aber Rin war so stolz, und Jo trug ihn mit so viel Liebe.

»Eines Tages«, sagte Rin, »werden Mauve, Odette und ich nicht mehr in der Lage sein, den Zirkus zu leiten. Und wir werden vielleicht noch immer in Gefahr sein. Dann schicke ich sie alle hier zu euch. Würdest du für mich auf sie aufpassen?«

Jo stieß ein leises Lachen aus. Jetzt schien sie im Mantel praktisch zu versinken. Aber so wie Rin sie ansah, waren ihre Worte keine bloße Möglichkeit, keine Schätzung. Was sie sagte, würde wirklich passieren.

»Du wärst nicht allein«, sagte Rin. »Kell und Charles sind ja da. Und du lernst sicher noch andere kennen, die Gesellschaft brauchen. Aber ... «

»Ja«, sagte Jo, ohne zu zögern. Sie sagte es, weil sie es so meinte.

Bei dieser Antwort spürte Rin, wie sich in ihr etwas löste. Ihre Schultern entspannten sich, sie nahm die gekreuzten Arme von ihrer Brust, und zwischen Jo und ihr verbreitete sich ein Gefühl des Friedens.

Ein Moment der Ruhe, in dem sie nur still in der Sonne standen.

»Trainiere deinen Spark. Und vergiss nie, wie dunkel es einmal war«, sagte Rin. »Hör nie auf, nach dem Licht zu streben. Vergiss nie, dass der Kampf nicht vorbei ist. Aber«, sagte sie, »vergiss auch nicht, dass du dein Glück und deine Hoffnung hier und heute verdient hast.«

»Tust du das denn auch?«, fragte Jo und wies mit einem Kopfnicken auf Mauve und Odette.

Rin schaute zu den beiden Frauen hinüber. Und sie lächelte. Lächelte richtig breit. »Wir sehen uns dann in ein paar Stunden.«

»Für dich heißt das wohl in ein paar Jahren«, sagte Jo. »Aber das hier ist kein Abschied.«

»Nein, natürlich nicht«, sagte Rin. »Zirkusleute sagen schließlich nie Adieu.«

»Stimmt ja«, sagte Jo. »Tja, also, man sieht sich, oder?«

Rin wuschelte ihr durchs Haar. Jo sprang an ihr hoch, um sie noch einmal zu umarmen. Rin ging das Herz auf. Sie wollte niemals loslassen. Und würde es auch nie.

★

Der Morgen verging. Die Sonne stieg allmählich höher. Odette und Rin standen nebeneinander am Rand des Feldes und sahen den jungen Leuten zu, wie sie plantschten und um die Wette schwammen und kreischten und lachten. Sie hielten sich an den Händen, und Odette lehnte den Kopf an Rins starke Schulter.

»Bereit für die Heimreise?«, rief Rin Mauve zu.

Mauve kam mit einer Handvoll Maulbeeren den Pfad entlanggeschlendert und steckte sich ein paar in den Mund. »Ich bin froh, dass wir gerade diese Zukunft gefunden haben. Sie gefällt mir. Hart und gefährlich ist sie, aber trotzdem die beste.«

Rin schluckte schwer und legte den freien Arm um Mauve. Da standen sie nun, ein Bildnis dreier Frauen, Schulter an Schulter zwischen Sonnenblumen, Wiesen und dem blauen Himmel. O G'tt, dieser Himmel. So blau und klar wie ein Ozean, der müde Segler an seinem Ufer willkommen heißt.

»Also ist es eine glückliche Zukunft?«, fragte Rin.

»Wer weiß?«, sagte Mauve. »Aber ich bin froh, dass wir es mit ihr versuchen.«

Odette nahm ihre und Rins Hände. »Dieser Moment«, sagte sie. »In diesem Moment sind wir glücklich. Genau jetzt.«

Jo würde ihren Aufbruch nicht einmal mitbekommen. Sie waren es gewohnt, diskret zu kommen und zu gehen. Noch waren sie hier; im nächsten Augenblick würde es sein, als hätte es sie nie gegeben. Das war nur natürlich, fand Rin: Sie hatten hinter Jo gestanden, und jetzt stand Jo auf eigenen Füßen.

Sollte sie doch in den See springen, auf dem Rücken im kühlen Wasser treiben. Sollte sie in den Himmel schauen und sich überlegen, was sie jetzt alles tun konnte.

Im Sommer würde sie Feuerwerk malen und im Winter Kerzen erglühen lassen. Solche Dinge mochten nicht glamourös sein, aber sie waren machtvoll.

★ ★ ★ ★ ★ ★ ★

In jenem Raum zwischen dort und hier, zwischen dann und jetzt flogen Rin und ihre Familie dahin. Eines Tages sollte Jo ihre Farm verlassen. Eines Tages sollte für den Zirkus eine schreckliche Zeit anbrechen. Eines Tages kamen dunklere Orte, furchtbare Worte,

Tage, an denen sie alles Gewicht der Welt auf sich lasten fühlten und sich den Hals verrenkten, um das Licht am Horizont zu sehen.

Als die Schatten der Trapeztänzerin, der Nachtigall und der Zirkusdirektorin aus dem Scheinwerferlicht schwanden, sollten der Unzerstörbare Teufel, der Engel und die Traumweberin in die Manege treten. Es sollte an Jo sein, den roten Mantel zu tragen, die Parade in eine Zukunft zu führen, die Rin nicht mehr sah.

Wahrer Mut zeigt sich, wenn es nicht in unserer Macht steht, die Dunkelheit aufzuhalten, und wir doch denen voranleuchten, die auf den steinigsten Wegen wandeln. Meinst du nicht auch, Bernard?

★ ★ ★ ★ ★ ★ ★

Aber heute? Heute landeten Rin, Odette und Mauve in ihrer Gegenwart, als die Dämmerung gerade den strahlenden Sternen wich, den stetigen Lichtern der Nacht. Unter ihnen, am Boden, hallte der Zirkus vom geschäftigen Treiben des Saisonendes wider.

Und von der Freude.

»Also gut«, sagte Rin. »Over and out!«

Die drei Sparks landeten am Eingang der Budengasse und gingen zusammen nach Hause.

# DANK

Dieses Buch besteht aus lauter Liebesbeweisen und Millionen Wünschen. Deshalb muss meine erste Danksagung so viel länger ausfallen als üblich.

Zunächst einmal liegt der Grund dafür, dass dieses Buch entstehen konnte, ganz und gar bei J. Du bist mein Herz; eine Liebe, wie es sie nur einmal in tausend Jahren gibt. Du warst es, dey an mich geglaubt hat, dey das Masters-Programm Stonecoast entdeckt und die Bewerbungsgebühr bezahlt hat, alle meine Unterlagen gegengelesen hat, mich in den Arm genommen hat, wenn ich im Bett auf meinen Laptop starrte, und mir gesagt hat, dass ich es schaffen würde. Dieses Buch und alle, die noch kommen mögen, sind aus der Liebe gewoben, die du mir gibst. Ich hoffe, dir gefällt der Zirkus, den ich für uns erschaffen habe.

Ich möchte der besten Agentin aller Zeiten danken, Rena Rossner, die diesen verschrobenen kleinen Zirkus gesehen und an ihn geglaubt hat. Sie ist geduldig, warmherzig und schlau. Du hast mir so viel beigebracht, und mit dir zusammenarbeiten zu dürfen ist mir eine Ehre.

Danke an Lindsey Hall, die eine großartige Lektorin und ein noch großartigerer Mensch ist. Während der Pandemie gehörte unser Austausch zu meinen Lieblingsgesprächen; es hat einfach gepasst zwischen uns mit unserem Weltbild, den Seltsamkeiten, die wir beide lustig finden, und mit dieser Geschichte. Lindsey, du hast erkannt, was aus diesem Buch werden konnte, und hast mich unermüdlich getriezt und gefördert, bis ich es auch sehen konnte. Ich bin dir bis in alle Ewigkeit dankbar und habe unfassbares Glück, mit dir arbeiten zu dürfen.

Einen ganz dicken Dank an alle, die sich für dieses Buch ins Zeug gelegt habe: Die Pressebetreuerinnen Caro Perny und Jocelyn Bright. Das Marketinggenie Isa Caban. Die Umschlaggestalterin und -künstlerin Katie Klimowicz mit ihrer einzigartigen Vision von Rins magischem Zirkus sowie die Künstlerin Shelby Rodeffer. Im Lektoratsteam Jeff LaSala, Ed Chapman und Aislyn Fredsall. Die Korrektorinnen Mary Louise Mooney und Lauren Hougen. Die Sensitivity Reader, unter anderem Anah und Ennis. Und alle Mitarbeiter*innen von Tor, die an das Projekt geglaubt haben.

Ich danke Rachael, die mir als Schreibschwester zur Seite gestanden hat. Meiner besten Freundin Bryanna, der ich am Telefon von der Sache erzählen wollte, und du hast gefragt: »Bist du schwanger?« Und als ich sagte: »Nein, knapp daneben«, hast du geschrien: »Heilige Scheiße, ein BUCH?!« Danke an Emlyn, Cy, Peter, Karen, Erin, AJ, Celeste, Charlotte und sämtliche Teilnehmer*innen des Wonder Woman Dumpster Fire und des Estes Park Schreib-Retreats. Ihr seid meine Familie und mein Zuhause in dieser chaotischen Welt. Ich danke Ted und Annie Deppe für ihre Poesie und ihre herzliche Güte. Ihr habt euch für mich interessiert und mich ernst genommen. Ebenso Guy on Bike und meiner gesamten Stonecoast-Familie, die ein verlorenes, gebrochenes Mädchen bei sich aufgenommen und gesagt hat: »Komm, wir kriegen das hin.« Dazu gehört ein großer, großer Dank an unsere Dozent*innen, insbesondere Nancy Holder und James Patrick Kelly, die lange über meinen Abschluss hinaus mit Herz und Hand für mich da gewesen sind. Stonecoast war mein Windy van Hootens.

Mom, ich danke dir dafür, dass du mir eine Kladde gekauft hast, als ich neun war, damit ich sie mit Geschichten füllen sollte. Ich habe sie immer noch. Sie liegt unter meinem Bett. Außerdem war

Mom immer für mich da, wenn ich Fragen zur Landwirtschaft im Mittleren Westen hatte. Dir, Dad, danke ich für die Ausflüge nach Colorado Springs, die Zeit in Chicago und dass du mir Estes Park gezeigt hast. Danke, Gramma – ich weiß genau, dass du von da drüben aus siehst, wie viel dieses Buch mit dir zu tun hat. Bob, dem Vorbild für Bernard, danke ich für absolut alles, was du uns gegeben hast. Dylan und Dominic dafür, dass sie sich Abend für Abend meine allererste lange Geschichte angehört haben. Meinem Cousin Alex für das *Walking-Dead*-Comicbuch und dafür, dass er mich als Erster eine Autorin genannt hat. Ich danke meiner ältesten Freundin Becca Savoie. Sawyer und Indi – ihr zwei seid wundervoll, und ich bin eine sehr stolze Tante. Außerdem danke ich meinen lieben Nichtenneffen Andy, Lilly, Oliver, Rowan, Asher, Aiden, Nora und Quentin. Und Jo, der ich noch nicht begegnet bin, aber falls du davongekommen bist, Liebes – dieses Buch ist entstanden, weil du schon jetzt mein Herz erobert hast und ich dich vermisse, obwohl wir uns noch nicht kennen.

Jen Finstrom danke ich dafür, dass sie eine Konstante war, als es sonst keine gab. Sie hat zehn Jahre lang meine peinlichsten Peinlichkeiten gelesen und mir außerdem eine brillante Plotidee geliefert, weil meine E-Mails so unstrukturiert sind. Ich danke Heather, Michael, Laura, Patrick, Gabi, Gabby, Dani, Lenya und allen meinen Freund*innen in Chicago. Meinen Mitbewohnerinnen am College, die mein Geschreibsel für voll genommen haben – besonders Paige, die mir ein gesamtes Freshman-Jahr über in Cafés, auf dem Campus und in U-Bahnen sitzend beigebracht hat, wie man ein Buch schreibt.

Wil, du hast mir Güte und Mut vorgelebt. Während wir anderen total verloren waren, hast du alles überblickt und nie gezögert, ein schwarzes Zelt zu betreten, damit ich dort nicht allein war. Als wir dich verloren haben, ist in dieser Welt ein Spark erloschen.

Ich danke meinen Englischlehrkräften an der Highschool und

Miss Armstrong, die mich in der siebten Klasse als erste Lehrerin ernst nahm. Meinen Dozent*innen am DePaul, in der Theatre School und am Anglistikinstitut, ganz besonders Dr. Rinehart und Don Ilko. Außerdem Matt, Gina, Zedeka und dem Nebraska Writers Collective, das in einer müden Welt ein gutes Werk ist und immer daran geglaubt hat, dass dieses Buch eines Tages kommen würde. Ich danke Fran Sillau und dem Circle Theatre dafür, dass sie die Sparks so vieler Menschen ans Licht befördert haben. Tracy Iwersen und dem Rose Theater dafür, dass sie in meiner Kindheit ein sicherer Hafen waren, ein liebendes Zuhause für schräge Vögel wie mich. Und meinen Schüler*innen. Ich hoffe, dass dieses Buch euch helfen wird, mich zu verstehen. Ihr sollt wissen, wie unglaublich stolz ich auf euch alle bin.

Sarah Pinsker danke ich dafür, dass sie an mich geglaubt hat. Sally Weiner Grotta dafür, dass sie mir aus weiter Ferne so nah war und nie müde wurde, bis spät in die Nacht mit mir über Religion, das Leben und alles andere zu plaudern. Ich danke John Wiswell, sämtlichen Zoom Players und allen aus der Science-Fiction- und Fantasy-Community, die ich bewundere und die sich die Zeit genommen haben, mir etwas Wichtiges beizubringen. Selbst wenn es eine Kleinigkeit war, an die ihr euch nicht mehr erinnert –, manchmal kann eine Nebenbemerkung auf einer Konferenz oder eine freundliche Geste jemandem die Welt bedeuten.

Charlie Finlay war der Erste, der auf mich gesetzt hat.

K. A. Applegate hat mir gezeigt, wie großartig Bücher sein können. Stephen Chbosky hat sich 2008 Zeit für ein Gespräch mit mir genommen (Ich hab's geschafft, Mr. Chbosky!). Und James Horner, dem ich nie begegnet bin und nie begegnen werde: Ihre Musik begleitet mich beim Schreiben. Möge Ihr Vermächtnis immer in Ehren gehalten werden.

Danke, Crystal, dass du mich siehst.

Ich danke den Geistlichen meiner Synagoge und der Gemeinde,

der anzugehören ich sehr stolz bin. Katie, Emmy, Jamie, Bryan und Dani Howell bin ich besonders dankbar dafür, dass sie uns in ihr Zuhause eingelassen haben (und insbesondere Dani für die seelische Unterstützung in den letzten zwei Wochen Arbeit am Manuskript). Meine lieben Freund*innen Ada, Tiffany, Carson, Mardra, Marcus, Cecilia, Joey, Brandi, Jeremy, Isa, Annette, Alan, Beau, Caulene, Hayley, Caitlin, Melissa und viele andere haben J. und mich jahrelang unterstützt, hier ein Essen ausgegeben und da einen Einkauf bezahlt, als wir den Mut fanden, etwas Idiotisches zu wagen. Ganz besonders danke ich Drew Dillon dafür, dass wir in den Zirkus gehen konnten, als er in der Stadt gastiert hat.

Mary Fan danke ich dafür, dass sie mir die Luftakrobatik erklärt hat, und CY Ballard für die Kostüm-Expertise. Alisan Funk von der Stockholm University of the Arts und Ken Hill von Omaha Circus Arts verdanke ich wertvolle Einsichten zur Geschichte und Kultur des Zirkus. Einen Riesendank auch an das Watkins History Museum in Lawrence, Kansas, dessen Mitarbeiter*innen meine Fragen zum Zirkus beantwortet und mir gezeigt haben, wo früher das Festgelände war. Das Durham Museum in Omaha, Nebraska, hat eine großartige Sammlung historischer Zugwaggons und hat damals eine Fünfjährige ausgiebig den Begleitwagen erkunden lassen. Dem Museum of Science and Industry in Chicago danke ich dafür, dass ihre uralte Zirkusausstellung nicht längst zu Staub zerfallen ist. Ein weiterer Dank gilt Mike Ziemba und dem Watson Steam Train and Depot in Missouri Valley, Iowa.

Außerdem herzlichen Dank an Denise Chapman, der besten Theaterregisseurin, von der zu lernen ich die Ehre hatte und die mir selbst auf dem Weg zur Arbeit meine Fragen zum Energiekreis beantworten mochte. Vor Beaufield Berry verneige ich mich wegen ihres Stücks *Red Summer* und weil alle ihre Werke so geschichtssatt sind. Dem LGBTQIA+-Archiv der University of Nebraska Omaha haben wir zu verdanken, dass ein Kerzenleuchter aus einer der ersten Schwulenbars der Stadt bis heute erhalten blieb.

Was meine Lektüre angeht, möchte ich besonders zwei Geschichtsbücher hervorheben: *Women of the American Circus, 1880–1940* von Katherine H. Adams und Michael L. Keene sowie *Sommer 1927* von Bill Bryson. Seltsamerweise hatte eine meiner wichtigsten Recherchequellen weder mit dem Zirkus noch mit den zwanziger Jahren zu tun: Samantha Allens *Real Queer America* hat mich bei der letzten Überarbeitung über Wasser gehalten und mir geholfen, mich hier in Nebraska weniger einsam zu fühlen.

Zu guter Letzt danke ich einer Trapezkünstlerin in Iowa. An einem drückend heißen Julitag irgendwann zu Beginn des Jahrtausends stand ein staubiges, kleines rot-weißes Zirkuszelt zwischen zwei Achterbahnen. Der Scheinwerfer brachte dich und den Staub zum Glühen, als du wie ein außerweltliches Wesen durch den Zelthimmel schwebtest. Ich wusste, dass ich eines Tages etwas über dich schreiben würde, denn du warst pure Magie.

V. E. Schwab

**Threads of Power**

Die feinen Fäden der Magie

Einst gab es vier Welten, jede pulsierend vor Magie, die über eine einzige Stadt miteinander verbunden waren: London. Doch die Magie ist zu schnell gewachsen und hat die Bewohner gezwungen, sich voneinander abzuschotten. Seitdem gibt es nur noch wenige, die durch alle vier Welten reisen können. Kell Maresh aus dem Roten London, Delilah Bard aus dem Grauen und Holland Vosijk aus dem Weißen London sind die letzten Antari, die letzten Weltenwanderer. Bis eine Tüftlerin namens Tes auf ein Artefakt stößt, dass es allen Menschen erlauben würde, jede der vier Welten zu besuchen. Angelockt von den unendlichen Möglichkeiten setzen sich Rebellen, Verbrecher und Magier auf ihre Spur.

Aus dem amerikanischen Englisch
von Sara Riffel, Petra Huber und
Alexandra Jordan
736 Seiten, gebunden
978-3-596-70739-3

Weitere Informationen finden Sie auf
*www.fischerverlage.de*

Olivie Blake

**The Atlas Six**

Wissen ist tödlich

Die Bibliothek von Alexandria ist niemals untergegangen, sie verwahrt im Verborgenen seit Jahrtausenden die dunkelsten Geheimnisse der Menschheit. Alle zehn Jahre bekommen die talentiertesten Magier*innen ihrer Generation die Möglichkeit, das uralte Wissen zu studieren: Jene, die die Initiation überstehen, erwarten ungeheurer Reichtum, Macht und Weisheit.
Doch von den sechs Auserwählten werden nur fünf überleben.

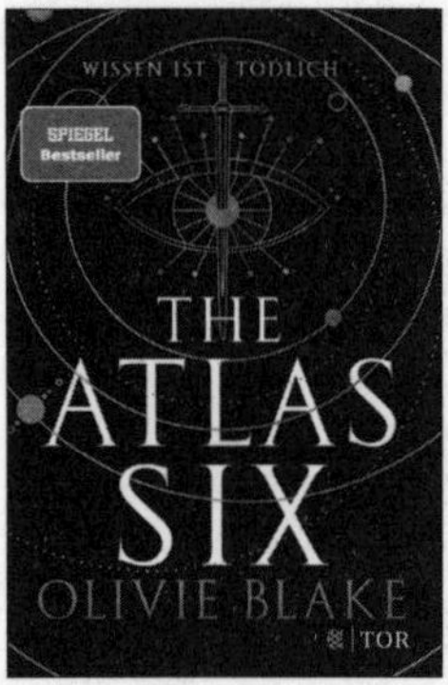


Aus dem amerikanischen Englisch von
Heide Franck und Alexandra Jordan
544 Seiten, gebunden